Über die Autorin:
Susanna Ernst wurde 1980 in Bonn geboren und schreibt schon seit ihrer Grundschulzeit Geschichten. Sie leitet seit ihrem sechzehnten Lebensjahr eine eigene Musicalgruppe, führt bei den Stücken Regie und gibt Schauspielunterricht. Außerdem zeichnet die gelernte Bankkauffrau und zweifache Mutter gerne Portraits und malt und gestaltet Bühnenbilder für Theaterveranstaltungen. Das Schreiben ist jedoch ihre Lieblingsbeschäftigung für stille Stunden, wenn sie ihren Gedanken und Ideen freien Lauf lassen will. »Deine Seele in mir« ist ihr erster Roman.

Susanna Ernst

Deine Seele in mir

Roman

Es handelt sich bei dieser Taschenbuchausgabe um eine leicht überarbeitete Fassung des eBooks »Deine Seele in mir«, erschienen im Knaur eBook 2011.

Besuchen Sie uns im Internet:
www.knaur.de

Überarbeitete Taschenbuchausgabe Dezember 2012
Knaur Taschenbuch
© 2011 Knaur eBook
Ein Unternehmen der Droemerschen Verlagsanstalt
Th. Knaur Nachf. GmbH & Co. KG, München
Alle Rechte vorbehalten. Das Werk darf – auch teilweise –
nur mit Genehmigung des Verlags wiedergegeben werden.
Umschlaggestaltung: ZERO Werbeagentur, München
Umschlagabbildung: FinePic®, München
Satz: Adobe InDesign im Verlag
Druck und Bindung: CPI books GmbH, Leck
Printed in Germany
ISBN 978-3-426-51260-9

Wer nicht will, wird nie zunichte,
Kehrt beständig wieder heim.
Frisch herauf zum alten Lichte
Dringt der neue Lebenskeim.

Keiner fürchte zu versinken,
Der ins tiefe Dunkel fährt.
Tausend Möglichkeiten winken
Ihm, der gerne wiederkehrt.

Dennoch seh ich dich erbeben,
Eh du in die Urne langst.
Weil dir bange vor dem Leben,
Hast du vor dem Tode Angst.

Wilhelm Busch aus »Schein und Sein«

Für Peter
– wo auch immer du bist –

Prolog

Es war ein gewöhnlicher Dienstagmorgen, der Beginn eines weiteren heißen Spätsommertags, in einem winzigen Dorf namens Madison Spring. Die ganze Welt schien ein einziges Sonnenblumenfeld zu sein.
So weit das Auge reichte, reckten die leuchtenden Blumen ihre Köpfe der Sonne entgegen. In ihrer Gesamtheit bildeten sie einen perfekten Kontrast zu dem Himmel, der an jenem Morgen näher zu sein schien als sonst.
Kein Wölkchen trübte das Blau, und die Farben der Landschaft waren so kräftig, dass ein guter Maler wohl entschieden hätte, sie etwas abzudämmen, um die Authentizität seines Bildes zu bewahren.
Ein Geruch von Honig und trockenem Gras lag in der Luft.
Das Knistern der Strohhalme, die unter ihren Füßen wegknickten, mischte sich mit ihrem Gelächter und dem Summen der Bienen zu einer fröhlichen Geräuschkulisse, die ihr Spiel begleitete.
Amy und Matt – sie waren Kinder, nicht mal neun Jahre alt, und sie waren glücklich. Über diesen Ferientag, über das perfekte Wetter und den nahen Bach, der ihnen Kühlung und noch mehr Vergnügen versprach. Ihre Mütter hatten ihnen Brot und frisches Obst in die Taschen gepackt – wohl ahnend, dass sie die Kinder vor Sonnenuntergang nicht mehr zu Gesicht bekommen würden.
Nichts deutete auf das Unheil hin, das die beiden so bald schon ereilen würde. Es gab keine Warnung und keine Vorankündigung an diesem Morgen – an dem Tag, der Amys letzter in diesem Leben sein sollte.
»Brrrr ... ich bin ein Düsenflieger«, rief Matt. Die Arme weit

von sich gestreckt, lief er hinter seiner Freundin her und durchschnitt das Blumenmeer in einer Schlangenlinie.
»Ha, Düsenflieger! Du bist eine lahme Schnecke, Matty. Wetten, dass ich wieder vor dir am Bach bin?« Lachend warf Amy ihre blonden Zöpfe zurück.
»Wetten, dass nicht! Ich schalte meinen Turboantrieb ein, und wenn ich dich fange, dann kitzle ich dich so lange, bis du nicht mehr kannst.«
Einen aufheulenden Motor nachahmend, beschleunigte Matt sein Tempo. Amy hob ihr Kleid an und presste den Strohhut fest auf ihren Kopf, um ebenfalls schneller rennen zu können. Sie quietschte vergnügt auf, als sie den Kiefern entgegenlief, die sich im lauen Wind wiegten und den Kindern ihre Schatten entgegenstreckten.
Am Rande des Wäldchens verströmte der verblühende Lavendel seinen Duft. Süß und schwer überlagerte er die anderen Gerüche.
»Ich hab dich gleich«, verkündete Matt übermütig, nun wirklich schon sehr dicht hinter ihr.
Doch Amy lachte laut auf. »Das hättest du wohl gerne«, rief sie ihm über die Schulter zu und rannte, so schnell sie nur konnte.
O ja, es würde ein herrlicher Tag werden. Sie hatten ihre Badesachen dabei, doch weder Matt noch Amy hatten vor, sie auch anzuziehen. Es war eins ihrer wohlgehüteten Geheimnisse: Sie gingen noch immer nackt im Bach baden, das machte einfach mehr Spaß.
»Ihr seid jetzt zu groß dafür, zieht euch etwas über!«, hatten die Eltern sie bereits im letzten Sommer ermahnt. Doch Matt und Amy sahen das anders. Sie fühlten sich frei und unbeobachtet – und sie waren die besten, die wirklich allerbesten Freunde. Also, was war schon dabei? Am Abend würden sie, wie immer in letzter Sekunde, ihre Badesachen in den Bach tunken, notdürftig

auswringen und dann eilig nach Hause laufen, noch bevor das Rot der Sonne den riesigen Berg hinter den Wäldern berührte, denn das war die einzige Uhrzeit, die sie in diesen Tagen kannten.
Dicht hintereinander liefen sie über die kleine Waldböschung, die das Feld, das sich vor der Siedlung erstreckte, von dem Bach trennte.
Es geschah plötzlich und unerwartet. Wie aus dem Nichts wurde das Mädchen von einem harten Schlag getroffen. Dunkelheit umfing es augenblicklich.
Als sie wieder zu sich kam, roch Amy etwas, das sie – noch ehe sie realisieren konnte, was es war, und noch ehe sie überhaupt ihre Augen geöffnet hatte – zum Würgen brachte. Sie hatte das Gefühl, sich übergeben zu müssen, aber sie konnte nicht, denn nur einen Augenblick, nachdem sie ihre Augen aufschlug, umfasste eine rauhe Hand ihren Hals und drückte erbarmungslos zu. Feuchtheißer Atem und mit ihm ein Geruch, dessen widerwärtige Mischung aus Schweiß, Tabak, Schnaps und kranker Lust sie in ihrem Alter noch nicht hätte benennen können, schlug Amy entgegen. Mit einem Herzschlag wurde ihr kalt. Angst steigerte sich binnen Sekunden zu Panik.
Sie suchte nach einem Halt, fand keinen, schlug und trat um sich. Doch sie war wehrlos der Kraft dieses maskierten Mannes ausgeliefert. Eingequetscht zwischen dem kühlen Waldboden unter ihr und dem Gewicht des viel zu heißen Körpers über ihr, spürte sie einen brennenden Schmerz zwischen ihren Beinen. Erschrocken bäumte sie sich auf; ihre Finger krallten sich in die Erde. Doch schon festigte sich der Griff um ihren Hals – dieses Mal endgültig.
In dem Moment, als sich Amy selbst zum letzten Mal atmen spürte, wich die Angst aus ihrem Körper.
Das Einzige, was sie noch sah, bevor die Finsternis sie schluckte,

waren seine Augen. Nicht die eisig blauen ihres Peinigers, sondern die sanften, braunen Augen ihres besten Freundes. An einen Baum gefesselt, mit einem Knebel im Mund, saß Matt da. Nur etwa einen Meter von Amy entfernt. Eine Wunde klaffte an seiner Schläfe, das Blut rann ihm über die Wange.
Matt war außerstande, sich zu rühren. Lautlos starrte er sie an. Und doch – das Mädchen hörte seinen Hilferuf. Es hörte sogar das Zittern in seiner imaginären Stimme.

Bleib bei mir! Bitte, Amy, bleib bei mir! Ich habe solche Angst!

Amy verbannte den Schmerz aus ihrem Bewusstsein. Sie bündelte den Rest ihrer Kraft und gab ihm ihr Wort.

Hab keine Angst, Matty! Ich bleibe bei dir, ich verspreche es!

Dann wurde es erneut dunkel, und diese Dunkelheit war viel tiefer und intensiver als alles, was Amy je zuvor erlebt hatte. Doch sie fürchtete sich nicht mehr, und auch die Kälte war verschwunden.
Kurzes, grelles Aufflackern unterbrach das tiefe Schwarz um sie herum nach einer Weile – zunächst nur sporadisch, dann immer regelmäßiger –, und auf einmal sah das Mädchen sein kurzes Leben an sich vorbeiziehen. Bilder wie die eines alten Filmes blitzten auf.
Amy sah sich auf dem Rücken ihres Vaters reiten und dann in den Armen ihrer Mutter liegen. Mit einem feuchten Tuch kühlte sie Amys Stirn, während sie ihr die Geschichte von dem lustigen Zwerg und dem dummen Riesen erzählte. Amy roch den Duft von warmer Milch und frisch gebackenem Obstkuchen, von Ge-

treide und frischem Heu. Sie sah Matty und sich selbst nebeneinander im noch feuchten Frühlingsgras liegen und in den Himmel starren – ein Drache, ein Löwe, ein Auto –, in nahezu jeder Wolke erkannten sie eine Figur.
Ein neues Bild löste die himmlischen Gestalten ab: Amy und Matt, die, bis auf die Unterwäsche entkleidet, auf Holzschemeln in Amys Garten hockten, während sie von ihren Vätern mit Läusekämmen bearbeitet wurden. Dann sah sich Amy beim Klavierspielen. Matt saß neben ihr, lauschte und malte dabei – immer wieder dasselbe Motiv: ihren gemeinsamen großen Traum.
Amy sah sich Hand in Hand mit Matty zur Schule rennen. Wie immer in Eile, doch zu spät kamen sie nie. Und in all diesen Bildern sah sie die Sonne hell und warm auf sich und ihren besten Freund herabscheinen.
Schon hatten die Szenen aus Amys Kindheit ihre gesamte Macht entfaltet. Mühelos vernebelten sie die gerade neu hinzugekommenen Erinnerungen an Schmerz und Angst. Amy wollte nicht zulassen, was ihr Verstand ihr ankündigte: Diese betäubend schönen Bilder würden bald enden. Sie würden einfach erlöschen und sterben, zusammen mit ihr.
Verzweifelt sog sie jedes Detail ihrer kaleidoskopischen Erinnerungen in sich auf und hielt sich mit der Kraft ihres Daseins daran fest.

Ich muss bei Matty bleiben. Ich darf ihn nicht im Stich lassen. Niemals, das haben wir uns geschworen.

Manche würden es Trotz nennen, manche einen starken Willen, wieder andere würden vielleicht von grenzenloser Treue sprechen. Fest steht, dass diese Gedanken die letzten der kleinen Amy Charles waren, bevor die Dunkelheit zurückkam, das Kind umhüllte und es erbarmungslos mit sich riss.

Kapitel I

Einundzwanzig Jahre später

Matt Andrews, Sie schickt der Himmel! Wie gut, dass Sie so kurzfristig Zeit gefunden haben. Bitte, kommen Sie doch herein.«
Mit einer grazilen Geste bedeutet sie mir einzutreten. Die Art, wie sie sich bewegt, ist auch dieses Mal das Erste, was mir an ihr auffällt. Trotz ihrer einfachen Kleidung wirkt sie anmutig.
»Guten Morgen, Mrs. Kent. Ist doch selbstverständlich.«
Ich stampfe den Schnee von meinen Schuhen und mache einen großen Schritt auf die Fußmatte. »Wo ist denn Ihr Mann?«
»Im Wohnzimmer, auf dem Sofa. Bitte…« Sie deutet in die Richtung des Wohnraums und geht voran.
Ihr Anruf kam mir nicht gerade gelegen, drei Termine hatte ich verschieben müssen. Doch Menschen wie den Kents kann ich einfach nicht absagen. Über all die Jahre meiner Tätigkeit als Masseur habe ich selten so sympathische Menschen wie Kristin und Tom kennengelernt. Ich könnte es mit meinem Gewissen schlichtweg nicht vereinbaren, sie jetzt im Stich zu lassen. Nicht in einer solchen Situation. Nicht mit dieser Bürde, die sie tagtäglich zu tragen haben.
Durch den Korridor geht es in den offenen Wohnbereich. Hier war ich bisher nur einmal, doch schon damals hatte mich die Gemütlichkeit dieses Raums binnen Sekunden erreicht und freundlich umhüllt. So wie auch jetzt wieder.
Das Feuer im Kamin lodert fröhlich vor sich hin, auf dem dunklen Parkettboden liegen Teppiche in warmen Braun- und Grüntönen. Es riecht nach Kaffee und frischem Brot.

»Tom, Schatz, Mr. Andrews ist da.«
»Gott sei Dank!« Toms Worte haben den Charakter eines erleichterten Stoßgebets. Ich sehe ihn nicht, doch ich ahne, wie schmerzverzerrt sein Gesicht sein muss, als ich sein Ächzen höre.
»Hallo, Tom! Bleiben Sie ruhig liegen«, rufe ich ihm zu.
Als Antwort erhalte ich ein bitteres Auflachen. »Sie sind ein bösartiger Witzbold, Matt. Was bleibt mir auch anderes übrig?«
Die Stimme kommt von dem braunen Sofa, das mitten im Raum steht. Die Rückenlehne verdeckt mir die Sicht auf meinen Patienten; lediglich Toms Hand taucht dahinter auf. Als ich um das Möbelstück herumgehe, fällt mein Blick sofort auf die junge Frau, die auf dem Boden sitzt. Ich erschrecke ein wenig, denn es ist meine erste Begegnung mit ihr – auch wenn ich schon so oft von ihr gehört habe.
Mit einem Pyjama bekleidet sitzt sie vor dem Sofa, die Beine verschränkt, und wiegt sich in einem beständigen Rhythmus hin und her. Ich kann ihr Gesicht nicht sehen, sie schaut starr in die Richtung des Kamins und summt monoton vor sich hin.
Eine schwere Form von Autismus. Es muss furchtbar sein.
Meine Kehle wird trocken, ich räuspere mich. *Verdammt, ich sollte mir meine Bestürzung nicht anmerken lassen. Das ist nicht professionell. Sag etwas!*
»Das ist also Ihre Tochter?« Diese Frage ist rein rhetorischer Art; im selben Moment, als die Worte über meine Lippen kommen, erscheint sie mir schon töricht. *Natürlich ist das ihre Tochter, fällt dir nichts Dümmeres ein?*
Kristin antwortet trotzdem in einem liebevollen Ton. »Ja, das ist unsere Julie.«
»Guten Morgen, Julie«, begrüße ich die junge Frau und fühle dabei jeden Muskel, den mein aufgesetztes Lächeln strapaziert. *Julie, was für ein hübscher Name!*

Ein bedauerndes Schmunzeln, mitleiderregend zugleich, bildet sich auf Toms Gesicht. »Erwarten Sie keine Antwort, Matt. Höchstwahrscheinlich hört Julie Sie nicht einmal!«
Ich setze einen verständisvollen Blick auf und nehme in dem Sessel neben der Couch Platz.
»Ja, Tom, ich weiß«, sage ich, bevor ich einige Sekunden schweigend verstreichen lasse – einfach, weil es die Schwere dieses Moments so verlangt. »Also, erzählen Sie. Was ist passiert?«
Tom liegt stocksteif auf dem Sofa. Selbst das Sprechen bereitet ihm Schmerzen, auch wenn er versucht, es sich nicht anmerken zu lassen. Seine Finger krallen sich in das Leder.
»Ich habe Julie runtergetragen und sie hier abgesetzt. Natürlich habe ich versucht, die Bewegung aus den Beinen heraus zu machen, wie Sie es immer anraten, aber wahrscheinlich war meine Rückenmuskulatur einfach noch nicht warm genug. Kurz davor habe ich draußen nämlich Schnee geschippt. Dieses Bücken, eigentlich mache ich das doch so oft am Tag ... ich verstehe das nicht.«
»Wenn Sie sich gebückt haben, Tom, dann war es nicht aus den Beinen heraus.«
Betreten sieht er zwischen seiner Frau und mir hin und her. Dann deutet er auf sein Kreuz. »Jedenfalls gab es plötzlich einen stechenden Schmerz – genau hier –, und dann zog es bis in die Zehen.«
Während er spricht, wandert mein Blick zu seiner Tochter. Dieses Hin- und Herschaukeln hat eigentlich etwas Beruhigendes an sich.
Wieder vergehen einige Sekunden, unbeabsichtigt dieses Mal, bis ich bemerke, dass Tom seine Beschreibung des Vorfalls beendet hat und nun eine Reaktion von mir erwartet.
Schnell stehe ich auf und öffne meinen kleinen Koffer, den ich auf dem Couchtisch vor mir abgestellt hatte. »Das klingt wieder

nach einem üblen Hexenschuss, Tom. Wenn nicht schlimmer. Sie wissen, dass ich kein Arzt bin, aber es wäre gut, wenn Sie mir genau zeigen könnten, wo es schmerzt.«
Tom sieht nicht gerade begeistert aus. Ein tiefes Seufzen entringt sich seiner Kehle.
»Keine Angst, ich tue Ihnen nicht weh.«
Ich stelle das Massageöl bereit und helfe ihm, sich auf dem Sofa zur Seite zu drehen. Kristin kommt dazu und zupft das Hemd ihres Mannes aus dem Hosenbund, während ich ein wenig Öl zwischen meinen Händen verreibe und sie warmknete.
Toms Muskulatur ist völlig verspannt. Er zuckt zusammen, als ich ihn berühre.
»Schon gut. Sagen Sie mir einfach, wenn ich den richtigen Punkt habe«, bitte ich ihn. Doch noch bevor er den Mund aufmacht, spüre ich es bereits.
»Da!«
»Ja. Das ist genau dieselbe Stelle wie beim letzten Mal.«
Ich massiere behutsam über seine Seiten. Er entspannt sich etwas und atmet nun tiefer. *Gut.* Die folgende Nachricht wird ihm die Luft wieder rauben, also zögere ich sie so lange wie möglich hinaus. Doch bald schon ist das Öl aufgebraucht und Toms Schonfrist damit abgelaufen. Vorsichtig drehe ich ihn wieder auf den Rücken.
»Es ehrt mich ja, dass Sie mich sofort angerufen haben, aber ich fürchte, dass Sie dieses Mal nicht an einem Arzt vorbeikommen werden. Wir müssen abklären, ob es nicht doch ein Bandscheibenvorfall ist.«
Der arme Kerl sieht aus, als hätte ich soeben die Todesstrafe über ihn verhängt. Wieder stößt er sein bitteres Lachen aus und fixiert dabei die hohe Zimmerdecke. Mit beiden Händen streicht er sich die dunkelblonden Haare aus der Stirn.
»Es darf kein Bandscheibenvorfall sein. Wie soll Kristin denn

ohne mich klarkommen?«, wispert er, mehr zu sich selbst als zu einem von uns. »Wenn ich es schon nicht mehr schaffe, Julie zu heben, wie soll sie das denn erst machen?«
Mein Blick fällt wieder auf die junge Frau. Von meiner jetzigen Position aus sehe ich ihr Gesicht im Profil. Sie ist eigentlich recht hübsch. Geradlinige Gesichtszüge, volle Lippen. Die dunklen, welligen Haare fallen offen bis weit über ihre Schultern hinab. Doch etwas Entscheidendes fehlt ihr. Sie sieht absolut ausdruckslos und seltsam leer aus, ohne die Spur einer eigenen, persönlichen Note. Ihr Gesicht wirkt wie eine aufgesetzte Maske. Ja, wie eine seelenlose Hülle. Sie erinnert mich an eine Schaufensterpuppe. Dennoch – Julie hat etwas Faszinierendes an sich. Sie macht mich neugierig.
Wieder reiße ich meinen Blick von ihr los.
»Warum tragen Sie Julie überhaupt? Kann man sie denn nicht irgendwie zum Laufen bewegen? Ich meine … sie kann doch laufen, oder?« Meine Frage stelle ich beinahe ängstlich und befürchte, in ein Fettnäpfchen von der Größe eines Baseballfeldes getreten zu sein, doch zu meiner großen Erleichterung nickt Kristin sofort.
»Ja, natürlich! Julie läuft hervorragend. Aber nur, wenn sie es will und auch nur, wohin sie will. Und dieses Herunter- und Hinauftragen gehört zum Alltagsritual. Das machen wir schon immer so, seitdem sie ein Baby war. Jeden Morgen und jeden Abend. Wenn wir es nicht tun, dann rührt sie sich nicht, wir haben das schon probiert.«
Tom nickt ebenfalls. »Anscheinend wartet sie darauf, dass wir sie tragen. Und wir möchten sie ja auch hier unten haben, bei uns.«
Kristin sieht auf ihre Tochter hinab und streicht ihr über den Kopf. »Beim Sprechen ist es ähnlich. Sie spricht so gut wie nie, doch wir wissen, dass sie es kann. Manchmal redet sie, aber dann ist es so, als ob jemand im Schlaf vor sich hin erzählt. Die Wort-

fetzen sind wie Bruchstücke aus ihrer eigenen kleinen Welt. Sie ergeben keinen Sinn für uns. Und auf Ansprache reagiert sie eigentlich gar nicht.«

Kristin presst die ohnehin schon schmalen Lippen aufeinander, so dass sie fast völlig verschwinden und nur noch eine hauchdünne, gerade Linie sichtbar bleibt. Sie atmet tief durch und zuckt mit den Schultern.

»Für Außenstehende ist es sehr schwierig, das nicht als böse Absicht von Julie abzutun, wenn wir sie wiederholt ansprechen und sie einfach keine Reaktion zeigt. Aber ... so ist es nun mal. Wir haben keine Möglichkeit, zu ihr durchzudringen. Trotzdem reden wir natürlich mit unserem Kind. Ab und zu blitzt etwas in ihren Augen auf. Dann weiß ich, dass sie mich wahrnimmt. Manchmal lächelt sie uns sogar an, doch nur eine Sekunde später ist ihr Blick wieder starr und Julie erneut weit weg. Es ist ... nicht schön!« Kristin schafft es trotzdem, ihrem Lächeln eine tiefe Glaubwürdigkeit zu verleihen.

»Egal«, sagt Tom. »Ein klarer Blick von ihr ist auf jeden Fall all die Mühe wert.« Plötzlich wird sein Gesichtsausdruck nachdenklich. »Haben Sie eigentlich Kinder, Matt?«

Geschockt über diese persönliche Frage schüttele ich den Kopf. »Nein. Keine Frau, keine Kinder.« Diese Erklärung klingt sogar in meinen Ohren erleichtert. *Warum eigentlich?*

Kristin lacht. »Mr. Andrews ist ein Workaholic, das weißt du doch, Schatz. Und andauernd ist etwas mit deinem Rücken. Du lässt dem armen Mann ja gar keine Chance auf ein wenig Privatleben. Er verflucht sicher den Tag, an dem er uns in seine Patientenkartei aufgenommen hat.«

Nun lacht auch Tom. Was keine gute Idee zu sein scheint, denn sofort verzieht sich sein Gesicht wieder. »Au, verdammt!«

»Habe ich Ihnen erlaubt, sich auf meine Kosten zu amüsieren, Tom?« Ich lege ihm eine Hand auf die Schulter. »Kommen Sie,

ich fahre Sie in die Praxis. Meine Kollegin Dr. Carter kann klären, wie es um Ihren Rücken steht.«
Gerade will ich ihm meine Hand reichen, als sich am Rande meines Sichtfeldes etwas ruckartig bewegt. Julie. Sie ist aufgestanden und durchquert den Raum.
»Wohin geht sie?« Warum ich meine Frage flüstere, weiß ich selbst nicht, doch Kristin und Tom sehen ebenso gebannt auf Julie wie ich.
»Zum Klavier«, erklärt mein Patient recht nüchtern. »Sie spielt sehr gerne.«
Ich spüre das Entgleisen meiner Gesichtszüge, als seine Worte mich erreichen. »Julie spielt Klavier?«
Die Fassungslosigkeit, die in meiner Frage deutlich mitschwingt, ist mir nur einen Moment später schon peinlich, doch ein weiterer Blick auf das mechanisch laufende Wesen vor uns lässt mich stark an Toms Behauptung zweifeln. Julies Augen sind fest geradeaus gerichtet; sie scheint durch alles hindurchzuschauen, was wir anderen in diesem Raum sehen.
»Sie spielt sogar phantastisch«, bestätigt Kristin.
»Die Ärzte sind der Auffassung, Julie gehört zu den Savants«, fügt Tom hinzu.
»Savants?«, wiederhole ich monoton und beobachte, wie Julie den Schemel nach hinten zieht und darauf Platz nimmt.
Nun ist auch Toms Stimme kaum mehr als ein Flüstern: »Ja, Savants – die Wissenden! So nennt man Hochbegabte, die einzelne, sehr stark ausgeprägte Fähigkeiten besitzen, ohne dass man sie ihnen beigebracht hat. Daher auch der Name, denn sie wissen scheinbar, ohne zu lernen. Oft haben diese Menschen starke Handicaps im gewöhnlichen Alltag, sind aber auf speziellen Gebieten nahezu genial. Kennen Sie *Rain Man,* den Film mit Dustin Hoffman?«
Ich nicke.

»Er hat einen Savant gespielt. Hoffnungslos pflegebedürftig einerseits, Genie andererseits. Julie war gerade drei Jahre alt, als sie sich zum ersten Mal an ein Klavier gesetzt hat. Sie begann zu spielen, als hätte sie nie etwas anderes gemacht. Wir konnten es nicht fassen. Ihre Händchen waren noch so winzig – sie erreichte die Tasten kaum. Es war wie ein Wunder.«
Der Stolz in seiner Stimme ist nicht zu überhören.
Gerne würde ich an sein Wunder glauben, doch Julies Hände liegen schlaff in ihrem Schoß; sie rührt keinen Finger.
Ich blicke zu Tom und von ihm zu Kristin. Die beiden scheinen mich ausgeblendet zu haben. Erwartungsvoll schauen sie auf ihre Tochter. Plötzlich wird mir klar, dass sie Momenten wie diesen wohl entgegenfiebern. Sie bilden die Höhepunkte im Alltag mit Julie. Denn wenn sie nicht so spricht, dass man sie versteht, dann ist das Klavier vielleicht etwas wie ihre Stimme. Ein Ventil, über das sie sich mitteilt. Verständlich, dass sich ihre Eltern danach sehnen.
Ich stecke mitten in meinen Gedanken, als mich eine neue Bewegung wieder ins Hier und Jetzt zurückholt. Julies Finger finden ihre Positionen auf den schwarz-weißen Tasten ohne das geringste Zögern, sicher und bestimmt. Sie beginnt zu spielen – und sofort rinnt ein frostiger Schauder meinen Rücken hinab. *Oh, mein Gott!*
»Dieses Lied spielt sie am liebsten«, wispert Kristin mir zu, doch ich schaffe es einfach nicht, etwas darauf zu erwidern.
Wie angewurzelt stehe ich da und lausche Julies sanftem Spiel. Die Melodie klingt zart und unschuldig – und sehr vertraut, auch für mich. *Ausgerechnet dieses Lied!* Schmerzhaft zieht sich mein Magen zusammen, und die Härchen an meinen Armen stellen sich auf – denn Julies Melodie versetzt mich um etwa einundzwanzig Jahre zurück, in meine damals noch so glückliche Kindheit.

Meine Hände zittern. Als ich es endlich bemerke, lasse ich sie in meinen Hosentaschen verschwinden.
Julies Spiel ist wirklich perfekt. Es steckt so voller Hingabe und steht in so starkem Widerspruch zu ihrem ausdruckslosen Äußeren, dass ich mir plötzlich wünsche, in sie hineinblicken zu können. Wenn sie solche gefühlvollen Klänge erzeugen kann, muss sie, auf ihre Weise, eine beeindruckende Persönlichkeit sein.
Der letzte Akkord verklingt in der Weite des Raums. Julies Finger lösen sich von den Tasten, sofort fällt sie in ihr monotones Schaukeln zurück. Als hätte mich jemand gekniffen, schrecke ich aus meiner Versunkenheit.
»Wow« ist das Erste, was über meine Lippen kommt.
Kristin und auch Tom strahlen stolz über das ganze Gesicht. Ich bewundere die beiden für all ihre Geduld, Liebe und Aufopferung, die sie Julie entgegenbringen.
»Sie ist wirklich brillant.«
»Ja, das ist sie.« Tom nickt. Wohl zu heftig, denn sein Lächeln bröckelt, und sein Gesicht verzieht sich gequält. »Allerdings ist Ihr Plan deutlich weniger brillant, Matt. Muss ich Sie wirklich in die Praxis begleiten?«
»Sie müssen nicht, Tom, aber ich rate es Ihnen.«
Kristin schüttelt den Kopf. »Komm schon, Schatz. Es ist doch sehr nett von Mr. Andrews, dich mitzunehmen. Ich hole deine Sachen.«
Tom seufzt und verdreht die Augen, doch dann gibt er sich geschlagen und dreht mir den Rücken zu, um sich vorsichtig aufzurichten.
Julie hat sich erhoben und ist wieder zu uns gekommen. So lautlos, dass ich sie erst bemerke, als sie sich direkt neben meinem rechten Bein auf dem Fußboden niederlässt. Bevor ich bewusst darüber nachdenke, habe ich mich schon zu ihr herabgebeugt.

»Du spielst wunderschön, Julie«, flüstere ich ihr zu, während ich zaghaft meine Hand auf ihre Schulter lege.
Nichts. Nicht mal die leiseste Reaktion. Fast verwundert mich ihre Körperwärme. Müsste sie nicht kalt sein – kälter zumindest –, so weltentrückt und unwirklich, wie sie erscheint?
Doch dann geschieht etwas Eigenartiges: Völlig unerwartet dreht Julie ihren Kopf und blickt mir geradewegs in die Augen. Der Ansatz eines Lächelns zuckt um ihre Mundwinkel, und es scheint mir, als würde sie bis tief in mein Innerstes schauen. Sie sieht mich so klar und auf eine unerklärliche Art fordernd an, dass es mich erschreckt. Die Farbe ihrer Augen ist sehr schön – ein helles und doch sanftes Grün –, aber es ist das Licht dahinter, das mich für einen unmessbaren Moment gefangen nimmt. Ihr Blick geht mir durch und durch, er brennt sich förmlich ein. Ich schaffe es nicht, ihm standzuhalten, und richte mich ruckartig auf.
Sofort verfällt Julie wieder in ihre Starre und beginnt kurz darauf erneut mit ihrem Schaukeln. Mein Herz rast.
Kristin, die erst jetzt mit Toms Jacke und seinen Schuhen zurückkommt, und ihr Mann, der seit geraumer Zeit verzweifelt versucht, sich aufzusetzen, haben nichts von alledem bemerkt. Trotzdem bleibt Kristin wie angewurzelt stehen. »Ist Julie ... hat sie ... sich dort hingesetzt?«, stammelt sie.
Ich sehe an mir herab. »Ja.«
»Wohin?«, fragt Tom. *Der Arme.* Gemeinsam helfen wir ihm in eine halbwegs aufrechte Position.
Dann erst erklärt Kristin ihre Verwunderung. »Julie hat sich neben Mr. Andrews gesetzt. Direkt an sein Hosenbein.«
Tom wirft seiner Frau einen ungläubigen Blick zu.
»Ist das so ungewöhnlich?«, hake ich vorsichtig nach.
»Sehr ungewöhnlich«, sagt Tom. »Normalerweise hält sie Abstand. Besonders zu Fremden, aber in der Regel auch zu uns. Körperliche Nähe ist schwierig für Julie.«

»Aber Sie tragen sie doch«, werfe ich ein.
»Ja. Eine gewisse Nähe, die sich routinemäßig eingespielt hat, lässt sie zu. Aber sie sucht den körperlichen Kontakt eigentlich nie von sich aus.«
»Bestimmt war es Zufall«, erwidere ich schulterzuckend. »Schließlich stehe ich genau da, wo sie vorhin gesessen hat.«
»Hm, mag sein«, murmelt Tom. Kristin sagt nichts. Sie sieht mich noch eine Weile stumm an, bevor sie den Kopf schüttelt, als wolle sie ihn von zu vielen Gedanken befreien. Dann hilft sie ihrem Mann in seine Schuhe.

Wir stützen Tom von beiden Seiten. Langsam, sehr langsam, und mit vielen Pausen bewegen wir uns zu meinem Auto.
Es schneit. Schon wieder. Genervt streiche ich mir die Haare aus der Stirn. Sosehr ich den Schnee auch liebe, so sehr hasse ich, was die schmelzenden Flocken mit meinen mühsam geglätteten Locken anstellen. Vor meinem geistigen Auge entsteht das Bild eines preisgekrönten Königspudels. Ich befürchte, ihm in wenigen Minuten wesentlich ähnlicher zu sehen, als mir lieb ist.
Tom stöhnt auf, als ich den Motor meines alten Fords anlasse und so vorsichtig wie nur irgend möglich anfahre. Seine verkrampfte Körperhaltung und das verbissene Zucken seines Kinns lassen mich Böses ahnen.
Im Rückspiegel sehe ich, dass Kristin noch lange im Türrahmen steht, bevor sie zurück ins Haus geht, wo sie die nächsten Stunden wohl hoffnungsvoll auf Neuigkeiten von ihrem Mann warten wird.

Als ich meinen Wagen um die Mittagszeit wieder vor dem kleinen blauen Haus mit den weißen Fensterläden parke, reißt Kristin schon die Beifahrertür auf, kaum dass ich die Handbremse

angezogen habe. Strahlend streckt sie ihrem Mann die Hand entgegen, doch dessen Miene verheißt nichts Gutes.
»Kein Grund zur Freude, Schatz«, stellt Tom missmutig klar, bevor sie überhaupt fragen kann. »Ich habe einen Bandscheibenvorfall und muss die nächsten Wochen liegen. Bin wohl nur knapp an einer OP vorbeigeschlittert.«
Wieder stützen wir ihn, doch dank der starken Schmerzmittel, die meine Kollegin Megan ihm gespritzt hat, kann er sich momentan zumindest einigermaßen bewegen.
Im Wohnzimmer nimmt er seinen Platz auf dem Sofa ein. Mein Blick bleibt an der jungen Frau haften, die nach wie vor auf dem Holzboden vor dem Kamin sitzt und sich in ihrem eigenen Rhythmus hin- und herwiegt.
»Können Sie Julie für die kommende Zeit nicht ein Bett im Erdgeschoss machen?«
Meine Frage scheint so naiv zu sein, dass sie mir ein nachsichtiges Lächeln von Kristin beschert. Auch Tom, der sich über die geschlossenen Augen reibt, stößt etwas Luft aus. Es klingt resigniert.
»Nein, das können wir leider nicht«, erklärt Kristin mir ruhig. »Autisten sind in ihren Gewohnheiten oft extrem festgefahren, wissen Sie? Wenn wir Julies Bett woanders aufstellen würden, könnte sie unter Umständen nächtelang gar nicht mehr schlafen. Es wäre auch denkbar, dass sie in schwere Schreikrämpfe verfällt, denn dafür ist sie anfällig.«
»Oh, okay«, antworte ich und komme mir reichlich dämlich vor. »Daher auch diese Routine, von der Sie sprachen?«
Einvernehmliches Nicken.
Wohl wissend, dass dieser stille Moment zwischen uns nur eine letzte Verzögerung auf dem Weg zum Unausweichlichen ist, sehe ich die beiden an. Sie wirken erschöpft. Auf keinen Fall werde ich diese reizenden Menschen in ihrer misslichen Lage

alleinlassen. Und ihre Tochter Julie auch nicht. Noch einmal atme ich tief durch, bevor ich meinen Beschluss verkünde.
»Bis Ihr Mann wieder gesund ist, komme ich zweimal am Tag und helfe Ihnen, Mrs. Kent. Ich kann Julie morgens die Treppe runtertragen und abends wieder hoch, wenn das für ihren geregelten Tagesablauf wichtig ist. Wäre das eine kleine Hilfe?«
Kristin starrt erst mich und dann Tom an. Der erwidert ihren Blick, schüttelt nach ein paar Sekunden jedoch den Kopf. »Das ist wirklich nett von Ihnen, Matt, aber das können wir uns nicht leisten. Leider.«
»O nein, nicht doch«, wehre ich schnell ab. »Mein Weg zur Praxis führt mich sowieso hier vorbei, und so kann ich auch nach Ihnen sehen, Tom. Ich will kein Geld! Ich würde Ihnen und Julie einfach gerne helfen. Vorausgesetzt, es ist Ihnen recht, natürlich.«
Tom schaut fassungslos zu mir auf, dann lacht er. »Matt, so sozial, wie Sie sind, werden Sie sich wohl nie eine goldene Nase verdienen.«
»Na, wie gut, dass ich mir nicht vorgenommen habe, möglichst reich zu sterben«, entgegne ich verlegen. *Wohin auch mit dem Reichtum? Du bist allein!*, hetzt gleichzeitig eine ketzerische Stimme in mir.
»Also, nehmen Sie mein Angebot an? So abseits, wie Sie hier wohnen, sehe ich eigentlich keine andere Lösung, und ich würde es wirklich gern tun.«
Noch einmal schaut sie flüchtig zu ihrem Mann, dann kennt Kristin kein Halten mehr. »Das ist furchtbar nett von Ihnen, Mr. Andrews«, ruft sie überwältigt und fliegt mir förmlich in die Arme. Ich muss mich zusammenreißen, um mit dieser plötzlichen und unerwarteten Nähe einigermaßen umgehen zu können. So ist das immer, wenn mir jemand seine ehrliche Zuneigung zeigt – ich kann einfach nicht angemessen darauf reagieren.

Als sie zurückweicht, hat sich ihr Blick gewandelt. Was eben noch als höflich oder maximal als herzlich zu bezeichnen war, wirkt nun nahezu liebevoll. Eins steht fest: Für Kristin bin ich nicht länger nur der Physiotherapeut ihres Mannes. Nun bin ich ein Freund, der ihr in den kommenden Wochen mit ihrer Tochter unter die Arme greifen wird.
Erwartungsgemäß schaffe ich es nicht sehr lange, ihrem warmen Lächeln standzuhalten, und streiche mir in meiner Verlegenheit die Haare aus der Stirn. An Kristins Miene erkenne ich, dass ihr dabei zum ersten Mal die verblasste Narbe auffällt, die sich von dem Haaransatz meiner rechten Schläfe bis über meine Augenbraue zieht. Schnell lasse ich die Haare zurückfallen und pferche meine Hände stattdessen in die Taschen meiner Jeans.
»Nicht der Rede wert. Ich mache das wirklich gern.«

Kapitel II

Noch in derselben Nacht finde ich mich, nachdem ich mich stundenlang schlaflos hin- und hergewälzt habe, an meinem Laptop wieder. Schuld daran ist Julie. Die Begegnung mit ihr hat mich irgendwie aufgewühlt. Zwar interessiere ich mich eigentlich immer dafür, wie es meinen Mitmenschen geht und was sie persönlich ausmacht – das ist Teil meines Berufs –, doch ich habe noch nie jemanden getroffen, der so spannend und geheimnisvoll wie Julie ist. Die Aussicht, in Zukunft täglich mit ihr zu tun zu haben, ist auf eine eigenartige Weise verlockend, macht mich aber auch ein bisschen nervös.
Im Internet stoße ich auf diverse Fachliteratur über Autismus. Ich erfahre, dass es die unterschiedlichsten Ausprägungen gibt und dass Julie tatsächlich an einer besonders starken Form dieser Entwicklungsstörung zu leiden scheint.

Sie geht mir einfach nicht aus dem Kopf – wie sie dasaß, direkt vor meinen Füßen, und doch überhaupt nicht da war. Irgendetwas muss sie doch mitkriegen, wenn sie so Klavier spielen kann, oder? Woher nimmt sie diese Gabe?
Ernüchtert stelle ich fest, dass nicht einer der Berichte, die ich finde, plausibel erklärt, woher diese sogenannten Savants ihr unglaubliches Können nehmen. »Ein ungeklärtes Phänomen«, heißt es immer wieder, oder auch »noch nicht vollständig erforscht«.
Julie scheint jedenfalls nicht in eine der klassischen Formen des Autismus zu passen.
Man unterscheidet zwischen dem frühkindlichen Autismus, bei dem bereits Babys vor der Vollendung ihres ersten Lebensjahres auffällig werden, und dem sogenannten Asperger-Syndrom, das sich meist erst nach dem dritten Lebensjahr zeigt und im Vergleich zu der frühkindlichen Form viel schwächer ausfällt.
In Julies Fall wurde sehr früh diagnostiziert, das hatte mir Tom auf dem Weg zur Praxis noch erzählt. Bei dem frühkindlichen Autismus ist meist eine schwere geistige Behinderung zu verzeichnen. Die Betroffenen lernen oft niemals, richtig zu sprechen oder sich normal zu bewegen. Bei Julie jedoch scheint das anders zu sein. Sie geht zwar nur, wohin sie will, und die Bedeutung ihrer zusammenhangslosen Äußerungen erschließt sich meist nicht einmal ihren Eltern, aber immerhin besitzt sie die voll ausgeprägten Fähigkeiten, korrekt zu sprechen und sich fortzubewegen. Und das, obwohl sie ja unter einer frühkindlichen Variante des Autismus leidet.
Nach etlichen Stunden Recherche sehe ich ein, dass tatsächlich kein einziges der relativ simplen Raster Julies Fall richtig beschreibt, und beschließe, einfach Kristin und Tom meine Fragen zu stellen. Julie ist einundzwanzig Jahre alt, und ihre Eltern beschäftigen sich fast genauso lange schon intensiv mit ihr und

ihren Eigenheiten. Ich sitze also direkt an der Quelle, und die medizinischen Fachausdrücke, von denen all diese Internetseiten nur so strotzen, verstehe ich größtenteils sowieso nicht.

Meine Füße sind schon steif vor Kälte, als ich den Laptop endlich zur Seite lege, die Stehleuchte hinter meiner Couch ausknipse und mich zurück in mein warmes Bett begebe.

Doch so schwer die Müdigkeit auch auf mir lastet, ich finde keine Ruhe. Waren es zuvor noch Bilder von Julie gewesen, so taucht jetzt immer wieder ein anderes Gesicht vor meinem geistigen Auge auf und macht es mir schlichtweg unmöglich, in den Schlaf zu finden. *Amy.*

Warum hatte Julie ausgerechnet dieses Lied spielen müssen? Ich weiß nicht einmal, wie es heißt, aber für mich wird es immer Amys Lied bleiben. Wie oft hatte sie es mir vorgespielt, weil ich es so sehr mochte? Ihre Finger hatten die Tasten zwar nicht so perfekt angeschlagen wie Julies heute, aber auch Amy war damals für ihr Alter sehr begabt gewesen, und ihr Spiel hatte mich fasziniert.

Überhaupt bestimmte sie den Dreh- und Angelpunkt meiner Kindheit, denn jeder Tag stand und fiel mit ihrer Nähe. Nun sehe ich sie wieder deutlich vor mir. Ihr Lachen, ihre fröhlichen blauen Augen, die vor Lebenslust nur so blitzen, ihre Sommersprossen, die langen blonden Zöpfe.

Sie ist wieder da, und für einige Sekunden lasse ich mich hinreißen und gebe mich den Erinnerungen an sie und unsere gemeinsame Zeit hin. Doch wie immer, wenn ich mir das gestatte, beginnt mein Herz bereits nach kurzer Zeit so stark und schnell zu pochen, dass es bald schon schmerzt. Ein starker Druck in meiner Brust verwehrt mir die Luft zum Atmen. Werde ich wohl jemals über diesen Punkt hinwegkommen?

Noch bevor mich die allerletzten Erinnerungen einholen, die ich von Amy habe, erfasst mich die Panik. Mit zittrigen Fingern taste ich nach meiner Nachttischlampe und schalte sie an.

Im Hellen verschwinden all die Bilder schlagartig; die Schatten, die in meiner Vorstellung nach mir greifen, lösen sich auf, und mein Atem gewinnt an Tiefe. Ich drehe mich auf die Seite und schaue direkt in das gelbliche Licht der kleinen Lampe. Die Glühbirne flackert. Sie ist bereits altersschwach. Eine Ersatzbirne liegt griffbereit in der obersten Schublade meines Nachtschranks.
Bitter stoße ich ein wenig Luft aus, als mir wieder einmal bewusst wird, wie es um mich steht. Es ist kein wirkliches Lächeln, nicht mal der Ansatz davon. Was ist auch lustig daran, wenn ein gestandener, dreißigjähriger Mann noch ein Nachtlicht als Einschlafhilfe braucht? Das ist extrem albern und über alle Maßen kläglich. Oder ist es etwa normal, dass ich mir bis jetzt keine Filme ansehen kann, in denen Menschen Leid irgendeiner Art zugefügt wird? Szenen, von denen ich natürlich genau weiß, dass sie inszeniert, gespielt und unecht sind. Nicht real eben – und dennoch, ich ertrage es nicht!
In einer großen Tageszeitung habe ich einmal eine Frage gelesen, deren Antwort ich leider genau kenne: »Kann die Seele eines Menschen zerbrechen?« – Ja, das kann sie, in nur wenigen Sekunden!
Unablässig blicke ich in das beruhigende Flackern des matten Lichtes. Irgendwann merke ich erleichtert, wie schwer meine Augenlider werden und dass die Müdigkeit ein weiteres Mal im Begriff ist, den Sieg gegen all meine Ängste einzustreichen.

Als ich am folgenden Morgen die schneebedeckte Straße zu dem Haus der Kents entlangfahre, frage ich mich, warum ausgerechnet Kristin und Tom sich entschieden haben, so abgeschottet und entlegen zu wohnen. Julie beansprucht ständig ihre gewohnte Umgebung, wie ich gestern gelernt habe. Das bedeutet doch besonders für Kristin sowieso schon eine enorme Einschränkung

ihrer Mobilität. Ich weiß, dass sie bis vor ein paar Jahren am Rande einer kleinen Stadt im Nordosten des Landes gewohnt haben und sich aus freien Stücken für die Idylle, aber eben auch für die Einsamkeit dieses Landhäuschens entschieden.
Mit dem festen Vorsatz, die beiden bei Gelegenheit nach dem Grund für ihren Entschluss zu fragen, betätige ich die Türklingel.
»Grüß dich, Matt«, empfängt Kristin mich freundlich. Die vertrauliche Anrede klingt noch ein wenig ungewohnt in meinen Ohren, fühlt sich aber eigentlich sehr gut an. Wir haben gestern Abend beschlossen, dass das ständige »Mr. Andrews« und »Mrs. Kent« für die Zukunft einfach zu steif und umständlich ist. Kristin streicht sich ihre dunklen Haare hinter die Ohren zurück und bittet mich mit einer galanten Handbewegung herein.
»Guten Morgen, Kristin. Na, wie geht es dem Patienten?«, frage ich, während ich meinen Mantel ausziehe.
»Er hat auf der Couch geschlafen. Die Nacht wurde schwierig, als die Schmerzmittel nachließen. Ich habe ihm dann gegen halb vier eine neue Tablette gegeben, und jetzt geht es ihm recht gut.«
Nachdem ich Tom kurz begrüßt und mich auch bei ihm noch mal nach seinem Befinden erkundigt habe, steigen Kristin und ich die schmale Treppe zum Obergeschoss hoch.
Julie sitzt in ihrem Zimmer auf einem Teppich. Kristin hat sie bereits angezogen und ihre Haare zu einem dicken Zopf im Nacken geflochten.
Bei ihrem Anblick kann ich mir ein Schmunzeln nicht verkneifen. Man merkt deutlich, dass ihre Mutter sie zurechtmacht, denn ich kann mir beim besten Willen nicht vorstellen, dass Julies Kleiderwahl – in ihrem Alter und so hübsch, wie sie ist – unter anderen Umständen auf einen rosa Bärchen-Strickpullover und weiße Cordhosen gefallen wäre.
Sie ist Toms und Kristins kleines Mädchen, nach wie vor, das

wird mir schlagartig bewusst. Da Julie ihr einziges Kind ist, versuchen die beiden vielleicht sogar, sie äußerlich möglichst lange mädchenhaft zu halten. Diese Vermutung wird zur Erkenntnis, als ich mich nun, zum ersten Mal bei Tageslicht, genauer in Julies Zimmer umsehe.

Obwohl die Familie erst in dieses Haus eingezogen ist, als Julie schon eine junge Erwachsene war, ist der Raum sehr kindlich gestaltet. Auch hier sind Babyrosa und Weiß die dominierenden Farben. Es gibt viele Puppen und Plüschtiere. Unwillkürlich muss ich lächeln, als mir der Gedanke an Amy kommt und mit ihm die genaue Vorstellung ihrer Reaktion auf ein solches Zimmer. Ihren schockierten, sogar leicht angewiderten Gesichtsausdruck habe ich deutlich vor Augen.

Amy hasste Rosa. Obwohl – ich weiß nicht, ob sie die Farbe an sich hasste oder nur die Tatsache, dass Gott und die Welt zu glauben schienen, Mädchensachen müssten zwangsläufig in dieser Farbe sein.

Amy war immer ein kleiner Rebell gewesen und weigerte sich strikt, in eine Schublade mit den anderen Mädels gesteckt zu werden. Und sie hatte recht, denn sie war außergewöhnlich. Die Wände ihres Zimmers waren in Orange und Gelb gehalten, und während sich die anderen Mädchen der Siedlung zum Puppen-Kaffee verabredeten, spielte sie viel lieber mit mir im Freien Fangen oder aber mit unseren Dinosaurier-Figuren. Die einzige Puppe, die sie besaß, hatte sie in die hinterste Ecke ihres Zimmers verbannt und würdigte sie keines Blickes.

Ja, Amy war wirklich meine Rettung gewesen, denn in unserem kleinen Dorf gab es keine anderen Jungs außer mir. Nur mit ihr an meiner Seite war dieses Schicksal erträglich gewesen.

Als ich mir meines mentalen Ausflugs bewusst werde, schüttele ich meinen Kopf, verdränge all diese Erinnerungen und konzentriere mich wieder auf das Hier und Jetzt.

Kristin sieht mich erwartungsvoll an. Julie hockt im Schneidersitz vor mir; wieder wiegt sie sich hin und her und begleitet ihre Bewegungen mit diesem seltsamen Singsang. *Was summt sie da bloß?*
»Sieh mal, Liebling, wer hier ist«, beginnt Kristin und streicht ihrer Tochter behutsam über den Kopf. »Matt ist da, du kennst ihn ja schon von gestern.«
Entschlossen gehe ich neben Julie in die Hocke, doch plötzlich fühle ich mich wieder genauso unbeholfen wie schon am Vorabend, als ich sie zum ersten Mal tragen wollte.
»Kann ich … ich meine, kann ich sie jetzt einfach so anheben, oder wie …? Tom hat mir ja schon die wichtigsten Dinge, auf die ich achten muss, erklärt, aber ich …«
Sofort kommt Kristin mir zu Hilfe. »Ja, sie scheint nicht zu bemerken, wer sie hebt. Allerdings wissen wir das nicht, wir nehmen es nur an. Vielleicht bekommt sie doch etwas mit, und wer hätte es gerne, einfach geschnappt und weggetragen zu werden? Deshalb sagen wir ihr jedes Mal, was wir vorhaben. Trag sie am besten so, wie du es gestern auch getan hast – das scheint ganz gut zu funktionieren, und so macht es auch Tom immer. Also so, wie ein Bräutigam seine Braut über die Schwelle trägt.«
Sie lächelt, sichtlich nervös. Der Vergleich scheint ihr peinlich zu sein. *Nun, mir auch.*
»Okay.« Zaghaft lege ich meine Hand auf das Knie der jungen Frau. Unter Kristins aufmerksamem Blick komme ich mir unangenehm beobachtet vor; die Situation erinnert mich an eine Prüfung. Doch als ich in Julies Augen schaue, die, wie schon am Abend zuvor, geradewegs durch mich hindurchsehen und mich gar nicht zu registrieren scheinen, entspanne ich mich wieder ein wenig.
»Hey Julie!« Meine Stimme ist kaum mehr als ein Flüstern. Im selben Moment frage ich mich, ob ich ihret- oder meinetwegen

so leise spreche – und warum ich das überhaupt tue. Ich räuspere mich und fasse den Entschluss, normal mit ihr zu reden, als könne sie mich hören und verstehen.
»Ich trage dich jetzt wieder die Treppe runter, weil dein Dad das mit seinem verletzten Rücken noch nicht kann, okay?«
Vorsichtig nehme ich sie hoch und manövriere uns durch die Türöffnung. Es ist eigenartig, dass sie zwar über eine gewisse Körperspannung verfügt, jedoch regungslos – und scheinbar auch völlig willenlos – in meinen Armen liegt.
Etwas steif trage ich Julie die schmale Treppe hinunter, die uns direkt in den Wohnraum führt. Dort lasse ich sie auf dem Teppichboden vor dem Kamin nieder.
»Da sitzt sie am liebsten«, erklärt Tom. Mit seiner Tochter vor Augen erhellt sich sein Gesichtsausdruck. Er wirkt zufrieden.

Kurz darauf verabschiede ich mich vorerst wieder von der kleinen Familie. Kristin begleitet mich zur Tür.
»Matt, ich weiß überhaupt nicht, wie ich dir jemals danken kann«, sagt sie, als sie mir meinen Mantel reicht.
»Jetzt übertreib mal nicht«, erwidere ich verlegen. »Ich hab Julie bisher doch nur zweimal über die Treppe getragen.«
»Nein, das meine ich nicht. Ich spreche nicht von der Tatsache, dass du uns hilfst. Es ist die Art, wie du es tust. Tom hat mir meinen Eindruck bestätigt – so jemanden wie dich haben wir bislang noch nicht kennengelernt.«
Gut, das klingt nun wirklich maßlos übertrieben, doch Kristin zögert nicht lange, mir ihre Behauptung zu erklären. »Sieh mal, obwohl Julie dir mitsamt ihrer Eigenheiten völlig fremd ist, hast du keine Berührungsängste. Da, wo andere schnell wegsehen, interessierst du dich für sie und schaust genau hin. Du glaubst nicht, wie viel uns das bedeutet, Matt! Und Julie … sie kann es zwar nicht ausdrücken, aber ich weiß, dass sie dich mag. Ich spüre es!«

Verflucht, ich kann mit Komplimenten einfach nicht umgehen. Meine Ohren glühen bereits, das fühle ich genau. »Das freut mich, Kristin. Wir sehen uns dann heute Abend wieder. Ich komme heute etwas früher als gestern. So gegen sechs, denke ich.«
»Oh, das ist unsere Abendbrotzeit. Darf ich dich einladen, mit uns zu essen?« Erwartungsvolle Augen blicken mich an und machen es mir unmöglich, das herzliche Angebot abzulehnen. *Warum sollte ich auch? Es ist ja nicht gerade so, dass ich etwas Besseres vorhätte.*
»Sehr gerne, vielen Dank!«, willige ich ein und verabschiede mich noch einmal. Das Letzte, was ich sehe, bevor ich mich abwende, ist, dass Julies Schaukeln hinter dem Rücken ihrer Mutter plötzlich deutlich stärker wird.

Nur wenig später öffnen sich die Türen des Aufzugs, und ich betrete die Praxis. Die sterile, kühle Luft, der Geruch des Desinfektionsmittels, das Treiben meiner Kollegen, die wartenden Patienten und die Helligkeit der großen, kargen Räume – all diese Eindrücke mögen in ihrer Gesamtheit für Außenstehende eine Art Krankenhausatmosphäre versprühen, doch ich liebe diese Umgebung. In diesem Gebäude bin ich eigentlich zu Hause, hier liegt die einzige Bestimmung, die ich bisher in meinem eigenartigen Leben ausmachen konnte. Ich helfe den Menschen, auf meine spezielle Art und Weise.
»Guten Morgen, Mr. Andrews«, begrüßt mich unsere Sekretärin. Wie immer strahlt sie über das ganze Gesicht. Wahrscheinlich wacht sie morgens schon mit einem breiten Grinsen auf. Sie ist so winzig, dass sie nur schwerlich über die Ablage, hinter der sie sitzt, spähen kann. Dieser Anblick bringt mich jedes Mal erneut zum Lächeln und lässt mich für einen kurzen Moment alles andere vergessen.

»Guten Morgen, Mary«, erwidere ich und lege ihr, wie an jedem Morgen, einen Schokoriegel auf den Tresen. Heute ist es Haselnuss, ihre Lieblingssorte.
»Oh, tun Sie das nicht! Nicht schon wieder! Das ist so gemein! Sie wissen genau, dass ich nicht widerstehen kann.« Mary verdreht ihre Augen in einem kläglichen Versuch, genervt zu wirken. »Ich liebe Schokolade, und Ihretwegen werde ich eines Tages noch aus allen Nähten platzen, Mr. Andrews.« Vorwurfsvoll sieht sie zu mir auf, doch die Halbherzigkeit ihres Protests ist allzu offensichtlich.
»Und Sie wissen genau, dass auch ich nicht anders kann, Mary. Bei Ihrem Anblick regt sich sofort mein fürsorgliches Herz und mit ihm das Bedürfnis, Sie zu füttern. Sie sind einfach viel zu … wenig! Essen Sie doch ein bisschen mehr, dann lasse ich Sie auch in Ruhe! Andernfalls muss ich davon ausgehen, dass Ihr ständiges Gezeter nichts weiter als heiße Luft ist und Sie insgeheim auf Ihren morgendlichen Imbiss warten.«
Nun wirkt die Empörung, die sich in ihrem Gesicht widerspiegelt, schon aufrichtiger – doch nur für einen kurzen Moment. Dann lacht sie und wirft mir einen funkelnden Blick zu.
»Der Punkt geht an Sie.«
Schon reißt sie das Silberpapier des Schokoriegels auf. Mit nur zwei großen Bissen stopft sie ihn sich in den Mund; kauend liest sie mir meine ersten Termine vor. Aus ihrem breiigen Genuschel kann ich jedoch nichts Brauchbares heraushören.
»Mary! Seien Sie doch so lieb und schlucken Sie zuerst runter. Ich verstehe kein Wort.«
Sie kichert hinter vorgehaltener Hand. Ich mag ihre Stimme. Sie klingt hell und mädchenhaft – irgendwie erfrischend.
Endlich ist sie bereit weiterzusprechen. »Also, Mrs. Jordan wartet auf Sie zur Massage, danach Mr. Scott zur Rückengymnastik. Allerdings haben wir bereits zwei Schmerzpatienten im Warte-

zimmer. John übernimmt die hübsche junge Frau«, an dieser Stelle blickt Mary mich eindringlich an und zieht ihre Augenbrauen vielsagend hoch, »den älteren, leicht tattrigen Herrn sollen Sie dazwischenschieben. Sagt er.«
Nun grinst sie breit. Die letzten Worte, die ihren Weg über Marys pink geschminkte Lippen finden, sind nicht mehr als ein verschwörerisches Flüstern: »Megan hat angeblich keine einzige freie Minute mehr – wie immer.«
Schon klar, alles beim Alten.
»Okay, kein Problem! Wie heißt der gute Mann denn, den John mir zugedacht hat?«
»Oh, nein!« Energisch schüttelt Mary den Kopf, so dass ihre kinnlangen blonden Haare wild umherfliegen. »Nehmen Sie sich bloß zuerst Mrs. Jordan vor, sonst rastet die noch aus.«
Sich der schützenden Höhe des Tresens bewusst, lässt Mary den Zeigefinger neben ihrer Schläfe kreisen, schielt dabei und streckt ihre schokogefärbte Zunge ein Stück weit heraus. Die Geste ist eindeutig – und nicht völlig unberechtigt. Mrs. Jordan ist nicht gerade leicht zu handhaben.
Ich spare mir einen Kommentar und wende mich ab.
Vor dem Wartezimmer rufe ich den Namen meiner Stammpatientin auf und warte, bis sie ihr Handygespräch beendet hat.
»Ja, ja! Machen Sie es einfach so, wie ich es angeordnet habe, George. Jeffs Meinung dazu interessiert mich nicht die Bohne. Wenn Ihnen Ihr Job lieb ist, dann tun Sie einfach nur das, was ich Ihnen sage, verstanden?«
Die letzten Worte zischt sie wütend in das winzige Mobiltelefon hinein und drückt ihren Gesprächspartner dann einfach weg, ohne sich zu verabschieden. Als sie sich mir zuwendet, verzieht sich ihr vor Ärger zusammengekniffener Mund von einer Sekunde auf die andere zu einem breiten Lächeln, das ihre Augen nicht einmal annähernd erreicht.

»Mr. Andrews, bitte entschuldigen Sie«, säuselt sie in einem Ton, der so zuckersüß ist, dass man allein vom Zuhören schon Gefahr läuft, Karies zu bekommen. Dann ändert sich ihre Miene, wird wieder ernster, und die markante Verbissenheit kehrt auch in ihre Stimme zurück. »Es gibt nichts Schlimmeres als unfähiges Personal. Aber das kennen Sie sicherlich auch, oder?« Ihr Blick trifft auf Mary, die mir in diesem Moment ein Formular zur Unterschrift hinhält und aufgrund dieses Angriffs hilfesuchend zu mir aufschaut. Ich schenke ihr ein Lächeln, bevor ich den Kugelschreiber entgegennehme und blind unterschreibe, was auch immer sie mir da gerade gereicht hat.
»Nein, ich kann wirklich sagen, dass ich mit der Leistung unserer Angestellten sehr zufrieden bin«, entgegne ich und zwinkere Mary unauffällig zu. Ihre Augen weiten sich, bevor sie sich mit einem triumphierenden Grinsen der Patientin zuwendet, die sie von allen am meisten hasst. Mit betont erhobenem Kopf und einem fast schon majestätisch stolzen Gang verschwindet sie schließlich wieder hinter ihrem Schreibtisch.
»Sie Glücklicher! Ich sollte Sie einstellen, als Personalberater«, witzelt Mrs. Jordan und lacht schrill über ihre Bemerkung. Noch bevor ich mit der Hand in die Richtung meines Behandlungsraums weisen kann, stöckelt sie bereits vor mir her. Sie redet, wie üblich, ohne Punkt und Komma – ausschließlich von sich selbst und von all den Dingen, die sie so sehr in ihrem Leben stören.
»Ich brauche Ihre Massage wirklich dringend, um diesen schrecklichen Tag zu überstehen. Er hat schon furchtbar angefangen. Haben Sie die Börse gesehen? Heute scheint es noch schlimmer zu werden als gestern – und gestern war es wirklich schon grausam genug.«
Mit wütendem Schwung pfeffert sie ihre Tasche auf den Sessel und entkleidet sich hinter dem nur nachlässig zugezogenen Umkleidevorhang, während auch ich meinen Mantel ablege

und meine Hände wasche. Ihr Mundwerk steht nicht für einen Augenblick still.

»Ich sage zu ihm, ›du verkaufst bei 85 Dollar‹. Und was tut er? Er verpasst den Moment und verkauft bei 84,85! Wissen Sie, wie viel Geld uns das gekostet hat? Nur eine kleine Unaufmerksamkeit und weit über 10 000 Dollar sind im Eimer. Einfach weg! Es ist ja nicht etwa so, dass wir mit ein, zwei Aktien handeln, wir verwalten enorme Vermögen. Sie würden sich wundern, Mr. Andrews, welche berühmten Persönlichkeiten wir zu unseren Kunden zählen. Da darf so ein Fehler einfach nicht passieren, das ist unverzeihlich. Natürlich musste ich ihn auf der Stelle feuern, das versteht sich von selbst …«

Während ich meine Hände zunächst gründlich abtrockne und dann mit ein wenig Rosenöl, welches sie am liebsten hat, knete und aufwärme, achte ich gerade genug auf ihren Monolog, um an den richtigen Stellen ein »Oh« oder ein »Aber natürlich« einfließen zu lassen.

Mrs. Jordan ist neunundvierzig Jahre alt und das Abbild einer Person, die, meiner Ansicht nach, genau die falschen Dinge des Lebens verfolgt. Sie ist ständig im Stress, ständig unzufrieden mit ihrem momentanen Lebensstil, ihrem Äußeren und dem Status, den sie mittlerweile erreicht hat und eigentlich längst schon genießen könnte.

Sie ist eine der Frauen, die Dinge mit ihrem Körper haben anstellen lassen, für die manch ein Gebrauchtwagenhändler in den Knast gewandert wäre. Gescheitert auf der Suche nach der ewigen Jugend, verbittert, weil sie den Kampf gegen das Alter – trotz all der Operationen und all des Verzichts, den sie ständig lebt – langsam, aber sicher zu verlieren scheint. Unwillig, den Lauf der Natur zu akzeptieren, und außerstande, jemandem oder etwas die Kontrolle über sich zu gewähren.

Dass sie aus tiefster Überzeugung kinderlos geblieben ist, un-

terstreicht sie gerne mit Sätzen wie »Diese kleinen Bälger sind einfach Gift fürs Inventar« oder »So ein Rotzbengel kostet an Unterhalt genauso viel wie mein Porsche – aber mein Porsche widerspricht mir nicht«.
Bereits zum dritten Mal verheiratet, berichtet sie mir laufend von den Unzulänglichkeiten ihres derzeitigen Mannes und davon, dass sie es sicher nicht mehr lange mit diesem »Schmarotzer«, wie sie ihn gerne betitelt, aushalten wird. Wenn sie die nächste Schönheitsoperation hinter sich gebracht hat, wird sie sich wohl auch von ihm trennen, erzählte sie mir erst kürzlich.
Oh, man hört so viele Dinge, wenn man massiert. Doch all die Geständnisse und Erzählungen, die die Lippen meiner Patienten verlassen, sind absolut nichts gegen die Geschichten, die mir ihre Seelen anvertrauen.
Meine Hände gleiten über die Körper der unterschiedlichsten Menschen. Egal ob alt oder jung, dick oder dünn, arm oder reich, schön oder hässlich – unter meinen Händen sind sie alle gleich. Ich massiere ihre Knoten weg und knete das verhärtete, schlecht durchblutete Gewebe durch, mache es wieder warm und weich. Die meisten Patienten schließen bald ihre Augen und genießen die Ruhe, um sich auf sich selbst, auf ihr tiefstes Inneres, zu konzentrieren. Ich tue dasselbe. Ich richte meinen Fokus einzig und allein auf diesen einen Menschen, der unter meinen Händen liegt. Auf seine Haut, seine Muskeln, den pulsierenden Blutfluss in seinen Adern, seinen Atem, seinen Geruch, seinen Herzschlag – und dann, früher oder später, verschmelze ich mit ihm, und er öffnet sich mir, ohne es zu ahnen, in einer unbewussten Weise. Das ist der Moment, in dem unser eigentlicher Dialog beginnt – wenn seine Seele zu mir spricht.
Auf diese Art erfahre ich mitunter die intimsten Begebenheiten und die vertraulichsten Geheimnisse meiner Patienten, ohne sie jemals danach zu fragen. »Eine gute Massage ist wie eine Offen-

barung«, habe ich einmal gelesen, und das scheint es genau zu treffen.
Wenn sich die Pforte zu den Seelen meiner Patienten öffnet, dann weiß ich genau, nach welchen Ölen ich greifen muss, ob ich sie rein verwenden oder besser miteinander vermischen soll, wo ich meine Hände ansetzen muss und wie stark der Druck meiner Finger zu sein hat, um die beste Wirkung zu erzielen.
In diesen Momenten bin ich ein wenig wie ein Savant, wie Julie: Ich weiß, ohne zu lernen.
Dieses Wissen geht so weit, dass mich die Entdeckung meiner Gabe zunächst sehr erschreckte. Denn ich sehe die Erlebnisse, die den Verspannungen und Schmerzen meiner Patienten zugrunde liegen, bildlich vor mir. So ist es mir möglich, meine Behandlung am Ursprung anzusetzen. Und die Wurzel eines jeden chronischen Leidens habe ich bisher immer in den verwundeten Seelen der Menschen gefunden. Das ist mein Geheimnis.
»O Gott, Mr. Andrews, wenn ich schon sterben muss, dann möchte ich bitte unter Ihren Händen sterben. Das wäre wirklich ein seliger Tod.« Mrs. Jordan seufzt gewohnt theatralisch, sobald meine Hände sie berührt haben.
Ich freue mich zwar, dass sie wenigstens hier die Möglichkeit findet, sich ein wenig zu entspannen, doch dieser selige Zustand, von dem sie spricht, hält leider nicht lange an und erreicht bei ihr auch nie die erfolgverheißende Tiefe.
»Mein Mann könnte wirklich etwas von Ihnen lernen. Jack hat nicht die leiseste Ahnung davon, wie man eine Frau anfassen sollte. Ich wette, Sie dagegen …« Sie zögert, jedoch nur kurz. »Sie sind bestimmt phantastisch im Bett. Das soll keine plumpe Anmache sein, verstehen Sie mich nicht falsch. Aber ein Mann, der diese Dinge mit seinen Händen tun kann …«
Ich unterbreche sie mit einem kurzen Lachen und ärgere mich, dass es so nervös klingt. Schnell gebe ich ihr die Anweisung, nun

still zu liegen und den Kopf ein wenig stärker zu neigen, ohne dass das für meine Massage von Bedeutung wäre, nur mit dem einen Ziel, sie von weiteren Lobeshymnen abzuhalten. Es funktioniert tatsächlich.
Mrs. Jordan gibt mir ein paar ruhige Minuten, doch es will mir einfach nicht gelingen, mich voll und ganz auf sie zu konzentrieren. Immer wieder schweifen meine Gedanken ab zu Tom und Kristin. Wie sehr sich ihr Leben doch von Mrs. Jordans unterscheidet.
Nur noch selten, wenn ihre Schmerzen sehr stark sind, behandle ich diese schwierige Patientin in meinem speziellen, fast schon tranceartigen Zustand. Die Wurzel ihres Übels lässt sich nicht herausreißen, denn sie erwächst aus Mrs. Jordan selbst. All die körperlichen Beschwerden finden den Ursprung in ihrer unbändigen Unzufriedenheit, für die ich keine Ursache ausmachen kann. Ich kann lediglich versuchen, ihre Schmerzen zu lindern. So beschränken sich meine Methoden bei ihrer Behandlung auch heute wieder auf die eines jeden anderen Masseurs. Mrs. Jordan dreht sich ständig um sich selbst, hechtet dem vermeintlichen Glück hinterher und wird dabei immer unglücklicher. Ohne dass es ihr eigentlich an etwas fehlt.
Kristin und Tom dagegen haben wirklichen Kummer, doch sie nehmen das Leben so, wie es ihnen gegeben ist, und versuchen jeden Tag erneut, das Beste daraus zu machen. Ich bewundere sie zutiefst für die Hingabe, mit der sie sich um ihre Tochter kümmern.
Meine Gedanken drehen sich für einige Minuten um Julie. Sie hat mich ohne Zweifel und unwiderruflich in ihren Bann gezogen. Auf welche Weise, ist mir selbst nicht ganz klar.
Da fällt mir etwas ein. Vielleicht würde auch ihr eine Massage guttun. Julie sitzt fast immer in dieser zusammengekauerten Position auf dem harten Fußboden. »Dort sitzt sie am liebsten«,

hatte Tom gesagt. Im Schneidersitz, schaukelnd und summend, verbringt sie einen Großteil ihres Tages. Für ihre Wirbelsäule und die gesamte Rückenmuskulatur ist diese dauerhafte Haltung das pure Gift, so viel steht fest.
Ich beschließe, Tom und Kristin das Angebot zu machen, ihre Tochter zu massieren – kostenlos, versteht sich. Vielleicht entlohnt Julie mich ja auch mit einem Einblick in ihre Seele. Vielleicht erfahre ich so ein wenig mehr über sie.
Julie. Was ist es bloß, was mich an dieser sonderbaren jungen Frau so sehr fasziniert?

Als ich Mrs. Jordan verabschiedet habe und die Abrechnung für ihre Patientenakte auf den Riesenschreibtisch lege, sieht Mary zu mir auf. Ihr Blick wird immer tiefgründiger, sie kneift die Augen prüfend zusammen.
»Hey, was ist denn das? Sie lächeln ja«, bemerkt sie schließlich.
Mit zur Seite geneigtem Kopf schaue ich sie an. »Ich weiß ja, dass ich ein ziemlicher Langweiler bin, aber es ist doch nicht das erste Mal, dass Sie mich lächeln sehen! Oder?«
»Nein, das nicht. Aber Sie lächeln niemals so verträumt vor sich hin wie gerade eben. Es ist sonst immer nur eine Reaktion.« Sie zieht die Augenbrauen zusammen und spricht die folgenden Worte betont abgehackt und nüchtern, in ihrer tiefsten Stimmlage. »Sie lächeln sehr kurz, meist nur angedeutet und zweckgebunden und eigentlich immer etwas … hm …«
Mit schiefem Mund und geschürzten Lippen scheint sie nach dem richtigen Wort zu suchen. »Ja, Ihr Lächeln hat immer etwas latent Melancholisches an sich. Aber das von eben war völlig anders. Es war … ehrlicher und … fast glücklich.«
»So, so«, erwidere ich und kratze mich in meinem Nacken.
Mir ist klar, dass Mary eine der Personen ist, die ich in meinem Alltag am häufigsten sehe. Es ist trotzdem fast ein wenig beängs-

tigend, wie genau sie mich kennt. Aber das muss ich ja nicht unbedingt zugeben. Langsam beuge ich mich über den Tresen zu ihr herab.
Mit großen, offenen Augen begegnet sie meinem Blick.
»Was immer Sie nehmen, Mary, nehmen Sie weniger davon«, necke ich sie flüsternd.
Es gelingt mir, mich schnell genug abzuwenden – noch bevor ihr Schlag meinen Oberarm treffen kann.

Kapitel III

Ich weiß nicht. Was denkst du, Tom?« Unentschlossene Blicke durchkreuzen den Raum und bleiben auf der Suche nach der richtigen Lösung aneinander haften. Das ist nicht gerade die Reaktion, die ich mir ausgemalt hatte. Schließlich biete ich Kristin und Tom meine Dienste für Julie kostenlos an, das hatte ich doch wohl deutlich gemacht. Ehrlich gesagt hatte ich mit etwas mehr Euphorie gerechnet.
Tom zuckt – es wirkt fast gleichgültig – nur mit den Schultern.
Als Kristin, ähnlich verhalten wie ihr Mann, wieder zu mir schaut, bemerkt sie meine Enttäuschung.
»Oh, bitte entschuldige, Matt.« Ihre Hand legt sich über meine.
»Es ist so lieb von dir, dass du uns das anbietest. Dass du dir überhaupt solche Gedanken machst, aber … es ist sehr schwierig für uns, Entscheidungen wie diese zu treffen. Wenn Julie uns sagen könnte, was sie will, oder wenn wir wenigstens sicher sein könnten, dass unsere Erklärungen sie wirklich erreichen, dann wäre es leichter. Aber so … Wir können einfach nicht wissen, was sie davon hält, dass ein noch relativ fremder Mann sie massieren soll und dass … na ja, dass wir sie dann vor dir entkleiden müssten.«

Ihre Erklärung ist Kristin offensichtlich ziemlich peinlich, und auch Tom scheint es da nicht anders zu gehen. Er reibt sich den Hinterkopf und lacht verlegen auf.
»Kristin, das klingt fast so, als ob Matt etwas Unanständiges mit Julie im Sinn hätte. Es geht doch nur um eine Massage.« Er sieht seine Frau so eindringlich an, als wolle er sie an meine Professionalität erinnern. »Ich denke, Matt hat recht. Sieh sie dir doch an, wie sie dasitzt. Ich könnte nicht den ganzen Tag in dieser Haltung verbringen. Und, ehrlich, wenn unsere Erklärungen, warum Matt sie massieren soll, nicht zu ihr durchdringen, dann kriegt sie wahrscheinlich auch von der Massage selbst nichts mit, oder? Ich finde …« Er zögert noch kurz, doch dann nickt er entschlossen. »Ja, ich finde, einen Versuch ist es bestimmt wert.«
»Bitte«, werfe ich ein, »es sollte nur ein Angebot sein. Und dieses gilt natürlich auch weiterhin. Ihr könnt mich jederzeit beim Wort nehmen, wenn ihr euch einig seid.«
»Nein!« Kristin schaut gedankenvoll auf unsere Hände, denn noch immer ruht ihre auf meiner. Unter ihren winzigen Fingern wirkt meine Hand wie eine Pranke. »Ich stimme Tom zu.« Dann hebt sie den Kopf und sieht entschlossen zu mir auf. »Eine Massage für Julie wäre großartig, Matt.«

Ich hatte einige Tage gewartet, Julies Eltern mein Angebot zu unterbreiten. Jetzt bin ich mir nicht einmal mehr sicher, ob ich es überhaupt hätte tun sollen. Ich wollte niemanden bedrängen. Bereits seit einer guten Woche bin ich nun schon jeden Morgen und jeden Abend hier, und das gemeinsame Abendessen ist fast schon zu einer Art Ritual geworden. Tom und Kristin behaupten standhaft, dass es das Wenigste sei, was sie tun könnten, um sich zu revanchieren, und ich genieße die Stunden mit ihnen und Julie wirklich.
Auch diesen Abend verbringen wir in dem großen Wohnraum.

Die Holzscheite des knisternden Feuers scheinen geheimnisvolle Geschichten aus Zeiten zu erzählen, als sie noch Stämme von Bäumen waren, deren Äste sich im rauhen Wind wiegten. Draußen schneit es gemächlich vor sich hin. Der Geruch von frischem Brot und heißem Tee erfüllt mich mit Zufriedenheit. Ich fühle mich sehr wohl im Kreise dieser besonderen kleinen Familie. Abende wie diese erinnern mich an Momente, die zwar lange schon vergangen sind, die ich jedoch niemals in meinem Leben vergessen werde und von denen ich bis heute noch schmerzlich zehre. Bei dem Gedanken an meine Eltern bildet sich ein dicker Kloß in meinem Hals. Ich versuche vergeblich, ihn mit Tee hinunterzuspülen.
Als ich die Tränen hinter meinen Augen spüre, wende ich den Blick ab und bleibe prompt an Julie hängen. Sie sitzt, wie so oft, sich hin- und herwiegend auf dem Fußboden vor dem Sofa, auf dem Tom nach wie vor liegen muss. Ihre Bewegungen sind dabei so akkurat, dass sie beinahe schon mechanisch wirken – wie eine Uhr, deren Pendel absolut korrekt ausschlägt. Eigentlich sieht sie so aus, als meditiere sie ganz im Einklang mit sich selbst vor sich hin und als wolle sie dabei auf keinen Fall gestört werden.

Als wir vor acht Tagen zum ersten Mal zusammen aßen, war ich schier fassungslos gewesen, als ich sah, wie sich Julie plötzlich erhob und zum Tisch ging, als sei es das Normalste der Welt. Sie setzte sich und begann, selbständig zu essen.
»Wie kann das sein?«, fragte ich ihre Eltern erstaunt. »Ihr habt doch gesagt, die Ärzte seien der Meinung, sie bekomme so gut wie nichts von ihrer Außenwelt mit. Wie kann sie dann in der Lage sein, ohne Hilfe zu essen? Sie weiß doch offensichtlich, dass es genau jetzt Essen gibt, dass dies hier ihr Platz ist und dass exakt hier die Butter steht, oder nicht?«
»Ja, das weiß sie.« Tom nickte. »All ihre körperlichen Bedürfnis-

se erledigt sie eigenständig. Wenn sie müde ist, legt sie sich hin – aber nur in ihr eigenes Bett. Wenn sie sich erleichtern muss, sucht sie die Toilette auf, und wenn sie Hunger hat, geht sie sogar an den Kühlschrank und mopst sich ein Stück Käse.« Er lachte. »Wir halten uns strikt an unseren eingespielten Tagesrhythmus, um ihr das Leben zu erleichtern. Morgens, Punkt acht, gibt es Frühstück, um eins dann Mittagessen und um sechs Uhr abends Abendbrot. So ist das schon immer.« Achselzuckend sah Tom mich an, und Kristin reichte mir den Korb mit dem Brot.
»Genauso gibt es auch bestimmte Zeitfenster für alle anderen Aktivitäten«, erklärte sie mir. »Anziehen, Zähne putzen, Haare bürsten – alles geschieht in einer festen Reihenfolge, jeden Tag. Mit Julie gibt es kein Wochenende und keine Ferien, keine Auszeit von der Routine.«
Es wunderte mich, dass Kristins Ton bei diesen Worten nicht wehmütig klang, doch sie lächelte. Nicht einmal ihre Augen zeigten Betrübnis, als Tom fortfuhr.
»Die Ärzte sind der Auffassung, dass Julie diesen beständigen Rhythmus braucht, um sich einigermaßen zurechtzufinden. Was bleibt uns anderes übrig, als ihnen Glauben zu schenken?« Wie immer versuchte er, sich seine Verzweiflung nicht anmerken zu lassen, doch ich spürte, dass er dem Schicksal weniger ergeben ist als seine Frau.
Ich beobachtete Julie genau. Sie aß eine Schnitte Brot mit Schinken und Tomaten und eine weitere mit Käse. Als sie etwa die Hälfte dieser zweiten Schnitte gegessen hatte, legte sie den Rest des Brotes abrupt auf ihrem Teller ab und verfiel sofort wieder in ihr Geschaukel.
»Sie isst immer dasselbe, jeden Abend. Nachdem sie genau fünfmal von dem Käsebrot gebissen hat, legt sie es ab wie ein Stück heiße Kohle«, erzählte Kristin mir.

Als ich Julie nun so vor dem flackernden Kamin sitzen sehe, frage ich mich wieder einmal, was wohl in ihrem Kopf vorgeht. Ich verfolge ihren Blick bis in die lodernden Flammen, die miteinander um Dominanz zu kämpfen scheinen. Was Julie dort wohl sieht? Sieht sie überhaupt etwas davon?
Mir wird klar, dass unsere Situationen gar nicht so unterschiedlich sind, wir sitzen nur auf unterschiedlichen Seiten. Vermutlich sieht sie ebenso viel von den Flammen wie ich von ihr. Und so, wie man den Flammen von außen nicht ansehen kann, was sie wirklich ausmacht, scheint es auch bei Julie zu sein. Irgendwie werde ich das Gefühl nicht los, dass sie mit ihrem Klavierspiel, ihrem ständigen Singsang und vielleicht sogar mit ihrem Schaukeln noch viel mehr zum Ausdruck bringt, als wir erahnen können. Vielleicht hat all das eine tiefe Bedeutung für sie – und wir tun es als gewöhnlich autistische Verhaltensweisen ab und verstehen nur im Ansatz, was sie damit meint.
Eins steht nach diesen Tagen mit Julie auf jeden Fall für mich fest: Das, was wir von ihr wahrnehmen, kann einfach nicht das sein, was sie wirklich *ist*. Es scheint so viel mehr in ihr zu stecken. Wie sie mich angesehen hat bei unserer ersten Begegnung – so, als wolle sie mich dazu auffordern, tiefer zu blicken und sie richtig kennenzulernen. Aber wie gelangt man zu dem Rest, diesem entscheidenden Teil von ihr? Wie erlernt man ihre Sprache, um wirklich zu ihr durchzudringen?
Ihr Gesicht wirkt nach wie vor wie das einer Puppe auf mich. Sehr hübsch, zweifellos, aber völlig leblos und ohne irgendein Merkmal, welches unverkennbar nur zu ihr, nur zu Julie, gehört. Irgendetwas regt sich in diesem Moment tief in mir. Etwas, das dieses Bild von Julie einfach nicht als endgültig akzeptieren will. Denn auch wenn ich es selbst kaum glauben kann und es zugegebenermaßen ein wenig verrückt ist – Julie ist nach Amy das erste Mädchen, das mich in meinem tiefsten Innern berührt

und in dessen Nähe ich mich auf eine seltsame Weise geborgen fühle.

»Also, was brauchst du für deine Massage, Matt?«, fragt Kristin plötzlich und holt mich damit aus meiner geistigen Versenkung. Erst in diesem Augenblick bemerke ich, dass wir die letzten Minuten wohl schweigend miteinander verbracht haben.

»Was, jetzt sofort?«, bringe ich etwas überrumpelt hervor.

»Nicht?«, erwidern Tom und Kristin wie aus einem Mund.

»Doch!«

Ich schaue mich um. Da das Sofa nach wie vor von Tom besetzt ist, bleibt nur der Fußboden.

»Kristin, hast du ein paar Decken? Die könnten wir auf den Teppich legen und Julies Oberkörper mit Kissen stützen, damit sie bequem und möglichst entspannt liegt.«

Kristin nickt.

»Gut.«

Sie trägt einige Decken und Kissen zusammen, und ich lege alles so hin, dass wir Julie bequem und zweckmäßig darauf betten können.

»Ich brauche noch etwas aus meinem Auto«, erkläre ich, als alle Vorbereitungen getroffen sind.

»Okay. In der Zeit ziehe ich Julie schon mal aus«, antwortet Kristin.

»Mach nur ihren Oberkörper frei. Wenn sie einen BH trägt, dann reicht es aus, wenn du ihn öffnest und die Träger herabstreifst.«

Es ist schon irgendwie peinlich, der Mutter einer erwachsenen Patientin solche Anweisungen zu geben. Mein standardmäßiges »Machen Sie sich schon mal oben herum frei« hat emotional betrachtet rein gar nichts damit zu tun.

Auch Kristins Unbehagen entgeht mir nicht. Dankbar für die Fluchtmöglichkeit mache ich mich schnell auf den Weg zu meinem Wagen. Als ich mit dem Koffer mit meinen Massage-

ölen zurückkomme, liegt Julie bereits bäuchlings auf dem von uns errichteten Lager.
Ich kann mir gut vorstellen, wie sehr sich Kristin beeilt haben muss, sie zu entkleiden. Dabei habe ich mir extra viel Zeit gelassen. Den BH ihrer Tochter hat Kristin geöffnet und, wie von mir empfohlen, die Träger so weit es ging über Julies Arme nach unten geschoben. Ich reihe die Fläschchen mit den verschiedenen Duftölen nebeneinander auf dem Couchtisch auf.
»Gibt es einen Geruch, den Julie besonders mag?«, frage ich dabei routinemäßig. Als mir die Gedankenlosigkeit meiner Frage bewusst wird und ich schuldbewusst aufblicke, sehen Tom und Kristin mich gleichermaßen betrübt wie ahnungslos an.
»Entschuldigt bitte«, murmele ich und ärgere mich dabei maßlos über meine Schusseligkeit.
Dann knie ich mich neben Julie nieder und schaue auf sie herab. Ihren Eltern habe ich nun den Rücken zugewandt. Das war Absicht, denn es ist besser, wenn sie mein Gesicht nicht sehen können.
Ich schließe meine Augen und atme noch einmal tief durch. Wie aus der Perspektive eines Dritten sehe ich mich selbst: über die halbnackte, regungslose Julie gebeugt, mit geschlossenen Augen. Eine eigenartige Situation. *Konzentration, Matt!*
Als ich es endlich schaffe, mich geistig von meinem eigenen Bild zu lösen, dauert es nicht lange und ich sehe das Einzige, was in diesem Moment wirklich zählt: *Julie.*
Honig ... Kiefernnadeln ... Lavendel ... Sonnenblumen – ja, das ist sie. Ich bin mir sicher, die richtige Mischung gefunden zu haben. Julies Mischung. Das sind die Düfte und Substanzen, die ich mit ihr verbinde, auch wenn es zugegebenermaßen eine recht seltsame Mischung ist. Ein anderer Masseur würde sie so nie zusammenstellen, doch ich besitze viel mehr Öle als meine Kollegen und benutze sie meist sehr unkonventionell.

Das Sonnenblumenöl nehme ich als Basis und vermische es mit dem Honig- und dem Lavendel-Massageöl. Zum Schluss gebe ich noch einen Hauch des Kiefernnadel-Duftöls bei.

Noch ehe ich realisiere, warum, wird mir plötzlich schwindlig. Mein Atem hat ausgesetzt, meine Kehle wird trocken, und ich fühle, wie doch im selben Moment der Speichel in meinem Mund zusammenläuft.

Dieser Geruch! Mein Magen verschließt sich unwillkürlich, und ich kämpfe mit mir selbst, um nicht zu würgen. *Verdammt noch mal!*

Es stimmt wirklich, Gerüche sind die Tore zu allen Erinnerungen, die wir haben. Und nun habe ich ausgerechnet den Duft kreiert, der den Schlüssel zu dem einzigen strikt verbotenen Tor meines Lebens darstellt.

Diese eine, schrecklichste aller Erinnerungen versuche ich bereits seit Jahrzehnten auszulöschen. Vergeblich. Doch ich will sie nicht mehr, sie macht mich kaputt! Und dieses Gemisch setzt mich zielsicher genau dort ab, wo ich nie wieder hingehen wollte: in ein endlos weites Sonnenblumenfeld.

Hinter Amy laufe ich durch die großen, goldgelben Blumen in Richtung des kleinen Waldes. Es duftet stark nach dem verblühenden Lavendel, nach Honig und Sonnenblumen. Nur langsam mischt sich der Geruch der hohen Kiefern dazu, als wir sie fast schon erreicht haben. Schmerzlich kneife ich meine Augen zusammen. Dann reiße ich sie auf. Plötzlich bin ich überzeugt davon, völlig falschzuliegen.

Was hat dieser Duft denn mit Julie zu tun? So übel, wie mir mittlerweile ist, grenzt es an Folter, mich ihm weiter auszusetzen. Ich muss mich beherrschen, um nicht aufzuspringen und wegzulaufen. Nur gequält und verzögert schaffe ich es, auf Kristins »Das riecht aber gut ... warum hast du denn jetzt ausgerechnet diese Öle ausgesucht?« zu antworten.

»Ich dachte, sie passen gut zu ihr«, presse ich in einem schnellen Luftstoß hervor und versuche, mir dabei nicht anmerken zu lassen, wie sehr ich meine Auswahl jetzt schon bereue. Ich atme hastig durch den Mund, um dem Geruch zu entgehen, doch auch das hilft nicht wirklich.
»Ja, da hast du recht. Sie passen wirklich perfekt zu Julie«, bestätigt Tom. »Es riecht nach einem Spätsommertag. Und Julie ist ein Spätsommerkind«, sinniert er fröhlich.
Ich knie mich über Julies Rücken und stelle noch einmal sicher, dass ihre Eltern mein Gesicht nicht sehen können. Mit zittrigen Händen verreibe ich das Öl. Die Übelkeit macht mir schwer zu schaffen; mir ist sehr heiß.
Dann, als ich auf Julie herabblicke, die absolut reglos unter mir liegt, bekomme ich plötzlich wieder besser Luft. Langsam, aber sicher schaffe ich es, mich mehr auf den Geruch im Wohnraum der Kents zu konzentrieren. Auf das Feuer, das Kaminholz, den Tee – und auf den eigenen Duft dieser Familie. Meine Hände schweben nur Millimeter über Julies Haut ihren Rücken hinauf und wieder hinunter. Sie agieren ähnlich einer Wünschelrute auf der Suche nach einer Wasserader.
Wo ist der richtige Punkt, wo die entscheidende Stelle? Ich schließe meine Augen, und wie von selbst senken sich meine Hände auf Julies Schulterblätter herab. In leichten, vorsichtigen Kreisen beginne ich meine Bewegungen und erhöhe nur sehr zaghaft den Druck. Wachsam richte ich all meine Sinne auf Julies Körper und auf eventuelle Signale von ihr. Ich möchte wirklich nichts gegen ihren Willen tun.
Zuerst ist es nur eine vage Vermutung, kaum mehr als eine Hoffnung, doch bald werden die Zeichen ihres Körpers so deutlich, dass ich es nicht mehr leugnen kann: Julie entspannt sich wirklich. Ihr Blinzeln verlangsamt sich, ihre Schultern sacken ein wenig tiefer in die Kissen unter ihr. Auch ihre Atmung wird ruhiger.

Ich spüre Verspannungen und versuche mit aller Behutsamkeit, sie zu lösen. Ihre körperlichen Reaktionen bleiben positiv. Nach einer Weile schließt sie sogar die Augen, und ihre Hände, die zu Fäusten geballt waren, entkrampfen sich sichtbar. Kristin, die ihren Blick nicht einmal für einen Moment von ihrer Tochter genommen hat, entgeht das nicht. Ich höre ihr »O Gott!« und weiß, dass sie Tränen in den Augen hat, auch ohne sie zu sehen.
Ja, es ist eindeutig: Julie spürt etwas, und es scheint ihr gutzutun! Erleichterung macht sich in mir breit und wandelt sich in Mut. Nun fühle ich mich bereit dazu, mich tief in sie hineinzufühlen.
Die Berührungen, mit denen ich Julie massiere, sind in keinem Lehrbuch zu finden. Vielleicht wirken sie sogar willkürlich oder laienhaft, und doch basieren sie auf der für mich größten Erkenntnis von allen. Denn irgendwann habe ich gelernt, dass meine Massagen nur im gleichen Maß funktionieren wie meine Empathie. Wenn es mir besonders gut gelingt, mich in meine Patienten hineinzuversetzen, dann sehe ich nicht nur, was diesen Menschen widerfahren ist, sondern ich erlebe es so, wie sie es empfunden haben. Als würde ich meinen Körper verlassen und für die Dauer der Massage den meines Patienten nutzen.
Noch nie habe ich diese Fähigkeit ausgenutzt. Als mir bewusst wurde, zu was ich in der Lage bin, hatte ich noch nicht einmal meinen zehnten Geburtstag gefeiert. Die Gabe erschien mir wie ein Fluch, der mich auch noch mit dem Leid anderer konfrontierte, und ich beschloss, dieses Geheimnis zu bewahren und keinen Gebrauch davon zu machen. Doch später, als meine Eltern starben, wurde mir klar, dass ihr Lebensmotto die Botschaft war, die sie mir hinterlassen hatten: Reichtum, egal in welcher Form, ist kein Privileg, sondern eine Verpflichtung. Es dauerte, bis ich meine Gabe verstand. Bis ich begriff, dass ich sie nicht einfach so besaß, sondern zu einem bestimmten Zweck. Ich beschloss,

Physiotherapeut zu werden und anderen zu helfen. Und das tue ich bis heute.

Jetzt, nachdem Julie mich tatsächlich an sich heranlässt, brenne ich förmlich darauf, ihre Seele auf meine Weise kennenzulernen. Ich spüre ihre weiche Haut unter meinen Fingerspitzen, rieche den Duft ihrer Haare und sehe ihr Gesicht vor mir. Ihren Mund, der diesen geheimnisvollen Singsang von sich gibt, ihre schönen hellgrünen Augen, die starr vor sich hin blicken und doch nichts zu sehen scheinen. Ich durchlebe noch einmal, was mir am ersten Tag unserer Begegnung passiert ist. Diese plötzliche Wandlung in ihren Augen, die fast schon erschreckende Tiefe ihres Blicks, ihr Lächeln. All meine Gedanken bündeln sich und drehen sich schließlich nur noch um Julie.

Schon bald beginne ich abzudriften. Alles um mich herum wird dunkel, zerfließt ... und dann sehe ich sie plötzlich wieder.

Julie. Zunächst ist sie nur ein winziger Punkt am Horizont, doch sie läuft, so schnell sie nur kann, auf mich zu – über eine weite Wiese, die mit gelben und violetten Blumen übersät ist. Sie trägt eine Jeans und eine schlichte rote Bluse, ihre Haare wehen offen im Wind. Das alles Entscheidende aber ist: Sie lacht!

Julie lacht fröhlich, frei und ungehalten. Sie rennt immer weiter auf mich zu, bis sie mir ungebremst in die Arme fliegt. Ihr Schwung wirft mich um. Übereinander landen wir im hohen Gras. Julie lacht noch immer.

Als sie mich ansieht, fühle ich mich unglaublich vertraut mit ihr. Ihre Augen strahlen.

»Endlich«, sagt sie mit einem erleichterten Seufzen und drückt ihren Kopf gegen meinen Brustkorb. Stocksteif vor Schock traue ich mich nicht, mich zu rühren. »Danke, Matt«, höre ich sie noch flüstern, doch in diesem Moment fühle ich schon, wie irgendetwas an mir reißt und mich unter ihr wegzieht.

Julie schreckt hoch, ihr Gesichtsausdruck schwankt zwischen

Angst und Verzweiflung. Mit ausgestreckten Armen versucht sie, nach mir zu greifen, doch ich entferne mich immer weiter und immer schneller von ihr, bis sie erneut nichts weiter als ein winziger Punkt am Horizont ist.
Es wird dunkel. Als die Realität mich zurück hat und ich die Augen öffne, packt mich die Erschöpfung mit überwältigender Kraft. Schnell stütze ich mich links und rechts von Julies Rücken ab, um nicht auf sie zu fallen. Mein Herz rast. Verwirrt versuche ich, mich zu sammeln.
Was war das? Niemals zuvor hat in meinen Visionen ein Patient meine Anwesenheit bemerkt! Doch Julie schon! *Warum?*
Plötzlich frage ich mich, was ich während meines Abdriftens wohl getan habe. Habe ich Julie überhaupt weitermassiert? Ich komme nicht dazu, lange zu grübeln.
»O Gott, wie kann das sein?«, fragt Kristin tonlos. Sie steht direkt neben mir und blickt kreidebleich zu mir herab; ihre Nähe erschreckt mich. Ich kann beim besten Willen nicht deuten, ob ihre Reaktion positiver oder negativer Art ist, ich erkenne nur den tiefen Schock.
Ungelenk klettere ich von Julies Rücken und setze mich neben sie. Mein Körper fühlt sich an, als würde er nicht zu mir gehören. Zu schwer, zu müde. Auch Toms Mund steht weit offen, er sieht mich ebenso fassungslos an wie seine Frau.
Warum sind die beiden so verwirrt? Was ist passiert?
»Hm?« Die Kraft für einen vollständigen Satz fehlt mir noch.
»Na … das gerade eben. Hast du es denn nicht gehört? Julie … sie hat doch … ja, natürlich, sie hat deinen Namen gesagt. Das war doch … ganz deutlich. ›Danke, Matt‹, hat sie gesagt. Das hast du doch auch gehört, Schatz, oder?«
Kristin wendet sich fast schon flehend an Tom, der offenbar einige Sekunden braucht, um sich daran zu erinnern, wie man nickt. Als es ihm wieder einfällt, hört er nicht mehr auf.

Ich schaue auf Julie herab, die nun wieder regungslos neben mir liegt. Kein Vergleich zu diesem lebensfrohen, blühenden Geschöpf, das ich vor wenigen Sekunden noch vor Augen hatte. Neben dieser strahlenden Julie hatten selbst die Blumen der Wiese blass gewirkt. *Wie schön war ihr Lachen gewesen!*
Nur ein weiterer Blick in Kristins und Toms fassungslose Gesichter bringt mein Bewusstsein für Ort und Zeit wieder zurück. Auf eine seltsame Weise fühle ich mich ertappt und überrumpelt. Ich bin mir sicher, dass Julie eben tatsächlich versucht hat, mir etwas mitzuteilen, doch ich verstehe die Zeichen, die sie mir gegeben hat, ja leider selbst nicht. Auch wenn ich sie deuten könnte – wie sollte ich erklären, was gerade geschehen ist?
»Keine Ahnung, wie das sein kann«, sage ich schnell und bringe meine Massage dann zu einem korrekten Ende, indem ich mich noch einmal über Julie knie und einige Ausstreich-Bewegungen auf ihrem Rücken ausführe.
Danach stehe ich auf und entferne mit einigen Feuchttüchern das restliche Öl von meinen Händen. Tom und Kristin schauen mich noch immer verständnislos an, als wäre ich ihnen eine Erklärung schuldig. Ihr Blick frisst sich in meinen Nacken. Ich spüre die Hitze in mir aufsteigen und könnte wetten, dass mein Gesicht bereits knallrot ist.
Nach einer Weile erst scheint Kristin zu bemerken, dass Julie nach wie vor mit freiem Oberkörper auf dem Fußboden liegt. Schnell bückt sie sich zu ihr herab und schließt den BH. Dann dreht sie ihre Tochter auf den Rücken und streicht ihr liebevoll die Haarsträhnen aus dem Gesicht. Um an Julies Pullover zu gelangen, der ordentlich gefaltet über ihrem Kopf liegt, lehnt sich Kristin dicht über ihre Tochter.
Auf einmal geht alles sehr schnell.
»Nicht!«, ruft Tom noch – so laut, dass ich zusammenschrecke, doch es ist bereits zu spät.

Ein fürchterlicher Schrei, markerschütternd und schrecklich schrill, erfüllt den Raum. Ich brauche einen Moment, um zu begreifen, dass es Julies Schrei ist.
In einer Art Krampf, der mich in seiner Heftigkeit an den eines Epileptikers erinnert, strampelt Julie mit ihren Beinen und schlägt wild um sich.
Kristin, die im ersten Schock die Arme vor ihr Gesicht geschlagen hatte, versucht nun, Julie zu packen und sie festzuhalten. Die jedoch wehrt sich mit aller Macht und schleudert ihre Mutter mit ihren unkontrollierten Bewegungen immer wieder von sich weg.
»Hilf ihr, Matt! Bitte, hilf Kristin! Ihr müsst Julie festhalten. So fest du kannst«, ruft Tom mir zu.
Ich handle schnell und impulsiv – allerdings nicht so, wie Tom es mir aufgetragen hat. Mit nur einer ruckartigen Bewegung reiße ich Kristin von Julie weg und halte sie, anstelle ihrer Tochter, so fest in meinen Armen, dass sie nahezu bewegungsunfähig ist. Warum ich das tue, weiß ich selbst nicht. Reine Intuition.
»Nein! Nein, Matt, wir müssen Julie festhalten«, protestiert Kristin und versucht verzweifelt, sich von mir loszumachen, doch nur einen Moment später hält sie inne.
Wenige Sekunden, nachdem ich den Körperkontakt zwischen Kristin und ihrer Tochter unterbrochen habe, verstummt Julies Schreien genauso abrupt, wie es begonnen hatte. Völlig ruhig liegt sie nun wieder da. Lediglich ihren Kopf dreht sie ein wenig hin und her und summt dabei so gelassen vor sich hin, als wäre nichts geschehen.
Kristin atmet schwer in meinen Armen. Ich halte sie noch einen Augenblick, bis sie sich fasst und ruckartig aufrichtet. Sofort lasse ich sie los.
»Ich habe nicht nachgedacht. Es tut mir leid«, murmelt sie mit einem entschuldigenden Blick auf Tom. Dann wendet sie sich

mir zu und sieht mich eindringlich an, die Augenbrauen tief zusammengezogen. »Warum hast du mich von ihr weggerissen?« Diese Frage klingt wie ein Vorwurf in meinen Ohren, also beeile ich mich mit meiner Entschuldigung. »Es tut mir leid. Es war … intuitiv. Ich hätte dir helfen …«
»Nein«, fällt sie mir ins Wort; ihr Blick durchbohrt mich förmlich. »Normalerweise haben Tom und ich sie immer festgehalten, wenn sie so einen Schreikrampf hatte. Das war die Empfehlung der Ärzte: Es würde in solchen Situationen helfen, ihr Vertrauen zu uns zu stärken, und auf diese Weise würden die Anfälle am schnellsten vorübergehen.«
Kristin klingt erschöpft, und so sieht sie auch aus. Dennoch lässt sie mit ihrem prüfenden Blick nicht für eine Sekunde von mir ab. Auch nicht, als Tom für sie fortfährt.
»Das ging meistens so aus, dass Julie bis zum Ende ihrer Kräfte schrie«, berichtet er. »Einige Male ist sie sogar für kurze Zeit ohnmächtig geworden. Trotzdem – wir haben sie fest umarmt, weil wir dachten, dass es das Beste für sie sei. Sie komplett loszulassen – auf diese Idee sind wir nie gekommen.«
Tom reibt sich gedankenverloren den Hinterkopf. Für einige Minuten herrscht völlige Stille. Die Ereignisse des Abends stehen unverarbeitet zwischen uns im Raum, die Anspannung ist nahezu greifbar.
Als Erste schafft es Kristin, sich aus dieser Starre zu lösen. Sie greift nach dem rosa Strickpullover mit dem Bärenmotiv, um ihre Tochter endlich wieder anzuziehen.
»Warum hat Julie so geschrien?«, frage ich leise.
»Sie hasst es, wenn sich jemand so dicht über sie beugt, während sie auf dem Rücken liegt.« Kristin zuckt mit den Schultern. »Warum, wissen wir nicht, aber sie hat das schon gehasst, als sie noch ein Baby war. Als wir sie noch wickeln mussten, waren solche Schreikrämpfe an der Tagesordnung. Es hat uns fast drei

Jahre gekostet, bis wir herausgefunden hatten, worauf sie so panisch reagierte. Wenn ich es nicht besser wüsste, könnte man meinen, sie sei in irgendeiner Weise tief traumatisiert. Auch die Ärzte konnten sich nie einen richtigen Reim auf dieses spezielle Verhalten machen.« Den Blick gedankenverloren auf die nun wieder ruhige Julie gerichtet, schüttelt Kristin traurig den Kopf. »Ich war vorhin noch zu sehr in meine Gedanken vertieft, sonst wäre mir das nie passiert«, fügt sie kaum hörbar hinzu. Wohl mehr zu sich selbst als an uns gerichtet.
Dann hält sie in ihren Bewegungen inne. »Sie hat tatsächlich deinen Namen gesagt«, flüstert sie. »›Danke, Matt‹, hat sie gesagt. Ich habe es genau gehört.«
Einige Sekunden verharrt sie still in ihrer Verwunderung, dann schüttelt sie den Kopf, als wolle sie sich zur Besinnung rufen, und kniet sich neben Julie, um ihr den Pullover über den Kopf zu ziehen.
»Kristin, warte!«, entfährt es mir, noch ehe ich weiß, was ich überhaupt sagen will. *Verdammt, seit wann rede ich, ohne vorher nachzudenken?* Gut, »reden« ist komplett übertrieben. Das, was nun über meine Lippen kommt, ist nicht mehr als ein holpriges Gestammel. »Ähm ... hast du nicht, wie soll ich das sagen ... etwas ... na ja, etwas Modischeres für sie?«
Kristin blickt verdutzt auf den Pullover in ihren Händen. Aus den Augenwinkeln heraus kann ich erkennen, dass auch Tom den Kopf schief legt.
»Seid mir nicht böse, aber ...« Ich zögere. Steht es mir denn überhaupt zu, mich einzumischen?
Kristin jedoch hat den Pulli bereits in ihren Schoß sinken lassen und sieht mich nun an.
»Ja? Sag es ruhig«, ermutigt sie mich. Ihre Stimme klingt gewohnt aufrichtig; ich kann keinen versteckten Groll in ihrem Tonfall erkennen, also fasse ich mir ein Herz.

»Na ja, Julie ist eine hübsche junge Frau. Wenn sie sich mitteilen könnte ... ich bin mir sicher, sie würde sich bestimmt ... recht modisch kleiden.«
Meine Sätze kommen noch immer stockend. Wahrscheinlich bin ich wieder einmal knallrot. Kristin und Tom tauschen einen langen Blick aus. Dann scheint sich Tom plötzlich ein Grinsen verkneifen zu müssen, und Kristin lächelt mich etwas verlegen an.
»Matt ... ich war so lange nicht mehr unter Leuten. Was tragen die Mädchen von heute denn so?«, fragt sie schließlich.
Ein wenig überrumpelt lasse ich Julies wunderschönes Gesicht einen Moment auf mich wirken. »Ich bin auch nicht gerade ein Experte, aber ... Rot ist eine Farbe, die ihr sicherlich gut stehen würde. So etwas wie eine schlichte rote Bluse wäre doch perfekt für Julie, meint ihr nicht auch?«

Kapitel IV

Die folgenden Tage verlaufen ohne weitere Zwischenfälle.
Auf dem Weg zur Praxis besuche ich die Kents, trage Julie die Treppe hinunter und setze mich ein wenig zu Kristin und Tom, dem es mittlerweile schon wesentlich bessergeht. Immer wieder muss ich ihn ermahnen, liegen zu bleiben oder sich zumindest noch zu schonen.
In der Praxis erwarten mich zumeist einige Schmerzpatienten, Mrs. Jordan und andere Stammpatienten. Und natürlich wartet Mary jeden Morgen ungeduldig auf ihren Schokoriegel, den sie sich nach dem üblichen Gezeter genüsslich einverleibt.
Kurzum – alles geht seinen gewohnten Gang. Julie bekommt dreimal wöchentlich eine Massage von mir. Abends, etwa eine halbe Stunde lang, und ich tue dabei nichts, was nicht auch jeder andere Masseur tun würde. Zu mehr fehlt mir nach diesem ver-

wirrenden Erlebnis einfach der Mut. Ich versuche gar nicht erst, mich noch einmal so tief in sie hineinzufühlen. Auch die Düfte, die ich – warum auch immer – mit ihr in Verbindung brachte, mische ich nicht mehr für sie, sondern verwende neutrales Basisöl.

Julies Verhalten bei den Massagen ist immer dasselbe. Zunächst entspannt sie sich, doch gegen Ende wird sie unruhiger und beginnt oft, eigenartige Laute von sich zu geben. Meine Vermutung, dass sie mir etwas mitteilen möchte, wird dabei immer stärker.

»Sie reagiert auf dich«, behauptet Kristin eines Abends, als Julie bereits in ihrem Zimmer ist und auch Tom schon leise schnarcht. »Jedes Mal, wenn du morgens gehst, wird ihr Schaukeln stärker. Wenn du die Tür hinter dir geschlossen hast, setzt sie sich ans Klavier und spielt stundenlang. Das ist eine Art neue Routine geworden, seitdem du da bist. Immer und immer wieder spielt sie diese kleine Melodie, die sie dir am Tag eurer ersten Begegnung vorgespielt hat. Als ob sie dieses Lied mit dir in Verbindung bringt. Julie scheint dich wirklich sehr zu mögen.«

Kristin drückt meine Hand. »Ich bin dir so dankbar, Matt.« Tränen der Rührung glitzern in ihren Augen. Doch dann ändert sich ihr Gesichtsausdruck, und von einem Moment auf den anderen schaut sie mich skeptisch und neugierig zugleich an. »Aber nun sag mir mal eins, mein Lieber. Warum verbringst du deinen Freitagabend mit einer älteren Frau wie mir, in einem abgelegenen Landhaus, mitten im Nichts, anstatt dich mit Freunden zu amüsieren? Das frage ich mich schon die ganze Zeit.«

Verlegen kratze ich mich am Kopf. So, wie sie das schildert, klingt mein Verhalten ziemlich erbärmlich. »Ich bin wohl nicht der Typ, mit dem man gerne einen draufmacht, fürchte ich. Keine Ahnung, ich denke, ich bin einfach irgendwie … anders als die anderen?«

»Ja, das bist du«, erwidert Kristin mit einem Blick, der nur als liebevoll zu beschreiben ist. Das plötzliche Funkeln in ihren Augen spiegelt ihre spontane Idee schon wider, noch bevor sie sie ausspricht. »Wenn du nichts Besseres vorhast, dann komm Weihnachten doch zu uns. Oder feierst du mit deiner Familie?«
»Nein«, presse ich hastig hervor und entscheide mich gegen weitere Erklärungen. Wie immer hülle ich mich in eisernes Schweigen, was meine private Situation angeht. »Ich komme sehr gerne.«
Dann erhebe ich mich schnell zum Gehen – um allen möglicherweise noch folgenden Fragen zu entfliehen.

Nur wenige Tage später ist es endlich an der Zeit, über meinen Schatten zu springen.
»Mary, ich brauche dringend Ihre Hilfe«, gestehe ich. Etwas angespannt stehe ich mit einem Bestellkatalog in den Händen vor dem großen Tresen in der Praxis.
Mary schaut mit großen Augen zu mir auf. Ein Strahlen erobert ihr Gesicht und löst das süße Lächeln ab, ohne das ich mir sie kaum noch vorstellen kann. »Aber sicher! Was kann ich denn für Sie tun?«, fragt sie fröhlich.
»Könnten Sie mir einige Sachen ankreuzen, die Ihnen gefallen würden?« Ich strecke ihr den Katalog so ruckartig entgegen, dass er mir beinahe aus der Hand rutscht und ich mit der anderen nachfassen muss.
Mary, gütig wie immer, ignoriert meine Tolpatschigkeit. »Da draus? Gar keine!« Sie schüttelt den Kopf so heftig, dass ihre kurzen, hellblonden Haare nicht schnell genug mitkommen. »Den will ich nicht mal durchblättern.«
Das ist genau die Ehrlichkeit, die ich an Mary so schätze, auch wenn mich ihre Bemerkung ein wenig trifft.
»Oh, okay.« Eilig ziehe ich den Katalog wieder zurück.

»Ha, ich wusste es!«, ruft sie. Es klingt triumphierend, doch tief in ihren Augen spiegelt sich eine Spur Enttäuschung wider. »Sie haben eine Freundin, stimmt's? Oder ... Sie wollen eine, ich weiß es nicht so genau.« Fragend schaut sie mich an, ihr Zeigefinger trommelt gegen die geschürzten Lippen. Hinreißend sieht sie aus.
»Nichts dergleichen«, wehre ich ab. Das Rauschen meines Blutes dröhnt mir in den Ohren. *Meine Güte, auf dieser gesamten Emotionsebene bin ich wirklich zurückgeblieben.*
Wann immer es um Frauen geht, fühle ich mich wie ein unbeholfener, schüchterner Schuljunge; als würde ich den erwachsenen Mann, der ich so lange schon bin, lediglich mimen – und das auch noch ziemlich mies.
Mary scheint mein Unbehagen zu spüren, doch dieses Mal kennt sie kein Erbarmen. Sie ist zu neugierig, die Gute. »Warum brauchen Sie dann meine Hilfe?«, fragt sie herausfordernd.
Sie erwischt mich auf dem falschen Fuß, wie immer, wenn Spontaneität gefragt ist.
Noch bevor ich es verhindern kann, deutet Mary mein Schweigen als Bestätigung ihrer Vermutung. »Ach, erzählen Sie mir doch nichts. Natürlich ist da eine Frau im Spiel. – Also los, Mittagspause. Ihren nächsten Termin haben Sie erst in anderthalb Stunden, das wird wohl reichen. Wir gehen jetzt shoppen!«
Schon zerrt sie mich hinter sich her, und nur wenig später finde ich mich in einer kleinen Boutique wieder, umrahmt von den schicksten Klamotten und sorgfältig versteckten Preisetiketten.
Mary wähnt sich offensichtlich im Paradies.
»Das sind Sachen, die mir gefallen«, verkündet sie lautstark. Sie dreht und wendet sich voller Begeisterung und wirkt dabei so aufgeregt wie ein Kind unmittelbar vor der Bescherung.
»Was soll es denn sein?«, fragt sie schließlich.
Hilflos hebe ich die Hände. »Keine Ahnung. Nichts Dunkles ...

etwas Farbenfrohes ... am besten ein komplettes Outfit ... oder mehrere.«

Die ohnehin schon großen blauen Augen fallen ihr fast aus dem hübschen Köpfchen, so weit reißt Mary sie nun auf. »Oh, Mr. Andrews, bitte. Bitte, heiraten Sie mich. Biiiitte!«, ruft sie und stützt sich theatralisch auf meinen Arm. Dann wendet sie sich der jungen und offensichtlich ebenso aufgeregten Verkäuferin zu, die wahrscheinlich schon das schrille *Zinggg* ihrer Kasse im Ohr hat.

»Haben Sie das gehört? ›Mehrere‹, hat er gesagt!«

Die Verkäuferin nickt eifrig. *Ja, natürlich hat sie das gehört.*

»Also, Mr. Andrews, sagen Sie mir ...«, beginnt Mary.

Das ist der Moment. Ich strecke ihr meine Hand entgegen.

»Mary, nenn mich Matt. Ich denke, es ist höchste Zeit dazu – findest du nicht?«

Für einen kurzen Moment sieht sie mich verdattert an. »Ja, doch, sehr gerne«, erwidert sie dann. Langsam und irgendwie bedeutungsvoll reicht sie mir ihre Hand, die so zierlich ist, dass ich mich kaum traue, sie zu drücken.

Kurz schaut sie zu Boden, doch bevor ich dazu komme, mich zu fragen, ob ich sie in Verlegenheit gebracht habe, ist sie wieder die Alte.

Als sie zu mir aufblickt, leuchten ihre Augen vor Tatendrang.

»Dann mal los! Ich brauche auf jeden Fall die Haar- und Augenfarbe der Glücklichen. Beschreib sie mir doch mal. Was ist sie denn für ein Typ?«

Das ist leicht, das krieg ich hin. »Also, sie ist etwas größer als du, aber nicht viel. Vier, fünf Zentimeter vielleicht und genauso schlank. Dunkle, wellige Haare. Lang.« Ich deute auf meinen Ellbogen. »Ihre Augen sind grün. Hellgrün. Sie ist ziemlich blass und hat auch blasse Sommerspro...«

Mary unterbricht mein Gebrabbel mit einem eigenartigen Ge-

räusch, das weder ein überzeugendes Lachen noch ein richtiges Seufzen ist. »Wow! Okay, okay, das reicht schon. Und du wolltest mir vormachen, da wäre nichts.« Sie schnaubt ein wenig verächtlich, bevor sie sich einer der Kleiderstangen widmet.
Ein weiteres Mal entscheide ich mich fürs Schweigen. Warum sollte ich auch protestieren? Ich weiß ja, wie es ist, und jeder Versuch einer ehrlichen Erklärung würde nur Hunderte von neuen Fragen aufwerfen. Also lasse ich Marys Bemerkung einfach im Raum verhallen.
In erstaunlich kurzer Zeit stellt sie fünf unterschiedliche Outfits zusammen. Rot, grün und goldgelb sind die Farben, für die sie sich entschieden hat. Begeistert zeigt sie mir, wie vielfältig sich die Sachen miteinander kombinieren lassen. Sie ist voll in ihrem Element. Ohne Zweifel habe ich genau die richtige Beraterin gewählt.
Ja, diese Sachen gefallen mir sehr gut. Sie passen wunderbar zu Julie.
»Schwebte dir etwas in dieser Art vor?«, fragt Mary und betrachtet ihr Spiegelbild, während sie sich eine der Blusen vorhält.
»Absolut.«
Fast beiläufig deute ich auf den lilafarbenen Rollkragenpullover, den sie die ganze Zeit schon heimlich anschmachtet. »Der würde dir sicher gut stehen.«
»Meinst du wirklich? Ich liebäugle schon mit ihm. Er ist toll, nicht wahr?« Schon hat sie sich den Kleiderbügel geschnappt und verschwindet mit einem »Bin gleich wieder da« in der nächsten Umkleidekabine.
Als Mary wieder rauskommt, um sich zu präsentieren, erwarte ich sie bereits mit gepackten Tüten. Der Pullover steht ihr wirklich ausgezeichnet; sie grinst von einem Ohr zum anderen, als sie sich im Spiegel betrachtet. Dann tastet sie nach dem Mini-Etikett in ihrem Nacken, doch ich bin schneller. Bevor sie fündig wird,

greife ich nach einer Schere auf dem Kassentresen, schneide die dünne Kordel durch und ziehe das Preisschild heraus.
»Behalt ihn direkt an, er ist schon bezahlt«, flüstere ich ihr zu.
»Matt«, ruft Mary ungläubig aus. Ich genieße den Moment ihrer Fassungslosigkeit wie einen triumphalen Sieg. Es ist wirklich schön, einmal nicht derjenige zu sein, der völlig perplex in der Gegend herumsteht.
»Was?«, frage ich, als außer meinem Namen kein weiteres Wort über ihre Lippen kommt. »Beraterhonorar!«

Es ist ein Weihnachtsmorgen wie aus dem Bilderbuch. In dicken Flocken tanzt der Schnee vom Himmel herab – ohne jede Eile –, und eine Duftwolke, die das Versprechen auf Gebäck und Kaffee in sich trägt, umgibt das blaue Haus.
Mit vollbepackter Rückbank fahre ich bei den Kents vor. Ich belade mich mit dem Wein, den Pralinen und natürlich mit der prall gefüllten Tüte, die Julies neue Kollektion beinhaltet. Ich hoffe wirklich, dass dieses Präsent gut ankommen wird. Meine schlimmste Befürchtung ist, dass es falsch und vielleicht sogar in irgendeiner Form herablassend rüberkommt, Julie so viel Kleidung zu schenken. Immerhin hat mich das alles fast ein Monatsgehalt gekostet, und ich habe keine Ahnung, wie das auf Tom und Kristin wirken wird. Das Geld ist bei den Kents recht knapp, da Tom nur das Nötigste arbeitet, um seine Frau daheim unterstützen zu können. Und ich will nicht, dass meine Geschenke wie Almosen wirken. Dass sich die beiden in irgendeiner Weise peinlich berührt fühlen, ist wirklich das Letzte, was ich bezwecke.
Kaum habe ich die Hintertür meines treuen Ford Focus mit dem Knie zugeschmissen, öffnet Kristin schon die Haustür und beginnt mich sofort – aus einer Distanz von mehreren Metern – zu tadeln.

»Oh, Matt, das kann doch nicht wahr sein. Nach allem, was du für uns tust, kommst du jetzt auch noch so bepackt hier an? Du bist unmöglich, Junge! Ich sollte dich gar nicht erst reinlassen ... Also los, na komm schon rein.«

Im Wohnzimmer lege ich meine Päckchen zu den anderen unter den üppig geschmückten Weihnachtsbaum. Dann begrüße ich Julie, die, wie immer schaukelnd, vor dem Kamin sitzt. Sie trägt ihre Haare heute offen, und Kristin hat ihr eine schlichte weiße Bluse und dazu eine dunkelblaue Jeans angezogen. Jedes Mal wieder fasziniert mich ihr Anblick.

Entgegen meiner Befürchtungen freuen sich Tom und besonders Kristin sehr über die Garderobe für Julie.

»Oh, sie wird so hübsch darin aussehen, Matt«, schwärmt Kristin. Die Begeisterung ist ihr anzusehen. Doch plötzlich lacht sie laut auf. So unerwartet, dass ich im ersten Moment zusammenschrecke.

»Eine sehr charmante Art, mir zu zeigen, was du von meinen Strickkünsten hältst, das muss ich dir lassen«, erklärt sie prustend.

»Oh, es war mir nicht bewusst, dass du ...«, beginne ich den kläglichen Versuch einer Entschuldigung, doch Tom unterbricht mich sofort.

»Nein, Matt. Wirklich, entschuldige dich nicht. Diese rosa Teddybären-Pullover waren absolut scheußlich, aber ich hätte meiner Frau das niemals sagen können. Also, vielen Dank! Ganz bestimmt von Julie, aber auch von mir.«

Ich erstarre bei seinen Worten. Im selben Moment klappt Kristins Kinnlade herab, dann haut sie Tom mit der flachen Hand vor den Brustkorb. Nur einen Moment später lachen wir gemeinsam.

Ich weiß nicht, wann ich das letzte Mal so unbeschwert war. *Ein gutes Gefühl.*

»Hier«, sagt Kristin schließlich, während sie sich die letzte Träne aus den Augenwinkeln wischt. »Das ist für dich. Von Julie.« Sie reicht mir ein großes, flaches Paket rechteckigen Formats.
Verwirrt schaue ich sie an. »Für mich? Von Julie?«, wiederhole ich wie ein Schwerhöriger.
»Ja, von Julie«, bestätigt Tom. »Kristin und ich sind uns einig, dass sie dir bestimmt eins ihrer …« Ein weiterer Klaps trifft seinen Oberarm und lässt ihn verstummen.
»Wirst du wohl still sein! Lass den Jungen doch erst einmal auspacken. Du verdirbst die ganze Überraschung, Tom. Und das nur zehn Sekunden, bevor er es ausgepackt hat«, zischt Kristin. Dann grinst sie. »Das wäre selbst für dich eine besondere Glanzleistung!«
Die beiden sind wirklich süß. Sie erinnern mich an meine Eltern.
»Danke«, sage ich schnell und lasse meinen Blick noch einmal zu Julie wandern, bevor ich mein Weihnachtsgeschenk aufreiße. Es ist das erste seit dreizehn Jahren.
Ich ertappe mich beim Raten. *Ein Bild!*
Zuerst ertaste ich den breiten Rahmen, dann blitzt er mir silbern entgegen. Eine weiße, undurchsichtige Folie schützt die darunterliegende Leinwand und macht es für mich noch eine Weile spannend, bis ich die Klebestreifen weit genug gelöst habe, um den Rest der Folie nach unten wegzuziehen.
Als ich das Gemälde endlich sehen kann, blenden mich die grellen Farben fast ein wenig. Nur eine Sekunde später erfasse ich das Motiv in vollem Ausmaß.
Mir gefriert das Blut in den Adern. Wie angewurzelt sitze ich auf der Kante des Sessels. Meine Hände, als wären sie gelähmt, schaffen es nicht, das Bild noch länger zu halten, und so fällt es mir von den Knien und kommt auf dem Teppichboden vor meinen Füßen zu liegen.
Ein leuchtend gelbes Sonnenblumenfeld erstreckt sich vor mir,

darüber ein unrealistisch blau wirkender Himmel. Doch ich weiß nur zu genau, dass die Farbe dieses Himmels perfekt getroffen ist. Hinter dem Feld erkennt man die Dächer einiger weißer Häuschen. Mein fassungsloser Blick gleitet über das scheinbar willkürliche Auf und Ab dieser Giebellandschaft. Da ist das große Haus der rothaarigen Christa und ihrer Familie, mit dem bezeichnend langen Schornstein. Daneben das winzige Haus von Amys Urgroßmutter, dann der spitze Giebel des Hauses von Tante Rosalia, daneben Amys Elternhaus mit den beiden kleinen Dachfenstern und dann – zu guter Letzt – unser Haus mit dem einzigen blauen Dach.

Madison Spring, unverkennbar und detailgetreu. Innerhalb weniger Augenblicke registriere ich jede noch so unbedeutend wirkende Einzelheit dieses Bildes: den verblühenden Lavendel am unteren Bildrand, die Richtung, in die die Sonnenblumen ihre Köpfe gedreht haben, den schmalen Pfad, der sich von oben durch das Feld schlängelt bis hin zu den beiden Kindern, die lachend hintereinander herrennen. Das Mädchen hält ihren Strohhut; ihre blonden, geflochtenen Zöpfe stehen fast waagerecht im Wind. Der Junge läuft hinter ihr her. Mit seinen ausgebreiteten Armen scheint er ein Flugzeug zu imitieren. Frei und ausgelassen wirken die beiden, völlig unbeschwert.

Ein eiskalter Schauder fährt mir den Rücken hinunter, und ich springe ruckartig von meinem Sessel auf – entsetzt, geschockt, bis auf die Knochen verängstigt.

Ohne noch irgendetwas von dem wahrzunehmen, was um mich herum geschieht, stürze ich aus dem Haus, springe in mein Auto und rase kurz darauf über die lange, einsame Straße. Auf meinem Weg verschwimmen all die wirbelnden Gedanken in meinem Kopf. Die tatsächlichen Bilder und die meiner Erinnerungen verschmelzen zu einem überwältigenden Ganzen und setzen mein Bewusstsein über Zeit und Raum außer Kraft.

Wie ich schließlich in meine Wohnung gekommen bin, weiß ich nicht. Als ich wieder einigermaßen klar denken kann, sitze ich zusammengekauert auf dem Parkettboden, im hintersten Winkel meines Wohnraums. Wie ein verängstigtes Kind, das man zur Strafe in den Keller geschickt hat. Es ist dunkel und extrem kalt. Ich atme noch immer flach und viel zu schnell – eine ausgereifte Panikattacke also, Hyperventilation inklusive.
Letztlich ist es wohl der Schmerz, der mich aus den düsteren Tiefen zurück an die ebenso unfreundliche Oberfläche zieht. Das Brennen meiner Daumen übertrifft sogar den Schmerz in meinem bebenden Brustkorb. Mit den Nägeln meiner Zeigefinger habe ich mir die Innenseiten meiner Daumen aufgekratzt, bis aufs blanke Fleisch. *So ein Mist!* Der alte Zwang ist wieder da; meine Hände sind blutverschmiert, genau wie meine Jeans, und auch der Fußboden ist befleckt.
Ich versuche einige tiefe Atemzüge – sogar die Luft riecht nach meinem getrockneten Blut –, bis ich mich endlich in der Lage sehe aufzustehen.
Meine Knie zittern, ich fühle mich schwach. Langsam schleppe ich mich ins Bad. Das Wasser und die Seife brennen höllisch in den Wunden. Still beiße ich die Zähne zusammen.
Nein, Händewaschen allein reicht nicht. Ich entkleide mich völlig und steige unter die Dusche. Natürlich ist mir bewusst, dass ich die bösen Geister meiner Vergangenheit, die mich vorhin so heimtückisch aufgesucht haben, nicht einfach abwaschen kann. Doch unter dem rauschenden Strahl des warmen Wassers schaffe ich es wenigstens, all meine Eindrücke und Gedanken zu ordnen.
Wie kann das sein? Woher nahm Julie die Inspiration, ausgerechnet dieses Bild zu malen? Kann sie meine Gedanken lesen? Kann sie in meinen Kopf schauen? Was ist ihr Geheimnis?
Da ich all diese Fragen nicht beantworten kann, versuche ich,

mich zunächst nur auf die Fakten zu konzentrieren, um das Surren in meinem Schädel in den Griff zu bekommen.
Julie hat das kleine Dorf gemalt, in dem ich geboren wurde und in dem ich die ersten Jahre meines Lebens gewohnt habe. Dieses Dorf liegt etliche hundert Meilen südöstlich von hier. Julie hat nur selten ihr Haus verlassen, geschweige denn das Grundstück. Und dieses Mädchen auf dem Bild – das war eindeutig Amy. Die Zöpfe, das Kleid, der Strohhut, das Lachen. Es gibt keinen Zweifel. Der Junge, der ihr mit ausgebreiteten Armen hinterherlief, war unverkennbar ich selbst. Sogar meine Lieblingshose mit den auffälligen roten Taschen war auf Julies Gemälde festgehalten.
Die Frage, die nach dieser Erfassung der Fakten als die wichtigste übrig bleibt, ohne das Schwirren in meinem Kopf auch nur annähernd zu mindern, ist: *Wie kam Julie auf die Idee, dieses Bild zu malen? Wie nur?*
Ich stelle das Wasser ab und klettere aus der Dusche. Was verwirrt mich eigentlich mehr? Die Tatsache, dass Julie dieses Bild gemalt hat, oder all die furchtbaren Erinnerungen, die in ihm aufleben? Ich weiß es nicht. Die Situation an sich ist einfach nur schrecklich. Ich fühle mich mit so vielem konfrontiert, von dem ich gehofft hatte, längst schon damit abgeschlossen zu haben. Nun jedoch ist es schier unmöglich, der Masse der in mir aufsteigenden Erinnerungen und Emotionen Herr zu werden.
Das Klingeln an der Tür reißt mich glücklicherweise aus meinen Gedanken, bevor ich in eine erneute Panikattacke verfallen kann. Wie mechanisch setze ich einen Fuß vor den anderen und realisiere erst im letzten Moment – als meine Hand schon auf dem Türknauf liegt –, dass ich nach wie vor völlig nackt bin. Zurück im Bad, wickle ich mir in Windeseile ein Handtuch um die Hüften. In meiner Eile öffne ich die Eingangstür, ohne vorher durch den Spion zu schauen.
Es ist Kristin.

»Wer ist bei Julie?«, frage ich automatisch, ohne sie überhaupt zu begrüßen.
Sie lächelt, allerdings ohne ihre Augen zu bemühen. »Siehst du, das ist es, was ich so an dir liebe, Matt. Julie ist gut betreut, mach dir keine Gedanken. Meine Schwester ist nur Minuten, nachdem du aus dem Haus gestürmt bist, mit ihrem Mann angekommen.«
Kristin tritt ein und legt mir eine ihrer kühlen Hände an die Wange. In ihren Augen spiegelt sich Sorge wider. »Wie geht es dir, mein Junge? Du siehst … nicht gut aus.«
Das ist die Untertreibung des Jahrzehnts. Ich zucke nur kurz mit den Schultern. Kristin nickt mit zusammengekniffenen Lippen, die ihren Mund in eine schmale, gerade Linie verwandeln. Zögerlich legt sie ihren Mantel und ihre Tasche ab und lässt sich von mir ins Wohnzimmer lotsen.
»Schön hast du es hier«, sagt sie. Höflich, nicht ehrlich.
»Nein, habe ich nicht.« Ich grinse sie matt an. Meine Wohnung ist weder gemütlich noch stilvoll, und bestimmt ist sie alles andere als »schön«. Die Möbel sind wild durcheinandergewürfelt, rein zweckgebunden und auf Einsamkeit ausgelegt. Ein Tisch, ein Stuhl, ein Schrank, ein Bett. Überall liegen Bücher – in Ermangelung von Regalen zu gigantischen Stapeln aufgetürmt –, die in ihrer Vielzahl wohl auf mein enormes Leck an zwischenmenschlichen Beziehungen schließen lassen. Ansonsten sind die Räume sehr kahl und ohne jede persönliche Note eingerichtet. Auch wenn ich hier nun schon seit über vier Jahren wohne, ist dieses Appartement in meinem Bewusstsein nichts anderes als eine Übergangslösung.
»Nein, hast du nicht«, gibt nun auch Kristin mit einem Schmunzeln zu. Ein wenig verlegen streicht sie sich die dunklen Haare hinter die Ohren. Elegant, wie immer.
»Ordentlich, ja«, fährt sie fort; ihr Ton wird mutiger, »aber weit entfernt von gemütlich! Nach den geschmackvollen Sachen, die

du Julie vorhin geschenkt hast, hätte ich, ehrlich gesagt, mehr erwartet. Hier fehlt eindeutig eine Frau.«
»Mag sein.« Beschämt fahre ich mir über die Stirn.
Kristin, die meine Bewegungen verfolgt, schrickt zusammen.
»Matt, was ist denn mit deinem Daumen passiert?«
Noch bevor ich meine Hand wegziehen kann, greift sie danach und schaut sich dann auch die andere an. Als könne sie meine Schmerzen fühlen, bekommt ihr Gesicht einen gequälten Ausdruck.
»Es ist nichts«, versuche ich abzuwehren. Vergeblich.
»Das ist alles andere als ›nichts‹, Matt«, tadelt sie mich in einem strengen Ton, der die Sorge in ihren Augen jedoch unangetastet lässt. Diese Mischung aus sanfter Härte und ernsthafter Fürsorge entführt mich wieder einmal in meine Kindheit, und für einen kurzen Moment verschwimmt Kristins Gesicht vor mir und wird zu dem meiner Mutter.
»Das ist offenes Fleisch, Junge. Hast du Verbandszeug?«
Ich weise mit der Nasenspitze auf die offen stehende Badezimmertür.
Sekunden später durchwühlt sie meinen Medizinschrank, bis sie hat, was sie braucht. Sie setzt sich auf die Couch und bedeutet mir stumm, neben ihr Platz zu nehmen. In absoluter Stille verarztet sie meine Daumen. Als sie das letzte Stück Pflaster verklebt hat, führt sie meine Finger an ihren Mund und küsst meinen Handrücken, als wäre ich fünf.
Oh, wie schön wäre es, noch einmal fünf zu sein.
»So«, flüstert sie. »Und jetzt erzählst du mir, was mit dir los ist. Warum bist du getürmt?«
Obwohl ich mit einer solchen Frage gerechnet hatte, trifft mich die Art, wie Kristin sie mir stellt, unvorbereitet. Sie wirkt so liebevoll, so mitfühlend, so … unglaublich mütterlich.
Unfähig, mit dieser zu lange entbehrten Art der Fürsorge um-

zugehen, springe ich auf. »Kristin, ich … ich kann nicht. Du würdest es nicht verstehen.«
»Versuche es!«
Ich sehe auf sie herunter, doch als mein Blick auf ihren trifft, senke ich den Kopf und starre meine Füße an.
»Na gut«, unterbricht Kristin die nervenzehrende Stille nach einer gefühlten Ewigkeit. »Wenn du nicht kannst, dann mache ich eben den Anfang.«
Sie atmet tief durch, und ich ahne, dass sie sich auf einen längeren Monolog vorbereitet. *Gut! Zuhören krieg ich hin – wenn ich bloß selbst nichts erklären muss.*
»Vor einundzwanzig Jahren hatten Tom und ich noch ein scheinbar gesundes Baby«, beginnt Kristin leise. Ihren Blick richtet sie auf ihre gefalteten Hände, die in ihrem Schoß zu ruhen scheinen. Doch ich sehe, wie verkrampft ihre Finger sind. Die Knöchel treten weiß hervor, also fällt auch ihr das Sprechen nicht leicht. Doch sie tut es, im Gegensatz zu mir.
»Julie war bezaubernd … hübsch und lieb, einfach zuckersüß. Unser heiß ersehntes Wunschkind. Wir hatten einige Jahre versucht, Kinder zu bekommen – immer wieder ohne Erfolg. Ich erfuhr von meiner Schwangerschaft, als ich bereits im vierten Monat war. Es grenzte an ein Wunder für uns. Tom arbeitete damals als Architekt und Bauleiter. Er war sehr erfolgreich, hatte viele große Aufträge. Wir lebten in einem alten Stadthaus. Sieben Zimmer auf zweihundert Quadratmetern, für uns allein. Geld war nie ein Thema; einfach, weil es immer zur Genüge da war. Julie wurde geboren, und unser Leben schien perfekt zu sein.«
Ihre Augen leuchten, als sie sich diesen Erinnerungen an die guten Zeiten hingibt, doch schon im nächsten Moment wirkt sie so matt und kraftlos, wie ich sie noch nie zuvor erlebt habe.
»Dann bekamen wir die Diagnose des Facharztes: Autismus.« Kristin schluckt schwer, doch sie reißt sich zusammen. »Es war

nicht so, dass es uns unerwartet traf. Wir wussten schon vorher, dass etwas nicht stimmen konnte. Julie war damals gerade ein Jahr alt geworden. Sie sah uns nicht an, wenn wir mit ihr redeten oder spielten. Sie erwiderte mein Lächeln nicht und streckte uns niemals, wie all die anderen Babys ihres Alters, ihre Ärmchen entgegen. Wenn ich mich beim Wickeln über sie beugte, um mit ihr zu kuscheln oder um auf ihr Bäuchlein zu pusten, bekam sie schreckliche Schreianfälle, die sich mit der Zeit zu regelrechten Krämpfen steigerten. Das alles war ... sehr schwer, Matt.«

Kristin schluckt erneut vor Kummer und setzt dann ein tapferes Lächeln auf – wie so oft, wenn sie von Julie spricht. »Es war unkontrollierbar und nicht aufzuhalten: Julie entfernte sich mit jedem Tag, manchmal sogar von einer Minute auf die andere, immer weiter von uns. Unwiderruflich, als würde ihre kleine Seele einfach absterben.

Die Menschen, die wir als Freunde bezeichneten und die uns bis zu diesem Punkt euphorisch begleitet hatten, wandten sich zunehmend von uns ab. Sie schienen schon peinlich berührt zu sein, wenn sie uns per Zufall mit Julie auf der Straße begegneten. Ich verstehe, dass sie nicht wussten, wie sie mit ihr umgehen sollten, aber anstatt einfach zu fragen, entschieden sich die meisten, unser Kind schlichtweg zu ignorieren. Sie taten wirklich so, als wäre Julie gar nicht da, als wäre sie Luft. Einmal verlor ich die Geduld und warf einer Freundin dieses furchtbare Verhalten vor, doch sie sagte nur: ›Aber Kristin, Julie kriegt doch sowieso nichts mit. Warum regst du dich so auf, wenn ich sie nicht begrüße?‹ – Kannst du dir vorstellen, wie sehr mich diese Worte trafen, Matt?«

Nein, das kann ich nicht. Wahrscheinlich nicht mal annähernd. Dennoch hat sich bereits ein dicker Kloß in meinem Hals gebildet, und ich senke erneut meinen Blick.

»Ich wollte niemanden mehr in eine peinliche Situation bringen,

und so verbrachte ich immer mehr Zeit zu Hause. Ich schottete mich völlig ab. Tom ging nach wie vor arbeiten, aber ich blieb bei Julie und kümmerte mich um sie. Es hätte sich wie Verrat an meiner Tochter angefühlt, wäre ich weiterhin in Kontakt zu den Menschen geblieben, die Julie einfach nicht beachteten. Also blieb ich bei ihr und versuchte, immer für sie da zu sein. Sie hatte ja nur uns. Mit der Zeit litt unsere Ehe. Unser Glück zerbröckelte Stück für Stück. Ich bekam einen Nervenzusammenbruch, als Julie acht Jahre alt war. Danach besuchten Tom und ich eine Eheberatung. Der Psychologe empfahl uns, Julie in ein Heim für geistig Behinderte zu geben. Wir waren so verzweifelt zu diesem Zeitpunkt, dass wir das wirklich probierten.«
Kristin schüttelt den Kopf. Vermutlich verzeiht sie sich diese Entscheidung bis heute nicht.
»Julie war nicht mal eine Woche in diesem Heim, da holten wir sie zurück nach Hause. Seitdem zogen Tom und ich gemeinsam an einem Strang. Tom beschloss, sich künftig allein auf die Architekturplanungen zu beschränken und seinem Beruf von daheim aus nachzugehen. Da wir uns in der Stadt sowieso schon lange nicht mehr wohl fühlten, beschlossen wir, aufs Land zu ziehen, als Julie siebzehn wurde. Das war schon immer unser Traum gewesen, und wenigstens den wollten wir uns erfüllen. Seitdem leben wir so isoliert in unserem kleinen Haus – ohne jede Hilfe. Außer zu meiner Schwester, die uns zu Weihnachten und manchmal auch im Sommer besucht, haben wir fast keine Verbindung zur Außenwelt. Sicher, wir kaufen ein, gehen zur Post und zum Arzt, in die Bücherei und zum Bäcker. Aber wir knüpfen keine engeren Kontakte mehr. Wir sind allein – seit Jahren.«
Ernst sieht sie mich an und umfasst dann so behutsam meine Handgelenke mit ihren zierlichen Fingern, dass ich mich ohne jedes Zögern neben ihr niederlasse.
»Und dann kommst du. Nach einundzwanzig Jahren, wie aus

dem Nichts. Und du interessierst dich, schaust hin und fragst nach, wo alle anderen immer nur weggesehen und geschwiegen haben.«

Sie stockt kurz, doch dann fährt sie fort. »Matt, ich weiß kaum etwas von dir. Ich habe versucht, mehr über dich zu erfahren, aber du hast mich nicht an dich herangelassen. Es ist okay so, wirklich. Ich meine, natürlich wäre es schön, wenn du manchmal auch etwas von dir erzählen würdest, aber andererseits muss ich gar nicht mehr von dir wissen, um zu erkennen, was für ein guter Mensch du bist. Du bist ... fast schon zu gut für diese Welt. Das weiß ich wohl.«

Ihre Stimme klingt so weich und zart; erneut erinnert sie mich an meine Mutter. Doch dann ändert sich der Tonfall wieder; auch ihr Gesichtsausdruck wird ernster.

»Es gibt aber etwas, das ich wissen muss«, sagt sie mit einer bisher fremden Bestimmtheit. »Bei allem Respekt vor deiner Privatsphäre bitte ich dich dennoch, mir zu erzählen, was du bei Julies erster Massage gesehen hast. Und was hat das Motiv auf ihrem Gemälde mit dir zu tun? Was hat sie gemalt, was wir nicht erkennen, Matt?«

Erschrocken ziehe ich meine Hände zurück. Die Panik in meinem Blick bleibt Kristin nicht verborgen, ihre Stimme wird wieder sanft. Noch sanfter als zuvor.

Sie greift erneut nach meinen Händen und lässt ihre Daumen zärtlich darüber kreisen. »Matt, Süßer ...« Das Kosewort klingt völlig natürlich aus ihrem Mund. »Meine Tochter ist eine Savant, sagen sie. Mit ihr haben wir schon viele Dinge erlebt, die andere Menschen als Wunder bezeichnen würden. Ich persönlich glaube nicht an Wunder. Ich glaube aber, dass Isaac Newton ein sehr schlauer Mann war. ›Was wir wissen, ist ein Tropfen – was wir nicht wissen, ein Ozean‹, hat er gesagt. Ich bin überzeugt davon, dass er recht hatte. Es gibt unglaublich viel, was wir nicht wissen,

geschweige denn verstehen. Und es war Julie, die meinen Horizont und meine Sichtweise auf diese unbekannten Dinge so erweitert hat. Das ist das Geschenk meiner Tochter an mich. Bitte, Matt, hab keine Angst, mir zu erzählen, was du weißt.«
Ich schlucke. Schwer. Es vergehen noch etliche stille Sekunden, bis mir klarwird, dass ich der Aufrichtigkeit ihrer Bitte nichts zu entgegnen habe – nichts als die Wahrheit. Also nicke ich.
Kristin ist so ehrlich mir gegenüber. Offen wie ein aufgeschlagenes Buch sitzt sie vor mir und lässt mich bereitwillig in ihrem Leben lesen. Bereits in den vergangenen Wochen hatte sie nicht eine einzige meiner Fragen unbeantwortet gelassen. Ihre momentane Sorge gilt natürlich nicht nur mir, sondern hauptsächlich ihrer Tochter, und so bin ich ihr wohl eine Antwort schuldig. Schlagartig, es ist wie ein Geistesblitz, weiß ich genau, auf welche Art ich ihr diese Antwort geben kann.
»Warte einen Augenblick!« Schnell verschwinde ich in meinem Schlafzimmer. Als ich bemerke, dass das locker um meine Hüften geschlagene Handtuch nach wie vor alles ist, was mich von einem vollkommen nackten Mann unterscheidet, streife ich mir zunächst Unterwäsche, meine zerschlissene Lieblings-Jeans und den erstbesten Pullover über, der mir zwischen die Finger kommt. Dann erst knie ich mich vor mein Bett.
Ein großer, eingestaubter Karton steht darunter. Seit über einem Jahrzehnt ist er verschlossen; nun ziehe ich ihn hervor und reiße das Packband ab. Ich atme tief durch, bevor ich die Seitenlaschen aufklappe. Mein Magen zieht sich zusammen, und meine Finger zittern, doch nach und nach entnehme ich den Inhalt und schichte all die scheinbaren Belanglosigkeiten neben dem Karton auf, ohne ihnen mehr Beachtung zu schenken als unbedingt nötig.
Ganz unten endlich stoße ich auf das dunkelblaue Fotoalbum. Ich schließe meine Augen und verharre eine Weile, um meinen Atem und mein rasendes Herz wieder unter Kontrolle zu brin-

gen, dann greife ich danach und erhebe mich langsam. Schwerfällig trotte ich zurück ins Wohnzimmer.
Kristin sieht mich erwartungsvoll an. Sie knetet ihre Finger und gibt mir anhand dessen eine Ahnung von ihrer Anspannung. Stumm reiche ich ihr das Album.
Sie erwidert mein Schweigen. Lediglich mit einem kurzen Blick versichert sie sich, meine Geste richtig gedeutet zu haben, bevor sie die erste Seite aufschlägt.
Ich muss nicht hinsehen, also wende ich meine Augen ab und warte. Ich kenne die Bilder nur zu genau: ein speckiger Babyjunge in der Badewanne … eine dunkelhaarige Frau, die den nun schon etwas älteren Jungen auf ihrem Schoß hält … der Junge und ein Mädchen beim Picknick auf einer weiten Sommerwiese … der Junge mit demselben blonden Mädchen am Bach … und so weiter und so weiter.
»Das bist du, nicht wahr? Der Junge auf diesen Bildern.«
»Ja.«
Erst nach einigen Minuten unterbricht Kristin die drückende Stille erneut. »Ich verstehe nicht …«
»Schau einfach weiter«, weise ich sie an.
Sie nickt und blättert behutsam eine Seite nach der anderen um. Wohl scheint ihr dabei nicht zu sein. Jedes Foto betrachtet sie intensiv, augenscheinlich auf der Suche nach Hinweisen, die mein eigenartiges Verhalten begründen könnten.
Noch nicht, Kristin, ein paar Jahre bleiben uns noch.
Der Junge auf den Bildern wird immer älter; das blonde Mädchen wächst mit ihm. Jedes einzelne Foto ist das Zeugnis einer unbeschwerten, glücklichen Kindheit. Bis …
»Oh, mein Gott«, haucht Kristin plötzlich. Ja, bis zu diesem Tag, von dessen Schrecken der Zeitungsartikel berichtet, auf den sie nun gestoßen ist.

Madison Spring: Kleines Mädchen vergewaltigt und brutal ermordet
Gleichaltriger Spielkamerad überlebt schwer verletzt und traumatisiert. Der neunjährige Junge musste alles mit ansehen.

Es dauert länger, als ich erwartet hatte, bis überhaupt eine Reaktion von Kristin kommt.
»Matt, was …?«, stammelt sie schließlich.
»Hol den Artikel raus.« Es erfordert meine gesamte Konzentration, meiner Stimme einen einigermaßen festen Klang zu verleihen.
Kristin löst den zusammengefalteten Artikel aus der Lasche und faltet ihn auf. Im unteren Teil wird ein Bild sichtbar.
»Die Idylle trügt. Ein brutales Verbrechen ereignete sich gestern Morgen im Schutz dieses hohen Feldes«, steht darunter.
Die Schwarzweißaufnahme zeigt das weite Sonnenblumenfeld und die dahinterliegenden Häuser unserer Siedlung. Die Perspektive stimmt, und auch ohne die Farben, die diese Landschaft eigentlich erst ausmachen, erkennt Kristin sofort das Motiv von Julies Gemälde.
»O Gott«, sagt sie erneut und schlägt die Hände vor dem Mund zusammen. »Das ist Julies Bild«, flüstert sie fassungslos.
»Nein«, erwidere ich kopfschüttelnd. »Etwas fehlt. Etwas Entscheidendes.« Langsam schlage ich ein paar Seiten in dem Album zurück zu einem der letzten Bilder, die Amy und mich im Spiel zeigen.
»Wir beide fehlen. Julie hat … *uns* gemalt.«
»Moment! Das bist du auf ihrem Bild? Mit diesem kleinen Mädchen, das … ermordet wurde?«
Ihr Blick wandelt sich. Mitleid verwischt den Schock, als sie versucht, mein Leid zu erfassen. Chancenlos, natürlich.

»Amy«, bestätige ich. *Himmel, allein ihren Namen auszusprechen schmerzt schon so sehr.* Fest presse ich die Lippen aufeinander und zucke im selben Moment zusammen. Ein Stechen in meiner linken Hand macht mir bewusst, dass ich wieder begonnen habe, an den Innenseiten meines verbundenen Daumens zu kratzen. Schnell setze ich mich auf meine Hände.
Kristin schweigt. Sie hat die Augen geschlossen; Tränen rinnen ihr über die Wangen. »Amy«, wiederholt sie schließlich leise.
Ihren Namen zu hören tut mindestens genauso weh!
Plötzlich sieht Kristin zu mir auf. »Julie malt seit über fünfzehn Jahren immer wieder dieses eine Motiv. Zunächst noch kindlich, dann immer ausgereifter. Warum tut sie das, Matt?«
»Ich weiß es nicht«, erwidere ich, der Wahrheit entsprechend, noch bevor mich die Bedeutungsschwere von Kristins Frage erreicht hat. Als ihre Worte endlich gesackt sind, treffen sie mich umso mehr. »Sie malt immer nur dieses eine Bild?«
Kristin nickt. Eine Weile grübeln wir stumm nebeneinander her.
»Es muss eine Erklärung geben. Vielleicht hat Julie etwas gesehen. Einen Zeitungsbericht oder etwas in den Nachrichten, was sie wahrscheinlich sehr bewegt hat«, mutmaße ich.
»Ja, vielleicht.« Kristin zieht die Schultern hoch.
Es ist bestimmt keine Erklärung, an die wir beide ernsthaft glauben, doch momentan die einzige, zu der wir uns in der Lage sehen, und somit belassen wir es vorerst dabei.
Kristin faltet den Artikel wieder zusammen.
»Matt?«, fragt sie plötzlich. Ihre Stimme bebt. Gebannt starrt sie auf das graue Stück Papier in ihren Händen. »Über dem Datum ist ein Fleck«, erklärt sie kurz. »Wann ... wann ist es passiert?«
Ich muss nicht lange überlegen, um mich an das schlimmste Datum meines Lebens zu erinnern.
»Es war der 23. August 1988. Eigentlich ein gewöhnlicher ...«

»… Dienstagmorgen«, fällt Kristin mir so überraschend ins Wort, dass wir es gemeinsam aussprechen.
Den Bruchteil einer Sekunde später treffen sich unsere Blicke.
»Ich weiß! An diesem Tag ist Julie geboren.«

Kapitel V

Kristin ist wieder gefahren. Sie wird Tom erzählen, was geschehen ist, was sie über mich und meine Vergangenheit herausgefunden hat. Doch auch ihr Mann wird ihr nicht weiterhelfen können; auch er wird nicht verstehen. Es gibt so viele Dinge, die niemand von uns versteht – so viele Dinge, die nur Julie uns beantworten könnte.
Hin- und hergerissen hatte die ängstliche Hälfte meines inneren Ichs laut »nein!« geschrien, als Kristin mich gebeten hatte, mit ihr zurückzufahren. Die andere Hälfte jedoch wollte Klarheit erlangen und brannte förmlich darauf, Julies Geheimnis zu erfahren. Nach etlichen Minuten der Unentschlossenheit bat ich um ein paar Tage Auszeit. Natürlich willigte Kristin ein.
Nachdem sich der erste Schock gelegt hatte, spiegelte sich aufrichtiger Kummer in ihrem Blick wider. »Matt, ich kann nicht mal erahnen, was du durchgemacht hast. Ich begreife nun zum ersten Mal, wie sich unsere Freunde damals gefühlt haben müssen, denn ich weiß überhaupt nicht, wie ich mich verhalten soll. Oder was ich dir sagen könnte. Es gibt keine Worte für das, was ich empfinde. Aber wenn du reden willst, dann weißt du, dass ich immer für dich da bin, mein Junge. Ja?«
Liebevoll hatte sie über meinen Handrücken gestreichelt und geduldig auf mein Nicken gewartet.
Und wirklich, ich war ihr sehr dankbar, auch wenn ich natürlich niemals auf dieses Angebot zurückkommen würde.

Gott sei Dank hatte Kristin das Album zugeklappt, sobald sie den Artikel zurück in seine Lasche geschoben hatte. Wie ein geheimes Buch, das sie verbotenerweise geöffnet hatte und dessen Inhalt sie nun am liebsten wieder aus ihrem Bewusstsein löschen würde, hatte sie es weggelegt.
Dennoch hat dieser Artikel Kristin einige wichtige Antworten geliefert. Nun weiß sie, was mich an Julies Bild so erschreckt hat, und sie weiß endlich auch, was ihre Tochter seit so langer Zeit schon malt. Warum Julie das tut, kann auch ich ihrer Mutter nicht erklären. Das ist eine Frage, die ich mir selbst unentwegt stelle und für deren Auflösung ich so ziemlich alles geben würde. Es ist zum Verrücktwerden. So, als würden wir irgendetwas übersehen – ein wichtiges Detail, dessen Fehlen es uns unmöglich macht, die einzelnen Puzzleteile zu einem klärenden Gesamtbild zusammenzufügen.
Auch für Kristin, da bin ich mir sicher, bergen die Geschehnisse, von denen sie heute erst erfahren hat, so viele neue Fragen in sich, dass sie noch schwer genug daran zu knabbern haben wird. Die folgenden Seiten meines Albums hätten sie nur noch zusätzlich belastet. Völlig unnötig. Und so bin ich erleichtert, dass sie sich – und auch mir – das erspart hat.

An Schlaf ist in dieser Nacht nicht zu denken. Stundenlang wälze ich mich hin und her. Meine Vision, in der ich Julie auf der weiten Blumenwiese traf, ihre offensichtliche Reaktion auf mich – und nur auf mich –, die Tatsache, dass sie immer wieder nur dieses eine Lied am Klavier spielt, das unleugbare Motiv ihres Bildes, der Tag ihrer Geburt … Es sind zu viele Zufälle; sie müssen einfach eine tiefere Bedeutung haben, das spüre ich nun deutlich.
Immer wieder sehe ich Julie vor mir. Wie sie mich an dem Tag unserer ersten Begegnung angeschaut hatte. Dieses vertraute

Licht hinter dem Grün ihrer Augen, diese unerklärliche Faszination, die sie vom ersten Moment an in mir ausgelöst hatte.
Erneut verbringe ich Stunden auf der Suche nach einer Erklärung für all das. Eine Erklärung, die nicht darauf hinausläuft, dass ich geisteskrank bin – eine, die den Rahmen der Rationalität nicht völlig sprengt.
Doch sosehr ich auch darüber brüte, ich kann mir einfach keinen Reim auf die Ereignisse der vergangenen Wochen machen. Ich erkenne keine Plausibilität, keine logische Fügung. Tausend Gedankenfetzen tanzen wild in meinem Kopf und scheinen sich von Sekunde zu Sekunde zu vermehren. Ich schaffe es noch nicht einmal, sie grob zu ordnen.
Mit einem Seufzen wende ich mich meiner Freundin, der kleinen, flackernden Lampe zu – doch auch sie weiß keinen Rat. Langsam, aber sicher wird mir klar, dass es wohl keine andere Möglichkeit gibt. Der Weg, der sich vor mir auftut, gefällt mir nicht, und doch birgt er wenigstens die vage Chance auf mehr Klarheit in sich. Ich werde mich wohl oder übel noch einmal in diesen tiefen Bewusstseinszustand versetzen müssen, in der Hoffnung, dass Julie mir erneut den Eintritt in ihre Welt gewährt.
Nein, »Hoffnung« ist das falsche Wort, »Befürchtung« trifft es eher. Denn ich verspüre keine große Lust dazu, meine alten Wunden wieder aufzureißen. Doch genau darauf wird es wohl hinauslaufen. Seit Julie in mein Leben getreten ist, wühle ich andauernd in meiner bislang so sorgfältig verdrängten Vergangenheit herum.
Andererseits verdeutlicht mir das schmerzhafte Pochen meiner Daumen, dass die alten Wunden längst aufgerissen sind. Von hier aus gibt es kein Zurück mehr. Ich muss erfahren, was Julie weiß und selbstverständlich auch, woher sie es weiß. Auch wenn ich mich dieser Logik nur widerwillig beuge – als die Entscheidung getroffen ist, werde ich endlich ruhiger.

Noch einmal tragen mich meine Gedanken ein paar Stunden zurück: Kristin war am Ende unserer Unterhaltung so geschockt gewesen, dass sie sogar die unbeantwortete Frage nach meiner Vision hatte fallen lassen.

Woher sie überhaupt wusste, dass ich etwas gesehen hatte, was außerhalb ihrer Wahrnehmung lag, konnte ich mir nicht erklären. Weibliche Intuition vielleicht? Oder mütterliche? Wie auch immer, sie hatte nicht mehr nachgefragt, und von selbst hatte ich mein Geheimnis auch nicht preisgegeben.

Die kommenden Tage werden uns nun den Abstand geben, den wir wohl alle brauchen, um wie bisher weiterzumachen. Das schlechte Gewissen schüttele ich erfolgreich ab. Schließlich hat Kristin ja ihre Schwester, die ihr mit Julie hilft.

Als meine Lider endlich zu schwer werden, um sie weiter offen zu halten, falle ich in wirre Träume. Sie tragen mich direkt zu Julie Kent.

Bildschön liegt sie im hohen Gras der Blumenwiese. Sie lächelt; ihr blasses Gesicht wirkt nahezu engelsgleich – selig und alles andere als ausdruckslos. Langsam, mit aller Vorsicht, lasse ich mich neben ihr nieder und lehne mich zurück.

Unmessbare Zeit liegen wir im warmen Sonnenschein, schweigend, sehen uns einfach nur an. Schließlich wendet sie sich mir zu. Sie streichelt sanft über die Narbe an meiner Stirn.

»Ich wusste, dass sich das Warten lohnen würde, Matt«, flüstert sie.

Schweißgebadet schrecke ich auf.

Am Morgen nach dieser Nacht fühle ich mich wie gerädert. Meine Nachtlampe brennt noch immer. Als ich mir gerade einen Kaffee gemacht habe – heute extrastark – höre ich ein eigenartiges Scharren vor der Tür. Ich öffne, blicke hinab und sehe direkt in große, leuchtend blaue Augen.

»Mary?«
»Mist!« Enttäuscht sieht sie zu mir auf. »Ich meine – frohe Weihnachten! Ich wollte eigentlich gar nicht, dass du mich bemerkst. Sollte eine Überraschung sein.« Ein wenig verlegen erhebt sie sich und hält mir ein kleines Päckchen unter die Nase.
»Ähm ... danke.« Mehr bringe ich nicht heraus.
»Mach es auf«, fordert sie fröhlich. Mary strahlt über das ganze Gesicht. Wieder einmal ist sie so euphorisch und positiv, dass es ihr tatsächlich gelingt, mich binnen Sekunden aus meiner erbärmlichen Verfassung zu reißen. Seit unserem gemeinsamen Einkauf hat sich unser Verhältnis verändert. Über die letzten Wochen und mehrere gemeinsam verbrachte Mittagspausen ist sie von einer guten Kollegin zu einer Art Freundin geworden.
Mach, dass sie bleibt!
»Bitte, Mary, komm doch rein. Ich koche dir auch einen Kaffee, ja? Magst du Kekse?« Noch bevor sie antworten kann, bemerke ich mein Versäumnis. »Dir natürlich auch frohe Weihnachten«, füge ich schnell hinzu.
»Reinkommen, ja – Kaffee, nein«, verkündet Mary.
Stimmt, sie macht uns zwar jeden Morgen ihren frisch gemahlenen, köstlichen Kaffee, selbst trinkt sie jedoch nie einen.
»Tee?«, frage ich und hoffe, dass sie einwilligt, denn wesentlich mehr habe ich nicht da.
»Wasser!«
Gut, dafür reicht es noch.
Und dann schaut sich auch Mary etwas befremdet in meiner Wohnung um, während ich unbeholfen in meiner Küche herumhantiere. *Meine Güte, so viel Besuch wie seit gestern hatte ich im gesamten vergangenen Jahr nicht. Traurig, aber wahr.*
Bevor sich Mary aus der Situation heraus gezwungen sieht, mir Lügen über meine »nette« Wohnung aufzutischen, befreie ich sie gnädig.

»Sag nichts! Ich weiß, dass ich in einer Bruchbude lebe, aber es ist nur eine Zwischenlösung.« Ein wenig beschämt nehme ich ihre Jacke entgegen.
»Eine Zwischenlösung, hm? Wie sieht denn die Endlösung aus?«
Oh, diese Frage kommt direkt. Erwartungsgemäß fühle ich mich überrumpelt. *Wann zur Hölle ist eigentlich dieser verklemmte Eigenbrötler aus mir geworden?*
Als ob ich die Antwort nicht kennen würde.
»Ein Holzhaus. Am See.«
»Das klingt aber schön. Ist das schon lange dein Wunsch?«
»Schon ziemlich lange. Wir ... also ich ... wollte immer schon ein Haus am See haben, seitdem ich mich zurückerinnern kann.«
»Wer ist denn ›wir‹?«
Mist, es ist ihr also nicht entgangen.
»Hm? Oh, eine Kindheitsfreundin von mir und ich«, erkläre ich so beiläufig wie möglich, während ich Mary das Wasserglas reiche. »Wir haben einander immer vorgeschwärmt, wie unser perfektes Haus aussehen müsste, und dabei versucht, uns gegenseitig zu übertrumpfen.« Die unschuldige Romantik dieser Erinnerung geht durch die Nüchternheit meiner Schilderung verloren. In meinem Herzen lebt sie jedoch wieder auf, und ich muss mich räuspern – wie immer, wenn sich meine Kehle bei dem Gedanken an Amy verschnürt. Mary lächelt unbeirrt; meine plötzliche Atemnot ist ihr offensichtlich verborgen geblieben.
Gott sei Dank!
»Und, weiß deine Sandkastenliebe, dass du jetzt für eine andere Frau die halbe Winterkollektion von Prada und Armani aufgekauft hast?«
»Nein.« Schmunzelnd stoße ich ein wenig Luft aus. »Es gibt aber auch nichts, was sie wissen müsste. Diese Frau, für die ich die Sachen gekauft habe ...« Einen Moment lang spiele ich mit dem Gedanken, Mary die Wahrheit zu sagen, doch dann entscheide

ich mich dagegen.«... Sie ist die Freundin eines Freundes. Er wollte sie überraschen, hatte aber keine Ahnung, was genau er ihr schenken sollte. Außerdem liegt er zurzeit im Krankenhaus. Ich erzählte ihm, dass ich eine Frau mit ... ähm ... exzellentem Modegeschmack kenne, die mir, also streng genommen ihm, sicherlich helfen könnte. Dieses Angebot hat er dankend angenommen.«

Mary schaut skeptisch, lächelt aber nach wenigen Sekunden wieder. »Oh, vielen Dank für das Kompliment mit dem exzellenten Geschmack.« Jetzt erst fällt mir auf, dass sie den lilafarbenen Pullover trägt, den ich ihr geschenkt habe. »Und für das Vertrauen«, fügt sie hinzu. Dann wird ihr Blick schelmisch. »Du hast also wirklich Freunde, Matthew Andrews?«

Mit gespielter Empörung schaue ich sie an. »Ja, natürlich.«
Schon wieder eine Lüge. *O Mann, Matt, lass das nicht zur Gewohnheit werden.*

Mary lacht. »Entschuldige die dreiste Nachfrage. Es ist nur so: Ich arbeite seit fast zwei Jahren in der Praxis. John und Megan kenne ich mittlerweile ziemlich gut, manchmal gehen wir sogar zusammen aus. Wir tanzen oder trinken etwas miteinander, aber du? ... Du bist nach wie vor ein Buch mit sieben Siegeln für mich. Was ja zugegebenermaßen auch interessant ist, aber so langsam würde ich schon gerne mehr über dich erfahren.«

Ihre Augen haben plötzlich diesen bestimmten verführerischen Glanz, dem ich nicht standhalten kann, und so senke ich schnell meinen Blick.

»Wenn es allerdings so ist, dass du Freunde hast – wovon ich nicht ausgegangen war –, dann kann ich ja wieder gehen. Mein Besuch war in reinem Mitleid begründet.«

Das ist nicht wahr, das weiß ich genau. Dennoch bringen mich Marys Charme und die Art, wie sie unter ihren langen, niedergeschlagenen Wimpern zu mir emporblickt, zum Grinsen.

Wenn sie geht, bin ich wieder allein – und Einsamkeit bedeutet Konfrontation. Aus meinem tiefsten Inneren meldet sich die Angst zurück und bringt mich zu dem Entschluss mitzuspielen.
»Darf ich das Geschenk denn trotzdem behalten?«
Der Kommentar handelt mir einen Klaps gegen den Oberkörper ein.
»Das glaube ich ja wohl nicht. Du würdest mich einfach so gehen lassen?«
»Ja, sicher! Du bist doch ein freier Mensch ... Allerdings *möchtest* du gar nicht gehen, Mary. Das weißt du doch so gut wie ich.«
Fast erschrecke ich selbst ein wenig über meinen selbstsicheren Ton. Ich gehe ein paar Schritte auf Mary zu und sehe ihr direkt in die Augen. Diesmal hält sie *meinem* Blick nicht stand, was mich durchaus ermutigt.
»Los, mach schon auf!«, befiehlt sie mir hastig und zeigt auf das kleine Päckchen, das ich auf dem Küchentresen abgelegt hatte.
Als ich den Pappdeckel lifte, muss ich wirklich lachen. Die Schachtel ist bis oben hin mit Schokoriegeln gefüllt.
»Hm, ist das wirklich für mich – oder doch eher für dich?«
»Das ist ein kleiner Vorschuss fürs nächste Jahr. Damit du ja nicht damit aufhörst, mich zu versorgen«, gesteht sie frech. »Ich befürchte nämlich, dass du mich schon süchtig gemacht hast.«
»So? Gut zu wissen.«
Jäh wird mir etwas bewusst: Diese winzig kleine, zierliche Frau schafft es immer wieder, dass ich mich gut fühle. Wenn sie bei mir ist, geht es mir gut. Immer.
Marys Stimme rückt in den Hintergrund, ich höre sie kaum noch. Doch ich sehe sie. Klarer als je zuvor. Ihre großen, blauen Augen, ihr Lächeln, ihre Grübchen ... Noch ehe ich es selbst realisiere, ziehe ich sie an mich heran und küsse sie.
»Matt«, haucht sie mit geschlossenen Augen, als wir uns nach

dieser ersten Berührung unserer Lippen wieder voneinander lösen.
»Bitte entschuldige«, flüstere ich verlegen. *Was machst du da, verdammt noch mal?*
»Nein, das tue ich nicht!«, erwidert sie sehr ernst.
»Hm?«
»Ich werde es dir ganz sicher nicht verzeihen, wenn du jetzt einfach so aufhörst. Dafür … warte ich schon viel zu lange.«
Ihre Lippen finden erneut zu meinem Mund. Warm, weich, zärtlich. Mary reckt sich zu mir empor und schließt ihre Arme um meinen Hals. In diesem Moment schaffe ich es wirklich, nichts anderes mehr zu fühlen als die Wärme ihres Körpers, der sich so dicht an meinen presst.
Langsam – Schritt für Schritt und ihren Atem dicht an meinem Mund – drängt Mary mich zurück und führt mich zu meiner Couch. Ich lasse sie einfach machen. So, wie sie es will. Und sie will mehr.
Mary zieht meinen Pullover und mein T-Shirt aus, küsst meinen Hals, meinen Oberkörper und schließlich sogar meinen Bauch, bis ich endlich bemerke, dass es nun wohl an mir ist, zu handeln. An ihren Oberarmen ziehe ich sie wieder hoch zu mir und beginne, zaghaft ihren Hals zu küssen. Das alles geht furchtbar schnell – viel zu schnell. Marys Haut ist so weich und riecht so verführerisch weiblich, dass ich einfach nicht widerstehen kann, sie immer wieder zu berühren. Als ich ihren Pullover abstreife, seufzt sie leise und lässt sich nach hinten fallen. Sanft küsse ich ihr Dekolleté und den Ansatz ihrer Brüste. Ich schaffe es nicht, meinen Blick von ihren perfekten Rundungen zu nehmen, und starre sie so lange und intensiv an, dass es mir peinlich ist, als ich mir dessen bewusst werde.
Noch immer weiß ich nicht, wie mir geschieht. Überfordert, erschöpft, extrem hungrig und nun auch noch berauscht von

Marys Nähe, verschwimmen die Bilder vor meinen Augen. Ein Hauch von dem, was man wohl Leidenschaft nennt, packt mich. Ich vergrabe mein Gesicht zwischen Marys Brüsten, atme tief ihren Duft ein und streiche über ihre Oberschenkel unter dem kurzen Rock.
»Ja, Matt!«
Ihr leichtes Stöhnen ermutigt mich.
Mit ihren Fingerspitzen fährt sie über meinen nackten Oberkörper, bis hinunter zu meinem Bauch. Schon höre ich meinen Gürtel unter ihren Fingern klackern.
Dieses kurze, metallene Geräusch reicht vollkommen aus, um all das Schöne, das eben zwischen uns entstanden ist, schlagartig zu zerstören.
Die vor Erotik knisternde Atmosphäre zerbirst innerhalb eines Wimpernschlags in Millionen kleiner Scherben; jede einzelne davon trifft mich mitten ins Herz. Ein dicker Kloß bildet sich in meinem Hals und verschließt ihn. Ich bekomme einen Hustenanfall.
»Alles klar?«, fragt Mary besorgt und hält inne, bis ich mich einigermaßen beruhigt habe. Nur eine Sekunde nachdem ich zögerlich nicke, fällt meine Hose jedoch schon zu Boden, und Marys Hand gleitet ohne weitere Umschweife direkt in meinen Schritt. Sie gibt sich alle Mühe, sich nichts anmerken zu lassen, doch ich spüre ihr verdutztes Zögern.
Zärtlich beginnt sie, mich über meinen Boxershorts zu streicheln und zu massieren, und ich versuche, mich erneut von ihr erregen zu lassen. Verzweiflung steigt in mir empor, obwohl ich natürlich weiß, dass das wirklich das Letzte ist, was ich jetzt noch gebrauchen kann.
Ihr Duft ... wo ist nur dieser erregend weibliche Duft geblieben, der mich vor ein paar Sekunden noch fast um den Verstand gebracht hat? Dort, wo gerade noch Rosen, Vanille und der Hauch

von Schokolade waren, ist nun rein gar nichts mehr. Anstelle dessen rieche ich nur noch mich selbst: den Schweiß eines Mannes, der mit einer Frau schlafen will. Körperliche Begierde, die Lust auf Sex. Auch wenn sie bereits verflogen ist, so liegt die Erregung, die ich bis vor kurzem verspürte, noch deutlich wahrnehmbar in der Luft. Der Geruch ekelt mich an.

Ein Schauder rinnt meinen Rücken hinab; mir wird speiübel. So schnell ich kann, befreie ich mich aus Marys Umarmung und atme tief durch. *Keine gute Idee!* Noch mehr der lustdurchtränkten Luft strömt in meine Lungen; ich schlucke schwer. Warum habe ich mich überhaupt hinreißen lassen? *Warum nur?* Dieses abrupte Ende war absolut vorhersehbar. So sicher wie das Amen in der Kirche. Muss ich mich eigentlich immer wieder solch peinlichen Situationen ausliefern? Brauche ich das wirklich?

Wut keimt in mir auf und richtet sich gegen mich selbst.

Marys Blick spiegelt ihre Verwirrung wider. »Matt, was ist denn los? Gerade warst du doch noch … ich meine … ich war mir sicher, dass du es auch willst. Ich habe dich gespürt …«

Ich nicke, bevor sie die Chance hat, ins Detail zu gehen. »Ich will schon, aber … ich kann nicht. Ich kann einfach nicht!«

Mary scheint zu spüren, wie ernst es mir ist. Sofort richtet sie sich auf und streift sich ihren Pullover wieder über. Schweigend glättet sie ihren Rock. Dann erst setzt sie sich neben mich auf die Couch und schaut auf meine Hände. Sie beginnt, nachdenklich an dem Nagel ihres linken Ringfingers zu knabbern. All das nehme ich nur am Rande meines Sichtfeldes wahr. Die Scham ist zu groß, um ihrem Blick zu begegnen.

»Was ist eigentlich mit deinen Daumen passiert?«, fragt sie in die Stille hinein – so, als wäre rein gar nichts zwischen uns vorgefallen.

»Nichts!« Ich setze mich auf meine Hände.

»Hör mal, es ist okay. Ich meine, ich habe gemerkt, wie erregt du

warst und dann ... Es ist wirklich okay. Ich will nur, dass du weißt ... Ich liebe dich, Matt!«
Erstaunt sehe ich sie an, etwas erschrocken sogar. Das ist nicht die Reaktion, die ich erwartet hatte. Empörung, Frust, vielleicht sogar Wut – ja. Aber das? Sie liebt mich? Nie im Leben hätte ich damit gerechnet, dass auch nur ein Hauch von Ernsthaftigkeit hinter Marys ständigen Neckereien stecken könnte. Idiotischer Volltrottel, der ich bin.
Jetzt das zu erwidern, was sie wohl gerne hören würde, wäre gelogen – also schweige ich wieder einmal und wende meinen Blick erneut ab.
»Ich weiß nicht, was dir passiert ist und warum du so bist, wie du bist«, fährt sie fort. Dann unterbricht sie sich selbst und verdreht die Augen. »Gott, das klingt ja schrecklich. Ich meine, du bist so liebenswert und gut zu allen Menschen ... sogar zu abartig unsympathischen Menschen wie Mrs. Jordan. Und gleichzeitig bist du so unglücklich mit dir selbst. So verletzt. Ich weiß nicht, was man dir angetan hat, aber du sollst wissen, dass es jemanden gibt, der dich liebt. Ich liebe dich, Matt. Von ganzem Herzen.« Sie zuckt mit den Schultern. »So, jetzt weißt du es endlich.«
Ich merke, wie Tränen in mir aufsteigen, doch ich schaffe es in letzter Sekunde, sie zurückzuhalten. Meine Wangen schmerzen, so fest beiße ich auf ihre Innenseiten.
»Danke« ist alles, was ich darauf antworten kann. Es ist nicht viel, aber es ist das Ehrlichste, was ich momentan über die Lippen bringe.
Marys Arme schließen sich erneut um mich. Ich spüre genau, wie gut ich daran täte, sie zu lieben!
Wirklich, ich sollte sie lieben.

Kapitel VI

Ist das nicht wunderschön?« Marys Kopf lehnt an meiner Brust, meine Arme hält sie locker vor ihrem Bauch verschränkt. Über ihre Haare hinweg sehe ich in den klaren Nachthimmel, der immer wieder von dem atemberaubenden Feuerwerk erleuchtet wird. Die Menschen versuchen sogar jetzt noch, von der Brücke aus eine gute Sicht auf das Spektakel zu ergattern. Bereits seit Stunden stehen wir direkt am Geländer über dem Fluss, zwischen zwei dicken Pfeilern, die uns vor dem Gedränge der Menschenmassen um uns herum schützen. Unter uns, an den Flussufern, brennen in regelmäßigen Abständen die bengalischen Feuer.
»Ja, es ist phantastisch«, flüstere ich. »Frohes neues Jahr, Mary.« Sie dreht sich zu mir um und schenkt mir ein strahlendes Lächeln. »Frohes neues Jahr, Matt.« Dann schaut sie mir tief in die Augen, stellt sich auf die Zehenspitzen und drückt mir einen kurzen Kuss auf den Mund.
Als der letzte Feuerwerkskörper verglimmt und sich die Masse der Schaulustigen langsam in alle Himmelsrichtungen auflöst, schlendern auch Mary und ich zurück durch die schmalen Straßen, bis zu dem Hintereingang des Hauses, in dem ich wohne.
»Hast du eigentlich gute Vorsätze für dieses Jahr?«
Neugierig sieht Mary zu mir empor und macht mir damit wieder einmal bewusst, wie klein sie eigentlich ist. Gegen sie bin ich fast schon ein Riese. Meine Hand wirkt wie eine Pranke, in der ihre zierlichen, zerbrechlich wirkenden Finger liegen. Es ist ein eigenartiges Gefühl, ihre Hand zu halten. Ob es richtig ist oder nicht? Ich weiß es nicht. Vermutlich denke ich einfach zu viel.
Einen Moment lang hadere ich mit mir, ob ich Mary wirklich von meinen Plänen erzählen soll, denn …
»… Ja, in diesem Jahr gibt es tatsächlich etwas, was ich mir vor-

genommen habe.« Die Worte fließen mir unerwartet leicht von den Lippen. Sie hat die Wahrheit verdient. Ihr und ihrer Liebe zumindest eine Chance zu geben ist ein weiterer meiner Vorsätze. Mary war seit Weihnachten täglich bei mir und hat mich erfolgreich davon abgehalten, zu tief in meinen Gedanken zu versinken. Fühle ich mich schuldig? Vielleicht. Bin ich dabei, mich zu verlieben? Vielleicht. Wirklich, ich sollte weniger grübeln.
Mary erwidert nichts, doch ihr unnachgiebiger Blick macht mir klar, dass sie ihre Frage nicht ausreichend beantwortet sieht. Ich muss lachen. »Ist gut. Oben erzähle ich es dir.«
Als ich wenig später ihren Mantel entgegengenommen und uns ein Glas Sekt eingeschenkt habe, geselle ich mich zu Mary auf die Couch. Noch immer schaut sie mich an. Erwartungsvoll – ein Muster der Beharrlichkeit.
»Und? ... Guter Vorsatz?«
»Deiner ist nicht zufällig, dich in Geduld zu üben?«, frage ich grinsend.
»Nein! Also?« Mary ist wie ein Pitbull; sie lässt nicht locker. Ungeduldig streift sie die Schuhe ab und zieht ihre Füße auf die Sitzfläche.
Also gut.
»Kennst du noch Mr. Kent, meinen Patienten?«, beginne ich zaghaft. »Ein netter Mann. Mitte fünfzig, schätze ich. Blond, Brille, immer freundlich ...«
»Oh, ja, ich erinnere mich. Er kam in die Praxis nach einem fiesen Hexenschuss, nicht wahr? Hat er nicht diese behinderte Tochter? Was hatte sie doch gleich?«
Bei dem Begriff »behindert« zieht sich etwas in mir zusammen. Niemals habe ich Julie als eine Behinderte gesehen. Dennoch nicke ich schnell. »Ja, genau. Julie. Sie ist Autistin. Sie scheint in einer eigenen Welt zu leben und bekommt vermutlich nicht viel von ihrer eigentlichen Umgebung und ihren Mitmenschen mit.

Den ganzen Tag sitzt sie auf dem Fußboden und wippt hin und her. Sie summt diese kleine Melodie und ...«
»Woher weißt du das alles?«, unterbricht Mary mich.
»Weil ich der Familie schon seit einiger Zeit helfe«, erkläre ich. »Mr. Kent hatte vor einem Monat einen Bandscheibenvorfall. Er trägt Julie normalerweise von einer Etage zur anderen, aber momentan ist er nicht in der Verfassung dazu. Die Kents leben sehr abgeschottet, ohne jede Hilfe, deshalb wollte ich ihnen etwas unter die Arme greifen, bis es Tom wieder bessergeht.«
Mary stellt ihr geleertes Sektglas auf dem kleinen Tisch ab und greift nach meiner Hand. Ihr Blick verlässt mich dabei nicht für einen Moment. »O Mann, ich weiß schon genau, warum ich dich so sehr liebe«, wispert sie und küsst meinen Handrücken.
Etwas hilflos schaue ich zu Boden. Wie immer, wenn Mary mir ihre Liebe gesteht, fühle ich mich nicht so richtig wohl in meiner Haut.
»Jedenfalls ist mein Vorsatz für dieses Jahr ...« Ich zögere, als mir bewusst wird, wie verrückt sich mein Vorhaben für Mary anhören muss. *Egal, spuck's aus!*
»Ich werde versuchen, Julie aus ihrer Welt zu befreien. Sie steckt da, glaube ich ... irgendwie fest.«
»Was?«, fragt sie mit einem leisen, trockenen Auflachen. »Aber das haben doch sicher schon andere vor dir versucht, nicht wahr? Du bist doch kein Psychologe – oder welche Art von Arzt man für solche Fälle braucht. Das verstehe ich nicht, Matt.« Mary schüttelt verwundert den Kopf.
»Das kannst du auch nicht!«, sage ich bestimmt.
Doch was als beruhigende Bestätigung gedacht war, kommt bei Mary völlig anders an. Ihre Stirn legt sich in Falten. Sie zieht ihre Hand zurück und schürzt pikiert die Lippen. »Dann erkläre es mir!«, fordert sie.
»Warte, ich versuche es ja.«

Marys Haltung entspannt sich wieder. Die Konzentration steht in ihren Augen, als sie meiner Erzählung folgt.
Ich beschreibe ihr alles, was bisher passiert ist. Nicht ein Detail lasse ich aus. Ursprünglich hatte ich vorgehabt, ihr lediglich zu erzählen, dass Julie mich nach der ersten Massage mit meinem Namen angesprochen hatte. Doch irgendwie tut es so gut, endlich mit jemandem zu sprechen, dass ich nicht aufhören kann.
Erstaunt höre ich mich reden und reden und reden. Mary ist die erste Person, der ich von meinen Visionen erzähle und von dem ersten Mal, als Julie mir so fest in die Augen sah. Schließlich berichte ich sogar von dem Bild, das sie gemalt hat, und davon, wie sehr es mich erschreckt hat. Zu spät bemerke ich, dass es nun kein Zurück mehr gibt. Plötzlich wird mir meine zügellose Offenheit bewusst. Wie auf ein Signal hin klappt mein Mund mitten im Satz zu.
»Was hat Julie denn gemalt, dass du so einen Schreck bekommen hast?«, fragt Mary nach wenigen Sekunden in die Stille, die ich nutze, um mich auf das Unausweichliche vorzubereiten.
Sie schaut mir nach, als ich mich erhebe und in meinem Schlafzimmer verschwinde. Erneut hole ich mein Album aus dem alten Pappkarton und lege es in ihre Hände. Und ebenso wie Kristin nur wenige Tage zuvor blättert nun auch Mary durch meine glücklichen Kindheitserlebnisse, bis sie auf den Artikel stößt, der das Verbrechen an Amy und mir beschreibt.
Als Mary die Zusammenhänge begriffen hat, gleicht ihre Reaktion der von Kristin. Auch sie schlägt die Hände vor dem Mund zusammen und beginnt zu weinen.
»Oh, Matt, es … es tut mir so leid! Das … das wusste ich nicht«, bringt sie mit zittriger Stimme hervor.
Intuitiv drücke ich ihre Hand. »Woher auch, Mary? Ist schon okay. Das alles … ist schon so lange her«, tröste ich sie. Dann tippe ich auf das Schwarzweißbild in der Zeitung. »Julie hat

exakt diese Landschaft gemalt. Jedes Haus des Dorfes war detailgetreu abgebildet. Und … sie hat Amy und mich gemalt.«
Fassungslos sieht Mary mich an. »Amy? Hieß dieses kleine Mädchen so? Und Julie hat euch beide gemalt? Aber woher wusste sie denn …?«
»Keine Ahnung.« Ich zucke mit den Schultern. »Das ist es ja, was ich herausbekommen muss!«
Mary legt den Kopf schief und beißt nachdenklich auf ihrer Unterlippe herum. »Du willst sie weiter massieren, ja? So versuchst du, wieder diesen speziellen Kontakt zu ihr aufzunehmen, richtig?«
»Ja.« Ob sie mir wohl glaubt? Ich kann nicht einschätzen, ob sie sich das mit meinen Visionen wirklich vorstellen kann. »Mary?«, frage ich vorsichtig.
Sie scheint mich nicht zu hören.
»Jetzt wird mir so einiges klar«, flüstert sie schließlich und streichelt über die verkrusteten Wunden meiner Daumen. Ihre Tränen tropfen warm auf die Innenflächen meiner Hände herab.
»Das heißt, du glaubst mir?«, erkundige ich mich unsicher.
Empörung blitzt in ihren Augen auf, doch dann schmilzt sie, und ihr Blick wird nachsichtig. »Aber natürlich glaube ich dir, Matt. Was hätte ich auch für einen Grund, das nicht zu tun? Dass du bei deinen Massagen wahre Wunder vollbringst, berichten mir deine Patienten Tag für Tag. John und Megan gelten auch als gut, aber du … du bist die Koryphäe der Praxis, du hast sie erst groß gemacht. Alle reißen sich förmlich um die Termine bei dir – und nun ahne ich auch, warum.«
Noch eine Weile sitzen wir schweigend nebeneinander auf der Couch. Mary wirkt eigenartigerweise keineswegs verstört auf mich. Ich spüre nur ihre tiefe Traurigkeit, sonst nichts. Immer wieder sieht sie mich mit diesem mitleidigen Blick an, dem ich kaum standhalten kann. Ignoranz kann ich ertragen, Anteilnah-

me nur schwer, Mitleid bringt mich um. Ich hasse es, wenn sich Menschen meinetwegen schlecht fühlen. Plötzlich verstehe ich sehr gut, dass sich Kristin und Tom mit Julie so von der Außenwelt abgeschottet haben, denn auch ich würde mich gerade gerne verstecken.

In mir wächst das Bedürfnis, diese bedrückende Stimmung, die dem Raum seine Luft zu rauben scheint, möglichst schnell zu überwinden. Langsam beuge ich mich zu Mary vor, nehme das Album von ihrem Schoß und lege es auf dem Tisch ab, damit sie nicht weiterblättert.

»Mary, ich weiß nicht, wann ich in der Lage sein werde, mit dir ... intimer zu werden, aber ...«

»Schsch!« Sie schüttelt den Kopf und streicht mir durch die Haare; behutsam zeichnet sie die dünne Linie an meiner Schläfe nach. »Diese Narbe. Ich habe mich immer gefragt, was passiert ist«, haucht sie.

Es tut mir weh, Mary so betroffen zu sehen. Sie ist eine dieser Personen, die sich für andere aufopfern und selbst immer zurückstecken. Doch jetzt ist es an der Zeit, dass sich mal jemand um sie kümmert und ihr etwas Gutes tut.

»Wenn du mich lässt«, wispere ich ihr ins Ohr, »dann würde ich dich sehr gerne massieren, Mary.«

Es ist die Wahrheit – das, was ich am besten kann –, und so freue ich mich umso mehr, als sie sofort einwilligt.

Minuten später ist es so weit. Warmes Öl auf ihrer Haut. Die Wahl des Duftes ist auf eine Mischung aus Vanille und Rose gefallen. Ich habe meine Entscheidung getroffen, ohne sie zu fragen, denn es besteht kein Zweifel daran, dass dies ihre Düfte sind. Meine Hände streichen über ihren Rücken. Ich schließe meine Augen. Geschmeidig gleiten meine Fingerspitzen an ihren Seiten hinab, sanft, in kreisenden Bewegungen. Immer weiter, immer weiter, bis die Berührungen meiner Hände in den Hinter-

grund rücken und sich alles nur noch um Mary selbst dreht. Um ihre Haut, ihre Haare, ihren Körper, ihre Seele.
Ich brauche ihre persönliche Geschichte. Als die tanzenden Farben vor meinen geschlossenen Augen verschwimmen und sich langsam umformieren, um neue Konturen zu bilden, weiß ich, dass ich mich auf dem richtigen Weg befinde. Also lasse ich mich fallen und übergebe mich meinem sechsten Sinn.
Da ... Mary! Sie ist noch ein junges Mädchen, vielleicht elf oder zwölf Jahre alt. Sie steht auf einem Schulhof. Eine Brille mit starken Gläsern lässt ihre Augen riesig wirken. Das Metall einer festen Zahnspange blitzt in ihrem Mund auf, als sie in einen Apfel beißt. Eine Freundin hat sich bei ihr untergehakt. Sie kichern.
Doch dann kommt ein Junge. Er steuert geradewegs auf Mary zu. Ohne die geringste Veranlassung zieht er an ihren Zöpfen und lacht sie aus. »Hässliche Kuh!«, ruft er und bewirft sie mit Schlamm. Mary jedoch fühlt Zuneigung für diesen Jungen, der sie vor ihrer Freundin und all seinen Freunden hänselt und ärgert. Immer wieder boxt er ihr gegen den Oberarm, bis sie die Beherrschung verliert und zu weinen beginnt. Ihr ganzer Körper ist verkrampft. Da ... an ihrer linken Schulter ... ja, das ist der Punkt. Und da ... das ist der andere.
Es ist immer die Seele, die uns schmerzt, und sie sucht sich bestimmte Partien unseres Körpers, um sich mitzuteilen. Mit mäßigem Druck auf Marys rechte Lende und etwas stärkerem auf ihre linke Schulter massiere ich sie.
»Hör nicht auf ihn, Mary! Du bist wunderschön.« Unsichtbar stehe ich auf dem Schulhof, direkt neben dem weinenden Mädchen, und flüstere ihm immer wieder diese Worte zu. Lautlos. Unbemerkt. Heilend.
Sie begleiten meine Massage. So lange, bis das Bild des Jungen zunächst verblasst und sich schließlich auflöst. Die junge Mary

lacht nun wieder. Breit und ungehemmt. Dann wendet sie sich ab und hüpft davon.

»Matt«, seufzt die erwachsene Mary in diesem Moment und zieht mich damit zurück in die Realität. »Woher nimmst du das bloß?«

Als ich meine Augen öffne und die Hände von ihr löse, dreht sie sich unter mir auf den Rücken.

»Wie hieß der Junge?«, frage ich sie ohne Umschweife.

»Welcher Junge?«, erwidert sie verklärt.

»Der kleine Fiesling mit der schwarz-gelben Jacke und den hellblonden Haaren, der dich immer wieder aufgezogen hat, als du noch ein Schulmädchen warst. Der Junge, den du trotz allem heimlich bewundert und geliebt hast?«

Der Schleier vor ihrem Blick liftet sich, nun ist sie vollends da. »Jeremy McDonald.« Ihre Stimme ist monoton, die Lippen bewegen sich kaum. Ich schaue auf ihre Schulter, doch sie zuckt nicht mal.

»Schmerzt dich die Erinnerung an ihn noch so sehr?«, frage ich beiläufig, während ich mit meinen Fingerspitzen die kleine Falte zwischen ihren Augen glätte.

Mary scheint für einen Moment tief in sich hineinzuhorchen. Schließlich schüttelt sie den Kopf. »Nein.« Ich bemerke den Hauch von Ehrfurcht in ihren Augen, als sie mich ansieht.

»Dann weißt du jetzt, wie ich arbeite.«

»Oh, mein Gott, Matt!« Mary greift nach mir, schlingt ihre Arme um meinen Hals und zieht mich zu sich herab. »Weißt du eigentlich, was du da für eine Gabe hast?«

Der Morgen graut bereits, als Mary neben mir einschläft. Es ist eine unglaubliche Erleichterung, vertrauensvoll mit jemandem sprechen zu können. Überhaupt ist es eine große Hilfe, sie an meiner Seite zu wissen.

Nur wenige Stunden später steigen wir in meinen alten Ford und lassen den tristen Schneematsch der Stadt hinter uns. Die Bäume am Straßenrand wirken wie von Mehl bestäubt. Mary sieht aus dem Seitenfenster. Sie schweigt. Ich lasse ihr die Ruhe, die sie braucht, um die Erlebnisse der letzten Nacht zu verarbeiten.
Nach einer Weile biege ich in die schmale Straße ein, die eigentlich kaum mehr als ein holpriger Pfad ist. Er führt uns direkt zum Haus der Kents. Der Schnee auf der Zufahrt ist unberührt. Wahrscheinlich ist Kristin seit ihrem Besuch bei mir nicht mehr vor die Tür gegangen.
Friedlich liegt das kleine Haus mitten in dem weißen Nichts. Sein Blau sticht als einziger Farbfleck aus der gesamten Szenerie hervor; Rauch quillt aus dem langen Schornstein und verschwindet in dem milchigen Himmel. Unwillkürlich muss ich an das sehr ähnliche Motiv einer Weihnachtskarte denken, die meine Eltern mir vor langer Zeit schrieben. Dieses noch so junge Jahr wird das dreizehnte ohne sie werden.
Mary steigt aus dem Wagen und drückt mir den Sekt in die Hand, den wir als Neujahrsgruß mitgebracht haben.
Mit einem etwas unsicheren »Guten Morgen« begrüße ich Kristin, die uns die Tür öffnet und zunächst erstaunt zu mir empor- und dann zu Mary herunterblickt. Nur einen Moment später umarmt sie mich.
»Du bist wieder da. Komm ins Warme, Junge.«
In ihrer herzlichen Art schüttelt sie gleich darauf Mary die Hand und drückt sie an sich, noch bevor ich überhaupt die Möglichkeit habe, die beiden einander vorzustellen.
Als Kristin unsere Jacken entgegennimmt, kommt auch Tom auf uns zu. Sein Gang ist nach wie vor etwas steif, ich werde intensiver mit ihm arbeiten müssen.
»Hallo, Matt, wie schön! Oh, du hast jemanden mitgebracht. Sind Sie nicht die junge Dame aus der Praxis? Ich wusste nicht,

dass ihr ...« Mit einem verblüfften Gesichtsausdruck deutet er zwischen Mary und mir hin und her.

Kristin scheint sich nicht entscheiden zu können, ob sie das Gestammel ihres Mannes amüsant oder unangebracht finden soll. »Du musst ja auch nicht alles wissen, nicht wahr, mein Lieber? Das ist übrigens Mary.«

Immer noch bin ich nicht dazu gekommen, auch nur ein Wort zu sagen. Mary sieht mich an, ich zwinkere ihr zu. Ja, das ist die Herzlichkeit, die ich in diesem Haus so liebe und von der ich ihr bereits im Vorfeld vorgeschwärmt hatte.

Im Wohnzimmer treffen wir auf Kristins Schwester Diane und ihren Mann Wilson, denen wir flüchtig vorgestellt werden. Die beiden sind anscheinend gerade im Begriff, wieder abzureisen. Ihr gepackter Koffer steht schon in der Diele.

»Wo ist Julie?«, frage ich, als ich sie nirgends entdecken kann.

Sofort verfinstern sich die Gesichter aller Anwesenden. Tom und Kristin werfen sich einen Blick zu, der mir einen Schauder über den Rücken jagt. »Was ist mit ihr?«

Wie gewöhnlich ist es Kristin, die ihre Stimme zuerst wiederfindet. »Sie ist krank, Matt. Sie hat noch am Weihnachtsabend hohes Fieber bekommen und liegt seitdem im Bett. Sie isst kaum und trinkt nur das Allernö...«

Weiter lasse ich sie nicht sprechen. »Warum habt ihr mir denn nicht Bescheid gesagt?«

»Aber Matt, warum hätten wir das tun sollen?«, fragt Tom und bedeutet uns, ihm in die Küche zu folgen.

Ich verstehe sofort. Anscheinend wissen Diane und Wilson noch nichts von den besonderen Ereignissen dieses Weihnachtsfestes.

»Nach allem, was an diesem Tag passiert war, und nachdem du selbst ausdrücklich eine Auszeit gefordert hattest, wollten wir dich nicht belästigen«, erklärt er mir leise, nachdem er die Tür hinter uns verschlossen hat.

Seine Logik hat etwas Zwingendes, und natürlich kann ich nachvollziehen, warum die beiden so entschieden haben. Dennoch fühle ich mich irgendwie ... übergangen.
»Ist sie oben? Darf ich zu ihr?«, frage ich schließlich und versuche angestrengt, es nicht mehr wütend klingen zu lassen. Als Tom bejaht, gebe ich Mary mit einem kurzen Nicken zu verstehen, dass sie mir folgen soll, doch sie winkt ab.
»Nein, geh nur. Ich fände es nicht angemessen, einfach so mit dir zu kommen. Julie kennt mich noch nicht, und ich würde auch nicht so gerne neue Bekanntschaften an meinem Krankenbett schließen.«
Diese Aussage beschert Mary ein Lächeln von Kristin und Tom.
»Kommen Sie, Kleines, ich mache Ihnen einen heißen Tee«, beschließt Kristin und lotst Mary zurück in den Wohnraum.

Vorsichtig öffne ich die Tür zu Julies Zimmer. Sie liegt auf der Seite und schläft. Sehr dünn sieht sie aus – nahezu zerbrechlich. Ihr Atem geht regelmäßig, jedoch sehr flach und viel zu schnell. Auf ihrer Stirn schimmern Schweißperlen. Julies Lippen sind trocken, und unter ihren Augen liegen tiefe, dunkle Ränder. Dennoch – sie ist bildhübsch.
Ein Seufzen entringt sich meiner Kehle. »Oh, Julie!« Vorsichtig setze ich mich zu ihr auf die Bettkante. »Was ist bloß los mit dir?«
Ohne Tom und Kristin in meiner Nähe fühle ich mich viel freier im Umgang mit ihr. Meine Hand bewegt sich wie von selbst zu ihrer Stirn, um eine der schweißnassen Ponysträhnen aus ihrem Gesicht zu streichen. Ich betrachte sie genau.
Die Kluft zwischen dieser Julie, blass und krank, und dem lebensfrohen Geschöpf aus meiner Vision scheint plötzlich so unüberwindbar zu sein, dass mich Zweifel überkommen. Werde ich die wahre Julie jemals finden? Zumindest muss ich es versuchen, bevor der Mut mich verlassen kann.

Die Rückseiten meiner Finger gleiten über Julies Wange; sie glüht regelrecht. In unsichtbaren Spuren zeichne ich die Konturen ihrer Augen, Wangenknochen, Nase und schließlich auch Lippen nach.
Zu sehr auf meine Berührungen konzentriert, sehe ich nicht sofort, dass Julie ihre Augen öffnet. Ihr Blick trifft mich klar, doch ich bemerke ihn erst, als sich ihr Mund unter meinen Fingern zu einem Lächeln verzieht und sich ihre Lippen teilen. Im Schock ziehe ich meine Hand zurück und schaue sie gebannt an.
Julie blinzelt. Sie schluckt schwer, und dann – endlich – höre ich ihre Stimme. So rein und doch so schwach, dass ihre Worte wie ein kleines Gebet klingen, das nun endlich erhört wurde.
»Matty. Du bist ... wieder da.«
Die Magie dieser Worte trifft mich unerwartet und tief. Matty – so hat mich seit meiner Kindheit niemand mehr genannt.
»*Ich* bin wieder da?«, wiederhole ich verwundert und ein wenig atemlos.
Oh, dieses Lächeln ... es verzaubert mich unwillkürlich; ich erwidere es so machtlos wie ein Spiegel. Kopfschüttelnd sehe ich sie an und greife nach ihrer Hand. »Ist das dein Ernst?«, frage ich leise. »Wo warst *du* denn so lange?«
In Julies Augen zeigt sich Bedauern. »Aber ... ich war doch immer da. Die ganze Zeit ... war ich immer nur bei dir, Matty«, haucht sie.
Alles in mir möchte aufspringen und wegrennen, doch ich verkrampfe jeden Muskel in meinem Körper so sehr, dass es mir unmöglich ist, mich auch nur einen Millimeter zu bewegen.
Nein! Diesmal brauche ich mehr ...
»Wie meinst du das?«, erkundige ich mich so leise, als würde ich um die Einweihung in ein streng gehütetes Geheimnis bitten. Doch sie hört mich – und sie reagiert. Das Sprechen fällt ihr

schwer, vielleicht bereitet es ihr sogar Schmerzen, dennoch kommen die Worte deutlich und so sicher über ihre Lippen, als hätte Julie sie in Gedanken schon tausendmal gesprochen.
»An diesem Tag, im Wäldchen ... ich habe dir doch versprochen, dass ich immer bei dir bleibe.«
»Aber Julie! Wir kennen uns doch erst seit ...«
»Nein, Matt!«, unterbricht sie mich – so schroff und energisch, wie die Schwäche ihres Körpers es erlaubt. Ihre Verzweiflung springt auf mich über und lässt mich erstarren.
»Nenn mich nicht Julie! ... Nicht auch noch du!«
Ich fühle deutlich, dass sie kurz davor steht, wieder abzudriften. Unwillig, sie gehen zu lassen, drücke ich ihre Hand ein wenig fester und sehe ihr direkt in die Augen.
»Warte! Sag es mir! Warum soll ich dich nicht Julie nennen? Wie soll ich dich denn nennen? Wie ist dein Name?« Ohne Punkt und Komma stelle ich ihr meine Fragen, hastig und in purer Panik. Panik vor ihrer Antwort, Panik, sie erneut wegtreten zu sehen, Panik vor meiner eigenen Hilflosigkeit.
Julies Verzweiflung wird schlagartig von einer Traurigkeit abgelöst, die so tief ist, dass sie alles andere überschattet. Der Raum scheint sich zu verdunkeln, als ihre Augen den letzten Funken ihres Glanzes verlieren.
»Erkennst du mich denn wirklich nicht, Matty?«, wispert sie. Ihre Stimme bricht weg, als sie meinen Spitznamen ausspricht. Anstatt mir die Antworten zu geben, um die ich sie gebeten hatte, öffnet sie noch einmal – mit letzter Kraft, wie es scheint – ihren Mund und beginnt, leise zu singen. Es ist diese kleine, monotone Melodie, die sie ständig vor sich hin summt und über deren Bedeutung ich mich schon so oft gewundert habe.
Doch dieses Mal unterlegt sie die schwach gehauchten Töne mit einem kleinen Text. Ihre Worte öffnen mir derart rasant die Augen, dass mir schwindlig wird und ich nach dem Nachttisch

greifen muss, um nicht wegzusacken. Das daraufstehende Wasserglas fällt herab und zerschellt auf dem Parkett.
Als ich sie wieder ansehe, liegt Julie wie leblos vor mir und starrt durch mich hindurch. Mein Herz rast. Wie ein Echo klingt ihr Gesang in meinen Ohren.

Eine Bitte habe ich: Vergiss es nie, mein treues Wort ...

Und ohne Probleme kann ich vervollständigen, wozu ihr die Kraft fehlt:

Wo du auch bist, ich bin bei dir. Hier, so wie an jedem Ort.

Es ist ein Vers aus einem alten Buch, das uns Amys Uromi vorlas, als wir noch Kinder waren. Ein Freundschaftsschwur, der uns so gut gefiel, dass wir ihn übernahmen. Tapfer summt sie ihn – immer und immer wieder – seit so vielen Jahren schon. Und niemand hört sie, niemand versteht ihren Hilferuf. Nicht einmal ich.
»Oh, mein Gott, Amy!«, rufe ich laut aus und sacke nun doch über ihr zusammen. Ich umschließe ihren zierlichen, fremden Körper mit beiden Armen und ziehe sie fest an mich.
Wie, um alles in der Welt, kann ich dieses Versäumnis bloß je wieder gutmachen?
Sie lächelt – reglos.

Kapitel VII

Vom Lärm des zerspringenden Glases und von meinem kurz darauf erklingenden lauten Ausruf erschreckt, stürmt Kristin nur Sekunden später in das rosafarbene Zimmer. Das Bild, das

sich ihr bietet, lässt sie auf der Stelle erstarren; entsetzt schlägt sie die Hände vor ihrem Mund zusammen.
Ich sitze auf der Bettkante – tief über ihre Tochter gebeugt, die ich fest in meinen Armen halte. »Bitte, komm zurück«, flehe ich sie immer wieder an und streichle dabei über das fahle, teilnahmslose Gesicht.
Erst als ich Kristin bemerke, die Panik in ihrem Gesicht erfasse und verstehe, dass ich mit meinem Verhalten der Grund dafür bin, schaffe ich es, wieder einigermaßen klar zu denken und sie endlich zu beruhigen. »Keine Angst, Kristin. Sie ist okay. Es geht ihr gut. Hab keine Angst, es geht ihr gut.«

»Sie hat kaum noch Fieber, und die Banane hat sie auch gegessen«, verkündet Kristin bereits am selben Abend. Sie klingt jedoch bei weitem nicht so glücklich, wie diese Neuigkeit sie eigentlich stimmen müsste.
Wir sind wieder unter uns – nur Tom, Kristin und ich. Gemeinsam sitzen wir um den großen Esstisch herum und starren, jeder für sich, stumm in unsere dampfenden Teegläser. Diane und Wilson sind bereits vor Stunden abgereist; sie hatten sich schon verabschiedet, während ich noch oben war.
Wir alle sind wohl gleichermaßen erleichtert darüber, dass nicht noch weitere Personen Zeugen dieses überaus verwirrenden Ereignisses geworden sind.
Auch Mary habe ich schon vor etlichen Stunden nach Hause gebracht. Nachdem ich mich einigermaßen gefasst hatte, erklärte ich ihr in groben Zügen, was geschehen war. Wie immer hatte sie aufmerksam zugehört und dankenswerterweise nicht weiter nachgebohrt. Mit nur einer Frage entschlüsselte sie mein verworrenes Gestammel und brachte es auf den einzig relevanten Punkt: »Du denkst also, dass Julie eigentlich Amy ist ... also, ihre wiedergeborene Seele oder so etwas?«

Als sie das sagte, stellte ich fest, wie verrückt es sich anhörte. Dennoch nickte ich langsam, wenn auch mit gesenktem Blick. Erstaunlicherweise gab Mary mir nicht das Gefühl, meinen Verstand verloren zu haben. Bewundernswert ruhig legte sie ihre winzige Hand über meine und beugte sich zu mir vor – wir saßen nebeneinander auf dem braunen Sofa im Wohnzimmer der Kents.
»Matt, bring mich nach Hause!«, forderte sie schlicht. Dann drückte sie meine Hand und suchte meinen Blick. Erst als ich ihr direkt in die Augen sah, sprach sie weiter – als wolle sie sich vergewissern, dass ich ihre Erklärung auch richtig aufnahm und nicht etwas Falsches in ihr Verhalten hineininterpretierte. »Ich komme mir einfach deplaziert vor. Du musst mit Kristin und Tom sprechen, und ich möchte nicht, dass sie sich dabei in irgendeiner Form eingeschränkt fühlen, weil sie mich noch nicht so gut kennen. Außerdem ... brauche ich selbst ein wenig Zeit zum Nachdenken, Matt. Zum ... Verarbeiten. Verstehst du das?«
Ja, das verstand ich sehr gut.
Und ehrlich gesagt bin ich nun, da die unausweichliche Diskussion immer näher rückt, sogar ein bisschen erleichtert über Marys Entscheidung. Ich mag sie wirklich sehr, doch momentan bin ich froh, mit Tom und Kristin allein zu sein.
Tom fährt mit ausgestrecktem Zeigefinger auf dem Rand seines Teeglases entlang, als wolle er ihm einen Ton entlocken. Sein gedankenverlorener Blick geht ins Leere. Permanent brummelt er vor sich hin, doch nicht ein einziger deutlicher Satz kommt über seine Lippen. Nur einige Wortfetzen finden ihren Weg zu meinem Ohr. »... ist alles so unwirklich ... das bloß glauben? ... Ehrlich gesagt ... keine Ahnung ... davon halten ...«
Kristin nickt und legt Tom liebevoll die Hand auf den Arm.
»Ja«, sagt sie beruhigend, als hätte sie jedes Wort verstanden – was absolut unmöglich ist. »Ich weiß, mein Schatz. Aber wir

haben doch beide von Anfang an gesehen, dass Matt und Ju…, dass die beiden eine besondere Beziehung zueinander haben.«
»Du willst sie wirklich nicht mehr bei dem Namen nennen, den wir ihr gegeben haben?«, fragt Tom entsetzt. Er kämpft mit seiner Stimme und mit den Tränen, die bereits in seinen Augenwinkeln glitzern.
»Ist dir eigentlich klar, was das bedeutet, Kristin?« Er zögert, jedoch nur kurz. Dann bricht alles ungehemmt aus ihm heraus. »Wenn das wirklich wahr ist, was Matt und scheinbar auch du … was ihr beide glaubt, dann haben wir gar keine Tochter. Dann haben wir nie eine gehabt. Alles, was wir dann haben, ist der Körper unserer Tochter, gefüllt mit einer fremden Seele – mit dem Geist eines anderen Mädchens. Ist es wirklich das, was du glaubst, Kristin? *Kannst* du das denn glauben?«
Kristin zieht so ruckartig ihre Hand weg, als habe sie sich an der Haut ihres Mannes verbrannt. Toms Worte scheinen sie hart getroffen und erschreckt zu haben. Sie wendet ihren Blick ab und beginnt, still vor sich hin zu weinen.
»Ich weiß es doch auch nicht«, erwidert sie schließlich. In ihrer bebenden Stimme schwingt all ihr Unglück mit. »Ich weiß gar nichts mehr. Warum ist unser Kind überhaupt so, warum konnten die Ärzte uns nicht helfen, warum hat sie diese Verbindung zu Matt, warum ist sie an dem Tag geboren und wahrscheinlich sogar zur selben Stunde, als dieses kleine Mädchen starb, warum darf Matt sich über sie beugen und sie festhalten, ohne dass sie sofort brüllt? Warum dürfen wir das nicht? Es sind so viele unbeantwortete Fragen, Tom! Ich möchte schreien und nur weglaufen, aber es gibt keinen gottverdammten Ort auf der ganzen Welt, an dem ich frei wäre. Frei von all diesen Gedanken. Also, was soll ich deiner Meinung nach tun?«
Sie schneuzt sich die Nase, Tom stützt das Gesicht in seine Hände, und ich komme mir plötzlich völlig fehl am Platz vor.

»Deplaziert«, so hatte Mary es genannt. Die beiden scheinen überhaupt keine Notiz mehr von mir zu nehmen. Sie befinden sich – miteinander und jeder für sich – in einem tiefen inneren Konflikt und spüren wohl genau, dass es an der Zeit ist, eine Entscheidung zu fällen.
»Ich weiß nur eins«, sagt Kristin auf einmal mit fester Stimme und schaut ihrem Mann dabei in die Augen. »Spätestens nach diesem Erlebnis heute kann ich nicht mehr so weitermachen wie bisher. Nicht, ohne endlich Klarheit zu erlangen. Wir sind an einem Punkt, von dem aus wir nicht mehr zurück können. Wir lieben dieses Mädchen doch, und darum stimmt das, was du sagst, auch nicht, Tom. Sie wird immer unsere Tochter bleiben. Egal, wie sie nun heißt und wer sie meint zu sein – sie ist und bleibt doch unsere kleine Tochter. Mir ist durchaus bewusst, dass harte Zeiten auf uns zukommen könnten und dass wir vielleicht Dinge erfahren, die uns nicht gefallen werden. Aber Tom, was ist denn die Alternative? Und wenn du eine siehst, dann sag mir: Ist sie weniger schmerzhaft und schwierig? Ich kann nicht anders, als weiterhin an das Wohl unserer Tochter zu denken. Was ist das Beste für sie? Wenn ihre Seele wirklich gefangen ist und wenn auch nur der Hauch einer Chance besteht, sie zu befreien, dann müssen wir das doch probieren. Oder nicht? … Tom?«
Er schweigt. Die Minuten vergehen schleppend, ohne ein einziges Wort von ihm. Das Ticken der kleinen Kaminuhr schallt überlaut in dem großen Raum.
Endlich atmet Tom tief durch. Wie auf ein Kommando sehen Kristin und ich zu ihm auf. Ohne Umschweife richtet er sich an mich. »Also, was schlägst du vor, Wunderheiler? Willst du sie noch mal auf deine … bestimmte Art massieren und dabei versuchen … Kontakt zu ihr aufzunehmen?«
Der Unterton in seiner Stimme bleibt mir nicht verborgen, doch ich gehe nicht darauf ein und nicke nur.

»Kannst du in diesem ... Zustand ... denn mit ihr sprechen?«
Tom sieht mich prüfend an, und schon befinde ich mich in Erklärungsnot. »Ich weiß es nicht! Mit den Menschen in meinen Visionen habe ich mich noch nie zuvor richtig unterhalten. Es gibt zwar immer eine Art von, sagen wir, mentalem Austausch zwischen uns, aber so wie bei Amy ... Sie hat meine Anwesenheit bemerkt und mich sogar direkt angesprochen. So etwas habe ich zuvor noch nicht erlebt.«
Als ich den fremden Namen für ihre Tochter gebrauche, kann ich förmlich spüren, wie sich Tom und auch Kristin innerlich verkrampfen. Sie reagieren verständnisvoll, doch ich fühle, dass das nur vorgetäuscht ist. Visionen, mentaler Austausch ... das ist extrem schwere Kost, ich weiß.
»Tom«, setze ich vorsichtig an. »Ich habe auch dich massiert, mehr als nur einmal, und ... ich weiß sehr viel von dir. Wenn ich darf ...«
Tom zögert kurz, dann willigt er ein.
Ich schließe die Augen und versuche, mich möglichst genau zu erinnern.
»Du warst noch ein kleiner Junge, vielleicht acht oder neun Jahre alt. Ihr habt in einer Scheune Ritter gespielt; die Heugabeln und Besen waren eure Waffen. Außer dir waren noch ein etwas jüngeres Mädchen mit braunen langen Zöpfen dabei und dieser kleine Junge, der über deine Mistgabel stolperte, gegen den großen Anhänger fiel und sich eine Platzwunde an seinem Kopf zuzog. Das war dein kleiner Bruder, nehme ich an. Er sah dir jedenfalls sehr ähnlich, hatte aber dunkleres Haar als du. Du hast nie zugegeben, dass du ihm den Stiel absichtlich zwischen die Beine geschoben hast, nicht wahr? Und er war zu klein, um zu erzählen, was wirklich geschehen war ... Aber das ist okay! Ihr wart spielende Kinder. Du warst dir der Folgen nicht bewusst, und als Ältester hattest du große Angst vor der drohenden Strafe.«

Tom sieht nicht zu mir auf, doch noch während ich spreche, sehe ich, wie sein Brustkorb sich immer schneller hebt und senkt. Bei meinen letzten Worten springt er auf und verlässt den Raum. Er flüchtet in die Küche.
Für Kristin ist dieses Verhalten ihres Mannes Bestätigung genug. Neue Tränen glitzern in ihren Augen. Wir bleiben schweigend an dem großen Tisch zurück, bis Tom wieder im Türrahmen erscheint.
»Was können wir tun, Matt? Was können wir tun, um … Amy zu uns zu holen?«, fragt er entschlossen.
Ohne ein Wort stehe ich auf und verlasse das Haus, um den großen Karton aus meinem Auto zu holen. Nachdem ich Mary nach Hause gebracht hatte, war mir die Idee gekommen. Wieder ist es der Karton, den ich für so viele Jahre verschlossen unter meinem Bett aufbewahrt hatte, doch mein blaues Fotoalbum habe ich dieses Mal vorsorglich entnommen. Als ich die Laschen aufklappe und den Inhalt nach und nach auf dem großen Esstisch verteile, verstehen Kristin und Tom sehr schnell, was ich ihnen zeige.
»Ist sie das?«, will Tom wissen und deutet auf ein gerahmtes Bild. Es zeigt Amy auf ihrer Schaukel. Sie muss etwa sechs Jahre alt gewesen sein, als dieses Foto entstand, denn sie hat noch die breite Zahnlücke wie bei unserer Einschulung.
»Ja. Dieses Bild stand lange auf meinem Nachttisch«, gestehe ich. Kristin lächelt. »Klingt nach einer Sandkastenliebe.« Ihr Ton ist voller Zärtlichkeit. Mit dem Ärmel ihrer Bluse wischt sie sorgfältig den Staub von dem Bild.
Ein wenig verlegen muss auch ich lächeln. *Nicht eine Sandkastenliebe* – die *Sandkastenliebe*.
Zunächst noch zögernd, dann immer mutiger, arbeiten sich Tom und Kristin nach und nach durch alles, was ich vor uns ausgebreitet habe. Dort liegen Briefe, die Amy mir geschrieben hatte,

kleine Gegenstände, die ihre tiefere Bedeutung nur für uns besaßen, und Bilder, die sie mir malte.
»Was ist das?«, fragt Tom überrascht und nimmt ein mehrfach gefaltetes Blatt Papier zur Hand, das ein eigenartiges Wesen zeigt.
»Oh!« Diese Erinnerung ist eine meiner liebsten. »Wir hatten dieses Spiel. Wir falteten zwei Blätter jeweils fünfmal und malten abwechselnd. Zuerst den Hut, dann falteten wir das Stück nach hinten und tauschten die Blätter. Der andere malte den Kopf und klappte ihn nach hinten, dann tauschten wir erneut. Und so weiter. Oberkörper, Unterkörper, Schuhe. Über die Ergebnisse lachten wir oft Tränen. Und dieses hier fand ich besonders gelungen.«
»Ist es auch.« Nun lächelt Tom zaghaft; das erste Mal an diesem Abend. Noch immer schaut er auf dieses eigentümliche Wesen, das abwechselnd halb Bodybuilder und halb Ballerina ist, bis sich sein Lächeln zu einem ausgereiften Grinsen gedehnt hat. Erleichtert registriere ich seine Entspannung.
Kristin und er sind unglaublich neugierig. Jedes einzelne Teil nehmen sie in die Hände, drehen und wenden es, als würden sie nach einer geheimen Botschaft suchen. Zu jedem Gegenstand, zu jedem Steinchen, zu jedem Brief wollen sie die komplette Geschichte erfahren. Bereitwillig stehe ich ihnen Rede und Antwort.
Wie könnte ich kein Verständnis für diesen Wissensdurst haben? Sie wühlen in der unbekannten Vergangenheit ihrer Tochter.
Bis drei Uhr morgens sitzen wir so nebeneinander an dem großen Tisch und schlürfen einen Tee nach dem anderen, während ich stundenlang über Amy spreche. Ich berichte von ihren Vorlieben und Abneigungen, von den Streichen, die wir gemeinsam spielten, und von der Art und Weise, wie sie zugleich weinen und lachen konnte, was ich immer besonders toll an ihr fand. Auch

von ihrer grenzenlosen Phantasie und ihrem unbezwingbaren Optimismus, mit dem sie selbst den schlechtesten Begebenheiten noch etwas Gutes abgewinnen konnte, erzähle ich ausgiebig.
Es sind Erinnerungen, die mich teilweise noch immer sehr schmerzen – obwohl unsere Geschichte gerade eine ungeahnte Wendung zu nehmen scheint. Die Möglichkeit dieser Wendung jedoch wirkt noch immer so irreal, so absolut undenkbar, dass ich mir immer wieder selbst vor Augen halten muss, warum ich meine Vergangenheit mit Amy hier so offen ausbreite. Mitten in meinen Schilderungen bemerke ich, dass ich wie ein begeisterter kleiner Junge klinge, der von seiner bewunderten Spielkameradin erzählt, die für ihn das Wichtigste im Leben ist. Und genau das war Amy für mich immer gewesen. Mein Ein und Alles.
Kristin und Tom saugen jedes meiner Worte in sich auf – begierig, wie ein trockener Schwamm das Wasser.
»So!« Schließlich faltet Tom auch das letzte Briefchen wieder zusammen und legt es zurück zu meinem Sammelsurium. »Das war sehr spannend, aber wie hilft uns diese Sammlung nun weiter?«
Eine berechtigte Frage, deren Antwort nicht mehr als eine hoffnungsträchtige Idee ist. »Na ja. Amy hat offensichtlich Schwierigkeiten, den Weg in unsere Welt zu finden«, erläutere ich zögerlich. »Sie scheint allerdings geringere Probleme damit zu haben, jemanden in ihre Welt hineinzulassen.«
Ich lege eine gedankliche Pause ein, da ich mir erst klarmachen muss, wie ich meinen nächsten Gedanken so schonend wie möglich formulieren kann. Kristin und Tom blicken mich stumm an; sie warten geduldig.
»Euch zu verletzen ist wirklich das Letzte, was ich will, aber … ich bin bisher nun mal die einzige Schnittstelle zwischen Amys altem und ihrem neuen Leben und … na ja … auf mich reagiert sie.« Schnell fahre ich fort, um dem Kummer, den meine Worte mit sich bringen könnten, keine Zeit zu lassen, sich zu entfalten.

»Vielleicht bringt es ja etwas, wenn wir ihr jetziges Leben ein wenig an ihr früheres angleichen. Es könnte doch sein, dass sie nach etwas Vertrautem sucht. Und diese Gegenstände könnten hilfreich sein, etwas Vertrautes für sie zu schaffen.«
Ein neuer Hoffnungsschimmer streift die liebgewonnenen Gesichter und bringt ihre Augen zum Glühen.
»Ja, das könnte funktionieren.« Tom nickt.
Ermutigt von diesem plötzlichen Optimismus, fließen die Gedanken weiter von meinen Lippen. »Einige dieser Erinnerungen könnten wir in ihrem Zimmer unterbringen. Allerdings …« Ich stocke.
»Ja? Was? Sag es, Matt!«, fordert Kristin.
»Amy hasste Rosa«, schießt es aus mir heraus. »Eventuell sollten wir ihr Zimmer umgestalten.« Ich unterbreite meinen Vorschlag mit geducktem Kopf.
Entsetzen steht den beiden ins Gesicht geschrieben, und für einen kurzen Moment absoluter Stille bin ich mir sicher, den Bogen überspannt zu haben. Kristin und Tom wenden sich einander zu und tauschen einen langen Blick aus. Und dann, ohne jede Vorwarnung, prusten sie gleichzeitig los. So laut, dass ich erschreckt zusammenfahre.
Verständnislos schaue ich von Kristin zu Tom und wieder zurück, doch die beiden sind momentan nicht in der Lage, sich zu erklären. »Was ist denn los?«, frage ich immer wieder, ohne eine Antwort zu erhalten. Sie lachen und lachen, eine gefühlte Ewigkeit.
Es mag ja etwas Befreiendes haben, dennoch bin ich froh, als Tom seinen Anfall endlich unter Kontrolle bekommt. »Ach, Matt!« Er grinst und fährt sich über das Kinn. »Wir hatten schon das alte Babyzimmer unserer Tochter exakt so gestrichen wie dieses hier. Als wir umzogen, taten wir uns sehr schwer damit, ihr neues Zimmer zu gestalten. Sie war mittlerweile eine junge

Frau, und wir hätten ihren persönlichen Raum gerne etwas verändert, ihrem Alter angeglichen. Allerdings waren die Ärzte strikt dagegen, und so richteten wir alles wieder so ein, wie es zuvor gewesen war. Und nun«, er lacht wieder und wischt sich eine Träne aus dem Augenwinkel, »... nun kommst du und sagst uns, dass sie Rosa hasst. Die Farbe, die sie seit Jahrzehnten umgibt. Meine Güte, ich möchte nicht wissen, was wir sonst noch alles falsch gemacht haben.«

Jetzt erst bemerke ich die gut getarnte Verbitterung, die seinem Lachen anhaftet.

»Gar nichts«, versichere ich ihm schnell, aus Angst, die Stimmung könne kippen. »Ich meine, Fehler machen wir doch alle. Aber das Entscheidende habt ihr richtig gemacht, zu jeder Zeit: Ihr habt sie immer geliebt. Und ehrlich, nicht viele Eltern hätten so offen auf mich und auf all das Wunderliche, das ich euch ins Haus gebracht habe, reagiert.«

»Schon gut.« Tom wirkt verlegen. »Also, welche Farbe darf es denn sein?« Es ist diese trockene Art, die ihn so sympathisch macht.

Ich muss nicht lange überlegen. »Amy mag Orange, Rot und Gelb. Leuchtende Farben.«

Kristin nickt. »Hm ... Amy«, wiederholt sie sehr leise, als wolle sie sich diesen Namen gut einprägen. Die Melancholie in ihrem Blick entgeht mir nicht.

»Wir sollten uns darauf einigen, sie nur noch Amy zu nennen«, fordere ich trotzdem.

Kristin und Tom schmerzt diese Entscheidung offensichtlich sehr; dennoch willigen sie tapfer ein. Ich kann nachvollziehen, dass es ihnen so vorkommt, als würden sie einen Teil ihrer Tochter zusammen mit ihrem Namen beerdigen.

Umso erstaunter bin ich, wie diszipliniert sich die beiden in den folgenden Tagen daran begeben, unseren Plan in die Realität umzusetzen. Sie konzentrieren sich so sehr, wenn sie mit Amy sprechen, dass ihnen kein einziges »Julie« mehr von den Lippen schlüpft.

Kapitel VIII

Ich erschwindele mir etliche freie Tage von der Praxis, indem ich behaupte, mir eine schwere Grippe eingefangen zu haben. Mary, die natürlich eingeweiht ist, bitte ich um ihre Deckung, die sie mir auch sofort zusagt.
Nun habe ich die Ruhe, mich mental vollends auf Amy einzustellen.
»Hey, hallo du«, begrüße ich sie bereits am Morgen nach dieser langen Nacht, die ich Pläne schmiedend mit Kristin und Tom verbracht habe.
»Hast du gut geschlafen? Hoffentlich besser als ich.«
Vorsichtig lasse ich mich neben ihr auf der Bettkante nieder und fasse nach ihrer Hand. Schlaff liegen ihre Finger auf meinen.
Ich sehe ihr direkt in die Augen, auch wenn es so scheint, als würde sie durch mich hindurchsehen. »Amy, es tut mir so leid, dass ich dich nicht schon früher erkannt habe. Aber jetzt weiß ich Bescheid, und du kannst dich auf mich verlassen. Ich bleibe bei dir, Amy!«
Sie lächelt. Zumindest fast. Es ist nur eine minimale Reaktion, kaum mehr als ein Zucken ihrer Mundwinkel, aber immerhin, es ist eine Reaktion.
Erleichtert stelle ich fest, dass sie fieberfrei ist. Ich trage sie in den großen Wohnraum und jubele innerlich auf, als sie aufsteht und zum gedeckten Frühstückstisch geht. Es wirkt gewohnt mechanisch, doch sie löffelt ihr Müsli und isst auch ihren Apfel. Gott sei Dank geht es ihr besser.

Plötzlich flackert eine Erinnerung in mir auf. »Habt ihr Orangensaft?«
Kristin nickt. Stumm gießt sie Amys Glas voll und stellt es vor mir ab.
»Hier, dein Orangensaft«, sage ich und schiebe es scheinbar beiläufig zu ihr hinüber.
Sofort streckt sie ihre Hand aus, ergreift das Glas und leert es mit langen Zügen. Mein triumphierender Blick wandert für eine Sekunde zu Kristin, die ihn strahlend erwartet.
»Kein Morgen ohne Orangensaft, hm?«, sage ich leise. Das sind exakt die Worte, die mir von Amys Mom noch im Kopf sind. Wieder dieses Zucken ihrer Mundwinkel, etwas deutlicher dieses Mal.
»Schenk mir ein Lachen, Amy«, fordere ich sie fast schon übermütig auf, doch es bleibt bei dem vagen Ansatz eines Lächelns.
Nur nicht ungeduldig werden, Matt!
»Bald lachst du, ich weiß es.«
Kristin ist so schon völlig überwältigt. »Sie hat gelächelt«, wispert sie Tom zu, als er sich endlich zu uns gesellt.
Ihm scheint nach wie vor ein wenig unwohl zu sein. Gestern noch mittendrin, als Julies Vater, versetzt er sich nun selbst in die Rolle des stillen Beobachters.
Nach dem Frühstück verfällt Amy wieder in ihr monotones Schaukeln; leise summt sie dabei vor sich hin. Doch nun weiß ich, was sie da summt, und ich beschließe zu reagieren. Sie muss wissen, dass jemand sie hört – dass ich sie höre.
»Komm, Amy«, sage ich schlicht und stehe auf. Und tatsächlich – prompt erhebt sie sich und folgt mir. Ihr Blick ist starr geradeaus gerichtet, sie sieht mich nicht an; doch sie folgt mir, und das allein ist schon ein Wunder. Als sie sich auf dem Fußboden vor dem Kamin niederlässt, beginnt sofort das Schaukeln wieder.

»Weißt du was, Amy? Wenn du es allein nicht schaffst, deine Welt zu verlassen, dann hole ich dich halt ab«, verkünde ich ihr meinen Entschluss.
Dann wende ich mich Tom und Kristin zu, die uns aus einigen Metern Abstand mit einer Mischung aus Faszination und Angst betrachten: »Habt ihr so viel Vertrauen in mich, dass ihr uns allein lassen würdet? Ich schätze, wir brauchen Ruhe. Und auf keinen Fall irgendeine Art von Ablenkung.«
»Gut«, beschließt Tom, ohne mein Vorhaben genauer zu hinterfragen. »Komm, Schatz.«
Es ist Toms und Kristins erster gemeinsamer Spaziergang seit vielen Jahren – und ihr Vertrauen ehrt mich, denn Amy und ich bleiben für die nächsten zweieinhalb Stunden allein.
Sobald die Haustür ins Schloss gefallen ist, legt sich eine tiefe Ruhe über mich. Nun fühle ich mich unbeobachtet und … ja, viel freier. Vielleicht benötige ich die Zweisamkeit mit Amy stärker als sie.
Vorsichtig greife ich nach ihren Händen und stimme leise in ihr Summen ein. Doch ich singe den kleinen Text zu den Tönen. Unseren Freundschaftsschwur: »Eine Bitte habe ich: Vergiss es nie, mein treues Wort. Wo du auch bist, ich bin bei dir. Hier, so wie an jedem Ort!«
In einer Endlosschleife wiederhole ich die Zeilen. Ebenso unermüdlich summt Amy die Melodie dazu. Ich schaukle mich in den gleichen sanften Wiegebewegungen – hin und her –, als würde sie mich führen. Ohne den geringsten Druck halte ich ihre Hände und streiche mit meinen Daumen sanft über ihre Handrücken.
Wir sitzen einander gegenüber und sehen uns an, doch Amys Blick geht nach wie vor durch mich hindurch. Erwartungsvoll, ja, beinahe lauernd betrachte ich ihr schönes Gesicht und verbringe dabei Stunden in dieser Position. Auch als Kristin und

Tom wiederkommen und sich einen verwunderten Blick zuwerfen, was ich nur aus meinen Augenwinkeln sehen kann, unterbreche ich unsere gemeinsamen Bewegungen nicht.
Tom und Kristin huschen auf leisen Sohlen in die Küche und kommen nur zum Vorschein, wenn es nicht zu vermeiden ist.
Meine Beine kribbeln unangenehm, meine Arme sind schwer wie Blei. Ich frage mich schon seit geraumer Zeit, wie Amy diese Haltung so lange aushält, als ich etwas auf meinen Händen spüre. Ihre Daumen rühren sich.
Gleich darauf blinzelt Amy einige Male schnell hintereinander, dann ist sie plötzlich da. Ein kalter Schauder rinnt meinen Rücken hinab, als das Grün ihrer Augen klar wird und sie mich so tief ansieht wie noch nie zuvor. »Matt!«
Es reicht nur für wenige Sekunden. Wir sprechen nicht, denn mir fehlen die Worte. Sie blickt auf ihre Hände hinab, die ich noch immer in meinen halte. Dann schaut sie zurück in meine Augen und lächelt. Schon merke ich, wie sie wieder abdriftet, und nur einen Moment später schaut sie erneut starr durch mich hindurch. Die Frage, ob ich vielleicht nur geträumt habe, verwerfe ich schnell, denn der Druck ihrer Berührung kribbelt, wie zum Beweis, noch immer in meiner Hand.
Ausgelaugt sacke ich auf dem Teppichboden zusammen und schlafe an Ort und Stelle ein.
Ich träume sogar. Von Amy, wie ich sie einmal kannte. Sie sitzt an ihrem Klavier und spielt mir mein Lied vor. Die Melodie zupft an mir und zieht mich sanft aus meinem Schlaf. Was für eine Art, geweckt zu werden.
Der Traum endet, die Musik bleibt. Ich brauche einige Sekunden, um zu realisieren, dass Amy tatsächlich am Klavier sitzt und für mich spielt. Zumindest fühlt es sich so an, als würde sie für mich spielen.
Tom und Kristin sind nach wie vor in der Küche. Ein Blick auf

die Uhr am Kamin verrät mir, dass ich nur zehn Minuten geschlafen habe.
Schwerfällig rappele ich mich auf und stelle mich hinter Amy. Mit aller Vorsicht lege ich meine Hände auf ihre Schultern.
»Ich hätte es wissen müssen, als du es zum ersten Mal gespielt hast«, flüstere ich ihr zu. »So oft spielst du mein Lieblingslied, und ich begreife es nicht. Es tut mir so leid, Amy.«

Abends massiere ich sie, wie immer vor dem prasselnden Kamin. Doch dieses Mal mische ich wieder ihren Duft an, den ich nach der ersten Massage vernachlässigt hatte und von dem ich nun endlich weiß, warum ich ausgerechnet *ihn* für eine augenscheinlich fremde Frau zusammengestellt hatte. Es ist wirklich Wahnsinn, wie intuitiv ich auf Amys Spur gekommen bin …
Mein Magen verschnürt sich bereits beim ersten Atemzug, doch dieses Mal schaffe ich es besser, die Kontrolle zu bewahren, denn nun habe ich ein klares Ziel vor Augen. Routiniert finden meine Hände ihre Positionen, und ich versuche, mich einzig und allein auf Amy zu konzentrieren. Das ist nicht leicht.
Immer wieder verlieren sich meine Gedanken. Kann das alles wirklich wahr sein? Amy, sie lebt! In einem fremden Körper zwar, aber … sie lebt! Was würden ihre Eltern wohl dazu sagen? Können wir überhaupt das Risiko eingehen, jemandem ihre Geschichte zu erzählen, oder bedeutet das unsere Zwangseinlieferung in eine geschlossene Anstalt? Und wenn Amy wirklich jemals aus ihrer Starre findet, wie wird sie dann wohl auf Tom und Kristin reagieren? Wie wird sie mit ihnen umgehen?
O Mann, Matt, konzentrier dich! Alles zu seiner Zeit. Zuerst musst du sie finden.
Der Raum verliert an Schärfe. Er verschwimmt vor meinen Augen, die sich genau in diesem Moment wie von allein schließen. Dann, endlich, bin ich allein.

Zielstrebig laufe ich durch das hohe, leicht feuchte Gras einer gigantischen Blumenwiese. Es ist dieselbe Wiese wie in meiner ersten Vision von Amy, und plötzlich verstehe ich, dass sie ein wichtiger Teil von Amys Welt sein muss. Einer Welt, die sie sich wohl schon vor langer Zeit erschaffen hat und in die sie sich zurückgezogen hat, um nicht in der für sie so verstörenden Realität leben zu müssen.
Ich kann Amy zwar nicht sehen, doch ich spüre ihre Anwesenheit und kenne den Weg, der mich zu ihr führt.
Und plötzlich liegt sie vor mir. Glücklich und völlig entspannt. Der Wind bläst sanft in ihr Haar und biegt die Grashalme, die sie umgeben.

Er wird zu mir kommen, auf meine Wiese, ich fühle es. Noch weiß ich nicht, was mir diese Gewissheit gibt, ihn bald wiederzusehen, doch er wird kommen, ganz sicher. Ein milder Geruch – kaum mehr als eine Ahnung – von Honig und Lavendel vermischt sich mit dem Duft der Blumen. Diese eigene und doch so vertraute Mischung ist wie ein Vorbote, ein verheißungsvolles Versprechen.

Ich spüre seine Nähe, noch bevor sich das Schwarz seiner Silhouette ins Licht schiebt. Die Strahlen der Sonne brechen sich an ihm.

Erst als er sich herabbeugt, sehe ich sein liebes Gesicht. Wie tief er sich bücken muss, wie groß er ist – und wie unglaublich schön. Seine samtbraunen Augen blicken auf mich herab.

Schüchtern, wie schon immer. Nein, noch mehr sogar. Verlegen fährt er sich durch den dunklen Wuschelkopf.

»Du bist wieder da«, stelle ich fest, als er sich neben mir niederlässt. Sein Mund verzieht sich; er schenkt mir dieses heimliche, schiefe Lächeln, das wohl nur ich kenne.

Doch dann trübt sich sein Blick. »Amy, ich kann dich hier nicht mehr aufsuchen. Du musst mit mir kommen, so wie vorhin, als du kurz ... aufgetaucht bist. Es ist an der Zeit für dich, zu leben. Es gibt Menschen, die dich lieben, die auf dich warten.«
Seine Worte klingen wie ein dringliches Gebet. Mit seiner ruhigen, tiefen Stimme verleiht er ihnen eine Bedeutungsschwere, die mich augenblicklich erfasst. »Ich weiß nicht, wie, Matty. Ich kann es nicht beeinflussen«, gestehe ich ihm.
»Doch, Amy!« Sein Ton festigt sich. »Es liegt an deinen Gedanken. Du darfst dich nicht treiben lassen. Versuch einfach, bei mir zu bleiben. Bitte.«
»Aber ich bin doch so oft bei dir, spürst du das denn wirklich gar nicht?«, frage ich hilflos.
Doch Matt schüttelt den Kopf, noch bevor ich meinen Satz beendet habe. Behutsam streckt er eine Hand aus und lässt sie über meinen Arm gleiten. Wie Schmetterlingsflügel berühren mich seine Fingerspitzen und hinterlassen ein zartes Kribbeln auf meiner Haut.
»Nein, Amy, ich spüre es nicht, denn all das scheint in deinen Vorstellungen stattzufinden. Du musst mir folgen – in die wirkliche Welt. Das Leben dort draußen mag ein anderes sein als das, was du von früher kennst und nach dem du dich sehnst. Aber es hat eine Chance verdient, meinst du nicht? Und ich warte auf dich, Amy.« Dann steht er auf.

Ohne mich abzuwenden, entferne ich mich von ihr. Diese unbekannte Macht zieht mich erneut von ihr weg. Wieder, wie schon beim ersten Mal, streckt Amy ihre Hände nach mir aus. Es zerreißt mir fast das Herz, sie so zu sehen.
»Bleib bei mir, Matt. Bitte!«, ruft sie verzweifelt. Doch ich

widerstehe dem Drang, nach ihr zu greifen, und ergebe mich dem Sog. Lasse mich treiben, denn mein Weg ist der einzig richtige.
»Ich kann nicht, Amy. Du musst mit mir kommen. Ich warte auf dich. Komm mit mir, Amy!«

Als ich wieder zu mir komme, beuge ich mich über sie und lege den dichten Vorhang ihrer dunklen Haare ein wenig zur Seite.
»Ich bin für dich da, Amy«, flüstere ich in ihr Ohr und gebe ihr einen vorsichtigen Kuss auf die Schläfe. Als ich zurückweiche und sie ansehe, bemerke ich die Tränen, die aus ihren starr blickenden Augen rinnen. Gleichzeitig zucken ihre Mundwinkel. Und dann lächelt sie – weinend. *Amy!*

Die nächsten Tage sind von kleinen Veränderungen ihres Alltags geprägt. Kristin nimmt Amys Haare nun nicht mehr zu einem Pferdeschwanz zusammen wie bisher. Sie lässt sie offen, so wie in meinen Visionen. Gekleidet wird Amy ausschließlich in den modernen Outfits, die Mary wirklich hervorragend ausgewählt hat. Amy sieht toll aus – ganz gleich, wie Kristin die Blusen, Pullover, Hosen und Röcke auch miteinander kombiniert.
Ich komme morgens, noch bevor Amy erwacht, und gehe erst in der Nacht, wenn sie schon schläft und ich mich mit Tom und Kristin über die Ereignisse des Tages ausgetauscht habe.
Viel Schlaf bekomme ich in diesen Tagen nicht, doch wenn ich nun schlafe, dann erhole ich mich wirklich.
Tagsüber verbringe ich die meiste Zeit mit Amy auf dem Fußboden. Stundenlang, tagelang wiegen wir uns gemeinsam in ihrem Rhythmus.
Amys Reaktionen werden immer deutlicher. Sie streichelt über meine Hände, ihr Lächeln wird langsam, aber sicher zu einem kleinen Lachen. Sie bewegt die Lippen und begleitet mich laut-

los, wenn ich unseren Schwur aufsage. Sie blinzelt nun häufiger als zuvor, und wenn ihr Blick klar wird, dann geschieht das meist schon für etliche Sekunden.
Ich versuche, wirklich alle Veränderungen zu registrieren. Jedes noch so bedeutungslos erscheinende Detail notiere ich mir, um nur ja keine ihrer Botschaften zu übergehen.

In dem neuen Tagesrhythmus hat es sich so eingespielt, dass ich Amy morgens als Erster begrüße, und so betrete ich nun schon am neunten Morgen nacheinander ihr Zimmer.
Ich ziehe die Vorhänge zurück, wende mich um und … blicke auf ihr leeres Bett.
»Amy!«, rufe ich erschrocken und komme mir in dem Moment schon reichlich dämlich vor. Als ob sie antworten würde: »Ja, Matt! Hier bin ich.« *So ein Quatsch!*
Stattdessen schallt Kristins besorgte Stimme hinauf. »Ist sie nicht in ihrem Zimmer, Matt?« Schon steht sie neben mir. Gemeinsam gehen wir auf die Suche. Kristin öffnet die Tür zu Amys Badezimmer, doch auch hier ist sie nicht.
Im elterlichen Schlafzimmer liegt lediglich ein leise schnarchender Tom, und somit bleibt nur noch ein einziger Raum übrig.
Kristin drückt die Klinke herab und öffnet die Tür, jedoch nur einen kleinen Spalt. Weiter kommt sie nicht.
»Amy sitzt davor.«
Tom erscheint im Korridor. Er gähnt hinter vorgehaltener Hand. »Wir können sie unmöglich dort sitzen lassen. Sie verkühlt sich ja total auf dem kalten Holzboden.«
Wir versuchen unser Glück noch eine Weile, doch dann bittet mich Tom, mit ihm zu kommen. Er zieht sich seine Jacke über das Pyjama-Oberteil, streift Turnschuhe über seine nackten Füße und stapft vor mir in den schneebedeckten Garten.
Er zeigt auf das kleine Dachfenster des Raums, in dem sich Amy

befindet. Mit erhobenem Blick diskutieren wir eine Weile. Tom reibt über sein unrasiertes Kinn.
»Meinst du wirklich, du passt durch das Fenster, Matt? Es ist ziemlich klein.«
»Das klappt schon«, erkläre ich zuversichtlich. Nur gut, dass es ein abschließbares Fenster ist. So kann ich einsteigen, ohne etwas zu zerstören.
»Sei vorsichtig, Junge«, ruft Tom mir zu, als ich über die lange Leiter auf das Dach steige. Doch mit Höhe habe ich keine Probleme. Klettern war eine meiner Lieblingsbeschäftigungen gewesen, als ich noch ein kleiner Junge war, und es gab nur eine, die es mit mir hatte aufnehmen können.
Ohne Schwierigkeiten steige ich auf dem Dach empor bis zu dem – wirklich sehr schmalen – Fenster, durch das ich mich nur mit großer Mühe quetschen kann.
Kristin hatte recht, Amy blockiert die Tür. Zusammengekauert, ohne Decke, liegt sie auf dem kühlen Parkettboden und schläft. Den Grund für ihre Müdigkeit erspähe ich nur einen Augenblick später.
Dies ist der Raum, in dem Amys Staffelei steht; hier kommt sie hin, wenn sie sich künstlerisch betätigt. Auch in dieser Nacht hat sie gemalt. Allerdings nicht das übliche Motiv. Anstelle dessen hat sie mit Ölfarben ein unverkennbares Porträt gemalt. Von der aufgespannten Leinwand blickt mir in überdimensionaler Größe mein eigenes Gesicht entgegen – so treffend und detailgetreu, dass es mir den Atem verschlägt.
»Amy, was hast du …?« Langsam gehe ich zu dem Bild. Meine Fingerspitzen gleiten über die perfekt herausgearbeiteten Konturen dieses Gesichts. Meines Gesichts.
Zum ersten Mal sehe ich mich selbst aus der Perspektive eines anderen Menschen, und das ist durchaus interessant. Meinen Blick, so wie Amy ihn erfasst hat, würde ich als liebevoll be-

schreiben – etwas schüchtern vielleicht –, mein Lächeln als schmerzlich. Ja, ich befürchte, dass sie mich perfekt getroffen hat.
»Matt, ist alles in Ordnung?« Kristins Ruf bringt mich zur Besinnung.
»Ja, alles klar«, erwidere ich und hebe die schlafende Amy in meine Arme. Ihr Körper ist wirklich schon ziemlich kalt geworden, doch als die Tür aufgeht, steht Kristin mit einer Decke bereit.
»Na, Schatz, hast du wieder gemalt?«, flüstert sie Amy zu und drückt ihr einen Kuss auf die Stirn. »Bald kann ich eine Galerie aufmachen. Eine ganze Ausstellung mit einem einzigen Motiv.«
»Nein«, erwidere ich, während ich Amy vorsichtig in ihrem Bett ablege und die Bettdecke um ihren Körper herum andrücke. Dann wende ich mich Kristin zu. »Nicht ein Motiv. Seit heute sind es zwei.«
Nur Sekunden später stehen auch Tom und Kristin vor der Staffelei. »Das ist wunderschön.« Immer wieder fährt Kristin über die getrocknete Ölfarbe. »Das bist wirklich du. Wie du leibst und lebst, Matt.«
Toms Gesicht verrät die Vielzahl an Emotionen, die er momentan gleichzeitig empfindet. Ehrfurcht, Stolz, aber auch eine Spur von Wehmut und Angst, glaube ich.
Ich nicke verlegen. »Amy hat immer schon gern gemalt. Und zwar sehr gut. Ihr habt die Bilder gesehen, die sie mir geschenkt hat. Ich erinnere mich, dass wir in der ersten Klasse eine Obstschale malen sollten. Meine sah aus wie ein breit gezogenes U, gefüllt mit zweifelhaften Farbklecksen, die unsere Lehrerin gütigerweise vorgab, als Obst zu erkennen. Die Bilder der anderen Kinder sahen ähnlich aus. Nur Amys Schale war anders. Sie hatte sie schon damals perfekt perspektivisch hinbekommen. Miss Huggins hat sich vor lauter Begeisterung kaum eingekriegt.«

Wieder eine süße Erinnerung, die mir ein kurzes Lächeln über das Gesicht treibt.
»Dass sie dieses Bild von dir angefertigt hat, beweist so viel«, wispert Kristin. »Es zeigt doch, dass sie in der Lage ist, ihre festgefahrenen Gewohnheiten aufzugeben und auch weiterzugehen. Wenn wir sie nur verstehen.«
»Du meinst, nun – da wir wissen, was uns ihr erstes Motiv sagen sollte – versucht sie, durch andere Bilder zu kommunizieren?«
Kristin zuckt mit den Schultern. »Ich weiß es nicht, aber es kommt mir so vor.«
Tom betrachtet noch immer das Portrait. »Warum hat Amy dein Gesicht in diesen Brauntönen gemalt und nur die Narbe über deiner Schläfe farblich hervorgehoben?«
Ich lasse meinen Blick zu der schmalen Linie wandern. Er hat recht. Das Rot ist so blass, dass es mir bisher nicht aufgefallen war, doch meine Narbe hebt sich wirklich ab. Bei dieser Entdeckung durchzuckt ein stechender Schmerz meine Brust.
Nur sehr zögerlich beginne ich zu sprechen: »Das kann ich euch erklären. Diese Verletzung habe ich von dem Tag, als … Dieser Typ hat …«
Ich möchte weitersprechen, doch ich schaffe es nicht. Kristin legt mir eine Hand auf den Oberarm. »Schon gut, mein Junge. Wir haben verstanden.«
Automatisch ist meine Hand zu der Narbe auf meiner Stirn gewandert. Mit den Fingerspitzen streiche ich vorsichtig darüber, ebenso, wie die Hand auf Amys Gemälde es tut.
»Hey! Das sind nicht meine Finger«, bemerke ich in diesem Moment. »Seht mal. Die Finger auf dem Bild sind viel zu zierlich, um meine sein zu können. Das …«
»… sind Frauenfinger.« Tom nickt.
»Es sind Amys Finger«, sagt Kristin bestimmt. »Natürlich! Sie streicht über deine Narbe. Sie weiß, wie es um dich steht.«

Und mit diesem Satz erweckt sie eine tiefe Erkenntnis in mir: Wenn es mir gelingt, Amy wieder zurück in dieses Leben zu holen, dann bin ich nicht mehr allein. Dann habe ich jemanden, der versteht, was ich durchgemacht habe. Unser Leid hat zwar nicht dieselben Auswirkungen gehabt, aber es hat denselben Ursprung. Amy sagte, sie wäre immer bei mir gewesen. Was auch immer sie genau damit meinte, fest steht, dass ich nun endlich bei ihr bin. Wir haben uns wiedergefunden.
Plötzlich, mitten in diesem kleinen Raum, den Blick auf mein eigenes Gesicht gerichtet, wird mir bewusst, wie stark die Bindung zwischen Amy und mir tatsächlich sein muss, wenn nicht einmal der Tod uns trennen konnte. Wenn selbst die widrigen Umstände ihres neuen Lebens uns im Endeffekt nur nutzten, um uns erneut zusammenzuführen. Denn jeder Moment meines Lebens, jede meiner Handlungen – so belanglos sie mir auch erschienen sein mag – hat mich genau in diesem Moment an genau diesen Ort geführt. Zu Amy. Ist es nicht so?

Kapitel IX

Die Tage vergehen. Vom Ablauf her gleicht einer dem anderen. Viele Stunden verbringe ich mit Amy auf dem Fußboden; sie spielt am Klavier und malt in manch einer Nacht. Die Bilder jedoch verhüllt sie, bevor sie sich schlafen legt. Wir beschließen, dies als eine Bitte aufzufassen, und halten unser Verlangen, einen Blick auf ihre Kunstwerke zu werfen, in Schach. Auch wenn uns das ungemein schwerfällt.
In all diesen Tagen macht Amy sagenhafte Fortschritte. Sie reagiert nun sogar ab und zu schon auf meine Ansprache. Ich nehme mir fest vor, sie zum Bleiben zu bewegen, wenn sie ihren nächsten bewussten Moment hat.

Schweren Herzens habe ich mich dazu durchgerungen, Amy nicht mehr in meinen Visionen zu besuchen, auch wenn ich diese lebensfrohe junge Frau, die sie dort ist, sehr vermisse. Anstelle dessen wiederhole ich während meiner Massagen stets eine einzige Forderung: »Komm zu mir, Amy! Ich bin für dich da. Komm mir entgegen, ich hole dich ab.« Immer und immer wieder sage ich ihr genau diese Sätze. Die gleiche Betonung, die gleiche Satzfolge, die gleichen Berührungen. Sie schließt ihre Augen und scheint die Massagen zu genießen. Ob meine Worte zu ihr durchdringen, vermag ich nicht zu sagen. Bis Amy es mir deutlich zeigt.

Es ist mein letzter freier Abend. Zwei Wochen »kämpfe« ich nun schon mit meiner Magen-Darm-Grippe, doch nun kann ich es nicht mehr hinauszögern: In der Praxis schreit man nach mir. Wieder knie ich über Amy und lasse meine ölgetränkten Hände über ihren Rücken gleiten. Kristin und Tom sind, wie an fast jedem Abend, zu ihrem Spaziergang aufgebrochen, um uns die nötige Ruhe für den Ausklang des Tages zu geben.

Seine Stimme klingt so fern, und doch höre ich sie – wie ein leises Echo. Er ruft nach mir und verspricht, mich abzuholen.
Ich liege, wie so oft in letzter Zeit, auf meiner Wiese. Sie bietet mir meine persönliche Auszeit. Von den wenigen Möglichkeiten, meine Tage zu verbringen, ist diese mir momentan die erträglichste. Weder mag ich in alten Erinnerungen schwelgen, noch kann ich so bei Matt sein wie bisher. Zu sehr verwirren mich die Bilder von ihm, wie er neben dieser regungslosen jungen Frau kniet, sie massiert und sich alle Mühe gibt, ihr Leben einzuhauchen.
Erst vor kurzem, nachdem ich Tom und Kristin neben

ihr gesehen habe, habe ich realisiert, dass ich selbst diese fremde, dunkelhaarige Frau bin, die unter seinen magischen Händen liegt. Ja, so verrückt es auch sein mag, ich habe die beiden tatsächlich zuerst erkannt – bevor ich mich selbst erkannt habe. Ihre Gesichter haben sich in all den Jahren seit meiner Wiedergeburt kaum verändert. Dagegen kann ich mit diesem Körper, der tatsächlich meiner zu sein scheint, nichts anfangen. Dass ich mich zu dieser jungen Frau entwickeln konnte, ohne es auch nur ansatzweise mitzubekommen ... Wie weit muss ich mich seit meiner Wiedergeburt von dieser Welt da draußen, in der ich nicht leben wollte, und von diesem Körper entfernt haben ...
Ich solle ihm folgen, fordert Matt mit weicher Stimme, doch kann ich das wirklich schaffen? Er ist doch alles, was ich von dem Leben dort draußen noch kenne. Tagaus, tagein habe ich ihn in meinen Gedanken aufgesucht, mit meiner Seele begleitet. Seine Nähe ist zu meinem Lebenselixier geworden, seine Wege sind meine gewesen, denn ich bin ihm blind gefolgt. So bin ich neben Matt aufgewachsen, habe mich weiterentwickelt und alles gelernt, was ich heute weiß. Passiv, durch seine Augen, habe ich die Welt wahrgenommen. Nie hat er mich bemerkt. Immer schien er auf der anderen Seite einer Glaskugel zu sein, die nur von meiner Seite aus durchsichtig war und es mir dennoch verwehrte, ihn zu erreichen. Immer habe ich gehofft, dass er mich eines Tages wahrnimmt, zu mir findet.
Und nun ist er da! Er hat mich wirklich gefunden und seitdem den Mut aufgebracht, mich immer wieder aufzusuchen.
Schulde ich ihm nicht, seiner Bitte nachzukommen, selbst wenn er die einzige vertraute Komponente dieser mir fremd gewordenen Welt ist? Ja, Matt ist alles, was ich dort draußen

noch kenne. Aber ist er nicht auch alles, worauf es ankommt?
Die Erkenntnis steigt warm in mir empor, erfasst mein Herz und hebt mich aus dem hohen Gras. Entschlossen schreite ich durch bislang unberührte Halme und bahne mir meinen Weg.
Einen neuen Weg, dem sanften Klang seiner Stimme folgend.

Als ich meine Massage beende und Amys Rücken sowie meine Hände mit einem weichen Frotteetuch abreibe, dreht sie sich plötzlich unter mir um. Schnell wende ich den Blick ab, denn ihr geöffneter BH verrutscht bei dieser Bewegung so, dass sich nun alles zeigt, was er eigentlich verdecken sollte. Mit geneigtem Kopf taste ich nach den Trägern und versuche, alles wieder an den richtigen Platz zu zupfen. *Welcher Idiot hat eigentlich diese komplizierten BHs erfunden?*
Völlig unerwartet spüre ich Amys Hände. Sie umfassen meine Handgelenke und stoppen meine Bewegungen, bevor ich vollenden kann, was ich besser vollendet hätte. Wie automatisch fällt mein Blick auf ihre Brüste. *Oh, mein Gott!*
»Matty!« Amys Stimme ist kaum mehr als ein Flüstern. »Willst du wirklich, dass ich bleibe?«
Wieder beginnt sie, so abrupt zu sprechen, dass ich einige Sekunden brauche, um mich zu fangen.
»Oh, ja, das will ich wirklich«, erwidere ich endlich und sehe dabei tief in ihre Augen. *Und wie ich das will!*
Sie lächelt. »Wie hast du mich überhaupt gefunden?«
»Keine Ahnung. Nennen wir es … Schicksal«, entgegne ich fassungslos. Wie kann sie solche Dinge so direkt fragen, wenn sie bis vor wenigen Sekunden noch völlig still und reglos unter mir lag?

Sie betrachtet mich aufmerksam, und ihr Blick ist so tiefgründig, dass ich es nicht wage, mich auch nur einen Millimeter zu bewegen. Wie erstarrt schaue ich auf sie herab.
»Wo sind denn Kristin und Tom?«, fragt Amy plötzlich.
Meine Kinnlade klappt herunter. »Du weißt von den beiden?«
»Ja, sicher. Nur, weil ich dich zusammen mit ihnen gesehen habe, bin ich überhaupt erst draufgekommen, dass du hier bist. Sie sind großartig, nicht wahr?«
Ich ignoriere die Tatsache, dass ich nur die Hälfte ihrer Worte verstehe. »Das sind sie wirklich. Sie lieben dich sehr, Amy.«
Sie nickt. Es wirkt schuldbewusst. »Ja, ich weiß.« Ihr trauriger Blick bekommt plötzlich ein neues Funkeln, ein Aufflackern.
»Ich möchte so viel wissen, Matt. So viel! Aber …«
»Ich weiß, dass es schwer ist. Du darfst einfach nicht weglaufen. Wenn du merkst, dass du abdriftest, dann sieh mich fest an, hörst du? Oder drück meine Hand. Ich bin bei dir. Und ich bleibe, Amy. Ich bleibe hier, bei dir – solange du mich brauchst. Wir haben es uns geschworen, nicht wahr? … Also, geh nicht noch einmal fort von mir. Ich zeige dir alles, Stück für Stück. Ich begleite dich. Bitte, bleib einfach nur bei mir, okay?«
Meine Worte klingen flehend, meine Stimme bricht weg, und ich könnte wetten, dass ich verzweifelt aussehe, denn das bin ich wirklich. Ich fürchte mich so sehr davor, dass Amy binnen Sekunden wieder zu dieser leblosen Hülle wird, doch sie schaut mich weiterhin fest und ernst an.
Dann blinzelt sie, und ihr Mund verzieht sich langsam zu einem vorsichtigen Lächeln. Unbeschreibliches Glück steigt in mir auf, als ich beobachte, wie dieses Lächeln immer größer und breiter wird, bis sie endlich über das ganze Gesicht strahlt.
Hinter den grünen Augen dieser jungen Frau sehe ich Amys Seele nun deutlich aufleuchten. Es gibt nicht den leisesten Zweifel mehr in mir. Sie ist es!

»Halt mich fest!«, fordert sie mich auf. Ohne zu zögern, ziehe ich sie ein wenig hoch, in meinen Schoß, nehme sie in meine Arme und presse sie fest an mich.
»Ich wusste, dass du mich findest, Matty«, flüstert sie mir zu.
»Ja, das habe ich«, erwidere ich selig. Als ich sie wieder ansehe – noch immer ängstlich, dass sie mir erneut entgleitet – ist ihr Blick offen und so unglaublich vertraut.
»Deine Stimme ist so tief geworden.« Sie grinst.
Über einundzwanzig Jahre – ob sie überhaupt eine Vorstellung davon hat? Vorsichtig streicht Amy mir die Haare aus dem Gesicht und tastet behutsam über die Narbe an meiner Schläfe. Augenblicklich verhärtet sich das Grün ihrer Augen.
»Dieser Mistkerl! Was hat er dir bloß angetan?« Sie flüstert zwischen zusammengebissenen Zähnen hindurch – wütend, als würde sie zu sich selbst sprechen.
Ich lache, doch es ist ein trockenes Lachen, eins der bitteren Art.
»Was er mir angetan hat? Amy, wesentlicher ist doch: Was hat er dir angetan? Wie kannst du über diese längst verblasste Narbe an meiner Stirn sprechen, wenn du doch diejenige bist, die er …« Meine Kehle ist zu trocken, um weiterzusprechen.
Und da ist es wieder, dieses Bild von Amys kleinem geschundenem Körper, wie er stundenlang leblos neben mir lag, bis man uns am Abend endlich fand. Sofort überkommt mich die Übelkeit, und ich bin froh, dass Amy da ist, um mich zurückzuholen – bevor ich es bin, der erneut versinkt.
Sie liegt in meinen Armen und sieht mich bedauernd an, die schmalen Augenbrauen dicht zusammengezogen. »Nein, Matty! Mein Leid war nur von kurzer Dauer. Ich war schnell erlöst und wusste bald genau, dass der Tod nicht das Ende ist. Aber du … du musstest alles mit ansehen und erleben, wie ich dich zurückließ. Glaub mir, dich hat es weitaus schlimmer getroffen.«
Ich muss hart schlucken, als sie das sagt, doch Gott sei Dank

fange ich mich schnell wieder. Wie reif sie ist. Wie kann sie so erwachsen sein?

»Wer von uns beiden schlimmer dran ist, das können wir ja noch ausgiebig diskutieren«, versuche ich, wie immer kläglich, zu scherzen. »Versprich mir bloß, dass du bei mir bleibst. Geh nicht mehr fort. Ich ... ich brauche dich, Amy.«

Nun lächelt sie. »Ich verspreche es!« Wie zur Bestätigung streichelt sie über meine Wange. Ich weiß, sie wird ihr Versprechen halten. Amy hat ihre Versprechen immer gehalten.

»Amy?«
»Hm?«
»Du solltest dir etwas überziehen. Ich weiß nicht, wie Kristin und Tom ...« Weiter komme ich nicht. Sie sieht an sich herab, schnellt hoch und verschränkt sofort die Arme vor ihren Brüsten.

»Ach herrje! Wo ist mein Oberteil?«, fragt sie hastig und offensichtlich peinlich berührt.

Diese Situation, wie sie da sitzt, unmittelbar vor mir, und ihren nackten Oberkörper voller Scham bedeckt – so wie jede andere Frau es an ihrer Stelle auch tun würde ... Diese Situation ist so bizarr für mich, dass erneut einige Sekunden verstreichen, bis ich reagiere und ihr den grünen Pullover reiche. Viel zu spät wende ich mich ab.

»Darfst wieder gucken«, sagt sie schließlich. »Du hast mich zuvor noch nie so gesehen«, murmelt sie dann, wohl eher zu sich selbst. Komischerweise klingt das wie eine Feststellung, dennoch beeile ich mich, den Kopf zu schütteln.

»Noch nie, nein. Ich habe dich zwar einige Male in die Badewanne oder in die Dusche gehoben, aber Kristin hatte dir dabei immer einen Bikini angezogen. Sie ist sehr bemüht, immer in deinem Sinne zu handeln.«

»Ja, ich weiß«, erwidert Amy.
Wieder kommt sie mir ein wenig beschämt vor. »Sie lieben dich, Amy! Kristin und Tom haben alles getan, um dir zu helfen und deine Seele zu befreien.«
Fassungslos sieht sie mich an, die Stirn in leichte Falten gelegt. »Sie wissen wirklich über alles Bescheid?«
Ich nicke.
»Sie wissen, dass ich nicht ihre Tochter bin?«, fragt Amy ungläubig.
Oh, Mann! Ihre Frage trifft mich wie ein derber Schlag in die Magengrube. »Für sie *bist* du ihre Tochter, Amy. Die einzige Tochter, die sie haben. Das wirst du auch immer bleiben. Aber sie wissen, dass sie nicht deine einzigen Eltern sind.«
Als sie ihren Blick betroffen senkt, kriecht erneut die Angst in mir empor. »Amy, sieh mich an! Sieh mich an«, beschwöre ich sie. Endlich hebt sie den Kopf. Die Art, wie sie einige Male schnell hintereinander blinzelt, bestätigt mir, dass es fast zu spät gewesen wäre. Das Eis, auf dem wir uns bewegen, ist so unglaublich dünn.
»Ich bin da«, sagt sie kaum hörbar.
Beschwichtigend lege ich meinen Arm um ihre Schultern. »Wir schaffen das alles! Beide bekommen ihren Platz in deinem Herzen. Sie hatten bisher schon so viel Geduld mit dir, dass sie auch das noch bewältigen werden. Und glaube mir, du wirst lernen, sie zu lieben. Selbst ich habe sie in mein Herz geschlossen. Und das will was heißen.«
Nun durchbohren mich Amys Augen förmlich. »Fällt es dir so schwer zu lieben, Matty?«
Mit ihrer direkten Frage trifft sie genau auf meinen wunden Punkt. Nun ja, zumindest auf einen davon. Mir bleibt nichts anderes übrig, als zu nicken.
»Sehr.«
In diesem Moment, gerade als meine Stimme unter dem einen

Wort versagt, hören wir, wie sich der Schlüssel im Schloss dreht. Nur einen Moment später erscheint bereits Toms Mütze im Türspalt.
»O Gott!« In Amys Augen wird die aufsteigende Panik sichtbar. Ich ziehe sie noch etwas enger an mich heran.
»Amy! All die Vorstellungen, in die du flüchten willst, sind nicht real. Bleib bei mir. Lass uns leben. Lauf nicht weg, ich bitte dich.« Ich sehe sie flehend an. Aus den Augenwinkeln heraus konnte ich bereits beobachten, dass Tom und hinter ihm auch Kristin wie erstarrt im Flur stehen geblieben sind.
Ohne meinen Blick von Amy zu lösen, beginne ich langsam und nur so laut wie unbedingt nötig zu sprechen. »Hallo, ihr beiden. Hier ist jemand aus einem sehr, sehr langen ... Schlaf erwacht. Wollt ihr Amy nicht hallo sagen?«
Langsam und nur sehr zögerlich nähern sich die beiden.
»Wenn es dir zu viel wird, Amy, wenn du das Gefühl bekommst, weglaufen zu wollen, dann drück fest meine Hand, hörst du? Ich halte dich. Ich bin da.« Mein Flüstern erreicht nur sie.
Amy nickt und hält meinen Blick noch eine Weile, doch dann löst sie ihn von mir, wendet langsam ihren Kopf ab und schaut in Kristins liebevolles Gesicht. Nicht einmal der Schock, der ihr deutlich anzusehen ist, vermag es, Kristins natürliche Anmut zu mindern. Behutsam und lautlos bewegt sie sich auf ihre Tochter zu. Tom, nur einen halben Meter hinter ihr, wirkt dagegen fast schon plump.
»Hallo!«, sagt Amy sehr leise, und sofort sackt Kristin mit einem Schluchzen vor ihr auf die Knie. Bereits jetzt hätte ich einen festen Händedruck erwartet, doch Amy bleibt erstaunlich entspannt. Sie befreit sich sogar halb aus meinem Griff und streicht mit einer Hand über Kristins Schulter. »Nicht weinen. Bitte. Es tut mir wirklich leid, dass ich euch so viel Kummer gemacht habe. Ich versuche, bei euch zu bleiben. Aber ... ich brauche Matty dazu.«

»Ja, ich weiß!« Vergeblich ringt Kristin um Fassung. »Liebling, ich … darf ich dich …«
Und in diesem Moment löst sich Amy ganz von mir und umschließt Kristin mit beiden Armen. »Danke für alles«, flüstert sie.
Kristin kann ihr hemmungsloses Schluchzen nun endgültig nicht mehr zurückhalten.
»Oh, meine Kleine!« Zärtlich schaut sie Amy an, bevor sie sie noch einmal an sich drückt.
Vorsichtig nähert sich nun auch Tom dem Szenario. »Es ist ein Wunder«, bringt er mit Mühe leise hervor.
Als er sich ebenfalls langsam neben seiner Frau auf die Knie herablässt, wirft sich Amy auch in seine Arme.
»Du riechst so gut!«, sagt sie nach einer Weile an seiner Brust. Tränen stehen in ihren Augen, und nun weint auch Tom.
Er hat recht, es ist wirklich ein Wunder. Ich kann nur erahnen, wie unglaublich das Erwachen ihrer Tochter für Kristin und Tom sein muss.
Im selben Moment beschließe ich, diese erste bewusste Begegnung zwischen den dreien am besten nicht lange ausufern zu lassen. Zu groß ist meine Angst, Amy wieder zu verlieren. So unterbreche ich Kristins Liebkosungen und Toms wiederholtes »Das ist wirklich ein Wunder!«, als ich der Meinung bin, den ersten Hauch von Unbehagen in Amys Blick zu erkennen.
»Hey!« Sanft lege ich meine Hände auf ihre Schultern. »Wir sollten es behutsam angehen lassen. Alles wird gut werden, aber morgen ist auch noch ein Tag, und ich denke, wir täten gut daran, uns heute früh schlafen zu legen.«
Kristin und Tom nicken hastig und lösen sich dabei schon von ihrer Tochter. Wie schwer ihnen das fallen muss. Dennoch versuchen sie tapfer, es sich nicht anmerken zu lassen. Amy erhebt sich langsam.
»Gute Nacht!«, sagt sie sehr höflich und wendet sich dann, wie

selbstverständlich, der Treppe zu, über deren Stufen man sie seit dem Einzug in dieses Haus hatte tragen müssen.
»Gute Nacht, Süße«, kommt es einstimmig zurück. Tom wirft seiner Frau einen glücklichen Blick zu und legt den Arm um sie, als sich Kristin an ihn schmiegt.
»Bleib bei ihr«, formen seine Lippen tonlos. Wortlos steige ich dicht hinter Amy die Treppe hoch.
Sie geht geradewegs in ihr Zimmer. Mit staunenden Augen, die mich an die eines Kindes vor dem Weihnachtsbaum erinnern, sieht sie sich um. »Die neuen Farben sind schön. Das war deine Idee, nicht wahr, Matty?«, fragt sie.
Ich nicke, noch immer geschockt – fast wie betäubt. Es ist eigenartig. Ich hätte erwartet, dass sie vielleicht sehr holprig sprechen würde oder schwach klänge, oder dass einfach irgendetwas an ihr auf die bisherige geistige Abwesenheit hindeuten würde. Doch nichts dergleichen ist der Fall. Es ist so, als hätte man nach all den Jahren endlich den richtigen Schalter gefunden, ihn umgelegt – und plötzlich läuft Amy auf Hochtouren.
»Danke, ich mochte das Rosa nicht«, gesteht sie mit einem Lächeln. Im Stillen wundere mich darüber, wie viel sie offensichtlich doch mitbekommen hat. Ich schaffe es nur schwerlich, mich so weit aus meiner Starre zu befreien, dass ich ihr Lächeln einigermaßen überzeugend erwidern kann.
Amys Expedition durch ihr Zimmer geht weiter. Als sie das gerahmte Foto entdeckt, das sie in ihrem ehemaligen Mädchenkörper auf der alten Schaukel zeigt, lässt sie ihre Fingerspitzen darübergleiten. »All diese Erinnerungen«, flüstert sie. Dann fällt ihr Blick auf ein verschlissenes Plüschtier, ihren heiß geliebten Hasen. Sofort schließt sie ihn in die Arme und drückt ihn fest an sich. »Benny! Es ist so schön, dass du ihn noch hast.«
»Ja. Du hast ihn an diesem Morgen bei uns gelassen, erinnerst du

dich? Und danach ... ist er sehr schnell in einem der vielen Umzugskartons gelandet, als wir ...«
»Ich weiß das alles«, unterbricht sie mich. Ihre Stimme ist nicht mehr als ein sanftes Hauchen. Sie wirft mir einen Blick zu, dessen Klarheit mir durch und durch geht. Wie sehr habe ich mich in den vergangenen Wochen nach einem solchen Blick gesehnt.
»Ich war doch bei dir.«
Die Sekunden verstreichen. Ich warte auf ein paar weitere, erklärende Worte, doch als keine folgen, beschließe ich, es vorerst dabei zu belassen. Es wäre vollkommen unüberlegt und unverzeihlich überstürzt, Amy nun mit tausend Fragen zu bestürmen. *Alles zu seiner Zeit.*
»Matty, ich möchte dich in meiner Nähe haben. Bitte, schlaf heute Nacht neben mir«, fordert sie plötzlich. »Ich fürchte mich davor einzuschlafen. Was ist, wenn ich morgen früh aufwache und feststelle, dass ich nicht mehr in deiner Welt bin und du mich nicht mehr wahrnimmst?«
Langsam gehe ich auf sie zu und widerstehe nur knapp dem starken Drang, sie fest in meine Arme zu schließen. Lediglich meine Fingerspitzen lasse ich über ihre Schultern gleiten. »Du bleibst hier, bei mir! Das hast du mir versprochen, Amy. Ich brauche dich«, flüstere ich ihr zu.
»Aber alles ist jetzt so ... anders«, wirft sie traurig ein und streckt ihre Hand aus, um meine Wange zu streicheln.
Ihre Berührung, so zart wie sie ist, jagt mir sofort eine Gänsehaut über den Körper. Mir wird ein wenig schwindlig, also schließe ich die Augen und schmiege mich für einen kurzen Moment an ihre Handfläche.
»Ja, das ist es. Aber sind wir denn anders, Amy? Abgesehen davon, dass wir nun erwachsen sind? Nein, sind wir nicht. Wir haben immer noch ... diesen besonderen Draht zueinander.«
Meine Worte beschreiben die tatsächliche Intensität unserer Ver-

bindung nicht einmal im Geringsten, doch etwas Treffenderes fällt mir momentan nicht ein.

Amy nickt, dann wendet sie sich ab. Als ich ihren Blick verfolge, sehe ich, dass sie uns in dem großen Spiegel an ihrer Zimmertür betrachtet. Ich überrage sie um mindestens anderthalb Köpfe, und in diesem Augenblick frage ich mich, wie groß sie wohl wirklich geworden wäre – in ihrem alten Körper.

»Das ist komisch«, stellt auch Amy nüchtern fest und zögert dieses Mal nicht lange, ihre Aussage weiter zu erklären. »Im Rückblick komme ich mir so dumm vor, aber … für eine kurze Zeit nach meiner zweiten Geburt war es genug, mir vorzustellen, dass es dir gutginge und dass alles wieder genauso werden könnte wie zuvor, wenn ich nur zurückfände. Ich war überzeugt, nur wenige Tage überbrücken zu müssen, und versuchte, meinen neuen Körper … diesen winzigen Babykörper zum Funktionieren zu bringen.« Sie formt die Anführungszeichen um »Funktionieren« und verdreht die Augen.

Ich kann mir nicht mal im Ansatz vorstellen, wie frustrierend es für sie gewesen sein muss, mit ihrem knapp neunjährigen Geist und all den Erinnerungen an ihr altes Leben in dem Körper eines Neugeborenen festzustecken. Denn genau das musste wohl geschehen sein. Anders ergäben ihre Worte keinen Sinn. Wie es dazu kommen konnte – dieses Rätsel werden wir wahrscheinlich niemals lösen können, aber das spielt auch keine Rolle.

Ich verdränge die hochquellenden Fragen aus meinem Kopf und beschließe, einfach weiter zu lauschen. Sie ist zurück; Amy ist wieder da – und alles andere ist absolut nachrangig.

Ihr Blick trübt sich, als sie meinem Spiegelbild fest in die Augen sieht. »Ich war so naiv, Matty. Natürlich waren meine Bemühungen umsonst, und meine Vorstellung, alles könne wieder wie früher werden, war zwar schön, aber leider völlig unrealistisch. Die Erkenntnis kam spät und schmerzte unglaublich. In der Zeit

danach lebte ich zwar, aber ich vegetierte eigentlich nur vor mich hin. Mein neuer Körper blieb mir fremd, hielt mich gefangen. Ich konnte mich weder artikulieren noch so bewegen, wie ich es wollte. Dieser Babykörper verweigerte mir alles, was bis zu meinem Tod selbstverständlich gewesen war.
Irgendwann entdeckte ich aber die Möglichkeiten einer neuen Freiheit. Der meines Geistes. Ich konnte meinen Gedanken an mein altes Leben nachhängen, so oft und so lange ich wollte. Niemand störte mich dabei – und wenn, dann blendete ich diejenigen einfach aus. Das ging mit der Zeit immer besser, immer schneller.
Meine Sehnsucht ... mein Heimweh, meine Verwirrung, meine Ängste – ich weiß nicht, was es war. Wahrscheinlich die Summe all dessen. Und ...«, sie schlägt die Augen nieder und ergreift meine Hände, »natürlich besonders mein Treueschwur. Ich konnte ihn nicht brechen, und ich wollte wieder bei dir sein, so sehr. Auf jeden Fall reifte irgendwann der feste Entschluss in mir, dich wiederzufinden – egal wie.«
Unwillkürlich muss ich schmunzeln. Ich kenne niemanden, bis heute nicht, dessen Willenskraft sich mit Amys messen könnte. Natürlich schweige ich weiter und höre ihr atemlos zu.
Amy drückt meine Finger. »Zunächst malte ich mir immer wieder aus, was wirklich mit dir geschehen war. Ich ging verschiedene Szenarien durch, jeden Tag ... immer wieder ... und mit einem Mal wusste ich einfach – ich spürte es –, dass ich dich *wirklich* gefunden hatte. Ich sah dich auf einem fremden Schulhof stehen. Du warst allein. Immer wieder hast du deinen kleinen Ball gegen einen Baumstamm geworfen und ihn aufgefangen, als er daran abprallte.«
Ein eisiger Schauder rieselt meinen Rücken hinab, als sie das sagt. So stark, dass mein Körper reflexartig reagiert und kurz vibriert. Amy hat recht; sie hatte mich gefunden. Ihre Mundwinkel

zucken, aber es reicht nicht für ein Lächeln. Ohne unser Spiegelbild aus den Augen zu lassen, streckt sie ihre Hand nach meinem Gesicht aus und berührt es sachte.

»Die anderen Kinder alberten herum und spielten fröhlich, doch du warst einsam. Dieses Bild traf mich sehr, weil ich spürte, dass es *real* war. Es zeigte mir, wo du in diesem Moment warst und wie es dir ging.«

Das ist unglaublich, aber offenbar noch nicht alles.

»Nachdem ich dich eine ganze Weile beobachtet und deine gegenwärtige Welt ein bisschen kennengelernt hatte, versuchte ich, in der Zeit zurückzugehen. Und es gelang mir auch wirklich. Das war...« Einen Moment lang sucht sie nach den richtigen Worten; ich warte gebannt.

»... wie in einem Film. Ich konnte beliebig zurückspulen, bis zu diesem schlimmen Tag. Und da warst du, direkt neben mir. Noch immer gefesselt, mit dem Knebel in deinem Mund, halb ohnmächtig an diesem Baum. Du hattest eine Menge Blut verloren, die rechte Seite deines T-Shirts war blutgetränkt. Keiner hatte sich Sorgen um uns gemacht, weil wir doch immer so lange am Bach geblieben waren. Ich sah, wie unsere Väter vor uns erstarrten, als sie uns fanden. Sekundenlang standen sie wie festgefroren da. Mein Vater taumelte und brach über mir zusammen, und auch dein Dad musste sich abstützen, bevor er überhaupt in der Lage war, deine Fesseln endlich zu durchtrennen. Ich sah, wie unsere Mütter zusammensackten, als man uns nach Hause trug. Es war hart für mich, all das zu sehen, aber ich wusste ... ich spürte, dass es genau so geschehen war – geschehen sein musste.«

In ihre Erinnerungen vertieft, schüttelt Amy betrübt den Kopf. Der vertraute, dicke Kloß in meinem Hals ist wieder da; ich schlucke schwer daran – wie immer vergeblich.

»Vier Nächte lang hast du mit dem Tod gekämpft. Deine Eltern saßen neben deinem Bett und beteten die ganze Zeit für dich. Als du endlich erwacht bist, hast du lange Zeit nicht gesprochen, danach nur das Nötigste. Deine Eltern waren bereits umgezogen, als man dich aus dem Krankenhaus entließ. Sie wollten nicht, dass du dich ständig erinnern musst. Sie wollten nicht, dass alle, denen du begegnest, von deiner Geschichte wissen. Und so verließen sie Madison Spring und brachten dich weit weg. Doch ich war die ganze Zeit über bei dir, Matty, auf meine Weise. Bei jedem deiner Schritte habe ich dich begleitet.«

Vertrauensvoll schmiegt Amy den Kopf an meine Brust. Ihre Worte sind so sicher und fließend, als würde sie sie ablesen. Wie oft hat sie mir das alles wohl schon erklärt? Wann immer sie in den letzten Tagen in meiner Gegenwart ihre eigenartigen Laute von sich gegeben hat – wer weiß, vielleicht hat sie mir auch da schon genau das alles erzählt? Wie lange hat sie wohl auf diesen Moment hier gewartet? Eine tiefe Wärme steigt in mir empor, und während Amy weiter zu unserem Spiegelbild spricht, legen sich meine Arme wie von selbst um ihre Taille.

»Ich beobachtete, wie du älter wurdest, und war mir bewusst darüber, dass auch ich heranwuchs. Manchmal war es mir, als würdest du nach mir rufen. Ich sprach mit dir, aber du hast mich nie gehört. Wenn du besonders traurig warst, spielte ich Klavier für dich, um dich zu trösten. Dein Lieblingsstück. Aber immer ... wirklich immer, Matty ...«, ein schmerzliches Lächeln ergreift nun ihre Lippen, »sah ich mich selbst so, wie ich mich kannte. Mit meinen langen, blonden Haaren, den Sommersprossen und den blauen Augen. Ich erschrak, als ich feststellte, dass dieses reglose Geschöpf, mit dem du dich in den letzten Wochen abgemüht hast, *ich* war. Erst da begriff ich, was wirklich mit mir geschehen war.«

»Dieses Mädchen«, zögernd streckt sie den Zeigefinger aus und deutet mit einem argwöhnischen Blick auf ihr Spiegelbild, »diese junge Frau dort ... ist mir so fremd. Das bin doch nicht ich.« Ein bitteres Lachen entringt sich ihrer Kehle.

In der entstehenden Stille trifft mich die Bedeutung ihrer Worte zwar leicht verspätet, dafür umso tiefer. Amy hat sich wirklich ganz und gar von dem Leben, das sie in Julies Körper hätte haben können, getrennt. Stattdessen hat sie sich in sich selbst, in eine innere Welt zurückgezogen, damit sie mit mir zusammen sein konnte. Wenn es ihr schon nicht mehr möglich war, mit ihrem Körper in meiner Nähe zu sein, so war sie doch, so gut es ging, mit ihrer Seele bei mir. Und zwar all die Jahre. Ich war niemals so allein, wie ich mich fühlte; es gab einen Grund dafür, dass ich überlebte. Warum habe ich sie nie bemerkt? Um wie viel stärker wäre ich mit ihr an meiner Seite gewesen ...
Noch ehe ich dazu komme weiterzugrübeln, macht mir Amys trauriger Blick klar, dass ich schnell handeln muss. Meine Umarmung festigt sich im selben Augenblick. »Hey! Weißt du, was Shakespeare mal geschrieben hat, Amy? Er schrieb: ›Würde eine Rose nicht genauso lieblich duften, wenn wir sie nicht mehr Rose nennen?‹ Und siehst du, ich finde, das trifft es genau. Ich meine ... was macht einen Menschen denn aus? Sein Name? Sein Aussehen? Nein! Gerade du solltest doch wissen, dass unsere Körper nur die Hüllen für das eigentlich Wesentliche sind. Für unsere Seelen. So, wie du hier stehst – schau dich an ...«
Mit dem Kinn weise ich auf ihr Spiegelbild.
Amy löst ihren Blick nur unwillig von meinem und betrachtet nun wieder sich selbst – zögerlich und nach wie vor skeptisch –, während ich behutsam fortfahre. »Mit braunen, langen Locken, grünen Augen und blasser Haut bist du dennoch eindeutig du. Ich erkenne dich. Alles, was ich so sehr an dir ... mochte.«
Der Spiegel ist äußerst unbarmherzig. Er zeigt nur zu deutlich, wie rot ich bei meinem Geständnis werde. Doch zumindest lächelt Amy wieder, und das ist alles, was zählt.
Eine Ewigkeit verstreicht, bis ihre helle Stimme die Stille durchbricht. »Matty, darf ich dich etwas fragen?«

»Klar, alles«, erwidere ich schnell und bereue es fast im selben Moment schon wieder. Amy ist eine dieser Personen, die solch ein Zugeständnis durchaus ausnutzen könnten. Ohne weitere Erklärungen streift sie meine Arme von ihrer Taille ab, fasst mit überkreuzten Händen nach den Seiten ihres Pullovers und zieht ihn sich in einer fließenden Bewegung über den Kopf. Mit offenem Mund starre ich sie an.
Was, zum Teufel ...?
Langsam sieht sie in ihrem Spiegelbild an sich herab und lässt die Hände dabei über ihren Körper gleiten. Ich weiß nicht, ob ich es richtig deute, aber es kommt mir so vor, als ob sie sich in diesem Moment zum ersten Mal bewusst mit ihrem neuen Körper anzufreunden versucht. Die Intimität dieses Augenblicks raubt mir den Atem, und die aufsteigende Hitze lässt nun sogar meine Ohren glühen. Wie ein schüchterner Junge stehe ich hinter ihr, den Blick auf meine Zehen gerichtet, und wippe in meinem Unbehagen von einem Fuß auf den anderen. Ich traue mich einfach nicht, zu ihr aufzublicken.
»Hey, sieh mich an!«, kommandiert Amy plötzlich.
Ich komme ihrer Aufforderung nur sehr zögerlich nach. Sie sieht wirklich aus wie ein Engel. In dunklen Wellen fallen die Haare bis weit über ihre Schultern hinab, und ihre Wangen sind ebenso rot und heiß wie meine. Eine Tatsache, die mich ein wenig beruhigt.
Dennoch scheint Amy wesentlich gefasster zu sein als ich. »Öffne den Verschluss«, fordert sie schlicht, aber eindeutig.
»Amy ...« Hastig schüttele ich den Kopf.
»Tu es einfach! Bitte!« Ihr Ton hat etwas Zwingendes; es ist klar, dass sie keinen Protest zulassen wird. Ich presse meine Lippen fest aufeinander, unterdrücke den Seufzer in meiner Kehle und öffne mit zittrigen Händen den Verschluss ihres BHs.
Gott, was tue ich hier eigentlich? Tom würde mich im hohen

Bogen rausschmeißen, wenn er wüsste, was hier oben vor sich geht. Langsam streift sich Amy die Träger von ihren Schultern und lässt den BH schließlich achtlos an sich herabfallen. Erneut betrachtet sie eingehend ihr Spiegelbild und fährt dabei mit den Fingerspitzen über ihre Brüste.

Ihre Berührungen wirken prüfend, fast wie bei einer medizinischen Untersuchung. Nach einer Weile greift sie nach meinen Händen und zieht sie nach vorne, zurück auf ihren Bauch.

Sanft umschlinge ich sie wieder mit meinen Armen und lehne meinen Kopf an ihr weiches Haar. Das tut so gut, dass ich es nicht schaffe, der Versuchung zu widerstehen. Intuitiv – noch bevor meine Gedanken zu mir aufschließen können – schließe ich die Augen und atme tief ein.

»Ich weiß ja, dass du recht hast«, sagt Amy schließlich. Lächelnd schaut sie mein Spiegelbild an. Ich sehe es nicht – meine Augen sind nach wie vor geschlossen –, doch ich kann es fühlen. Mit meinen zittrigen Händen unter ihren beginnt sie, über ihre warme, samtweiche Haut zu streichen. »Ich weiß, dass es nicht auf das Äußere ankommt. Aber Matty, dieser neue Körper und … dieses Gesicht. Bitte, du bist mein bester Freund, und glaub mir, es fällt mir bestimmt nicht leicht, dich das zu fragen, aber … bin ich hübsch? Sei ehrlich … sieh mich an!«

Leichter gesagt als getan. Ich schäme mich meines stockenden Atems, andererseits bin ich erleichtert, überhaupt noch Luft zu bekommen. Das alles ist furchtbar verwirrend. Für die Dauer eines Wimpernschlags frage ich mich, inwieweit sie eigentlich noch das unschuldige Bewusstsein einer fast Neunjährigen hat.

Dann zwinge ich mich zur Beherrschung. Ich spüre, dass Amys Bitte ehrlich und aufrichtig ist; dass sie wirklich nur diese Frage beantwortet haben möchte. Sie ist nun eine Frau, und ihr Äußeres – ganz gleich, wie Shakespeare dazu steht – ist ihr sehr wohl wichtig.

»Bitte, Amy, schau doch nur einmal kurz in den Spiegel, und all deine Fragen müssten sich von allein beantwortet haben, oder? Hast du denn keine Augen im Kopf?« Die Worte liegen mir bereits auf der Zunge, doch ich schlucke sie hinunter.
»Oh, Mann«, flüstere ich stattdessen. Resignierend lasse ich meinen Blick über ihren Körper gleiten. Viel zu spät fällt mir auf, wie lange ich dabei an den zartbraunen Spitzen ihrer Brüste hängenbleibe.
Schnell schaue ich zurück in ihre Augen, die mich bereits voller Ungeduld fixieren.
Ich muss mich räuspern, bevor ich meiner Stimme traue. »Und ob du ... du bist wirklich ... wirklich ... du bist sehr hübsch.« Bei dem demütigenden Gestammel, das ich von mir gebe, gleiten meine Augen erneut zu ihren Brüsten. Sie wandern einfach ab. Ich kann, verdammt noch mal, nichts dagegen tun. *Konzentration, Matt!*
Ich spüre, wie Amy amüsiert schmunzelt. Langsam, ganz langsam, dreht sie sich zu mir um. Meine Hände, die sie noch immer in ihren hält, legt sie nun um ihre Taille und schlingt dann die Arme um meinen Hals.
Sie scheint nicht den leisesten Schimmer zu haben, in wie vielerlei Hinsicht sie mich damit überfordert. Andererseits, wenn es so war, wie sie sagt – und ich habe keinen Grund, ihr nicht zu glauben –, wenn sie also tatsächlich neben mir, an meiner Seite, herangewachsen ist, wie kann sie dann nicht wissen, wie es um mich steht? Wie hoch die Wellen der Angst und der Sehnsucht sich gegeneinander in mir aufschaukeln? Wie sehr ihr Anblick mich ... erregt? Und welche Schuldgefühle das in mir auslöst?
Ich möchte Amy von mir stoßen und weglaufen und im gleichen Moment an mich ziehen und nicht mehr loslassen. »Moment mal! Du kannst nicht einfach so weitermachen, als wären wir

noch immer die unbedarften Kinder, die heimlich nackt im Bach baden gehen«, schreit alles in mir, doch natürlich schweige ich auch dieses Mal, wenn auch mit zusammengepressten Lippen.
Amy mustert mich. Sehr eindringlich, aus nur wenigen Zentimetern Entfernung. Weiß sie vielleicht sogar sehr gut, was sie mit mir anstellt?
»Du bist sehr hübsch, Amy ... wirklich«, stammele ich erneut, während ein neuer Hitzeschub mein Gesicht erreicht und ihm eine noch tiefere Röte verleiht. Mir ist schwindlig und mein Herz rast, völlig außer Kontrolle. Es ist schlichtweg entwürdigend. Amys Blick hingegen ist gefestigt und ... herausfordernd.
»Und du, Matty, bist ein Mann geworden. Ein wirklich gutaussehender Mann.« Sie grinst frech, wobei sie eine Augenbraue höher zieht als die andere. »Du zitterst, wenn du mich berührst, und du schaffst es kaum, mir in die Augen – und nur in die Augen – zu schauen ... das ist alles total komisch.«
Und dann beginnt sie zu lachen. Fröhlich und ausgelassen. Ja, das ist die Amy aus meinen Visionen. Die Amy, wie ich sie kannte. Sie schafft es noch immer, mich mit ihrer Art förmlich zu überrennen. Wie sehr habe ich sie vermisst! Das Bedürfnis, mein Verhalten zu erklären, erlischt unter meinem eigenen Lachen.

Amy zieht sich ihren Pyjama an, ich entkleide mich bis auf die Boxershorts und mein T-Shirt. Dann liegen wir nebeneinander und starren uns an. Fassungslos, glücklich und doch auch voller Angst.
Denn nicht nur Amy fürchtet sich vor dem nächsten Morgen. Was, wenn sie im Schlaf wirklich wieder abdriftet? Wir versuchen wohl beide, den unvermeidbaren Moment des Einschlafens so lange es nur geht hinauszuzögern, doch es nützt nichts.
Ich lege meinen Arm um Amy und spüre, wie sie sich an mich schmiegt. Unsere Lider werden immer schwerer, und nur wenige

Minuten, nachdem ihre zugefallen sind, ergebe auch ich mich dem tiefen Sog des Schlafes.

Am nächsten Morgen schrecke ich sehr früh auf. Amy schläft noch. Ihre Gesichtszüge sind völlig entspannt, von Zeit zu Zeit lächelt sie sogar leicht im Schlaf. Die Welt würde ich eintauschen gegen das Wissen um den Inhalt ihrer Träume.
Als sie schließlich erwacht, geschieht das ohne Vorankündigung. Sie liegt neben mir auf dem Rücken. Ohne sich zuvor zu drehen oder auch nur zu räkeln, öffnet sie abrupt ihre Augen. Mein Herzschlag setzt kurz vor Schreck aus. Sie bewegt sich nicht – nicht mal ein bisschen.
»Amy?«, frage ich voller Sorge und stütze mich ruckartig auf die Ellbogen.
Es dauert einige Sekunden, bis sie ihren Kopf endlich dreht und mich ansieht. »Tom hatte recht, Matty. Es ist ein Wunder.«

Kapitel X

Die einzige Helligkeit, die durch die dichten Vorhänge zu uns hereindringt, ist das Licht der Laterne unter Amys Zimmer. Das Haus ruht in perfekter Stille, die nur ab und zu von dem Knacken der Balken unterbrochen wird.
Es wird sicherlich noch eine gute Stunde vergehen, bis die Sonne ihre ersten Strahlen zu uns hereinschickt, doch wir sind bereits hellwach. Warm in die große Decke gehüllt, liegen wir einander gegenüber und staunen uns an. Schweigend.
Worte wirken gefährlich unangebracht in dieser zerbrechlichen Atmosphäre. Doch schließlich halte ich es nicht mehr länger aus: »Ich hatte solche Angst, dass du wieder weg sein könntest.«

Vorsichtig streiche ich eine lange Locke aus Amys Stirn. Ihr Lächeln ist warm und mild, doch ihre Augen funkeln vor Stolz.
»Ich hab dir doch versprochen zu bleiben.«
»Ja, das hast du«, gebe ich zu.
Wieder vergehen Minuten ohne ein weiteres Wort. Wo sollen wir auch beginnen? Es gibt so viel, was noch geklärt werden muss. Über einundzwanzig verlorene Jahre. Wir wissen wohl beide, dass es kein Zurück mehr geben wird, sobald wir versuchen, den Zusammenhängen unseres Wiedersehens auf den Grund zu gehen. Und so genießen wir das Glück dieses stillen Augenblicks ganz bewusst.
»Glaubst du, es war Zufall, dass wir uns wiedergefunden haben?«, presse ich schließlich dennoch hervor.
Sie schüttelt den Kopf. »Nein, ich glaube nicht an Zufall, Matt. Nicht in unserem Fall.«
Ihre Worte besiegeln meine Erkenntnis. *Nein, nicht in unserem Fall.* Und wie zur Bestätigung tragen mich meine Gedanken zurück an einen entscheidungsträchtigen Tag vor langer Zeit. Damals war ich in der glücklichen Situation, mich zwischen zwei Jobangeboten entscheiden zu können. Eine der Praxen lag in der Nähe meines damaligen Wohnortes, nahe der Kleinstadt, in der ich mit meinen Eltern gelebt hatte. Das Angebot hatte durchaus verlockend geklungen. Sogar einen Firmenwagen versprach es. Doch damals hatte mich ein innerer Ruf ereilt, den ich zwar erst jetzt, den Blick fest in Amys jadegrüne Augen gerichtet, verstehe, dem ich aber dennoch gefolgt war. Ich trat den anderen Job, in Megans Praxis, an – fernab meiner vorherigen Heimat – und fragte mich in den kommenden Jahren immer wieder, was mich dazu bewogen hatte. Nicht, dass es von Bedeutung gewesen wäre. Ein Platz war so gut wie der andere. Bis vor wenigen Monaten hätte es für mich keinen großen Unterschied gemacht, wo genau ich lebe und arbeite.

Doch nun ist alles anders. Jetzt ist Amy zurück, und ich komme nicht länger umhin, an Seelenverwandtschaft zu glauben. Wir tragen etwas in uns, eine Art inneren Kompass, der uns immer wieder zurück zu den Menschen führt, die für unser Dasein von großer Bedeutung sind. Dessen bin ich mir mit einem Mal sicher.
»Du hast eine Freundin, nicht wahr?«, fragt sie plötzlich und reißt mich damit aus meinen Gedanken.
»Hm?«
»Oh, du hast mich schon verstanden. Du. Hast. Eine. Freundin.« Das ist keine Frage, sondern eine Feststellung. Amy dreht sich auf den Bauch und stützt sich auf die Ellbogen. Sie grinst mich mit hochgezogenen Augenbrauen an.
»Du meinst Mary«, erwidere ich und versuche, es möglichst lässig klingen zu lassen. Die Wahrheit ist: Ihre Offenheit schockt mich.
»Ja, genau. Ich meine Mary. Sie ist süß.«
Lässigkeit ade, meine Kinnlade klappt herab. »So, ist sie das? Du hast also auch sie gesehen, ja? ... Na ja, ich würde Mary nicht gerade als meine feste Freundin bezeichnen. Sie ist ...«
»... schon irgendwie deine feste Freundin, Matt. Ihr habt euch schließlich geküsst und ...«
Mein Kopf legt sich von allein schief; mit großen Augen sehe ich sie an.
»O ja, du brauchst gar nicht so entsetzt zu schauen. Ihr habt geknutscht, mein Freund. Wild geknutscht.«
Nun hat ihr Grinsen etwas Triumphierendes und verleiht mir eine Ahnung davon, wie es gewesen wäre, mit Amy meine Teenagerzeit zu verbringen.
»Hey! Ich bin mir nicht sicher, ob ich es mag, dass du so viel von mir weißt«, gebe ich verlegen zurück.
»Warum?«
»Hm, na ja, das ist ... peinlich.«

Amy lacht laut auf; sie amüsiert sich prächtig. »Wieso das denn? So geregelt, wie du lebst, gibt es wirklich nicht viel, was ich gesehen haben könnte – eigentlich überhaupt nichts, was dir peinlich sein müsste.«

»Eben!«, rufe ich und schlage dabei die Hände vor meinem Gesicht zusammen. Auch wenn unser Ton bewusst locker ist – das Thema selbst verschnürt mir die Kehle.

Amy entgeht das nicht.

»Hey!« Sie packt meine Handgelenke und zerrt so lange daran, bis ich nachgebe. »Was ist dir peinlich?«, fragt sie mich mit einem bezaubernden Blick durch ihre langen, halb niedergeschlagenen Wimpern. »Dass du noch nicht so viele Frauen hattest?«

Schon wieder entgleist mir meine Kinnlade. Was für ein entwürdigendes Körperteil, wenn es außer Kontrolle gerät. Aber wirklich – Amys Offenheit hat etwas Brutales an sich und verwirrt mich noch mehr als die Tatsache, dass sie all diese Dinge weiß.

»Nicht so viele? Das ist die Untertreibung schlechthin, Amy.«

»Na ja, Freundinnen hattest du ja schon, aber es ist halt nie zu ...«

Nur indem ich meinen Zeigefinger über ihre Lippen lege, bremse ich sie in letzter Sekunde noch aus. »Amy! Stopp! Ich weiß, was passiert ist oder eben nicht passiert ist. Ich war dabei. Abgesehen davon erkenne ich, was du hier gerade versuchst. Und es funktioniert nicht. Ich kann nicht locker darüber sprechen.«

Ich kann überhaupt nicht darüber sprechen.

Für eine Sekunde verharrt Amy still, doch im nächsten Augenblick setzt sie sich entschlossen auf. »Gut, reden wir ernsthaft.«

O nein, bitte nicht.

»Matty, wenn diese Frauen, so wie Mary jetzt, gewusst hätten, was du durchgemacht hast, dann wären sie bestimmt viel geduldiger gewesen. Dann hätten sie die Schuld nicht bei sich selbst gesucht und wären nicht davon ausgegangen, dir nicht attraktiv genug zu sein. Deine Zurückweisung wäre nicht als Arroganz

gewertet worden. Du hättest dich einfach mal öffnen sollen, anstatt wieder und wieder einen Schlussstrich zu ziehen, sobald es unbequem wurde.«
Ich senke meinen Kopf. Ihr tadelnder Blick ist dennoch spürbar.
»Gerade du müsstest doch wissen, welch enorme Bedeutung das Unterbewusstsein eines Menschen hat und wie wichtig es darum ist, alte Wunden richtig verheilen zu lassen. Man darf sie nicht nur notdürftig abdecken und verleugnen. Das funktioniert nicht.«
Ja, da hat sie wohl recht. Gerade ich, der immer so darauf besteht, bei seinen Patienten den Ursprung und nicht nur die Symptome ihrer Leiden anzugehen, sollte es eigentlich besser wissen. Verdrängung ist kein Weg, sondern eine Sackgasse.
»Was ist eigentlich mit uns geschehen?«, fragt Amy nachdenklich.
»Hm?«, brumme ich und riskiere, kurz zu ihr aufzuschauen. Ihre Stirn liegt in tiefen Falten.
»Na, ich weiß zwar nicht, weshalb das so ist, aber seit diesem schrecklichen Tag haben wir doch beide eine ähnliche Gabe entwickelt. Obwohl deine wesentlich umfangreicher ist. Wenn du deine Patienten massierst, erzählen sie dir ihre Geschichten. Ich habe dich unzählige Male in deiner Trance – oder was es ist – beobachtet und weiß aus eigener Erfahrung, wozu du fähig bist.«
Sie ergreift meine Hand und drückt sie. »Ich hingegen muss dich zwar nicht berühren, um zu sehen, was du gerade tust, aber ich sehe eben ausschließlich dich – und die Menschen, die dich umgeben.«
Sekundenlang grübelt sie stumm vor sich hin. Dann zuckt sie mit den Schultern. »Aber ich kann nicht so tief blicken wie du. Ich sehe dich so, als stünde ich unsichtbar neben dir.«
»Bist du dir da sicher?«, frage ich endlich. »Du kannst wirklich nur mich sehen, sonst niemanden?«
»Ja, da bin ich mir absolut sicher.« Amy nickt mit Nachdruck.

»So bin ich aufgewachsen, neben dir. Wir teilen dieselben Erlebnisse, du hast meine Anwesenheit nur nie bemerkt. Ich hatte die Wahl, deine Wege zu begleiten oder mich diesem fremden Leben hier zu stellen. Ich habe mich für dich entschieden.«
Sie lächelt. »Dennoch habe ich sehr oft versucht, meine Eltern zu finden, aber ...« Sie schluckt. So schwer, dass ich es höre.
»Du konntest sie nicht sehen«, beende ich ihren Satz. »Das heißt, du weißt gar nicht, wie es überhaupt um sie steht.«
Mit großen, offenen Augen, in denen nun Tränen schimmern, sieht sie mich an. »Du weißt auch nichts, oder? Was sie machen und wie es ihnen geht?«
Es schmerzt, sie enttäuschen zu müssen. »Ich weiß gar nichts, tut mir leid, Amy. Deine Mom habe ich an diesem Morgen zum letzten Mal gesehen, deinen Vater am Abend zuvor. Unsere Väter haben uns gefunden, das stimmt, aber ich habe einen Filmriss, von dem Moment an, als der Typ ...«
Meine Stimme versagt.
»Ja? Was hat er getan?«, fragt Amy sehr sanft. »Ich weiß nicht, was er dir angetan hat, Matty. Ich komme nicht weiter zurück als bis zu dem Augenblick, in dem sie uns fanden«, erklärt sie mir und legt ihre Hand auf meinen Oberkörper. »Sprich mit mir. Bitte!«
Plötzlich komme ich mir ziemlich lächerlich vor. Es geht doch um Amy und nicht um mich. Es ist ihr erster Tag. Müssen wir ihn mit diesen Erinnerungen verderben?
Ein Blick in ihre Augen bestätigt mir, dass wir müssen.
Ich atme tief durch. »Dieser Kerl ... als er von dir abließ und seine Hose wieder ... du weißt schon ...« Sie nickt. Aus den Augenwinkeln heraus beobachte ich sie achtsam und ein wenig ängstlich, doch sie wirkt gefasst. Im Gegensatz zu mir. »Er drehte sich einfach um und legte seine Hand um meinen Hals, so wie zuvor bei dir. Er hat sehr fest zugedrückt, und ich war mir sicher,

nun zu sterben. Alles verschwamm bereits vor meinen Augen, eine seltsame Gleichgültigkeit stellte sich ein. Doch plötzlich – ich habe bis jetzt keine Ahnung, warum – ließ er mich los und stürmte davon. Dieses schemenhafte Bild, wie er sich immer weiter entfernte, ist das Letzte, an das ich mich erinnern kann.«
Ich spüre den Schauder, der Amys Körper erfasst. Wie automatisch legen sich meine Finger um ihre Hand auf meiner Brust.
»Man hat ihn nicht ... oder?« Ihre Frage ist nicht mehr als ein ersticktes Flüstern.
»Nein. Man hat ihn nicht gefasst. Wenn er noch lebt, läuft er vermutlich frei herum. Es ... hat mich fast wahnsinnig gemacht, dass ich den Ermittlern keine brauchbaren Hinweise geben konnte.«
Erstaunt schaut sie zu mir auf. Mitleid spiegelt sich in ihrem Blick wider, doch dann gewinnt ein eigenartiger neuer Ausdruck die Macht über ihre schönen Augen. Erst als sie ihre Hand aus meiner löst, kapiere ich, dass es Wut ist.
»Du hast dir Vorwürfe gemacht, weil sie ihn nicht geschnappt haben?«, fragt sie. Eine tiefe Falte hat sich zwischen ihren Augenbrauen gebildet.
»Natürlich. Jeden Tag ... bis heute.«
»Matty!« Ihre Stimme überschlägt sich fast vor Empörung.
»Nein, Amy«, wehre ich ab. Es gibt keine Entschuldigung für mein Versäumnis. »Ich hätte meine Chance nutzen müssen. Mich hat er schließlich verschont. Ich hätte mir jedes Detail dieses Bastards merken müssen. Irgendetwas Markantes, anhand dessen man ihn hätte überführen können.«
»Matt!« Amy unterbricht meinen Monolog fast schon schreiend.
»Er hat dich verschont, sagst du? *Er* hat *dich* verschont?«
Mit vor Zorn verengten Augen schüttelt sie den Kopf. Sie schaut mich an, als hätte ich meinen Verstand verloren, als käme jede Hilfe zu spät. Dann atmet sie einige Male tief durch in dem Versuch, sich zu beruhigen.

Schließlich gewinnt Amy den Kampf gegen ihr Temperament und zwingt sich zu einem gequälten Lächeln. Der angespannte Unterton in ihrer Stimme bleibt mir jedoch nicht verborgen.
»Entschuldige. Ich habe dich unterbrochen. Du warst dabei, deine Geschichte zu erzählen ... Bitte.«
Froh darüber, dass sie es dabei bewenden lässt, fahre ich fort: »Danach gibt es nicht mehr viel zu erzählen, was du nicht schon weißt. Ich erwachte im Krankenhaus, meine Mutter saß blass und erschöpft an meinem Bett. Zunächst war ich mir sicher, nur schlecht geträumt zu haben, doch als ich meine Mom so sah ...«
»... da wusstest du, dass es wirklich passiert war ... oh, Matty!«
Die Wut hat sich gelegt. Amy schaut mich nun so traurig an, dass sich ein dicker Kloß in meinem Hals bildet.
Ich schlucke. Vergeblich.
»Matt?« Amys Stimme ist kaum zu hören.
»Hm?«
»Das mit deinen Eltern – es tut mir so leid!«
Ich spüre Amys Blick, doch ich bringe es einfach nicht fertig, sie anzusehen. Sie scheint mich zu durchleuchten, als wäre ich aus Glas.
»Ist schon okay«, erwidere ich leise.
»Nein, das ist es nicht.« Plötzlich ist die Wut in ihrer Stimme wieder da. »Du hast so viele Dinge erlebt, die du nie verwunden hast, Matt. Es ist *nicht* okay! Wir müssen darüber reden. Wir müssen reden, reden, reden ...«
»Aber warum denn? Was gibt es da zu reden, Amy?«, höre ich mich rufen.
Es klingt impulsiv, erschreckend laut und viel zu barsch dafür, dass ich keine Ahnung habe, wie viel Amy in ihrem Zustand aushalten kann. Dennoch fahre ich fort. »Was macht es denn für einen Sinn, in der Vergangenheit herumzustochern? Ich war allein, seitdem du weg warst. Der Tod meiner Eltern hat die

Situation für mich nicht gerade einfacher gemacht. Gott sei Dank war ich wenigstens alt genug, um allein zu leben. Ich hätte es nicht ertragen, bei Fremden oder in einem Heim wohnen zu müssen. Warum wühlst du in diesen Wunden? Ich dachte, es gäbe eine Art ... stillschweigende Vereinbarung zwischen uns, all die schrecklichen Dinge, die wir natürlich irgendwann besprechen müssen, erst einmal auf sich beruhen zu lassen.«
Verwundert sieht sie mich an. »Aber ... das haben wir nie gesagt.«
»Nein, haben wir nicht. Deshalb ja auch ›stillschweigend‹, Amy!«
In diesem Moment klopft es an der Tür.
»Guten Morgen!«, ruft Kristin von draußen. Sie klingt etwas nervös. *Waren wir zu laut? Bestimmt!*
»Guten Morgen!«, antworten wir wie aus einem Mund.
»Komm rein«, füge ich hinzu und greife im selben Moment schon nach Amys Hand. Trotz des plötzlichen Stimmungswandels unseres Gesprächs wirkt sie ruhig und stabil. Wie zur Bestätigung drückt sie meine Hand und sieht mir tief in die Augen. Dennoch kann ich noch nicht einschätzen, wie sie auf unvorhersehbare Situationen mit Kristin und Tom reagiert. Langsam öffnet sich die Tür einen Spaltbreit, und Kristin lugt zu uns herein.
»Hallo, ihr beiden«, begrüßt sie uns noch einmal, den Blick auf ihre Tochter geheftet. Die Rührung darüber, dass Amy sie so klar ansieht, erobert ihre Augen sofort.
»Hallo!« Amy erwidert ihr Lächeln.
Kristin verkneift sich jeden Kommentar darüber, dass sie uns gemeinsam und so eng beieinander in dem großen Bett vorfindet.
»Mögt ihr Eier zum Frühstück?«
Auf unser Nicken hin verlässt sie das Zimmer schon wieder. Amys Lächeln bröckelt, sobald Kristin die Tür hinter sich zugezogen hat.
»Matty, es tut mir leid, dass ich dich bedrängt habe.«

»Du hast mich nicht bedrängt«, entgegne ich. »Ich weiß ja auch, dass du recht hast. Wir müssen reden. Es geht bloß alles ... so schnell. Gestern Morgen saßen wir noch gemeinsam auf dem Fußboden, und ich war froh, wenn du mir zwischendurch für ein paar Sekunden in die Augen gesehen hast. Und jetzt sitzt du hier und sprichst über all diese Dinge mit mir, als wärst du nie weg gewesen. Das ist schon sehr eigenartig.« Nervös sehe ich sie an, doch Amy wirkt nun wieder völlig gelassen.
»Meinst du nicht, du vergisst da etwas?«
»Hm?«
»Na, ich finde es nicht nur eigenartig. Ich finde es auch sehr, sehr schön.« Ihren Blick auf meine Hände gerichtet, lässt sie ihre Finger sanft über die noch dünne Haut an den Innenseiten meiner Daumen gleiten. *O Mann, sie weiß wirklich alles über mich.*
Eine Weile verharren wir in vollkommener Stille und genießen den Moment, doch plötzlich fällt mir etwas ein.
»Mist! Ich muss dringend mit Mary telefonieren. Eigentlich müsste ich heute wieder arbeiten.« Schon stehe ich neben dem Bett und drücke die einzige Nummer im Kurzwahlspeicher meines Handys.
Mary hebt ab. »Guten Morgen, Matt. Wo bleibst du denn? Das Wartezimmer platzt schon aus allen Nähten.«
Noch bevor ich ihr die Neuigkeiten mitteilen kann, höre ich John im Hintergrund. »Mary, gib ihn mir, gib ihn mir. Danke. Matt? Herrgott noch mal, wo steckst du?«
O nein, was sage ich denn jetzt? Ich bin der miserabelste Lügner aller Zeiten. Andererseits kann ich ihm wohl kaum erzählen, was wirklich los ist.
»Hör zu, John, ich kann dir nicht erklären, was passiert ist, aber glaub mir ... es ist wirklich unmöglich, dass ich heute zur Arbeit komme.«
Ein vergeblicher Versuch, mich herauszuwinden.

»Wie meinst du das? Matt, hast du auch nur den leisesten Schimmer, was hier los ist? Die Patienten laufen Amok. Wir müssten sie stapeln, um alle in das Wartezimmer zu bekommen. Der komplette Flur ist besetzt. Megan und ich schieben seit Tagen Überstunden bis zum Erbrechen. Ich habe schon Stress mit meiner Frau deswegen. Erzähl mir also nicht, dass du nicht kommen kannst. Wir haben viele deiner Patienten auf heute vertröstet. Die meisten wollen sich nämlich nur von dir behandeln lassen. Also – mach, dass du schleunigst hier eintrudelst!«
Amy, die auf der Bettkante sitzt und aufgrund Johns Lautstärke seine Reaktion Wort für Wort mitbekommt, bedeutet mir, etwas sagen zu wollen.
»Einen Moment, John.« Fragend sehe ich Amy an, das Handy gegen meinen Brustkorb gepresst. Trotzdem hören wir beide, wie John weiter vor sich hin schimpft.
»Geh ruhig. Du kommst doch heute Abend wieder. Es ist wirklich okay«, ermutigt sie mich, doch etwas an ihrem Lächeln stimmt nicht. Es erreicht ihre Augen nicht, es ist nicht warm. Nicht ehrlich. Nur ein Herzschlag, dann ist meine Entscheidung gefallen.
»Kommt nicht in Frage. Du bist noch nicht stabil genug. Ich könnte keine Sekunde ruhig arbeiten, wenn ich dich allein zurückließe. Was, wenn ich abends komme und du wieder wippend, mit starrem Blick auf dem Fußboden sitzt?«
Amy schweigt, und das ist mir Bestätigung genug für ihre eigene Unsicherheit. Dann, John unterhält sich noch immer aufgebracht mit meinem Oberkörper, schaut sie zu mir auf. »Nimm mich doch mit. Oder geht das nicht?«
Grübelnd sehe ich sie an; es vergehen etliche Sekunden bis zu meiner Antwort. »Na ja, das ginge schon. Du könntest bei mir bleiben, aber ... was würden Tom und Kristin sagen? Es ist dein erster bewusster Tag, und sofort reiße ich dich ihnen weg.«

»Wir müssen es ihnen erklären. Sie werden das sicher verstehen«, beschließt Amy. Nun ist ihr Lächeln warm und aufrichtig. Ihre Augen strahlen. Noch ein prüfender Blick, dann führe ich mein Handy zögerlich zurück ans Ohr.
»John? Okay, ich komme. Bin in etwa einer Stunde da. So lange müsst ihr noch warten.«
»Ja, ist gut, das kriegen wir hin. Ist zwar blöd, aber wir kriegen es hin. O Mann, beeil dich, Matt!« Schon hat er aufgelegt.
Amy erhebt sich und verschwindet in ihrem angrenzenden Badezimmer. Nur Sekunden später höre ich das Wasser der Dusche rauschen.
Allein bleibe ich in dem großen Zimmer zurück und höre sie fröhlich vor sich hin trällern. Ich höre, wie sie die Duschkabine öffnet und kurz darauf das Quietschen einer Schranktür, als sich Amy ein frisches Handtuch nimmt. Es benebelt mich, wie surreal die Situation ist. Amy macht das alles so, als wäre es das Normalste der Welt. Und das ist es auch – nur eben nicht für sie.
Erneut klopft es an ihrer Zimmertür. Auf mein »Ja, bitte« hin lugt nun auch Tom durch den Türspalt. »Sie duscht«, erkläre ich, noch bevor er fragen kann, und bemerke im selben Moment mein Versäumnis. »Guten Morgen, Tom.«
»Guten Morgen.« Er schmunzelt. »Sie duscht ... wie du das sagst. Es ist ...«
»Ich weiß. Es ist ein Wunder.«
Tom nickt. »Das Frühstück ist fertig. Sag mal, Matt, müsstest du heute nicht eigentlich wieder arbeiten?«
»Doch! Mein Partner hat gerade eben angerufen. Ich muss unbedingt in die Praxis; dort herrscht das totale Chaos.«
»Aber – was machen wir mit Amy? Sie möchte doch sicher bei dir bleiben. Du kannst sie unmöglich allein lassen. Nicht jetzt schon, meine ich.« Panik schwingt in seiner Stimme.
»Ich weiß, und ich denke auch, dass es nicht gut wäre, sie allein

zurückzulassen. Es gibt wohl keine andere Möglichkeit, als sie mitzunehmen. Amy hat es selbst vorgeschlagen.«
Toms Blick trübt sich, doch er hält meinem weiterhin stand.
»Ich werde meine Behandlungen etwas kürzer halten und auch auf die Mittagspause verzichten. Dann kommen wir heute Abend bestimmt pünktlich raus.«
Nach etlichen Sekunden ringt er sich ein Lächeln ab und nickt.
»Gut. Wir haben so lange gewartet. Auf ein oder zwei Tage kommt es nun wirklich nicht an. Wir dürfen nichts riskieren«, beschließt er tapfer. »Ich gehe runter und sage Kristin schon mal Bescheid.« Beim Rausgehen zögert er einen Moment, dann wendet er sich noch einmal um. Plötzlich hat sein Gesicht etwas Spitzbübisches. »Nur Kristin und ich in diesem Haus.«
»Ja. Genießt es. Ich passe gut auf Amy auf.« In diesem Moment öffnet sich die Badezimmertür, und Amy erscheint im Türrahmen. Tropfnass, in ein großes Badetuch gehüllt, trocknet sie ihre Haare mit rubbelnden Bewegungen, die erstaunlich routiniert wirken.
»Guten Morgen!« Sie strahlt Tom an.
»Guten Morgen, mein Schatz«, erwidert er nach einigen Sekunden, in denen er sie anblickt, als würde er sie gerade zum ersten Mal sehen. »Also, wir warten unten auf euch«, sagt er dann und schließt die Tür schnell hinter sich.
»Es ist eine komische Situation, nicht wahr?« Amys Frage ist rein rhetorischer Art, und so zucke ich nur mit den Schultern, bevor ich mich an ihr vorbei ins Bad zwänge.
»Ich muss noch meine Zähne putzen«, protestiert sie.
»Gut. Ich hole dich rein, wenn ich geduscht habe«, bestimme ich und schließe einfach die Tür vor ihrer Nase.
»So ein Quatsch, Matt. Du ahnst ja gar nicht, wie oft ich dich schon nackt gesehen habe.«
»Lalalaaaa«, singe ich laut und widerstehe nur knapp der Ver-

suchung, mir wie ein Fünfjähriger die Ohren zuzuhalten. »Ich will das gar nicht hören. Ich gehe jetzt duschen, und dann öffne ich die Tür wieder, basta. Zähne putzen können wir meinetwegen zusammen.«
Das Letzte, was ich höre, bevor das rauschende Wasser in meinen Ohren dröhnt, ist ihr Lachen. Ungehemmt und frei. So, wie ich es schon immer liebte.

Kapitel XI

»Wow, Matty, sieh nur. Alles ist weiß, egal, wo man auch hinsieht. Das ist wunderschön, nicht wahr?«
Es ist Amys erster Schnee. Zumindest in diesem Ausmaß. Die Winter unserer Kindheit waren kurz und mild. Wenn Schnee fiel, schmolz er, bevor man »Schlittenfahrt« auch nur hätte sagen können. Warum wir überhaupt Schlitten besaßen, ist mir bis heute ein Rätsel.
Nun sitzt Amy neben mir, auf dem Beifahrersitz meines alten Autos, und klebt förmlich an der Scheibe des Seitenfensters.
»Weißt du noch, wir haben immer davon geträumt, einmal zusammen durch den Schnee zu laufen und Eis-Engel zu machen.«
»Schnee-Engel«, korrigiere ich.
»Ja, richtig, Schnee-Engel. Jetzt können wir das! Ist das nicht verrückt? Guck doch, die Äste der Bäume sehen aus, als hätte jemand Puderzucker drübergestreut.«
Ihre Euphorie lässt mich grinsen, als mir bewusst wird, dass mir diese Autofahrt wahrscheinlich nur eine leise Ahnung von dem gibt, was in nächster Zeit auf mich zukommen wird. Amy ist in so vieler Hinsicht, ob ihr das nun bewusst ist oder nicht, noch so unerfahren wie ein knapp neunjähriges Mädchen. Diesen kindlichen Charme hat sie sich bewahrt. Natürlich ist sie erwachsen,

doch man merkt, dass sie auf eine völlig andere, eigene Art und Weise herangewachsen ist. Wie auch immer das möglich war: Ihre einzige Verbindung zur Außenwelt war ich, ihre Erfahrungen hat sie nicht erlebt, sondern nur beobachtet.
Noch bevor ich meinen Gedanken zu Ende bringen kann, scheint er auf Amy übergesprungen zu sein.
»Hm. Die ganzen Jahre über habe ich immer nur dich gesehen. Ich sah, dass bei dir die Winter kalt und frostig waren, und natürlich sah ich auch den Schnee, aber das hier … ich kann es dir nicht erklären. Das ist um so viel besser.« Sie denkt kurz nach, dann startet sie doch einen Erklärungsversuch. Sie wäre nicht Amy, täte sie das nicht.
»Stell dir vor, du siehst Eindrücke eines Frühlings im Fernsehen oder auf Bildern. Du siehst die Wiesen, auf denen wilde Blumen wachsen, und weiß blühende Bäume. Du siehst die Schwärme der heimkehrenden Zugvögel. Sogar den Tau am Morgen und die Sonne, die das Gras langsam trocknet. Und du glaubst, du bist gut über den Frühling informiert. Doch du weißt gar nichts, bis du diese Blumen nicht zum ersten Mal selbst gerochen und unter einem blühenden Kirschbaum gestanden hast, dessen Äste so lang sind, dass der Himmel ein einziges Blütenmeer zu sein scheint. Du musst den Tau schmecken und die wärmende Sonne auf deiner Haut spüren. Du musst das verheißungsvolle Geschrei der Zugvögel hören und die Freude fühlen, die ihre Rückkehr in dir auslöst. Und das feuchte Gras unter deinen Füßen spüren, wenn du über die Wiesen läufst. Erst wenn du all das erlebt hast, weißt du, was den Frühling wirklich ausmacht.«
Amys Worte hinterlassen ein undefinierbares Kribbeln in meinem Bauch und eine Gänsehaut auf meinen Unterarmen. Ich weiß genau, was sie meint. »Kannst du erahnen, wie viel mir in meinem Leben gefehlt hat?«, fragt sie traurig.
Noch zu stark von ihrem Monolog erfasst, ist mir ihr abrupter

Stimmungswandel schlicht entgangen. Ich nicke stumm, doch es ist eine Lüge. Ich kann mir nicht mal ansatzweise vorstellen, was sie bisher alles verpasst hat. In diesem Moment wird mir erst richtig bewusst, dass ihr Zustand, den alle Außenstehenden als Autismus werteten, und all die Entbehrungen, die damit verbunden waren – dass all das der Preis dafür war, um weiterhin bei mir bleiben zu können.

Auch wenn Amy diesen Preis bereitwillig in Kauf genommen hat – sofort meldet sich mein schlechtes Gewissen. Ich schulde ihr so viel. Auf der schneebedeckten Fahrbahn greifen die Bremsen nicht direkt, als ich mit voller Kraft das Pedal durchtrete. Viel zu unsanft wird Amy in ihren Gurt gepresst. Erschrocken sieht sie mich an.

»Steig aus!«, kommandiere ich nur knapp, als sich mein alter Ford endlich ergibt und mitten auf der Straße zum Stehen kommt.

»Was?« Verunsichert runzelt sie die Stirn.

»Komm schon«, rufe ich und werfe die Fahrertür hinter mir zu.

»Matt, wir haben doch keine Zeit«, höre ich Amys gedämpften Protest aus dem Wagen, doch als ich ihre Tür öffne, reicht sie mir die Hand und lässt sich aus dem Auto helfen. »Was hast du denn vor?«

»Schließe deine Augen! Ich führe dich, vertrau mir.« Das tut sie. Langsam geleite ich sie an den Straßenrand – dorthin, wo der Schnee tiefer und lockerer wird. Nebeneinander stapfen wir durch das unberührte Weiß. Bis weit über die Knöchel versinken unsere Füße im Schnee.

»Hör mal, was für ein Geräusch unsere Schuhe machen«, flüstere ich ihr zu.

Amy lächelt. »Es knarrt. Und wie klar die Luft riecht«, fügt sie hinzu.

»Ja. Oft ist es so kalt hier draußen, dass einem die Zähne weh tun, wenn man zu lange lächelt«, berichte ich mit einem Grinsen und achte darauf, meinen Mund möglichst schnell wieder zu schließen. Amy hat sich von mir auf eine der Weiden führen lassen, die direkt an die Landstraße angrenzen.

»Augen auf«, befehle ich. Sofort öffnet sie ihre Augen und sieht mich an. »Und jetzt los!«

»Was?«

Ich beuge mich zu ihr vor: »Schnee-Engel!«

Noch ehe ich das Wort ausgesprochen habe, liegt Amy rücklings vor mir im Schnee und lässt ihre ausgestreckten Arme und Beine in fliegenden Bewegungen die Konturen eines Engels in den Schnee ziehen. Ohne nachzudenken, tue ich es ihr gleich.

Danach stehen wir vorsichtig auf, klopfen uns ab und betrachten unsere Kunstwerke.

»Meiner sieht aus wie eine Mini-Ausgabe von deinem«, stellt Amy amüsiert fest. »Ich kann nicht fassen, wie riesig du geworden bist. Wie ist eigentlich die Luft da oben?«

»Stinkt nach Zwergen!«

Wow, war das etwa ein Anflug von Schlagfertigkeit? Amy lacht laut auf und knufft mich in die Seite.

»Und, weißt du jetzt, wie der Schnee wirklich ist?«

Sie nickt mit strahlenden Augen, doch dann verzieht sich ihr Mund. »Nass.«

Mist! Dass wir Jeans tragen, habe ich in meinem Anfall von Spontaneität total vergessen.

»Trotzdem danke! Das war wirklich sehr, sehr süß von dir!« Bei diesen Worten stellt sich Amy auf die Zehenspitzen und haucht mir einen Kuss auf die Wange.

»Hey, mein Atem raucht«, ruft sie nur eine Sekunde später begeistert und bringt mich damit erneut zum Lachen.

Als wir wieder im Auto sitzen, beginnt das große Frieren. Amy reibt sich die Hände. Sie sind knallrot. »Uh! Noch etwas, das ich

nicht wusste: dass einem die Finger von der Kälte so weh tun können.«
»Wir sind gleich da«, beruhige ich sie und biege in die Hauptstraße der kleinen Stadt ein, an deren Ende unsere Praxis liegt.
»Oh, es ist das große gelbe Haus da hinten, nicht wahr? Ich erkenne es«, ruft Amy fröhlich aus.
Es wird mich Zeit kosten zu begreifen, wie viel sie wirklich weiß.
Mit dem Fahrstuhl fahren wir in den dritten Stock, und Amy freut sich wie ein kleines Kind. Mir wird bewusst, dass auch das eine weitere Premiere in ihrem Leben darstellt. Sie umfasst meinen Arm und sieht mich mit großen Augen an, als sich die Türen hinter uns schließen und die Kabine mit einem Ruck in Bewegung kommt. Ich sehe sie an und versuche, meine gesamte Entschlossenheit in diesen Blick zu legen. Gleichzeitig greife ich nach ihrer Hand.
»Amy! Egal, was heute passiert – ich bin bei dir, okay? Ich meine, in der Praxis kann es hektisch werden. Wenn es dir zu viel wird, dann lass es mich wissen. Versprichst du mir das?«
Sie nickt noch, als sich die Türen öffnen.
»Willkommen zurück im Chaos!«, tönt es uns sofort entgegen. Unausgesprochen natürlich – ein Blick allein reicht. John hat nicht übertrieben. Der komplette Flur ist von wartenden Patienten besetzt. Ein Raunen schallt durch den kahlen Gang, als ich den Lift verlasse. Alles zwischen »Gott sei Dank«, »endlich« und »das wurde aber auch Zeit« ist an Äußerungen dabei.
Eine deutlich gestresste Megan kommt mir auf ihrem Weg zum Wartezimmer entgegen.
»Matt! Bin ich froh, dass du wieder da bist.« Ihr prüfender Blick trifft zunächst auf Amy, dann auf unsere ineinander verschränkten Hände. Der Anflug eines Lächelns umzuckt ihre Mundwinkel, und schon streckt sie Amy ihre Hand entgegen.

»Megan Carter, hallo! Sind Sie eine Freundin von Matt?«
Unwillkürlich halte ich den Atem an. Kommt Amy wirklich zurecht?
Sie zögert nur kurz, dann löst sie ihre Rechte aus meiner Linken und reicht sie Megan. Sie erwidert das Lächeln meiner Kollegin ohne Anzeichen innerer Anspannung. »Amy Charles, freut mich sehr, Sie kennenzulernen! Und ja, ich bin eine Freundin.«
Wow, bis auf die Tatsache, dass sie sich mit ihrem alten Namen vorgestellt hat, war das wirklich perfekt.
Megan mustert Amy noch einen Augenblick – unfähig, ihre allzu offensichtliche Verwunderung zu verbergen –, wendet sich dann aber wieder mir zu. »Du siehst, hier herrscht das absolute Chaos. Einige der Patienten weigern sich strikt, sich von John oder mir behandeln zu lassen. Sie bestehen auf dich und nehmen dafür stundenlange Wartezeiten in Kauf. Ehrlich, was machst du mit denen, Matt? Manchmal frage ich mich wirklich, wer hier den Doktortitel hat – beziehungsweise, was er mir überhaupt bringt. Also, geh zu Mary. Ich hoffe, sie hat noch einen vagen Überblick in dieser Hölle.«
Sie verdreht die Augen und legt eine Hand auf Amys Arm. »Hat mich sehr gefreut. Seit vier Jahren arbeitet Matt schon mit uns zusammen, und ich habe noch nicht eine Person aus seinem privaten Umfeld kennengelernt. Sie haben an diesem hektischen Tag also für eine kleine Sensation gesorgt, Amy.«
Schon hastet sie weiter über den Flur, und ich bedeute Amy, mir zu folgen. Ich kann nur hoffen, dass all das wirklich nicht zu viel für sie ist.
»Guten Morgen, Matt!« Überglücklich springt Mary hinter ihrem Riesenschreibtisch auf. Nur eine Sekunde später plumpst sie jedoch zurück auf ihren Drehstuhl. Fassungslos, als hätte sie einen Geist gesehen. »Ist das ... bist du nicht ... Kristin hat mir Fotos von dir gezeigt und ...«

»Pssst«, versuche ich, sie zu beschwichtigen. Als sie sich die Hand vor den Mund schlägt, beuge ich mich vor und sehe sie tief an. »Ja, das ist Amy, du hast recht. Seit gestern Abend ist sie, ähm ... wach. Jetzt weißt du auch, warum ich heute noch nicht kommen wollte.«

Mary nickt. Hastig. Ihr Blick wandert von mir zu Amy und wieder zurück zu mir. Sie scheint unsicher zu sein, wie sie sich verhalten soll.

»Kann ich ... normal ... mit ihr reden?«, flüstert sie.

Amy lacht und ergreift das Wort, noch ehe ich dazu komme, etwas zu erwidern. »Guten Morgen, Mary. Ich bin Amy. Es ist schön, dich kennenzulernen.«

»Wahnsinn! Das ist echt krass«, erwidert Mary mit einem einmalig verdutzten Gesichtsausdruck und streckt Amy zögerlich ihre Hand entgegen. Als Amy diese ergreift und Mary breit angrinst, atme ich tief durch.

Nach diesem Moment, der eher Minuten als Sekunden zu dauern scheint, sieht Mary mich endlich wieder an. »Du hättest etwas sagen sollen. Mir wäre schon eine Entschuldigung für dich eingefallen.«

Amy schüttelt ihre dunkle Mähne. »Nein, es ist okay so. Matt war wirklich lange genug bei mir. Es ist an der Zeit, dass ich mich endlich nach draußen wage.«

»Hm«, ist alles, was Mary darauf antworten kann.

»Also, was steht an?«, frage ich sie und versuche, in meinen Tonfall und Blick all die Zuneigung zu stecken, die ich in diesem Moment für sie empfinde.

»Ähm, ja ...« Wild blättert sie in dem großen Terminkalender vor sich. Ich kann mir das Schmunzeln nicht verkneifen, als mir die verräterischen Schokoladen-Abdrücke auffallen, die ihre angefeuchteten Fingerspitzen an den Papierecken hinterlassen haben. Mary seufzt schwer. »Auf jeden Fall Mrs. Jordan zuerst,

sonst laufe ich noch Amok und schieße wild um mich – was eigentlich gar nicht so schlecht wäre angesichts der Tatsache, dass wir maßlos überlaufen sind ...«
»Mary«, ermahne ich sie – halb tadelnd, halb belustigt. Amys leises Kichern bringt meinen Magen wieder zum Kribbeln. Wie kann sie nur so locker sein?
Mary winkt ab. »Ja, ja, ich meine ja nur. Also ... anschließend solltest du zwei bis drei der Schmerzpatienten übernehmen, und dann sehen wir weiter. Okay?«
»Alles klar! Schick Mrs. Jordan doch bitte in fünf Minuten zu mir rein.« Schon habe ich mich ein paar Schritte abgewandt.
»Matt?«, ruft Mary hinter mir. »Hast du nicht irgendetwas vergessen?« Sie sieht etwas enttäuscht aus.
»Oh, ja.« Schnell gehe ich zurück und beuge mich über den großen Tresen. »Wir telefonieren heute Abend in Ruhe. Dann erzähle ich dir alles. Versprochen!«
»Aber ...« Mit geneigtem Kopf sieht sie mich an, doch ich tippe mit dem Zeigefinger gegen meinen Mund und bedeute ihr, ruhig zu sein.
»Pssst ... Kein Aber!«, sage ich und lege zwinkernd ihren heiß ersehnten Schokoriegel auf den Tresen.
Nun lächelt sie. »Ich hab dich vermisst.«

Amy betritt den Behandlungsraum und sieht sich neugierig um. Ich öffne meinen Wandschrank und krame nach zwei weißen Hosen. »Hier. Da hinten kannst du dich umziehen.«
Sie nimmt eine der Hosen und verschwindet hinter dem Vorhang.
»Wie machen wir das jetzt, bei den Behandlungen? Kann ich bei dir bleiben?«, fragt sie. Hinter der Tür des Schranks schlüpfe ich aus meiner nassen Jeans und streife mir die andere Hose über.

»Sicher. Ich werde sagen, dass du meine Assistentin bist. Du hast heute deinen ersten Tag und schaust mir zu, ganz einfach.«
Mit einem Ruck zieht Amy den Vorhang zurück. »Ist das dein Ernst?«
»Klar. Wir hatten schon mehrere Assistentinnen, die …«
»Matt, die Hose.«
Schnell klappe ich die Schranktür zu. Amy steht nur etwa zwei Meter vor mir und schaut an sich herab. Meine Hose wirkt wie ein weißer Sack, der um ihre Beine schlackert.
»Gott, bist du winzig«, necke ich sie.
Sie streckt mir die Zunge heraus und zieht das Band enger.
»Schlag die Hosenbeine um, dann geht es schon.«
Ich lasse mir ihre Jeans geben und lege sie über die Heizung hinter meinem Schreibtisch. Sie wird bald trocken sein. Unter fließendem Wasser wärme ich meine Hände an, als die Tür neben dem Waschbecken auffliegt und Mrs. Jordan hereinstolziert.
Noch bevor ich sie sehen kann, höre ich sie.
»Oh, Mr. Andrews, Sie haben ja keine Ahnung, wie glücklich ich bin, Sie wiederzusehen. Ihr Kollege kann Ihnen nicht das Wasser reichen, was die Massagen angeht. Ich bin so verspannt wie seit fünf Jahren nicht mehr. Diese Schmerzen bringen mich noch um. Versprechen Sie mir, dass Sie nie wieder Urlaub machen, und schon bin ich glücklich.«
Das wage ich zu bezweifeln.
Ohne meine Aufforderung abzuwarten, reißt sie den Vorhang der Umkleidekabine zurück und lässt ihn offen stehen, während sie sich freimacht. Erst als sie aus der Kabine tritt, bemerkt sie Amys Anwesenheit. »Wer sind Sie denn?«
Hm, charmant wie immer.
Mit nur einem Schritt stehe ich neben Amy. »Das ist meine neue Assistentin, Miss Charles. Sie schaut mir heute zu, es ist ihr erster Tag. Bitte, legen Sie sich hin.«

Während ich meine Ärmel hochkremple, werfe ich Amy einen bedeutsamen Blick zu. Sie versteht und kommt noch näher an mich heran.

Mrs. Jordan ist wieder einmal in einen ihrer Monologe vertieft. Das Gesicht hat sie bereits über der Öffnung der Massageliege abgelegt, und so wage ich es, Amy etwas zuzuflüstern. »Ich werde in diesen anderen Bewusstseinszustand abtauchen, wenn ich sie massiere. Ihre Schmerzen sind schlimm, sonst würde ich das heute nicht tun. Wenn du mich brauchst, dann berühr mich. Ich werde dich sonst womöglich nicht hören.«

Amy nickt und drückt ganz kurz meine Hand. »Ich bin okay, es geht mir gut. Mach dir keine Sorgen!« Ihre Botschaft ist klar und deutlich, auch wenn sie die Worte nicht ausspricht.

Es fällt mir schwer, zu Mrs. Jordans Innerstem zu finden. Nach gut fünf Jahren gibt es nichts, was ich nicht schon von ihr wüsste, und egal, wo ich meine Behandlungen bisher auch angesetzt habe – sie waren längerfristig immer ohne Erfolg. Etwas halbherzig massiere ich sie, bis ihre Haut warm ist und sich die Knoten deutlich gelockert haben, doch dann breche ich auch schon ab. Heute gibt es einfach Wichtigeres.

Heute gibt es Amy.

Mein Herz macht einen Sprung, als mich dieser Gedanke streift. Mrs. Jordan gibt sich mit meiner Behandlung zufrieden. Als ich meine Augen öffne, liegt sie seufzend unter mir.

»Das war sehr gut. Ich wiederhole: Keinen Urlaub mehr für Sie, Mr. Andrews.«

Amy, die neben der Liege steht, verkneift sich ein Lachen. Stumm reicht sie mir eins der feuchten Tücher und trocknet Mrs. Jordans Rücken mit einem Frotteetuch ab. Ich muss schmunzeln. Sie ist einmalig. Ihre Bewegungen wirken so sicher, fast schon routiniert. Wie oft sie dieses Prozedere bei mir wohl schon beobachtet hat?

»Schon gut, Schätzchen, das reicht«, beschließt Mrs. Jordan brüsk und reißt mich damit aus meinen Gedanken.
Sie plappert ohne Punkt und Komma, während sie sich hinter dem Vorhang der Umkleidekabine anzieht.
»Das war sehr gut«, wispere ich Amy zu.
Sie lächelt. »Danke. Es war spannend, dabei zu sein.«

In den folgenden Stunden bilden diese kurzen Momente mit ihr die Höhepunkte meines Arbeitstags. Amy beobachtet mich genau, als ich den älteren, schmerzgeplagten Mann, der mir bereits auf dem Gang aufgefallen war, untersuche und behandele. Später sieht sie mir noch bei etlichen Massagen und einer Krankengymnastik zu. Der Vormittag zieht nur so an mir vorbei, bis Mary plötzlich in der Tür erscheint.
»Matt, es ist zwar nicht gut, dass du nichts isst, aber deinen Dickkopf diesbezüglich kenne ich ja schon. Zumindest Amy sollte jedoch was essen, oder nicht?«
Ja, wirklich, ich Idiot. Unter hastigem Nicken reiche ich Mary einen Geldschein.
»Mary, besorg doch bitte etwas. Was soll sie dir mitbringen, Amy?«
Die zögert. »Wenn es dir nichts ausmacht … und dir auch nicht …«, fragend schaut sie Mary an, »… dann würde ich gerne mitgehen.«
Ungläubig sehe ich sie an. »Wirklich? Ist das nicht noch zu früh?«
Amy schüttelt energisch den Kopf, doch meine Zweifel lassen sich nicht so leicht wegwischen. »Fordere dein Glück nicht heraus, Amy. Bist du dir wirklich sicher?«
»Ja, absolut.« Ihr Blick wird weich. »Hab keine Angst, Matty. Es geht mir wirklich gut.«
»Na schön«, willige ich nach einer Weile ein, auch wenn ich mir absolut nicht sicher bin, das Richtige zu tun.

»Also gut.« Mary übt sich an einem Lächeln, das entgegen ihrer sonstigen Art keinesfalls als herzlich, sondern eher als höflich und zurückhaltend zu bezeichnen ist. »Eine Mädels-Mittagspause hatte ich noch nie.«
Es wirkt fast so, als müsse sie sich selbst davon überzeugen, Amy mitzunehmen. *Muss sie das?* Überhaupt – wie ist es wohl für sie, dass ich den Vormittag hinter verschlossenen Türen mit der Frau verbracht habe, die als Kind meine beste Freundin war – und mit der ich mich augenscheinlich so gut verstehe? *Ist sie vielleicht nur deshalb zu uns in den Behandlungsraum gekommen, um mal nach uns zu schauen?* Mary lässt mir keine weitere Zeit, ihre Beweggründe zu hinterfragen.
»Na, dann komm mal mit«, sagt sie zu Amy. »Direkt um die Ecke gibt es den besten Italiener des Landes.« Sie wartet, bis Amy sich ihre mittlerweile getrocknete Jeans übergestreift hat.
Als Amy sich – wie selbstverständlich – bei ihr unterhakt, wirft sie mir über die Schulter hinweg einen für mich undeutbaren Blick aus großen Augen zu.
»Nick hat vorne übernommen, wie immer. Lass die Abrechnungen einfach liegen, bis ich wieder zurück bin.«
Bevor sich die Tür hinter den beiden schließt, dreht auch Amy sich noch einmal nach mir um. Sie strahlt über das ganze Gesicht.
Die anderthalb Stunden, bis sie zurück sind, vergehen schleppend. Erst als Amy zwischen zwei Behandlungen zu mir ins Zimmer schlüpft, atme ich auf und entspanne mich wieder. Sie trägt nun einen weißen Kittel, auf den sie sehr stolz zu sein scheint.
»Hi! Sieh mal, was Mary gefunden hat. Er ist etwas zu klein, aber fürs Erste wird es wohl gehen, oder?«
»Fürs Erste?«
»Ja. Ich dachte … also, wenn ich dich nicht störe … vielleicht könnte ich öfter mitkommen? Alles hier ist so neu und span-

nend. Mary ist unglaublich nett. Ich glaube, wir könnten Freundinnen werden.«
Fröhlich brabbelt sie vor sich hin. Unbeschwert. Und mir wird mit einem Mal ganz warm ums Herz. Um wie viel schöner wird meine Welt werden, nun, da Amy wieder da ist.
Ich nicke. »Natürlich kannst du mitkommen. So oft du willst.«

Kapitel XII

Die folgenden Tage erscheinen uns allen wie eine Aneinanderreihung vieler kleiner wundervoller Erlebnisse. Amy begleitet mich von nun an täglich in die Praxis und wird sehr bald schon zu einer echten Hilfe. Selbstbewusst ruft sie die Patienten auf und unterstützt Mary bei den Eingaben der Rechnungen und der Ablage. Die beiden verstehen sich sehr gut. Obwohl ich spüre, dass Amy nach wie vor euphorischer ist als Mary, verbringen die beiden nahezu jede Mittagspause miteinander.
Ich weiß nicht, wie schwer es Mary fällt, aber sie scheint zu verstehen, dass ich momentan viel Zeit mit Amy verbringen muss – und natürlich auch möchte. Obwohl ich von Zeit zu Zeit den einen oder anderen wehmütigen Blick von ihr aufschnappe, hält sie sich mit einer bewundernswerten Geduld im Hintergrund.
Ich werde es gutmachen, das sage ich mir immer wieder. Tag für Tag.

Die Abende gehören uns, Amy und mir. Wir verbringen sie sehr unterschiedlich, jedoch immer gemeinsam.
Einmal lese ich ihr etwas aus meinem Lieblingsbuch vor. Ihr Kopf liegt an meiner Brust – bis sie einschläft. Ein anderes Mal spielt sie stundenlang Klavier, während ich vor dem prasselnden Kamin sitze und sie fasziniert beobachte.

Eines Abends liegen wir nebeneinander auf ihrem Bett und tauschen Kindheitserinnerungen aus. Wir durchleben auf diese Weise noch einmal einige unserer schönsten Momente zusammen, doch plötzlich beginnt Amy zu weinen – ohne jede Vorwarnung. Ich schließe sie fest in meine Arme. Sie spricht es nicht aus, doch nun weiß ich, wie sehr das Heimweh an ihr nagt.

Wie Mary halten sich auch Kristin und Tom sehr oft bedeckt. Auch sie stellen geduldig all ihre Fragen zurück, sobald sie merken, dass Amy und ich Zeit füreinander brauchen, um die Erlebnisse unserer zerstörten Kindheit aufzuarbeiten. Sie haben mich gebeten, bei ihnen im Haus zu bleiben, bis wir uns einigermaßen sicher sein können, dass Amy wirklich stabil ist.
Also hole ich einige Kleidungsstücke aus meiner Wohnung. Nun hängen meine unauffällig grauen und schwarzen Klamotten neben roten, grünen und knallorangefarbenen Blusen, Röcken und Kleidern.
Es ist eigenartig, mit Tom und Kristin unter einem Dach zu leben. Sie behandeln mich fast so, als wäre ich ihr Sohn. Wie Teenager werden Amy und ich einerseits bekocht und verwöhnt, andererseits fühlen wir uns teilweise beobachtet und manchmal sogar ein wenig bevormundet.
Die einzige Rückzugsmöglichkeit für uns besteht in langen Spaziergängen oder eben in Amys Zimmer. Für mich, der ich nunmehr seit fast dreizehn Jahren allein gelebt habe, ist das eine gewaltige Umstellung. Aber auch für Amy, die mental streng genommen ja fast genauso alt ist wie ich, ist diese Art der Einschränkung, die sie nun bewusst erfährt, schwer zu ertragen. Sie hing schon immer sehr an ihrer Freiheit.
Ohne die wichtigste Frage – von der wir beide wissen, dass sie in Toms und Kristins Herzen brodelt – beantwortet zu haben, wird uns beiden langsam, aber sicher klar, dass Amy in ihrem jetzigen

Zustand schnell lernen möchte, endlich auf eigenen Beinen zu stehen. Ein offenes, klärendes Gespräch wird immer unausweichlicher, und am achten Abend nach ihrem Erwachen ist es endlich so weit.

»Was denkst du, wie sie es aufgenommen haben?«, fragt Amy mich in ihrer gewohnt direkten Art, sobald sie die Tür ihres Zimmers hinter uns verschlossen hat. Fast beiläufig, zwischen Truthahn-Sandwiches und hart gekochten Eiern, hatte Kristin beim Abendessen nach Amys frühesten Kindheitserinnerungen gefragt. Wie automatisch und offensichtlich völlig gedankenlos begann Amy, aus ihrem alten Leben zu berichten.
Mir war die Betroffenheit in Toms und Kristins Blick sofort aufgefallen, doch Amy hatte unbeirrt weitererzählt, sich keines Fehlverhaltens bewusst. Offen sprach sie von ihren Erinnerungen, und es erstaunte mich, wie viele davon wir miteinander teilten.
Erst als die ersten Tränen auf Kristins Teller herabtropften, bemerkte auch Amy, dass sie wohl nicht so geantwortet hatte, wie ihre neuen Eltern es sich gewünscht hatten.
»Entschuldige, Schatz«, schluchzte Kristin, die machtlos gegen ihre Gefühle ankämpfte. »Aber das ist nicht leicht für uns. Dass du dich an nichts erinnerst, was wir ...«
»Aber ich erinnere mich doch«, fiel Amy ihr ins Wort. »Du hast nach meinen frühesten Erinnerungen gefragt, und ich dachte ...«
Hilfesuchend blickte sie mich an. Sofort ergriff ich ihre Hand, um ihr die nötige Sicherheit zu geben, um fortfahren zu können.
»Ihr wart die besten Eltern, die ich hätte bekommen können. Und glaubt mir bitte, wenn ich euch sage, wie leid es mir tut, was ihr noch immer mit mir durchmachen müsst. Das habt ihr nicht verdient. Nicht nach all dem, was ihr schon für mich getan habt. Ich erinnere mich wirklich, Kristin. Sogar an meine Geburt.«

Amy lächelte und ließ sich ein paar Sekunden Zeit, bevor sie fortfuhr. Kristin und Tom hingen wie gebannt an ihren Lippen.
»Ich schwebte in absoluter Dunkelheit«, begann sie leise. »Sekunden oder Jahre, das hätte ich unmöglich einschätzen können. Doch dann, plötzlich, stieß mich die Dunkelheit von sich, ich wurde gequetscht und gestoßen und dann ... war da auf einmal dieses grelle Licht. Ein Baby schrie aus vollem Leib. Markerschütternd schrill. Es dauerte eine ganze Weile, bis ich begriff, dass ich dieses Baby war. Dass ich das Licht der Welt erblickt hatte. Zum zweiten Mal.«
Amy rieb sich nachdenklich über die Unterarme. »Trotz all meiner Verwirrung, trotz meines schrecklichen Gebrülls, das mich selbst erschreckte ... das Erste, was ich dachte, als ich dich, Kristin, zum ersten Mal und noch völlig unscharf sah, war, dass du sehr hübsch warst. Und Tom, du hattest damals diese Brille mit den runden Gläsern. Du hast mir über die Wange gestreichelt und gesagt: ›Hallo, Julie, ich bin dein Daddy, kleine Maus!‹«
Toms Kinn zuckte; er senkte den Kopf. Amys Blick wurde sehr sanft, als sie fortfuhr. »Dein Finger war so riesengroß, doch deine Berührung war ganz zart. Ihr habt mich angesehen, als wäre ich ein Weltwunder, und ich fühlte mich so geborgen an deiner Brust, Kristin, wie es die schockierenden Umstände zuließen. Ich erinnere mich an all das noch genau. Bitte glaubt mir, dass ich euch wirklich sehr liebe. Niemals werde ich euch vergessen, dass ihr es Matt ermöglicht habt, mich zurückzuholen. Ohne euch und eure Offenheit dem scheinbar Unmöglichen gegenüber hätte ich keine Chance gehabt, jemals wieder zurückzufinden.«
Liebevoll blickte sie zwischen den beiden hin und her.
Kristin wischte sich eine weitere Träne von der Wange. »Aber ... wir waren in deinen Augen nie deine richtigen Eltern, oder?«, fragte sie mit zittriger Stimme.
Amy atmete tief durch; ihre Hand verkrampfte sich in meiner.

Ich konnte mir nur allzugut vorstellen, wie schwer ihr eine Antwort auf diese Frage fallen musste.

»Kristin, ich ...«, begann sie zögerlich, entschuldigend. »Ich wurde mit dem Bewusstsein einer knapp Neunjährigen wiedergeboren. Das war ... mehr als nur verwirrend, glaub mir. Es war schockierend, beängstigend – ja, erschütternd. Denn mein Geist funktionierte ganz normal, aber mein Körper ... dieser Babykörper ... fühlte sich einfach nicht wie mein eigener an. Er gehorchte mir nicht. Ich wollte mich mitteilen und erklären, was mir widerfahren war. Dass ich nicht Julie, sondern Amy war, wo ich wohnte, dass man mich verletzt und getötet hatte. Aber wann immer ich das versuchte, brach dieses schrille Geschrei aus mir heraus, sonst nichts. Ich war wie eine Gefangene in diesem kleinen Körper. Konnte mich nicht drehen, anfangs nicht mal klar sehen oder gezielt greifen. Schlafen, trinken, schlafen, das war alles, was meinen Tagesablauf bestimmte. Wenn ich schlief, holte mich das Verbrechen in Form von Alpträumen ein, und wenn ich wach war, litt ich unter furchtbarem Heimweh. Am schlimmsten vermisste ich meine Eltern und Matty.«

An dieser Stelle sah sie mich tief an und drückte meine Hand. »Und mit der Zeit ... habe ich mich abgekapselt und hing den Gedanken und Erinnerungen an mein altes Leben nach. Verbarrikadierte mich in meiner eigenen kleinen, heilen Welt und lebte in Illusionen, von denen ich bald spürte, dass sie gar keine waren. Dass es *reale* Bilder waren, die mir diese tröstliche Nähe zu Matty verschafften und es mir somit weiterhin erlaubten, neben ihm aufzuwachsen. Auch wenn er mich nie bemerkte. Ich weiß nicht, wie das möglich war, aber ... der Gedanke, er könne mich eines Tages doch wahrnehmen – irgendwie –, war mein einziger Trost. Er hielt mich gesund und lebenswillig, dessen bin ich mir sicher.«

Kristin sah Amy zwar direkt in die Augen, aber sie schien mit ihren Gedanken weit weg zu sein.

»Du warst so anders als die anderen Babys«, murmelte sie. »Während die fröhlich glucksten und ihren Müttern die Ärmchen entgegenreckten, sahst du durch mich hindurch und gabst nur seltsame kehlige Geräusche von dir.«
Amy nickte betroffen. »Ja, ich ... ich habe mich für das Vertraute entschieden, Kristin. Für den einfacheren Weg. Ich denke, ich war wohl nie bereit dazu, mich diesem neuen Leben und all seinen Chancen zu stellen. Mit den Erinnerungen an mein früheres Leben war das schlichtweg unmöglich.«
Toms Hände bebten, und Kristins Augen füllten sich immer wieder mit frischen Tränen, sosehr sie auch um Fassung rang.
»Dadurch, dass ich so viel Zeit in meiner Welt mit Matty verbracht habe, ist mir viel Schönes mit euch entgangen«, fuhr Amy leise fort. »Doch nun bin ich da. Jetzt habe ich Matt *und* euch, und ich will keinen von euch mehr missen. Wir können endlich alles nachholen ... Wenn ihr das jetzt überhaupt noch wollt.«
Die letzten Worte kamen nur zittrig über Amys Lippen; Hoffnung und eine spürbare Portion Angst schwangen darin mit. Dabei löste sie ihre Hand aus meiner, legte sie stattdessen auf Kristins und die andere auf Toms Hand. Es dauerte eine Weile, bis sie eine Reaktion erhielt.
»Natürlich wollen wir!«, presste Tom mühsam hervor. »Für uns ist es beinahe so, als wärst du jetzt gerade noch einmal geboren.« Er lächelte schmerzlich. »Wir dürfen nichts überstürzen. Du musst so viele Dinge aufarbeiten. Wir ... können uns nicht mal im Geringsten ausmalen, was du alles durchgemacht hast.«
Amy schwieg für einige Sekunden, dann suchte sie Kristins Blick. »Du hast mich zur Welt gebracht, ich könnte dich nie vergessen. Aber meine Mom, die schon lange damit leben muss, ihr einziges Kind verloren zu haben, die bis jetzt nicht weiß, dass ich noch lebe – oder *wieder* ...« Sie schluckte schwer bei dem Gedanken und musste sich kurz räuspern, um ihrer Stimme die

nötige Stabilität wiederzugeben. »Meine Mom und meinen Dad kann ich auch nicht vergessen. Das versteht ihr doch, oder?«
Kristin und Tom nickten bedächtig. Der geballte Schmerz in ihren Augen ließ uns wissen, dass Amys Botschaft zwar verständlich und wohl auch nicht unerwartet bei ihnen angekommen war, sie jedoch nicht minder schwer getroffen hatte. Es musste sehr hart für sie sein, was Amy gerade zugegeben hatte. Sie waren Tom und Kristin. Und andere, völlig unbekannte Menschen waren Mom und Dad. Schlagartig kam in mir die Frage auf, ob sie es bereuten, dass sich Amy ihnen so offenbart hatte. Oder vielleicht sogar, dass sie nun überhaupt in der Lage dazu war, das zu tun.
Lange herrschte Schweigen.
Lediglich das knisternde Kaminfeuer, das unbeeindruckt vor sich hin brannte, schien den Raum in diesen Minuten zu beseelen.
Vor meinem geistigen Auge entstand das Bild eines Kuckuckseies in einem fremden Nest. So mussten sich Kristin und Tom fühlen. Wie die treusorgenden Vogeleltern, die plötzlich mit der niederschmetternden Erkenntnis konfrontiert wurden, ein fremdes Küken aufgezogen zu haben, das sie um ihren eigentlichen Nachwuchs betrogen hatte.
Zumindest war ich mir sicher, dass ich mich an ihrer Stelle so gefühlt hätte. Umso bewundernswerter erschienen mir die Worte, mit denen Kristin die zermürbende Stille endlich durchbrach.
»Was auch immer geschieht, wir sind für dich da, Amy. Wir lieben dich, und für uns wirst du immer unser kleines Mädchen bleiben. Seit dem Tag deiner Geburt habe ich versucht, dich glücklich zu machen. Dich so lachen zu sehen wie in den letzten Tagen ist mehr, als Tom und ich uns je erträumt haben. Wenn du Fragen hast oder uns in irgendeiner Form brauchst, dann lass es uns wissen. Es gibt bestimmt auch sehr viele Fragen, die wir dir noch stellen werden. Ich hoffe, du hast die Geduld dafür.«

Amy, die seit geraumer Zeit schon mit ihren Tränen gekämpft hatte, schluchzte los. »Ihr könnt mich fragen, was immer ihr wollt.« In Kristins Armen weinte sie sich aus.

»War ich zu hart zu ihnen?«, fragt sie nun.
»Nein. Du warst ehrlich. Und das musstest du auch sein. Sie haben ein Recht darauf zu erfahren, wie es um dich steht. Damit sie auch wissen, wie sie in Zukunft mit dir umgehen sollen – und dass sie dir ein bisschen mehr Freiraum lassen können. Ich finde, du warst sehr fair. Auch wenn die Situation bestimmt alles andere als einfach für sie ist.«
Amy nickt, bis sie meinen Blick sucht und ihn festhält. »Du weißt, was als Nächstes kommt, oder, Matty?«
Ja, ich weiß es. Und doch, allein dieser Satz aus ihrem Mund schnürt mir den Magen ein, und ich bekomme für einen Augenblick nicht genügend Luft, um ihr zu antworten. Es ist immer wieder dieselbe Reaktion, mit der mir mein Körper deutlich zu verstehen gibt, dass es eine seelische Barriere in mir gibt, die es nach wie vor zu überwinden gilt. Es ist dieselbe Reaktion, die sich immer in mir zeigt, wenn ich an das kleine Dorf namens Madison Spring und an seine Einwohner erinnert werde.
Amy bemerkt sofort, wie sehr ich mich verkrampfe. Sie kommt zu mir und umschlingt mich fest mit beiden Armen. Unwillkürlich, als läge Magie in ihrer Berührung, löst sich der Knoten in meiner Brust. Ich kann wieder frei atmen.
»Ich verstehe deine Angst, Matty. Aber du weißt so gut wie ich, dass wir dorthin zurück müssen. Auch ich fürchte mich davor. Und doch, es ist an der Zeit.«
Erst Sekunden später fällt mir wieder ein, wie man nickt.
Seit wann ist sie diejenige, die dich stützt?, frage ich mich erstaunt. Ich schließe meine Arme um Amy und drücke sie – als

brauchte ich die Bestätigung, dass sie wirklich, wirklich da ist – fest an mich.

Zwei Stunden später sitze ich in meinem Auto. Allein. Es ist ein komisches Gefühl, so ohne Amy und ihr fröhliches Geplapper zu sein. Dennoch, momentan brauche ich dringend eine andere Art der Unterhaltung. Meine Gedanken, Tausende davon, wie es scheint, drohen mich aufzufressen. Und ich kenne nur eine Person, die mir in meiner jetzigen Lage weiterhelfen kann. Ein Tastendruck auf mein Handy reicht. Das Rufzeichen ertönt nur zweimal, schon höre ich ihr freundliches »Ja, bitte.«
»Mary! Hallo, ich bin's, Matt. Ich weiß, es ist schon spät, aber ich würde gerne mit dir sprechen. Können wir uns treffen?«
»Sicher. Ist alles klar bei dir?«
»Ähm ... ja, ich glaube schon. Ich brauche bloß deinen Rat. Kann ich zu dir kommen, jetzt gleich? Ginge das?«
»Natürlich.«
»Gut, dann komme ich rauf.«
»Du kommst *rauf*?«
»Ja, ich stehe unten, vor deiner Haustür.«
»Oh! Na, wie gut, dass du so gar nicht spontan bist – und dass ich nicht den wirklich weltunsexiesten Pyjama trage. Na los, dann komm mal hoch.«
Mit einem Seufzen schließe ich den Ford ab und überquere die breite Straße. Das Surren des Türöffners erklingt nur eine Sekunde, nachdem ich geklingelt habe. In großen Schritten steige ich die Treppe empor, immer zwei Stufen auf einmal, bis in den zweiten Stock, wo Mary mich bereits erwartet.
»Hi!« Ihr Lächeln wirkt ein wenig schüchtern; mit verschränkten Armen steht sie im Türrahmen.
Ich weiß nicht, was sie hat, denn sie hat wirklich keinen Grund, sich für ihr Aussehen zu schämen – im Gegenteil! Gut, dieser

gelbe Pyjama mit dem Kätzchen-Druck ist nicht unbedingt der letzte Schrei, doch Mary selbst – wie sie da steht und sich verlegen die Haare hinter die Ohren streicht – sieht bezaubernd aus.
»Hallo«, erwidere ich und beuge mich zu ihr.
Mary schlingt ihre Arme um meinen Hals. Das erleichterte »Endlich!« ihres Körpers ist überdeutlich zu spüren. Ihre Hände vergraben sich in meinen Haaren, als sie mich zu sich herabzieht und sanft küsst.
»Ich hab dich so vermisst«, flüstert sie mir ins Ohr und streift mir dabei die Jacke von den Schultern.
»Ich dich auch.«
Es stimmt, ich habe sie wirklich vermisst. Ich brauche unbedingt jemanden, mit dem ich über all die Ereignisse der vergangenen Tage sprechen kann. Noch immer habe ich diesen positiven Schock von Amys Rückkehr nicht verarbeitet, noch immer wirkt alles so surreal.
»Was trinkst du?«, möchte Mary wissen. Ich entscheide mich für ein Bier.
Als sie in ihrer Küche verschwindet, habe ich einige Sekunden Zeit, mich in ihrer Wohnung umzusehen. Ich bin noch nie zuvor hier oben gewesen. Bisher hatten wir uns immer vor der Haustür verabschiedet.
Beim Anblick ihres Wohnzimmers schäme ich mich noch im Nachhinein für das, was ich ihr als meine Wohnung präsentiert habe. Alles ist sehr stilvoll und gemütlich eingerichtet. Mary ist extrem ordentlich, aber das weiß ich ja schon länger, von der Arbeit. Helle, freundliche Farbtöne dominieren den kleinen Raum. Blickdichte Vorhänge verhüllen die bodentiefen Fenster, und auf der cremefarbenen Couch liegen bunt geblümte Kissen. Es ist ein Raum mit Wohlfühlgarantie, eingerichtet mit viel weiblichem Geschmack und Stil. Das Ambiente ist genau das, was ich im Moment brauche.

Mary erscheint mit einer Flasche meines Lieblingsbiers – extraherb – und einer Schüssel voll Chips. »Setz dich doch.«
Ich folge ihrer Aufforderung prompt.
»Hier, dein Bier.« Sie hebt ihr Glas mit Apfelsaft und prostet mir zu. Nur kurz nippen wir an unseren Getränken, dann wird ihr Blick ernst. »Also los, was ist passiert?«
Tja, wo soll ich da anfangen? Alles Mögliche schießt mir durch den Kopf; ich bleibe aber sehr schnell bei Amys neuestem Vorhaben hängen, das momentan alles andere, so überwältigend es auch ist, in den Schatten stellt: Amy hat sich wirklich fest in den Kopf gesetzt, mit mir zurück nach Madison Spring zu fahren. Und das schon am kommenden Wochenende. Zur Vergangenheitsbewältigung, so hat sie es genannt. Natürlich ist sie auf der Suche nach ihren Eltern, und das verstehe ich ja auch. Doch der Verdacht, dass nichts in der Welt sie von dem Versuch abhalten wird, sich ihnen dann auch zu erkennen zu geben, jagt mir eine Heidenangst ein.
Mary sitzt geduldig neben mir. Aus klaren Augen blickt sie mich offen und sehr verliebt an. Sie scheint mein inneres Dilemma zu spüren und wartet, bis ich meine Gedanken sortiert habe.
»Komm her«, sagt sie schließlich und zieht mich an sich. Wir legen uns zurück. Beide Arme um meinen Oberkörper geschlungen, legt sie ihren Kopf an meine Brust. »Was bedrückt dich? Raus mit der Sprache! Es ist ziemlich viel passiert in letzter Zeit, oder?«
Ich nicke mit zusammengepressten Lippen. Als Mary Sekunden später merkt, dass von mir vorerst nicht mehr zu erwarten ist, ergreift sie das Wort.
»Ich kann dir nur eins sagen: Amy ist unglaublich stark! Sie hat den Tod hinter sich gebracht, und ich frage mich immer wieder, ob sie deshalb nun so furchtlos wirkt. Sie ist so lebensfroh und glücklich, dass es fast schon skurril wirkt, wenn man weiß, was sie alles mitgemacht hat.«

»Ja, ich weiß. Aber so war sie schon immer. Ihr Dad hat sie immer Sonnenschein genannt, und ich finde, dass es keinen besseren Kosenamen für sie gibt.«

Mary lacht leise. Ich spüre ihren Atem auf meiner Brust und fühle mich ermutigt weiterzusprechen.

Ich erzähle von der unglaublichen Art, mit der Amy es geschafft hat, Kristin und Tom in ihr jetziges Leben mit aufzunehmen, und davon, wie geschickt sie es meistert, dass sich die beiden in dieser Situation nicht wie das fünfte Rad am Wagen vorkommen. »Amy bezieht sie immer mit ein. Sie sucht Kristin in der Küche auf und hilft ihr beim Kochen. Dabei unterhalten sie sich lange und offen miteinander. Amy verschont Kristin und Tom nicht mit den Gefühlen, die sie ihren Eltern gegenüber natürlich noch hat, aber sie lässt auch keine Möglichkeit ungenutzt, den beiden zu zeigen, dass die Liebe zu ihnen mit jedem Tag wächst. Gestern hat sie sogar gekocht. Als die beiden von ihrem Spaziergang zurückkehrten, hatte sie bereits den Tisch gedeckt. Festlich, mit Kerzen. Vor jeden Teller hatte sie ein kleines Kärtchen mit einer persönlichen Widmung gelegt. Sie macht das wirklich großartig.«

Mary hat sich in der Zwischenzeit aufgestützt und sieht mich unentwegt an. Die Melancholie, die ihren offenen Blick immer stärker trübt, bemerke ich erst unverzeihlich spät.

»Weißt du eigentlich, wie sehr du gerade von ihr schwärmst?«, fragt sie schließlich mit halberstickter Stimme. »Wenn du von ihr redest, dann wirkt es so, als würde rings um dich herum die ganze Welt versinken.«

Ich bin nicht imstande, ihr zu antworten. Zu sehr schockt mich die plötzliche Erkenntnis über die Wahrheit in Marys Worten.

Ihr leises Seufzen lässt mich wissen, dass sie meine Reaktion – oder eben das Ausbleiben einer solchen – sofort richtig deutet. Während ich wie gelähmt daliege und den Atem anhalte, sieht sie mir geradewegs in die Augen.

»Du liebst sie, Matt. Das ist die Antwort, nach der du die ganze Zeit suchst. Amy ist zurück, alles könnte wieder so sein wie früher. Doch es hat sich etwas verändert, und du weißt nicht, was es ist. Dabei ist es so einfach, so offensichtlich. Du liebst sie. Deine Augen strahlen, wenn sie dich ansieht oder wenn du von ihr erzählst. Wenn wir in der Praxis beieinanderstehen und sie sich abwendet, dann musst du dich zusammenreißen, um den Blick von ihr zu nehmen.« Mary stößt ein wenig Luft aus. Es ist kein echtes Lachen, denn ihr Blick bleibt traurig. »All das ist mir nicht entgangen, weißt du?«
Fassungslos sehe ich sie an.
Mary ergreift meine Hände und streichelt sie mit ihren Daumen. »Ich habe nur die ganze Zeit irgendwie noch gehofft, dass ich mich irre, aber … Liebe kann man nun mal nicht erzwingen. Du lässt keine Zweifel mehr zu. Nicht nach diesen Schilderungen eben. Ich liege absolut richtig mit meinen Vermutungen. Und, ganz ehrlich – was sollte ich ausrichten gegen das, was ihr beide aneinander habt? Dagegen bin ich völlig machtlos.«
Wieder dieses vorgetäuschte Lachen, noch bitterer als zuvor.
»Selbst der Tod war machtlos gegen euch.«
Die Tränen, die sich in ihren schönen blauen Augen gebildet haben, bleiben mir nicht verborgen, auch wenn Mary ihren Blick schnell senkt. Es tut mir weh, sie so zu sehen. Grund ihres Kummers zu sein.
»Nein, das ist nicht wahr. Du irrst dich. Zwischen Amy und mir ist nicht mehr als eine tiefe Freundschaft. Wunderschöne Momente, die wir teilten, und schmerzliche Erinnerungen, die uns bis heute so eng miteinander verbunden halten, mehr nicht. Ich liebe *dich*, Mary.« Diese Worte liegen mir bereits auf der Zunge, doch ich halte sie zurück. Wohl wissend, dass sie eine einzige große Lüge wären.
Denn ja, ich liebe Amy. Ich bin verrückt nach ihr. *War ich das*

nicht schon immer? Und plötzlich ist jede Minute – ja, jede Sekunde sogar –, die ich bereits ohne sie verbracht habe, eine zu viel.

Schnell stehe ich auf und greife nach meiner Jacke, die Mary über die Lehne des Sessels gelegt hatte. Als sich mein Verstand zurückmeldet und für einen kurzen Moment den Kampf gegen mein überquellendes Herz gewinnt, wende ich mich noch einmal Mary zu. Mit hängendem Kopf sitzt sie auf der Kante des Sofas.

»Es tut mir so leid, Mary.« Langsam lasse ich mich wieder neben ihr nieder. »Es war mir wirklich nicht bewusst, aber ich denke ...«

»Ja, natürlich habe ich recht«, unterbricht sie mich und schafft es dabei tatsächlich, den Ansatz eines Lächelns in ihr Gesicht zu zaubern. »Streite niemals mit einer Frau in Herzensangelegenheiten.« Sie seufzt. »Sei glücklich, Matt. Mehr will ich nicht. Und wenn es mit ihr sein muss ...« Sie zuckt mit den Schultern, nur minimal, als wären sie bleischwer.

Wie fremdgesteuert ziehe ich Mary noch einmal an mich und drücke meine Lippen sanft auf ihren weichen Mund. Dann löse ich mich wieder von ihr und murmele: »Danke. Du bist unbeschreiblich. Wir sehen uns morgen.«

»Aber bitte ab jetzt ohne Schokoriegel. Ich neige dazu, meinen Kummer in Süßigkeiten zu ersticken. Und du willst doch nicht, dass ich bald durch den Praxiskorridor rolle, oder?«

Zu perplex für eine Antwort, bleibt mir nur mein Nicken.

Sie scherzt, in dieser Situation ... und ich kann wieder einmal nicht begreifen, wie groß das Herz dieser winzigen Frau sein muss.

Kapitel XIII

Als ich zurückkomme, ist es bereits kurz nach Mitternacht. Obwohl das für einen erwachsenen Mann natürlich keine besondere Uhrzeit ist, fühle ich mich wie ein Teenager, der sich nach einer durchfeierten Nacht zurück in sein Elternhaus schleicht.
Vorsichtig öffne ich die Tür zu Amys Zimmer. Sie schläft bereits. Die kleine Schirmlampe auf ihrem Nachttisch brennt noch und taucht den Raum in ein warmes Licht.
Ich schaffe es nicht, meine Augen von Amy zu nehmen, während ich versuche, unbemerkt aus meinen Klamotten zu schlüpfen. Sie sieht so friedlich aus. Ihr Atem geht ruhig; mit meinem Kissen fest in ihren Armen liegt sie auf der Seite, die Beine angewinkelt. Sie scheint süße Träume zu haben, denn ab und zu zucken ihre Mundwinkel und zaubern ein Lächeln auf ihr Gesicht.
Gerade in dem Moment, als ich – nur noch in meinen Boxershorts – direkt vor ihr stehe, um mir vorsichtig meinen Pyjama vom Bett zu angeln, öffnet sie die Augen. Ich schrecke zusammen, so unerwartet trifft mich ihr Blick.
»Oh, hi! Ich wollte dich nicht wecken, tut mir leid.«
»Schön, dass du wieder da bist«, brummelt sie nur und streckt mir verschlafen ihre Hand entgegen.
Ich beuge mich zu ihr herab und küsse ihren Handrücken.
Gott, Mary hat so recht. Mein Herz rast, und ich muss für einen kurzen Augenblick meine Augen schließen, um mein Gleichgewicht wiederzufinden. Amys Stimme zieht mich nur einen Moment später aus meiner Versenkung.
»Matty, ist alles klar bei dir?«
»O ja. Glasklar!«, entgegne ich – froh darüber, dass sie sich der Doppeldeutigkeit meiner Wortwahl nicht bewusst ist.
Langsam beuge ich mich über sie, bis unsere Gesichter nur noch wenige Zentimeter voneinander entfernt sind.

Amy grinst mich mit einem kritischen Blick an, schlingt im selben Moment jedoch schon ihre Arme um meinen Hals und zieht mich noch näher zu sich herab. »Hast du etwas getrunken? Ich dachte, du wolltest zu Mary fahren? Was ist denn los?«
»Ich war bei Mary. Und ja, ich habe etwas getrunken. Ein halbes Glas Bier.« Verwundert sehe ich sie an. *Moment mal!*
»Du weißt nicht Bescheid?«, frage ich mit zusammengekniffenen Augen.
Sie versteht sofort und lacht kurz auf, bevor sie ein empörtes Stirnrunzeln auflegt. »Na hör mal, ein bisschen Anstand besitze ich doch wohl auch, oder? Ich bin durchaus in der Lage, dir ein wenig Privatsphäre mit deiner Freundin zu gönnen, auch wenn ich dich zugegebenermaßen schon vermisst habe. Gott, das lässt mich erbärmlich klingen, nicht wahr?«
Obwohl ich es gerade so noch schaffe, mein Lächeln im Zaum zu halten, befürchte ich dennoch, meine Augen könnten mich verraten. Ich wette, sie strahlen. Denn nein, in meinen Ohren klingen Amys Worte überhaupt nicht erbärmlich, im Gegenteil. Sie klingen verheißungsvoll und lösen ein nie gekanntes Kribbeln in meinem Bauch aus.
Amys Augen mustern mich. Prüfend. Doch dann schüttelt sie den Kopf und fährt fort: »Kristin, Tom und ich haben Mensch-ärger-dich-nicht gespielt, während du weg warst, und ich habe mich den ganzen Abend über nur geärgert. Tom würfelt die Zahlen mit Vorankündigung, es ist unfassbar. Also, ich habe ein lückenloses Alibi. Abgesehen davon, dass das mit dem Verfolgen nicht so leicht geht. Es hat mich damals etliche Monate gekostet, zu dir zu finden, und ich musste dazu meinen normalen Bewusstseinszustand ebenso verlassen wie du, wenn du deine Patienten massierst. Du erinnerst dich?« Sie zieht die Augenbrauen hoch und neigt den Kopf ein wenig zur Seite. »Also nein, ich bin dir nicht gefolgt. Nicht mal im Geist!«

Nachdenklich beißt sie auf ihre Unterlippe. Das leitet meinen Blick zu ihrem Mund, und sofort klopft mir das Herz schon wieder bis zum Hals.
»Aber warum fragst du? Wäre es dir peinlich, wenn ich dich vorhin gesehen hätte?« Ihr Ton ist eindeutig. Aus ihren Augen funkelt mir nach wie vor der Schalk entgegen.
»Vielleicht«, antworte ich in dem kläglichen Versuch, ähnlich frech zu klingen wie sie.
Amy jedoch schaut nur skeptisch. »Vielleicht, ja? Aha! Was machst du dann hier? Warum liegst du nicht neben Mary, sondern halb auf mir?«
»Nein, du hast das falsch verstanden«, wehre ich schnell ab. »Zwischen Mary und mir ist nach wie vor noch nichts passiert, auch heute Abend nicht. Aber wir hatten ein sehr wichtiges Gespräch.«
Ich löse mich aus Amys Umarmung und stehe nun wieder vor ihr. Halbnackt. Ihr Blick, der sich von oben bis unten an meinem Körper entlanghangelt, erinnert mich daran.
»So! Musstet ihr euch aussprechen? Hat es was mit mir zu tun? Ich stelle deine Welt auf den Kopf, nicht wahr? Das ist mir schon bewusst. Wenn Mary damit nicht umgehen kann, Matt, dann könnte ich das durchaus verstehen. Sie ist wahrscheinlich eifersüchtig, oder?«
Ich muss lachen. So viele Vermutungen auf einmal. »Mary ist großartig. Ich habe noch nie eine so selbstlose Frau kennengelernt. Sie lässt dem Glück eines anderen den Vortritt vor ihrem eigenen.«
»Wessen Glück?«
O Mann, ich bin gerade dabei, mich hoffnungslos zu verrennen.
»Na ... deinem«, stammele ich nur knapp.
»Meinem?«
»Ja, deinem ...« Als wolle sie mich komplett der Erniedrigung

preisgeben, bricht nun auch noch meine Stimme weg. Ich muss mich räuspern, bevor ich fortfahren kann. »Mary lässt mich meine freie Zeit, die sie eigentlich auch gern beanspruchen würde, mit dir verbringen. Also lässt sie deinem Glück den Vortritt. Oder nicht?«

In Amys Blick funkelt es wieder übermütig, als sie bemerkt, dass meiner immer unsicherer wird. Sie setzt sich auf und winkelt die Beine an. Den Kopf legt sie auf ihre Knie. »So. Du behauptest also, mein Glück zu sein, verstehe ich dich da richtig, Matthew Andrews?«

Ich wette, dass ich mittlerweile so purpurrot glühe, dass wir getrost das Licht ausknipsen könnten. Ich würde den Raum schon beleuchten.

»Etwa nicht?« Verflucht, ich bin mir ziemlich sicher, dass mir gerade eben noch etwas Brillantes auf der Zunge lag, doch Amys Lächeln wirft mich aus der Bahn. *Wieder einmal.* Im Kampf um die schlagfertigste Antwort scheitere ich erbärmlich. *Wieder einmal.*

»Oh, Matty!« Amys Lachen wirkt nun mitleidig. Sie streckt ihre Hand nach mir aus. Ich knie mich vor sie auf das dunkle Parkett und lehne mich gegen die Bettkante. »Du bist mein allergrößtes Glück«, sagt sie leise und legt ihre Stirn an meine. Nur Sekunden später bemerkt sie die Gänsehaut auf meinem Arm. Sofort hebt sie die Bettdecke und rückt zur Seite. »Komm schnell ins Bett, du frierst ja.«

Auf die Erklärung, dass meine Gänsehaut keineswegs ein Zeichen für Kälte, sondern einzig und allein auf ihre Nähe zurückzuführen ist, verzichte ich.

Hastig streife ich mir meinen Pyjama über und putze mir die Zähne. Bei dem Versuch, zugleich schnell und gründlich zu sein, ratsche ich mir das Zahnfleisch auf, blute wie verrückt und brauche deswegen extra lange. *Super!*

Als ich endlich zu ihr unter die Bettdecke schlüpfe, scheint Amy vollkommen wach zu sein.

»Lass uns unsere Reise planen, Matt«, fordert sie euphorisch, und ich weiß, dass nichts und niemand sie von diesem Vorhaben abhalten wird.

»Ich will mit dem Auto fahren. Und zwar allein mit dir, wenn Mary das zulässt. Das ist etwas, das nur wir klären müssen. Jeder andere würde mich dabei stören. Ich möchte meine Eltern besuchen und mein ... Grab.«

Das Wort lässt mich zusammenschrecken. Sie zögert, jedoch nur kurz. »Außerdem müssen wir zurück an die Stelle gehen, wo es passiert ist.«

»Nein!«, presse ich hervor.

Amys Fingerspitzen fahren sanft über meinen Oberkörper, und ich entspanne mich wieder etwas.

»Doch.« Es ist nur ein Flüstern – und dennoch unumstößlich.

Ich seufze resigniert. Erschreckend, wie schnell ich ihr nachgebe. *Wo soll das bloß noch hinführen?*

»Wir müssen zuerst mit Kristin und Tom sprechen. Es wird nicht leicht für sie sein, dich diese Reise machen zu lassen. Und ich kann auf keinen Fall jetzt schon fahren, nachdem ich gerade mal wieder ein paar Tage gearbeitet habe. Das geht einfach nicht. Ich habe Termine. Du hast gesehen, was passiert, wenn ich die nicht wahrnehme. Außerdem brauchen wir ja auch Geld für diese Fahrt. Gib mir ein bisschen Zeit, etwas zu sparen.«

Der letzte Punkt meiner Argumentation ist an den Haaren herbeigezogen, doch mir ist jedes Mittel recht, das Aufschub verspricht.

Amy sieht mich lange an. Was ich ihr erzähle, gefällt ihr nicht, dennoch begegnet sie meiner Logik mit Einsicht. »Wann ist es denn realistisch zu fahren? Was denkst du?«

»Nicht vor Mitte Februar!«, sage ich entschlossen und wundere mich, wie bestimmt meine Worte klingen.
»So lange noch? Wie soll ich es denn bis dahin noch aushalten? Ich muss doch wissen, was mit meinen Eltern los ist!« Amy rümpft ihre Nase und sieht alles andere als begeistert aus. Doch als ich darauf nicht eingehe, lenkt sie schließlich ein. »Also gut, irgendwie schaffe ich das schon.«
Vielleicht spürt sie auch, dass ich diese Zeit wirklich brauche, um mich seelisch und moralisch ein wenig auf das vorzubereiten, was uns in Madison Spring erwarten wird.
»Nach so langer Zeit kommt es auf einen Monat mehr oder weniger auch nicht mehr an«, grummelt sie vor sich hin. »Und so haben wir wenigstens genügend Zeit, alles zu planen. Irgendwie muss ich meinen Eltern schließlich erklären, was geschehen ist. Und das möchte ich so schonend tun wie nur irgend möglich.«
Bei diesen Überlegungen beruhigt sich Amy wieder und kuschelt sich schließlich besänftigt und zufrieden an mich. Ich streichele ihren Kopf, der auf meiner Brust liegt, und drehe eine ihrer Locken um meinen Finger.
»Ich bin so froh, dass ich dich wiederhabe, Matty«, wispert sie nach einer Weile in die Stille.
»Ich doch auch«, gestehe ich. »Du glaubst gar nicht, wie sehr du mir gefehlt hast. Jeden Tag.«
Sie dreht sich, stützt das Kinn auf meinen Brustkorb und sieht mich an. Und mit einem Mal bricht etwas aus mir heraus, das ich mir vorgenommen hatte, ihr noch nicht zu sagen.
»Mary und ich, wir haben … na ja, Schluss gemacht kann man es eigentlich nicht nennen, aber …«
»Ihr habt Schluss gemacht?« Die Frage entfährt Amy so laut, dass ich ihren Mund mit meiner Hand verschließe. Doch das hält sie nicht auf. Ein gedämpftes Nuscheln dringt zwischen meinen Fingern hindurch. »Iff daffte, ef läuft gut mit euff.«

Ich entferne meine Hand.

»Ich dachte, mit Mary wärst du endlich einmal ... glücklich.«

Im ersten Moment weiß ich nicht so recht, was ich erwidern soll. Amys Reaktion verwirrt mich. Wenn ich ehrlich bin, enttäuscht sie mich sogar. Ein wenig Erleichterung ihrerseits hätte mir wahrscheinlich gutgetan; ein hoffnungsvolles Schimmern ihrer Augen wäre großartig gewesen – aber *das*? Amy sieht aus, als hätte ich ihr gerade gestanden, dass wir nur noch wenige Minuten zu leben haben.

Während ich mich frage, ob ihr Schock ausschließlich darin begründet liegt, dass Mary und ich nicht länger ein Paar sind oder vielleicht auch darin, dass sie sich als ausschlaggebenden Grund für diese Entscheidung vermutet, kommt nichts weiter als ein undefinierbares Gestammel über meine Lippen. »Wir ... es ... also ... unsere Beziehung ...«

»Jaaa?«, sagt Amy und sieht mich dabei halb amüsiert, halb fordernd an.

Was, zum Teufel ...? Matt, reiß dich zusammen!

»Es wäre ihr gegenüber nicht fair gewesen, weiterzumachen«, sprudelt es aus mir hervor. Dummerweise ist es allerdings in Wahrheit nicht ganz so simpel. Ich fühle mich grässlich, weil ich weiß, dass ich Mary weh getan habe. So tapfer sie mich auch hat gehen lassen, ihre Träume sind an diesem Abend zerplatzt. Und ich kann mich des Gefühls nicht erwehren, dass ich sie habe zerplatzen lassen, um meinen eigenen nachzuhängen.

Amy tut nichts, um mein schlechtes Gewissen zu mindern, im Gegenteil. »Also hast *du* es beendet, nicht wahr? Wieder einmal.«

»Nein, Amy, habe ich nicht.« Mein Tonfall ist fast ein wenig trotzig. »Mary hat es beendet und ... ich kann sie gut verstehen.«

»Oh! Ach ja?« Die verdutzte Pause ist nur kurz. Schnell trübt sich Amys Blick. »Dann hat es etwas mit mir zu tun. Stimmt doch, oder?«

»Nicht direkt. Das heißt, eigentlich schon. Es ist einfach so, dass ich mich momentan ganz und gar um dich kümmern will, ohne dabei mit einem schlechten Gewissen an Mary zu denken, die sich eventuell vernachlässigt fühlt.«
Amy sieht mich an. Eindringlich und lange.
»O Mann«, sagt sie schließlich. »Was machen wir bloß, Matty? Kaum bin ich ein paar Wochen bei dir – wirklich bei dir –, schon mache ich alles kaputt. Die arme Mary!«
»Nein, Amy, so ist das nicht.« Noch ringe ich mit mir, doch es gibt wohl kein Zurück mehr. Ich muss es ihr erklären, denn diesen schuldbewussten und ratlosen Blick ertrage ich nicht länger. Unbehaglich raufe ich mir die Haare am Hinterkopf, dann fasse ich mir ein Herz. »Es liegt an mir. Ich liebe Mary nicht! Ich empfinde tief für sie, aber eigentlich nur als eine wirklich gute Freundin. Eine wirklich sehr gute Freundin, sonst nichts.«
»Aber, du hast doch gesagt, *sie* hätte Schluss gemacht?«
Ja, so war Amy schon immer. Schon als kleines Mädchen brachte sie ihre Eltern auf die Palme, indem sie so lange auf den unbedeutendsten Kleinigkeiten herumritt, bis sie wirklich alles erfragt und verstanden hatte.
»Ja, Mary hat einen Schlussstrich gezogen. Weil sie gespürt hat, dass ich …«
»Dass du sie nicht liebst.« Amy nickt. Und plötzlich ist er da – der Anflug eines Hoffnungsschimmers in diesen großen grünen Augen, den ich mir zwar schon früher gewünscht hätte, der mich aber jetzt genau im richtigen Moment streift.
Es vergehen noch ein paar Sekunden, in denen Amy mich aufmerksam betrachtet; doch als ich ihrem Blick standhalte, kuschelt sie sich schließlich zurück an meine Brust.
Erleichtert atme ich auf, denn zum ersten Mal ist da kein emotionales Hindernis mehr zwischen uns. Obwohl der Gedanke neue Schuldgefühle Mary gegenüber in mir auslöst, ist und bleibt

er vor allem eins: erlösend. Vielleicht spürt Amy es auch und presst sich deshalb so eng an mich.

Nach etlichen schweigsamen Minuten stützt sie sich erneut hoch und lächelt mich verschmitzt an. »Na, dann kann ich dich ja jetzt ohne schlechtes Gewissen bitten, mein Versprechen dir gegenüber einlösen zu dürfen.«

Sie sagt das so selbstverständlich, als müsse ich wissen, was sie meint. Vergeblich wühle ich mich durch die Schubladen meiner Erinnerungen. Ich werde einfach nicht fündig. *Welches Versprechen, zum Henker?*

Nach einiger Zeit kommt Amy mir zu Hilfe. »Du hast keine Ahnung, was ich meine, nicht wahr? Pass auf, ich gebe dir ein paar Hinweise. Kannst du dich an Jonathan Connor erinnern, unseren Klassenkameraden?«

»Klar. Alle Mädels standen auf ihn. Und das, obwohl wir erst in der dritten Klasse waren, als er zu uns kam.«

»Ah, ah, ah.« Amy schüttelt den Kopf. Ihr Zeigefinger hebt sich und fuchtelt unter meiner Nase herum. »Nicht alle, das war es ja. Er hatte es auf mich abgesehen, weil ich die Einzige war, die sich nicht für ihn interessierte. Gekränkter Männerstolz«, flachst sie lachend.

»Nicht doch. Du warst die Hübscheste.«

Ein kräftiger Knuff zeigt mir, wie sie meinen Kommentar einordnet. »Sehr liebenswürdig von dir, Matty, aber ich bin mir durchaus darüber im Klaren, dass sein Interesse einzig und allein in der Suche nach Selbstbestätigung begründet lag. Jedenfalls war er schließlich so verzweifelt, dass er mich sogar bestechen wollte. Er bot mir sein Taschengeld gegen einen Kuss von mir. Total würdelos. Aber da ich damals noch nichts mit Würde am Hut hatte, andererseits jedoch total scharf auf Eiscreme war, willigte ich ein. Ich stand schon mit gespitzten Lippen vor ihm und malte mir aus, was für eine Eissorte ich mir von seinem Geld kaufen würde, da kamst du dazwischen. Wie ein rettender Engel – außer, dass ich gar nicht gerettet werden wollte, wenn man es genau nimmt. Ich wollte Eis!«

Sie funkelt mich an. Ja, jetzt erinnere ich mich auch wieder, doch Amy ist so in ihre Erzählung vertieft, dass ich nicht dazu komme, es ihr zu sagen. Sie verstellt ihre Stimme und guckt betont wütend, mit geschürzten Lippen und Augen, die nur noch Schlitze sind. »Verschwinde Jonathan! Sie will dich gar nicht küssen. Und dein Geld will sie auch nicht.«

So imitiert sie mich – ziemlich treffend, wie ich befürchte – und kichert dann vergnügt. »Du warst so süß. Du hast mich von Jonathan weggerissen und dabei mit mir herumgeschimpft, als wärst du mein Vater. Und ich fand das toll. Auf dem Heimweg warst du so sauer, dass du nicht ein einziges Wort mit mir gesprochen hast. So kannte ich dich gar nicht. Es hat mich fast verrückt gemacht, und ich schwor dir verzweifelt, dass ich mich nicht von Jonathan küssen lassen würde. Nicht mal für einen Eimer voll Eis. Du hattest nicht um dieses Versprechen gebeten, aber du warst erst wieder versöhnt, als ich es dir gab. Weißt du noch? Ich versprach dir, dass du der erste Junge sein würdest, den ich küsse.«

Stille Sekunden vergehen. Sekunden, in denen ich mich wundere, dass es wirklich still ist – dass man mein Herz nicht hören kann, oder das Rauschen meines Blutes.

»Und dieses Versprechen möchtest du jetzt einlösen?« Meine Stimme ist rauh. Und viel zu tief.

»Wenn du es mir erlaubst.« Sie beißt auf ihre Unterlippe. »Ich bin wirklich noch ungeküsst, weißt du? Erwarte also nicht zu viel. Aber ... ja, ich würde mein Versprechen gerne einlösen.«

Die Röte auf ihren Wangen beruhigt mich etwas. Amy ist aufgeregt – wie ich –, auch wenn sie weitaus besser darin ist, ihre Nervosität zu verbergen.

Ich sehe sie lange an, und dieser Blick scheint ihr als Zusage auszureichen.
Begleitet von den Berührungen ihrer Fingerspitzen, die zart über die Narbe an meiner Schläfe fahren, nähert sie sich langsam. Wie in Zeitlupe schlägt sie ihre Augenlider nieder und verharrt für die Dauer einiger Herzschläge nur wenige Millimeter vor mir – so, dass ich ihren Atem bereits spüren kann und ihre Nasenspitze leicht über meine streicht. Dann erst legen sich ihre Lippen auf meinen Mund.
Ich empfange ihren Kuss, mehr tue ich nicht. Doch in dem Moment, als wir uns auf diese nie zuvor gewagte Weise berühren, weiß ich, dass ich angekommen bin. Ich fühle mich geborgen und geliebt und auf eine Art zu Hause, die so tief ist, dass ich sie lange schon vergessen hatte. Wir küssen uns nur für einige Sekunden, doch in dieser Zeit steht die Welt um uns herum tatsächlich still.
»Wow«, haucht Amy, als wir uns wieder voneinander lösen.
Nur Zentimeter voneinander entfernt, schauen wir uns einen Moment lang an. Die Entscheidung, was nun weiter geschieht, ist noch nicht gefallen, und für ein paar Atemzüge lang steht alles auf Messers Schneide, das fühlen wir wohl beide. Die Spannung zwischen uns ist körperlich spürbar, die Versuchung, uns erneut zu küssen, fast unwiderstehlich groß. Die Angst davor, alles zu verändern, was wir in den letzten Wochen endlich wiedergefunden haben, ist jedoch noch größer.
Nur ein einziges Blinzeln, und der Moment ist verflogen. Nun ist er nicht mehr als eine weitere Erinnerung, die wir beide teilen. Amy schmiegt sich erneut an mich, und ich plaziere noch einen zarten Kuss auf ihrem Haar.
»Ich wusste, dass sich das Warten lohnen würde«, sagt sie leise.
Sofort erkenne ich den Satz aus meinem Traum.
Ich spüre, wie sich ihr Gesicht auf meiner Brust verzieht. Ihr

Atem durchdringt den Stoff meines Pyjamas und trifft warm auf meinen Oberkörper. Sie lächelt.

Kapitel XIV

Meinst du, sie willigen doch noch ein?«
Ich wasche mir die Hände unter fast schon heißem Wasser. Amy sitzt an meinem Schreibtisch über einer Patienten-Abrechnung, die sie eigentlich ausfüllen wollte. Der Duft von Kamille – des letzten Öls, das ich verwendet habe – liegt noch in der Luft. Bis zu meinem nächsten Termin bleiben mir nur wenige Minuten. Und die scheint Amy nutzen zu wollen.
Ohne ihre Frage zu beantworten, schaue ich auf und betrachte sie im Spiegel über meinem Waschbecken. Sie bemerkt meinen Blick nicht; grübelnd kaut sie auf ihrem Kugelschreiber herum.
»Füllst du bitte das Kamillenöl nach?«
Amy erhebt sich sofort. Ihr Blick jedoch geht weiterhin ins Leere.
»Keine Ahnung«, gestehe ich endlich. »Lass ihnen die Zeit, um die sie gebeten haben. Ich weiß, du bist hibbelig. Dennoch müssen wir uns in Geduld üben, Amy. Nur noch ein wenig.«
Sie nickt, wenn auch widerwillig. Gedankenverloren blickt sie auf die beiden Flaschen in ihren Händen hinab – die große volle und die kleine leere –, während ich den Raum durchquere und das Fenster öffne.
Geruch und Lärm der Straße dringen zu uns herein. Abgase, tauende Schneepampe und Kaffee. Hupende Autos und diskutierende Menschen. Irgendwo weint ein Baby.
»Sieh mal, es ist so viel passiert in den letzten Wochen«, starte ich einen neuen Versuch, Amy aus ihrer Melancholie zu reißen. »Das, was wir jetzt haben ...« Auf der Suche nach den richtigen Worten schweift mein Blick zu ihren Händen. »Das ist genug.«

»Nein, es ist nicht genug!«, protestiert sie und sieht empört zu mir auf.
»Genug Öl«, erwidere ich ruhig, mit der Nase auf ihre Hände deutend.
Als Amy die Öllache um das kleine Fläschchen, welches sie hatte nachfüllen wollen, erfasst, pustet sie gegen ihre Ponysträhnen und verdreht die Augen. »Mist. Entschuldige bitte, Matt.«
»Schon gut.« Ich nehme die Flasche aus ihrer Hand und widerstehe der Versuchung, Amy einen Kuss auf die Stirn zu drücken. Sie tut mir leid. Gestern Abend hatte sie den ersten Streit mit Kristin und Tom. Und die haben die verbotene Karte ausgespielt.

Vor meinem geistigen Auge lasse ich die Szene noch einmal Revue passieren:
»Ich muss mit euch sprechen!«
Kristin und Tom halten sich gemeinsam im Wohnzimmer auf. Tom steht über dem Pergamentbogen einer neuen Bauzeichnung; mit Lineal und Minenbleistift zeichnet er wohlbedachte Linien und sieht dabei durch schmale Augen über den Rand seiner Brille hinweg. Kristin liegt auf der Couch und liest in einem Roman.
Eine noch recht neue, unbelastete Harmonie herrscht in den vier Wänden dieses Raums. Denn endlich – zum ersten Mal seit vielen Jahren – haben Tom und Kristin wieder die Möglichkeit, ein normales Paar zu sein. Ein Ehepaar mit einer erwachsenen, selbständigen Tochter. Und auch wenn diese Freiheit anfangs noch ungewohnt war, so scheinen sie sich nun damit anzufreunden und sie in manchen Stunden sogar zu genießen.
Als Amy sie anspricht, erhellen sich ihre Gesichter. Tom legt Lineal und Bleistift zur Seite, und auch Kristin trennt sich augenblicklich von ihrem Roman. Sie plaziert ein Lesezeichen auf der entsprechenden Seite, klappt das Buch zu und erhebt sich.

»Setzt euch, Kinder. Ich hole uns einen Tee.«
Wenige Minuten später kommt sie mit einem voll beladenen Tablett aus der Küche.
»Na, dann schießt mal los. Worum geht es denn?« Tom eröffnet das Gespräch, als alle Tassen gefüllt vor uns stehen und wir gemeinsam um den großen Tisch Platz genommen haben.
Amy atmet tief durch und sieht mich noch einmal bedeutungsvoll an. Dann sprudelt es nur so aus ihr hervor. »Wir wollen etwas mit euch besprechen. Ich weiß, dass es etwas ist, wovor euch womöglich graut, aber ich muss in meine alte Heimat fahren. Ich will meine Eltern besuchen und sehen, wie es um all die Menschen steht, die ich einmal kannte. Ich muss wissen, wie es ihnen geht. Die ganze Situation ist so irreal. Ich meine, irgendwo da draußen ist ein Grab, in dessen Stein mein Name gemeißelt wurde. Und dabei fühle ich mich gerade jetzt so lebendig wie schon lange nicht mehr. Ich muss mit so vielen Dingen klarkommen, doch ich befürchte, dass ich das nur schaffe, wenn ich zurückgehe. Zu meinen Wurzeln.«
Während Amy spricht, versuche ich, in Toms und Kristins Gesichtern zu lesen. Bis jetzt waren sie sehr offen für einfach alles gewesen, was Amy hätte helfen können. So offen, dass ich auch dieses Mal auf ihr unerschöpflich wirkendes Verständnis hoffe – doch irgendwie schwant mir etwas anderes. Mit ihren Mienen jedenfalls könnten die beiden an jedem Pokertisch bestehen. Sie zeigen nicht die leiseste Regung. Mir fällt nur auf, dass sie sich einen bestimmten, kurzen Blick zuwerfen – eine Verständigung, die ich nicht deuten kann und die Amy, in den Tiefen ihrer Schilderung versunken, gänzlich verborgen bleibt. Danach warten sie geduldig ab.
Als Amy schließlich endet, blickt sie erwartungsvoll zwischen den beiden hin und her.
»Nein!«, sagt Kristin.

Es ist nur dieses eine Wort, doch es findet seinen Weg in einem solch bestimmten und unumstößlichen Ton über ihre Lippen, dass Amy die Kinnlade herunterklappt. Sie braucht einige Sekunden, um zu reagieren. »Nein?«
»Nein!«, sagt nun auch Tom. Sein Tonfall gleicht exakt dem seiner Frau. »Es war uns klar, dass du früher oder später mit dieser Bitte zu uns kommen würdest. Wir haben zwar gehofft, dass es nicht so schnell passiert, aber gut, nun ist es so. Kristin und ich haben ausgiebig darüber nachgedacht, Amy. Und wir werden dich nicht gehen lassen. Auf keinen Fall.«
»Wie bitte?« Amys Gesichtsausdruck schwankt zwischen Fassungslosigkeit und Rebellion.
Mir, der ich sie schon so lange kenne, ist völlig klar, welcher dieser konträren Gemütszustände schließlich in ihr siegen wird. Meine Schultern verspannen sich bereits in Erwartung ihrer weiteren Reaktion. Amy ist eine tickende Zeitbombe, so viel steht fest.
Die drei scheinen mich komplett vergessen zu haben. Oder ausgeblendet? Vielleicht ist meine Anwesenheit mittlerweile tatsächlich so selbstverständlich, dass sie ihnen nicht das Geringste ausmacht. Gehöre ich für sie wirklich schon so sehr dazu? Obwohl dieser Zeitpunkt – in der die positive Stimmung von zuvor zu kippen droht – nicht der beste für diese Erkenntnis ist, wird mir warm ums Herz, als ich das Gefühl der Zugehörigkeit zulasse.
Keine Sekunde später zucke ich aber auch schon erschrocken zusammen. Amy ist wutentbrannt aufgesprungen und hat ihren Stuhl dabei zurückgestoßen. Er fällt um und knallt auf den Holzboden.
Sie schnaubt regelrecht vor Zorn. »Ich wollte euch einweihen und teilhaben lassen. Aber ich werde mir diese Reise gewiss nicht von euch verbieten lassen. Ich bin doch kein Kind mehr. Und

außerdem brauche ich eure Zustimmung nicht. Ich bin volljährig, so oder so.«
Tom bleibt ruhig, während man Kristin ihre Nervosität nun doch anmerkt.
Unbeholfen versucht sie, ihre Tochter zu beschwichtigen. »Setz dich, Kind. Lass uns doch erklären, warum wir dich nicht gehen lassen wollen«, ruft sie.
Amy jedoch ist völlig außer sich. Ich weiß auch, warum. Als Kind habe ich oft genug mit angehört, was Evelyn – Amys Mutter – meiner Mom anvertraute: »Amy ist so ein Trotzkopf. Was sie sich in den Kopf setzt, das muss sie durchsetzen«, oder aber: »Die üblichen Strafen wirken bei ihr nicht. Einmal habe ich ihr sogar einen Klaps auf den Po gegeben, da hat sie mich ausgelacht. Stell dir das vor, Martha. Die einzig wirkungsvolle Strafe ist, sie in ihr Zimmer zu sperren. Amy hasst es, wenn man ihre Freiheit angeht.«
Sätze wie diese hallen in meinem Kopf wider.
Tom jedoch – unwissend, dass Amy es immer in besonderer Weise liebte, frei wie ein Vogel im Wind zu sein – begeht den schlimmsten aller Fehler.
»Amy, du irrst dich«, erklärt er in einem Ton, der so besonnen ist, dass ich weiß, wie herablassend seine Worte auf Amy wirken. »Du brauchst unsere Genehmigung sehr wohl. Streng genommen brauchst du für alles, was du tust, von uns eine Genehmigung. So wie ein Kind. Kristin und ich, wir sind nach wie vor dein gesetzlicher Vormund. Und daran werden wir auch nichts ändern, bis wir uns sicher sein können, dass du gefestigt genug bist, um auf eigenen Beinen zu stehen.«
Er nutzt Amys Sprachlosigkeit, um fortzufahren. Scheinbar unbeirrbar und voller Entschlossenheit. »Diese Reise wirst du nicht machen. Sie ist zu gefährlich. Du bist noch nicht einmal seit zwei Wochen bewusst bei uns, und nun sollen wir dich auf eine Reise schicken, die dich schonungslos mit all dem konfrontiert, was

dich jahrelang in einen solch furchtbaren Zustand versetzt hat? Das ist unmöglich. Überlege doch mal bitte, was du von uns verlangst! Außerdem – was ist, wenn deine Eltern dir nicht glauben? Sie werden womöglich die Polizei auf dich ansetzen, was ich persönlich durchaus verständlich fände. Nicht auszumalen, was alles passieren könnte.«

Amy erstarrt zuerst, dann stemmt sie wutentbrannt die Hände in die Hüften. Ihr Kinn zuckt, so fest presst sie die Zähne zusammen. »Das ist es nicht, was euch bewegt«, platzt es aus ihr heraus. »Ihr macht euch keine Sorgen darüber, dass meine Eltern mir *nicht* glauben. Ihr befürchtet, *dass* sie es tun. Und dass ich mich für sie entscheide anstatt für euch.«

Patsch! Diese Worte versetzen sogar mir einen Schlag unter die Gürtellinie.

»Amy, warte!« Schnell springe ich auf und greife nach ihrer Hand. Mit einem Blick bedeute ich ihr, dass sie zu weit gegangen ist. Doch sie weicht mir aus, reißt ihre Hand zurück und wendet sich ab. Vielleicht bereut sie ihre letzten Worte bereits, doch sie ist unwillig, sich das anmerken zu lassen.

»Moment mal, junge Dame!«, ruft Tom.

Die Fassade unerschütterlicher Gelassenheit ist mit einem Schlag zerbröselt. Nun liegt seine Verzweiflung brach. »So ist das nicht. Du musst auch fair bleiben! Wir haben immer versucht, alles so zu handhaben, dass für dich das Beste dabei herauskommt. Und so tun wir es auch jetzt, verstehst du das denn nicht? Was, wenn du etwas erlebst oder siehst, das dich so sehr trifft, dass du es nicht verarbeiten kannst?«

Tom hält kurz inne. Er scheint auf Amys Einsicht zu hoffen. Vergeblich. Sie ignoriert ihn, betrachtet weiterhin stur ihre Füße. Und dann geschieht es. Das, worauf ich schon seit Wochen gewartet hatte. Ausgerechnet jetzt, im denkbar ungünstigsten Moment.

»Hey, sieh mich wenigstens an, wenn ich mit dir rede, Julie!«
Tom hat es nicht einmal bemerkt, wir anderen schon.
Und nun sieht Amy ihn an. Fast schon verächtlich trifft ihr Blick auf Tom. »Ich bin nicht Julie! Ich war es noch nie. Und ich werde dorthin gehen, wo die Menschen sind, die wissen, wer ich wirklich bin!«
Damit wendet sie sich ab, stürmt auf klackernden Absätzen die Treppe empor und verschwindet in ihrem Zimmer. Mit einem Knall, der die Wände zum Wackeln bringt, pfeffert sie die Tür hinter sich zu.
Es dauert einige Sekunden, in denen man wirklich die berühmte Nadel fallen hören könnte. Dann erfüllt ein Schluchzen den großen Raum. Kristin.
Tom erhebt sich, tritt hinter ihren Stuhl und legt tröstend seine Arme um sie. »Ich bin mir nicht sicher, ob wir das hinkriegen«, bringt sie hervor. »Irgendwie war es fast leichter, als sie noch nicht gesprochen hat. Ich wusste nicht, dass es so weh tun würde, mit ihr zu streiten.«
Sie tut mir schrecklich leid, und obwohl ich Amy zunächst nachlaufen wollte, entscheide ich mich nun gegen diesen Impuls.
»Kristin«, beginne ich zaghaft. »Sieh mal, es ist für uns alle nicht leicht. Für Amy doch auch nicht.«
»Das weiß ich, aber muss sie denn so unfair sein?«
Tom küsst den Kopf seiner Frau.
»Vielleicht muss sie das.« Je mehr ich darüber nachdenke, desto logischer erscheint mir Amys Verhalten. Nicht richtig – nur logisch. Wie das Verhalten einer pubertierenden Jugendlichen, die sich gegen ihre Eltern auflehnt. Und da ist ja auch was dran.
Wie zur Bestätigung meiner eigenen Gedanken nicke ich. »Ja. Amy war niemals ein Teenager. Diese Zeit der Selbstfindung hat sie noch nicht hinter sich gebracht. Sie erwacht – in einem fremden Körper, jedoch mit dem alten Geist – und soll sich von jetzt

auf gleich damit zurechtfinden. Wir dürfen nicht vergessen, dass sie all die Jahre nur passiv gelebt hat. In Visionen. Mit dem einzigen Ziel, dass jemand sie findet und zurückholt – in ihre alte Welt.«

»Außerdem hat sie ja recht«, gibt Tom endlich zu. »Ich weiß nicht, wie es dir geht ...«, schmerzlich lächelt er auf seine Frau herab, »aber ich für meinen Teil fürchte mich schrecklich davor, dass ihre Eltern sie wirklich erkennen und dass sich Amy entscheidet, bei ihnen zu bleiben. Sie könnte uns so leicht vergessen. Es gibt nur wenige Erinnerungen, die sie an das Leben mit uns hat. Unsere Verbindung ist so dünn wie ein seidener Faden. Mit einem Fingerschnippen ...«, Tom unterlegt seine Worte mit der entsprechenden Geste, »könnte alles wieder so sein wie früher. Ohne dass wir noch die geringste Bedeutung in ihrem Leben spielen würden.«

Kristin drückt ihren Hinterkopf an den Oberkörper ihres Mannes. Ein weiteres Schluchzen schüttelt sie.

»Nein!«, erwidere ich energisch. »Ich kenne sie, und das wird sie nicht tun. Sie würde euch niemals den Rücken kehren. Amy weiß genau, was sie an euch hat. Aber ... ihr müsst sie ziehen lassen. Ihr dürft nicht versuchen, sie aufzuhalten. Wenn ihr Amys Liebe, ihre Zuneigung und ihre Nähe behalten wollt, dann lasst ihr um Gottes willen ihre Freiheit.«

Kristin und Tom sehen zuerst mich an, dann werfen sie einander einen langen Blick zu. Ich unterbreche das Thema an dieser Stelle. Eine Entscheidung erwarte ich nicht. Zumindest nicht jetzt.

»Ich gehe und sehe nach ihr.«

Als ich bereits auf halbem Weg nach oben bin, ruft Kristin noch einmal nach mir. Ich drehe mich auf dem Treppenabsatz um und warte.

Kristins Blick ist voller Sorge, als sie zu mir aufsieht. »Wir sind sehr froh, dass du da bist, weißt du das eigentlich? Du bist wie

eine Brücke, die zwei Welten miteinander verbindet. Aber ... wir haben dich noch nie gefragt, wie es dir bei der ganzen Sache geht. Bist du okay, Matty?« Meinen Spitznamen von ihr zu hören ist ungewohnt – aber schön.
»Ja, ich fühle mich sehr wohl. Es gibt noch viel aufzuarbeiten, aber jeden Tag bewegen wir uns ein bisschen weniger in der Vergangenheit und ein bisschen länger im Hier und Jetzt. Ich denke also, dass es vorwärtsgeht.«
»Gut.« Kristin entlässt mich mit einem Lächeln, wenn auch immer noch ein wenig traurig.

Amy liegt auf ihrem Bett. Das Bild des verzweifelten Teenagers festigt sich zu einer Erkenntnis in mir. Langsam lasse ich mich neben ihr auf der Bettkante nieder.
»Hey«, sage ich leise und fahre sachte über das Wirrwarr ihrer Haare. Es ist eigenartig, das zu tun, denn seit diesem Kuss zwischen uns ist vieles plötzlich eigenartig geworden. Die Magie dieses Moments, die wir beide gespürt, jedoch nicht lange zugelassen haben, steht seitdem zwischen uns. Keine noch so kurze Berührung scheint nun mehr beiläufig oder gar unschuldig zu sein. Oft kommt es mir so vor, als würden wir umeinander herumtänzeln, immer darauf bedacht, nur alles richtig zu machen – ohne eigentlich zu wissen, was das Richtige ist.
Amy liegt unter der Tagesdecke, das Gesicht tief im Kissen vergraben. Am Zucken ihrer Schultern erkenne ich, dass sie noch immer weint. Nichts von dem, was sie murmelt, kann ich auch nur im Ansatz verstehen.
»Amy, sieh mich an! So verstehe ich doch kein Wort.«
Sie dreht den Kopf, aber der dichte Vorhang ihrer Locken verhüllt ihr Gesicht. Es ist ein süßes Bild, trotz ihrer Verzweiflung, und für einen Moment fällt es mir schwer, mich davon nicht ablenken zu lassen.

»Das ist so unfair«, beginnt sie erneut. »Sie wollen mich nicht gehen lassen und haben sogar das Recht dazu, mich an der kurzen Leine zu halten. Ich habe einen gesetzlichen Vormund. Kannst du dir auch nur im Ansatz vorstellen, wie demütigend das ist? Nicht genug, dass ich seit über einundzwanzig Jahren in diesem fremden Körper gefangen bin. Kaum beginne ich, mich an ihn zu gewöhnen, schließen sie mich schon wieder ein.«
»Amy!« Mein Tonfall ist eindeutig. Ihr Kopf schnellt herum. Sie hat nicht erwartet, mich so wütend zu sehen. »Die beiden wollen dich beschützen. Sie haben fürchterliche Angst, dich wieder zu verlieren. Sie haben Angst davor, dass es dieses Mal ein noch aussichtsloserer Verlust wäre als zuvor. Kannst du sie denn nicht verstehen? Was ist denn eben in dich gefahren? Tom hat deinen Namen verwechselt, na und? Sie haben dich über einundzwanzig Jahre lang so genannt. Einundzwanzig Jahre, Amy! War dieser kleine Ausrutscher Grund genug, die beiden so tief zu verletzen? … Kristin weint, genau wie du.«
Irgendwo in meinem Wortschwall ist mein Zorn verpufft – genauso schnell, wie er gekommen war.
Amy setzt sich auf und fegt die langen Haarsträhnen aus ihrem Gesicht. »Es tut mir ja auch leid«, gesteht sie kleinlaut. »Ich wollte ihnen nicht weh tun, aber ich kam mir so …«
»… bevormundet vor. Ja, ich weiß.« Ich kann nachvollziehen, dass ihr Temperament mit ihr durchgegangen ist, und ich kenne sie gut genug, um zu spüren, wie leid ihr dieser Ausraster tut.
Den restlichen Abend verbringen wir in ihrem Zimmer. Ich unterbreite ihr den Vorschlag, den ich mir zurechtgelegt habe. »Sollen wir nicht noch einmal zu Kristin und Tom runtergehen und sie bitten, sich auf einen Kompromiss einzulassen?«
»Und was für einen?«
»Na ja, sie wissen doch nicht, dass wir sowieso erst in einem Monat fahren wollten. Wie wäre es, wenn du ihnen vorschlägst,

den kommenden Monat abzuwarten und uns dann fahren zu lassen? In der Zeit könnten sie sich vergewissern, dass du ausreichend gefestigt bist, und du hättest die Möglichkeit, dein Verhalten wieder geradezubiegen. Du solltest dich endlich mit dem Gedanken anfreunden, dass ihr Blut in deinen Adern fließt, und dich nicht länger davor verschließen.«
»Das will ich doch auch gar nicht.«
Amy zeigt sich tatsächlich einsichtig. Nach einigen Minuten beschließt sie, noch einmal nach unten zu gehen, um sich zu entschuldigen. Sie bleibt sehr lange. Als man mich schließlich zum Abendessen ruft, herrscht wieder Harmonie.
Später im Bett berichtet Amy mir, dass sich Kristin und Tom ein wenig Zeit ausbedungen haben. Sie wollen ihre Entscheidung noch einmal in Ruhe überdenken.
»Wir dürfen bestimmt fahren«, zeigt sich Amy optimistisch, und ich beschließe, ihr künftig mehr Zeit allein mit Kristin und Tom zu lassen.

Ich befreie mich aus meinen Gedanken.
Nun, da Amy an meinem Schreibtisch lehnt und Löcher in die Luft starrt, scheint ihre Zuversicht verflogen zu sein.
Sie wird fahren, ob mit oder ohne Erlaubnis, so viel steht fest. Bleibt mir nur zu hoffen, dass auch Kristin und Tom das ahnen und rechtzeitig einlenken. Eine Freiheitsverweigerung wäre der Todesstoß ihrer gerade erst keimenden Beziehung zu Amy.
»Sie werden sicher einwilligen«, sage ich. Dann schließe ich das Fenster wieder. Sperre die Welt aus und wende mich ihr zu.
»Aber du musst sie auch verstehen. Sie sollen dich, kaum dass du zum ersten Mal wirklich bei ihnen bist, einfach so gehen lassen. Und zwar auf diese enorme Reise. Nach all den Jahren, in denen sie nahezu jede Sekunde mit dir verbracht, dich gepflegt und umsorgt haben. Du warst ihr kleines Mädchen.«

Amy nickt. Die Traurigkeit in ihren Augen veranlasst mich, das Thema zu wechseln.
»Hey, weißt du, was ich nicht vergessen darf? Ich muss nach der Arbeit unbedingt noch ein Paar Schuhe aus meiner Wohnung holen.« Etwas anderes fällt mir so schnell nicht ein. Für mein nächstes Leben hoffe ich auf mehr Spontaneität. Abgesehen davon stimmt der Vorwand – ich trage schon seit Wochen dieselben Sneakers.
»Ich war noch nie in deiner Wohnung«, stellt Amy fest. Die Aussicht, eine neue Unbekannte aufzudecken, zaubert sofort das Funkeln in ihre Augen zurück.
»Hm.« Mein Brummen ist undefinierbar, doch Amy spürt mein Unbehagen. »Also, in meinen Visionen natürlich schon«, revidiert sie ihre Aussage. »Und das ist auch der Grund, warum du dich nicht schämen musst, Matty. Dass du nicht gerade ein Einrichtungsgenie bist, weiß ich schon lange.«
Nur wenige Stunden später stehen wir in meinem Wohnzimmer.
»Ist schon komisch, das alles nun wirklich zu sehen und sich drehen und wenden zu können, wohin man gerade will«, sagt Amy und kreiselt dabei tatsächlich um die eigene Achse. Für einen Moment verschwimmt das Bild vor meinen Augen, und ich sehe die Amy aus meiner Kindheit, wie sie sich mit weit ausgestreckten Armen durch ihren Garten dreht.
Ich verdränge diese Erinnerung. »Wie meinst du das?«
»Na, ich habe dir doch erzählt, dass mein Sichtfeld sehr eingeschränkt war. Auf dich fixiert eben.«
Ich nicke.
Die Vorstellung, dass Amy mich jederzeit begleitet hat – unbemerkt und überall –, weckt zwar einerseits Begeisterung in mir, doch auf der anderen Seite treibt mich der Gedanke an den Rand des Wahnsinns. Ich bin schon so oft all die Situationen durchgegangen, in denen mir ihre Anwesenheit nachträglich noch

unangenehm ist, doch besser wird es dadurch auch nicht. Je mehr ich darüber nachdenke, umso peinlicher wird mir das Ganze. Denn schließlich hat jeder seine privaten Momente. Augenblicke, in denen man völlig allein sein will. Und manches tut man nur, wenn man sich wirklich sicher ist, auch allein zu sein. Doch so, wie es aussieht, hatte ich diese einsamen Augenblicke nie, und das ist schon extrem unangenehm.
Nicht zu lange grübeln!
»Ich hole nur schnell meine Schuhe und packe noch ein paar Sachen ein.«
»Okay. Darf ich mich umsehen?« Die Frage stellt sie aus reiner Höflichkeit. Eine Floskel, die unnötiger nicht sein könnte. Seitdem sich die Tür zu meiner Wohnung den ersten Spaltbreit geöffnet hat, wandert ihr Blick über alles, was er erfassen kann.
Ein Grinsen zieht sich über mein Gesicht. »Nur zu! Fühl dich wie zu Hause.«
Einige Sekunden vergehen, bevor Amy die Stille wieder unterbricht. »Apropos ›zu Hause‹: Was ist eigentlich aus dem Traum von deinem Haus am See geworden?«
»*Meinem* Haus am See?«, wiederhole ich lachend und werfe ihr einen Blick durch die offen stehende Schlafzimmertür zu.
Amy bemerkt es nicht. Sie kniet auf dem Holzfußboden, neben einem meiner riesigen Bücherstapel, und liest sich die Titel durch. Es scheint also doch noch Dinge zu geben, die sie nicht von mir weiß. »Ja, *deinem* Haus am See. Ich weiß, wir wollten es beide, aber mein Traum war ... nun, sagen wir, auf Eis gelegt, wenn du verstehst, was ich meine.«
»Stimmt«, gebe ich zu. »Meiner aber auch. Ich lege zwar seit Jahren schon jeden Cent, den ich nicht unbedingt zum Überleben brauche, zur Seite, aber ich will keinen Kredit aufnehmen, und es fehlt noch immer ein wenig.«

Nun wendet sie sich mir zu. Unsere Blicke treffen sich. »Wirklich? Du willst dieses Haus immer noch?«
Die Überraschung in Amys Gesicht stellt eine unglaubliche Erleichterung für mich dar. »Ja, sicher. Was glaubst du denn, warum ich in einer solchen Bruchbude hause? All mein Geld fließt nur diesem einen Traum zu. Kein Urlaub, kein teures Auto, kein Luxus. Und auch keine Lust, etwas Harmonie in diese Zwischenlösung hier zu stecken.«
Amy ist aufgestanden und einige Schritte auf mich zugegangen. Im Türrahmen bleibt sie stehen und mustert mich. »Jetzt verstehe ich das endlich. Diese kahle, ungemütliche Wohnung hier hat gar nicht zu dir gepasst. Aber jetzt leuchtet es mir ein. So warst du schon immer! Ganz oder gar nicht. Jahrelanger Verzicht zugunsten der einen großen Idealvorstellung. Das ist mein Matt!«
Ihr Lächeln trifft mich mitten ins Herz. »Mein Matt«, hat sie gesagt. Ich schaffe es nicht, ihren Blick zu halten, und starre auf einen Fleck im Parkett.
»Ich hätte nicht damit gerechnet, dass du das Ziel vom Haus am See noch verfolgst. Ehrlich gesagt wäre ich auch nicht verwundert gewesen, wenn du nicht mal gewusst hättest, wovon ich überhaupt spreche. Wie schön, dass ich mich geirrt habe.«
»Wie schön, dass ich dich noch überraschen kann.«
Schnell wende ich mich wieder meinem Kleiderschrank zu.
»Hast du denn schon ein Grundstück?«, ruft Amy. Auch sie hat sich abgewandt und ist nun wieder im Wohnzimmer.
»Hm, vielleicht. Es ist in der Nähe von deinem … ähm, dem Haus, in dem du nun wohnst.«
Sie lacht, als sie bemerkt, wie umständlich ich mich um die Bezeichnung »Elternhaus« drücke.
»Wirklich? Zeigst du es mir?«, fragt sie.
»Klar!«
Als ich meine einzige Pflanze – eine anspruchslose Palme –

gegossen und meinen Rucksack gepackt habe, finde ich Amy über dem blauen Fotoalbum wieder. Ich hatte es aus dem Karton mit meinen Erinnerungen geholt, bevor ich die restlichen Dinge zu Tom und Kristin gebracht hatte.

Still betrachtet sie die Seiten, zu denen Kristin und Mary nach ihrem Schock nicht vorgeblättert hatten. Seiten, hinter deren Klarsichtfolien ich all die Zeitungsartikel eines Flugzeugabsturzes aufbewahrt habe. Mein Album endet mit dem Foto eines frischen Grabes. »Martha und Theodor Andrews«, lautet die große Inschrift auf dem schlichten grauen Stein, vor dem sich ein wahres Blumenmeer erstreckt.

Ich stelle meinen Rucksack ab und nehme neben Amy Platz.

Also gut, nun ist es wohl so weit.

»Du warst gerade achtzehn, nicht wahr?« Ihre Stimme trägt die Worte kaum.

»Noch nicht. Es war zwei Tage vor meinem Geburtstag. Sie hatten den Rückflug extra so gelegt; wir wollten zusammen feiern. Meine Mom sagte, so könnten sie in Ruhe auspacken und von ihren Erlebnissen erzählen, und am nächsten Tag wollte sie meinen Kuchen backen. Das tat sie immer einen Tag vor der Geburtstagsfeier.«

Amy greift nach meiner Hand und hält sie fest. »Du hattest keinen Kuchen«, flüstert sie mit tränenerstickter Stimme.

In meinem Magen macht sich der wohlbekannte Druck breit – wie immer, wenn jemand Mitleid für mich empfindet.

»Nein, kein Kuchen. Mir war aber auch nicht zum Feiern zumute. Die Maschine stürzte über dem Atlantik ab. Man hat sie nie gefunden.«

Ich bin mir bewusst darüber, dass ich Amy Dinge erzähle, die sie vermutlich schon weiß. Trotzdem hängt sie an meinen Lippen.

»Aber ... es gab eine Beerdigung ...« Auch diese Feststellung lässt Amy eher wie eine Frage klingen.

»Ja, so etwas in der Art. Es war eigentlich mehr eine Trauerfeier. Ich hatte ja nichts zu beerdigen. Es gab ein Schmuckkästchen, das meine Mutter sehr liebte, und eine große Zigarrenkiste, die meinem Vater zeit seines Lebens heilig gewesen war. Diese Behältnisse füllte ich mit Dingen, die ich den beiden unbedingt mitgeben wollte. Und mit einem Brief für jeden von ihnen.«
Die letzten Worte fallen mir sehr schwer. Tränen steigen in mir auf, brennen in meiner Kehle und hinter meinen Augen, doch wie gewöhnlich lasse ich es nicht zu, dass sie mich überwältigen. Amy streichelt über mein Gesicht. »Das war eine wunderschöne Idee von dir. Die beiden wären so stolz auf dich, wenn sie dich sehen könnten. Und ich persönlich halte es durchaus für möglich, dass sie noch irgendwo unter uns sind. Ich weiß es nicht, es ist mehr ein Gefühl – und ein wenig Erfahrung.«
»Darüber habe ich mir auch schon Gedanken gemacht«, gebe ich leise zu. »Die Überlegung, meine Eltern könnten noch auf irgendeine Art und Weise bei mir sein, war der einzige Strohhalm, an den ich mich immer wieder klammerte. Und als du zurück in mein Leben gefunden hast, gab mir das zusätzliche Hoffnung. Aber dein Tod hat schon etwas Außergewöhnliches an sich. Ich denke nicht, dass sich deine Erfahrungen auf meine Eltern übertragen lassen. Ich meine, es kann ja sein, dass wir wiedergeboren werden, aber ich habe noch nie zuvor von jemandem gehört, der sich so bewusst wie du an sein früheres Leben erinnert. Warum ist das so?«
Amy überlegt nur einen kurzen Moment. »Na ja, dafür kann es mehrere Begründungen geben. Erstens: Es gibt schon Menschen, die steif und fest behaupten, sie hätten schon einmal gelebt, denen aber natürlich keiner Glauben schenkt. Daraus folgt zweitens: Es gibt bestimmt auch einige, die sich – wie ich – ihren engsten Vertrauten offenbaren, sich ansonsten aber bedeckt halten, um nicht zwangseingeliefert zu werden. Und drittens: Es ist

doch denkbar, dass einige von denen, die sich vielleicht erinnern würden, von der Außenwelt als Autisten wahrgenommen werden, genau wie ich.«

Triumphierend sieht sie mich an. Ja, alles was sie sagt, könnte durchaus zutreffen. Und mehr als Mutmaßungen sind auf diesem Gebiet ohnehin nicht möglich.

»Aber«, fällt mir plötzlich ein, »warum können sich einige wenige überhaupt an ihr früheres Leben erinnern und die meisten anderen nicht, Frau Expertin?«

Die Melancholie, die eben noch herrschte, löst sich langsam wieder auf. *Gott sei Dank!*

Amy zieht die Augenbrauen hoch. »Du glaubst, du hast mich? Du irrst dich! Ich habe eine Antwort für dich, Mr. Oberzweifel. Es ist nämlich so: Wenn man stirbt, hm, wie erkläre ich dir das?«

Wie so oft, wenn sie nachdenkt, beißt sie auf ihrer Unterlippe herum, und es kostet mich einige Überwindung, den Blick von ihrem Mund zu lösen und zurück zu ihren Augen zu lenken.

»Es gibt so eine Art Zwischenstufe«, sagt sie schließlich. »Eine Ebene, auf der du dich genau zwischen deinem alten und neuen Leben befindest. Das ist der Punkt, an dem du loslassen musst. Und das tat ich nicht.«

Das klingt simpel, kann es aber wohl nicht sein.

Amys Gesicht ist plötzlich sehr ernst. Sie scheint sich auf Bilder zu konzentrieren, die nichts mit dem Hier und Jetzt zu tun haben. Als ich auf ihre Hand herabblicke, die ich noch immer in meiner halte, bemerke ich die Gänsehaut, die sich auf ihrem Unterarm gebildet hat. Und auf einmal weiß ich genau, wo ihre Gedanken verweilen.

»Das Letzte, was ich sah, waren deine Augen«, beginnt sie tonlos. »Du riefst nach mir. Ich konnte dich hören, obwohl du geknebelt warst und vor Angst außerstande, auch nur einen Mucks

von dir zu geben. Du hast mich gebeten, bei dir zu bleiben. Und ich versprach es dir.«
Amy hat keine Zweifel an ihren Worten. Ihre Sicherheit trifft mich. Und wirklich: Alles, was sie sagt, ist wahr. Ihr Blick geht ins Leere, sanft fährt sie mit ihren Fingern über meinen Handrücken. Ich warte. So lange sie braucht. Ich habe Zeit.
»Zunächst sah ich mein Leben an mir vorbeiziehen, in Tausenden von Bildern; und du hast nicht mal die leiseste Ahnung davon, in wie vielen von ihnen du vorkamst. Irgendwann dann kam eine große Leere, auf eben dieser Zwischenstufe. Es ist komisch, denn dort fühlt man nichts. Keine Angst, keinen Schmerz, keine Freude. Nichts. Aber irgendwo war da wohl doch noch der Gedanke an dich. An deine Augen, deine Angst, an mein Versprechen. Daran, dass ich keinen Tag ohne dich verbracht hatte. Und nun wusste ich nicht mal, wie es um dich stand. Verstehst du, ich war einfach nicht in der Lage, meine Erinnerungen loszulassen. Ich konnte *dich* nicht loslassen, Matt.«
Sie blinzelt – nur ein Mal –, und ich weiß, dass sie wieder da ist. Hier, jetzt, bei mir. Ihr Blick wandert auf unsere Hände. »Was auch immer uns verband – oder verbindet, sollte ich wohl besser sagen –, es war zu stark. Es war stärker als der Tod.«
»Bist du deswegen so furchtlos?«
Amy schaut unter langen Wimpern zu mir auf. Ihre Augen scheinen mich zu durchleuchten. Sie muss nichts sagen – ich verstehe.

Wovor soll ich mich denn fürchten? Solange du bei mir bist, kann mir nichts passieren.

In diesem Moment vergesse ich zu denken. Meine Arme legen sich um Amy; mit sanftem Druck ziehe ich sie an mich heran.
»Wir gehören zusammen, Matt«, wispert sie gegen meine Schulter. Ihr Atem wärmt mich – viel mehr, als sie es erahnen kann.

Ich lege einen Finger unter ihr Kinn und hebe es an. »Ja«, flüstere ich, bevor sich meine Lippen auf ihre herabsenken und ich sie zaghaft küsse. Amy zittert ein wenig. Ich schließe meine Arme noch fester um sie. Das Bedürfnis, sie zu schützen und zu wärmen, ist stärker als je zuvor. Dass ich selbst ebenso zittere wie sie, bemerke ich erst einige Herzschläge später.

Mit meiner Nase streiche ich über Amys Wange, hoch zu ihrem Ohr und wieder zurück, bis zu ihrem Kinn. Unser Atem kommt holprig, unsere Augen bleiben geschlossen. Fühlen reicht – alles andere wäre zu viel.

Unsere Lippen finden erneut zueinander. Wir küssen uns sehr zärtlich, und dieser Kuss verdrängt alles andere aus meinem Bewusstsein.

»Matty«, haucht Amy schließlich. »Ich ... ich liebe dich.«

»Schsch.« Ich lasse meinen Zeigefinger zwischen unsere Lippen gleiten. Sie küsst ihn. Stirn an Stirn gelehnt, sehe ich ihr in die Augen. Jadegrün.

Ich spüre, dass die Liebe in meinem Blick zu lesen sein muss, denn Amy liest. Sie liest in mir wie in einem offenen Buch. Dennoch möchte ich sicherstellen, dass sie auch wirklich alles erfährt.

»Du hast mich gehört, obwohl ich keinen Ton von mir gab, und du bist bei mir geblieben, obwohl es der Tod selbst war, der dich von mir trennen wollte. Du hast gewartet, bis ich dich wiederfand, und in der Zwischenzeit bist du keinen einzigen Tag von meiner Seite gewichen. Halt den Mund, Amy Charles! Ich brauche keine Worte!«

Ihr Blick wandelt sich, wandert über mein Gesicht, bis sie mich wieder küsst. Stürmischer.

Ihr zarter Duft erfasst mich, hüllt mich ein und raubt mir jedes Verständnis für Zeit und Raum. Alles um uns herum rückt in den Hintergrund und verschwimmt, verliert an Bedeutung.

»Matt«, wispert Amy nach einer unmessbaren Weile.

Ich löse mich aus ihrer Umarmung und erhebe mich. Ein Blick durch das Fenster verrät mir, dass es wohl schon länger dunkel ist. Ein perfekter Vollmond beleuchtet den Sternenhimmel.
»Ja, wir müssen zurück. Kristin und Tom machen sich bestimmt schon Sorgen.«
Schweren Herzens verlassen wir die Wohnung. Als ich den Motor meines Wagens anwerfe und mein Blick auf die Digitaluhr des Armaturenbretts fällt, erschrecke ich. Es ist schon 21:50 Uhr. Amy verständigt Tom und Kristin per Handy, dass wir uns nun auf dem Heimweg befinden. Warum wir so spät dran sind, lässt sie offen. Kristin hakt nicht nach, das fällt auch Amy auf.
»Die beiden geben sich mit so vielem zufrieden, ohne die genauen Gründe wissen zu wollen«, stellt sie nach dem Telefonat fest.
»Ja. Sie versuchen, uns – und besonders dir natürlich – zu vertrauen. Deshalb haben sie es auch verdient, dass wir ihnen gegenüber offen sind«, erwidere ich und greife über den Schaltknüppel hinweg nach ihrer Hand.
Amy versteht. »Wir werden es ihnen sagen. Die Sache mit uns, meine ich. Aber nicht sofort. Wir müssen das ja nicht überstürzen.«
Ich nicke. Mir ist es gleichgültig, wer von der »Sache mit uns« weiß, solange wir uns nur einig sind.
Langsam fahre ich über die schneebedeckte Zufahrt. Das blaue Haus ragt, seiner Einsamkeit zum Trotz, aus dem Weiß empor. Immer wieder erfasst mich der Frieden dieses Bildes. Wirklich, ein Postkartenmotiv.
Nachdem ich meinen Ford in der Einfahrt abgestellt habe, sitzen wir noch eine Weile so eng wie möglich nebeneinander und genießen den Moment. Amy hat ihren Kopf an meine Schulter gelegt. Als die Windschutzscheibe langsam beschlägt, durchbricht ihr Kichern die Stille. Noch einmal streckt sie sich mir entgegen und haucht mir einen Kuss auf die Lippen. Ihre Hände vergra-

ben sich in meinen ohnehin schon verwuselten Haaren, jedoch nur kurz.
»Also los«, sagt sie, Millimeter von meinem Mund entfernt.
»Wo bleibt ihr denn?«, ruft Kristin uns zu. Mit verschränkten Armen steht sie im Türrahmen. »Wir warten schon seit Stunden mit dem Abendessen.«
»Ihr hättet nicht warten sollen, wir ...«
»Wir waren noch bei mir und haben ein paar Sachen geholt.« Ich deute auf meinen Rucksack.
Kristin winkt uns heran. »Rein in die warme Stube! Tom und mir knurrt schon der Magen, und ihr müsst doch auch halb verhungert sein, nicht wahr?«

Kurz darauf sitzen wir an dem großen Esstisch.
Kristin schenkt uns Tee ein, während Tom den Korb mit dem Brot herumreicht. Alles ist wie immer, bis auf eine kleine Ausnahme.
Amy und ich, wir fühlen uns wie frisch verliebte Teenies. Unsere Herzen schlagen heftig, und wir schaffen es kaum, nicht bei jeder passenden und unpassenden Gelegenheit zu gickeln. Unter dem Tisch suchen und finden sich unsere Hände. Nur sehr zögerlich bringen wir es fertig, sie wieder voneinander zu trennen, um sie zum Tischgebet zu falten. Kristin und Tom schließen die Augen in Andacht, doch ich blinzele zu Amy herüber, die im selben Moment exakt dasselbe tut. Als sich unsere Blicke treffen, müssen wir uns schwer am Riemen reißen, um nicht loszuprusten. Amy wird rot.
»Also, wir haben eine Entscheidung getroffen«, sagt Tom nur wenig später.
Aus den Augenwinkeln nehme ich wahr, dass Amy aufhört zu kauen. »Hm?«, brummt sie.
»Wir haben uns entschieden, euch doch fahren zu lassen.«

Ein schriller Schrei ertönt. Schon ist Amy aufgesprungen und umarmt zuerst den lachenden Tom und direkt danach auch Kristin.
»Allerdings«, fährt Tom fort, die Hände weit von sich gestreckt, »möchte ich, dass ihr bis Ende Februar wartet. Kristin hat am 21. Februar Geburtstag, und ich finde, nach all den Jahren hat sie sich den ersten Geburtstag mit ihrer Tochter redlich verdient.«
Kristin, die von dieser Überlegung ihres Mannes anscheinend noch nichts wusste, sieht nun zu ihm auf und schüttelt den Kopf.
»Tom, nein, lass sie ruhig fahren. Das muss doch nicht …«
Weiter kommt sie nicht.
»Doch!«, ruft Amy. Sofort sind alle Augenpaare auf sie gerichtet. »Tom hat vollkommen recht. Ich würde im Leben nicht darauf verzichten wollen, mit dir zu feiern. Wir fahren Ende Februar, das ist wunderbar. Danke!«
Nun strahlt Kristin über das ganze Gesicht, ebenso wie Amy.
Die Anspannungen des vergangenen Abends sind bewältigt. Vergessen. Es ist wie eine Lektion, die es zu lernen gegolten hatte und die Amy und ihre neuen Eltern nun mit Bravour bestanden haben. In diesem Moment wird mir bewusst, dass uns das auch in Zukunft immer wieder bevorsteht – all die kleinen und großen Lektionen des Zusammenlebens zu lernen.
Die Liebe wird, auch bei Amy, von allein kommen. Sie hat sich schon auf den Weg gemacht, das ist deutlich zu spüren. Die Art und Weise, wie sie Tom ansieht, als sie ihm die Butter reicht, und wie ihre Augen überglücklich blitzen, als sie Kristin von ihrem Tag in der Praxis erzählt – all die kleinen Gesten des Abends lassen keine Zweifel mehr zu. Hier entsteht etwas sehr Wichtiges – ein neues Zuhause, mit allem, was dazugehört.

Zwei Tage später, an einem Sonntag, schlendern wir zu dem See, von dem ich Amy erzählt habe. Es schneit. Amy sieht süß aus

mit ihrer weißen Mütze und all den Schneeflocken in ihren Locken. Der weinrote Wollmantel reicht ihr bis zu den Knien.
Zufrieden lausche ich ihrem Geplaudere. Belanglosigkeiten. Und doch – Amys Stimme zu hören ist mein größtes Glück. Viel zu lange war sie stumm.
Die letzten hundertfünfzig Meter führen uns an einer kurvigen Waldstraße entlang.
»Ich sehe ihn«, ruft Amy plötzlich und fängt voller Vorfreude an, an meiner Hand zu zerren.
Gemeinsam laufen wir zum Ufer und bleiben ehrfürchtig vor der spiegelnden, glitzernden Eisfläche stehen. Die hohen Bäume ringsumher sind mit Schnee bestäubt, der immer noch auf uns herabrieselt.
»Das ist wunderschön!«, staunt Amy. Ich schließe von hinten meine Arme um ihre Taille, ziehe sie dicht an mich heran, lasse mich vom Duft ihrer Haare erfassen. Lavendel und Honig passen nicht zu der Winterlandschaft, doch dieser Duft gehört zu Amy … und sie gehört zu mir … und wir gehören an diesen See … und so passt dennoch alles zusammen.
»Da hinten, siehst du das kleine Haus?«
Amys Augen folgen meinem ausgestreckten Zeigefinger. »Ja, klar! O Mann, das kommt der Idee von unserem Haus aber schon ziemlich nah, oder?«
»Ja, ziemlich«, bestätige ich nickend. »Etwa hundert Meter weiter rechts«, mein Finger schwenkt zu einem zirka fünfhundert Quadratmeter großen Abschnitt des Waldes, der mit einigen Eisenpfosten und Absperrband abgesteckt ist, »ist das Grundstück, von dem ich dir erzählt habe. Dahinter liegt noch ein Haus, aber tief im Wald. Und das war's. Mehr Häuser gibt es hier nicht.«
»Wow!« Amy ist sichtlich beeindruckt. »Das ist perfekt.«
»Nicht wahr?«

»Ja, wirklich. Perfekt! Los, komm!« Wieder kann es ihr nicht schnell genug gehen, und sie beginnt übermütig, mich mit all ihrer Kraft vor sich herzuschieben.

Als wir an dem Holzhaus vorbeikommen, das dem Haus unserer Vorstellung so sehr ähnelt, tritt eine junge Frau auf die Veranda. Gedankenverloren schüttelt sie eine Tischdecke aus. Sofort bremst Amy ab – so abrupt, dass ich fast umfalle. Das scheint sie jedoch gar nicht zu bemerken.

»Hallo!«, ruft sie.

Die Frau zuckt zusammen, schenkt uns nach dem ersten Schreck jedoch ein Lächeln.

»Hallo!«, erwidert sie. »Entschuldigung, ich habe Sie gar nicht gesehen. Es passiert nicht oft, dass sich jemand hierhin verirrt.«

Amy und ich schauen uns an. »Perfekt!«, sagen wir wie aus einem Mund. Amy wirft den Kopf in den Nacken und lacht laut auf.

Die Frau schaut verdutzt auf uns herab. Jetzt erst entdecke ich den Babybauch, der sich unter ihrer Strickjacke abzeichnet.

Als Amy die Verständnislosigkeit der Fremden erfasst, stirbt ihr Lachen. »Wir sehen uns das Grundstück neben Ihrem an.«

»Wirklich?« Nun strahlt sie. »Wie schön! Nette Nachbarn sind eigentlich alles, was uns hier draußen noch fehlt. Ansonsten gebe ich Ihnen recht. Es ist perfekt.«

»Wir werden sehen, was sich machen lässt«, ruft Amy noch, dann winken sich die beiden zu, und die junge Frau verschwindet wieder in ihrem Haus.

Amy grinst. »Nett, nicht wahr?«

»Ja, wirklich sehr nett.«

Als wir kurz danach zu dem freien Grundstück gelangen, ist Amy völlig aus dem Häuschen. »Oh, Matt, das wird wundervoll. Hier kannst du alles genau so umsetzen, wie wir es uns immer erträumt haben.«

Zunächst nicke ich zufrieden, doch dann sickern ihre Worte in mein Bewusstsein.

»*Ich* kann all das machen?«, frage ich mit geneigtem Kopf.

»Ja, du! Natürlich du.« Sie legt die Stirn in Falten. »Was meinst du, Matt? Ich verstehe nicht.«

»War das nicht immer *unser* Traum, Amy?« Meine Stimme schwankt unsicher.

»Ja, sicher. Aber was … Meinst du etwa …?« Mit jedem Wort ihres Gestammels schraubt sich Amys Stimme höher. Sie sieht mich so ratlos an, dass es mich schon wieder amüsiert.

»Natürlich! Wenn, dann mache ich das für *uns*. Dieser Traum ist mit dir so eng verknüpft, dass ich mir jetzt, wo du wieder da bist, nicht mehr vorstellen kann, ihn ohne dich zu verwirklichen. Und …«, ich schmiege mich an sie, schaue in ihre Augen, auf ihre Lippen, »ich will es mir auch gar nicht mehr vorstellen. Es scheint jetzt endlich einen Sinn zu ergeben, dass ich es nicht vorher schon gemacht habe. Dieses Haus ist unser Haus – es ist unser gemeinsamer Traum.«

Amy erwidert meinen Blick, streckt sich auf die Zehenspitzen hoch und küsst mich zärtlich. »Ich kann mir nichts Schöneres vorstellen, als hier mit dir zu wohnen, Matt«, flüstert sie.

Wärme durchflutet mich. Nur ein einziges Wort kommt mir in den Sinn, also spreche ich es aus. »Perfekt!«

Kapitel XV

»Ich würde es verstehen, wenn du böse wärst, Mary.«
Sie schweigt, sekundenlang. Dann, ein Zucken ihrer Mundwinkel; ihr Kopf hebt sich, sie lächelt. Ein ehrliches Lächeln, auch wenn es ihr sichtbar schwerfällt.
»Nein, böse bin ich nicht«, sagt sie schließlich. »Enttäuscht,

ja, und ein bisschen gekränkt. Etwas eifersüchtig werde ich mit Sicherheit auch manchmal sein, aber ... nein, ich bin dir nicht böse. Du musst dir keine Gedanken machen.«
Erleichterung macht sich in mir breit und lässt mich nach vorne kippen, direkt in die Arme der völlig überraschten Mary.
»Oh, danke, danke!«, rufe ich und drücke sie an mich. »Dir gegenüber hätte ich es nicht ertragen, unsere Beziehung noch länger zu verheimlichen. Nicht mal für einen weiteren Tag. Du bist meine einzige Freundin, weißt du? Und – nebenbei bemerkt – die beste, die man sich wünschen kann. Ich hätte nicht gewusst, mit wem ich sonst über den ganzen Mädelskram reden soll. Ich habe so viele Wissenslücken, bei denen Matty ... nun, gelinde gesagt, keine große Hilfe war.«
Mary erwidert meine Umarmung nur sehr zaghaft. »Schon okay«, murmelt sie.
»Wirklich?« Ein letzter prüfender Blick. Hält sie ihm stand? Ihre Lider flattern. »Na ja, ich wünschte schon, dass er mich nur ein Mal so ansehen würde, wie er dich immer ansieht, aber das ist wohl nichts, was man erzwingen kann. Und deine Euphorie ... es ist schwer für mich, damit umzugehen. Aber ich werde schon mit allem klarkommen.«
Sofort weiche ich zurück. Lasse ihr den Abstand, den ich ihr von Anfang an hätte lassen sollen. Denn ja, ich weiß genau, wie aufrichtig sie Matt liebt. Ich spüre es.
Schuldgefühle trüben meine Freude, als sich Mary abwendet und vor mir das kleine Lokal unseres Italieners betritt. Nach einer überschwenglichen Begrüßung weist Sergio uns unseren Stammtisch zu. Wir nehmen einander gegenüber Platz und vertiefen uns sofort in die Speisekarte.
Das Schweigen zwischen uns hält so lange an, dass es droht, peinlich zu werden. Ich durchbreche es schließlich

mit Monologen um Nichtigkeiten – seicht und schon belanglos, noch bevor meine Worte verhallt sind.
Es folgt erneutes Schweigen. Eine Weile picken wir in unseren Salaten herum, die Sergio uns mittlerweile gebracht hat. Ich esse, ohne etwas zu schmecken, denn ich werde das Gefühl nicht los, dass Mary noch etwas Wichtiges auf dem Herzen hat. Doch sie braucht ihre Zeit, um sich mir zu offenbaren, und ich will in dieser Situation nicht den Fehler begehen, sie zu drängen.
»Amy?«, beginnt sie plötzlich. Sie spricht so leise, dass ich mich etwas vorbeugen muss, um sie zu verstehen. »Ich habe mir meine Gedanken gemacht. Über Matt. Ich weiß, dass ihr diese Reise unternehmen wollt, zu eurem Heimatdorf. Und ich verstehe natürlich, dass du deine Eltern wiedersehen willst, aber bist du sicher, dass Matt das verkraftet?«
Marys Blick erstarrt in Sorge, ihre Augen bekommen einen glasigen Schimmer; sie scheint sich an etwas zu erinnern. »Ich habe ihn gesehen, als es ihm schlechtging. Habe gesehen, was er mit seinen Daumen anstellt, wenn ihn die Vergangenheit einholt. Ich kann mir vorstellen, wie es in ihm aussehen muss, wenn er noch immer solche Zwänge hat. Gut, wahrscheinlich kann ich mir das nicht vorstellen, aber du weißt, was ich meine, oder?«
Natürlich weiß ich, was sie meint. Mary versteht mich ja auch. Besonders in Bezug auf Matt. Eben weil sie ihn so sehr liebt und sich ihre Gedanken ständig um ihn drehen.
Ich nicke. »Ja, sicher! Aber weißt du, Mary, ich möchte, dass er mit diesem Erlebnis abschließt. Natürlich wird er es nie vergessen können. Wir beide werden niemals vergessen können, was passiert ist. Aber er sollte lernen, seine Gefühle aus sich herauszulassen, sie auszuleben, und so endlich das Geschehene zu verarbeiten.«

Ich zögere einen Moment. Mary mustert mich eindringlich – als wolle sie sich der Uneigennützigkeit meiner Beweggründe vergewissern. Sie wirkt verhalten.
Dennoch – als ich mich noch ein Stück weiter zu ihr vorbeuge, kommt sie mir entgegen. »Du kennst Matt seit zwei Jahren, Mary. Er wirkt immer ein wenig traurig, selbst wenn er lacht oder scherzt. Aber hast du jemals erlebt, dass er seine Traurigkeit zulässt? Dass er nicht versucht, sie zu verbergen? Er weint nicht, Mary. Nie! Es ist so, als hätte er gar keine Tränen – er lässt sie einfach nicht zu. Und, so verrückt das auch klingt: Mein Ziel ist es, ihn aus der Fassung zu bringen.«
Mary sieht mich an, als hätte ich endgültig den Verstand verloren. Ich zögere nur kurz. »Diese Gabe, die er hat, kommt meiner Meinung nach nicht von ungefähr. Ich kann natürlich nicht erklären, woher Matt diese tiefen Einblicke nimmt, aber ich weiß, dass er seine Fähigkeit dazu erst nach diesem schrecklichen Erlebnis entwickelt hat.«
Mary hängt nun an meinen Lippen. »Wie?«
»Bei seiner Mom«, erkläre ich. »Sie hatte seit diesem Tag furchtbare Alpträume und litt noch etliche Monate danach oft unter Migräne. Matty war immer schon sehr sensibel. Er fühlte bereits als kleiner Junge genau, wie es den Menschen um uns herum ging. Als seine Mutter ihm eines Abends eine gute Nacht wünschte, streichelte Matty ihr Gesicht. Er strich über ihre Schläfen und spürte ihren Schmerz. Das war das erste Mal. Ohne es ihr jemals gesagt zu haben, heilte er sie. Nicht sofort an diesem Abend, aber nach und nach.«
Mary starrt mich gebannt an. Ich versuche, meiner Stimme ein angemessenes Gewicht zu verleihen.
»Verstehst du? Er hat sich meines Erachtens selbst so sehr aus den Augen verloren, ist so selbstlos geworden – so ein-

fühlsam –, dass sich diese Gabe daraus entwickelt hat. Wie auch immer das geschah – was für einen Preis er dafür gezahlt hat, ist Matt wohl nie bewusst geworden. Er hat sich selbst dafür aufgegeben. Matt öffnet alle Seelen, seine jedoch bleibt verschlossen. Dabei können auch seine Wunden nur heilen, wenn er sich öffnet. Ich muss ihn dazu bringen, einmal loszulassen. Das könnte einer Erlösung gleichkommen, denkst du nicht auch?«
Lange sieht Mary mich an. Ich spüre, wie sehr es ihr widerstrebt, mir recht zu geben. Der Weg, der vor Matt und mir liegt, wird kein leichter werden, und ich sehne mich nach ihrer Bestätigung, dass ich keinen Fehler begehe. Gleichzeitig wünsche ich mir so sehr ein Zeichen von Mary, dass zwischen ihr und mir wirklich alles in Ordnung ist.
Endlich, nach etlichen Sekunden, atmet Mary tief durch, drückt meine Hand und nickt.

Es geschieht bei Kristins Geburtstagsfeier.
Wir legen die Karten offen auf den Tisch und zeigen unsere Liebe. Nun, eigentlich nicht *wir,* sondern Amy.
Wir sitzen in einem gemütlichen Restaurant, und Amy – wie immer spontan und überschwenglich in ihren Gefühlen – dreht sich zu mir um, schmunzelt, als sie ein Maiskorn aus meinem Mundwinkel entfernt, und dann – völlig gedankenlos – küsst sie mich. Mitten auf die Lippen. Als wäre es das Selbstverständlichste der Welt.
Es ist nur ein kurzer Kuss, doch Kristin fällt sofort die Gabel aus der Hand. Klirrend landet sie in ihrem Teller. Tom verschluckt sich an dem Stück Fleisch, das er sich gerade in den Mund geschoben hat.
Mir selbst bleibt das Salatblatt im Hals stecken. Da ich mein Glas bereits geleert habe, muss ich mir mit einem Schluck von Amys

Wasser helfen, um den drohenden Hustenanfall abzuwenden. Fragend sehe ich sie über den Rand des Glases hinweg an.
»So, so.« Kristin grinst. Sie ist die Erste, die ihre Sprache wiederfindet. »Beste Freunde, hm? Ich für meinen Teil hatte mich schon gewundert, was wohl aus der armen Mary geworden ist.«
Amy errötet. Ich senke den Blick und taste nach ihrer Hand.
Tom räuspert sich. »Wie lange seid ihr denn schon …?«
»Noch nicht so lange«, antworte ich hastig. Etwas zu hastig vielleicht. Wahrscheinlich wirke ich gerade wie ein ertappter Teenager, der im Nachhinein noch versucht, die Aufrichtigkeit seiner Absichten zu versichern.
Amy lacht. »Noch keinen Monat. Wir brauchten erst einmal Zeit, um für uns selbst mit all den Veränderungen zurechtzukommen. Ihr seid uns nicht böse, oder?«
»Böse?« Kristin schaut einen Moment lang zwischen Amy und mir hin und her und amüsiert sich offenbar königlich über unsere betretenen Gesichter. Schließlich wischt sie mit der Serviette über ihre Mundwinkel und lehnt sich zu uns herüber. Sie streichelt über unsere ineinander verschränkten Hände und schenkt uns ihr wärmstes Lächeln. »Nein, ich bin nicht böse, meine Süße. Im Gegenteil. Das ist das beste Geburtstagsgeschenk überhaupt. Ihr beide gehört zusammen. Wer das nicht sieht, ist blind.«
Amys Blick schweift zu Tom, der stumm auf seinem Teller herumstochert. Kein Zweifel, dass er die Begeisterung seiner Frau nicht teilt. Er ignoriert ihre spitze Bemerkung, die eindeutig an ihn gerichtet war.
»Ach, macht euch nichts aus diesem Griesgram.« Kristin winkt ab. »Der muss erst einmal die Schmach wegstecken, dass seine kleine Tochter nun einen Freund hat. Einen festen Freund!« Die letzten Worte trällert sie regelrecht und küsst Tom, der fast schon wieder lachen kann, auf die Wange.
»Mannomann«, schnaubt er endlich. Sein Blick wird nachgiebig.

»Über einundzwanzig Jahre lang gar nichts, und dann in knapp zwei Monaten das volle Programm. Das muss man als Vater erst einmal verkraften. Schatz, reichst du mir bitte den Wein. Ich brauch 'nen Schluck!«

Amy kommt Kristin zuvor und füllt Toms Glas mit dem portugiesischen Rotwein. Dann beugt auch sie sich über den Tisch und drückt ihm einen Kuss auf die Wange. »Du hast deinen Platz in meinem Herzen, Tom. Für immer!«

Das ist ein Versprechen. Und die hält Amy immer.

Bereits am folgenden Morgen beginnen wir offiziell mit den Planungen für unsere Reise. Bisher hatten Amy und ich uns nur auf dem Arbeitsweg besprochen. Oder abends, wenn wir nebeneinander im Bett lagen.

Das ist eine heilige Zeit, der ich mich gerne für einen Augenblick der Erinnerung hingebe.

Zärtliche Momente, die nur uns gehören. Den ganzen Tag über fiebern wir diesen Stunden entgegen. Manchmal, wenn Amys Staunen über das Leben zu groß wird und ihre Begeisterung über die kleinsten Alltäglichkeiten auf mich überspringt, grenzt es an Folter, sie nicht einfach an mich ziehen und küssen zu können. Doch in der Praxis ist das nur sehr flüchtig zwischen den Behandlungen möglich, und vor Kristin und Tom halten wir uns ebenfalls zurück. Wenn es dann endlich so weit ist und Amys Zimmertür hinter uns ins Schloss fällt, dauert es nur noch den Bruchteil einer Sekunde, bis ich sie in meinen Armen halte.

Jedes Mal ist es eine Erlösung, ihre Nähe zu spüren, niemals ist es selbstverständlich. Manchmal sprechen wir über Gott und die Welt, manchmal schweigen wir zwanglos, aber wirklich immer halten wir einander fest umschlungen und genießen diese lange entbehrte Nähe.

Oftmals küssen und liebkosen wir uns dabei so intensiv, dass die

Erregung überzuschwappen droht. Bis Amys süßer Atem seinen Weg nur noch stoßweise in meinen Mund findet und sie unter meinen Händen zu schmelzen scheint.

Doch wir lassen es nie so weit kommen, dass die Stimmung kippt; Amy zieht stets die Notbremse. Sie beherrscht den Moment genau. Den Moment, unmittelbar bevor *ich* wohl einen Rückzieher gemacht hätte, weil mich die alten Bilder wieder einholen. Sie passt ihn ab, mit einer übersinnlichen Präzision, die mich immer wieder aufs Neue fasziniert. Nicht ein einziges Mal erlaubt sie, dass diese innigen und elektrisierenden Momente zwischen uns auch nur im Ansatz getrübt werden.

Sie lässt uns das Schöne bis zum absoluten Limit auskosten, während sie den bösen Geistern unserer Vergangenheit einfach den Zugang verwehrt. Meine Grenzen weitet sie dabei so geduldig und einfühlsam aus, dass es mir selbst immer erst im Nachhinein auffällt.

Mit einem Lachen oder einer scherzhaften Bemerkung entzieht sie mir ihren Mund und lenkt unser Beisammensein zurück auf eine freundschaftliche Ebene. Sosehr die Erregung sie zuvor auch noch zu beherrschen schien, Amy rettet mich ein ums andere Mal – immer wieder ungefragt – vor mir selbst.

Und so bleibt es vorerst dabei: weiche Lippen, die sich nur voneinander lösen, um sich an Kinn, Ohr und Hals entlangzutasten. Abwärts. Zittrige Hände, mit denen wir unsere Körper gegenseitig so behutsam erkunden, als wären sie aus Porzellan. Heißer Atem, der eine Gänsehautspur hinterlässt, wo auch immer er auf die Haut des anderen trifft. Geflüsterte Worte, die von lebenslanger Verbundenheit zeugen und uns vor Augen halten, dass die unschuldig liebenden Kinder, die wir einst waren, inzwischen erwachsen sind und sich im Grunde ihrer Herzen auch nach körperlicher Erfüllung sehnen.

Wir sind beide unerfahren, doch Amys Berührungen sind von

einer natürlichen Neugierde und Unbefangenheit geprägt, die mich nicht nur einmal an den Rand meiner Selbstbeherrschung treiben.

Nicht selten enden solch intime Abende oder Nächte in einer gemeinsamen Dusche – einer recht kühlen zumeist –, bei der wir versuchen, unsere erhitzten Gemüter wieder unter Kontrolle zu bringen.

Das erste Mal, als wir uns mit dem Ziel einer solchen Abkühlung gegenseitig ausziehen, überrascht Amy mich mit einer ziemlich beunruhigenden Reaktion.

Unmittelbar nachdem sie mir meine Boxershorts abgestreift hat, sieht sie an mir herab und ... prustet los.

»Was?«, frage ich verunsichert und folge ihrem Blick. Ich kann nichts Lustiges entdecken. *Oder etwa doch?* In einer Art Reflex bedecke ich meine Blöße. »Was ist denn so komisch?«

»Nichts.« Amy lacht noch immer, legt aber im selben Moment schon beschwichtigend ihre Hand auf meinen Arm. »Tut mir leid.« Sie braucht ein wenig, um sich einigermaßen zu beruhigen. Zwischen Gekicher und erstickten Glucksern versucht sie, sich zu erklären. »Ich musste nur dran denken, wie wir damals ... weißt du noch, unter dem großen Kirschbaum in der Ecke unseres Gartens? Wir haben uns den kleinen Unterschied gezeigt.«

Nun muss ich selbst schmunzeln. »Da waren wir vielleicht vier oder fünf Jahre alt, und ...« Mit zusammengekniffenen Augen funkele ich sie an. »Es war deine Idee. Wie immer!«

»War es«, gibt Amy zu.

»Du warst damals einen halben Kopf größer als ich.«

»Das hat dich gewurmt, nicht wahr? Jedenfalls hast du mir erzählt, dass du im Stehen pinkeln könnest, und ich wollte sehen, wie das möglich ist.«

»Ja«, sage ich grinsend. »Und du, Miss Charles, hast es dann im Kindergarten auch versucht. Deine Strumpfhose war pitschnass,

es war eine riesige Schweinerei. Deine Mutter musste dich abholen. Der war das ziemlich peinlich.«
»Nun, die Zeiten haben sich geändert«, erwidert Amy. Betont gelassen zuckt sie mit den Achseln, und ihre grünen Augen bekommen einen schelmischen Glanz.
»Wieso? Kannst du mittlerweile im Stehen pinkeln?«
Sie streckt mir die Zunge heraus. »Nein, aber inzwischen ist ein Riese aus dir geworden, und auch der kleine Unterschied«, ihr Blick gleitet ungeniert an mir herab, »ist nun ein bedeutend größerer Unterschied geworden.«
Wieder einmal verschlägt es mir den Atem. Meine Ohren glühen.
»Du bist ziemlich frech, Amy Charles, weißt du das?«
»Ja, sicher! Aber lass mich wenigstens das sein. Es ist schon schwierig genug, einfach nur frech zu sein, glaub mir.«
Ich weiß genau, was sie meint. Ich spüre förmlich, wie gerne sie ihrem intimen Blick die Berührung ihrer Fingerspitzen folgen lassen würde. Mit beiden Händen streiche ich die Haare aus ihrem Gesicht und umfasse es zärtlich. »Fällt es dir sehr schwer ... zu warten?«
Amys Antwort kommt ohne Zögern. »Nein! Na ja, manchmal, denn ... nun, um ehrlich zu sein, bin ich verdammt neugierig. Aber für dich würde ich ewig warten. – Hey! Wehe, du *lässt* mich ewig warten!«, scherzt sie, lacht und haucht einen Kuss auf meinen Hals. Die Härchen an meinen Unterarmen richten sich auf, als mich ihre warmen Lippen berühren.
»Aber Amy, nach dem, was du erlebt hast ... Hast du denn gar keine Angst?« Ernsthaft, ihre Sorglosigkeit verwundert mich.
Sie grübelt mit geschürzten Lippen. Schließlich schüttelt sie den Kopf. »Nein. Die Freude darüber, mit dir zusammen ein neues Leben führen zu können, hat die Erinnerung an dieses Erlebnis in den letzten Wochen ehrlich gesagt ziemlich schnell verblassen lassen. Meine Erinnerung an die Vergewaltigung, meine ich.

Vielleicht ist es endlich an der Zeit, die Dinge beim Namen zu nennen. Dieser Scheißkerl hat mich vergewaltigt! Ein knapp neunjähriges Mädchen! Aber die Abscheu vor diesem Mann und seinem Verbrechen ist mittlerweile fast alles, was ich noch empfinde. Natürlich weiß ich, dass er mir weh getan hat, doch ich weiß nicht mehr, wie deutlich ich ihn gespürt habe. Ich sah seine eisblauen Augen und roch seinen Atem. Sein Gesicht konnten wir ja hinter dieser Maske gar nicht erkennen. Aber … nein, ich erinnere mich nicht mehr so detailliert an die Schmerzen.«

Nach einem stillen Moment ergreift sie meine Hand. »Und mit dir wird es so anders werden, Matt. Nichts, was du tust oder tun wirst, könnte mich an dieses Scheusal erinnern. Niemals!«

Wir umarmen uns. Meine Haut auf ihrer. Wir können warten. Es wird noch ein wenig dauern, bis ich so weit bin. Doch mit Amy werde ich es schaffen, das spüre ich genau.

Nun, da auch ihre neuen Eltern von unserer Liebe wissen und wir gemeinsam Kristins Geburtstag gefeiert haben, kennt Amy kein Halten mehr, sich in die Planung ihres Vorhabens zu stürzen.

Es ist die erste Reise ihres Lebens, und die Nerven liegen so blank, dass ich manchmal das Gefühl habe, die achtjährige Amy vor mir zu haben.

»Hast du die Motels schon gebucht, oder wie läuft das? Kann man da einfach so einchecken?«, fragt sie mich, als es in die Endrunde unserer Reisevorbereitung geht.

»Ja, kann man. Einfach so. Kreditkarte und fertig.«

»Können wir denn die Küstenstraße nehmen? Ich weiß, dass es ein enormer Umweg ist, aber ich würde so gerne einmal den Ozean sehen!«

»Klar, Süße, machen wir. Wir fahren an der Küste entlang.«

»Ich bin so aufgeregt, wenn ich an Madison Spring denke. Was meinst du, ob unsere Häuser noch stehen?«
»Amy, wir haben doch im Telefonbuch nachgesehen. Deine Eltern wohnen noch immer in eurem Haus, sonst hätte sich die Adresse geändert.«
So und so ähnlich geht es bereits den ganzen Tag, bis Tom schließlich mit einer Landkarte vor uns steht. »Zeigt ihr mir, wo dieses Dörfchen liegt, in dem ihr aufgewachsen seid?«
»Natürlich!« Amy strahlt ihn an. Ihre Begeisterung darüber, dass er sich endlich für unseren Trip interessiert, lässt sich nicht verbergen.
Mit dem Finger zeichne ich die Strecke nach, die wir nehmen werden. Gute dreihundertfünfzig Meilen nach Südwesten, dann an der Küste entlang. Abwärts, immer weiter abwärts, und dann wieder geradewegs nach Osten, ins Landesinnere. Der »enorme Umweg«, von dem Amy sprach, wird unsere Reise um einen vollen Tag verlängern, doch so kann sie endlich ihren lang ersehnten Blick auf den Pazifik erhaschen, und das ist es mir wert.
Auch Kristin ist in der Zwischenzeit zu uns gekommen. Ich habe ihr Platz gemacht, um den Blick auf die Karte freizugeben.
»Was, da liegt Madison Spring?«, fragt sie erstaunt. »Das ist ja gar nicht weit von dem Ort entfernt, in dem Diane und Wilson leben.«
»Sechzig, siebzig Meilen höchstens«, meint auch Tom.
»Oh, dann werden wir sie besuchen. Nicht wahr, Matt?« Amy sieht mich erwartungsvoll an. Mir bleibt nichts anderes übrig, als lächelnd zuzustimmen, obwohl mir eigentlich nicht danach zumute ist. Ich sehe dieser Reise mit deutlich gemischteren Gefühlen entgegen als Amy, die vor lauter Vorfreude all die schwierigen und ernsten Situationen und Herausforderungen zu vergessen scheint, die uns auf diesem Trip erwarten.
Kristin ist von Amys Idee begeistert: »Diane wird sich sehr

freuen, dich so zu sehen, Amy. Sei ihr nicht böse, wenn sie dich noch Julie nennt. Sie ahnt ja nichts von … alledem.«
Amy nickt. »Das ist auch besser so. Außer Matty und mir wissen es nur drei Personen. Ihr beide und Mary. Meine Eltern kommen noch dazu, aber das sollte erst einmal reichen. Diane und Wilson können wir später immer noch einweihen.«
»Ja! Wir sollten nichts überhasten«, pflichte ich ihr bei und lege, wie zur Bestätigung, meinen Arm um sie. Es tut gut, das einfach so tun zu können. Auch Amy scheint die Offenheit, die nun herrscht und die ihr die Freiheit gibt, sich in diesem Moment an mich zu schmiegen, sehr zu genießen.
»Ich überlasse dir meine Kreditkarte für die Reise, Amy«, verkündet Tom. »Und eine Videokamera. Kristin und ich, wir würden … deine Eltern … gerne grüßen. Dafür haben wir eine Aufnahme von uns gemacht. Vielleicht möchtest du ja auch etwas aufzeichnen. Ich habe drei Speicherkarten gekauft, damit müsstet ihr auf jeden Fall genug haben.«
»Wie viel Zeit habt ihr denn eingeplant? Bleibt es bei den neun Tagen?«, fragt Kristin vorsichtig. Für sie werden diese Tage lang werden, das ist uns beiden durchaus bewusst.
»Ja«, erwidere ich bestimmt. »Ich kann unmöglich länger als eine Woche in der Praxis fehlen.«
Kristin wirkt erleichtert.
»Keine Bange.« Amy greift nach ihrer Hand. »Ich komme wieder! Egal, was passiert. Ihr seid doch hier und Matt ebenfalls. Ich komme zurück, das verspreche ich.«

Nur fünf Tage später ist es so weit. Solange die Straßenführung es erlaubt, sehe ich im Rückspiegel, wie Kristin und Tom uns nachwinken. Amy hat, trotz der eisigen Kälte, die nach wie vor herrscht, das Fenster bis zum Anschlag heruntergekurbelt und winkt ebenfalls.

Das blaue Haus hinter uns verschwindet erst, als wir eine Anhöhe passieren.
»Brrr, ist das kalt.« Amy kurbelt das Fenster wieder hoch. »Ich freue mich schon auf Madison Spring. Dort müsste es bedeutend wärmer sein.«
»Auf jeden Fall«, entgegne ich weitaus enthusiastischer, als mir zumute ist.
Amy bemerkt sofort, dass meine gute Laune und mein Optimismus nicht echt sind. »Matty, was ist los? Du hast Angst, nicht wahr?«
»Hm, ›Angst‹ trifft es nicht. ›Panik‹ ist eigentlich passender. Für mich ist diese Fahrt eine ziemliche Überwindung«, gestehe ich steif.
»Es wird alles gut, du wirst sehen. Ich bin so froh, dass du mit mir kommst. Ohne dich hätte ich auch schreckliche Angst.«
Eine Weile sitzen wir schweigend nebeneinander, und ich spüre, wie Amys Nähe allein mich langsam entspannt.
»Weißt du was?« Amys Nase ist gekräuselt, als ich zu ihr rüberschaue.
»Was?«
»Es ist das erste Mal, dass wir allein sind. Nur wir beide, du und ich. Keiner wird kommen, um nach uns zu suchen, niemand wird uns rufen, keiner erwartet uns. Wir sind frei, Matty!« Das Strahlen ihrer Augen unterstreicht ihre Begeisterung.
Amy und ihr Freiheitsdrang.
Von dieser ersten großen Reise will sie nichts verpassen, das wird bald klar. Jedes Dörfchen, an dem wir vorbeifahren, und jede noch so kleine Auffälligkeit in unserer Umgebung wird kommentiert.
Mit der Zeit jedoch verstummt ihr Redefluss, denn die Landschaft um uns herum verändert sich, wird zunehmend trister. Zuerst verschwindet der Schnee, dann sieht man nur noch sehr

vereinzelte Ortschaften, und schließlich lichten sich sogar die Baumreihen.
Nach fünf Stunden Fahrt ist Amy eingeschlafen. Ihr Atem geht ruhig und regelmäßig. Den Kopf hat sie zur Fensterseite geneigt, ihre Lippen sind nur leicht geteilt, die Hände ruhen in ihrem Schoß. Ich muss mich zwingen, den Blick zurück auf die Fahrbahn zu lenken.
Die Küstenstrecke kenne ich sehr gut. Als ich mit meiner Tätigkeit als Physiotherapeut begann, besuchte ich oft Tagungen und Seminare, die mich entlang der Küste hinabführten.
Nach einer weiteren Stunde weiß ich deshalb genau, dass nur noch eine einzige Anhöhe zwischen der schlafenden Amy und dem Pazifik liegt. Unsere Abfahrtszeit hatte ich mir so ausgerechnet, dass wir diese besondere Stelle unserer Reiseroute genau zum jetzigen Zeitpunkt erreichen. Zu keiner Tageszeit ist der Ozean schöner als bei Sonnenuntergang. Ich beschließe anzuhalten und lenke den Ford in eine Ausbuchtung am Straßenrand. In dem Moment, als ich den Motor abstelle, erwacht Amy.
»Hey du!« Sie gähnt hinter vorgehaltener Hand. »Mist! Habe ich lange geschlafen? Gott, es dämmert ja schon. Ich wollte gar nicht einschlafen, aber irgendwie ...«
»Irgendwie warst du in den letzten Tagen so aufgekratzt, dass du kaum noch schlafen konntest. Du hast dich im Bett hin- und hergewälzt wie ein hyperaktives Ferkel im Morast. Und irgendwie war das Maß nun wohl endgültig voll, Süße.«
Ob man mir wohl ansieht, wie sehr ich sie liebe?
Amy beugt sich zu mir herüber und küsst mich. »Wo sind wir überhaupt?«
Ohne mir die Chance einer Antwort zu geben, spüre ich wieder ihre Lippen. »Wollen wir nicht aussteigen und uns etwas die Füße vertreten? Ich könnte die restlichen Sandwiches aus der Box holen«, fragt sie so dicht an meinem Mund, dass es kitzelt.

»Nein!« Energisch schüttele ich den Kopf, obwohl mir bereits seit geraumer Zeit der Magen knurrt.
Amy blickt verwundert zu mir auf. Sie kennt es nicht, dass ich ihre Vorschläge ablehne.
»Wir fahren noch ein Stück.« Mit diesen Worten werfe ich den Motor wieder an.
Amy schaut sich um. »Hm, viel zu sehen gibt es hier ja nicht gerade«, murmelt sie.
»Findest du?«, frage ich genau eine Sekunde, bevor wir den Gipfel der Anhöhe erreicht haben und sich der Pazifik vor uns auftut.
Wie so oft im Winter tragen die Wellen auch heute weiße Kronen; die rotglühende Sonne wirft unzählige schimmernde Lichter über das aufgewühlte Wasser.
Amy sitzt mit weit aufgerissenem Mund da. Sie wedelt sich Luft zu, und ich weiß, sie würde schreien, wenn sie nur könnte. Doch sie kann nicht. *Ha!*
Es passiert ja nicht oft, aber wann immer es bisher geschah, war es ein tolle Erfahrung, Amy sprachlos zu erleben. Es dauert, bis sie den Anblick so weit verarbeitet hat, dass ein erstes Wort ihre Lippen verlässt.
»Matt!« Tränen schimmern in ihren Augenwinkeln.

Kapitel XVI

Wir fahren auf der Küstenstraße, parallel zum Ozean – allerdings nur für wenige Sekunden.
»Halt an, halt an, halt an!«, ruft Amy. Ich trete auf die Bremse und komme in der nächsten Ausbuchtung zum Stehen. Hastig löst sie ihren Gurt und reißt die Tür auf. Noch ehe ich mich versehe, rennt sie bereits die holprige Steintreppe hinab, klettert

über die Felsbrocken und läuft dann über den feuchten Sand dem Wasser entgegen.

Hatte ich bis eben noch geplant, gemächlich mit ihr zur Brandung zu spazieren, so bleibe ich jetzt an mein Auto gelehnt zurück und beobachte, wie sie im Laufen die Schuhe abwirft. Ein weiterer Augenblick, an den ich mich erinnern werde, so lange ich lebe – das wird mir schlagartig klar. Amys Locken hüpfen, und ihre Jacke weht wie eine Fahne waagerecht im Wind.

Ich würde mir gerne etwas anderes einreden, doch als ich sie so sehe, weiß ich, dass es kein Akt reiner Selbstlosigkeit war, Amy zurück ins Leben zu holen. Ich war mir schon damals sicher, dass meine Welt eine bessere sein würde, wenn sie erst wieder ein Teil von ihr wäre. Für einen Augenblick denke ich an Mary, die nicht mal für eine Sekunde ein annäherndes Glücksgefühl in mir hatte erwecken können. Wohl zum hundertsten Mal verdränge ich meine Schuldgefühle.

Amy steht mittlerweile bis zu den Knöcheln im Wasser. Es muss verdammt kalt sein, denn sie quietscht immer wieder laut auf, wenn die Wellen sie erreichen. Dann beugt sie sich plötzlich herab und befeuchtet ihre Fingerspitzen. Ich traue meinen Augen kaum – sie kostet tatsächlich das Salzwasser.

»Bah!«, ruft sie laut und schüttelt sich.

Amy! Nichts kann sie blind hinnehmen, alles muss getestet werden. Im Stehen pinkeln, Salzwasser kosten. Manche Dinge ändern sich wohl nie. Ich hole meine Jacke aus dem Kofferraum und mache mich auf den Weg zu ihr.

Der Strand ist schmutzig. Algen, Treibholz und Müll – achtlos ins Wasser geschmissen – liegen überall. Im Sommer herrscht hier Ordnung, doch außerhalb der Saison sehen die Strände alle ähnlich verwahrlost aus.

Amy kümmert das nicht. Ihre erste Begegnung mit dem Ozean

lässt sie sich durch nichts verderben. Sie genießt – mit all ihren Sinnen.
»Hör doch, Matty, wie das zischt und donnert. Was für eine Kraft! Und dieser Sand, der fühlt sich unter meinen Füßen so fein an. Ich kann nicht fassen, dass du deine Schuhe noch trägst. Zieh sie aus, Matt! ... Merkst du, wie salzig die Luft riecht? Bisher wusste ich nicht mal, dass man Salz überhaupt riechen kann. Verrückt, oder? Und das Wasser schmeckt, als könne man Spaghetti darin kochen.« Aus ihr spricht die Begeisterung eines Kindes. Wie immer, wenn sie etwas zum ersten Mal wirklich *erlebt*, was sie vorher nur aus ihren Visionen kannte.
Sie wirft den Kopf zurück und lacht. Dann wendet sie sich wieder dem Ozean zu, dessen Sog nicht nur einmal droht, sie umzuwerfen. Ihr einfach die Füße wegzuziehen. Amy jedoch steht mit ausgebreiteten Armen in der Brandung. Welle um Welle bricht sich an ihr und schlägt mit ungeminderter Wucht ans Ufer. Ihre Hose ist bereits klitschnass.
»Sieh nur, man kann den Übergang zwischen Wasser und Himmel gar nicht erkennen. Würde die Sonne nicht gerade untergehen, könnte man meinen, der Ozean wäre unendlich weit! Das ist so herrlich, Matt!«
Sie dreht sich im Wasser, atmet noch einige Male tief durch und dann, endlich, stapft sie mir entgegen. »Du sagst ja gar nichts«, stellt sie fest.
»Ich genieße. Schweigend!«, erwidere ich mit einem Zwinkern.
»Was? Den Ozean oder mich?«
»Beides. Mit unterschiedlicher Wertigkeit.«
»Und? Wer gewinnt?«
»Ist *das* eine Frage – du natürlich.«
»Gegen dieses Wunder?« Amy wendet sich noch einmal dem Wasser zu.
»Gegen jedes Wunder. *Du* bist mein größtes Wunder!«

Sie lässt mir einige Herzschläge lang Zeit, ihre Sprachlosigkeit auszukosten. »Wow«, sagt sie dann.
Ich nehme im leicht feuchten Sand Platz und winke sie heran. »Komm schon her, du bist ja patschnass. Außerdem zitterst du vor Kälte.«
Bereitwillig setzt sie sich vor mich und schmiegt sich mit angewinkelten Beinen an meine Brust. Ich schließe beide Arme um sie, schlage meine geöffnete Jacke um ihre Schultern und drücke sie an mich. Verharre für einen Moment, sauge alles auf. Amys Nähe, den Wind, das Rauschen der Wellen, die glutrote Sonne.
Beinahe verfluche ich mein verflixtes Pflichtbewusstsein für meinen nächsten Satz: »Was ist, wollen wir weiter?«
Amys Seufzen klingt wehmütig. Sie wirkt hin- und hergerissen. Doch dann nickt sie und rappelt sich auf. Streckt mir ihre Hand entgegen, hilft mir hoch und klopft den klammen Sand von meinem Hosenboden – deutlich euphorischer als eigentlich nötig.
»Hey, was machst du denn?« Als ich ihre Handgelenke zu fassen bekomme, umschließe ich sie schnell.
»Man muss die Chancen nutzen, die sich einem bieten«, entgegnet Amy frech und zieht die Augenbrauen hoch. Mit einem Ruck reißt sie sich los und läuft davon. Eine klare Herausforderung, der ich mich nicht entziehen kann. *Männerstolz, sie hat schon recht ...*
Unsere Füße versinken im Sand, was das Laufen erschwert. Ein paar Mal stolpern wir, schaffen es aber immer wieder, uns gerade noch abzufangen. Ich mag zwar schneller sein als Amy, doch sie ist wesentlich wendiger als ich. Wie ein Kaninchen schlägt sie spitze Haken und windet sich jedes Mal unter meinen ausgestreckten Armen hindurch, kurz bevor ich sie zu fassen kriege.
Amy juchzt und quietscht. Jedes ihrer Ausweichmanöver quittiert sie mit einer Grimasse.
Da sie sich nicht so einfach fangen lässt, ändere ich meine Taktik.

Langsam, aber sicher dränge ich sie der Brandung entgegen. Als ich sie endlich dicht genug am Wasser habe, baue ich mich breitbeinig vor ihr auf. Sie steckt in der Falle, und das weiß sie auch – selbst wenn sie versucht, sich nichts anmerken zu lassen.
»Das war's, Madame! Ergib dich lieber, vielleicht erweise ich mich dann als gnädig.«
Amy lacht in gespielter Überheblichkeit – recht überzeugend, wie ich finde. »Pah! Eher friert die Hölle zu, als dass ich mich *dir* ergebe.«
»So? Na gut, dann eben keine Gnade für dich, Amy Charles.«
Mit diesen Worten setze ich zum Sprung an, schlinge meine Arme um ihre Taille und wirbele sie so herum, dass ihre Zehenspitzen die heranrollenden Wellen streifen. Meine Sohlen versinken im schlammigen Sand. Ich verliere den Halt, und wir fallen der Länge nach hin. In letzter Sekunde gelingt es mir, den Sturz abzufedern – so, dass sie sich nicht weh tut.
Amy liegt unter mir, ihre Arme fest um meinen Hals. Im Schein der untergehenden Sonne sieht sie noch schöner aus als sonst. Der Wind trägt ihr Lachen mit sich und bläst durch ihre weichen Locken. Mit einem Mal spüre ich kaum noch, wie kühl es schon geworden ist.
Amy grinst von einem Ohr zum anderen, ihre Augen funkeln – und ich kann nicht widerstehen. Nicht mal für eine weitere Sekunde.
Meine Lippen senken sich auf ihre, ich küsse sie weniger sanft als leidenschaftlich. Amys Atem stockt zunächst, doch dann erwidert sie meinen Kuss umso stürmischer. Unsere Oberkörper sind so eng aufeinandergepresst, dass ich ihren Herzschlag spüren kann. Ihre Brust hebt und senkt sich immer hastiger unter meiner, bis wir beide nach Luft schnappen.
Natürlich findet Amy zuerst ihre Sprache wieder, auch wenn sie nicht mehr als ein tonloses Wispern zustande bringt. »Also,

wenn es das ist, was du unter gnadenlos verstehst, Matt, dann gnade *dir* Gott. Ich werde dich so was von provozieren in nächster Zeit.«

»Ist das ein Versprechen?« Meine Stimme klingt rauh. Nur allzu gerne lasse ich mich auf ihr Spielchen ein.

»Absolut! Ich liebe den gnadenlosen Matt.«

»So, nur den gnadenlosen Matt, hm?«

Amy verdreht die Augen und versetzt mir einen Klaps vor die Brust. »Nein, nicht nur. Auch. Vielleicht sogar besonders. Weiß noch nicht. Zeig mir doch noch ein bisschen mehr von ihm.«

Schlichtweg alles an dieser Aufforderung ist unwiderstehlich.

Als meine Lippen erneut mit ihren verschmelzen, steigert sich die Hitze in meinem Unterleib … bis die Abkühlung in Form einer besonders hohen Welle kommt und Amy aufquietschen lässt.

Schnell springe ich hoch und ziehe Amy mit mir. Als wir uns auf trockenes Terrain begeben haben, knie ich mich in den Sand und krempel ihre triefenden Hosenbeine um.

Amy schaut zunächst auf mich herab, doch ich weiß, dass sie ihre Augen schließt, als meine Hände auf ihren Waden verweilen und ich ihre Kniekehle küsse.

»Was tust du?«, haucht sie; ihre Finger vergraben sich in meinen Haaren.

»Hm? Weiß nicht! Ich dachte, man muss die Chancen nutzen, die sich einem bieten.«

Die kommenden zwei Stunden folgen wir der Küstenstraße. Wie ein paillettenbesticktes Tuch sieht der Ozean aus. Die tanzenden Lichter finden ihre Quelle mittlerweile im Mond, der in dieser Nacht schief am Himmel zu hängen scheint. Die Stille zwischen uns ist ungezwungen, bis Amy sie mit einem Seufzer durchbricht.

»Das ist so wunderschön.«

Plötzlich habe ich nicht die leiseste Lust, auch nur eine Meile weiterzufahren. Unser Etappenziel für den heutigen Tag haben wir zwar noch nicht erreicht, aber wenn wir am nächsten Morgen etwas zeitiger aufstehen, holen wir das Versäumnis locker auf.
Schon erblicke ich ein grell leuchtendes Motel-Schild am Straßenrand. Ich trete auf die Bremse, und Amy wird in ihren Gurt gepresst.
»Was ist los?«, ruft sie erschreckt.
»Entschuldige! Hier schlafen wir.«
Amy sieht sich um. »Aber Matty, es ist doch noch gar nicht so spät.«
»Ich weiß! Aber ich will den ersten Abend in Freiheit mit meiner Freundin genießen.« Ich zwinkere ihr zu und parke den Wagen. »Keine Bange, morgen Abend sind wir da!«
Wir beziehen ein großes, sauberes Schlafzimmer und essen die restlichen Sandwiches, die Kristin uns mitgegeben hat.
»Bist du satt?«, fragt Amy, die letzten Brotkrümel noch in ihrem Mundwinkel.
»Ehrlich gesagt, nicht mal im Ansatz.«
»Gut.« Sie grinst. »Ich nämlich auch nicht. Was hältst du davon, wenn wir noch etwas am Strand spazieren gehen? Vielleicht finden wir ein nettes Restaurant.«
Was auch immer. Mir ist jeder Plan recht, solange wir beide ein Teil davon sind. Schon greife ich nach unseren Jacken, doch Amy legt ihre Hand auf meine.
»Warte, nicht so hastig. Ich hätte nie gedacht, dass Salzwasser so auf der Haut juckt. Meine Beine kribbeln furchtbar. Ich würde gerne duschen, bevor wir gehen, wenn es dir nichts ausmacht.«
»Nein, geh nur, ich warte«, antworte ich. Im selben Moment jedoch macht sich ein anderes Bedürfnis in mir breit. »Oder … würde es dir etwas ausmachen, wenn ich dir zuschaue?«
Mir bleibt keine Zeit, meine Frage lächerlich zu finden.

»Du kannst auch gerne mit mir duschen«, erwidert Amy postwendend, während sie in ihrer Reisetasche nach dem Beutel mit den Duschutensilien kramt.
»Nein, ich möchte dir nur zusehen. Wenn das okay ist.«
Ihr Nicken wischt die Verwunderung aus ihrem Gesicht. »Na los, dann komm!«

Das Wasser dampft – Amy liebt es so. Immer, wenn wir zusammen duschen, dauert es etliche Minuten, bis wir uns auf eine Temperatur geeinigt haben.
Glücklicherweise ist der Duschvorhang transparent, was meinen Wünschen sehr entgegenkommt. Amy wäscht ihre Haare und seift sich ein. Wesentlich gründlicher, als es das Salz auf ihrer Haut erfordert, wie ich vermute.
O ja, sie weiß genau, was sie mit mir anstellt. Und sie kostet ihre Macht aus. *Wieder einmal.* Nicht, dass ich mich beschwere.
Schließlich stellt sie das Wasser ab und zieht den Vorhang ein kleines Stück zur Seite. »Bist du so lieb und gibst mir mein Handtuch?«, bittet sie mich mit einem Unschuldsblick, den ich ihr glatt abkaufen könnte, würde ich sie nicht besser kennen.
Meine Schüchternheit ist von entwürdigender Natur; ungeschickt lasse ich das Tuch fallen – zweimal –, bevor ich es ihr endlich, mit glühenden Ohren, reiche.
Herabperlende Wassertropfen fangen meinen Blick ein und lenken ihn über jeden Zentimeter von Amys hübschem Gesicht. Wieder einmal wird mir bewusst, wie problemlos ich mich mit ihrem neuen Äußeren abgefunden habe, obwohl es so konträr zu ihrem früheren Aussehen ist. In meinen Augen ist Amy bildschön. Und obwohl ich mir sicher bin, dass ich sie in jeder Hülle geliebt hätte, ist es mir so lieber. Nein, ich kann mich – trotz meines Wissens um die Belanglosigkeit unserer Körper – nicht von einer gewissen Oberflächlichkeit lossprechen.

Atemlos beobachte ich, wie sie sich abtrocknet, dann an Ort und Stelle das Badetuch fallen lässt und beginnt, sich die Haare zu föhnen.
Bald schon fließen sie in weichen Wellen über ihre Schultern hinab. Amy legt den Föhn zur Seite, umfasst mein Gesicht mit beiden Händen und zieht mich an sich heran.
Ergeben schmiege ich mich an sie. Sofort machen sich meine Hände selbständig, gleiten an ihren Seiten hinab, massieren ihren Po. Ohne sie zu küssen, flüstern meine Lippen über die zartbraunen Spitzen ihrer Brüste, die sich sofort verhärten. Amys Seufzen und die Art, wie sie sich mir entgegenbäumt – mit geschlossenen Augen und leicht geteilten Lippen –, entfesselt mich, zeigt mir, wie sehr sie meine Berührung will.
Doch schon weicht sie zurück; die zierlichen Hände festigen ihren Griff in meinem Haar und lenken meinen Blick zurück in ihre Augen.
»Komm schon, wir ziehen uns an!«, bestimmt sie – mit sanftem Nachdruck in der Stimme – und reicht mir ihre Hand.
Ich ignoriere das Ziehen in meinen Lenden zum wohl tausendsten Mal, presse die Lippen aufeinander und nicke schweren Herzens.

Nun sind es die Lichter der Strandpromenade, die sich auf dem Schwarz des Wassers spiegeln.
Hand in Hand schlendern wir über den breiten Bürgersteig. Amys Blick ist nach oben gerichtet. Der Himmel dieser Nacht hat etwas Beschützendes an sich. Zahllose Sterne funkeln über uns und verleihen dem Ausdruck »Himmelszelt« endlich einen Sinn.
Ja, dieser Himmel umhüllt uns wirklich. Wie die Wolldecke, unter der wir als Kinder oft spielten, spannt er sich über uns.
»All diese Sterne«, haucht Amy neben mir.
Sie lässt sich von mir führen, den Blick weiter gen Himmel ge-

richtet, und verweigert dem Ozean, der sie vorhin noch so faszinierte, ihre Aufmerksamkeit.

»Kennst du dich mit den Sternbildern aus?«, frage ich nach einer Weile, doch sie muss passen.

»Der da oben, der helle da, das ist der Nordstern«, beginne ich. Amy kuschelt sich an meine Seite und verfolgt meinen Zeigefinger, der in der salzigen Nachtluft die Sternbilder nachzeichnet.

Ich erzähle ihr einige Geschichten zu den Formationen der Sterne, weil auch mir das damals geholfen hat. Ohne Hintergrundwissen ist es schwer, sich die Bilder einzuprägen.

Als ich meinen Vortrag über den Großen Wagen beendet habe, schaue ich an mir herab, direkt in ihre strahlenden Augen.

»Was?«

Sie zuckt mit den Schultern. »Ich fühle mich in die Abendstunden meiner Kindheit zurückversetzt, als mein Vater noch zu mir ans Bett kam und mir Geschichten erzählte«, gesteht sie.

»Es war auch mein Dad, der mir all das beigebracht hat«, erwidere ich leise.

Amy nickt und drückt meine Finger. »Du bist ihm so ähnlich. Deinem Dad, meine ich. Er war ein großartiger Mann.« Den Blick auf unsere verschränkten Hände gerichtet, atmet sie tief durch. Dann schaut sie erneut hinauf. »Also sind der Große Wagen und der Große Bär dasselbe Sternbild?«

»Ja, genau.« Dankbar über den schnellen Themenwechsel, schöpfe ich Luft, um weiter auszuholen. »Und die Römer …«

»Hey! Schau doch!« Amy reißt sich los und zeigt in den Himmel. Für einen kurzen Augenblick ritzt eine Sternschnuppe das Schwarz des Firmaments an. Gerade lang genug, dass ich sie noch sehe.

»Hm, hat richtig gezischt, nicht wahr?«

»Wünsch dir was!«, ruft Amy und presst im selben Moment für ihren Wunsch die Augen zusammen.

»Hast du?«, fragt sie nach wenigen Sekunden.
O ja, und ob ich habe. Aber ich werde einen Teufel tun, dir meinen Wunsch zu verraten, Amy.

Das Quietschen meiner immer noch feuchten Schuhe verkündet wenig später unsere Ankunft in dem weit und breit einzigen, grell beleuchteten Fastfood-Restaurant.
Es ist nicht gerade ein Luxusrestaurant und gewiss weit von dem entfernt, was man unter einem romantischen Ambiente versteht, aber immerhin sind die Burger lecker, und außerdem ist einfach alles an dieser Nacht perfekt. Es ist offiziell: Amys rosarote Brille färbt langsam, aber sicher auf mich ab.
»Trinkst du das noch?«, fragt sie, nachdem der letzte Bissen des Burgers in ihrem Mund verschwunden ist. Ich schiebe meine halbvolle Dose über den Tisch. »Nein, nimm ruhig.«
Sofort kommt sie meiner Aufforderung nach. Amy liebt Cola und verwandelt sich in diesem Moment wieder in das kleine Mädchen, das nur zu besonderen Anlässen mal einen Schluck davon probieren durfte.
Ich versuche krampfhaft, mir ein Lachen zu verkneifen. Doch ihr Anblick, wie sie versucht, auch noch den allerletzten Tropfen zu ergattern, gibt mir den Rest. Ich pruste los.
»Was?«, fragt sie verwundert, die Augenbrauen weit hochgezogen, und schüttelt die Dose.
»Nichts. Ich liebe dich!«
»Hm, gut, lasse ich durchgehen.«
»Wie gütig von dir.«
»Ja, so bin ich. Gütig, aufopfernd und gnädig.« Theatralisch legt sie sich die Hand aufs Herz, dann fällt ihr etwas ein, und ihre Augen verengen sich. »Apropos gnädig ... Was muss ich eigentlich anstellen, um noch mehr von dem gnadenlosen Matt zu erleben?«

Oha! Dieser Satz ist schon mal kein schlechter Anfang.
Ihre Hand, die sich im Schutze der Tischplatte über meinen Oberschenkel legt und sanft zudrückt, unterstreicht Amys Forderung. Anstelle einer Antwort erhebe ich mich, ziehe sie von ihrem Stuhl und bugsiere sie nach draußen. Sie stolpert neben mir her und lässt sich gegen die Außenfassade des Lokals pressen, bevor ich mich an sie lehne.
Gott, wie ich es liebe, Amy zu küssen.
»Mehr«, fordert sie schlicht, als ich meine Lippen von ihren löse.
»Nicht hier. Komm!«, raune ich und reiche ihr erneut meine Hand.
»Ist das ein Versprechen?«, zitiert sie meine Worte von zuvor.
»Absolut«, entgegne ich mit einem Grinsen.
Ha, Matt! Du wirst langsam besser darin, feixe ich innerlich, und auch Amy belohnt mich mit einem anerkennenden Nicken.

Kapitel XVII

Ich schließe die Augen, als sich Matty an mich schmiegt. Wie immer ist sein Körper kühler als meiner, und dennoch schießt Hitze durch meine Adern, als ich ihn so dicht bei mir spüre. Die Laken riechen fremd, so wie der gesamte Raum. Auch die Geräusche, die von der Küstenstraße zu uns hereindringen, wirken sonderbar und unbekannt. Bässe, die von einem nahe gelegenen Nachtclub zu kommen scheinen, dröhnen. Motoren heulen auf, Autos hupen. Gedämpfte Männerstimmen werden von dem schrillen Auflachen einer Frau überlagert. Und dazwischen – fast wie zum Trotz – das Rauschen des Pazifiks; dieser Rhythmus der heranrollenden Wellen, in seiner Beständigkeit kaum zu überbieten.
»*Das ist meine erste Nacht in einem Motel*«, konstatiere ich.

Matty antwortet nicht. Er gibt mir lediglich einen Kuss auf die Haare und schließt den Kreis seiner Arme noch ein wenig fester um mich. Eine Weile konzentriere ich mich auf das Rauschen des Ozeans, das auf wunderbare Art und Weise mit Matts Atem harmoniert.
»Seitdem ich zurück in deinem Leben bin, gibt es sehr viele Premieren für mich«, stelle ich fest und greife hinter mich, um ihn noch enger an mich heranzuziehen. Mein fixer Punkt!
Solange Matt da ist, solange er gewohnt und vertraut bleibt, kann ich mit jeder Veränderung klarkommen, das spüre ich.
»Dito«, erwidert er und drückt seine Brust gegen meinen Rücken.
»Dito? Wieso dito? Du hast doch keine Premieren, seitdem ich zurück bin.«
»Aber sicher. Jeden Tag etliche«, protestiert er.
Ich spüre den Atemstoß seines Lächelns in meinem Genick, der ein wohliges Kribbeln durch meinen ganzen Körper schickt.
»Ja? Welche denn?«, frage ich neugierig.
Auch ohne ihn zu sehen, weiß ich nur zu gut, wie Matt nun schaut. Dieser bestimmte Gesichtsausdruck: geschürzte Lippen, leicht zusammengekniffene Augen, die Nase ein wenig gerümpft. Das Bild seines Gesichts baut sich so deutlich vor meinen Augen auf, dass es die Dunkelheit für einen Moment verdrängt.
»Ich weiß nicht so recht, wie ich dir das erklären soll, ohne dass es sich ... na ja, blöd anhört«, gesteht Matt endlich.
»Na, einfach heraus damit!«, ordne ich an. »Ohne nachzudenken. So, wie du es eben empfindest.«
Er zögert noch einen Moment, doch dann gibt er sich einen Ruck. »Okay! Also, ich habe noch nie eine Frau so ... nah an

mich herangelassen wie dich. Ich habe immer an einem gewissen Punkt die Schotten dicht gemacht, und dabei spreche ich nicht nur von ... du weißt schon ... von Sex. Ich habe es einfach noch nie zugelassen, dass mir jemand so genau und so tief ins Herz schaut, wie du es tust. Aber bei dir kann ich mich nicht dagegen verwehren. Ich will es auch nicht. Es ist nämlich schön, dass du mich so genau kennst. So, wie ich dich genau kenne. Und das allein ist schon die Grundlage für viele kleine Premieren an jedem Tag. Verstehst du?«
Manchmal ist die Schönheit eines Moments zu viel, um sie ertragen zu können. Einige Herzschläge später wende ich mich Matt zu und streiche die Locken aus seiner Stirn.
»Ich bin so froh darüber, dass ich diejenige sein darf, die du in dich hineinblicken lässt, Matty. Und weißt du was?« Ich führe meine Lippen zu seinem Hals, taste mich langsam an sein Ohr heran und flüstere so leise, als gelte es, in einem Raum voller Menschen ein Geheimnis zwischen uns zu bewahren. »Ich sehe nur Schönes in dir.«
Die Sekunden verstreichen. Sekunden, in denen ich mich nicht von dieser magischen Stelle, dem Übergang von seinem Hals zu seiner Schulter, lösen kann. Wie ein Herbstmorgen, so riecht er.
»Ich auch in dir«, erwidert Matt endlich.
Und sofort ist sie wieder da, diese tiefe Wärme, die so oft in mir aufsteigt und mein Herz umhüllt, wenn wir auf diese Weise zusammen sind. Die warme Welle spült alle Gedanken fort, und nichts ist mehr von Bedeutung, außer ihm und mir und diesem Kuss, den wir nun teilen.
Wieder bin ich diejenige, die den ersten Schritt wagt.
Ich zupfe an dem Saum von Matts Shirt, streife es über seinen Kopf und lasse meine Fingerspitzen über die Muskelstränge seiner Brust tanzen. Matt ist groß und schlank,

doch sein Oberkörper ist durch seine Tätigkeit als Masseur sehr stark und muskulös. Ihn so dicht an mir zu spüren, seine Haut und seinen Herzschlag, raubt mir jedes Mal erneut den Atem.

Schließlich fasst auch er nach meinem Oberteil und lässt es seinem folgen. Kurz darauf schlüpfen wir aus unseren Pyjamahosen.

Ich befürchte bereits, dass unser Plan, am nächsten Morgen früher aufzustehen, wohl scheitern wird, doch es ist mir herzlich egal.

Ich streichele Matts Bauch und seine Lenden, küsse seine Brust und immer wieder die kleine Senke unter seinem Kinn.

Stockender Atem trifft auf meine Haut. Matts Herz klopft heftig unter seiner Brust, auf der meine Hand nun ruht, und er schluckt einige Male so schwer, dass ich es höre.

Diese wachsende Erregung in ihm zu spüren – diese Erregung, die Matt mit allen Mitteln versucht, unter Kontrolle zu halten – löst ein Gemisch gegensätzlicher Gefühle in mir aus. Einerseits betrübt es mich, dass es ihm so unmöglich ist, unbefangen und impulsiv zu sein; andererseits ist der feste Wille in mir, dieses Band, das Matt noch immer gefangen hält, endlich zu sprengen. Zu guter Letzt spüre ich meine eigene Erregung und weiß, dass ich nicht länger imstande bin, sie in Zaum zu halten.

Den ganzen Abend über habe ich Matt beobachtet. Wie locker er war, wie zufrieden er wirkte, wie zwanglos er auf meine Neckereien einging – nichts von alledem ist unbemerkt geblieben. Und selbst jetzt, sosehr er auch mit sich kämpft, ist es doch anders als sonst. Er scheint nicht aufhören zu wollen.

Ist er das, der Moment, auf den ich gewartet – ja, beinahe

gelauert – habe? Kann ich ihn endlich wagen, diesen nächsten, alles entscheidenden Schritt?
Nun, ich werde es erfahren.
Wann immer Matt mich berühren will, halte ich seine Hände fest und bedeute ihm, einfach nur still zu liegen. Endlich gibt er auf und versucht, sich mir hinzugeben. Vielleicht spürt er ja, dass er mir vertrauen kann – dass ich zu jeder Zeit genau fühle, wie es um ihn steht –, und so entspannt er sich langsam unter meinen Liebkosungen.
»Amy!« Mein Name ist kaum mehr als ein Seufzer.
Ich spüre, wie sich sein Becken ein wenig hebt, als ich – scheinbar durch Zufall und so sanft wie eine Feder – mit meinem Oberschenkel über seinen Schritt gleite. Dieses winzige Zeichen reicht. Es ist viel mehr, als ich mir erhofft habe.
Ohne weitere Umschweife beginne ich, ihn dort zu streicheln, wo er vor mir noch keine andere Frau geduldet hat.
In dieser Nacht geht es nicht um luststeigernde Neckereien, sondern ausschließlich um Erlösung. Um Matts Erlösung ... und um meine eigene.
Unter den zaghaften Berührungen meiner Fingerspitzen fühle ich, wie erregt er schon ist.
»Oh, Matt!« Mein Griff festigt sich ein wenig.
Sofort fasst er nach mir, sucht nach Halt, ergreift meine Taille. Doch dann lockern sich seine Hände wieder, und schließlich beginnt er, sanft über meine Brüste zu streichen. Diesmal lasse ich es zu. Ich lehne mich seinen Berührungen entgegen und lege meinen Kopf in den Nacken. Was für ein Gefühl!
»Ich will dich, Matty«, höre ich mich wispern und erschrecke im selben Moment über meine Worte. Habe ich das wirklich gesagt?

Er schaut zu mir auf, die Skepsis steht in seinem Blick. Doch dann schlingt Matt seine Arme erneut um meine Taille und dreht mich mit einer fließenden Bewegung unter sich.

Ohne noch einen einzigen Gedanken an das *Ob* oder *Wie* zu verschwenden, manövriere ich mich zwischen ihre Beine und beuge mich zu ihr herab. Wie ein Engel sieht sie aus – mein persönlicher Engel.
»Willst du es wirklich?« Selbst mein Flüstern wirkt zu laut, doch Amy nickt, noch ehe ich meine Frage ausgesprochen habe.
»O ja«, flüstert sie zurück. »Wirklich, wirklich!«
Dieser Geruch der fremden Laken, gemischt mit Amys Duft, ihre Haarspitzen an meiner Brust, ihre Haut auf meiner, meine heißeste Stelle so dicht wie nie zuvor an ihrer ... Eine Lawine aus trudelnden Gedanken wird in meinem Kopf losgetreten.
»Amy, ich ... ich weiß nicht, was ich tun soll«, gestehe ich schließlich nach einigen regungslosen Sekunden.
Ich spüre ihren Atem, als sie ein wenig Luft ausstößt. »O doch, das weißt du sehr gut.«
»Ähm ... ja, natürlich – ich weiß es, aber ... meinst du nicht, wir überstürzen ...«
Ihr Kuss erstickt meine Zweifel auf überzeugende Art. »Dieses Vorspiel dauert schon ewig, Matt. Schluss damit!«
Entschlossen drückt sie mich zurück auf die Matratze und kniet sich über mich. Sie ist wunderschön.
Passiert das gerade wirklich?
Amy kneift mich nicht, um mich von ihrer Wahrhaftigkeit zu überzeugen, sie wählt andere – viel bessere – Berührungen.
Ihre Lippen küssen und liebkosen in einer zärtlichen Spur an mir herab. Hals, Brust, Bauch ... sie lässt sich Zeit. Oder mir?
Meine Finger krallen sich in die Laken, als ich ihren Atem über

meinem empfindlichsten Punkt spüre, und ich muss mich zusammenreißen, um nicht jetzt schon die Kontrolle zu verlieren.
Warum eigentlich?, schießt es mir plötzlich durch den Kopf. *Wenn nicht jetzt, wann dann? Wenn nicht bei Amy, bei wem denn sonst?* Die Erkenntnis trifft mich unerwartet: Ich werde die Kontrolle wohl verlieren müssen. Und es wird wunderbar werden.

Denn nach allem, was mit uns geschehen ist; nach all den schlimmen Jahren in der Gewissheit, sie verloren zu haben, der Einsamkeit, dem scheinbar hoffnungslosen Warten – ohne zu wissen, worauf und weshalb –, nach alldem ist es wirklich Amy, die sich nun in meinen Schoß hinabgebeugt hat. Und es gibt nicht den geringsten Grund dafür, ihr nicht die Kontrolle zu überlassen.

Endlich lasse ich mich entspannt zurückfallen, lege meinen Kopf in den Nacken, schließe die Augen und überlasse mich Amy.
Oh. Mein. Gott!
Wie ferngesteuert bäumt sich mein Oberkörper immer wieder auf. Amy erweist sich als Diebin. Sie raubt mir den Atem, die Fassung, den Verstand.
Gerade noch schaffe ich es, sie an den Schultern zu fassen und wieder zu mir hochzuziehen. Sekunden, bevor es kein Zurück mehr gegeben hätte.
Ich küsse sie stürmisch und drehe sie erneut auf den Rücken, ohne mich dabei von ihr zu lösen.

> *»Mein Herz hämmert wie verrückt!«, gesteht er nervös. In dem matten Licht der Nacht sehe ich, dass er mir sein verlegenes, schiefes Lächeln schenkt – mein liebstes Lächeln. Nur mich sieht er so an, und es erfüllt mich mit Stolz, dass nur ich ihm diesen Blick und dieses unglaubliche Lächeln entlocken kann. Es ist etwas, das allein uns gehört.*

Ich greife nach seiner Hand und führe sie unter meine Brust, direkt über mein ebenfalls heftig klopfendes Herz. Für uns beide wird es das erste Mal sein, und ich bin ebenso aufgeregt wie er – das soll er ruhig spüren.
»Bitte, Matty. Warte nicht länger«, flehe ich ihn an.
Er nickt. Dann lässt er eine Hand zwischen unseren Körpern hinabgleiten, während sich die Finger seiner Linken mit denen meiner Rechten verschränken.
Während eines tiefen, prüfenden Blicks schiebt er mir sein Becken entgegen. Trotz seiner Behutsamkeit stöhne ich auf – nur eine Sekunde.
Sofort hält er inne.
»Amy«, höre ich ihn dicht an meinem Ohr. Die Befürchtung, dass nun alles vorbei sein könnte, steigt in einem rasanten Tempo in mir empor, als seine Stimme unter meinem Namen wegbricht.
Schnell umklammere ich seinen Rücken. Nicht aufhören. Bitte!
Matt versteht mein Signal. Unter minimalen Bewegungen seiner Hüfte küsst er mich. Meinen Hals, meine Wangen, die kleine Falte zwischen meinen zusammengekniffenen Augen, bis sie vollständig verschwunden ist und ich mich wieder entspanne. Ich öffne meine Augen und finde ihn wartend.
Das Licht des Mondes verrät mir, wie verklärt sein Blick ist. Unsere warmen Körper aufeinander, das ist ein unglaubliches, ein herrliches Gefühl.
Matt küsst mich noch einmal. Dann erst bewegt er sich weiter.
Und oh, es ist anders ... so viel schöner, als ich es mir immer ausgemalt habe.
Nicht eine Sekunde lasse ich den Blick von ihm. Seine

Augen, die er nur schwerlich, unter flatternden Lidern, offen halten kann, seine leicht geöffneten Lippen, dieses Zucken seines Mundes – noch nie ist er bezaubernder gewesen. Doch dann schieben sich dunkle Wolken vor den Mond und nehmen mir die Sicht auf Matts Gesicht. Gefühl, reines Gefühl!
Sein Atem, rauh und etwas holprig an meinem Ohr, an meinem Hals, in meinem Mund; die Berührungen seiner Lippen und dieser Rhythmus ... dieser unglaubliche Rhythmus. Die Wärme in mir – seine Wärme – und dieses Gefühl, mit ihm endlich vollkommen zu sein. Meine Brüste, die bei unseren Bewegungen auf- und abwippen und dabei über seine Brust reiben, Matts erstes Stöhnen.
Ich halte ihn fest und ziehe ihn an mich heran. Greife nach seinem Po und dirigiere ihn. Tiefer ...
Langsam kann ich es fühlen: Matt verliert zunächst die Kontrolle und dann zunehmend seine Beherrschung. Endlich!
Übrig bleibt nur pure Lust.
Losgelöst von allem, was ihn sonst gehemmt hat, winkelt er mein linkes Bein an und verschränkt seinen Arm unter meinem Knie. Intuitiv bewegt er sich nun über mir, in mir – und ich genieße jeden Stoß seines Beckens, jeden Kuss und jeden Blick.
Wir sind endlich eins und doch reicht es nicht. Das Verlangen ist zu groß. Es kann nicht warm genug sein, nicht eng genug, nicht Matt genug. Zu gerne würde ich komplett mit ihm verschmelzen.
Und dann, plötzlich, trifft Matt genau den richtigen Punkt. Ich biege mich ihm entgegen, haltlos und erstaunt – fast ein wenig entsetzt sogar – über die ungeahnte Intensität seiner Berührung. Mein Atem setzt aus, und als ich endlich die

Luft ausstoße, kommt sie als ein Stöhnen über meine Lippen. »Da! ... Genau da!«
Ich vergrabe meinen Kopf an seinem Hals und lasse meine Fingernägel über seinen Rücken fahren. Matt stützt sich hoch, dreht sich ein wenig zur Seite und blickt zwischen uns herab.
Er beobachtet unsere Bewegungen eine Weile, dann sieht er mir in die Augen und beginnt, mich dort zu streicheln, wo unsere Körper vereint sind. Sein Blick verlässt mein Gesicht dabei nicht für eine Sekunde.
Mit einem Einfühlungsvermögen, das mich endgültig meines Atems beraubt, eröffnet er mir das Geheimnis um diesen winzigen und dennoch empfindlichsten Punkt meines Körpers, dessen Bedeutung ich mir selbst nicht bewusst gewesen bin, während wir uns weiterlieben.
»Oh, Matt. Bitte! Bitte ... nicht ... aufhören«, bettele ich.
»Niemals!« Seine Stimme ist tiefer als je zuvor.
Ich zittere bereits am ganzen Körper. Etwas in mir kippt. Ich stöhne auf, als sich meine Muskeln zusammenziehen. Ein Wimmern, das ich niemals als mein eigenes erkannt hätte, entringt sich meiner Kehle.
Matt küsst meinen Hals, während ich mich immer wieder um ihn herum verkrampfe. Und dann spüre ich, dass es auch für ihn kein Halten mehr gibt. Seine Arme zucken, er scheint sich kaum noch stützen zu können.
»Komm schon, Engel!«, fordere ich ihn auf, meine Arme fest um ihn geschlungen, mein Mund an seinem Ohr. Und wirklich, er lässt sich fallen.
»Amy!«
Der Klang seiner Stimme trägt eine Spur Verzweiflung in sich, doch viel stärker hallt die Erlösung in meinem Ohr wider.

Dass es sich so anfühlen könnte und dass ich so hilflos gegen diese herrliche Macht sein würde, war mir nicht bewusst gewesen. Mein ganzer Körper zuckt und bebt, ich stöhne laut auf – zunächst unfähig, dann unwillig, mich zurückzuhalten.
Amy vergräbt ihre Finger in meinen Haaren, umfasst meinen Kopf und zieht mich in einem zärtlichen Kuss zu sich herab. Sie wischt den Schweiß von meiner Stirn und streichelt mein Gesicht. Auch ihr Herz rast noch. Wie meines. Nur langsam beruhigt sich unser Atem.
»Ich liebe dich«, flüstere ich und küsse sie sanft.
Nie wird sie erfahren, wie dankbar ich ihr wirklich bin.
Als ich zurückweiche, sehe ich Tränen in Amys Augen.
»Was …? Habe ich dir weh getan?«, frage ich geschockt.
»Oh, Matt, sei still!« Nun lacht sie. »Du hast mir doch nicht weh getan. Es ist nur … ich bin so glücklich, dass du es überwunden hast. Eben gerade, vor wenigen Minuten … du warst völlig frei! Das erste Mal seit über einundzwanzig Jahren warst du weder traurig noch zurückhaltend. Nicht mal ein klein wenig, Matty. Ich liebe dich auch. So sehr!«
Amy hat recht, der Knoten ist geplatzt. Erleichterung macht sich in mir breit.
»Ich hätte nie gedacht, dass es so wahnsinnig intensiv ist«, sagt Amy leise unter mir und spricht mir damit aus dem Herzen.
»Durch deine Augen heranzuwachsen war nicht in jeder Beziehung hilfreich, weißt du?«
Nun, ich kann es mir denken. Arme Amy.
»Mary ist die Einzige, mit der ich zuvor über Sex gesprochen habe«, beichtet sie. »Sie hat meinen Enthusiasmus ausgebremst; ihr erstes Mal muss furchtbar gewesen sein. Aber das hier … wow!«
»Nein!« Ich küsse sie noch einmal. »›Wow‹ trifft es nicht mal im Ansatz!«

In dieser Nacht, die gerade erst begonnen hat, schaffen wir es nicht, die Finger voneinander zu lassen. Immer wieder gewinnen die Berührungen an knisternder Intensität, und wir verfallen ein übers andere Mal diesem Rhythmus, der perfekter als bei uns beiden wohl kaum sein könnte.
»Du bist in mir«, wispert Amy mir irgendwann zu. Ich weiß nur zu gut, was sie meint. Sie spricht nicht von unseren Körpern. Amy meint, dass ich sie spüre – mit all meinen Sinnen. Ich fühle genau, was sie braucht, was sie will. Und wie durch ein Wunder geht es ihr ebenso mit mir. »Deine Seele …«, haucht sie, »… in mir.«

Als die Sonne bereits durch die Fenster blinzelt und der Geräuschpegel des Straßenverkehrs schon deutlich zugenommen hat, liegen wir noch immer wach und sehen uns ungläubig an. Fast so wie an jenem Morgen, als ich zum ersten Mal in meinen zwei Leben neben Matty erwacht war.
»Wollten wir heute nicht früher aufstehen?«, frage ich lachend.
»Hm, ja! So der Plan.«
Seine Haare stehen in alle Richtungen ab, und die Locken, die er stets mit großer Sorgfalt und einer Unmenge Haargel glättet, kommen nun zum Vorschein. Das sanfte Braun seiner Augen schimmert im Licht der Morgensonne. Vollkommen entspannt bietet er mir ein neues Bild, und ich wünsche mir, ihn niemals mehr mit einem anderen als genau diesem Gesichtsausdruck zu sehen.
»Aber du musst doch fahren, Matt. Das hältst du doch nicht durch. Wir haben kaum … nein, eigentlich haben wir noch gar nicht geschlafen«, stelle ich fest.
»Was schlägst du vor?« Matt schmunzelt, während er eine meiner Haarsträhnen um seinen Zeigefinger dreht. Eine der vielen süßen Dinge, die er häufig tut.

»Lass uns erst einmal schlafen. Später überlegen wir weiter. Vielleicht brechen wir erst heute Abend auf und fahren in der Nacht? Auf einen Tag kommt es nun auch nicht mehr an.«
Mein Vorschlag scheint ihm zu gefallen, bedeutet er doch weitere Stunden in diesem Bett. Matt nickt.
»Ich fahre gerne nachts!« Und dann, als würde die Sonne durch dichte Wolken brechen, legt sich ein Strahlen über sein Gesicht, das ich so noch nie gesehen habe.
Ich ziehe ihn zu mir, küsse ihn und rutsche so, dass sein Kopf auf meinem Bauch zu liegen kommt. Zärtlich fahre ich durch seine Haare.
»Übrigens – ich mag deine Locken.«
»Hm«, brummt er nur, doch ich spüre sein Grinsen.
Er trommelt sanft auf meine Rippen, im Rhythmus meines Herzschlags. Nach einer Weile jedoch bewegen sich Matts Finger immer unregelmäßiger. Sein Atem verlangsamt sich, und sein Körper wird immer schwerer. Schließlich sackt seine Hand auf meinen Bauch. Er ist eingeschlafen.
Vorsichtig zupfe ich die Bettdecke über ihm zurecht und schließe meine Arme fest um ihn.
Bald merke ich, wie sich die bleierne Schwere des Schlafes auch über mich legt und mich mit sich zieht.

Seit etlichen Minuten liege ich, so still ich nur kann, neben ihr und beobachte sie. Amy liegt auf dem Rücken, einen Arm unter ihrem Kopf verschränkt. Die dunklen Locken kreuz und quer über das Kissen verteilt, hat sie mir ihr friedliches Gesicht zugewandt.
Ich liebe es, sie im Schlaf zu betrachten.
»Beobachtest du mich etwa beim Schlafen?« Ihre Frage kommt plötzlich, ohne die geringste Vorankündigung. Nicht mal die

Augen schlägt sie auf, doch schon verzieht sich ihr Mund zu einem Lächeln.
»Nein!«, behaupte ich postwendend – für einen Moment zu ertappt, um ehrlich zu sein. »Also, nicht wirklich ...«
Nun sieht sie mich an. Eine Augenbraue höher als die andere.
Kein gutes Zeichen.
»Ja, na gut, ich beobachte dich beim Schlafen.«
Das Grün ihrer Augen schmilzt.
»Jedes Mal, wenn du aufwachst, ist es so, als würdest du zurück ins Leben kommen«, beichte ich.
»Hm ... schon wieder.«
Langsam, in das weiße Laken gehüllt, beugt sich Amy vor und küsst mich sacht.

Kapitel XVIII

Keiner von uns beiden war sich dieser Nebenwirkung bewusst gewesen. Wir grinsen wie Idioten. Den ganzen Tag.
Ich werde das Gefühl nicht los, dass Gott und die Welt mit nur einem Blick auf uns erkennen können, was in der vergangenen Nacht geschehen ist.
Wir bestellen Essen und lassen es uns aufs Zimmer bringen. Mit einer Münze klüngeln wir aus, wer es an der Tür entgegennimmt. Unnötig zu erwähnen, dass natürlich sie diejenige ist, die triumphierend im Bett liegen bleibt.
Erst am späten Nachmittag verlassen wir unser Zimmer für einen Spaziergang am Strand. Danach holen wir unsere Taschen und checken aus.
Wir fahren noch keine Stunde, da ist Amy schon eingeschlafen. Eindeutiger Schlafmangel. Ich hingegen helfe mir mit drei extrastarken Bechern Kaffee durch die Nacht.

Als Amy am späten Morgen erwacht, sind wir nicht mehr allzuweit von unserem Heimatdorf entfernt.
»Guten Morgen.« Sie gähnt hinter vorgehaltener Hand. »Bist du wirklich durchgefahren? Du Tier! ... Wo sind wir denn?«
Für einen Moment lasse ich die Straße aus den Augen. »Guten Morgen, Schlafmütze! Es ist nicht mehr sehr weit. Spätestens heute Mittag sind wir da.«
Amy greift nach meiner Hand und drückt einen Kuss auf meine Finger.
»Ich bin aufgeregt – jetzt, wo es langsam greifbar wird«, gesteht sie. Mit gekräuselter Nase sieht sie mich an. Sie weiß genau, dass es mir nicht anders geht.
Ich versuche, das Stechen in meiner Magengegend zu ignorieren, doch Amy hat die Gedanken an unseren bevorstehenden Aufenthalt in Madison Spring entfesselt.
»Hast du dir schon überlegt, wie wir den ersten Kontakt zu deinen Eltern aufnehmen sollen?«, frage ich zögerlich.
»Ja, natürlich! Ehrlich gesagt habe ich mir darüber sogar schon lange Gedanken gemacht. Das Paket im Kofferraum habe ich für sie gepackt. Es beinhaltet etwas, was sie hoffentlich überzeugen wird.«
Bevor wir losfuhren, schleppte Amy ein großes Paket an, eingewickelt in Unmengen von Packpapier, mit festem Strick verknotet. Als ich ihr zu Hilfe eilte und fragte, was das sei, wich sie mir aus.
»Du wirst schon sehen«, sagte sie lediglich und verstaute das Paket mit großer Vorsicht zwischen unserem restlichen Gepäck. Auch jetzt scheint sie nicht mit der Sprache herausrücken zu wollen, also frage ich nicht weiter.
Ein altes Straßenkreuz ist das Erste, was wir beide erkennen. Amy stößt einen spitzen Jubelschrei aus und klebt ab diesem Moment förmlich an der Windschutzscheibe.

Und plötzlich geht es Schlag auf Schlag. Eine kleine Kapelle, der Bäcker, der seine Backwaren noch immer unter demselben Namen verkauft, unser Kindergarten, der Supermarkt. Wir sind in Roseville, dem Nachbarort.
Das Alte wird von dem Neuen überschattet, doch wir entdecken ein bekanntes Detail nach dem anderen. Dieser Ort, der immer schon deutlich größer war als unser Dörfchen, hat die Zahl seiner Einwohner innerhalb der letzten einundzwanzig Jahre mit Sicherheit verdreifacht. Die Häuser sind nun größer und die Straßen belebter. Roseville gleicht mittlerweile eher einer Kleinstadt als dem mittelgroßen Dorf aus unseren Erinnerungen.
Kurz darauf fahren wir auf ein Hotel zu, das uns sofort bekannt vorkommt, in der Zwischenzeit jedoch umgebaut wurde. Amy hüpft auf ihrem Sitz auf und ab.
»Sieh nur, Matty, das ist das alte *Chez Antoine*, erkennst du es? Können wir hier ein Zimmer nehmen? Bitte, Matt!«
Obwohl die Erinnerungen mich übermannt haben und der Schmerz in meinem Magen nun nicht mehr zu verdrängen ist, entlockt mir Amys Euphorie ein Lächeln.
»Ja, okay. Lass mich nur schnell einen Parkplatz in dieser Verkehrshölle finden. Was ist bloß aus dem verschlafenen Dorf geworden, das wir einmal kannten?«
»Es ist gewachsen, so wie wir«, ruft sie.
Ja, das ist wohl wahr. Minuten später haben wir das Glück, einen Parkplatz direkt vor dem Eingang des Hotels zu ergattern.
An der Rezeption werden wir von einem älteren Mann begrüßt.
»Guten Morgen, meine Dame. Mein Herr!«
Wie schon zwei Tage zuvor, am Tresen des Motels, empfinde ich Stolz, als ich meine Kreditkarte zücke und um ein Doppelzimmer bitte.
Wir bekommen ein geräumiges Zimmer im Obergeschoss.
Die Wände werden von einer gelb-grau gestreiften Tapete ge-

ziert. Das gleiche Design findet sich in der Tagesdecke und den Kissen der hellbraunen Couch wieder. Ein Aquarelldruck von Monet hängt über dem Doppelbett, das von Kissen verschiedener Größen nahezu übersät ist. Alles in allem ein wenig kitschig, doch Amy ist begeistert.

Sie schnuppert an den Blumen, die auf der dunklen Kommode stehen, und wirbelt danach einmal durch den Raum. Schließlich fasst sie nach meiner Hand in dem Versuch, mich mit sich zu ziehen. Als ihr das nicht gelingt, schubst sie mich rücklings auf das Bett und lässt sich auf meinen Oberkörper plumpsen.

»Wir sind zu Hause, Matt!«

Der Satz trifft mich – ein Schlag könnte kaum schmerzhafter sein. Sicher, auch ich verbinde viele Erinnerungen mit diesem Ort. Hier war unsere Grundschule, und zuvor verbrachten wir bereits unsere gesamte Kindergartenzeit in Roseville. Später spielte ich oft Baseball auf dem Sportplatz bei der Schule, und an jedem zweiten Sonntag besuchten wir die Messe. Für jede Besorgung, jedes Eis oder Comicheft mussten wir damals nach Roseville fahren oder laufen. Auf diese Weise habe ich bestimmt ein Drittel meiner damals noch unbeschwerten Kindheit in diesem Ort verbracht. Dennoch bin ich gefühlsmäßig meilenweit davon entfernt, dieses Fleckchen Erde auch heute noch als mein Zuhause zu bezeichnen. Und zwar etliche hundert Meilen.

Mein Zuhause liegt nordwestlich von hier, an einem großen See direkt am Wald. Dort, wo eines Tages unser Holzhaus stehen und – an einem Steg befestigt – ein kleines Ruderboot auf dem Wasser schaukeln wird.

Amy jedoch ist völlig aus dem Häuschen. Wenn sie hier schon so empfindet, was für ein Gefühlschaos wird uns dann erst in Madison Spring erwarten?

Da unsere Mägen knurren, beschließen wir, im Restaurantbereich des Hotels zu essen.

Nun ja … Amy isst nicht, sie spachtelt. Es ist erstaunlich, was für eine riesige Portion in diesem zierlichen Persönchen verschwindet. Und doch, für ihr fröhliches Geplapper bleibt zwischen Röstkartoffeln und Steak genug Zeit.
»Wir müssen unseren Kindergarten besuchen. Und die Schule. Sollen wir das nicht gleich nach dem Essen tun?«
»Können wir machen.«
Etwas in meinem Blick scheint sie zu irritieren. Ihr Kopf neigt sich zur Seite.
»Waff?«, fragt sie mit vollgestopften Wangen.
»Du siehst aus wie ein kleiner Hamster«, antworte ich grinsend.
Sie schluckt. »Oh, wie galant! An deinem Charme solltest du feilen, Engel.«
Der Tisch ist zu klein, um eine ernsthafte Barriere darzustellen. Amy lehnt sich vor und küsst mich. »Ich liebe dich, Matt!«
»Und ich dich erst.«

Bereits seit einigen Minuten stehen wir vor dem hohen Drahtzaun, der noch immer das Außengelände unserer alten Grundschule begrenzt, als der Schulgong ertönt.
»Schule aus!«, ruft Amy. Skeptisch mustern uns die umstehenden Eltern, die ihre Sprösslinge erwarten, doch Amy bremst das keineswegs. Sie lacht. »Noch immer der gleiche Dreiklang, Matty.«
Da fliegt die Tür auf, und die ersten Kinder rennen heraus. Sie laufen bis zu dem Tor, vor dem wir stehen. Dort warten sie, bis eine Lehrkraft kommt und es aufschließt – genau so wie wir früher. Und genau so, wie unsere Klassenkameraden es früher getan haben, fangen manche der Jungen an, sich gegenseitig zu schubsen, und einige Mädchen springen auf den Hüpfkästchen oder machen Klatschspiele. Andere Kinder stehen dicht an das Tor gedrängt, in einem mehr oder weniger stillen Wettkampf, es

möglichst als Erster zu passieren. *Es ist also eigentlich noch alles beim Alten.*
Amy scheint den gleichen Gedanken zu haben. Sie lächelt zu mir empor. Ein Leben lang könnte ich so dastehen und in ihr strahlendes Gesicht schauen, doch ein stämmiger Junge unterbricht meine Pläne, sobald sich das Tor vor uns geöffnet hat. Mit einer Kraft, die ich einem Knirps seines Alters niemals zugetraut hätte, rempelt er mich an und bringt mich damit für einen Moment ins Straucheln.
Blitzschnell hält Amy mich am Ellbogen fest. Ich finde gerade noch den nötigen Halt, um nicht zu fallen.
»Hey, du wirst dich doch nicht von einem Zehnjährigen umwerfen lassen?«
Ich zucke mit den Schultern und erwidere ihr Grinsen, bis ich merke, dass mir jemand von hinten am Hemd zupft. Im selben Moment höre ich eine sanfte Stimme.
»Mister, Sie haben Ihr Handy verloren.«
Amy, die mir gegenübersteht, blickt an mir vorbei – und ihr Gesicht erstarrt zu einer Maske des Schocks. Reflexartig wende ich mich um und sehe direkt ... in Amys Mädchengesicht.
Einfach so steht sie vor mir, ohne jede Vorwarnung. Sie ist vielleicht neun oder zehn Jahre alt und der Amy meiner Kindheit wie aus dem Gesicht geschnitten.
»Das war der dicke Aaron«, erklärt sie abfällig. »Der tickt eh nicht richtig. Der hat auch schon mal die alte Miss Huggins getreten.«
Da ... dieses Geplapper ...
»Die gibt es noch?«, frage ich geistesgegenwärtig, jedoch völlig monoton. Amy, die schräg hinter mir steht, rührt sich noch immer nicht.
»Ja! Aber ...« Nun streckt sich die Kleine mir entgegen, die Hand geheimniskrämerisch vor den Mund geschlagen. Wie ferngesteuert beuge ich mich zu ihr herab.

»… die ist bestimmt schon über neunzig. So sieht sie zumindest aus«, flüstert sie verschwörerisch.
Ich bin zu geschockt, um lachen zu können. Diese Stimme, die blauen Augen, die Stupsnase, die blassen Sommersprossen, die geflochtenen Zöpfe – das alles kann kein Zufall sein!
Doch noch ehe Amy und ich in der Lage sind, einen klaren Gedanken zu fassen, zuckt die Kleine lässig mit den Schultern, verabschiedet sich mit einem kurzen »Also, tschüss!« und hüpft fröhlich davon – in Richtung Madison Spring.
Sekundenlanges Schweigen. Dann löse ich mich aus der Erstarrung und drehe mich um. »Amy, das …«
»… war meine kleine Schwester.«
Ihr Gesichtsausdruck jagt mir eine Höllenangst ein. Schnell schließe ich meine Arme um sie und drücke sie fest an mich.
»Es ist okay! Hörst du, Amy? Ich bin da«, flüstere ich ihr zu.
Zum Glück herrscht um uns herum die übliche Hektik – so wie an jedem Nachmittag vor einer Grundschule, wenn die Eltern ihre Kinder abholen. Keiner nimmt Notiz von uns. Das ist auch gut so.
Amy zittert am ganzen Körper. Mit beiden Händen umfasse ich ihr Gesicht und lenke ihren Blick in Richtung meiner Augen.
»Geht es dir gut?«, frage ich fast ein wenig panisch, doch Amy greift nach meinen Handgelenken und drückt sie.
»Ja«, haucht sie tonlos.
»Komm nicht auf die Idee, wieder abzudriften«, befehle ich ihr sanft.
»Keine Sorge«, erwidert sie, nun deutlich gefasster, und trifft damit exakt den Ton, um mich wirklich zu beruhigen.
Nach und nach lichtet sich die Menschenmenge um uns herum, und wir schlendern langsam zu unserem Hotel zurück.
Erst als wir in unserem Zimmer angekommen sind und uns auf

das Bett fallen lassen, bricht Amy die Stille zwischen uns. »Ich hatte fast damit gerechnet, weißt du? Dass ich Geschwister habe, meine ich. Meine Eltern wollten immer mehrere Kinder haben, das haben sie mir oft erzählt. Meine Mom war ja gerade erst siebzehn, als ich geboren wurde. Aber ... dass ich meine kleine Schwester so schnell finde und dass sie ...«
Ihre Stimme bricht weg. Sofort kehrt meine Panik zurück.
»Ja, sie sieht aus wie du. Wenn ich hätte atmen können, hätte ich wahrscheinlich geschrien vor Schock.« Sie soll wissen, dass es auch für mich ein überwältigendes Erlebnis war.
Amy ist in ihre Gedanken versunken; sie beißt auf ihrer Unterlippe herum. »Sie ist so alt wie wir damals. Etwas älter vielleicht. Das ist ziemlich verrückt, denn wann immer ich mir ein Bild von meinen möglichen Geschwistern gemacht habe, waren die deutlich älter.«
Es dauert nur noch einige Sekunden, dann kommt die unausweichliche Reaktion.
Amy setzt sich auf und sieht mich an. »Matty, ich weiß, dass wir erst morgen fahren wollten, aber ... bitte, jetzt muss ich einfach wissen, woran ich bin. Ich weiß nicht, ob ich noch weitere Geschwister habe oder ob dieses Mädchen – Gott, ich weiß nicht mal ihren Namen –, ob sie die Einzige ist. Ob sie überhaupt meine Schwester ist, steht ja noch gar nicht fest.«
Mit hochgezogenen Augenbrauen sehe ich sie an. »Zweifelst du wirklich daran?«
»Nein«, entgegnet Amy. »Aber ... Matty, bitte!«
Ich atme noch einmal tief durch und erhebe mich. Wie könnte ich ihr in der jetzigen Situation meine Einwilligung verwehren? Wie könnte ich der Frau meines Lebens überhaupt jemals eine Bitte ausschlagen? Ich bin nicht scharf auf unsere Mission, wirklich nicht, doch es gibt wohl keinen Ausweg.
»Also los!« Schon strecke ich ihr meine Hand entgegen.

»Willst du reingehen? Jetzt gleich, meine ich?«, frage ich vorsichtig, als wir in die schmale Straße einbiegen, die uns direkt zu unseren alten Häusern führen wird.
»Ja, mit dir.« Sie fasst nach meiner Hand. Das leichte Zucken ihrer Finger bleibt mir nicht verborgen; ich drücke sie sanft.
»Wir werden beide reingehen, Matty. Ich brauche dich! Du bist die einzige Verbindung, über die ich den Kontakt zu ihnen aufnehmen kann. Rede einfach mit ihnen. Ich gebe dir dann schon zu verstehen, ob wir heute noch weitergehen.«
»Okay!« Ich nicke bereitwillig, doch dann fällt mir siedend heiß etwas ein, das ich bisher noch nicht bedacht hatte. »Wie soll ich dich denn vorstellen?«
Amys Antwort kommt prompt – offensichtlich hat sie sich die Gedanken schon gemacht. »Mit dem Namen, der auch in meinen Papieren steht, natürlich. Julie Kent, deine Freundin.«
Als sie ihre Worte mit einem Schulterzucken unterlegt, wirkt das fast schon gelassen. Ich bewundere ihren Mut.
Langsam fahre ich an dem riesigen Feld vorbei, das zu dieser Jahreszeit noch brach zu liegen scheint. Doch Amy und ich, wir beide wissen sehr gut, dass es nur noch wenige Monate dauert, bis hier die herrlichsten Sonnenblumen wachsen – so weit das Auge reicht.
Auch unsere Siedlung hat sich erstaunlich vergrößert. Neben der zweiten gibt es mittlerweile auch eine dritte Baureihe. Die neu hinzugekommenen Häuser sind deutlich größer als die unserer Eltern, die damals noch zu den größten gehörten.
Ohne es bewusst zu wollen, schweift mein Blick ab zu unserem ehemaligen Haus, das nur wenige Meter von Amys Elternhaus entfernt steht. Es sieht noch genauso aus wie damals. Das strahlende Weiß, die tiefblauen Fensterläden, die schmale Veranda. Selbst der alte, knorrige Apfelbaum steht noch in dem Vorgarten, nur meine Schaukel hängt nicht mehr daran.

Es ist nur dieses kleine Detail, dessen Unstimmigkeit mich jedoch schlagartig aus dem Augenblick stiller Vertrautheit reißt und zurück auf den Boden der Realität holt. In diesem Moment werden in mir die Zweifel an unserem Vorhaben so laut, dass ich sie nicht mehr zurückhalten kann.
»Bist du dir sicher, dass du das wirklich willst, Amy?«, platzt es aus mir heraus. Meine Stimme ist viel zu hoch, und die Worte kommen so schnell, dass ich mich fast verhasple. »Ich meine, noch können wir zurück. Es gibt so viel Ungewisses, das dich hinter dieser Haustür erwarten könnte. Deine Eltern könnten mir schwerwiegende Dinge aus ihrer Vergangenheit erzählen und das womöglich so sachlich, dass es dich hart träfe. Bist du dir wirklich sicher?«
Es ist selten, dass Amy nichts sagt und ich derjenige bin, der drauflosredet. Sie sieht mich lange an. Das Grün ihrer Augen wirkt samtweich, so liebevoll und nachsichtig ist ihr Blick.
»Gehen wir«, beschließt sie schlicht.

Wir klingeln zwei Mal, bis die Tür plötzlich aufliegt. Und wirklich, das blonde Mädchen steht vor uns.
Es riecht nach Hackbraten, wie so oft in diesem Haus zur Mittags- oder auch noch zur frühen Nachmittagszeit. Ich taste nach Amys Hand und halte sie fest. Sie erwidert den Druck.
»Hallo«, sage ich zaghaft zu dem Mädchen.
»Hallo. Sie waren vorhin an meiner Schule«, stellt die Kleine nüchtern fest.
»Ja, das stimmt. Sag mal, ist deine Mom da? Oder dein Dad?«
»Beide. Wen wollen Sie denn?«
»Egal«, erwidere ich schnell.
Schon wendet sie sich ab. »Mooom!«
»Genauso entschlussfreudig wie die große Schwester«, wispere ich Amy zu. Sie versucht ein Lächeln, das erbärmlich ausfällt. Ich

fühle, wie steif sie ist. Ihr Körper, vom Haaransatz bis zur kleinen Zehe, ist angespannt und schreit nach mir. Sekunden später friert ihr Lächeln endgültig ein.

Kapitel XIX

Evelyn, Amys Mom, erscheint mit einem karierten Spültuch zwischen den Händen in dem kleinen Flur, der so vertraut und wunderbar riecht.
Ich höre, wie schwer Amy schluckt.
Evelyn kommt derweil langsam auf uns zu. Ihre noch immer dunkelblonden Haare trägt sie nun etwas kürzer, und natürlich ist sie gealtert. Allerdings nicht besonders. Ihre Gesichtszüge hatte ich etwas sanfter in Erinnerung, doch die kleinen Fältchen um die Augen bringen ihre Gutmütigkeit zurück. Sie trägt eine braune Stoffhose und eine helle Bluse, die perfekt zu ihren strahlend blauen Augen passt.
»Guten Tag! Kann ich Ihnen helfen?«, fragt sie mit einem freundlichen, jedoch distanzierten Lächeln. Auch ihr Blick wirkt eher prüfend.
»Guten Tag, Mrs. Charles. Ich weiß nicht, ob Sie sich noch an mich erinnern. Ich bin ...«
»Matty!«, ruft sie aus und schlägt ihre Hand vor den Mund.
Für einen Moment kann ich nicht ausmachen, ob sie erfreut, überrascht oder sogar schockiert ist. Vielleicht weiß sie das selbst nicht so genau. Wahrscheinlich trifft eine Mischung aus all diesen Empfindungen ihren momentanen Gemütszustand am ehesten. Sie braucht jedenfalls einige Sekunden, um sich zu fassen und sich für die Freude zu entscheiden – vorerst zumindest.
»Matty, du hast dich verändert. Mein Gott, wer hätte gedacht,

dass du mal so groß wirst. Komm rein, mein Junge. Na los, komm schon rein!«

Ich wende mich Amy zu. Sie kämpft stumm und tapfer mit den Tränen, ich sehe es genau. Ihre Mutter jedoch ist so sehr auf mich fixiert, dass Evelyn ihrer Tochter, in diesem fremden Körper, keinerlei Beachtung schenkt. Noch immer sieht sie mich an, als würde ein Geist vor ihr stehen.

»Peter!«, ruft sie, nimmt mich bei der Hand – wie den kleinen Jungen, als den sie mich in Erinnerung hat – und führt uns in das kleine, gemütliche Wohnzimmer, noch bevor Amys Dad antwortet. »Du wirst nicht glauben, wer uns besucht. Mal sehen, ob du ihn erkennst.«

Peter Charles sitzt auf seinem Sessel und betrachtet durch eine Lupe ein dickes Album. Briefmarken, fällt es mir sofort wieder ein. Sein größtes Hobby neben dem Angeln. Ja, manche Dinge bleiben glücklicherweise immer so, wie sie mal waren. Dinge wie Hackbraten und Briefmarken.

Dinge, die ein Zuhause ausmachen und die Toms und Kristins Position womöglich stark zum Schwanken bringen. In diesem Moment hoffe ich sehnlichst, dass Amy und ihre neuen Eltern genügend Zeit miteinander verbracht haben, um inzwischen so etwas wie eine Bindung zueinander zu haben. Alles andere wäre schrecklich unfair den beiden gegenüber.

Amy quetscht meine linke Hand mittlerweile regelrecht zwischen ihren Fingern ein – ohne es überhaupt zu bemerken, wie ich befürchte. Sie ist angespannt, und ich mache mir große Sorgen um sie, als all diese trotz der vergangenen Jahre noch immer so bekannten Eindrücke ungefiltert auf uns einwirken.

In unseren Überlegungen im Vorfeld hatten wir versucht, uns die unterschiedlichsten Szenarien auszumalen. Wir wollten uns – so gut es eben möglich war – auf das Bevorstehende vorbereiten. Doch ich wette, auch Amy hatte nicht mit der vertrauten Stim-

mung dieses Hauses gerechnet, die ihre Familie so individuell und einzigartig macht und aus der es nun kein Entkommen mehr gibt. Ich hoffe wirklich, dass sie stark genug ist, all das zu verkraften.
Ihr Vater blickt von seiner Briefmarkensammlung zu uns auf.
»Matt«, sagt er sofort, ohne das geringste Zögern, ohne den leisesten Zweifel. Er erhebt sich langsam – ein Bild der Ruhe.
Auch Peter hat sich nicht sonderlich verändert – sogar noch weniger als seine Frau. Lediglich sein braunes Haar ist an den Schläfen etwas grau geworden, und auch seine Gesichtszüge wirken verhärmter, als ich sie in Erinnerung hatte. Lächelnd streckt er mir seine Hand entgegen.
»Ich wusste, dass der Tag kommen wird, an dem ich dich wiedersehe. Wie geht's dir, Junge?«
Als er seinen Arm um mich legt und mir väterlich auf die Schultern klopft, wird mir ganz anders zumute. Die Intimität seiner Geste trifft mich unerwartet und versetzt mir einen leichten Schock.
»Guten Tag, Mr. Charles«, erwidere ich mit unsicherer Stimme. Dann kehren meine Gedanken schnell zurück zu Amy, die nach wie vor hinter mir steht, mir die linke Hand zerquetscht und – offensichtlich gerührt – die Lippen aufeinanderpresst. Schnell wende ich mich ihr zu und ziehe sie, mit einem Arm um ihre Taille, dichter an mich heran. »Das ist meine Freundin ... Julie Kent!«
Dieser Name kommt mir so schwer über die Lippen – wie eine unverschämte Lüge –, dass ich mir für eine Sekunde fast sicher bin, man müsse mir etwas anmerken.
Blödsinn!, beruhige ich mich schnell. Was sollten sie denn auch bemerken? Dass ihre Tochter neben mir steht, in einem völlig fremden Körper? *Nicht sehr wahrscheinlich!*
»Es freut mich sehr, Julie«, begrüßt ein ahnungsloser Peter

Charles seine Erstgeborene. Auch Evelyn schüttelt Amy zwar höflich, jedoch weiterhin recht distanziert, die Hand.
»Peter, du hast ihn tatsächlich sofort erkannt«, stellt sie dann voller Bewunderung fest. »Ich habe einige Sekunden gebraucht.«
»Natürlich habe ich ihn erkannt.« Peter klingt selbstsicher, aber nicht auf prahlerische Art. »Er hat sich verändert, sicher, aber ... sieh ihn dir doch an, Evelyn. Es ist unser Matt.«
Diese letzten Worte treffen mich so warm, dass ich nun wirklich das Gefühl habe, nach Hause zurückgekehrt zu sein. War ich überhaupt jemals weg? Alles hier ist so vertraut, dass ich es kaum begreifen kann. Weit über einundzwanzig Jahre erscheinen mir wie ein einziger Tag; und plötzlich *bin* ich wieder der neunjährige Matty. Evelyns und Peters Ton mir gegenüber hat sich kein bisschen verändert, ebenso wenig wie die respektvolle Zuneigung, die ich für die beiden empfinde.
»Ja, natürlich ist er das.« Amys Mom lacht kurz auf, doch dann legt sich, ohne jede Vorankündigung, tiefe Trauer über ihren Blick und trübt ihn.
»Es ist komisch, dich hierzuhaben, Matty. Versteh mich nicht falsch, es ist sehr schön, aber ... nach all diesen Jahren möchte ich mich immer noch umdrehen und die Treppe hinaufrufen, dass sie herunterkommen soll, weil du da bist, um sie abzuholen. Ihr beide wart wie Pech und Schwefel. Einfach unzertrennlich!«
»Mom, ist das ...?« Das Mädchen, das die ganze Zeit schweigend im Türrahmen hinter uns stand, meldet sich zu Wort, und ich erschrecke ein wenig, als mir ihre Anwesenheit wieder bewusst wird. Es ist so ungewohnt, dass noch ein Kind in diesen vier Wänden daheim ist.
»Ja, mein Schatz, das ist Matt, der beste Freund deiner großen Schwester.« Evelyn legt von hinten die Arme über die Schultern ihrer kleinen Tochter und führt sie zu uns.

»Das ist Jenny«, stellt sie uns das Mädchen vor, und die Kleine gibt zuerst Amy und dann auch mir brav die Hand.
Ihre Augen durchleuchten mich förmlich. Ich spüre, wie neugierig sie auf all die Dinge ist, die sie hofft, von mir erfahren zu können. Für ihre überwältigte große Schwester jedoch scheint sie kein Interesse zu haben. Ich kann mir nur zu genau ausmalen, wie Amys Herz wohl gerade schmerzen muss.
»Kommt, setzt euch. Ich hole Limonade«, beschließt Evelyn.
»Du trinkst doch noch Limonade, Matty?«
»Ja, sicher«, erwidere ich schnell und muss mir auf die Zunge beißen, um nicht noch ein »Amy übrigens auch« hinterherzuschicken. Wieder werde nur ich gefragt.
Tapfer und ungewohnt still sitzt Amy neben mir und sieht ungläubig von ihrer kleinen Schwester zu ihrem Vater und dann wieder zu Evelyn, als die mit einem Tablett in den Händen zurückkommt.
»Sie haben also noch eine Tochter bekommen?«, frage ich, natürlich rein rhetorisch, denn Jenny sitzt mir ja direkt gegenüber und starrt mich noch immer unentwegt an.
»Oh, nicht nur eine Tochter, Matty«, gibt Evelyn fröhlich zurück.
Und das ist der Moment, in dem Amy das Glas aus der Hand rutscht. In letzter Sekunde fängt sie es noch auf – allerdings nicht, ohne dabei eine große Menge der Limonade zu verschütten.
»Oh, bitte entschuldigt ... entschuldigen Sie!«, verbessert sie sich schnell.
Gut, also habe nicht nur ich diese Probleme. Ich stolpere über den Namen meiner Freundin, sie duzt die gerade erst vorgestellten Ex-Nachbarn ihres Freundes ... *Na, das kann ja noch heiter werden.*
»Kein Problem! Das ist mit ein, zwei Wischbewegungen wieder vergessen«, sagt Evelyn.

Es ist das erste Mal, dass sie Amy bewusst in die Augen schaut. Ungewöhnlich lange bleibt ihr Blick an dem ihrer Tochter hängen. Von einer auf die andere Sekunde reglos, hält Amy ihm stand. So lange, bis sich die Stirn ihrer Mutter in Falten legt.
»Sagen Sie, Julie, kennen wir uns vielleicht?«
»Ich weiß es nicht«, antwortet Amy mit verräterisch erstickter Stimme. Die Frage hat sie zweifellos überrumpelt; doch sie wäre nicht Amy, würde sie nicht schnell wieder aus ihrer Verwirrung finden.
»Möglich ist alles!«, fügt sie nur einen Moment später, mit einem hoffnungsvollen Lächeln auf den Lippen, hinzu.
»Wo waren wir stehen geblieben?«, fragt Peter, als das Malheur beseitigt ist und wir alle wieder am Tisch Platz genommen haben.
»Dass ich nicht die Einzige bin!«, erklärt Jenny sofort. »Leider!«, fügt sie schnaubend hinzu und kassiert ein heiteres Lachen der kompletten Runde.
Mit einem Kopfschütteln zieht Peter sie auf seinen Schoß. »Ja, Jennifer ist unser Nesthäkchen. Wir haben noch einen Sohn, Sam – wagt es bloß nicht, ihn Samuel zu nennen –, und eine Tochter. Die Älteste nach Amy. Sie heißt Elena, aber wir nennen sie meistens Lena.«
Ich spüre Amys Hand, die sich in meinen Oberschenkel krallt, und lege meine beruhigend darüber – auch wenn ich momentan selbst ziemlich fassungslos bin. Amy hat wirklich *drei* Geschwister, das ist unglaublich.
»Sam wird erst später aus der Schule kommen, vielleicht siehst du ihn ja noch. Elena kommt erst am Wochenende. Sie studiert.«
»Oh!« ist alles, was ich auf diese Neuigkeiten antworten kann. Evelyn reicht mir ein Foto von der Anrichte, das ihre drei Kinder zeigt. Amy reißt es mir fast aus der Hand, besinnt sich dann jedoch und wartet mit unterdrückter Hibbeligkeit, bis ich ihr das Bild kurz darauf reiche.

Ihr Bruder ist etwa sechzehn Jahre alt und sieht aus wie ein jüngeres Exemplar seines Vaters. Das breite Lächeln, die braunen Haare und Augen.
Die älteste Schwester, Elena, ist Amy ebenso aus dem Gesicht geschnitten wie die kleine Jenny. Es ist fast so, als hätten Peter und Evelyn nur über eine einzige Backform für Mädchen verfügt. Elena ist sehr hübsch, und alle Fragen, die Amy und ich jemals bezüglich ihres Aussehens hatten, sind mit einem Schlag ausgelöscht. Genau *so* sähe auch Amy aus, wenn sie noch in ihrem alten Körper stecken würde.
Als Amy mir endlich das Bild reicht und dabei krampfhaft versucht, das Zittern ihrer Hände unter Kontrolle zu bringen, fliegt mein Blick noch einmal über die Geschwister, und mir fällt etwas auf.
»Wie alt ist Elena?« Kaum ausgesprochen, kommt mir diese Frage sehr direkt vor.
»Noch ist sie zwanzig, aber in ein paar Wochen wird sie einundzwanzig«, antwortet Evelyn, und ihr Gesichtsausdruck bekommt wieder diese melancholische Note. »Du fragst gewiss, weil … Ja, ich war schwanger mit ihr, als das mit Amy und dir passierte.«
Evelyn hat recht, genau das war mein Gedanke gewesen.
»Elena war ein riesiger Trost für uns«, erklärt Peter. »Versteh mich nicht falsch. Niemand hätte unsere Amy jemals ersetzen können, aber wenn wir Elena nicht gehabt hätten und wenn Evelyn damals nicht schon gewusst hätte, dass bereits neues Leben in ihr war … ich weiß nicht, ob wir es geschafft hätten, Amys Tod jemals so zu verwinden, dass wir normal hätten weiterleben können. Geschweige denn, ob wir das überhaupt gewollt hätten.«
Auch Evelyn nickt stumm vor sich hin. Sie hat Jennys Hand genommen und streichelt sie zärtlich. »Ja. Es war auch so schon schwierig genug. Gott weiß, wie sehr Elena uns immer wieder an

Amy erinnert hat. Lena sah wirklich genauso aus wie sie, und andauernd haben wir die Namen verwechselt und sie Amy gerufen. Einige Male, wenn ich Lena beim Spielen oder beim Schlafen beobachtete, überkamen mich tiefe Schuldgefühle. Ich fühlte mich schlecht, sobald Elenas Anblick mich glücklich machte, weil ich das Gefühl hatte, Amy damit zu verraten. Wie konnte ich mich über das eine Kind freuen, wenn das andere doch tot war. Es hat so lange gedauert und uns so viele Therapiestunden gekostet, diese Gefühle als unabhängig voneinander zu akzeptieren und beides auszuleben – die tiefe Trauer um unsere kleine Amy und die Freude über ihre Geschwister.«

Alles in mir möchte an diesem Punkt nur noch laut »Stopp!« schreien. Das ist zu viel für sie, ich kann es spüren. Es ist ja selbst mir zu viel. Ich muss Amy hier rausholen, und zwar schnell. Sie atmet nur noch flach, ihre Hände sind schweißnass.

Ohne sie anzusehen, bin ich mir fast sicher, dass sie die Innenseiten ihrer Wangen mittlerweile blutig gebissen hat, um nicht zu weinen. Sie weiß genau, dass – wann immer sie die Kontrolle verlieren und eventuell sogar versuchen würde, sich vorschnell zu erkennen zu geben – dieses Gespräch unwillkürlich eine ungewollte Wendung nähme. All die Familiarität, die in diesem Raum momentan noch herrscht, wäre dann vermutlich sofort zerstört.

Peter, dem dieses Thema anscheinend auch zu hart für Jenny ist, schickt die Kleine unter einem Vorwand hoch in ihr Zimmer.

»Jenny, du musst für deine Mathearbeit lernen. Geh hoch und fang schon mal an. Ich gebe dir nachher noch ein paar Aufgaben.«

Mürrisch, jedoch ohne Widerworte zu geben, steht Jenny auf und trottet davon. Genauso hätte auch Amy damals reagiert.

»Matty, seit diesem schrecklichen Tag ... es gibt so viel, was ich dich fragen möchte«, sprudelt es aus Evelyn hervor, kaum dass Jenny die Tür hinter sich geschlossen hat.

Peter nickt und löst seine Frau ab. »Ja! Wir durften deine Zeugenaussage nicht einsehen, da man damals ein besonderes Auge auf uns – also, auf mich und deinen Vater – geworfen hatte.«
»Man hat Dad verdächtigt?«, frage ich fassungslos, und auch Amy entgleisen ihre Gesichtszüge vor Entsetzen.
»Ja«, bestätigt Peter.
Ich sehe genau, wie es unter seiner scheinbar gefassten Oberfläche brodelt. Seine Kiefermuskeln spannen sich an, die Augen werden schmaler.
»Wir standen beide unter Tatverdacht, ist das nicht absurd? Ich weiß jedenfalls nichts von dem, was du mitgemacht hast. Ich weiß, dass du schwer am Kopf verletzt warst und halb ohnmächtig, als wir euch endlich fanden. Aber ich weiß bis heute nicht, wie lange genau du da saßest und ob …« Die nächsten Worte fallen ihm sichtbar schwer. Er muss sich deutlich überwinden, um seinen Satz überhaupt zu Ende zu bringen. »… ob du alles mit ansehen musstest, was dieser Scheißkerl unserem Mädchen angetan hat.«
Die Wut in seiner Stimme berührt mich tief. Ich erinnere mich gut an den jungen Peter, der bereits im Alter von nur neunzehn Jahren Vater geworden war und seine Tochter über alles liebte. Amy war sein Ein und Alles gewesen, und sämtliche Strenge, die sie als Kind erfahren hatte, war ausschließlich von ihrer deutlich objektiveren Mutter gekommen. Denn die hatte sich, im Gegensatz zu Amys Vater, nicht so einfach um den Finger wickeln lassen.
Mit einem mulmigen Gefühl im Bauch senke ich den Blick.
Amy, die natürlich genau weiß, wie schwer es mir fällt, auf Fragen dieser Art zu antworten, hält meinen Daumen fest, an dem ich unbewusst schon wieder gekratzt hatte. Sanft drücke ich ihre Hand, unsere Blicke verschmelzen für einen kurzen Augenblick. Das reicht – es gibt mir die nötige Kraft.

»Ich habe alles gesehen«, beginne ich. »Er hat sie ... vergewaltigt und ... ließ auch nicht von ihr ab, als sie schon tot war. Danach wollte er auch mich erwürgen. Aber dann, aus welchem Grund auch immer, ist er mittendrin einfach weggerannt. Uns ließ er achtlos zurück. Den ganzen Tag saß ich neben Amy. Ich habe immer wieder versucht zu rufen, was natürlich unmöglich war, und ich ...«
Ich kann nicht weiterreden. Peter und Evelyn scheinen das zu spüren. Evelyn weint mittlerweile, und auch die Fassade ihres Mannes bröckelt nun endgültig. Mit einer verkrampften Hand fährt er sich über das Kinn.
Als ich abbreche, fasst er in einer entschuldigenden Geste nach meinem Knie. »Es tut mir leid, Junge! Ich hätte dich das nicht fragen dürfen. Kaum kommst du hier rein, nach so langer Zeit, bestürmen wir dich. Du hast zu viel mitgemacht, Matt!«
Abrupt lehnt er sich zurück und rauft sich mit beiden Händen die Haare, als wolle er sich vor dem Verrücktwerden bewahren.
»Die Vorstellung, dass dieses Schwein noch immer frei herumläuft, bringt mich noch um«, murmelt er verbissen.
Wir schweigen eine Weile. Amy streichelt mich tröstend. Und was für ein Trost es ist, ihre zärtlichen Fingerspitzen auf meiner Hand zu spüren! Denn ich weiß etwas, was ihre Eltern nicht wissen: Sie lebt!
Und plötzlich ist es so ungerecht und einfach nur schrecklich, Peter und Evelyn diesen Trost vorzuenthalten. Sie müssen erfahren, was geschehen ist. Sofort!
»Süße, wolltest du den beiden nicht etwas sagen?«, unterbreche ich schließlich, an Amy gewandt, die Stille. Ich bringe es einfach nicht fertig, sie weiter Julie zu nennen. Nicht in diesem Moment. Zunächst noch sehr skeptisch sieht sie mich an, doch dann scheint sie zu verstehen ... und lächelt.

Kapitel XX

Es gibt einen besonderen Grund, warum wir hier sind«, beginnt Amy vorsichtig, an ihre Eltern gewandt.
»So?« Evelyn wischt sich die letzten Tränen aus den Augenwinkeln und richtet ihre Aufmerksamkeit zum ersten Mal während unseres Besuchs ganz auf sie. »Und der wäre?«
»O Gott.« Amy holt tief Luft. »Ich hoffe wirklich, dass ihr mir glaubt.«
»Was sollen wir Ihnen glauben, Julie?«, fragt nun auch Peter unsicher.
»Ich hoffe, dass ihr mir glaubt, wenn ich euch sage ... dass ich eure Tochter bin. Ich bin Amy!«
Peter und Evelyn sehen zunächst noch die ihnen unbekannte junge Frau an, doch dann werfen sie einander einen Blick zu, der eindeutiger nicht sein könnte. Vermutlich machen sie nur noch stumm untereinander aus, wer von ihnen aufstehen und möglichst unauffällig die Irrenanstalt benachrichtigen soll.
Schließlich trifft Peters Blick auf mich – kühl und streng.
»Matt, was soll das? Warum kommst du her und lässt diese fremde Frau so etwas behaupten? Findest du das nicht geschmacklos? Oder ... glaubst du etwa, was sie da sagt, Junge?«
Sein Ton schwankt zwischen Wut und Mitleid.
So gerne ich in diesem Moment auch aufstehen und wortlos weggehen würde – es ist an der Zeit, deutlich Stellung zu beziehen.
»Bitte, Peter!« Woher ich die Dreistigkeit nehme, ihn plötzlich beim Vornamen zu nennen, weiß ich auch nicht, aber ich beschließe, es einfach so im Raum stehen zu lassen und überhaupt auf alle unnötigen Höflichkeitsformeln zu verzichten. Distanz, und wenn auch nur in Form der Anrede, ist das Letzte, was wir jetzt brauchen. Jetzt geht es um Vertrauen. »Gib ihr eine Chance! Ja, ich glaube ihr, denn ich habe Wunder neben dieser Frau

erlebt. Ich bin bestimmt der letzte Mensch auf der Welt, der mit eurer Trauer und eurem Schmerz spielen will. Warum sollte ich das tun?«

»Warum du das tun solltest, Matt?« Sein Blick ist nun sanft, fast väterlich besorgt. »Weil du selbst ebenso verzweifelt und traurig bist wie wir. Und weil du offensichtlich immer noch unter einem Trauma leidest. Ich behaupte doch nicht, dass du hier irgendetwas aus Böswilligkeit machst. Aber ehrlich, du bietest das perfekte Beuteschema für Hochstapler und Betrüger. Und wir auch.«

»Nein!«, antworte ich entschieden. »Was ihr nicht wisst ...«

Ich versuche, alle meine Kraft zusammenzunehmen. Es ist Amy, für die ich hier gerade durchs Feuer gehe, und nur für sie würde ich das auch tun.

»Meine Eltern starben vor zwölfeinhalb Jahren bei einem Flugzeugabsturz. Es war ihre erste große Reise. Europa – ein langgehegter Traum. Und dann stürzt diese verdammte Maschine aus unerfindlichen Gründen in den Ozean.«

Ich sehe zuerst Peter, dann auch Evelyn direkt in die Augen. Entsetzt starren sie mich an.

»Bitte, erklärt mir, warum ich nicht meine, sie wiedergefunden zu haben. Sie waren meine Eltern, und ich würde nahezu alles dafür geben, nur noch einen einzigen Tag mit ihnen verbringen zu dürfen. Doch ich weiß, dass ich diese Chance niemals bekommen werde. Aber genauso sicher bin ich mir, dass hier, direkt neben mir, eure Tochter sitzt. Bitte, lasst uns erzählen – und zwar alles. Dann könnt ihr immer noch entscheiden. Aber bitte, hört ihr zu. Alles, was sie sagt, ist wahr, das schwöre ich euch.«

Peter und Evelyn werfen sich einen bedeutsamen Blick zu. Offensichtlich sind sie geschockt – und auch ratlos.

»Deine Eltern sind tot, Matty?«, fragt Evelyn schließlich mit erstickter Stimme und wischt sich die erneut aufsteigenden Tränen

aus den Augenwinkeln. Ich senke meinen Blick auf die Mahagoni-Tischplatte.
Einige Sekunden vergehen, bis Evelyn kaum merklich ihrem Mann zunickt.
»Also los, erzählen Sie«, sagt Peter zu Amy, ohne sich um einen freundlichen Ton zu bemühen.
Der Grat, auf dem wir uns nun bewegen, ist so schmal, dass es mehr als nur ein Kunststück ist, darauf zu balancieren, ohne das Gleichgewicht zu verlieren und verbotenes Terrain zu betreten. Ein falsches Wort, ein versehentliches »Mom« oder »Dad« aus Amys Mund, und beide würden das Gespräch sofort abbrechen. Aus Liebe und Respekt ihrer Tochter gegenüber.
Amy tut zunächst gar nichts. Sie scheint zu überlegen, und ich wette, dass sie im Schnelldurchlauf noch einmal all die Möglichkeiten durchgeht, die sie sich im Vorfeld bereits parat gelegt hat. Ich kenne Amy – sie hat wahrscheinlich jede nur denkbare Situation durchgespielt. Plötzlich erhebt sie sich und greift in die Gesäßtasche ihrer Jeans. Sie zückt ihren Ausweis und deutet auf das Datum.
»Seht ihr, der Tag, an dem ich geboren wurde, ist Amys Todesdatum. Würde die Uhrzeit mit draufstehen und würdet ihr die Zeitverschiebung zwischen Madison Spring und meinem Geburtsort im Nordwesten des Landes mit einkalkulieren, dann würdet ihr sehen, dass ich sogar zur selben Zeit auf die Welt kam, als Amy starb.«
Zunächst schaut sie noch triumphierend, doch der nüchterne und völlig unbeeindruckte Blick ihrer Eltern holt sie schnell zurück.
Nein, Amy, so leicht werden sie es dir nicht machen.
»Ich weiß, dass das kein Beweis ist«, lenkt sie ein, »aber ich *kann* es beweisen, ehrlich.«
Und dann erzählt sie ihre zweite Lebensgeschichte. Von ihrer

Wiedergeburt, der Seelenwanderung zu Julies Babykörper und davon, dass sie krampfhaft an ihren alten Erinnerungen festgehalten und deswegen bis vor wenigen Monaten in einer Scheinwelt gelebt hatte, um sich ihrem echten Leben nicht stellen zu müssen. An den Gesichtern von Amys Eltern kann ich deutlich erkennen, dass die verzweifelten Erklärungsversuche ihrer Tochter auf taube Ohren stoßen. Es ist so, als wolle Amy mit ihrer bloßen Hand eine Mauer aus Granit einreißen – sie ist völlig chancenlos.
»Bitte, hört ihr zu«, flehe ich. »Was sie sagt, stimmt! Als ich sie zum ersten Mal sah, war sie geistig vollkommen abwesend und nicht ansprechbar. Aber sie konnte Klavier spielen! Sie spielte immer wieder das Stück, das Amy für mich spielte, als wir noch Kinder waren. Ihr erinnert euch bestimmt auch noch daran?«
Unaufgefordert steht Amy auf und setzt sich an ihr altes Klavier, das nach wie vor an seinem Platz neben der großen Glasvitrine steht, als hätte es die vergangenen einundzwanzig Jahre nicht gegeben.
Die Selbstverständlichkeit, mit der sie das tut, löst bei Peter Empörung aus. Schon will er sich erheben, um zu protestieren, doch Evelyn fasst beschwörend nach seiner Hand und hält ihn zurück. Mit zusammengepressten Lippen sackt er zurück auf seinen Sitz. Amys Finger gleiten wie schwerelos über die Tasten. Es ist überdeutlich, wie oft sie diese Melodie mittlerweile schon gespielt hat. Dabei wendet sie sich ihren Eltern zu und spricht derart mühelos mit ihnen, als würde sie nebenbei nur schnell den Staub von dem schönen Instrument wischen.
»Ich kann euch Dinge erzählen, die nur Amy weiß. Die nur ich wissen kann!«, beginnt sie eifrig. Die ruhige Melodie bleibt von ihrem Enthusiasmus unangetastet.
Ich bemerke, dass sich Evelyn mit der rechten Hand über ihren linken Unterarm fährt. Ob sie wohl eine Gänsehaut hat – so wie ich?

Amy jedenfalls ist nicht mehr aufzuhalten. Ohne Zweifel hat sie sich binnen der letzten Sekunden für einen neuen Plan entschieden und brennt jetzt darauf, ihn in die Tat umzusetzen.
»Der Raum direkt über uns ist mein altes Zimmer. Ich weiß nicht, wie es jetzt aussieht, aber damals war es orange und gelb. Es hatte eine Blumentapete mit einer Borte, die ich über meinem Bett immer weiter abgeknibbelt habe, sosehr ihr auch darüber geschimpft habt. Mein Wandschrank war mit Filzblumen verziert. Meine Lieblingsbettwäsche war die mit den Baggern und Kränen drauf, die mir die Warners geschenkt hatten und die ihr eigentlich sofort weiterverschenken wolltet, weil sie eurer Meinung nach nicht zu einem Mädchen passte. Aber ich habe sie geliebt, und das hat dich ...«, wohlbedacht darauf, kein vorschnelles »Mom« einzubringen, deutet sie mit dem Kinn auf Evelyn, »... immer verrückt gemacht. Weil du mich so gerne etwas mädchenhafter gesehen hättest. Aber ich war fast wie ein Junge, in meiner durchgewetzten, braunen Cordhose. Auf die hast du später gelbe Flicken genäht, und dann hat Nana sie sogar noch mit einer grünen Borte verlängert, damit ich sie noch ein Jahr lang anziehen konnte. Im Endeffekt sah sie aus wie eine Clownshose, doch mir war das egal.«
Amys Gesichtsausdruck birgt erneut etwas Triumphierendes in sich, denn ihre Eltern schauen nun schon ein wenig verdutzt. Sogar Peter. Dennoch – sämtliche ihrer Bemühungen werden hier nicht fruchten, das spüre ich genau. Noch nicht!
Es ist ihr Dad, der sich nun doch langsam erhebt und eine Hand auf die Schulter seiner Frau legt. Fast ein wenig tadelnd sieht er zu mir und dann direkt in Amys Augen. Sein Blick ist so hart, so autoritär, dass sie ihren Monolog sofort unterbricht.
»Woher auch immer Sie all diese Dinge wissen: Es ist beeindruckend und zugegebenermaßen ziemlich beängstigend, aber ebenso geschmacklos. Bitte, verlassen Sie jetzt unser Haus.«

Noch einmal schaut er mich an. Deutlich nachgiebiger und weicher als zuvor seine Tochter. »Matt, ich verstehe, wie sehr du mit dem Geschehenen immer noch zu kämpfen hast, Junge. Wir können uns gerne noch einmal unterhalten. Ohne deine Freundin, natürlich. Sei mir nicht böse, wenn ich unser Gespräch an dieser Stelle unterbreche. Das ... ist mir einfach zu verrückt.«
»Nein, bitte!«, ruft Amy verzweifelt. Der Klang ihrer Stimme geht mir durch und durch. Sie springt auf und blickt sich hilfesuchend um. Dann scheint ihr etwas einzufallen, und ein neuer Hoffnungsfunke blitzt in ihren Augen auf. »Kennt ihr noch unseren geheimen Kodex? Jeder, der in die Kuschelhöhle wollte, musste ihn sagen.«
Herausfordernd wendet sie sich Evelyn zu, die jedoch weiterhin schweigt.
»Kuschelhöhle öffne dich, lass in deine Wärme mich«, beginnt Amy leise.
In Evelyns Augen steigen neue Tränen auf, und sie scheint mit ihren Gedanken weit, weit weg zu sein. Die zweite Zeile des Kodex spricht sie fast flüsternd mit Amy gemeinsam.
»Eins, zwei, drei – lass mich hinein, denn auch ich will kuschelig sein.«
Amy und ihre Mom sehen sich an. Beide teilen dasselbe schmerzliche Lächeln. Für den Bruchteil einer Sekunde schöpfe auch ich wieder Hoffnung.
Doch sofort ist Peter da. Sein derber Tonfall lässt die fast schon magische Stimmung der vergangenen Sekunden wie eine Seifenblase zerplatzen. »Hören Sie auf, Julie! Sie verwirren meine Frau. Glauben Sie denn nicht, dass eine Mutter, die von der Vergewaltigung und brutalen Ermordung ihrer kleinen Tochter erfahren musste, schon genug gelitten hat?«
Wäre ich an Amys Stelle, dann hätte ich spätestens jetzt aufgegeben und den beiden eine erste Verschnaufpause vor einem

weiteren Versuch gegönnt. Ich weiß, sie hatte ihr Elternhaus mit dem festen Vorsatz betreten, am Anfang nicht allzu fordernd und hartnäckig zu sein, doch als sie sich nun von ihrem Klavierschemel erhebt und Peter mutig entgegentritt, leuchtet der alte Kampfgeist in ihren Augen.
Mit angehaltenem Atem beobachte ich sie. *Oh, mein Gott! Ring frei für Amy ...*
»Oh, doch! Ich finde, ihr beide habt mehr als genug mitgemacht. Und wenn ihr mich nur lasst, dann kann ich einen großen Teil von eurem Schmerz von euch nehmen. Ich lebe, ich bin hier! Und auch, wenn ich nicht mehr so aussehe, wie ihr mich in Erinnerung habt, lasst euch trotzdem gesagt sein, dass ich eure Tochter Amy bin! Das müsst ihr mir glauben!«
»Nein, das müssen wir nicht!« Peter wird langsam wütend. Die Vene an seinem Hals tritt bereits bedrohlich hervor. So habe ich ihn noch nie zuvor erlebt.
»Daddy, bitte«, fleht Amy erneut. Ich schlage innerlich bereits die Hände über dem Kopf zusammen, als sie diese Worte ausspricht.
Peter steht kurz vor dem Platzen. Auf eine fast schon angsteinflößende Art schließt er mit zwei großen Schritten die Distanz zu Amy und baut sich vor ihr auf. Schnell erhebe ich mich – bereit, mich schützend vor sie zu stellen. Nicht nötig. In letzter Sekunde dreht er sich zu mir um.
»Matt, los! Raus hier, bevor ich mich vergesse!«
Sofort greife ich nach unseren Jacken, die ich über die Lehne des Sessels gelegt hatte. Im selben Moment jedoch steht Evelyn auf und geht an mir vorbei auf Peter zu.
»Warte!«, befiehlt sie mir mit einem strengen Seitenblick, der keinen Widerspruch zulässt, und legt ihrem Mann die Hand auf den Arm. »Warte«, sagt sie auch zu ihm – deutlich sanfter, jedoch ebenso unumstößlich.

Dann wendet sie sich Amy zu, die sich schützend die Arme über den Kopf geschlagen hatte, als ihr Vater so wutentbrannt auf sie losgestürmt war. Nach wie vor in dieser Haltung, weint sie vor sich hin. Ihr Schluchzen ist so leise, dass ich es lediglich an ihren unkontrolliert zuckenden Schultern erkenne.
Evelyn nimmt Amys Hände und führt sie langsam herab, so dass sie ihr direkt in die Augen sehen kann. Sie schaut ihre Tochter so tief und prüfend an, dass die Gänsehaut auf meine Arme zurückkehrt. Auch Peter steht absolut still und fast ein wenig ehrfürchtig neben dieser Szene, der ein besonderer, schwer fassbarer Zauber anhaftet.
Amy hält dem durchdringenden Blick ihrer Mutter ohne Probleme stand. Sie erwidert ihn offen, fest und hoffnungsvoll, mit einem Hauch von Wehmut. Auch einen letzten Funken ihres Kampfgeistes erkenne ich, über Evelyns Schultern hinweg, in ihren Augen.
»Weißt du, was eigenartig ist?«, fragt Evelyn plötzlich in die minutenlange Stille hinein.
An wen auch immer diese Frage gerichtet war, niemand antwortet.
»All diese Dinge, die du über Amy weißt, und die Art, wie du Klavier spielst … das ist wirklich verwunderlich, aber es hat mich nicht ins Grübeln gebracht«, erklärt Evelyn.
Mein Atem setzt aus.
»Es ist etwas anderes, das mich nachdenklich und, ehrlich gesagt, ziemlich durcheinander macht. Alles, was du weißt, könntest du irgendwie – keine Ahnung, wie, aber irgendwie eben – herausbekommen haben. Ich weiß nicht, was es dir bringen würde und was du mit einem solchen Auftritt beabsichtigen solltest. Doch Peter hat recht. Er könnte komplett inszeniert sein. Nur wer, um Gottes willen, könnte dir diesen einmaligen Ausdruck in die Augen gelegt haben, den nur meine Amy hatte? Und woher sollte es

kommen, dass du dich genauso bewegst und genauso sprichst wie sie? Du bist außerdem genauso dickköpfig und absolut unwillig, auf halber Strecke aufzugeben. Wer könnte all diese Dinge von Amy so gut wissen und sie so perfekt umsetzen? Du kannst sie ja nicht einmal gekannt haben. Ich weiß auch nicht ...«
Ihre Stimme bricht weg. Noch immer sieht sie der erstarrten Amy tief in die Augen, niemand rührt sich.
Um so energischer wirkt Peters Kopfschütteln nur einen Augenblick später. »Nein!«, ruft er aus. »Nein, Evelyn, lass dich nicht einwickeln! Das ist nicht Amy. Unsere kleine Amy ist tot, Liebes. Komm! Komm schon, ich möchte, dass die beiden das Haus verlassen.«
»Mom?«, höre ich Amy flüstern. »Sieh mich an! Ich bin es. Ich weiß noch, dass der Riese in meiner Lieblingsgeschichte Igor hieß und der Zwerg Linus, und ich weiß jetzt auch, dass du dir diese Geschichte ausgedacht hast, denn ich habe in den vergangenen anderthalb Monaten wirklich alles versucht, um sie zu finden. Verzweifelt habe ich sämtliche Märchenbücher durchforstet, bis mir endlich klarwurde, dass diese Geschichte von dir ist.«
Evelyns Stimme klingt nun sehr monoton, ihr Blick ist leer.
»Amy hat immer geweint, wenn ...«
Amy versteht die Pause, die ihre Mutter einlegt, richtig – als eine Aufforderung.
»... wenn der dumme Igor den kleinen Linus in die Hosentasche gesteckt hat, ohne zu wissen, dass die Tasche ein Loch hatte. Linus ist da durchgefallen, und dann war er weg.«
Ich halte den Atem an und spüre, dass – sosehr er sich auch dagegen wehren mag – Peter exakt das Gleiche tut.
Evelyn hält noch immer Amys Hände. Ohne eine Gefühlsregung in ihrem ausdruckslosen Gesicht, blickt sie nun auf die schmalen, langen Finger ihrer Tochter hinab und streicht wie geistesabwesend darüber.

»In diesem schrecklichen Sommer, kurz bevor es geschah, fuhr ich mit Amy nach Roseville. Nur wir beide. Wir aßen Eis und spazierten dabei durch den Park. Wir setzten uns auf eine der Bänke und fütterten die Enten. Ich sagte ihr etwas ins Ohr. Einen Spruch, der ihr sehr gefiel und den sie auf dem Heimweg ständig wiederholte. Ich habe mir oft ausgemalt, dass – so simpel er auch gewesen sein mag – sie ihn bis heute wüsste, wäre sie noch bei uns.«
Amy presst ihre Lippen fest aufeinander und hält krampfhaft die Tränen zurück. Dann, wie in Zeitlupe, beugt sie sich vor und geht dicht an das Ohr ihrer Mutter heran. Sehr leise und für Peter und mich nicht vernehmbar, flüstert sie Evelyn, die wie eingefroren dasteht, etwas zu.

»Erdbeereis und Sonnenschein, kann das Leben schöner sein?« Zittrig kommen die Worte über meine Lippen. Zittrig, doch ohne jeden Zweifel ...

Sofort schnellt Evelyns Hand vor ihren Mund. Geistesgegenwärtig fange ich sie gerade noch auf, als ihr in derselben Sekunde die Knie wegsacken. Langsam lasse ich sie auf einen Sessel herab.
»Meine Güte, Evelyn!«, ruft Peter erschrocken und sieht dann böse von mir zu Amy und wieder zurück zu mir. »Seht ihr, was ihr tut? Ich hatte euch doch gebeten zu gehen. Raus jetzt!« Mit wackeliger Autorität in seiner donnernden Stimme versucht er, seinen Worten Gewicht zu verleihen, doch er wirkt dabei vor allem hilflos. Sein Blick bleibt schließlich an Amy haften.
»Ich meine es ernst, hören Sie? Verlassen Sie mein Haus, oder ich rufe die Polizei. Sofort!«
Wie angewurzelt stehen Amy und ich da. Beide sprachlos und schockiert, denn Evelyn ringt nach wie vor nach Luft. Hatte sie auf mich die ganze Zeit über einen – angesichts der Umstände –

relativ gefassten Eindruck gemacht, ist sie nun kalkweiß und zittert am ganzen Leib. Die Hand fest auf ihre Brust gedrückt, den Blick starr auf Amy gerichtet, murmelt sie in einem fort vor sich hin. Worte, die zu leise sind, als dass wir sie verstehen könnten. Peter stellt sich schützend vor seine Frau, schirmt sie vor uns ab. Und das ist der Moment, in dem ich aus meiner Starre erwache. Säße Amy dort auf diesem Sessel und stünde ihr eine wildfremde junge Frau gegenüber, die sie in einen solchen Zustand versetzt hätte, wie Amy es soeben mit Evelyn getan hat, würde ich ebenso entschlossen dazwischengehen. Ich fange Peters Blick ein und halte ihn.
»Ist gut, wir gehen.«
»Aber Matt!«, ruft Amy entsetzt und wendet sich mir zu. »Ich werde nirgendwohin gehen. Nicht jetzt!«
Ich umfasse ihr Handgelenk, fester als sonst. »Du wirst, Amy. Wir gehen. Jetzt!«
Ihr Schock verschafft mir Zeit. Genug, um unsere Jacken zu nehmen und Amy vor mir her, aus dem Wohnzimmer hinaus, in Richtung der Haustür zu schieben. Offensichtlich versteht sie die Welt nicht mehr und lässt sich, völlig irritiert, tatsächlich von mir führen. Ich weiß, dass dieser Zustand nicht lange anhalten wird, darum laufe ich so schnell, wie es die Umstände zulassen. Schon fährt Amy herum. »Was tust du denn? Wir waren fast so weit. Matt, was …? Hast du nicht gesehen, wie sie reagiert hat!«
Doch, das habe ich gesehen. Es war zu viel für sie. Evelyn hätte um ein Haar einen Nervenzusammenbruch erlitten. Und das wäre bestimmt nicht der Ausgang gewesen, den Amy sich für dieses erste Wiedersehen gewünscht hätte.
All das kann ich ihr erklären, wenn ich Luft zwischen sie und ihre Eltern gebracht habe. Wenn sie den Abstand gewonnen hat, den sie nun braucht, um wieder klar zu sehen. Für den Moment schweige ich. Unbeirrt.

Amy wehrt sich, doch ich bin stärker. Ein Teil von mir hasst es, diese körperliche Überlegenheit gegen sie anwenden zu müssen, doch der andere, weitaus größere Teil, weiß, dass es nötig ist und nur zu ihrem Besten. Hoffentlich.
»Nichts für ungut, Matt«, höre ich Peter hinter mir sagen. »Aber ich …« Er lässt den Satz unvollendet.
Ich bugsiere Amy über die Schwelle der Haustür, dann erst drehe ich mich noch einmal zu ihm um. Er ist ebenso blass wie seine Frau, seine Ruhe nur schlecht verputzte Fassade. »Schon gut. Vielleicht sprecht ihr später noch einmal über alles, wenn Evelyn sich beruhigt hat. Ihr findet uns im Hotel *Chez Antoine,* solltet ihr mit uns sprechen wollen.«
Amy tobt hinter meinem Rücken, aber nun schirme ich sie vor ihrem Vater ab.
Mit leerem Blick sieht Peter mich an. Dann schließt sich die Tür vor meinem Gesicht. Es ist ein eigenartiges Gefühl, das mir einen tiefen Stich versetzt, denn diese Tür hatte sich mir bislang immer nur geöffnet.

Zurück im Hotel, pfeffert Amy all die Kissen, die unser Bett verzieren, auf den Fußboden. Außer sich vor Wut, bebend. Dann wirft sie die Tagesdecke zurück und greift nach meinem Bettzeug. Trägt es quer durch den Raum und wirft es schwungvoll auf die Couch.
»Amy …«, setze ich an, doch sie hebt die Hände in einer abwehrenden Geste und bringt mich zum Schweigen. Kein Wort haben wir miteinander gewechselt, seitdem Peter uns vor die Tür gesetzt hat. Jeden Versuch meinerseits hat sie auf diese Weise vereitelt. Nun wendet sie sich ab und stapft ins Badezimmer. Wirft die Tür hinter sich zu, ohne Rücksicht auf andere Hotelgäste.
»Schön, benimm dich wie eine Zwölfjährige. Wieder einmal!«, rufe ich ihr wütend hinterher.

Als sie zurückkommt, gehe ich ins Bad. Stütze mich am Rand des Waschbeckens ab und starre in den Spiegel, ohne mein Gesicht zu sehen. Stattdessen schleichen sich die entscheidenden Szenen des Tages zurück in meinen Kopf. Die Begegnung mit Jenny vor der Schule, Evelyns Freude, als sie mich erkannte, Peters Zorn. Ich stelle kaltes Wasser an, schöpfe es mit beiden Händen und wasche mir das Gesicht. Sobald ich die Augen schließe, flackern andere Bilder auf. Amys weicher Körper, ihre zärtlichen Hände, die Art, wie sie sich mir entgegenbog … Liegt unsere gemeinsame Nacht im Motel wirklich erst so kurz zurück? Gestern um diese Uhrzeit hatten wir es gerade – und nur schweren Herzens – aus dem Bett zurück in den Ford geschafft. Wie kann es sein, dass ein einziger Tag einen solchen Unterschied macht?

Mit einem Mal packen mich tiefe Müdigkeit und Erschöpfung, dem noch so frühen Abend zum Trotz. Die Sonne ist noch nicht mal untergegangen, doch ich fühle mich wie gerädert. Kein Wunder, so lange, wie ich mittlerweile wach bin. Ich verzichte auf die Dusche, putze nur schnell meine Zähne und schleppe mich auf bleischweren Beinen zurück in unser Zimmer. Falte mich auf der viel zu kleinen Couch zusammen und breite die Bettdecke über mir aus.

Amy hat die Vorhänge der Fenster zugezogen. Das Zimmer abgedunkelt, die Welt ausgesperrt. Auch sie liegt in ihrem Bett, mir den Rücken zugewandt, und macht in ihrem Trotz überdeutlich klar, dass dieser Tag nicht nur für mich beendet ist.

»Gute Nacht«, wünsche ich ihr, erhalte jedoch keine Antwort.

Wie lange ich in das Halbdunkel starre, weiß ich nicht, doch irgendwann scheinen meine schmerzenden Lider zugefallen zu sein.

Ich werde von einem unverkennbaren Geräusch geweckt und fühle mich, als sei ich nur für zwei Sekunden weggenickt. Mein

steifer Nacken und meine schmerzenden Beine, die ich kaum ausstrecken kann, erzählen hingegen etwas anderes. Stumm lausche ich in die Stille des anbrechenden Morgens. Und da ist es wieder, dieses unterdrückte Schluchzen.
»Amy?«
»Lass mich!«, kommt es prompt zurück, mit tränenerstickter Stimme.
»Das werde ich nicht tun.« Entschlossen richte ich mich auf. Rolle meinen Kopf hin und her, beiße die Zähne zusammen und erhebe mich. Trotz des schwachen Lichtes erkenne ich, dass Amy sich ihre Decke über den Kopf schlägt, als ich mich ihr nähere. Ich setze mich an die Bettkante.
»Hey, du hast gesagt, du brauchst mich für diese Reise. Also schließ mich nicht weiter aus.«
Sie wirft die Bettdecke zurück und funkelt mich in ungeminderter Wut an. »Wer schließt hier wen aus, Matt? Du hast mich bevormundet und …«
»Ach, hör doch auf, Amy!«, erwidere ich. »Niemand bevormundet dich mehr, schon gar nicht ich. Du warst zu berauscht von der Reaktion deiner Mom, als dass du vernünftig hättest reagieren können. Wir wären keinen Millimeter weitergekommen, das schwöre ich dir.«
»Wie kannst du das wissen?«, fragt sie zornig.
»Weil dein Dad wild entschlossen war, die Frau seines Lebens zu schützen. Er hat blockiert … und ich an seiner Stelle hätte ganz genauso gehandelt.«
Einige Sekunden schweigt sie, ihre Lider flattern, doch dann kehrt die Wut zurück. »Aber meine Mom …«
»… war zu geschockt, als dass sie ihn hätte ausbremsen können.« Ohne weitere Worte wendet Amy sich ab. Mir ist klar, wie schwer es für sie ist, dass meine Einwände Hand und Fuß haben.
»Amy, ich habe nie gesagt, dass wir aufgeben. Aber du musst dir

vor Augen halten, was wir von den beiden verlangen. Wie absolut unglaublich das ist, was wir an sie herantragen. Und ganz ehrlich, wir haben es – entgegen unserem Vorhaben – wirklich mit der Brechstange getan.«

»Denkst du, ich weiß nicht, wie verrückt unser Auftritt war?«, bricht es aus ihr heraus. »Genau deswegen bin ich ja so verzweifelt, Matt. Glaubst du ernsthaft, mein Dad lässt uns noch einmal in ihre Nähe?«

Dann, nach einigen Sekunden in Stille, flüstert sie etwas, das mir beinahe das Herz bricht. »Nun, dich vielleicht. Aber mich ... nie im Leben.«

Die Worte erreichen mich kaum, so leise spricht sie.

»Darf ich?«, frage ich und hebe dabei zögerlich die Bettdecke an. Sie antwortet nicht, bleibt einfach reglos liegen. Ich beschließe, dass mir das reicht und schiebe mich langsam neben sie. Umschlinge ihre Taille und ziehe sie an meine Seite. Amy ergibt sich meiner Nähe, mehr ist es nicht. Steif wie ein Brett liegt sie in meinen Armen.

»Wir finden einen Weg«, sage ich. So gepresst, dass sie meine Unsicherheit spüren muss. Um ehrlich zu sein, sehe ich unseren einzigen Hoffnungsschimmer in Evelyn. »Ich denke, dass deine Mom es nicht bei diesem einen Treffen bewenden lassen wird, Amy. Es stimmt ja, was du gesagt hast. Du hattest sie beinahe so weit. Ich glaube, wir müssen ihr jetzt nur ein wenig Zeit lassen.«

Der Morgen vergeht ruhig und trostlos. Amy will das Zimmer nicht verlassen. Sie hat nicht mal Lust, das Restaurant für ein Frühstück aufzusuchen, also bemühe ich den Zimmerservice. Amys Pfannkuchen bleiben so gut wie unangetastet, selbst den Obstsalat rührt sie kaum an. Überhaupt ist sie so still und abwesend, so passiv, dass eine über die vergangenen Wochen stark geschrumpfte Angst in mir aufbrodelt. Was, wenn es wirklich zu früh für diese Reise war? Was, wenn Tom und Kristin mit ihren Befürchtungen richtiglagen? Besteht die Möglichkeit, dass Amy in ihren abwesenden Zustand zurückfällt? Ich kann es mir beim besten Willen nicht vorstellen. Andererseits bin ich nach den Ereignissen der letzten Monate nicht länger gewillt, mich auf meine Vorstellungskraft zu verlassen.

Gegen halb elf klingelt das Telefon und lässt mich zusammenschrecken.

»Nimm ab!«, ruft Amy, die kurz zuvor ins Bad gegangen ist. An ihrem Tonfall höre ich sofort, was sie hofft. Aber kann es wirklich sein, dass …?

»Ja, hallo?«

»Sir, hier ist der Empfang. Sie haben Besuch.«

»Besuch?«

Die Badezimmertür öffnet sich ruckartig, Amy lugt hervor.

»Ja, Sir. Darf ich die Dame zu Ihnen hochschicken?«

»Ähm, sicher«, erwidere ich, noch immer ziemlich verwirrt. »Natürlich kann sie kommen.«

»In Ordnung.«

»Wer?«, wispert Amy mit großen Augen.

»Oh, wie ist denn der Name der Dame?«

Einen Moment lang raschelt es in der Leitung; vermutlich bedeckt der Concierge die Sprechmuschel mit seiner Hand. Schon ist er zurück. »Es handelt sich um Mrs. Charles, Sir.«

»Ja, danke.« Ich hänge den Hörer auf und wende mich Amy zu. »Deine Mom!«

Der Schock in ihrem Gesicht hält sich nicht lange. Schon wird er von einem hoffnungsvollen Lächeln abgelöst. »Gott, du hattest recht«, sagt sie. »Da ist sie schon.«

Nur wenige Sekunden später klopft es bereits an unserer Tür. Intuitiv setzt sich Amy in Bewegung, bleibt dann aber abrupt stehen. »Nein, geh du!«

Ich nicke hastig, durchkreuze das Zimmer, streife noch einmal meine Handinnenflächen an meiner Jeans ab. Dann öffne ich die Tür ... und erstarre, ehe ich ein Wort der Begrüßung hervorbringen kann. Nein, vor mir steht nicht Evelyn. Es ist ... Amy?
»Elena Charles, hallo!« Die junge Frau vor mir muss stocksauer sein. Ihre zusammengepressten Lippen und die aufgeblähten Nasenflügel zucken immer wieder, während mich ihre stahlblauen Augen förmlich zu durchbohren scheinen.
»Matt Andrews, hallo«, presse ich mühsam hervor.
»Ich weiß, wer du bist«, fährt sie mich an. »Du bist der beste Freund meiner verstorbenen Schwester. Was ist, darf ich reinkommen?«
In meinem Schock spare ich mir die Antwort und trete einfach zur Seite. Sie zögert noch einen Moment, dann tritt sie ein. Zwängt sich an mir vorbei und steht nun direkt vor Amy.
»Lena«, flüstert die. Es klingt beinahe ehrfürchtig.
»Sprechen Sie nicht mit mir!«, gebietet Elena in einem Ton, der nur als eiskalt zu beschreiben ist, und richtet sich erneut an mich. Sie verschwendet keine Zeit, direkt zum Punkt zu kommen.
»Weißt du, wie sehr ich mir gewünscht habe, dich eines Tages kennenzulernen, Matt Andrews? Mom hat so oft von dir erzählt. Davon, wie unzertrennlich Amy und du wart und dass kein Tag verging, an dem ihr einander nicht gesehen habt.« Ihre Augen füllen sich mit Tränen, schnell senkt sie ihren Blick. »Scheiße, warum heule ich denn jetzt? Ich will überhaupt nicht heulen.«
Sie stößt ein bitteres kleines Lachen aus und wischt sich die immer weiter überquellenden Tränen aus den Augenwinkeln. Sie lacht und weint zur gleichen Zeit. *Wer hätte das gedacht?*
Die Ähnlichkeit mit Amy und der Gedanke, dass Amy genauso ausgesehen hätte wie Lena jetzt, werfen mich völlig aus der Bahn.
»Weine ruhig. Manchmal muss das sein«, sagt Amy, die leicht versetzt hinter Elena steht.

»Sagen Sie mir nicht, was ich tun soll«, blafft die zurück und wirbelt dabei zu ihrer Schwester herum. Ihr Tonfall ist so scharf, dass ich mit Amy zusammenschrecke. Sofort schließe ich die Tür hinter mir und schiebe mich zwischen die beiden Frauen. Sobald ich zurück in Elenas Blickfeld rücke, erlischt die Glut in ihren Augen und weicht ... Verzweiflung?
»Du hast keine Ahnung, wie viele Fragen ich dir gerne gestellt hätte.« Das Zittern in ihrer dünnen Stimme festigt meinen Eindruck. Mit einem Mal wirkt sie nahezu gebrochen. »Seitdem ich wusste, dass du diese schreckliche Sache überlebt hattest, wollte ich dich kennenlernen, Matt. Und dann kommst du ... mit dieser, dieser ... was auch immer sie ist,« sie nickt über meine Schulter hinweg in Richtung Amy, »und bringst meine armen Eltern beinahe um den Verstand mit einer dermaßen unerhörten Behauptung.«
»Es ist keine leere Behauptung«, beharrt Amy. Leise, aber mit Nachdruck.
»Du ...«, droht Elena und ballt ihre Hände zu Fäusten. Sie sieht aus, als wolle sie Amy die Augen auskratzen.
»Sie hat recht, Elena«, sage ich und gehe instinktiv einen Schritt auf die hübsche blonde Frau zu, die mir in keinster Weise fremd erscheint. »Es ist die Wahrheit. Ob ihr uns nun glaubt oder nicht.«
Als sie nicht sofort etwas erwidert, wittere ich meine Chance. »Amy war Autistin, als ich sie traf. Sie spielte immer wieder ...«
Elena winkt ab. »Ein und dasselbe Klavierstück, ja, ja. Ich kenne die Details eurer skurrilen Geschichte bereits. Meine Mom hat mir alles berichtet. Genauso wie von dem Hokuspokus, den ihr in unserem Wohnzimmer veranstaltet habt.«
»Hat sie gesagt, ob sie mir glaubt?«, schießt es aus Amy hervor.
Elena ignoriert ihre Frage. »Sie hat mir erzählt, dass mein Dad außer sich war und die Nacht über kaum geschlafen hat. Er hat

sich geweigert, überhaupt mit ihr über den Vorfall zu sprechen. Sie selbst hat es heute Morgen nicht länger ausgehalten und mich noch vor meiner ersten Vorlesung angerufen. Weinend, vollkommen aufgelöst. Ich habe mich sofort auf den Weg gemacht.«
»Elena, es tut mir leid, dass …« Weiter komme ich nicht.
»Du kennst meine Mom doch recht gut, oder?«, fragt sie und wartet, ganz in der Art ihrer großen Schwester, nicht einmal mein Nicken ab. »Sie ist die stärkste Frau, die ich kenne. Ausgerechnet sie so fertig zu erleben, das war … Gott, wie könnt ihr es wagen, ihr diesen Unsinn aufzutischen? Natürlich ist sie anfällig dafür. Wäret ihr das nicht, in ihrer Situation?«
»Doch«, gebe ich zu. »Aber Elena, wenn du uns nicht glaubst, warum bist du dann hier?«
»Weil …« Sie starrt auf ihre Schuhspitzen. »Meine Mom meinte, aufgeschnappt zu haben, dass du meinem Dad gegenüber ein Hotel erwähnt hattest, aber sie wusste nicht, welches. Also habe ich alle Hotels der näheren Umgebung abgeklappert.«
»Und warum?«, hake ich erneut nach. Sie blickt auf und sieht mir fest in die Augen.
»Um euch zu bitten, die Stadt zu verlassen. Lasst meine Eltern in Ruhe. Bitte.«
Ich schlucke hart und taste in meinem Rücken nach Amys Hand. Sie ergreift die meine. Eiskalt.
»Mein Dad denkt nicht schlecht von dir, Matt«, lässt Elena mich wissen, nun deutlich sanfter. »Er denkt nur, dass dich deine Freundin um ihren kleinen Finger gewickelt hat. Er ist überzeugt davon, dass sie nichts Gutes im Schilde führt.«
»Und was denkt Mom?«, fragt Amy. Elenas Blick trifft sie wie ein eisiger Blitz, doch sie hält ihm stand. Die beiden starren sich über meine Schulter hinweg an – so verschieden, so gleich.
Wie von selbst setzen sich meine Beine in Bewegung. Ich ziehe mich zurück – bereit, jederzeit einzugreifen.

»Du willst, dass ich sie Evelyn nenne, aber das werde ich nicht tun«, zischt Amy.
Elenas Schultern sacken ein, sie senkt ihren Blick. Erst Sekunden später und gerade so laut, dass wir es hören, sagt sie: »Sie hielt es zumindest für möglich genug, um mir davon zu erzählen. Sie ... ist total mitgenommen und verwirrt.«
Das ist alles, was Amy brauchte. Mit nur einem großen Schritt schließt sie die Distanz zu Elena und umfasst ihre Handgelenke. Der Anblick raubt mir fast den Verstand. Wieder bewegt sie sich zu schnell, wieder so intuitiv und unbedacht. Doch Elena weicht nicht zurück, wenn auch vermutlich nur aus Schock. Vor mir stehen zwei Frauen, die mir die Mission unserer Reise so deutlich vor Augen halten, dass mich die Erkenntnis beinahe schmerzhaft trifft. Links Amy, in ihrem neuen Körper, die verzweifelt versucht, ihr jetziges mit ihrem alten Leben zu verknüpfen. Und rechts Elena, die nicht minder verzweifelt versucht, ihr Leben und das ihrer Eltern vor einer Hoffnung zu bewahren, die zu skurril und abwegig klingt, als dass sie ihr vertrauen will. Zwei Schwestern, die ohne den Glauben an das Unmögliche nicht zueinander finden werden, so dicht sie momentan auch beieinander stehen mögen.
»Lena, ich habe etwas, das euch, und zwar euch *alle*, überzeugen wird«, sagt Amy eindringlich. »Ich schwöre dir, dass ich es euch *beweisen* kann, wenn ihr mir nur die Möglichkeit dazu gebt. Nur noch eine Chance, ich bitte dich.«
Elena sieht Amy lange an. Die Feindseligkeit in ihrem Blick hat sich ein wenig gelegt, dennoch wirkt sie sehr distanziert. »Na gut. Zeig mir deine Beweise!«, fordert sie schließlich.
Amys Hände lösen sich von denen ihrer Schwester und fallen kraftlos herab. »Für dich sind es so noch keine Beweise, Lena. Dazu würden sie erst durch Moms und Dads Reaktion werden.«
»Hör auf, sie so zu nennen!«, schreit Elena. »Mein Vater hatte

verdammt recht. Du kannst einen wirklich um den Verstand bringen.«

»Wie auch immer!«, schießt Amy zurück. »Ich werde nicht zurückfahren, ohne eine weitere Chance bekommen zu haben, mit ihnen zu reden.«

Wütend rauft sich Elena die Haare. Mit großen Schritten durchkreuzt sie das Zimmer, läuft auf die Tür zu. Macht unmittelbar davor Halt und kehrt wieder um. »Weißt du, was mir nicht in den Kopf geht? Wie ein erwachsener Mensch so etwas überhaupt behaupten kann. So etwas völlig … Absurdes. Und vor allem, was du davon hättest, wenn meine Eltern dir tatsächlich glauben würden. Du hast doch eine Familie, nicht wahr?«

Amy spart sich das Nicken, ebenso wie ich.

Ungehalten wirft Elena die Hände in die Luft. »Und meine Eltern haben nur ein kleines Haus und kaum mehr Geld, als sie zum Leben benötigen. Gott weiß, ich hoffe, dass es noch sehr, sehr lange dauert, aber irgendwann wird ihr winziges Erbe ohnehin schon durch drei geteilt werden müssen. Also, was zum Teufel ist dein Motiv?«

»Ihr seid es!«, erwidert Amy postwendend. »Ich gehöre zu euch, wie ihr zu mir gehört. Und ich will, verdammt noch mal, nicht die Einzige sein, die das weiß.«

Mein Herz hämmert wie wild gegen meine Brust. Bei der schlagartig entstandenen Stille wundert es mich, dass man es nicht hören kann.

Elena steht wie angewurzelt da. Überhaupt bewegt sich für einige Sekunden nichts und niemand in diesem Raum. Dann schüttelt Elena plötzlich den Kopf, wendet sich ruckartig ab und stürmt aus dem Zimmer. Die Tür fällt lautstark hinter ihr ins Schloss.

Als ich den ersten Schock verwunden habe, mache ich Anstalten, ihr nachzueilen. Doch dieses Mal ist es Amy, die mich überrascht.

»Warte!«, sagt sie leise und zieht mich zurück. Dann bleibt sie wieder reglos stehen. Auch ich wage nicht länger, mich zu rühren, obwohl ich nicht die leiseste Ahnung habe, worauf wir hier warten. Schließlich geht Amy zur Tür und öffnet sie. Ruhig, ohne jede Hast. Elena steht unmittelbar davor. Sie neigt den Kopf und sieht Amy lange an.
»Fünf Minuten!«, sagt sie nach einer Weile, die sich wie eine Ewigkeit anfühlt. »Ich gebe dir fünf Minuten, um noch einmal mit meinen Eltern zu sprechen. Sie werden euch reinlassen, wenn ich dabei bin.«
»Ich weiß«, antwortet Amy schlicht. Sie ist seltsam gelassen, was ihrer Entschlossenheit keinen Abbruch tut. Im Gegenteil.
»Es gibt eine Bedingung«, fügt Elena hinzu.
»Ja«, sagt Amy fest, denn wir beide wissen bereits, wie diese Bedingung lautet.
Elenas Nicken besiegelt den Pakt. »Gehen wir!«

Kapitel XXI

Nein!«, sagt Peter in seiner strengsten Stimme, als er den Schock unseres Anblicks vor seiner Haustür verdaut hat.
»Dad, wir ...«, setzt Elena an.
»Nein, Lena«, sagt er erneut, bevor sein harter Blick auf mich trifft. »Schreckst du vor nichts zurück, Junge? Ich erkenne dich nicht wieder.«
»Dad, ich habe ihn aufgesucht, nicht umgekehrt«, stellt Elena klar. »Sie hat angeblich handfeste Beweise für ihre abartige Behauptung, die sie uns auf jeden Fall noch zeigen möchte. Ich habe ihr Wort, dass sie die Stadt sofort verlassen, sollten diese Beweise uns nicht wirklich überzeugen.«
Peters Blick fällt auf das große, akkurat verschnürte Paket, das

ich auf Amys Bitte hin aus dem Kofferraum geholt und nun gegen meine Oberschenkel gelehnt habe. »Wie auch immer diese Beweise aussehen, ich habe kein Interesse daran«, blafft er.
»Ich schon!«, lässt eine sanfte Stimme hinter ihm verlauten. Die Haustür öffnet sich weiter, und Evelyn erscheint im Rücken ihres Mannes. Ihre Augen sind gerötet, doch sie wirkt gefasst. Peter hingegen schließt seine Lider in offensichtlicher Erschöpfung.
»Evelyn ...«
»Nein, Pete. Es geht mir gut, ich verspreche es. Lass sie hereinkommen. Sehen wir uns an, was sie uns zeigen wollen.«
Elena reicht diese Aufforderung ihrer Mutter aus, um sich in Bewegung zu setzen. Sie schiebt sich an ihren Eltern vorbei und gibt damit auch den Weg für uns frei. Ich lasse Amy den Vortritt, um Peter im Auge zu behalten. Die Stimmung ist so angespannt, dass unsere Schritte und das Rascheln unserer Jacken viel zu laut durch den schmalen Hausflur hallen.
Evelyn führt uns auf direktem Weg ins Wohnzimmer. Niemand nimmt Platz, wir bekommen nicht einmal das Angebot dazu. Sobald wir uns alle eingefunden haben, heften sich sämtliche Augenpaare auf Amy.
»Gibst du mir das Paket, bitte«, sagt sie leise.
Ich reiche es ihr. Mühelos, denn es ist wesentlich leichter, als seine Größe vermuten lässt.
»Das ist für euch«, sagt Amy, geht ein paar Schritte auf Peter zu und streckt es ihm entgegen. »Du solltest es öffnen.«
Ihr Vater scheint nicht zu wissen, wie er reagieren soll. Mit einem mürrischen Brummen nimmt er das Geschenk schließlich entgegen und reißt sogleich an der Schnur. Zunächst noch etwas zögerlich, dann zunehmend ungeduldig, zerrt er das Packpapier ab und stößt endlich auf jede Menge bespannter Keilrahmen, von denen allerdings nur die Rückseiten zu sehen sind.

Schlagartig wird mir bewusst, was Amy getan hat. Natürlich – sie hat gemalt. Wahrscheinlich sind das die Bilder, die sie nach ihren nächtlichen Exkursionen immer wieder verhüllt hatte.
Als Peter langsam den ersten Rahmen umdreht und die bemalte Leinwand dem Tageslicht aussetzt, halte ich den Atem an.
Das Bild zeigt Amy als kleines Mädchen von etwa drei oder vier Jahren, auf dem Schoß ihres Vaters. Peter hält sie liebevoll umschlossen, und in seinen Händen, die vor der neugierig blickenden Amy wieder zusammenkommen, bearbeitet er eine kleine Holzfigur mit seinem Taschenmesser.
Es ist ein unglaublich ausdrucksstarkes Bild und genau das Richtige, um Peters Herz zu treffen und es behutsam zu erweichen. Er schluckt schwer; sein Kinn zuckt unter den zusammengepressten Lippen. Evelyn tritt heran … und erstarrt an der Seite ihres Mannes, als sie das Motiv des Gemäldes erfasst.
Elena hält sich im Hintergrund, doch ich weiß, dass die stumme Reaktion ihrer Eltern auch für sie Bände spricht.
Die Atmosphäre ist so zerbrechlich, dass wir zunächst kaum zu atmen wagen. Erst nach einer gefühlten Ewigkeit durchbricht Amy behutsam die Stille. Ihre Stimme ist sanft und leise; jedes noch so kleine Geräusch könnte sie mühelos überdecken.
Reglos beobachte ich, wie sie sich langsam und vorsichtig auf Peter zubewegt. »Weißt du noch, wir waren gemeinsam am Bach. Ich habe so lange gequengelt, bis du mich mit zum Angeln genommen hast, und dann war es mir viel zu langweilig, so lange still zu warten. Du hast mir gezeigt, wie man eine Figur aus einem dünnen Ast schnitzen kann. Das werde ich nie vergessen.«
Für einen Moment sieht Peter in Amys Gesicht, dann blickt er zu mir. Ich hebe meine Hände und schüttele den Kopf.
»Schau mich nicht so an, ich wusste nichts von diesen Bildern. Ich sehe sie gerade auch zum ersten Mal«, versichere ich ihm ruhig.

Peter nickt; er weiß, dass ich die Wahrheit sage. Dann nimmt er sich die anderen Rahmen und dreht einen nach dem anderen um. Die unterschiedlichsten Erlebnisse aus Amys Kindheit kommen zum Vorschein.
Peter stellt alle Bilder nebeneinander auf. Bald stehen wir inmitten einer Galerie aus alten Familienerinnerungen, die so privat sind, dass nicht einmal ich sie alle kenne.
Amys Talent ist schlichtweg atemberaubend. Doch es ist noch mehr – viel mehr, was die Qualität ihrer Bilder ausmacht. Jedes Portrait, jeder Gegenstand – ja, jeder einzelne Pinselstrich – ist bildgewordenes Gefühl. Und auch, wenn nun erneut vollkommene Stille in dem kleinen Raum herrscht, bin ich mir sicher, dass Evelyn, Peter und selbst Elena die Liebe spüren, die in diesen Gemälden steckt. Die Liebe einer jungen Frau zu ihrer Familie.
Unter den Motiven entdecke ich Amys Uroma, Nana Liz, vor einem alten Plattenspieler bei ihrer allabendlichen Lieblingsbeschäftigung: sticken, Jazz und Kreuzstich. Schmerzlich wird mir bewusst, dass sie wohl nicht mehr lebt.
Mein Blick schweift weiter und erfasst Amy unter dem Weihnachtsbaum, mit dem großen Kaleidoskop, das sie sich so sehr gewünscht hatte.
Daneben erspähe ich Peter, der mit einem Strohhalm, einem Papiertaschentuch und Leukoplast das Beinchen eines verletzten Vogels schient. Amy und ich hatten ihn unter der Hecke im Vorgarten gefunden, und Amy war untröstlich gewesen, bis Peter ihn mehr oder weniger fachmännisch verarztet und Evelyn ihm ein Krankenlager in einem alten Kaninchenstall eingerichtet hatte. In den folgenden zwei Wochen hatten wir – sehr zum Unmut unserer Mütter – auf der Suche nach Würmern und sonstigen Insekten sämtliche Blumenbeete umgegraben. Eines Tages, nach der Schule, fanden wir den Käfig leer auf der Veranda vor. Der

Vogel wäre, angeblich vollständig kuriert, davongeflogen, versicherte man uns.
Erst jetzt, den Blick auf Amys Gemälde gerichtet, kommen mir vage Zweifel an dieser Aussage.
Weiter sehe ich Evelyn, die bei dem Versuch, Amy in den Schlaf zu wiegen, selbst eingeschlafen ist, während das Kleinkind in ihren Armen noch immer fröhlich lacht und offensichtlich hellwach auf ihrem Schoß herumhüpft.
Ein Picknick am Bach; Amy mit einem Riesenfisch im Arm – direkt am See, in viel zu großen Gummistiefeln; die junge Evelyn auf Amys Schaukel und Peter, der sie lachend anschubst …
Ich ergreife Amys Hand und ziehe sie zu mir heran. »Das ist wunderschön«, flüstere ich ihr zu. Sie lehnt ihren Kopf an meine Brust, doch ihr Körper bleibt steif. Bis auf den letzten Muskel angespannt. Schlagartig wird mir bewusst, dass in diesen Sekunden alles für sie auf dem Spiel steht.
Peter und seine Frau sind nach wie vor sprachlos. Mein ängstlicher Blick haftet an Evelyn, die wieder unglaublich blass geworden ist. Bild für Bild befühlt sie mit zittrigen Fingern.
»Und das ist alles … Amy?«, fragt Elena leise.
Ihre Mom nickt. »Ja, Schatz. Sie sah … genauso aus wie Jenny und du.«
Erst nachdem Evelyn die Wange der kleinen Amy auch auf dem letzten Bild betastet hat, wendet sie sich uns zu. Die Augen auf ihre Tochter in dem fremden Körper gerichtet, durchschreitet sie den Raum. Stumm erfasst sie Amys Hände, wie schon am Vortag. Fest sieht sie ihrer Tochter, die es nicht wagt, sich zu rühren, in die Augen. Mein Blick fällt bang auf Amys Brust, die sich zu flach und viel zu schnell hebt und senkt.
Peter steht noch immer inmitten der Kunstwerke und lässt seinen Blick über jedes einzelne Motiv schweifen. Er scheint alle Details sehr genau und prüfend zu erfassen. Natürlich gibt es

nicht mal die kleinste Unstimmigkeit in all diesen Bildern, und so gleiten seine Augen schließlich zurück zu dem ersten Gemälde, das ihn selbst mit seiner kleinen Tochter schnitzend am Bach zeigt.

»Amy«, murmelt er und verharrt für einige Sekunden vollkommen still. Dann dreht er sich zu uns um und sieht seine Tochter direkt an. Tränen schimmern in seinen Augen, seine Lippen beben unkontrolliert.

»Was soll ich tun?«, fragt er und klingt dabei wirklich so hilflos wie ein kleines Kind. »Ich weiß nicht, was ich glauben soll.«

»Daddy!«, ruft Elena, läuft zu ihm und presst sich an seine Brust. »Entschuldige! Ich hätte sie nicht noch einmal mitbringen dürfen. Sie ...«

»Nein, Lena«, sagt Evelyn, deren eindringlichem Blick Amy erneut standhält. »Es stimmt wirklich. Komm her, Pete, und sieh ihr in die Augen, dann wirst du es erkennen. Sie hat Amys Seele. Es ist wahr.«

»Mom«, flüstert Amy.

»Bitte sag mir, dass ich nicht träume«, erwidert ihre Mutter ebenso leise.

Amy schafft es nicht länger, sich zusammenzureißen. Schluchzend lässt sie sich nach vorne fallen, in Evelyns Arme. Erschrocken halte ich die Luft an, bis Evelyns Hände zögerlich auf Amys Rücken zu liegen kommen. Dann erst atme ich durch, so tief wie schon lange nicht mehr.

»Gott, wie kann das sein? Wie ist so etwas möglich?«, fragt Evelyn immer wieder.

Amy ist nicht imstande zu antworten. Sie hat ihre Fassung vollkommen verloren und verwendet wohl ihre gesamte Kraft darauf, nicht an Ort und Stelle zusammenzubrechen. Nach wenigen Sekunden in der Umarmung ihrer Mutter zittert sie am gesamten Leib und jagt mir damit eine Höllenangst ein.

»Schhh …«, macht Evelyn und schließt den Kreis ihrer Arme fester um ihre Tochter. »Schon gut, mein Schatz, ich glaube dir. Hörst du, Amy, ich glaube dir.« Sie streicht die langen Haare aus dem fremden Gesicht ihrer Tochter und bettet Amys Kopf auf ihre Schulter. Woher sie mit einem Mal ihre Stärke nimmt, ist mir ein Rätsel. Fest steht, dass Evelyn sie für Amy genau im richtigen Moment mobilisiert. Vermutlich ist es die Kraft einer Mutter, die für ihr Kind stark sein muss.

»Beruhige dich, Liebes. Du zitterst zu sehr, ich kann dich kaum halten«, sagt Evelyn. Schnell drehe ich den Stuhl der Esszimmergarnitur, an dem ich bis zu diesem Moment lehnte, so, dass Evelyn darauf Platz nehmen kann. Im selben Moment sackt Amy zusammen. Auf dem Boden kniend, wirft sie sich in den Schoß ihrer Mutter und weint ungehemmt weiter.

Es tut mir weh, sie so aufgelöst zu sehen, auch wenn es natürlich gute Tränen sind, die sie vergießt. Tränen der Erleichterung.

Minuten verstreichen, in denen nur Amys Schluchzen und die sanften Worte ihrer Mom zu hören sind. Erst als das Zucken von Amys Schultern schon deutlich nachgelassen hat, wendet sich Evelyn mir zu.

»Du hast sie gefunden, nicht wahr, Matty? Ihr hattet als Kinder schon diese unglaubliche Verbindung zueinander.«

Zu einer Antwort komme ich nicht. Sie streckt ihre kühle Hand aus und drückt meine darin so liebevoll, dass es mir die Luft abschnürt.

»Das kann nicht sein«, wispert Peter im nächsten Moment. Regungslos hat er Evelyn und Amy beobachtet. Nun steht er leichenblass da. Ob er Elena weiterhin in seinem Arm hält oder sich eher an ihr abstützt, lässt sich nicht eindeutig sagen.

Elena nickt. »Ja, das ist … total verrückt.«

»Das macht es nicht weniger wahr«, sage ich mit ungewöhnlich fester Stimme und halte ihrem Blick so lange stand, bis sie

meinem ausweicht. Nein, von hier aus wird es kein Zurück mehr geben. Unter keinen Umständen. Amys Kampf war hart genug. Langsam wende ich mich Peter zu. »Niemand verlangt, dass ihr uns sofort alles glaubt. Ich weiß, wie schwer das zu begreifen ist. Ich musste diesen Weg ebenso gehen wie ihr. Nur ... versucht, euch zu öffnen und ihr eine Chance zu geben, okay? Ich schwöre euch bei meinem Leben, dass hier wirklich Amy vor euch steht.«
»Und das weißt du so sicher, weil ...?«, fragt Elena mit hochgezogenen Augenbrauen.
»Weil wir uns lieben«, erwidere ich leise, aber bestimmt.
»Ihr habt euch schon immer geliebt«, sagt Evelyn. Die zärtliche Nachgiebigkeit in ihrer Stimme lässt mich zu ihr hinunter- und Amy aus ihrem Schoß heraus zu ihr aufschauen. Erst nach einigen Sekunden finden sich unsere Blicke über Evelyns Schulter hinweg und verschmelzen miteinander.
»Ganz genau«, sage ich. »Und nach einundzwanzig Jahren ohne Amy, in ... absoluter Einsamkeit, kann ich euch versichern, dass ich schlichtweg nicht imstande bin, mich in ein anderes Mädchen als eure Tochter zu verlieben.«
Amys zusammengepresste Lippen zucken erneut, doch die Tränen bleiben in ihren Augen stehen und verleihen dem sanften Grün einen einmaligen Schimmer. Ich erkenne Stolz darin, Rührung ... und unwiderrufliche Liebe.
»Ich erinnere mich an diesen Abend.« Peter unterbricht unseren Moment mit dünner Stimme. Er steht vor dem Gemälde, das ihn zeigt, wie er seine Frau auf Amys Schaukel anschubst. »Aber wie kannst du davon wissen?« Sein Blick trifft auf Amys, die sich zwar zögerlich vom Boden erhebt, die Hand ihrer Mutter dabei aber für keinen Augenblick loslässt.
»Ihr dachtet, ich schlafe schon, ich weiß. Es war der Abend vor Thanksgiving, in dem Jahr, als ich meinen siebten Geburtstag

feierte. Ich hatte Mom den ganzen Tag bei der Vorbereitung des Festessens geholfen und die Gelegenheit schamlos ausgenutzt, um alle Töpfe und Schüsseln lupenrein auszuschlecken. Wahrscheinlich war das dann auch der Grund, warum ich Bauchweh bekam, als ich abends in meinem Bett lag. Ich stand auf, suchte nach euch und fand euch so im Garten vor. Ihr habt mich nicht bemerkt, und irgendwie brachte ich es auch nicht fertig, euch zu stören. Ich beobachtete euch eine Weile vom Wohnzimmerfenster aus, dann kroch ich zurück in mein Bett.«

Peter schluckt. So hart, dass sich sein Adamsapfel deutlich auf und ab bewegt.

Amy schaut an sich herab. »Später, als ich schon in diesem Körper hier steckte, hatte ich immer wieder dieses Bild vor Augen, wenn ich an euch dachte. Glücklich und ausgelassen. So, wie ich euch zurückgelassen hatte. So wollte ich euch eines Tages wiedersehen.«

Elena schaut zu Peter auf, dem sie bis jetzt nicht von der Seite gewichen ist. Der wiederum sucht und findet den Blickkontakt zu seiner Frau, die immer noch, völlig von ihren Gefühlen überwältigt, erschöpft auf ihrem Stuhl sitzt. Als das Flehen in ihren Augen zu eindringlich wird, senkt er schwer atmend den Kopf.

»Weißt du, was du da von uns verlangst?«, fragt er leise. »Wenn du ... wirklich meine Tochter bist ...« Nun schaut er Amy an, mit flatternden Lidern. Verstört. »... unsere Amy ... dann stimmt so gut wie nichts von dem, woran ich mein Leben lang glaubte.«

»Ich weiß«, sagt Amy. Wieder verstreichen stille Augenblicke, die bestimmt nicht nur meine Nerven bis zum Äußersten strapazieren.

»Erklärst du mir die anderen Bilder?«, bittet Elena endlich. Es ist das erste Mal, dass sie in einem ruhigen Ton, der nicht abfällig klingt, zu Amy spricht.

»Sicher«, erwidert die.
Und so erzählt Amy zu jedem ihrer Gemälde dessen kleine Geschichte. Teilt mit uns ihre Erinnerungen, die bislang nur ihr gehörten. Irgendwann zwischendurch fällt die Lähmung von Peter. Er geht langsam zu seiner Frau und setzt sich ihr gegenüber an den Esstisch. Stützt die Ellbogen auf die Tischplatte und die Stirn in seine Hände. Schweigt und lauscht.
Als Amy das letzte Motiv ihrer Gemälde erläutert hat, wendet sich Elena ohne ein Wort ab und nimmt neben ihrer Mutter Platz. »Mom?«
»Jedes Wort ist wahr«, sagt Evelyn tonlos. Amy kommt zu mir und legt ihre Hände auf die Schultern ihrer Mutter. Die schmiegt ihre Wange an eine der Handinnenflächen ihrer Tochter. »Ich weiß nicht, wie dieses Wunder möglich ist, aber ... unsere Amy ist wieder bei uns, Pete.«
Ihr Mann übt sich weiterhin im Schweigen. Elena ... nicht.
»Ich habe keine Ahnung, was ich davon halten soll«, sprudelt es aus ihr hervor. »Jeder, dem ich erzählen würde, was mir heute widerfahren ist, würde mich sofort für verrückt erklären.«
Dieser kleine Satz lässt Evelyn aufhorchen. »Oh, mein Gott! Was machen wir nur mit euren Geschwistern? Sie dürfen das nicht erfahren. Noch nicht! Stellt euch vor, sie verplappern sich in der Schule. Verstehst du, Lena?«
Evelyn ist ihrem Mann mehr als nur einen Schritt voraus, was die Verarbeitung der Situation angeht. Ruckartig blickt er von der Tischplatte auf. Zu geschockt, um zu reagieren.
»*Eure* Geschwister ...«, wiederholt Elena flüsternd und schüttelt dann ungläubig den Kopf. »Das ist einfach nur verrückt! Mein Leben lang wollte ich meine Schwester kennenlernen. Ich wollte sie bei mir haben, nur für einen Tag, das war mein sehnlichster Wunsch. Und jetzt ... Es tut mir leid, aber ich kann das alles noch nicht so richtig glauben. Andererseits, wie ...«

»Lena«, sagt Evelyn nur, voller Nachdruck. Noch immer hält sie Amys Hand auf ihrer Schulter, nun ergreift sie auch Elenas.
»Schön!«, sagt die und reibt sich mit den Fingern der anderen über ihre geschlossenen Augenlider. »Gehen wir mal für einen kurzen Moment davon aus, dass es wirklich wahr ist. Wie stellst du dir das dann vor? Habe ich dich richtig verstanden? Du würdest es vor Sam und Jenny geheim halten wollen? Aber … die beiden sind doch nicht blöd. Sam wird bald siebzehn, Mom, er ist kein Kind mehr. Wer soll Amy denn für sie sein? Julie, die Freundin des ehemaligen Nachbarsjungen?«
Warum Elena sich ausgerechnet jetzt so sehr in dieses Thema verbeißt, erschließt sich mir nicht. Offensichtlich hat sie emotional noch nicht einmal ansatzweise begriffen, was hier gerade vor sich geht. Aber vermutlich liegt es schlichtweg in ihrer Natur, etwas Greifbares zu packen und anzugehen, anstatt nur rat- und tatenlos herumzusitzen. Eine weitere Charaktereigenschaft, die Amy und sie teilen. Allerdings sind Elenas Fragen in meinen Augen berechtigt, und eigentlich … ja, beweisen sie nur, dass sie sich langsam, aber sicher mit dem Gedanken anfreundet, Amys Geschichte könne vielleicht doch nicht vollkommen an den Haaren herbeigezogen sein.
Auch Evelyn kann die Einwände nicht von der Hand weisen. Zumindest kann sie sich nicht dazu bringen, Elenas Fragen zu beantworten.
»Ernsthaft, Mom«, fährt Elena fort. »Irgendwann verplappert ihr euch und nennt sie bei ihrem alten Namen. Du sagst doch jetzt schon ständig Amy zu ihr. Und dann? Wisst ihr, wie schwierig es wird, den beiden das vorzuenthalten? Abgesehen davon, dass es unglaublich unfair ist?«
In Amy, die bis jetzt ungewöhnlich still war und eher wie eine Statistin als wie die Hauptdarstellerin in ihrem eigenen Theaterstück wirkte, kommt plötzlich neues Leben. Sie nickt. »Lena hat

recht«, sagt sie entschlossen und schaut zu Evelyn hinab, die ihren Blick bereits erwartet. »Oh, aber ich erinnere mich gut an diesen Gesichtsausdruck. Du wirst unsere Argumente nicht gelten lassen, nicht wahr?«
»Sieht nicht so aus«, bestätigt Elena. »Dabei ist das Blödsinn, Mom, bei allem Respekt. Sam ist mit Sicherheit so weit, dass er die ganze Sache für sich behalten würde, und Jenny ...«
»Wenn sie sich verplappert, dann hat sie einen Kinderbonus, denkt ihr nicht?«, meint Amy.
Elena übernimmt nahtlos. »Ja, wir sagen, sie vermisst ihre große Schwester zu sehr und kommt mit dem, was ihr zugestoßen ist, einfach nicht klar.«
»Jenny wirkt ziemlich clever und auch schlagfertig auf mich«, wirft Amy ein.
Elena lacht leise auf. »Oh, da kannst du Gift drauf nehmen! Und sie ist vernünftig. Sie könnte das mit Sicherheit besser handhaben, als ihr es ihr zutraut. Also, ich bin für Offenheit«, beschließt sie ihr leidenschaftlich vorgetragenes Plädoyer.
»Das ist auch das, was ihr von mir immer gefordert habt«, sagt Amy.
»Von uns allen«, bestätigt Lena.
Und dann schallt Regel Nummer eins im Hause Charles aus den Mündern beider Töchter. In einem Einklang, der perfekter nicht sein könnte: »Keine Geheimnisse innerhalb der Familie!«
Mit großen Augen schauen die beiden ihre verdutzte Mutter an.
Fassungslos stehe ich da, passiv und doch nicht teilnahmslos, und versuche zu begreifen, was sich hier gerade vor meinen Augen abgespielt hat. Die beiden Schwestern hatten ihre Ansichten mit exakt denselben Handbewegungen und der gleichen Mimik unterlegt. Ihr Schlagabtausch war ihnen nicht einmal bewusst geworden, aber ihre Ähnlichkeit, obwohl sie sich rein äußerlich nicht im Geringsten gleichen, war überwältigend gewesen.

Nun, nachdem sie so impulsiv ihren gemeinsamen Standpunkt vertreten haben, sickert langsam die Erkenntnis über das soeben Geschehene in ihr Bewusstsein. Es vergehen ein, zwei stille Sekunden, bis Elena erstarrt. Ihre Gesichtszüge entgleisen völlig.
»O Mann!«, stammelt sie. »Es stimmt wirklich, nicht wahr?«
Amy bleibt keine Zeit für eine Antwort. Schon ist Elena aufgesprungen und hat die Hände ihrer Schwester ergriffen. »Du ... du bist wirklich Amy.«
»Das sage ich doch die ganze Zeit«, lacht die ein wenig unbeholfen. Und dann fliegen sich die beiden um den Hals.
Der Moment scheint perfekt zu sein, doch er bleibt es nicht lange.
Peter schiebt seinen Stuhl geräuschvoll zurück. »Ich muss hier raus«, erklärt er und ist schneller aus der Tür, als irgendeiner von uns hätte reagieren können. Betreten bleiben wir zurück.
»Schon gut!«, wispert Evelyn. »Lasst ihm Zeit, er muss ... sich fassen.«

Die kommende Stunde verbringen Amy und ich damit, Evelyn und Elena alle Fragen zu beantworten, die sie uns stellen. Amy klebt förmlich an ihrer Mom. Immer wieder weinen die beiden und sehen sich dabei ungläubig an. Elena ist gefasster; sie lässt ihre Aufregung hauptsächlich an ihren Fingernägeln aus, während sie Amys Erzählungen lauscht.
Wissbegierig fragt sie Amy zu ihrem neuen Leben Löcher in den Bauch. Wie es begann, wo sie nun lebt und wie – um alles in der Welt – es zu dem Wiedersehen zwischen uns beiden gekommen war.
Amy erzählt frei und bereitwillig – wie immer. Doch, als wäre es ein geheimes Abkommen zwischen uns, erwähnen wir beide nichts von ihrer Fähigkeit, mich gedanklich immer und überall

aufsuchen zu können. Ebenso lassen wir meine eigene Gabe unerwähnt.
Genug der schweren Kost für den Anfang!
Irgendwann – und nur sehr zögerlich – bringt Evelyn das Thema auf Amys neue Eltern. Ihre Unsicherheit ist ihr dabei deutlich anzumerken. Amy tastet nach meiner Hand, als brauche sie mich als Stütze für diesen Schritt.
»Nun, sie sind phantastisch«, beginnt sie behutsam. »Kristin und Tom, so heißen die beiden, sind eigentlich dafür verantwortlich, dass Matty und ich uns überhaupt wiederbegegnet sind.«
In allen Einzelheiten berichtet Amy, wie schwer es mir gefallen war, die Puzzlestücke zur Lösung des Rätsels, das sie uns aufgegeben hatte, zusammenzufügen. Wie sehr Kristin mich ermutigt hatte, während Tom daran, das schier Unmögliche zuzulassen, beinahe gescheitert wäre. Aber eben nur beinahe.
Elena und Evelyn tauschen einen flüchtigen, aber bedeutungsschweren Blick aus. Von weiteren Fragen, die Kristin und Tom betreffen, sehen sie vorerst ab. Auch Amy hält sich zurück, als sie bemerkt, wie schwer sich ihre Mom mit der Idee tut, dass fremde Menschen ihr Kind großgezogen haben. Denn so muss es sich wohl für sie anfühlen. Nein, Evelyn soll das Tempo vorgeben. Wir haben Zeit.
Gemeinsam beschließen wir, dass Amy und ich nicht so lange bleiben werden, bis Sam und Jenny aus der Schule kommen. Unser aller Pensum an emotionaler Belastung ist für diesen Tag erschöpft. Außerdem konnten sich die Frauen bislang nicht einigen, was die Offenheit Amys jüngeren Geschwistern gegenüber anbelangt. Evelyn will ohne Peter keine Entscheidung treffen, und diesem Beschluss kann sich keine der beiden Töchter entziehen.
Als es kurz vor halb drei ist, erheben Amy und ich uns schweren Herzens und trotten hinter Lena und ihrer Mom zur Haustür.

Obwohl es nur ein kurzer Abschied sein wird – denn Lena hat schon verkündet, den Unterricht für den kommenden Tag sausen zu lassen, und Evelyn hat uns bereits zum Frühstück eingeladen –, fällt er sehr herzlich aus. Nur Peters Flucht liegt als einziger Schatten über den Entwicklungen dieses Tages.
Als Amy die Hand auf den Türknauf legt, dreht der sich unter ihren Fingern und lässt sie kurz zurückschrecken, bevor sie ihn erneut ergreift und die Tür öffnet. Peter steht ihr gegenüber. Die Haare gerauft, das Hemd am Kragen geöffnet, die Augen gerötet. Er sieht vollkommen fertig aus.
»Dad«, hauchen Amy und Elena erschrocken.
Die folgende Szene spielt sich wie in Zeitlupe vor mir ab.
Langsam, zögerlich, streckt Peter Amy seine zittrigen Hände entgegen. »Komm her!«, flüstert er, als wäre sie der letzte Tropfen Wasser in der Wüste.

Kapitel XXII

An diesem Abend liegen wir uns noch lange in dem breiten Hotelbett gegenüber. Amy strahlt! Mit ihren Fingerspitzen streichelt sie mein Gesicht. Immer wieder fährt sie dabei sanft über meine Narbe – ohne es überhaupt zu bemerken, wie ich vermute. Ihre Zärtlichkeit tut gut, auch wenn sie wahrscheinlich nicht mal die leiseste Ahnung hat, wie sehr ich sie wirklich genieße.
»Ich hätte damit rechnen müssen, ich weiß, aber ich kann einfach nicht fassen, dass du es tatsächlich geschafft hast, sie zu überzeugen«, sage ich und kassiere sofort ein stolzes Lächeln.
Dann rollt sich Amy auf den Rücken, die Arme weit von sich gestreckt, und starrt verträumt an die hohe Zimmerdecke. »Ich bin so unglaublich glücklich. Es ist fast zu schön, um wahr zu sein, oder? Ich meine, wir beide haben zueinandergefunden, und

nun wissen sogar meine Eltern und Elena schon, dass ich in diesem Körper wiedergeboren wurde. Oh, und meine Geschwister sind toll, nicht wahr? Ich bin unglaublich gespannt auf Sam. Auf dem Foto sah er süß aus, fandest du nicht?«
Erwartungsvoll sieht sie mich an, winkt jedoch in der nächsten Sekunde schon wieder ab. »Ach, was frage ich dich? Du wirst ihn wohl kaum süß finden. Hoffe ich zumindest.«
Ich knuffe sie leicht in die Seite. »Er sah sehr ... nett aus!«
»Mein Herz ist übervoll«, gesteht sie und lässt sich in meine Arme fallen. »Ich war noch nie so glücklich. All die Jahre, in denen mich niemand gesehen oder gehört hat, haben sich nun endlich doch noch gelohnt. Jetzt müssen wir nur noch nach einer schonenden und gleichzeitig überzeugenden Möglichkeit suchen, meine jüngeren Geschwister einzuweihen.«
Sofort bremse ich sie in ihrer Euphorie. »Nein, Amy, deine Mom hat recht.« Nun, da wir allein sind und es sich nicht mehr so anfühlt, als würde ich ihr in den Rücken fallen, bin auch ich bereit, Stellung zu beziehen. »Das ist wirklich ein heikles Thema. Jenny ist noch ein Kind, und auch bei Sam finde ich es noch sehr grenzwertig. Ich bin mir alles andere als sicher, dass die beiden erfassen können, wie wichtig es ist, diese Sache für sich zu behalten. Nicht nur, dass wir alle als verrückt abgestempelt würden, sollte unsere Behauptung bekannt werden – nein, besonders für Jenny und Sam könnte ein einziges falsches Wort oder ein kleiner Versprecher jahrelange Folgen haben! Hast du daran schon gedacht?«
Amy schweigt, und das allein spricht schon für sich. Einige Sekunden kuschelt sie sich still an meine Brust, dann legt sie ihre gefalteten Hände unter das Kinn und sieht zu mir auf. »Aber irgendwie müssen sie doch die Wahrheit erfahren. Ich sehe das genauso wie Lena: Wir sind Geschwister, und die beiden haben auch ein Recht darauf zu erfahren, was geschehen ist.«

»Ich weiß«, flüstere ich, streiche eine der langen Haarsträhnen aus ihrem süßen Gesicht und drehe sie um meinen Zeigefinger.
Amy dreht den Kopf und gleitet mit ihrem warmen Mund zunächst über meinen Handrücken. Dann küsst sie meine Fingerspitzen – jede einzelne – und weckt damit das Bedürfnis in mir, die Ereignisse des Tages für den Moment beiseitezuschieben und unsere aufgebrachten Herzen endlich zur Ruhe kommen zu lassen.
»Wir werden uns etwas einfallen lassen, wie wir deine Geschwister einweihen«, beteuere ich in dem Versuch, das Thema abzuschließen. Ich bemühe mich, meinem Lächeln einen ermutigenden Ausdruck zu verleihen. »Morgen früh, wenn Jenny und Sam in der Schule sind, können wir uns in Ruhe mit deinen Eltern und Elena besprechen. Wir könnten Donuts mitbringen.«
Amy nickt, zufrieden mit diesem Plan. Ihre Finger tänzeln über meinen Oberarm.
So eng aneinandergekuschelt, glücklich und entspannt, überkommt uns langsam, aber sicher eine wohltuende Schwere. In letzter Sekunde hindere ich meine Augenlider daran zuzufallen.
»Hey, magst du eine Massage haben?«, frage ich, während meine Fingerspitzen über das kleine Stück Haut von Amys Bauch gleiten, das ihr verrutschtes T-Shirt preisgibt.
Ihre Augen bekommen ein fröhliches Funkeln. »Du bist eine Koryphäe deines Fachs, bekannt in einem Umkreis von bestimmt hundert Meilen rund um Papen City«, antwortet sie theatralisch und natürlich maßlos übertrieben. »Selbstverständlich will ich eine Massage von dir, Matty!«
Schon hat sie ihr Shirt abgestreift und legt sich nun mit freiem Oberkörper vor mir zurück. Scharf ziehe ich die Luft ein, schließe meine Augen für einen Moment und atme in einem Seufzer wieder aus.
»Sehe ich so schrecklich aus, dass du deine Augen schließen

musst?«, fragt Amy, eine Augenbraue herausfordernd hochgezogen.
»Nein, Quatsch! Es ist ... das Gegenteil! Ich weiß nicht. Ich habe wirklich keine Ahnung, wie ich es schaffen soll, dich zu massieren, ohne dabei über dich herzufallen. So unglaublich schön bist du, Amy.«
Sie lacht laut, doch dann wird ihr Blick plötzlich sehr verführerisch. Langsam setzt sie sich vor mir auf und zwingt mich dann sanft, sie anzusehen, indem sie mein Gesicht mit beiden Händen umfasst. »Wer sagt denn, dass du dich zurückhalten sollst?«, flüstert sie mir ins Ohr, bevor sie mich zärtlich küsst. Dann ergreift sie meine Hände und legt sie ohne Umschweife an ihre Brüste.
Ich fühle ihr Herz klopfen, stark und schnell; ihre Haut ist so weich. Wie automatisch beginne ich, sie zu streicheln. Ein wenig zittrig greife ich nach dem Massageöl, das ich schon auf dem kleinen Nachtschrank abgestellt hatte.
Länger als unbedingt nötig verteile ich das Öl in meinen Händen und beuge mich dann langsam über Amy – so, dass sie sich erneut zurücklegt. Mit meiner Nasenspitze fahre ich über ihren Hals, bis zu ihrem Kinn, zu ihren Lippen. An ihren Mundwinkeln verweile ich – berühre sie, berühre sie nicht ganz, küsse sie federleicht –, während ich mit meinen öligen Fingern ihren Bauch, ihre Seiten und schließlich auch ihre Brüste streichle und sanft massiere.
Amys Atem kommt zittrig und stoßartig, doch für eine unmessbare Zeit schafft sie es wirklich, still zu liegen. Sie rührt sich nicht einmal, als ich mir dicht über ihr mein Pyjama-Shirt abstreife und unsere Haut dabei für die Dauer eines Wimpernschlags aufeinandertrifft.
Als ich jedoch kurz zurückweiche, um mein Shirt wegzulegen, greift sie sofort nach mir. Sie hält mich an meinen Oberarmen

fest und zieht sich dicht an mich heran. Seufzend presst sie ihren warmen, öligen Oberkörper gegen meine Brust, während ihre Lippen leidenschaftlich auf meine treffen. Amy zu küssen ist mein persönliches Paradies.

»Ich hab eine noch bessere Idee«, flüstert sie atemlos, als wir voneinander loskommen.

»Hm? Ich war mit meiner Idee so weit eigentlich ganz zufrieden«, wispere ich zurück, doch sie geht nicht darauf ein.

»Wo ist dein Koffer mit den Düften?«

»Direkt neben dem Bett.«

Amy setzt sich noch einmal auf und wirft ihr langes, dunkles Haar über die Schultern zurück. Das Öl auf ihrer Haut glänzt im matten Licht der kleinen Nachttischlampe. Ihre Lippen bewegen sich stumm, als sie die Etiketten der einzelnen Flaschen durchliest. Sie nimmt sich Zeit. Schließlich stellt sie zwei der Fläschchen nebeneinander auf den Nachttisch.

»Das sind deine Düfte«, erklärt sie mir bedeutungsvoll.

»So? Welche hast du gewählt?«

»Schließ deine Augen«, erwidert sie nur.

Ich tue, was sie befiehlt. Zuerst rieche ich Kastanie und muss sofort lächeln. »Herbstkind«, so hatte Amy mich früher schon immer genannt, weil ich diese Jahreszeit so mochte. Ja, Kastanienduft ist gut. Der zweite Duft ist süßlicher, auch ihn erkenne ich schnell.

»Mandel?«, höre ich mich dennoch fragen.

»Hm, hm. Für mich riechst du nach Mandeln und Kastanien. ›Herbstmorgen‹ gibt es ja nicht.«

Das Schmunzeln schwingt in ihrer süßen Stimme mit. Ich halte meine Augen weiterhin geschlossen. So höre ich lediglich das Reiben ihrer Hände, als Amy die Öle miteinander vermengt. Die Gerüche mischen sich, verschmelzen zu einem neuen, angenehm dezenten Duft.

Amy stupst mit ihrer Nase gegen mein Schlüsselbein und bedeutet mir somit, mich hinzulegen. Dann beginnt sie behutsam, meinen Oberkörper zu streicheln, bevor sie auch über meinen Bauch und schließlich meine Lenden gleitet. »Ich liebe dich, Matt«, flüstert sie.

Ich fühle ihre weichen Lippen auf meinem Hals, meinem Kinn; die Wärme ihres Atems, den sanften Druck ihrer Finger, die Spitzen ihrer Brüste und die ihrer Haare, als sie mich in ihrer unendlich zarten Berührung kitzeln. Amy kniet über mir; ihre Hände kneten die Muskeln meines Oberkörpers durch.

Langsam richte ich mich auf, ziehe sie auf meinen Schoß und streiche mit meinen Fingerspitzen über ihren Rücken. Amy tut das Gleiche bei mir. So ineinander verschränkt, massieren wir uns gegenseitig.

Tief atme ich den Duft ein, der uns beide als eine Einheit definiert. Mandel und Honig, Lavendel und Kastanie. *Bitter-süß ... ja, das sind wir!*

Ich küsse ihren Hals, die kleine Senke unter ihrer Kehle, hinauf zu ihrem Ohr. Wann immer meine Finger neue Bewegungen auf ihrem Rücken ausführen, tut Amy es mir gleich und berührt mich auf dieselbe Weise.

Ich verstehe. Nur allzu gerne lasse ich mich auf ihr Vorhaben ein. Langsam fahre ich über ihren Seiten auf und ab und streife dabei mit meinen Daumen leicht über ihre Brüste. Nicht immer, eher sporadisch – als wäre es Zufall.

Amy seufzt meinen Namen und lässt sich in meinen Armen etwas nach hinten fallen.

Sanft liebkost sie meine Brustwarzen. Eine klare Aufforderung, der ich unwillkürlich nachkomme. In öligen Kreisen massiere ich ihre Brüste. Dabei küsse ich wieder ihren Hals und ihr Dekolleté. Amy stöhnt leise auf, als meine Lippen endlich zu ihren erregten Spitzen finden.

»Ja!« Sie seufzt, biegt sich ins Hohlkreuz und schiebt mir dabei ihr Becken entgegen. Doch dann, ohne jede Vorwarnung, entzieht sie sich mir noch einmal und steigt von meinem Schoß. Der plötzliche Verlust ihrer Nähe lässt mich erschaudern.
Es fühlt sich nicht richtig an. *Ich* fühle mich nicht richtig an ohne Amy.
Schnell schlüpft sie aus ihrer Pyjamahose und greift erneut zu dem Öl. »Zieh dich aus«, fordert sie.
Wieder tue ich stillschweigend, was sie verlangt. Lächelnd sieht sie an mir herab; die Intensität ihres Blicks lässt mich erröten. O Mann, mit diesem Augenaufschlag und der zwischen ihren Zähnen eingeklemmten Unterlippe schafft sie das immer wieder. Es ist wie ein Spiel zwischen uns.
Ein Spiel, bei dem sich Amy ihres leichten Sieges gewiss sein kann. Und trotzdem scheint es den Reiz für sie nicht zu verlieren. *Gott, über dieses Lippebeißen müssen wir uns in einem geeigneten Moment mal deutlich unterhalten. Es macht mich wahnsinnig!*
Amy drückt mich mit einer Hand zurück auf das Bett und beginnt nun, das Öl über meinen ganzen Körper zu verteilen. Aus größerer Höhe lässt sie es auf meinen Bauch und meine Beine tröpfeln. Unter ihren Fingern erwärmt es sich schnell und macht die Berührungen ihrer Hände so geschmeidig und intensiv, dass ich intuitiv die Augen schließe und meine Arme weit über den Kopf zurücklege.
Als Amy sich erneut über mich kniet, fühle ich mich auf eine nie gekannte Art und Weise so leicht und frei, dass ich mir wünsche, dieses Gefühl möge niemals vergehen.
In diesen Minuten kümmert es mich nicht, welches Bild ich ihr biete. Ich genieße es sogar, ihren Blick so direkt und ungeniert auf mir zu spüren. Ausgiebig massiert sie die Innenseiten meiner Oberschenkel und den Bereich meiner Lenden, ohne mich auch

nur kurz oder versehentlich dort zu berühren, wo ich sie nun am meisten spüren möchte. Irgendwann jedoch gleitet Amy über die gesamte Länge meines Körpers hin zu meinem Gesicht und lässt mich ihren warmen Atem direkt auf meinen Lippen spüren. Nun gibt es nur noch eins, was ich will: mit ihr verschmelzen.
»Schlaf mit mir«, flüstert sie, als ich meine Augen öffne und ihrem Blick begegne.
»Ja«, hauche ich – etwas atemlos – und fasse nach ihren Oberschenkeln. Ich ziehe sie zurück auf meinen Schoß und lasse meinen Kopf nach hinten in das Kissen fallen, als Amy sich mit einem tiefen Seufzer langsam über mir herablässt.
Nichts, was jemals war und uns das Leben erschwert hat, zählt nun noch. Kein einziges schlimmes Bild sucht uns auf, keine bittere Erinnerung zerrt mehr an unseren Nerven.
Wir sind frei.

In meinem Auto duftet es bereits herrlich nach frischen Donuts, doch so wie es aussieht, wird das Frühstück noch warten müssen. Amy hat mich gebeten, am Straßenrand, etwa fünfzig Meter vor ihrem Elternhaus, anzuhalten. Erst als wir beide ausgestiegen sind, erklärt sie mir, was sie vorhat.
»Komm, wir laufen das letzte Stück. Ich möchte noch einmal mit dir die Straße auf und ab gehen, an den alten Häusern entlang.«
Mit einem bezaubernden Lächeln, das Erinnerungen an die vergangene Nacht in mir aufflackern lässt, reicht sie mir ihre Hand. Langsam schlendern wir los.
Die Häuschen der vorderen – ursprünglichen – Baulinie haben sich kaum verändert. Das erste, große Haus, an dem wir vorbeigehen, gehörte Christas Familie. Sofort werden in Amy alte Erinnerungen an das Mädchen wach, das zwar mit uns in eine Klasse ging, jedoch gut zwei Köpfe größer war als wir und auch über zwei Jahre älter.

»Arme Christa«, murmelt Amy. »Sie war nicht gerade die Klügste. Meine Mom meinte, sie wäre bei ihrer Geburt stecken geblieben und hätte lange zu wenig Sauerstoff bekommen. Wir hätten öfter mit ihr spielen sollen.«
»Was?«, frage ich empört. »Die hat mich immer in den Oberarm gekniffen, bis er grün und blau war. Ich wollte mit dir spielen. Und nicht mit diesem rothaarigen Monster!«
»Matt!« Halb amüsiert, halb entsetzt sieht Amy zu mir auf, doch als wir zu dem kleinen Haus ihrer Urgroßmutter kommen, stirbt das Lächeln, das ihre Lippen umspielte.
Neben Christas riesigem Elternhaus wirkt das von Nana Liz wie ein Zwergenhäuschen aus dem Märchenbuch. Amy bleibt stehen und betrachtet es ausgiebig. Seit gestern wissen wir definitiv, was auch anders gar nicht hätte sein können: Bereits vor acht Jahren ist die gutmütige alte Frau gestorben. Neue, fremde Personen bewohnen nun das noch so vertraut wirkende Haus. Amy schweigt. Sie schluckt an ihren Tränen, das kann ich spüren. Schließlich geht sie ohne ein einziges Wort weiter.
Ja, wir haben über einundzwanzig Jahre verloren – wir beide.
Unser Weg führt uns weiter, an dem Haus von Tante Rosalia vorbei. Sie ist weder Amys noch meine Tante, wir nannten sie nur so. Sie war eine rundliche, nette Witwe puertoricanischer Herkunft, die uns Kindern heimlich Bonbons zusteckte, wann immer sie uns sah.
Langsam spazieren wir bis zu Amys Haus; doch sie zieht mich daran vorbei, bis nur wenige Meter dahinter der blaue Gartenzaun beginnt, der das Grundstück meines Elternhauses umsäumt.
»Sieh es dir an! Es sieht genauso aus wie damals«, kommentiert Amy leise. »Ich hätte nicht gedacht, dass sich unsere Häuser nur so wenig verändert haben.«
Mein Hals ist auf einmal sehr trocken. Es ist mir, als könne jeden

Moment die Haustür aufspringen und meine Mutter im Türrahmen erscheinen. Wie damals, wenn sie nach uns Ausschau hielt und uns zum Essen rief. Ja, alles sieht genauso aus wie früher, doch schlagartig wird mir bewusst, dass meine Geschichte – im Gegensatz zu Amys – kein positives Ende finden wird. Meine Eltern sind nicht mehr da. Sie können mich nicht mehr in ihre Arme schließen und an sich drücken, so wie Peter und Evelyn es gestern mit Amy getan haben. Nie wieder werde ich die Stimme meiner Mutter hören oder die meines Vaters, wenn er schrecklich schief und viel zu laut unter der Dusche singt.
Nie mehr! Sicher, diese Erkenntnis ist nicht neu, dennoch trifft sie mich böse in diesem Moment.
»Es ist schwer für dich, oder?«, sagt Amy ruhig.
»Hm …«, brumme ich nur, doch sie versteht. Liebevoll schmiegt sie ihren Kopf an meine Brust. »Komm!«, meint sie schließlich. »Die Donuts schmecken warm am besten.«

Evelyn und Peter öffnen uns gemeinsam die Tür.
»Habt ihr schon auf uns gewartet?«, fragt Amy lachend.
»Du ahnst nicht mal im Ansatz, wie sehr!«, antwortet Evelyn und schließt zuerst ihre Tochter und dann auch mich in die Arme. Peter wirkt nach wie vor ein wenig distanzierter als seine Frau, aber auch er begrüßt uns herzlich, was eine nette Abwechslung zum vergangenen Morgen darstellt.
Es riecht bereits nach Pfannkuchen, Toast und Kaffee. Elena steht am Herd und bewacht das stockende Omelett. Als wäre es das Selbstverständlichste der Welt, geht Amy zu ihr und drückt ihr einen Kuss auf die Wange. »Morgen, Kleine!«
»Hi«, entgegnet Elena überrascht, bevor sich ein breites Grinsen über ihr Gesicht zieht. Mit ihr hatten wir noch einen Teil unseres gestrigen Nachmittages verbracht, nachdem wir uns von Peter und Evelyn verabschiedet hatten.

Als Elena die Pfanne mit dem Omelett schließlich vom Herd nimmt und an mir vorbei ins Wohnzimmer tritt, ist es an mir, verdutzt zu schauen. »Morgen, Großer!«, sagt sie, streckt sich auf die Zehenspitzen hoch und haucht mir einen Kuss auf die Wange.
»Was soll ich sagen, wir sind Schwestern«, kichert Amy und zieht mich hinter sich her in den Wohnraum.
Wir setzen uns gemeinsam an den reich gedeckten Frühstückstisch. Evelyn schenkt jedem von uns ein großes Glas frisch gepressten Orangensaft ein.
»Kein Morgen ohne Orangensaft, oder?«, fragt sie, und Amy erwidert ihren Blick nickend, mit bereits vollgestopften Wangen. Evelyn lacht überglücklich.
Kaum, dass sich jeder von uns seinen Teller ausreichend gefüllt hat, rutscht Elena auf ihrem Stuhl ganz nach vorne und blickt neugierig zwischen Amy und mir hin und her.
»Letzte Nacht sind mir noch so viele Dinge durch den Kopf gegangen, die ich euch fragen will ... Darf ich?«
Amy und ich üben uns im Synchronnicken.
»Zum Beispiel ...«, legt Elena los, »wie meinte Mom das gestern? Dass ihr euch schon als Kinder geliebt habt? Ich dachte, so was gibt es nur in Märchen.«
Amy muss wieder kichern. »Ja, er war mein Prinz. Nein, ernsthaft, wir waren die besten Freunde.«
»Schlichtweg unzertrennlich«, ergänzt Evelyn. »Du warst zu nichts zu gebrauchen, wenn Matty nicht in deiner Nähe war.«
»Und du?«, fragt Elena, den prüfenden Blick auf mich geheftet. »Ging es dir genauso?«
»Absolut!«, bestätige ich. »Wenn Amy krank war und wir nicht miteinander spielen konnten, wusste ich nichts mit mir anzufangen.«
Im Schutz der Tischplatte ergreift Amy meine Hand. »Wir hat-

ten ja damals sogar schon gemeinsame Zukunftspläne«, gesteht sie zögerlich.
»Erzähl!«, verlangt Elena. Wieder wendet sie sich mir zu und entlockt mir mit ihrer Euphorie ein verschämtes Räuspern.
»Nun, ich wollte ein Haus mit deiner Schwester bauen und sie ...«
Ruckartig drehe ich den Kopf in Peters Richtung, als der sich mit verschränkten Armen und hochgezogenen Brauen weit in seinem Stuhl zurücklehnt.
»Das ist peinlich. Dein Dad hört zu«, sage ich so platt, dass die Frauen in gemeinsames Gelächter verfallen. Nur Peter bleibt scheinbar vollkommen ernst. Mit seiner Rechten formt er eine Faust und schlägt damit in seine hohle Linke.
»Nein, nein, Matt, nur zu! Erzähl ruhig, was du mit meiner kleinen Tochter vorhattest.« Sein Blick zuckt einige Male zu Amy, als müsse er sich vor Augen halten, dass sie es ist, über die wir hier gerade reden.
»Ich ... ähm ... wollte ...«, stammele ich, »... Amy sogar heiraten.« Ein wenig verlegen sehe ich sie an.
Elena ist hingerissen. »Das ist ja süß! Hat er dich etwa gefragt?«
»O ja, natürlich«, komme ich Amy zuvor. »Sogar diese Schmach habe ich mir gegeben.« Ich nicke gedankenverloren und sehe, als ich aufblicke, in eine Runde erwartungsvoller Gesichter. So leicht komme ich aus dieser Nummer wohl nicht mehr raus. Amy scheint das auch zu spüren; sie verbirgt das Gesicht hinter ihren Händen.
»Also gut.« Ich seufze resigniert. »Wir waren ... wie alt, acht?«
Sie schüttelt den Kopf, gibt ihre Augen aber nicht preis. »Du schon, ich noch nicht ganz«, brummt sie hinter ihren Händen.
O ja, sie erinnert sich so gut wie ich an diesen Tag.
»Ich hatte eine Szene in einem alten Schwarzweißfilm gesehen und war mir sicher, bestens vorbereitet zu sein«, fahre ich fort.

»Bei einem langen Spaziergang pflückte ich einen Armvoll wilde Feldblumen. Unter dem großen Kirschbaum in eurem Garten fragte ich Amy also, ob sie mich vielleicht irgendwann einmal heiraten würde. Sie saß auf der Schaukel und ich ...«, mit ausgestrecktem Zeigefinger weise ich auf die vollkommene Art meines Antrags hin, »kniete mich sogar vor ihr ins Gras.«
»O nein, wie goldig!« Elena quietscht entzückt. »Und, was hast du geantwortet?«, fragt sie Amy, die schnell wieder hinter ihren Händen abtaucht. Wie rot sie dabei wird, bleibt mir trotzdem nicht verborgen.
Ha, mein Sieg! Wahrscheinlich muss sie sich gerade verdammt zusammenreißen, um nicht vor Scham den Raum zu verlassen. Genießerisch koste ich den Moment aus.
»Deine Schwester ...«, sage ich sehr langsam und bedeutungsschwer – wohl ahnend, dass ich am Abend für diesen Triumph bezahlen werde, »hat mich gefragt, ob ich ihr dann auch jeden Tag Kaugummi und Schokolade kaufen würde. Selbstverständlich habe ich eingewilligt. Dann hat sie den Kopf schief gelegt und gesagt, sie brauche trotzdem noch Bedenkzeit.«
Wieder prusten die Frauen los.
»Braves Mädchen«, lässt Peter verlauten.
»Hey!«, wehre ich ab. »Das war nicht lustig! Ich kniete da mit einem Armvoll Blumen und hatte keine Ahnung, wie ich reagieren sollte. Stand die Verabredung zum Spielen nach wie vor, trotz der geforderten Bedenkzeit? Ich war hoffnungslos überfordert.«
»Und dann?« Elena ist so aufgeregt wie ein kleines Kind, dem man sein Lieblingsmärchen erzählt.
»Nachdem ich eine Weile weiter blöd in der Gegend rumgekniet hatte, beschloss ich, dass es wohl angebrachter wäre zu gehen, um sie in Ruhe nachdenken zu lassen. Aber als ich mich abwandte, rief sie: ›Okay, okay, komm zurück, ich heirate dich ja, du Totzkopf!‹«

Erneutes Lachen, in das auch ich für einen Augenblick einstimme.
»Moment!«, rufe ich dann und halte erneut meinen Zeigefinger empor. Amy boxt mich kräftig in die Seite, aber ich habe nicht vor, sie zu verschonen. Ich ergreife ihre Hand und halte sie fest. *Dieser Triumph gehört mir – mir allein!*
»Ich bin noch nicht fertig«, sage ich. »Als ich freudestrahlend zu Amy zurücklief und ihr meine Blumen in die Arme legen wollte, verdrehte sie nur die Augen und sagte: ›Oh, Matty, ich schaukele doch gerade. Was soll ich denn jetzt bitte mit diesen Blumen?‹«
Elena kichert erneut los, und auch Evelyn lacht so lange, bis sie sich den Bauch halten muss. Selbst Peter stimmt diesmal mit ein.
»Unsere Amy«, sinniert er schließlich und wagt nun doch einen etwas längeren Blick zu ihr.
Amy legt ihren Kopf an meine Schulter. Scheinheilig, denn nur einen unbeobachteten Moment später beißt sie zu. Fest. *Egal, das war es wert.* Ich gebe mir nicht einmal die Blöße zu zucken.
»So eine Reaktion hätte auch von mir kommen können«, meint Elena nachdenklich und greift zu der Tube mit dem Ahornsirup. Als sie kurz darauf in ein Gespräch mit ihren Eltern vertieft ist, beugt sich Amy zu mir vor. »Heute würde meine Antwort eindeutiger ausfallen«, flüstert sie mir unbemerkt von allen anderen ins Ohr.
Ich fange ihren zärtlichen Blick ein. »So?«, frage ich ein wenig verlegen, ein wenig amüsiert und unglaublich verliebt. Amy schafft es immer wieder, mein Herz binnen Sekunden zum Rasen zu bringen. Oder zum Aussetzen, so wie jetzt.
»Hm, hm …« Sie nickt. Ihr Augenaufschlag scheint sich in Zeitlupe vor mir abzuspielen.
»Mein Angebot steht«, hauche ich ihr leise zu, bevor ihre Lippen meine streifen.

Ich liebe dich – für immer! Diese Botschaft zwischen uns könnte in diesem Moment auch ausgesprochen nicht deutlicher sein.

»Sagt mal, wo ist eigentlich mein Grab?«, fragt Amy völlig unvermittelt nur wenige Augenblicke später. Machtlos spüre ich meine Gesichtszüge entgleisen. *Wow, Amy. Was für eine Art, eine romantische Stimmung zu killen.*

Mit einem Schlag verstummt das Gespräch ihrer Eltern. Elena verschluckt sich fast an ihrem Pfannkuchen, und auch Peter trinkt schnell einen Schluck Orangensaft und bewahrt sich damit vor einem größeren Hustenanfall.

»Es gibt kein Grab«, sagt Evelyn schließlich. Sie erhebt sich und nimmt ein größeres, weißes Gefäß von der Anrichte. »Das ... ist deine Asche. Wir wollten dich bei uns wissen. Nach allem, was du durchgemacht hattest. Ich meine ...«

Sie holt tief Luft. Die folgenden Worte scheinen ihr nur sehr schwer über die Lippen zu gehen. »Du lagst auf diesem kühlen Waldboden. Deine Beine waren ganz braun, und selbst unter deinen Fingernägeln hattest du Moos und Erde. Wir brachten es nicht fertig, dich zu vergraben.«

Langsam, fast ehrfürchtig, streckt Amy ihre Hände aus und greift nach dem Gefäß, das irgendwie gar nicht wie eine klassische Urne aussieht. »Eine Bonbonniere?«, fragt sie verwundert.

»Ja.« Peter grinst schmerzlich. »Weil du immer so gern genascht hast.«

Es entsteht langes Schweigen, bis Amy plötzlich geräuschvoll ein wenig Luft ausstößt. »Das ist verrückt. Hier steckt wirklich mein alter Körper drin. Und ich bin in diesem neuen und habe nicht mal gemerkt, was mit dem hier geschehen ist.« Mit der Nasenspitze deutet sie auf das Gefäß in ihren Händen; dann reicht sie es zurück an Evelyn, die gegen die aufsteigenden Tränen ankämpft. Amy schüttelt den Kopf.

»Mom, nicht weinen, bitte. Ein Körper ist ... nichts. Wirklich,

nichts. Die Seele bleibt. Ich bin mir sicher, dass meine Erinnerungen mich normalerweise hätten verlassen sollen, aber meine Seele wäre immer dieselbe geblieben.«
Ich sehe, wie ihr ein Gedanke durch den Kopf schießt, der sie in Sorge versetzt, denn über ihrer Nasenwurzel erscheint die verräterische steile Falte, und ihr Blick huscht zwischen ihren Eltern hin und her.
»Fällt es euch eigentlich sehr schwer, mich in diesem neuen Körper zu akzeptieren?«
»Nein!«, entgegnet Evelyn sofort und in voller Glaubwürdigkeit.
Wie zum Beweis schluckt sie ihre Tränen herunter, während Peter noch einige Sekunden lang stumm bleibt. Wie gewöhnlich bedenkt er seine Antwort genau, um nichts Falsches zu sagen. Einer der Charakterzüge, die ihn ausmachen und die ich sehr an ihm schätze. Es gibt genügend Menschen auf dieser Welt, die entweder unbedacht drauflosreden oder aber alles sagen, was ihr Gegenüber gerade hören möchte. Peter tut nichts dergleichen. Er ist immer aufrichtig und äußerst bedacht darauf, die trefflichsten aller Worte zu wählen.
»Hm, na ja«, beginnt er schließlich. »Also, um ehrlich zu sein … es ist schon eigenartig für mich. Du siehst überhaupt nicht so aus wie die Amy, die wir kannten, aber … na ja, du *bist* nun mal die Amy, die wir kannten. Und das ist wohl das Einzige, was wirklich zählt. Insofern wird auch bei mir die Seele über den Körper siegen. Gib mir nur etwas Zeit.« Seine Finger gleiten zaghaft über Amys Handrücken. Entschuldigend. »Ich muss mich an den Gedanken gewöhnen, dass du tatsächlich wieder zurück in unserem Leben bist, Kleines. Und ja, im Zuge dessen auch an diesen Körper.«
Amy versteift sich ein wenig, doch Peter lässt ihr keine Zeit, traurig zu werden. »Ach, und wo wir gerade dabei sind«, fährt er

fort, »hättest du nicht ein wenig hässlicher werden können? Jetzt habe ich noch eine Tochter, die mich nachts um den Schlaf bringt. Ich krieg noch Ringe unter den Augen.«
»Dad!«, ruft Amy empört, doch gleich darauf brechen wir alle in befreiendes, schallendes Gelächter aus.
»Oh, apropos«, wirft Evelyn ein. Sie scheint sich besonders über den Scherz ihres Mannes zu freuen. »Weißt du noch, Schatz, wie sehr uns vor der Pubertät dieser beiden gegraut hat?« Lachend fängt sie meinen Blick ein. »Wirklich, Matt, wir hatten keine Ahnung, wie wir euch hätten voneinander fernhalten sollen. Peter und dein Vater haben einige Abende im Monat Karten gespielt. Es ging dabei immer wieder scherzhaft darum, dass die Familie des Verlierers an Amys zwölftem Geburtstag den Ort hätte verlassen müssen. Und zwar für ein Jahrzehnt.«
»Ja, das stimmt!«, bestätigt Peter. Er lacht kurz mit uns, bevor sein Ton plötzlich bitter wird. »Ich konnte ja nicht ahnen, dass Theo so kurz darauf wirklich wegziehen würde.«
»Nein, das konnte wohl niemand«, sage ich schnell und schlucke vergeblich an dem altbekannten Kloß in meinem Hals. Es ist mir ein Rätsel, wie er sich immer wieder so schnell bilden kann.
»Matt, es tut mir sehr leid«, sagt Peter. »Was du uns von deinen Eltern erzählt hast, meine ich. Ich wusste nichts davon. Theo und ich hatten seit diesem Tag keinen Kontakt mehr zueinander.« Sein Blick verdüstert sich noch stärker, als er einer offenbar unerfreulichen Erinnerung nachhängt. »Nachdem wir beide als Verdächtige galten, betrachteten wir einander mit Argwohn, was natürlich dumm war. Aber damals, in dieser furchtbaren Situation …« An dieser Stelle blickt er von mir zu Amy und wieder zurück; schulterzuckend bittet er uns um Verständnis. »Wir wussten beide nicht, wie wir miteinander umgehen sollten. Also mieden wir uns einfach. Dann zogen deine Eltern Hals über Kopf weg, und wir hörten nie wieder etwas voneinander.«

»Schon okay, ich verstehe das«, erwidere ich, erneut verblüfft über diese bisher unbekannten Details. Amy spürt meine Anspannung und streichelt beruhigend über meinen Oberschenkel. Das restliche Frühstück verbringen wir, Gott sei Dank, wieder mit angenehmeren Themen. Danach räumen Elena und Peter den Tisch ab, während Evelyn Amy und mich durch das Haus führt.
Amys altes Zimmer ist nun Sams Reich, und in dem ehemaligen Gäste- und Arbeitszimmer ist Jenny untergebracht. Elena wohnt bereits allein. Sie hat ein Zimmer in einer Mädchen-WG in der Stadt.
Es ist bestimmt eigenartig für Amy, ihre ehemalige Zimmertür zu öffnen und dahinter einen völlig veränderten Raum vorzufinden: ein typisches Jungen-Jugendzimmer mit Postern von bekannten Baseballspielern und Popstars an der Wand. Nichts erinnert mehr an Amys Kinderzimmer – sogar der ehemals weiße Wandschrank ist inzwischen knallrot. Für einen Moment frage ich mich, ob es ihr so vorkommt, als hätte man die Erinnerungen an sie ausgelöscht.
Aber nein, Amy fasst sich schnell und bewundert Sams vermeintlich guten Musikgeschmack, anstatt sich düsteren Gedanken auszuliefern. Sie erkennt eine Band auf den Postern, deren Musik sie in den letzten Monaten auch für sich selbst entdeckt hat. Glücklich strahlt sie mich an. »Muse!«
»Ja, ja«, erwidere ich und zwinkere ihr zu. »Eindeutig Geschwister.« Ich kann der Musik dieser Band überhaupt nichts abgewinnen, aber wir müssen uns ja auch nicht in allem einig sein.
Evelyn lächelt und legt den einen Arm um mich und den anderen um Amy. »Ich bin so froh, euch wiederzuhaben«, gesteht sie und zieht uns an sich. Für mich ist das eigenartig, so etwas von ihr zu hören. Dass sie Amy unglaublich vermisst hat, ist selbstverständlich. Aber mich? Ich tue diese Äußerung als eine nette Floskel ab

und lächele höflich zurück, doch Evelyn scheint meine Zweifel zu spüren.
Abrupt lässt sie Amy los und wendet sich mir zu. Auch sie muss sich auf die Zehenspitzen recken, um mein Gesicht fest in ihre Hände nehmen zu können. »Matty, du warst fast wie ein zweites Kind für mich. Ich bin mir sicher, dass es deiner Mom mit Amy ähnlich ging. Da es euch beide nur im Doppelpack gab, hatten immer entweder Martha oder ich euch beide bei uns. Und du warst so ein gut erzogenes, braves Kind, dass man dich nur liebhaben konnte. Dass du es bist, der uns unsere Amy zurückbringt, bedeutet mir sehr viel. Niemand anderem hätte ich diese Geschichte abgenommen, glaub mir. Gott, sieh dich nur an, was für ein toller Junge aus dir geworden ist. Ein Mann sogar!«
Sie drückt mir einen Kuss auf die glühende Wange. »Kommt mit mir auf den Dachboden«, fordert sie dann und fährt nur einen Augenblick später die schmale Stiege aus der Deckenöffnung aus. Amy und ich blicken uns achselzuckend an. Hinter Evelyn steigen wir auf den Speicher.
Unbeirrt von dem Chaos, das uns hier umgibt, peilt Evelyn zielstrebig eine Ecke des Dachbodens an und zerrt aus dem Halbdunkel einen großen Karton hervor.
»Das ist für dich, Süße. Erst als Sammy geboren wurde, haben wir dein Zimmer für ihn verändert. Bis dahin hatten wir es unangetastet gelassen. Hier drin haben wir all deine Lieblingssachen aufbewahrt.«
Amy schaut ihre Mom ungläubig an. Nur einen Moment später wirft sie sich jedoch schon auf die Knie und reißt den Karton auf wie ein ungeduldiges Kind sein heiß ersehntes Weihnachtsgeschenk.
Comics kommen zum Vorschein, Amys Tagebuch, ihre einzige, hoffnungslos vernachlässigte Puppe und ein Kissen, an das auch ich mich noch sehr gut erinnern kann. Möchte nicht wissen, wie

bazillenverseucht das Teil mittlerweile ist, doch Amy presst ihre Nase sofort tief hinein.
»Mein Kissen! Es riecht noch genauso wie damals.« *Hmmm, ja.*
Als wir die schmale Stiege wieder hinabsteigen, trage ich den Karton. Evelyn läuft vor mir die Treppe zum Erdgeschoss hinunter und bleibt auf der untersten Stufe stehen, als sich der Knauf der Haustür dreht. Ein braunhaariger Junge betritt den Flur und lässt die Tür schwungvoll hinter sich ins Schloss fliegen.
»Hi Mom! Wir hatten …«, Sam wirft seiner Mutter einen kurzen Blick zu und hält, als er uns hinter ihr entdeckt, für einen Moment verdutzt inne, »… früher schulfrei.«
Er sieht wirklich genauso aus wie Peter. Die gleichen geradlinigen Gesichtszüge: das ausgeprägte Kinn mit dem markant tiefen Grübchen, die mandelförmigen Augen, die schmalen Lippen.
»Sam!«, ruft Evelyn freudig, während Amy hinter mir unterdrückt aufseufzt. »Komm her, Schatz! Ich möchte dir jemanden vorstellen.«
Sam wendet sich mir nun direkt zu. Schnell stelle ich Amys Karton am Fuße der Treppe ab und strecke ihm meine Hand entgegen.
»Das ist Matt Andrews, unser ehemaliger Nachbarsjunge«, erklärt Evelyn.
»*Der* Matt?«, fragt Sam.
»Genau der«, erwidere ich steif. Eine zweifelhafte Berühmtheit ist das, die mein Name in dieser Familie erlangt hat.
»O Mann, ich würde gern über so vieles mit dir reden.« Mit beiden Händen greift Sam nach meiner und schüttelt sie lange. Er scheint ähnlich temperamentvoll zu sein wie seine Schwestern. Genauso direkt, unverblümt und offen sieht er mir nun in die Augen – und sofort ist er mir sympathisch.
»Sam, hier ist noch jemand, den ich dir vorstellen will.« Evelyn

stockt, offensichtlich in Unsicherheit, wie sie in dieser Situation nun vorgehen soll. »Das hier ist ...«
Amy selbst springt sofort ein, als sie das Schwanken in der Stimme ihrer Mutter bemerkt. Sie tritt neben mich und streckt Sam ebenfalls die Hand entgegen.
»Hallo! Ich bin Julie, Matts Freundin. Ich freue mich sehr, dich kennenzulernen, Sam.«
Ihr Strahlen lässt Evelyn und mich aufatmen. Amy hat soeben ihre Auffassung klargemacht: nichts überstürzen, alles zu seiner Zeit. Und, vielleicht noch wichtiger: Ab sofort entscheiden wir alles gemeinsam.
Sam schüttelt Amys Hand noch länger als meine und sieht sie dabei eindringlich an. »Sag mal, kennen wir uns irgendwoher?«, fragt er schließlich.
Amy zuckt mit den Schultern. Sie lacht; es wirkt befreit und sogar ein wenig vergnügt. »Keine Ahnung. Möglich ist alles!«

Kapitel XXIII

Es ist der sechste Tag für uns in Madison Spring – der Tag, an dem meine persönliche Schonfrist abläuft.
Mein Kiefer schmerzt, so sehr presse ich die Zähne zusammen.
»Bereit?«, fragt Amy. Ich schüttele den Kopf, hastig und vehement, doch sie ergreift meine Hand und zieht mich mit sich. Springt an genau der gleichen Stelle wie damals über den schmalen Straßengraben und zerrt mich erbarmungslos hinter sich her. Mein Herz klopft wie wild, als wir so vertraut über das weite Feld laufen. Mit starrem Blick fixiere ich die Wipfel der Kiefern, die sich im Wind wiegen und uns ihre Schatten entgegenrecken.
Plötzlich verlangsamt Amy ihren Schritt; der Griff ihrer Hand festigt sich. Wir erreichen die Stelle, an der das Feld in die kleine

Waldböschung übergeht. Die Büsche und Bäume sind jetzt, an der Schwelle zum Frühling, natürlich viel kahler als an jenem Tag vor so langer Zeit. Damals hatte dichtes grünes Laub ihre Äste bedeckt. Auch der Geruch, stelle ich erleichtert fest, gleicht der sommerlichen Mischung von damals kaum.
Gemeinsam tauchen wir im Schatten des Wäldchens ab. Amy kennt wirklich keine Gnade. Stumm blickt sie sich um, scheint nach etwas zu suchen. Dann bleibt sie stehen, den Blick auf den Baum gerichtet, an den dieser Mistkerl mich damals gefesselt hatte. Sie lehnt sich gegen den Stamm und gleitet langsam daran herab. Mit großen Augen sieht sie zu mir auf und dann wieder zu der Stelle – nur eine Armlänge entfernt –, wo sie gelegen und bis zu ihrem Tod unter ihm gelitten hatte.
Mit verkrampften Händen, die ich schnell in meinen Hosentaschen verschwinden lasse, stehe ich da. Meine leichten Kopfschmerzen von heute Morgen haben sich mittlerweile in ein überdeutliches Hämmern verwandelt.
»Er muss uns aufgelauert haben«, befindet Amy nüchtern. »Das war nie und nimmer reiner Zufall. Er hatte es auf uns abgesehen. Oder wahrscheinlich nur auf mich. Du warst wohl eher ein lästiges Anhängsel.«
Ihre Fingerspitzen graben sich in die leicht feuchte Erde. Der Anblick lässt mich hart schlucken. Amy scheint das nicht zu bemerken. Sie wirkt gedankenverloren.
»Meinst du, er hat uns schon lange zuvor beobachtet? Ich habe niemals jemanden bemerkt.«
Ich bin nicht imstande, ihr eine Antwort zu geben. Zu sehr beschäftigt mich das Gefühl, mich gleich übergeben zu müssen – und noch mehr der feste Wille, das auf keinen Fall zuzulassen. Amy jedoch bohrt weiter und weckt schnell die Erkenntnis in mir, dass sie das mit Absicht tut.
Ich bin wütend auf sie, doch je mehr ich mich meinem Zorn

überlasse, desto bewegungsunfähiger macht er mich, desto stärker wird die Übelkeit. Warum lässt sie es denn nicht einfach mal gut sein? Unser Aufenthalt in Madison Spring verlief bislang so unendlich viel besser als erwartet. Warum gönnt sie uns … mir … die Freude darüber nicht?

»Warst du eigentlich so gefesselt, dass du mich ansehen *musstest*?«, fragt sie jetzt.

Ich huste und spüre, wie dabei ein Schwall Magensäure in meinen Hals aufsteigt. Meine Kehle brennt, und meine Füße versinken in dem weichen Waldboden. Im letzten Moment merke ich, dass es nicht an dem Untergrund liegt. Es sind meine Beine, die nachgeben. Bunte Lichter drehen sich vor meinen Augen, schnell lasse ich mich herabgleiten. Sitze Amy gegenüber – wie damals – und presse den Kopf zwischen meine angewinkelten Knie. Schließe die Augen, versuche tief durchzuatmen. Scheitere.

»Amy, mir ist schlecht«, warne ich, meine Stimme ebenso zittrig wie meine Hände. Sie jedoch erweist sich weiterhin als erbarmungslos, als hätte sie mich nicht gehört. Als würde sie – ausgerechnet sie – nicht merken, wie es um mich steht.

Mittlerweile ist mir jedoch vollkommen klar, was Amy bezweckt. Ihr Bohren in all den alten Wunden erzielt bereits die gewünschte Wirkung. Nie bin ich näher dran gewesen, sie zu hassen – noch nie zuvor habe ich sie mehr geliebt.

»Matty, erzähl mir von deiner Angst«, fordert sie schließlich und kniet sich dicht vor mich. Ich schüttele ihre Finger ab, als sie sich um meine Handgelenke schließen wollen. *Keine Fesseln.*

Speichel läuft mir im Mund zusammen. Bitter und schwer.

Amy sieht mich intensiv an, legt ihre Hände locker auf meine Knie. »Ich habe dich schreien gehört, Matt, aber du hast es nie getan«, flüstert sie. »Immer bist du still geblieben. Bis heute. Als hättest du nach wie vor diesen Knebel im Mund. Du hattest Angst zu sterben, nicht wahr? Du hattest Angst vor den Dingen,

die er dir antun würde. Dass er das Gleiche mit dir machen könnte, was er mir angetan hatte ... Schrei es raus, Matt! Heul laut los oder tu sonst was, aber hör endlich auf, alles in dich hineinzufressen.«
Das reicht aus. Mein Magen fühlt sich an, als kehre sich sein Innerstes nach außen, und ich schaffe es gerade noch rechtzeitig aufzustehen und mich würgend über einen der Büsche hinter mir zu beugen.
Obwohl wir nichts gegessen haben, das mir schwer im Magen liegen könnte, ist da dennoch etwas: dieser riesige Klumpen aus purer Todesangst und Hilflosigkeit. Die Unfähigkeit, das Erlebte zu verarbeiten. All die Alpträume, die durchwachten Nächte, die Panik vor den normalsten Alltagssituationen und die schreckliche Einsamkeit, die ich so viele Jahre lang durchlebt habe.
Das alles würge ich heraus.
Amy steht hinter mir und streicht langsam und beruhigend über meinen Rücken. Noch immer wütend und vor allem maßlos überfordert, schiebe ich sie mit meinem Ellbogen weg. Doch so leicht lässt sie sich nicht abwimmeln.
»Es ist gut, Engel. Ich bin bei dir«, flüstert sie mir immer wieder zu.
Minuten später und erst, als ich mich langsam beruhigt habe, bittet sie mich erneut, in einem sehr liebevollen Ton: »Was war deine größte Angst, Matty? Erzähl mir davon!«
Mit diesen Worten reicht sie mir die Wasserflasche, die sie für unsere geplante Wanderung bei sich trägt. Oder war es weise Voraussicht gewesen, die sie die Flasche hatte einpacken lassen? Bei Amy weiß ich oft nicht, was von langer Hand geplant war und was spontan ist.
Ich gurgele, spucke aus, trinke einige Schlucke, gurgele erneut gründlich und spucke noch einmal aus. Das kühle Wasser tut gut.

Die Übelkeit hält zwar noch an, doch die Magenkrämpfe hören auf. Ich werde mich nicht mehr erbrechen müssen, dessen bin ich mir sicher.
Eilig stapfe ich davon. *Nur weg von diesem Ort.*
Erst als ich den kleinen Wald durchkreuzt habe und sich die Lichtung vor mir auftut, deren saftiges Grün von dem schmalen Bach durchzogen wird, bleibe ich wie angewurzelt stehen. Warum hatten wir es nicht bis hierhin geschafft? Hier ist es schön und … friedlich. Der Himmel, so hell und mit all seinen verwirbelten weißen Wolken, wirkt, als habe man einen Schluck Milch in ein Glas voll Wasser gegossen.
Noch immer hat sich meine Wut nicht völlig gelegt. Ruckartig wende ich mich Amy zu, um sie zurechtzuweisen, was ihr denn einfiele. Aber dann sehe ich in diese sanften Augen. Lasse meinen Blick über ihr Gesicht gleiten, auf dem sich nur eines widerspiegelt: aufrichtige Sorge. Um mich.
Schlagartig will ich nichts mehr, als sie für immer zu halten. Resignierend lasse ich die Flasche fallen. Mit einem dumpfen Schlag landet sie auf der moosdurchzogenen Wiese. Und als wäre dieses Geräusch mein Startsignal, sprudelt es plötzlich nur so aus mir hervor.
»Ich hatte solche Angst, dich zu verlieren, Amy. Ich habe dich angefleht, nicht zu gehen. Ich habe gebettelt, du sollst bei mir bleiben! Und als du tot warst … hatte ich ein schlechtes Gewissen, weil ich mich davor fürchtete, auch zu sterben.«
Während die Worte von meinen Lippen fließen, spüre ich ein leichtes Ziehen in meinen Augen, dem ich jedoch keinerlei Beachtung schenke. Bis ungehinderte Tränen über meine Wangen rinnen und mich für wenige holprige Herzschläge in Staunen versetzen. Ich habe so lange nicht mehr geweint, dass ich das Gefühl vergessen habe. Schlagartig ist die Erinnerung wieder da: *Es befreit!*

»Es hätte mir egal sein sollen, aber obwohl du bereits tot warst ... wollte ich weiterleben. Warum, habe ich nie verstanden.«
Amy versucht nicht einmal, mich zu stützen, als ich vor ihr zusammenbreche und unter der Last dieser Erinnerung wie ein kleines Kind aufschluchze.
Lediglich ihre Hände vergraben sich in meinen Haaren. Sie kniet sich zu mir auf den Fußboden und atmet tief durch. Es wirkt ... erleichtert? Dann erst nimmt sie mich in ihre Arme. So fest wie sie kann, presst sie mich gegen ihren zierlichen Körper.
»Ist ja gut, Engel! Es tut mir leid, was mit dir passiert ist. All das tut mir so leid. Aber ich bin nicht gegangen, niemals. Du weißt doch – ich bin immer bei dir gewesen. Es hatte seinen Sinn, dass du leben wolltest. Wie hätte ich dich denn sonst finden sollen – wie hättest du mich finden sollen? Dass wir uns wiederbegegnet sind, Matt ... es muss Bestimmung gewesen sein, denkst du nicht?«
Sie weicht ein wenig zurück und sieht mir tief in die Augen. Erwartet das Nicken, das ich ihr nicht geben kann – einfach, weil ich momentan zu kraftlos bin. Amy spürt auch das. Ihre Hände umfassen mein Gesicht, stützen mich.
»Von nun an werden wir leben, Matt«, wispert sie. »Wir sind zusammen! Alles ist gut. Und deshalb werden wir all das Böse hier und jetzt zurücklassen, okay? Alles ist genauso, wie es sein sollte, hörst du?«
Ja, ich höre alles, doch ich will nicht antworten. Ich will sie nur halten – in diesem Moment und für den Rest meines Lebens.
Amy streichelt immer wieder meinen Kopf. Sie umklammert meinen Nacken, während sie sanft meine Wangen küsst. Ihre Berührungen und die wahren Worte aus ihrem Mund verfehlen ihre Wirkung nicht. Langsam versiegen meine Tränen.
Der Schmerz in meiner Brust weicht einer tiefen Erleichterung, die meinen Atem und das heftige Pochen meines Herzens beruhigt.

Amy lässt ihre flache Hand unter mein Poloshirt gleiten, dort, wo die Knöpfe des Kragens offen stehen. Warm spüre ich den Druck ihres Handballens und ihrer Fingerspitzen auf meinem Brustbein, und diese Wärme – ihre Wärme – lässt auch die leisen, unkontrollierbaren Schluchzer, die sich mir von Zeit zu Zeit noch entringen, schließlich verstummen.
Die Übelkeit ist nun restlos verflogen, ebenso wie die Kopfschmerzen. Jeder Schmerz ist vergessen.
Zurück bleibt eine unbekannte Leere. Ich fühle mich, als würde ich in ein tiefes Loch fallen. Ich falle, ohne zu erkennen, wohin. Eigenartigerweise ist es dennoch kein unangenehmes Gefühl. Es ist eine Leere der positiven Art, es ist ... Befreiung.
Von dieser Erkenntnis übermannt, sehe ich Amy an. Das helle Grün ihrer Augen schmilzt und wirkt mit einem Mal unergründlich tief. Unter einem verständigen Lächeln erhebt sie sich und zieht mich mit sich. Übt dabei kaum Kraft aus, und doch reagiere ich, als würde sie mich mit Stahlseilen hochziehen. Ich umklammere Amys Taille und drücke sie fest an mich. Es müsste mir unangenehm sein – habe ich doch vor wenigen Minuten noch über den Büschen gehangen –, doch ich verschwende keinen Gedanken mehr an das soeben Geschehene, als ihre Lippen auf meine treffen.
»Komm!«, fordert sie schließlich und zupft dabei an beiden Seiten meiner geöffneten Jacke.
Hand in Hand laufen wir zu dem kleinen Bach, der auch an jenem Morgen unser eigentliches Ziel gewesen war. Damals mögen wir es nicht erreicht haben, aber nun stehen wir nebeneinander an dem schmalen Strom – sie vor mir, den Rücken fest gegen meine Brust gedrückt, meine Handgelenke mit ihren Fingern umschlossen.
Immer nur Stützen, niemals Fesseln.
Und als würde das plätschernde Wasser zu unseren Füßen unsere Seelen endgültig reinwaschen, kann ich mit einem Mal wieder

tief durchatmen. Genießerisch fülle ich meine Lungen mit der feuchten, frischen, sauberen Luft. Amy wendet sich mir zu und beobachtet mich versonnen.
»Gehen wir!«, beschließt sie und richtet ihren Blick in die Ferne. Auf den gigantischen Berg, der aus der sonst recht flachen Landschaft hervorragt und damals, als wir noch Kinder waren, für uns das Ende der Welt markierte.
Über zweieinhalb Stunden brauchen wir für den Aufstieg. Dann ist es geschafft, und wir haben den Giganten bezwungen. Erschöpft, aber zufrieden sitzen wir nebeneinander auf dem Gipfel. Erst jetzt, da die große, rote Sonne mit ihrer Unterseite die weit entfernten Spitzen der anderen Berge zu berühren scheint, wird es langsam kühler. Die Luft ist klar, und der Wind trägt den verheißungsvollen Duft des Frühlings mit sich wie ein süßes Versprechen. Darunter riecht es staubig und trocken und – ich kann es nicht anders beschreiben – nach Freiheit.
Nach einigen Minuten Erholungspause erhebt Amy sich von dem riesigen Felsbrocken, der den Gipfel des Berges krönt. Er bildet den höchsten Punkt und gibt mir ein Rätsel auf, dessen Lösung mir nicht einfallen will: *Wie ist er da hingekommen?*
Während ich immer noch vergeblich versuche, hinter dieses Geheimnis zu kommen, beginnt Amy, sich um ihre eigene Achse zu drehen. »Weißt du noch, Matt? Wir haben als Kinder immer gesagt, dass wir später mal hier hochsteigen werden. Und da sind wir nun! Wir werden *alles* machen, was wir uns vorgenommen haben. Einfach *alles!*«
Ihr Anblick wärmt mein Herz, viel mehr, als es das schwache Licht der untergehenden Sonne nun noch vermag.
»Geh von der Kante weg«, warne ich sie trotzdem, wie immer der Bedachte von uns beiden. Nun, ich nenne es »bedacht«. Amy findet die Bezeichnung »Spaßbremse« meistens passender, wie auch jetzt.

Prompt hört sie auf, sich zu drehen, greift sich blitzschnell eine Handvoll des rötlich braunen Sandsteinstaubes und will ihn mir ins Gesicht pfeffern. Doch ein plötzlicher Windstoß hat andere Pläne, infolge derer Amy selbst nur eine Sekunde später wie eine schlecht geschminkte Squaw aussieht.
»Geschieht dir recht!«, rufe ich und pruste laut los vor Lachen.
Amy kümmert es nicht, dass meine Freude voll auf ihre Kosten geht; ihr Grinsen beweist, wie sehr sie meine Ausgelassenheit genießt. Notdürftig wischt sie sich den Staub aus dem Gesicht und kämmt mit gespreizten Fingern ihre langen Haare durch. Unter Verwendung meiner Lippen helfe ich – zugegebenermaßen nicht ganz uneigennützig – dabei, ihren Mund und ihre Wangen zu säubern, doch kurze Lachanfälle schütteln mich zwischenzeitlich immer wieder durch.
Schließlich packt Amy meine Hand und zieht mich in Richtung der Felskante.
»Was denn? Willst du mich jetzt von der Klippe stoßen, nur weil ich dich ausgelacht habe?«
»Komm schon!«, fordert sie und zerrt mit aller Kraft an meiner Hand. In ihren grünen Augen funkelt der Schalk. Seufzend gebe ich nach, ohne den geringsten Schimmer zu haben, was sie im Schilde führt.
Der Himmel wirkt mittlerweile wie ein Aquarell, in leuchtendes Orange getaucht. Es sieht phantastisch aus, schlichtweg atemberaubend. In diesem Moment bin ich tiefglücklich über meinen Entschluss, diese Reise mit Amy angetreten zu haben.
Das Kreischen eines über unseren Köpfen kreisenden Raubvogels lässt uns aufblicken. »Sieh mal«, sagt Amy. »Das nenne ich Freiheit!«
Mit weit aufgespannten Flügeln lässt sich der Vogel vom Wind tragen. Fasziniert beobachten wir die Perfektion, mit der er ebenso mühelos wie präzise seine Kreise zieht. Sekunden verstreichen

in stummer Bewunderung, bis Amy sich an mich schmiegt, sich an meinem Arm festhält und auf die Zehenspitzen hochreckt.
»Und jetzt schrei, Matty! So laut du nur kannst«, flüstert sie mir ins Ohr. Ich zucke zurück und sehe sie zunächst noch fragend an, doch dann verstehe ich und erwidere ihr Lächeln mit einem kaum wahrnehmbaren Nicken.
Als Kinder, wenn unsere Eltern uns ermahnten, im Spiel nicht ganz so laut zu sein, hatten wir uns oft vorgestellt, wie es sein müsste, hier oben zu stehen. »Dort könnten wir so sehr brüllen, wie wir wollen. Und niemand würde es uns verbieten«, höre ich Amy in meiner Erinnerung wispern.
Nun, ich muss zugeben, die Versuchung ist groß. Langsam drehe ich mich der untergehenden Sonne entgegen, öffne meinen Mund und …
»Ich traue mich nicht. Das ist zu peinlich.«
Amy amüsiert sich prächtig. »War ja klar!« Mein Blick wird hilfesuchend, ihrer skeptisch. »Was? … O nein, bei dieser Sache werde ich dein Händchen nicht halten, Matthew Jeremy Andrews. Mach es einfach. Sei frei und … brüll!«
Ja, sie hat recht. Das ist ja genau das, was ich möchte – frei und wirklich losgelöst von allem sein. *Also los!*
Wieder wende ich mich ab, doch dieses Mal schließe ich die Augen. Sauge tief die klare Luft ein, die an keinem anderen Ort der Welt so riecht wie hier. Ich höre das Kreischen des Raubvogels über uns, spüre den Abendwind, der uns – und nur uns – umweht und … *schreie.*
Ich brülle einfach drauflos und erschrecke dabei selbst bis auf die Knochen. *Keine Ahnung, ob die Berge meine Stimme durch ihren Widerhall noch verstärken, aber … wow!*
»Ha! Mach mit, das macht Spaß«, rufe ich Amy zu. Sie rümpft ihre Nase, hin- und hergerissen. Doch schon als ich den nächsten Schrei loslasse, stimmt sie mit ein. *Was …?*

Lachend breche ich ab. »Das ist absolut kläglich, Amy! Nahezu armselig. Viel, viel lauter!«
Das wird sie nicht auf sich sitzen lassen, so viel steht fest.
Aus zusammengekniffenen Augen, die erkennen lassen, dass sie die Herausforderung annimmt, funkelt sie mich an und knufft mich unsanft in die Seite.
Ich beobachte, wie tief sie die Luft aus ihren Lungen schöpft, und dann schreit sie wirklich aus vollem Hals: »Aaah-aaah-aaah«.

Wir jaulen wie die Wölfe, imitieren indianisches Kriegsgeheul und probieren unsere Stimmen gemeinsam in einer Art und Weise aus, wie wir es seit unserer Kindheit nicht mehr getan haben.
Der Raubvogel hat sich inzwischen verzogen. Wir haben ihn wohl in die Flucht geschlagen – oder seine Beute vertrieben. Sorry!
Matts Haare sind vom Wind zerzaust. Die letzten Strahlen der Sonne glitzern bronzefarben in den dunklen Locken und tönen auch seine Wangen leicht.
Er sieht so unfassbar schön aus. Und so glücklich.
Als er meinen Blick bemerkt, wendet er sich mir zu. Abrupt bricht unser Geschrei ab und verhallt irgendwo, weit weg.
Langsam, wie in Zeitlupe, schließt Matt seine Arme um meine Mitte und beugt sich zu mir herab. Mit der Nasenspitze fährt er von meinem Kinn bis knapp unter mein Ohr, um mich dort zärtlich zu liebkosen.
»Danke Amy!«, flüstert er. »Danke, dass wir wieder verrückt sind.«

Noch am selben Abend führt uns Elena in einen bekannten Nachtclub von Roseville. Ein Event, auf das ich zugunsten eines gemütlichen Abends zu zweit locker hätte verzichten können,

besonders nach unserem heutigen Tagesausflug. Ich bin erschöpft. Amy ... wohl nicht.
»Ich war noch nie in einem Club«, ruft sie begeistert und sieht mich flehend an. Wohl wissend, dass ich ihr bei diesem Blick nichts ausschlagen kann.
Und so finden wir uns nur wenige Stunden später in einer verqualmten Vorstadtdisco wieder, umgeben von einer gewaltigen Horde Fast-noch-Teenagern, die allesamt in Elenas Alter oder noch jünger sind und mir in ihrer Mitte das Gefühl geben, der mit Abstand älteste Mensch der Welt zu sein – auch wenn Amy steif und fest behauptet, einen Fernsehbericht über einen *noch* älteren Mann gesehen zu haben. Irgendwo in Tibet.
Gemeinsam tanzen wir auf der viel zu kleinen Tanzfläche. *Jawohl, ich tanze!* Meine Eltern würden sich ungläubig im Grab herumdrehen, wenn sie das wüssten – und wenn sie in einem Grab lägen, natürlich. Oh, sie würden Amy lieben für das, was sie gerade im Begriff ist, wieder aus mir zu machen.
Amy! Sie sieht so gut aus! »Heiß« trifft es eigentlich eher. Von Elena hat sie sich ein kurzes, rotes Kleid geborgt; die langen Haare trägt sie aufwendig hochgesteckt. Nur einige Strähnen fallen noch locker in ihr Gesicht und wippen bei ihren Bewegungen fröhlich im Takt der Musik mit.
Es scheint Ewigkeiten her zu sein, dass sie sich in einem von Kristins selbst gestrickten Bärchenpullovern auf dem Fußboden wiegte. So, wie sie nun vor mir tanzt, ist dieses Szenario kaum noch vorstellbar.
Als wäre ihr Anblick nicht schon sexy genug, beißt sie sich auch noch leicht auf die Unterlippe – *natürlich tut sie das* – und bewegt sich so anmutig und weiblich zu der Musik, dass ich mich zusammenreißen muss, um sie nicht sofort an mich zu zerren und ... Ich kann den Gedanken einfach nicht abstreifen, dass sie ähnlich aussieht, wenn wir miteinander schlafen. Die Arme hoch

über den leicht zur Seite geneigten Kopf gestreckt, die Brüste wippend und ... ja, irgendwie selig.
Matt, zum Teufel, konzentrier dich auf die Musik!
Für immer könnte ich ihr zusehen, und als Preis dafür würde ich wahrscheinlich sogar mein Leben lang mit ihr tanzen. Doch schon ist das Lied vorbei und geht nun in einen ruhigen Kuschelsong über. Amy schaut mich an und schließt die Lücke zwischen uns mit nur einem einzigen Schritt. Sehr langsam, sich der Wirkung ihrer Bewegungen wohl durchaus bewusst, schlingt sie ihre Arme um meinen Hals und schmiegt sich eng an mich.
»Du siehst verdammt hübsch aus, Amy«, gestehe ich ihr so leise, dass nur sie mich hören kann. »So unglaublich heiß!«
Kaum ausgesprochen, hoffe ich, nicht wie ein lüsterner Vollidiot zu klingen.
Doch Amy hebt den Blick zu mir empor. Mit diesem einen, diesem bestimmten Augenaufschlag, den sie nur mir schenkt und den nur sie so beherrscht, dass ich sofort am ganzen Körper eine Gänsehaut bekomme, schaut sie mich an.
Ihr Mund verzieht sich zu einem verführerischen Lächeln, bevor sie nah an mein Ohr herankommt. »Und du glaubst gar nicht, wie sehr ich es genieße, dich so reden zu hören«, wispert sie, mit einem eindeutig zweideutigen Unterton in ihrer Stimme. Ich spüre ihre weichen Lippen an meinem Ohr. Ihr Atem ist warm, fast schon heiß, und ihre Haare kribbeln angenehm an meinem Hals.
In diesem Moment wünsche ich mir nichts sehnlicher als einen Kuss von ihr. Leicht – neckend und elektrisierend – beißt sie stattdessen in mein Ohrläppchen.
»Amy!« Ich zucke zusammen, als ich ihre kleine Zunge auf meiner sensiblen Haut spüre. Wie ein Stromschlag durchfährt es meinen Körper und lässt mich erstarren – mitten auf der Tanzfläche.

»Hm?«, fragt sie mit dem unschuldigsten ihrer unzähligen Gesichtsausdrücke und weicht ein Stück weit von mir zurück.
Schnell packe ich sie um die Taille und ziehe sie erneut eng an mich. So nah, dass sie zu spüren bekommt, was sie allein mit ihrem Anblick und diesem kleinen Liebesbiss bei mir angestellt hat.
»Völlig egal, welches Lied gleich kommt, Sie bleiben genau hier, Miss Charles«, befehle ich ihr ein wenig verlegen. Amy lacht laut auf, bevor ihr Mund zu meinem findet. Spielerisch fährt sie mit ihrer Zungenspitze über meine Unterlippe.
»Das hilft nicht wirklich«, gestehe ich mit zittrigem Atem.
»Okay. Später mehr!«, erwidert sie schmunzelnd, bevor sie mir einen vorerst letzten, unschuldigen Kuss auf die Lippen drückt.
Später mehr! Das süßeste aller Versprechen.
Elena, die an der überfüllten Cocktail-Theke mittlerweile einen Platz für uns ergattert hat, winkt uns heran. Amy schiebt sich dicht vor mir durch die Masse der Tanzenden, die sich für sie spaltet wie das rote Meer vor Moses. Kein Wunder, so wie sie aussieht.
Stolz erfüllt mich, als ich die neidischen Blicke einiger junger Kerle auf mir spüre.
»Na, habt ihr Spaß?«, fragt Elena strahlend, und Amy nickt so begeistert, dass es locker für uns beide reicht. Mit den riesigen Cocktails, die Elena bestellt hat, prosten wir uns zu.
»Auf die Schwester, die ich glaubte, verloren zu haben. Und auf dich, Matty, der sie uns zurückgebracht hat.« Theatralisch hebt Elena ihr Glas.
»Nein!«, protestiert Amy. »Nicht nur auf uns. Ich trinke auf dich, Mom, Dad, Sam und Jenny. Ich bin so froh, dass ich euch habe!«
Gerührt haucht Elena ihrer Schwester einen Kuss auf die Wange;

die beiden umarmen sich fest. Der Abschied, der uns sehr bald schon bevorsteht, liegt nun deutlich in der Luft.
»Du musst mir versprechen, dass du mich bald besuchen kommst«, verlangt Amy.
»Zu Ostern habe ich ein paar Tage frei, da komme ich sicher. Ich muss Kristin und Tom doch kennenlernen.« Elena neigt den Kopf. »Sag mal, ist das nicht komisch für dich, bei den beiden zu wohnen, wenn du Mom und Dad doch eigentlich als deine ›wahren Eltern‹ ansiehst?«
Amy denkt lange nach, bevor sie antwortet. »Na ja, es ist ja nicht so, dass Kristin und Tom mir fremd sind. Irgendwo in meinem Unterbewusstsein waren sie immer da, und ich kann mich noch gut an sehr viele Dinge aus meinen ersten Lebensmonaten erinnern. Ich habe auch sie lieb, Elena«, gesteht sie.
Keines der beiden Mädels hat auch nur die leiseste Ahnung, wie groß die Last ist, die mir in diesem Moment vom Herzen fällt. Nachdem wir es tatsächlich geschafft hatten, Amy mit ihrer Familie wieder zu vereinen, verbrachten wir die letzten Tage fast durchgehend mit ihnen. Es gab so viel zu erzählen und nachzuholen, und wir genossen diese Zeit in vollen Zügen. Das Einzige, was meine Stimmung dabei immer wieder getrübt hatte, waren meine Gedanken an Kristin und Tom gewesen – und die Feststellung, dass Amy derart unbekümmert und glücklich wirkte, als ob sie die beiden aus ihrem Bewusstsein verdrängt hätte. *Ein Irrtum, Gott sei Dank.*
Amy scheint wirklich die unglaubliche Gabe zu besitzen, ihr altes mit ihrem neuen Leben verknüpfen zu können. Davon bin ich nun restlos überzeugt.
»Was ist los, Matt? Du strahlst ja«, stellt Elena fest.
»Kein Wunder«, erwidert Amy. »Diese Reise hat all unsere Erwartungen und Träume bei weitem übertroffen. Und Matty weiß ebenso wie ich jetzt genau, wo er hingehört. Wir haben eine

große, unkonventionelle Familie, und dabei waren wir beide bis vor kurzem noch schrecklich allein. Also, lass ihn strahlen! Er hat allen Grund dazu.«

Und ob ich das habe! Gerade – in diesem Moment – könnte ich nicht glücklicher sein. Ich habe zum ersten Mal seit sehr langer Zeit das Gefühl, dass das Leben perfekt ist. Und dass ich wirklich eine neue Familie – eine Großfamilie! – gewonnen habe.

Es ist wirklich unbeschreiblich, wie sich in den vergangenen Tagen ein Knoten nach dem anderen gelöst hat. Sam und auch Jenny sind Dank der Unnachgiebigkeit ihrer Schwestern inzwischen ebenfalls eingeweiht und beide ebenso überwältigt wie Elena. Alle zusammen haben wir uns schließlich auch das Video von Tom und Kristin angesehen! Nach einer nachvollziehbaren anfänglichen Unsicherheit brachte diese Aufnahme das Eis zum Schmelzen. Gestern erst haben Peter und Evelyn ihrerseits ein Video von sich und ihren Kindern aufgenommen. Und mich wollten sie auch dabeihaben!

Als Evelyn in einem ruhigen Augenblick zögerlich fragte, ob Amy fortan wieder in Madison Spring oder Umgebung wohnen wolle, hat die – für uns alle überraschend – ohne den Ansatz eines Zögerns mit »Nein!« geantwortet. Sie erklärte, dass sie Kristin und Tom Etliches schuldig sei und dass sie zu mir und folglich auch an meine Seite gehöre. Stolz erläuterte sie ihren Eltern unsere Pläne, den Traum von unserem Haus am See zu verwirklichen und irgendwann eine eigene Praxis zu eröffnen. Sie über unsere gemeinsame Zukunft sprechen zu hören war die schönste Liebeserklärung gewesen, die sie mir hätte machen können.

Obwohl es für Peter, Evelyn und auch für Amys Geschwister bestimmt alles andere als leicht war, ihre Entscheidung zu akzeptieren, taten sie es dennoch ohne Protest. Vermutlich spürten sie genau, wie hin- und hergerissen Amy war. Stattdessen trösteten sie sich selbst und Amy sofort mit möglichen E-Mails, Telefo-

naten und den günstigen Flügen, die es ihnen ermöglichen würden, sich so oft es eben ging zu sehen.
Ein schriller Schrei reißt mich aus meinen Gedanken. Elena hat eine alte Freundin wiedergetroffen. Nachdem sie uns einander vorgestellt hat, unterhalten sich die beiden angeregt miteinander. Ich beuge mich dicht an Amys Ohr heran. »Hattest du das eigentlich schon lange geplant?«, frage ich, gerade so laut, dass sie mich über die Musik hinweg hört.
»Heute Morgen, meinst du? Dich auf diese Weise zu konfrontieren?«
Ich nicke.
Mit beiden Händen auf meinen Schultern stützt sie sich hoch. »Ich wusste, dass du derjenige warst, der von uns beiden mehr gelitten hat, Matty. Du hast es nie verarbeitet, und es war an der Zeit, nicht nur die Kruste deiner Wunden aufzukratzen, sondern endlich auch den Eiter auszuquetschen. Damit sie nach all den Jahren doch noch verheilen können … Du bist mir nicht mehr böse, oder?«
Stumm schüttele ich den Kopf. Amy kennt mich besser als sonst ein Mensch auf dieser Welt.
Erleichtert schlingt sie ihre Arme um meinen Hals. »Weißt du was?«, sagt sie und fährt dabei durch die Haare an meinem Hinterkopf. »Im Sommer, wenn wir noch einmal nach Madison Spring kommen, gehen wir in unserem Bach baden. Einfach, weil diese Geschichte ein anderes Ende verdient hat. Unser Ende.«

Kapitel XXIV

Es ist ein tränenreicher Abschied. Die gesamte Familie Charles steht um mein Auto herum. Der Reihe nach fallen wir uns gegenseitig in die Arme. Die drei Schwestern weinen, und auch

Evelyn, die anfangs noch versucht, Amy zuliebe die Fassung zu wahren, kann bald die Tränen nicht mehr zurückhalten. Peter und Sam pressen die Lippen tapfer aufeinander und halten sich etwas mehr im Hintergrund.
Peter steht direkt hinter mir; väterlich legt er mir seine Hand auf die Schulter. »Junge, ich danke dir«, sagt er. »Ich weiß, dass ich deinen Vater nicht einfach so hätte gehen lassen dürfen. Er war ein guter Freund, und wir hätten in Kontakt bleiben müssen, gerade in dieser schweren Zeit. Was wir getan haben, war falsch und unverzeihlich. Umso mehr freut es mich, dass du den Weg zu uns gefunden hast. Wann immer du mich brauchst, Matt, kannst du auf mich zählen. Ich werde versuchen, all das an dir wiedergutzumachen, was ich an der Freundschaft zu Theo … zu deinem Vater … vermasselt habe.« Er reicht mir seine Hand und zieht mich an sich. »Pass auf meinen Sonnenschein auf!«, sagt er leise.
Ich nicke. Es ist ein Versprechen, und ich fühle mich geehrt durch sein Vertrauen.
Auch Sammy hält mir seine Hand hin und umarmt mich kurz. Und dann, völlig unverhofft, fliegt mir die kleine Jenny in die Arme.
»Ich will nicht, dass ihr fahrt. Ich hab dich doch lieb, Matty!«
»Ich dich auch, Kleines«, erwidere ich sanft. Ihre Ähnlichkeit zu Amy rührt mich immer wieder.
»Du bist doch jetzt mein Onkel, oder?«, fragt sie mich und schaut hoffnungsvoll zu mir empor.
»Noch nicht so richtig«, gebe ich zu. Dann beuge ich mich zu ihr und flüstere ihr ein Geheimnis ins Ohr, das sie schnell wieder strahlen lässt.
Es sind so viele Sätze, wie »Weine nicht mehr, Schatz, wir sehen uns ja bald wieder«, oder »Ruft sofort an, wenn ihr da seid, hört ihr?«, die uns vermitteln, was die Liebe einer Familie bedeutet.

Schweren Herzens finden wir den Weg ins Auto und fahren hupend davon. Die fünf Zurückgelassenen winken uns nach, bis die Straße nach rechts wegknickt und sie hinter den hohen Bäumen des Wäldchens aus unserem Blickfeld verschwinden. Amy lässt sich seufzend in ihren Sitz fallen.
»Puh«, macht sie und wischt sich eine letzte Träne aus dem Augenwinkel. »Das war härter, als ich dachte.«
»Ich weiß«, flüstere ich und lege meine Hand tröstend auf ihr Bein. »Du musst es aber so sehen: Vor einer Woche noch dachten die fünf, dass sie, so wie sie da eben standen, komplett wären. Nun wissen sie, dass sie sich geirrt haben. Du bist wieder in ihrem Leben. Das ist es doch, was wir erreichen wollten, oder?«
Amy nickt. »Ja, du hast recht. Und bis Ostern ist es nicht mehr lang. Dann lernt zumindest Lena schon mal Kristin und Tom kennen. Ein erster Schritt, aus den ›glorreichen Sieben‹ endgültig neun zu machen. Was ist schon ein Monat gegen die letzten einundzwanzig Jahre? Und selbst die haben wir überstanden!«
Schon lacht sie wieder, wenn auch noch ein wenig gequält.
Noch einmal fahren wir durch Roseville. Amy schießt aus dem Seitenfenster heraus noch einige Fotos – von unserem Hotel, einigen alten Läden, unserem Kindergarten und der Schule.
»Zur Erinnerung an unsere erste Reise reicht das«, beschließt sie und packt die Kamera zurück in meinen Rucksack. »Wir haben ungefähr hundertfünfzig Bilder und fast zwei Stunden Filmmaterial.«
»Wirklich?«, frage ich erstaunt. Es war Amy gewesen, die immer wieder gefilmt und fotografiert hatte. Uns, den Ozean, das Motelzimmer, ihre Geschwister, Peter und Evelyn, den unglaublichen Ausblick von dem Gipfel unseres Berges. Dass sie jedoch so fleißig gewesen war, hätte ich nicht gedacht.
»Ja, wirklich. Aber lass uns bloß dran denken, dass nur eines dieser beiden Videos für Toms und Kristins Augen bestimmt ist.«

Ich erwidere ihr Grinsen. »Ja, das andere sollten sie besser nicht in die Finger bekommen.«
Dann scheint Amy etwas einzufallen. Ich sehe es an dem schiefen Blick, den sie mir zuwirft.
»Was hast du Jenny eigentlich vorhin ins Ohr geflüstert?«
»Hm?« Wieder einmal spüre ich das Rot in meine Wangen aufsteigen.
»Oh, du hast mich schon verstanden und ... es ist dir peinlich«, stellt Amy triumphierend fest.
»Ja, du hast es wieder einmal geschafft. Und, soll ich vielleicht Beifall klatschen?«
»Nein! Du sollst mir nur verraten, was du Jenny gesagt hast. Du weißt, ich nerve so lange, bis ich es erfahre«, kontert Amy frech.
Nur einen Augenblick später gefriert das Lächeln jedoch in ihrem Gesicht, als die Reifen meines alten Fords aufquietschen und ich ihn mit einer Vollbremsung zum Stehen bringe.
»Du bist so verflucht neugierig, Amy Charles! Und stur ... und vorlaut ... wirst schon sehen, was du davon hast ...«, motze ich vor mich hin, nur gespielt wütend natürlich, während ich den Schock in ihrem Blick genieße.
Als das Auto endlich still steht – die Bremsen sind wirklich nicht mehr die besten –, lasse ich mir noch einige Sekunden Zeit, um mich zu sammeln.
Das Herz schlägt mir bis zum Hals, meine Hände sind schweißnass. Noch einmal atme ich tief durch. »Eigentlich wollte ich ihr sagen, dass ich daran arbeite. Daran, ihr richtiger Onkel zu werden, meine ich.«
Kaum habe ich die letzten Worte meines Geständnisses gestammelt, spüre ich schon, wie Amy neben mir die Luft anhält.
»Doch dann ...« Wieder lasse ich einige Sekunden verstreichen. Zu lange für Amy.

»Ja?«, fragt sie mit bebender Stimme und bringt mich damit zum Schmunzeln.

»Dann sagte ich ihr, sie solle schon mal üben, wie man Blumen streut. Weil es nämlich sein könnte, dass wir sie im Sommer dafür brauchen.«

Ein schriller Schrei erklingt, und im selben Moment kippt Amy mir in die Arme. Stürmisch küsst sie mich. Immer wieder.

»Ja, ja, ja«, ruft sie überschwenglich. »Ich weiß, du hast mich gar nicht gefragt. Trotzdem, tausendmal ja!«

Ich umfasse ihr Gesicht mit beiden Händen, sehe ihr in die Augen und küsse sie dann lange. Dieser Kuss ist besonders – irgendwie bedeutungsschwer –, als würde er unser Glück besiegeln.

»Ich hätte es gern romantischer gemacht, aber du hättest den ganzen Heimweg über nicht lockergelassen«, erkläre ich ein wenig verlegen. Meine Lippen schweben nur Millimeter über ihren. Amy weicht ein wenig zurück und streicht mir die Haare aus der Stirn. »Ich hatte meinen Antrag bereits. Und so romantisch, wie du gefragt hast – mit einem Armvoll Blumen, unter dem Kirschbaum, auf Knien sogar –, romantischer ging es nicht.«

Als sich ihre Lippen den Weg von meinem Mund zu meinem linken Ohr bahnen, wird ihre Stimme zu einem sanften Flüstern. »Weißt ... du ... was?«, fragt sie zwischen kleinen, zart gehauchten Küssen. »Gerade eben hat sich mein Sternschnuppen-Wunsch erfüllt.«

Bestimmt eine halbe Stunde vergeht, bis wir es endlich schaffen, wieder voneinander loszukommen. Mit einem Seufzer lehnt sich Amy zurück in den Beifahrersitz. Ich starte den Motor, ohne dabei den Blick von ihr abzuwenden.

Für den Rückweg nehmen wir die direkte Route durch das Landesinnere. Es spart uns fast einen Tag, nicht an der Küste entlangzufahren. Auf diese Weise konnten wir noch einen Tag

länger mit Amys Familie verbringen. Außerdem liegt der kleine Ort, in dem Kristins Schwester Diane und ihr Mann Wilson leben, jetzt genau auf dem Weg. So können wir unser Versprechen wahrmachen und die beiden besuchen. Ich weiß, wie enttäuscht Kristin wäre, wenn wir es nicht täten. Schließlich ist Diane die Einzige, die Kristin und Tom in all den einsamen Jahren ab und zu unter die Arme gegriffen hat. Ihre Besuche waren immer die Höhepunkte des Jahres gewesen.
Wenig später ist der kleine Ort, den Kristin für uns mit einem Neonmarker auf der Karte gekennzeichnet hat, bereits ausgeschildert. Mehrfach versuchen wir, unseren Besuch telefonisch anzukündigen, doch es meldet sich niemand.
Amy ist recht schweigsam. Versonnen blickt sie aus dem Fenster und lässt ihren Daumen dabei über meine Hand auf dem Schaltknüppel kreisen. Wie so oft hat sie die Unterlippe zwischen ihren Zähnen eingeklemmt und kaut leicht darauf herum.
Wo ihre Gedanken sie wohl hingetragen haben? Ich frage sie nicht, ich bestaune sie nur von Zeit zu Zeit und genieße ihre Nähe in vollen Zügen. Amy ist und wird immer das größte Wunder meines Lebens bleiben.
Meins!, schießt es mir stolz durch den Kopf, als ich sie so beobachte. Sie hat ja gesagt. Zu mir, zu unserer gemeinsamen Zukunft. *Amy Marie Charles möchte tatsächlich meine Frau werden.*

Als wir das Ortsschild passieren, liest mir Amy die Adresse ihrer Tante vor. Dieses Dorf ist wirklich noch kleiner als Madison Spring, und so finden wir das rot-weiße Haus mit dem markanten Erker, der Toms Begeisterung geweckt hatte, recht schnell.
Hand in Hand laufen wir über den schmalen, gepflasterten Weg, der uns direkt auf die rote Haustür zuführt. Es ist ein gepflegtes kleines Haus, und auch der Vorgarten könnte kaum akkurater

gestaltet sein. In kleinen Beeten blühen bereits die ersten Tulpen; bunt bepflanzte Blumenkästen zieren die Fensterbänke.
Unwillkürlich muss ich an die alten Wohnzeitschriften denken, die meine Mutter so gerne durchblätterte.
Wir schellen an der Tür, doch nichts tut sich. Auch ein zweites Läuten verhallt scheinbar ungehört. Als wir uns gerade wieder zum Gehen wenden wollen, blickt Diane um die Hausecke.
»Hab ich doch richtig gehört. Ich war hinten im Garten, entschuldigen Sie!«
Sie scheint uns noch nicht erkannt zu haben. Lächelnd kommt sie auf uns zu und streift sich dabei die erdverkrusteten Gummihandschuhe ab. Offensichtlich haben wir sie beim Pflanzen gestört.
»Hallo, Tante Diane«, sagt Amy freundlich.
Diane blickt gegen die Sonne, die um diese Uhrzeit noch sehr tief steht, und kneift die Augen ein wenig zusammen. Jäh erkennt sie, wer vor ihr steht.
»Julie? Bist du das wirklich, Kind?« Langsam geht sie auf ihre Nichte zu und fasst sie bei den Händen, ohne ihren entgeisterten Blick auch nur für eine Sekunde von Amy zu nehmen. »Kristin hat mir ja erzählt, dass du ... erwacht bist, aber dass du jetzt wirklich so völlig ... normal bist – so recht konnte ich das nicht glauben. Ich fasse es nicht!«
Amy scheint die ständige Ungläubigkeit langsam zu ermüden, denn sie schweigt und schenkt ihrer Tante ein ziemlich steifes Lächeln.
Diane verunsichert diese verhaltene Reaktion. »Sie hört mich doch, oder?«, raunt sie mir zu, ohne dass wir uns bisher überhaupt begrüßt hätten.
»Natürlich höre ich dich.« Nun lacht Amy doch und drückt ihre überrumpelte Tante kurz an sich.
Nachdem sie sich von ihrem Schock erholt hat, führt Diane uns

ins Haus. Wir setzen uns an die Theke der großen, hellen Küche.
»Wilson wird sich freuen, dich zu sehen, Julie«, behauptet Amys Tante. »Ich weiß nicht, wie weit du über uns Bescheid weißt, aber …«
Amy wartet nicht erst ab, bis ein peinliches Schweigen entsteht, sondern beantwortet Dianes eigentliche Frage sofort. »Dich habe ich einige Male bewusst gesehen, aber an Onkel Wilson, muss ich gestehen, habe ich keine Erinnerungen.«
»Das ist auch nicht weiter verwunderlich«, meint Diane, während sie uns eine Schüssel mit Keksen hinstellt und dazu frische Mich in viel zu große Gläser gießt.
Lange hatte ich den Luxus vergessen, den die Fürsorge einer Familie bedeutet. Doch nach den vergangenen Monaten bei den Kents und nach diesem Ausflug zu Evelyn und Peter habe ich langsam, aber sicher das Gefühl, aus allen Nähten zu platzen.
Trotzdem greifen wir höflich zu.
»Wilson und ich sind erst seit zwei Jahren ein Paar. Geheiratet haben wir im vergangenen Sommer. Ihr seid euch bisher nur zwei- oder dreimal begegnet«, erklärt Diane.
Sie ist klein und untersetzt, ihre dunkelblonden Haare sind lockig. So ähnlich, wie sich die Charles-Schwestern sind, so absolut verschieden sehen Kristin und Diane aus. Dennoch verbindet eine gemeinsame Eigenschaft die beiden unverkennbar: die überschwengliche Herzlichkeit.
Diane beobachtet Amy, die brav ihre Milch austrinkt und ein, zwei Kekse dazu mümmelt.
»Ich habe auch eine Tochter«, erzählt sie. »Clara. Sie ist dreizehn Jahre alt.«
Amy nickt. »Ja, ich weiß. Ein paar vage Bilder habe ich von ihr, und Kristin hat mir viel erzählt.«
Diane schaut verdutzt. »Du nennst deine Eltern bei ihren Vornamen?«

Ups! Amys Gesichtsausdruck entgleist ihr etwas; für einen Augenblick scheint sie nicht zu wissen, was sie ihrer Tante entgegnen soll. Die jedoch schüttelt nur den Kopf und winkt ab.
»Kristin war immer bestrebt, mit dir alles richtig zu machen. Sie wollte die hundertprozentige Mutter sein, ehrgeizig bis zur totalen Erschöpfung. Dabei hat sie wohl zu viele dieser modernen Elternzeitschriften gelesen, in denen immer wieder propagiert wird, wir Eltern sollen unseren Kindern die besten Freunde sein. In meinen Augen ist das Quatsch. Clara ist der einzige Mensch auf der Welt, der mich rechtmäßig Mom nennen darf. Wenn man es so betrachtet, ist es doch eigentlich eine Ehre, oder nicht?«
Sie lacht fröhlich und gießt unsere Gläser noch einmal voll. Amy wirft mir einen amüsierten Blick zu. Diane fährt unbeirrt fort.
»Clara nennt nur Wilson bei seinem Vornamen. Mike – ihren Vater – und mich nennt sie Mom und Dad. Mike und ich haben mittlerweile wieder ein recht gutes Verhältnis zueinander; unsere Trennung liegt ja auch schon fünf Jahre zurück. Clara lebt inzwischen bei ihrem Vater und seiner neuen Freundin, was anfangs ziemlich schwer für mich war. Mittlerweile kann ich sie aber verstehen. Mike lebt schließlich in der Stadt, und die bietet einem jungen Mädchen natürlich viel mehr Möglichkeiten und Abwechslung als unser Landleben. Es ist schon okay so. Wir sehen uns zwar nur einmal im Monat, aber dafür bleibt sie dann das ganze Wochenende. Hier, das ist sie.« Diane reicht uns ein gerahmtes Bild ihrer Tochter. Ich werfe einen kurzen Blick auf das blonde Mädchen und nicke anerkennend, Amy hingegen betrachtet es mit aufrichtigem Interesse.
»Wir haben auch ein Foto von ihr. Auf unserem Kamin«, sagt sie.
»Ja, ich weiß, welches du meinst. Da war Clara acht oder neun Jahre alt und noch brav. Inzwischen ...«
Wir hören entspannt zu, als Diane weiter von ihrer Tochter erzählt. Es ist angenehm, für ein paar Minuten mal nur Zuhörer zu

sein. Die Tage bei den Charles waren zwar unvergesslich schön, aber auch sehr anstrengend. Amys unglaubliche Geschichte für jedes Familienmitglied glaubhaft werden zu lassen, war wirklich extrem nervenaufreibend gewesen. Diane, die von all dem natürlich nichts weiß und bis jetzt davon ausgeht, ihre Nichte habe mich lediglich zu einer Tagung begleitet, kann Amys Erschöpfung daher nicht nachempfinden. Ich schon. Amys Gesicht ist blass, ihr Lächeln wirkt matt und kraftlos. Sie mag zufrieden sein, doch momentan liegt bleierne Müdigkeit über ihrem Glück. Ahnungslos lenkt die gutmütige Frau das Gespräch von Clara zurück auf Amy und kommt dann sehr schnell auf den Autismus zu sprechen, aus dem sich ihre Nichte so unverhofft befreit hat. In der nächsten Viertelstunde versucht Diane Klarheit zu erlangen. Auf Amys Kosten. Denn nach der Offenheit, die in den vergangenen Tagen herrschte, ist es nun sehr schwierig für Amy, wieder Julie zu sein. Ich spüre ihren Widerwillen. Als die Fragen ihrer Tante immer spezifischer werden, sieht Amy mich hilfesuchend an. Ich weiß, was sie sich erhofft: eine gezielte Ablenkung, die ihr selbst ein kurzes Durchatmen ermöglicht.

»Sagen Sie, Diane, haben wir Sie eigentlich vorhin bei der Gartenarbeit gestört?«, werfe ich daher ein.

»Oh, kein Problem! Ich bin eigentlich ständig im Garten. Sogar sonntags, wie ihr seht. Bei der Größe unseres Grundstücks muss ich das auch, sonst wächst mir hier bald alles über den Kopf. Im wahrsten Sinne des Wortes.«

»Wirklich? Darf ich den Garten mal sehen?«, frage ich scheinheilig. Es hat einen Grund, dass ich beim Krippenspiel immer nur einen Sternträger ohne Text spielen durfte. Mein Schauspieltalent ist quasi nicht vorhanden. Gut, dass Diane nicht besonders anspruchsvoll zu sein scheint.

»Ja, natürlich. Ich wusste nicht, dass er euch interessiert, sonst wären wir schon eher rausgegangen.«

Amys Blick sagt mehr als tausend Worte. Die Erleichterung steht ihr förmlich ins Gesicht geschrieben.
Diane bedeutet uns, ihr zu folgen. »Oh, geht schon mal vor, ich müsste mal kurz für kleine Autisten«, entschuldigt sich Amy und lässt sich von ihrer Tante die Gästetoilette zeigen.
»Gut, Matt, wollen wir?«, fragt Diane, als sie zurückkommt.
Eine Glastür führt direkt von der Küche auf die hölzerne Veranda. Wir stehen vor einem wahren Prachtstück von Garten. Das Grundstück ist sehr groß. Es umfasst sogar einen Teich, der von diversen Obstbäumen umsäumt ist.
»Wow«, sage ich bewundernd, und das ist ehrlich gemeint.
»Ja! Dein ›Wow‹ bedeutet aber auch eine Menge Arbeit.« Diane lacht. »Manchmal wird es mir schon zu viel«, gesteht sie dann. »Wilson mäht den Rasen. Dafür haben wir extra einen von diesen protzigen Aufsitzrasenmähern. Ansonsten bleibt aber alles an mir hängen«, erklärt sie. Die Liebe in ihrem Blick bleibt von dem Vorwurf unangetastet. »Aber es ist ja nicht so, dass er faul ist. Im Gegenteil. Im Moment zum Beispiel hilft er den Nachbarn beim Ausbau ihres Hauses. Es ist eine junge Familie, die noch nicht lange hier lebt. Sie bauen das Dach aus und ziehen eine Gaube ein, weil sie bald Nachwuchs erwarten.«
Mit auf dem Rücken verschränkten Armen schlendere ich neben Diane über den weiten Rasen bis zu dem großen Teich, an dem es sogar Schildkröten gibt. Ich hocke mich nieder und beobachte eine von ihnen, während Diane ein paar kleine Flusskrebse ins Wasser wirft.
»Es war Zufall, dass wir herausbekommen haben, wie gerne die Schildkröten diese Krebse fressen. Wilson nimmt sie eigentlich als Köder, wenn er zum Angeln geht«, erklärt sie.
Höflich erwidere ich ihr Lächeln, doch im selben Moment überkommt mich eine innere Unruhe. Als würde ein Alarmsignal in mir aufheulen.

Amy!
Irgendetwas stimmt nicht, sie müsste längst wieder bei uns sein. Ich werde so nervös, dass ich Dianes Erklärungen über ihre unterschiedlichen Baumarten und deren hervorragendes Obst nur noch schwerlich folgen kann.
»Diane«, unterbreche ich sie in einem ungewohnt lauten, fast schon barschen Tonfall, der mich selbst erschreckt. »Einen Augenblick! Ich gehe nur kurz nach ... Julie schauen.«
In letzter Sekunde schaffe ich es noch, das »Amy« hinunterzuschlucken. Ohne ihre Antwort abzuwarten, lasse ich Diane stehen und eile mit einem mulmigen Gefühl in der Magengrube zum Haus zurück.

Nur ein einziger Atemzug.
Nach all den Erlebnissen der letzten Tage; nachdem ich dachte, wir hätten das Schwierigste hinter uns; nachdem sich sogar Matty den bösen Geistern seiner Vergangenheit gestellt hat; nach unserem gemeinsamen Beschluss, das Böse zurückzulassen und endlich zu leben – gemeinsam und unbeschwert; nach all den Freuden mit meiner unglaublichen Familie, die uns so herzlich zurück in ihre Mitte geholt hat; nach all diesen Hürden, die wir genommen haben, und obwohl ich mir so sicher war, dass nun endlich die guten Zeiten angebrochen sind, um die schlechten abzulösen – nach all dem ist es doch nur ein einziger Atemzug. Ein Atemzug, der all diese Erlebnisse binnen einer Sekunde zunichtemacht.
Ich stehe in der kleinen Gästetoilette und wasche meine Hände, als plötzlich die Türklinke heruntergedrückt wird.
Ein Lächeln huscht über mein Gesicht.
»Warte, Matty, ich komme!«
Noch einmal sehe ich in den Spiegel und wundere mich ein wenig darüber, wie vertraut mir diese junge Frau, die

meinen Blick aus dem hinterlegten Glas erwidert, mittlerweile vorkommt. Matt hat recht. Ja, du bist hübsch, Amy, denke ich zufrieden. Erschöpft, aber hübsch.

Kurz, nur für die Dauer eines Wimpernschlags, gönne ich mir einen weiteren Gedanken. Amy Andrews. Die Vorstellung meines zukünftigen Namens lässt mich leise aufquietschen. Schnell schlage ich mir die Hand vor den Mund und entriegele dann die Tür.

»Hast du dir etwa schon Sorgen um mich gemacht?«, frage ich noch während des Öffnens.

Doch bereits ein Blick auf die Schuhe des Mannes, der nun direkt vor mir steht, verrät mir, dass es nicht Matt ist. Das muss Wilson sein. Langsam sehe ich auf.

Er sieht gut aus. Groß und muskulös gebaut, seine Haare sind dunkel. Ich blicke direkt in seine blauen Augen ... und erschrecke. Sie bergen etwas Beängstigendes in sich. Für mich.

Einen Augenblick lang vernebelt Verwirrung seinen Blick, doch dann scheint er mich zu erkennen.

Nein, nicht Amy – Gott sei Dank nicht! Für ihn bin ich Julie.

Sein Gesicht verzieht sich zu einem Lächeln. Er holt tief Luft, um mich zu begrüßen. Doch aus seinem Mund kommt nur ein grausamer Abschied.

Die Worte, die er spricht, bleiben ungehört, denn alles, was ich noch wahrnehme, ist sein Atem. Heiß, feucht, ekelerregend ...

All das Positive, was die Erlebnisse der letzten Tage in mir bewirkt und aufgebaut haben, fällt schlagartig in sich zusammen. Als habe sein Atem ein graziles Kartenhaus getroffen.

Es ist keiner der oberflächlichen Gerüche, Tabak und eine

Spur von Schnaps, der die sofortige Starre meines Körpers bewirkt. Es sind die versteckten Nuancen, die viel schmutziger sind – unbemerkt von jedem anderen Menschen – und die wohl nur ich so intensiv an ihm wahrgenommen hatte.
Einst, als er mir mit seiner groben Hand den Hals verschnürte.
Mein Geruchssinn war damals alles gewesen, was mir in meiner verzweifelten Hilflosigkeit noch geblieben war. Durch die dunkle Maske, die er trug, hatte ich ihn nicht erkennen können; die gepressten Geräusche, die er von sich gegeben hatte, blendete mein Gehirn in einem letzten Versuch von Selbstschutz erfolgreich aus.
Doch seinen Geruch … seinen Geruch werde ich wohl ewig in mir verankert tragen, war er doch das Letzte gewesen, was ich mit meinen hoffnungslosen Japsern eingesogen hatte.
Kranke Lust. Ich hatte sie gerochen, geschmeckt, erlitten. Nur ein einziger Atemzug, und sie ist wieder da. Packt mich, umnebelt mich, schließt sich wie eine Pranke um meinen Hals und würgt mich. Erneut!
Alles in mir ist Angst! Ich versuche, um Hilfe zu rufen – nach Matty –, doch keiner meiner Laute dringt mehr an die Außenwelt. Ich bin allein.
Die Angst übernimmt den tödlichen Griff. Drückt mir die Kehle zu, bis es dunkel wird. Tief dunkel. Ich erwarte, dass mein Leben erneut an mir vorbeizieht, doch nichts dergleichen geschieht.
Keine Wärme, kein erlösendes Licht. Nicht ein einziges Geräusch erreicht mich mehr. Stille, Kälte, Dunkelheit, Einsamkeit, Angst.
Und nur ein einziger Gedanke.
Wo ist Matt?

»Amy? Amy, hörst du mich?« Verzweifelt rüttele ich an ihr. Seit gefühlten fünf Minuten nun schon, doch sie zeigt nicht die leiseste Reaktion. Wie eine Schaufensterpuppe steht sie in der Türschwelle zu der kleinen Gästetoilette und rührt sich nicht.
»Oh, bitte, tu mir das nicht an!«, rufe ich, den Tränen nahe, und schließe meine Arme fest um sie. Meine Brust fühlt sich an, als würde sie von innen heraus zerreißen. »Bitte, Amy!«
»Amy? Wieso denn Amy? Sie heißt doch Julie, ich verstehe das nicht!« Kopfschüttelnd steht Diane neben mir, offensichtlich geschockt und überfordert von dem plötzlichen Wandel des bisher schönen Tages.
Meine Verzweiflung springt auf sie über und mischt sich mit all ihrer Verständnislosigkeit und Besorgnis. Ratlos blickt sie zu ihrem Mann, der sich in den Türrahmen zur Küche zurückgezogen hat und selbst ziemlich verwirrt aussieht. »Was ist denn passiert, Wilson?«, fragt sie in vorwurfsvollem Ton.
»Keine Ahnung!«, erwidert er achselzuckend. »Ich hab Jeff die Pläne für den Ausbau gebracht. Als ich zurückkam, wollte ich mir die Hände waschen, aber die Toilette war verschlossen. Von drinnen rief Julie: ›Matt, ich komme!‹, und noch ehe ich etwas erwidern konnte, stand sie vor mir und erstarrte. Einfach so. Sie ... hat sich wahrscheinlich erschreckt, dass es nicht Matt war, der vor ihr stand. Ich vermute, dass sie mich gar nicht kennt, oder?« Fast ein wenig entschuldigend sieht er zwischen uns hin und her.
»Verdammt, ich hätte dich nicht allein lassen dürfen«, flüstere ich Amy zu, ohne auf Wilsons Frage einzugehen, und hülle sie in meine Jacke ein, als würde sie frieren. Irgendwie vermute ich, dass sie das auch tatsächlich tut. »Komm, Süße, ich bringe dich nach Hause«, sage ich in meiner sanftesten Stimme und hebe sie auf meine Arme.
Sie ist so steif.

»Aber ... ihr könnt doch jetzt nicht einfach so fahren«, ruft Diane. Im nächsten Moment tippelt sie jedoch schon hinter mir her und öffnet kurz darauf die Beifahrertür meines Wagens.
»Doch, das müssen wir.« Mein Tonfall ist ungewöhnlich fest. »Ich will sie zurück in ihre gewohnte Umgebung bringen und dann ... ich weiß auch nicht. Auf jeden Fall müssen wir schnell zurück!«
Mit diesen Worten lasse ich Amy behutsam auf ihren Sitz hinab und schnalle sie an. *Nur weg hier!*
Ich verabschiede mich ohne die geringsten Gefühlsregungen und nur mit dem allernötigsten Anstand. Diane reiche ich die Hand und Wilson, der offenbar noch immer unter Schock auf der kleinen Veranda vor der Haustür zurückgeblieben ist, winke ich nur zu. Dianes Frage, warum ich ihre Nichte mit diesem fremden Namen anspreche, lasse ich unbeantwortet. *Alles zu seiner Zeit!*
Als ich die Autotür hinter mir zuschlage, fühle ich einen leisen Anflug von Erleichterung. Endlich allein! Schnell lege auch ich mir den Gurt um und presche davon, ohne noch ein einziges Mal in den Rückspiegel zu sehen.
»Amy!« In kurzen Abständen wiederhole ich ihren Namen. Immer wieder, bis nach ein paar Minuten jede Hoffnung aus meiner Stimme weicht. Sie hört mich nicht, das spüre ich genau. Ich versuche, mir vorzustellen, dass sie trotzdem bei mir ist, denn das war sie schließlich immer. Doch etwas Drängendes, tief in mir, sagt mir, dass das nicht stimmt. Diesmal *bin* ich allein! Und Amy ist es auch.

Als wir ein paar Meilen gefahren sind, halte ich am Straßenrand an. Löse meinen Sicherheitsgurt und wende mich ihr zu.
»Süße, sieh mich an! Willst du lieber an der Küste entlangfahren? Es ist mir gleich, ob ich einen Tag zu spät zur Arbeit komme, hörst du? Es ist mir völlig egal!«

Mittlerweile klinge ich nur noch verzweifelt, und die Tränen, die heiß in mir aufsteigen, fließen ungehindert meine Wangen herab. Wieder eine Erinnerung, die ich fast vergessen hatte: *Weinen befreit nicht immer!*
»Amy, bitte tu mir das nicht an. Bitte lass mich nicht wieder allein. Es tut mir leid. Ich hätte bei dir bleiben sollen. Es tut mir so leid, Amy. Bitte, komm zurück!«
Panisch umfasse ich ihr Gesicht und schaffe es tatsächlich, ihren Blick in meine Augen zu lenken, doch sie sieht einfach durch mich durch.
»Nein, verdammt!« Flehend schließe ich meine Arme um sie. »Bitte Amy, lass mich nicht allein. Bitte!«
Erst nach einigen Minuten habe ich mich so weit beruhigt, dass ich mich in der Lage fühle weiterzufahren.
Alles wird wieder gut, ich muss sie nur zurückholen, sage ich mir immer wieder, wenn die Panik zu stark zu werden und mich zu überrollen droht. *Ja, wir haben das schon einmal geschafft, und ich werde sie auch dieses Mal wiederfinden! Ich finde sie und hole sie da raus. Und dann bleibe ich bei ihr. Für immer!*
Wilson lag mit seiner Vermutung sicher richtig. Amy hatte sich erschrocken, als er plötzlich vor ihr stand. Wilson war überhaupt der erste Fremde, dem Amy seit ihrer Rückkehr allein begegnete. Und er stand da, wo sie mich erwartete. Diese Tatsache, in Kombination mit ihrer Erschöpfung, hatte wohl ausgereicht, um sie so sehr zu schockieren, dass sie in ihre alte Starre verfiel. Womöglich, um bei mir nach Hilfe zu suchen.
Ja, natürlich! Sie sucht nach mir, und ich werde sie finden.
Mich packt die Zuversicht und lässt mich, jenseits jeglicher Verkehrsregeln und Geschwindigkeitsbeschränkungen, über die breite Landstraße preschen.

Kapitel XXV

Ich will nur noch nach Hause, in Amys gewohnte Umgebung, zu Kristin und Tom. Der Gedanke an die beiden trifft mich schwer. Wie werden sie wohl reagieren, wenn ich bei ihnen vorfahre und sich ihre schlimmsten Befürchtungen bewahrheitet haben? Bestimmt hat Diane ihre Schwester schon angerufen und ihr erzählt, was geschehen ist. Schnell schalte ich mein Handy aus. Keine Zeit für Erklärungen, alles zu seiner Zeit.
Ein Blick auf Amy zeigt mir, dass sie noch immer völlig regungslos dasitzt, und mir wird bewusst, was mich an ihrem derzeitigen Zustand so sehr ängstigt: Amy ist nicht so wie zuvor, bevor sie sich für dieses Leben – das *richtige* Leben – entschied. Wo sind das Schaukeln und dieser leise, monotone Singsang unseres Treueschwurs abgeblieben?
Wie eingefroren sitzt sie neben mir. Völlig starr. Nichts an ihr regt sich, sie blinzelt nicht einmal. Auf skurrile Weise wirkt sie wie eine der perfekten Nachbildungen aus Madame Tussauds Wachsfigurenkabinett. *Was, um Himmels willen, ist geschehen?*
Wie der Teufel heize ich über die Straßen, immer weiter, bis wir am späten Abend das kleine blaue Haus erreichen.
Der Schnee ist mittlerweile fast vollständig getaut. Die Straßen sind nass, und es regnet stark, als wir ankommen.
Kristin und Tom stürmen aus dem Haus, als hätten sie seit Stunden hinter dem Fenster auf uns gewartet. Nur ein Blick in ihre Gesichter verrät mir, dass sie bereits Bescheid wissen.
»Matt, mein Gott, wie geht es ihr?«, ruft Kristin voller Sorge; Tom reißt bereits die Beifahrertür auf.
Müde und traurig schüttele ich den Kopf. Sofort schlägt Kristin die Hände vor dem Mund zusammen.
»Habe ich euch nicht gewarnt, dass so etwas passieren würde? Habe ich es nicht gesagt?« Tom flucht vor sich hin, während er

Amy auf seine Arme wuchtet und sich dann langsam, auf eine rückenmordende Weise, wieder mit ihr aufrichtet.
»Himmel, was ist …?« Er blickt auf seine Hände herab, dann sieht er mich tadelnd an. »Matt! Sie ist nass …« Kopfschüttelnd trägt er seine Tochter an mir vorbei.
»Du hättest nicht mit ihr fahren sollen. Es war zu früh«, sagt nun auch Kristin mit tränenerstickter Stimme und wendet sich ab.
Ich fühle mich wie ein geprügelter Hund. Automatisch bleibe ich im strömenden Regen stehen, völlig unschlüssig darüber, ob ich in diesem Haus überhaupt noch erwünscht bin.
An der Türschwelle dreht sich Kristin um und winkt mir zu. Ihre Bewegungen sind nach wie vor anmutig, wirken jedoch schlaff und kraftlos, wie ihre Stimme. »Komm, Junge, es regnet so stark. Du erkältest dich noch, komm schon rein! Ich mache uns einen Tee, dann sehen wir weiter.« Sie legt ihren Arm um mich, als ich mit gesenktem Kopf an ihr vorbeigehe.
Tom hat Amy hochgetragen. Er wird ihr wohl etwas anderes anziehen. Wie konnte mir *das* entgehen?
»Es tut mir leid, dass sie … nass ist. Ich habe gar nicht daran gedacht anzuhalten. Ich wollte nur so schnell wie möglich zurück«, gestehe ich verlegen und gleichermaßen verwirrt. Amy konnte uns bisher immer deutlich zu verstehen geben, wenn sie auf die Toilette musste. Den Bedürfnissen ihres Körpers war sie zu jeder Zeit selbständig nachgekommen. Das war eine der Eigenarten, die sie von vielen anderen schwer autistischen Menschen unterschieden hatte.
Auch Kristin scheint zu grübeln. Sie schiebt mich vor sich her in die Küche und schließt die Tür hinter uns.
»Hat sie sich denn gar nicht bemerkbar gemacht? Irgendwie?«
»Ehrlich gesagt: nein! … Sie rührt sich überhaupt nicht mehr. Kein Wippen, kein Singsang, nichts. Gar nichts! Ich habe keine Ahnung, was passiert ist.«

Kristin spürt meine Verzweiflung. Sofort regt sich ihr mütterliches Herz. Sie setzt sich neben mich und drückt mich an sich.
»Du hättest sie sehen sollen, Kristin.« Vergeblich schlucke ich an dem dicken Kloß in meinem Hals. »Sie war das blühende Leben – die ganze Zeit über. Nach all dem, was wir in den vergangenen Tagen gemeinsam erlebt und durchgemacht haben, hatte ich nicht die geringsten Bedenken, sie bei Diane und Wilson für einen Moment allein zu lassen. Sie war nur auf der Toilette. Vier, fünf Minuten, maximal.«
Meine Erklärung klingt mehr wie eine Entschuldigung. Doch alles, was ich sage, entspricht der Wahrheit. Amy war mir so normal und gefestigt vorgekommen, dass sich meine letzten Zweifel und Bedenken innerhalb dieser vergangenen Woche in ein großes Nichts aufgelöst hatten. *Und nun das.*
Tom erscheint im Türrahmen. Er ist immer noch ziemlich aufgebracht, wie ich an seinen bebenden Nasenflügeln und den zusammengepressten Lippen erkennen kann – noch bevor seine donnernde Stimme den kleinen Raum erfüllt.
»Verflucht, sie ist wieder ganz weit weg und dazu noch steif wie ein Brett. Wie konnte das nur passieren, Matt?«
Ich schildere den Vorfall mit Wilson; Tom scheint sich währenddessen etwas zu beruhigen. Als ich fertig bin, schaut Kristin mit einem Schulterzucken zu ihrem Mann auf.
»Das hätte überall passieren können, Tom. Sie hat sich einfach erschreckt. Dr. Madock hatte uns gewarnt, dass so etwas jederzeit passieren könne. Er hat auch gesagt, dass sie in einen noch schlimmeren Zustand als zuvor fallen könne.«
»Ach, was weiß Dr. Madock denn schon?«, wehrt Tom mit einer abfälligen Handbewegung ab. »Dieser Mann hat uns zwanzig Jahre lang erzählt, dass wir eine geistig zurückgebliebene Tochter hätten. Und all die Ratschläge, die er uns in dieser Zeit gab,

waren für die Katz! Ganz zu schweigen davon, dass er Amys wahre Geschichte doch eh nicht kennt!«

Dann wird sein Ton ruhiger. Fast sanft sieht er mich an und legt mir eine Hand auf die Schulter, so wie auch Peter es noch morgens bei mir getan hatte. Doch das unbeschwerte Glück der vergangenen Tage scheint in diesem Moment mindestens so ungreifbar weit weg zu sein wie Amy selbst.

»Es tut mir leid, Matt! Meine Gefühle sind eben mit mir durchgegangen. Du kannst nichts dafür, Kristin hat recht. Es ist nicht deine Schuld, Junge.«

Stumm nicke ich vor mich hin. Ich bin Tom nicht böse, ich kann ihn sogar recht gut verstehen. »Wo ist Amy jetzt?«, frage ich leise.

»In ihrem Zimmer. Ich habe sie ins Bett gelegt. Sie muss müde sein nach dieser langen Fahrt«, erwidert Tom niedergeschlagen.

»Ich ... darf ich ...« Unsicher deute ich auf die Treppe.

Kristin schaut mich liebevoll an. »Natürlich. Geh nur! Ich mache Sandwiches und bringe sie euch hoch.«

Amy liegt regungslos auf ihrem Bett. Sie schläft nicht, sie starrt nur an die Decke. Wenn ich es nicht besser wüsste, würde ich sie für tot halten, so entrückt wirkt sie auf mich. Ich setze mich neben sie und halte ihre Hand.

»Amy«, starte ich einen erneuten, vorsichtigen Versuch, Kontakt zu ihr aufzunehmen. »Süße, bitte! Irgendetwas ... gib mir irgendetwas. Drück meine Hand, oder blinzle wenigstens, wenn du mich hörst. Amy? ... Bitte!«

Nichts.

Ich streichele ihre Hand und ihre Haare, doch sie ist nicht da. Teilnahmslos sieht sie durch alles hindurch, was ihr vor die Augen kommt. Es ist zum Verzweifeln.

»Wir kriegen das hin. Du wirst leben, Amy! Richtig leben, so wie

in den letzten Wochen, das verspreche ich dir.« Zärtlich presse ich ihre kühle Hand an meine Wange und küsse jeden einzelnen ihrer Fingerknöchel. Zu spüren, dass sie plötzlich kälter ist als ich, ist nicht gut. Das ist einfach nicht richtig.
Kristin bringt uns die angekündigten Sandwiches, und schon bald sehen wir uns einer neuen, bislang ungekannten Schwierigkeit ausgesetzt: Amy isst nicht. Sie öffnet nicht einmal ihren Mund, auch nicht, als wir gemeinsam versuchen, ihr etwas Flüssigkeit einzuflößen.
Tom, den Kristin schließlich in ihrer Not hinzuholt, fällt nur eine Möglichkeit ein. Er holt eine große Spritze und träufelt Amy langsam kleine Mengen Tee in den Rachen. Kristin muss ein Tuch unter Amys Kinn halten, denn wenn Tom nur ein wenig zu stark auf die Spritze drückt, fließt die Flüssigkeit ungehindert an Amys Mundwinkeln heraus. Unbeachtete Tränen laufen mir übers Gesicht, als ich das sehe. Wie ein Schlag trifft mich meine eigene Hilflosigkeit, und ich fühle mich schrecklich alleingelassen.
»Das Essen kann warten«, beschließt Tom, dessen Stärke ich aufrichtig bewundere. »Es ist nicht so schlimm, wenn sie mal einen halben Tag lang nichts isst. Morgen früh holen wir den Arzt und beratschlagen, was wir tun sollen.« Seine Stimme klingt monoton und niedergeschlagen. Kristin nickt stumm, mit herabhängenden Schultern.
Amy liegt bereits in ihrem Pyjama im Bett, und so verabschieden sich Tom und Kristin schließlich mit einem derart traurigen »Gute Nacht, ihr zwei«, dass mir der gesamte Brustkorb vor Mitleid schmerzt.
Sie hatten sich so auf diesen Abend des Wiedersehens gefreut. Unter anderen Umständen säßen wir nun unten und würden endlich von all den unglaublichen Erlebnissen erzählen, die uns widerfahren sind. Amy würde mit funkelnden Augen vom Pazi-

fik berichten und von dem hohen Berg, den wir erklommen haben. Wir hätten das Video von ihrer Familie in Madison Spring zeigen können und wahrscheinlich sogar schon Pläne für den anstehenden Besuch ihrer Schwester gemacht.

In meiner Vorstellung strahlt Amy dabei so ausgelassen und unbeschwert über das ganze Gesicht, dass es mir schwerfällt, zurück in die Realität dieses halbdunklen Zimmers zu finden, in dem sie reglos neben mir liegt und ihr süßes Gesicht eher einer ausdruckslosen Totenmaske gleicht. Schnell krame ich meinen Schlafanzug aus einem unserer großen Koffer und mache mich bettfertig.

Nachdem ich behutsam unter die Bettdecke gekrochen bin, drehe ich Amy vorsichtig auf die Seite. Langsam und umständlich zupfe und schiebe ich sie genau in die Position, in der sie an den vergangenen Abenden am liebsten eingeschlafen war: Ich bette ihren Kopf auf meinen Oberkörper und lege ihren oberen Arm über meinen Bauch, so dass ihre Hand über meiner Brust zu liegen kommt. Doch anders als an den Abenden zuvor, schmiegt sie sich nicht an mich. Sie bleibt steif und völlig verspannt.

»Hörst du, wie mein Herz schlägt, Amy?«, frage ich leise. »Es schlägt nur für dich. Bitte, komm zurück!«

Die nächsten Tage vergehen trostlos. Der Arzt kommt und führt Amy einen dünnen Schlauch durch die Nase bis in den Magen, um sie auf diesem Wege zu ernähren. Danach legt er ihr noch einen Katheter. Es kostet mich enorme Überwindung, diese Maßnahmen als wirklich notwendig zu akzeptieren und hinzunehmen. Zu würdelos erscheint mir der Umgang mit ihr. Doch so schwer es mir auch fällt, es einzugestehen: Amy ist von einer Sekunde auf die andere wirklich zu einem schweren Pflegefall geworden.

Am härtesten trifft mich jedoch die Erkenntnis, dass die Ärzte dieses Mal richtiglagen – und ich nicht. Amy hatte einen Rückfall und ist nun viel schlimmer dran als zuvor. Nichts kann sie mehr selbst tun, außer zu atmen. Im Rückblick kommt mir mein Verhalten fast schon überheblich vor. Ich dachte wirklich, Amys Fall würde sich grundlegend und in jeder Hinsicht von denen anderer Autisten unterscheiden. Im Stillen belächelte ich die Ärzte, die mit all ihren Prognosen über Jahre hinweg falschgelegen hatten. Doch nun, da Amy durch einen einzigen Schockmoment zurück in ihre Starre verfallen ist, fühle ich mich erbärmlich. Ich hätte die Warnungen der Fachärzte viel ernster nehmen müssen.

Ich massiere Amys Muskeln und mache Bewegungen mit ihr, wie man es bei Verletzten macht, die lange liegen müssen, damit ihre Muskeln nicht vollständig abbauen. Doch Amys Muskeln sind stark und fest, ihre Waden knochenhart. Dreimal am Tag mache ich für einige Minuten auch Übungen im Stehen mit ihr. Und das ist besonders eigenartig: Amy kann selbständig stehen, sie verfügt über die erforderliche Körperkontrolle. Doch im Stand schaffe ich es wirklich kaum, sie zu lockern. Nach wie vor wirkt sie wie eine lebende Statue – jeder einzelne Muskel ihres zierlichen Körpers spannt sich so extrem an, dass sie schnell vor Anstrengung am ganzen Leib zittert und ich sie wieder hinlegen muss.

Es ist beängstigend! Besonders, weil ich mir keinen Reim darauf machen kann.

Natürlich gehe ich nicht arbeiten. Megans und Johns Vorwürfe prallen einfach an mir ab. *Ich kann jetzt nicht; ich muss mich um Amy kümmern.*

Nur Mary – ausgerechnet Mary – ist nicht so wütend darüber, dass sie nicht mehr mit mir spricht. Im Gegenteil. Sie fährt raus, besucht die Familie, und ich weiß, dass sie das tut, um nach mir

zu sehen. Als sie mich findet, kann ich an ihrem entgleisenden Gesichtsausdruck erkennen, wie schockierend mein Anblick für sie ist. Sie schaut auf Amy, die mit dieser Sonde in der Nase und mit dem Tropf, der ihr die nötige Flüssigkeit zukommen lässt, fast schon wie eine Komapatientin aussieht. Und doch – Marys Sorge gilt hauptsächlich mir, das spüre ich genau.
»Matt!« Mein Name kommt wie ein Stoßgebet von ihren Lippen – sie haucht ihn mehr, als dass sie ihn bewusst ausspricht. »Kristin und Tom sehen ja schon schrecklich aus, aber du ... wann hast du das letzte Mal geschlafen?«
Gleichmütig zucke ich mit den Schultern, ohne einen Laut von mir zu geben. Niemand muss wissen, dass ich seit unserer Rückkehr nahezu schlaflos bin – seit sechs verdammten Tagen.
Mary lässt sich langsam auf einem Stuhl neben mir nieder. »Denk mal an Amys Worte, Matt! Sie sagte, sie wäre immer bei dir. Glaubst du, dass ihr gefällt, was sie sieht, wenn sie jetzt gerade auf dich schaut?«
Ich presse die Lippen aufeinander und schüttele den Kopf. »Sie ist nicht da, Mary. Ich fühle, dass ich allein bin. Sie ist nicht mehr da!«
Mary sieht mich besorgt an. Sie hat genau verstanden und fragt trotzdem: »Wie meinst du das?«
»All meine Versuche, sie zu finden, sind gescheitert. Ich massiere sie jeden Tag und komme dabei in meinen Trancezustand. Aber ... ich bin allein! Jedes Mal! Ich gehe allein über die große Blumenwiese, auf der ich sie zuvor immer gefunden habe. Ich suche und suche, aber sie ist nicht da.«
»Was hat das zu bedeuten?«, fragt Mary und schürzt die Lippen. Ich muss passen. »Ich zermartere mir seit Tagen das Hirn, Mary, aber ich habe keine Ahnung.« Mein Blick gleitet zurück zu Amy, die zwar still, aber alles andere als friedlich vor mir liegt. Ich fühle, dass es ihr nicht gutgeht, doch ich kann nichts tun, und das

lässt mich fast verrückt werden. »Ich weiß nicht, wie ich ohne sie …«, schluchze ich plötzlich auf und lasse den Satz unvollendet verhallen.
Sofort schließt Mary ihre Arme um mich. »Ist ja gut. Alles wird gut werden, Matt, hörst du? Wir müssen bloß herausfinden, wie.«
Sie streicht mir die Haare aus der Stirn und scheitert zugleich bei dem Versuch eines zaghaften Lächelns. »Matt, du glühst ja! Oh, mein Gott, du hast Fieber.« Sofort, und ohne auf meinen abwehrenden Kommentar einzugehen, ruft sie nach Kristin, die ihr kurz darauf ein Fieberthermometer bringt.
»Viel zu hoch«, ruft Mary erschreckt aus, als das Ding unter meiner Zunge endlich piept.
»Ach du meine Güte!« Kristin reibt über ihre Augen. Sie sieht schrecklich abgespannt aus. Schlimm, dass auch ich ihr jetzt noch Kummer bereite. »Ich mache dir das Gästebett fertig«, beschließt sie kurzerhand.
»Ich will bei Amy bleiben!«, protestiere ich.
»Du kannst aber nicht bei Amy bleiben«, entgegnet Mary in aller Vehemenz. »Du steckst sie womöglich noch an«, erklärt sie dann, deutlich sanfter. Sofort verglimmt der Funke meines Aufstands wieder. *Richtig, daran habe ich nicht gedacht.*
»Also los, raus hier!«, ordnet Mary an und nickt in Richtung der Tür.
Ich streiche Amy noch einmal über die langen braunen Locken und verlasse dann auf zittrigen Beinen das Zimmer.
Mir wird abwechselnd heiß und kalt, und am späten Nachmittag dieses Tages muss ich mich übergeben. *Warum bin ich jetzt krank? Warum ausgerechnet jetzt, wo Amy mich doch braucht?*
Mary, die mir nur ab und zu von der Seite weicht, um nach Amy zu schauen, scheint die Antwort zu kennen. »Du bist vor lauter Kummer und Sorge um Amy krank geworden«, erklärt sie mir in

einem so überzeugten Ton, als hätten die renommiertesten Studien zu diesem Ergebnis geführt.
Meinem skeptischen Blick hält sie fast schon trotzig stand. »Denk doch mal nach, Matt! Glaubst du denn wirklich, dass Amys Krankheit an Weihnachten reiner Zufall war? Es ist mir zwar erst später aufgegangen, aber es ist doch eindeutig, dass sie krank wurde, weil sie befürchtete, dich verloren zu haben. Irgendetwas davon, dass du bei dem Anblick ihres Bildes aufgesprungen und einfach getürmt bist, bekam sie mit. Und sie hatte große Angst um dich. Aus genau demselben Grund bist nun auch du krank geworden. Aus Sorge um sie. Aber du darfst dich selbst nicht vergessen, Matty!«
Sie atmet tief durch und schaut auf ihre verschränkten Hände herab. Vielleicht tankt sie Kraft für den folgenden Satz, der ihr bestimmt alles andere als leichtfällt. »Amy braucht dich. Und krank hilfst du ihr nicht. Also, ich gehe jetzt nach Hause. Und wenn ich morgen wieder vorbeikomme, dann möchte ich, dass es dir viel bessergeht. Verstanden?«
Sie erwartet keine Antwort, und ich bin auch nicht in der Lage, ihr mehr als ein müdes Lächeln zu geben. Stumm küsst sie mich auf die Stirn, presst noch einmal den kalten Waschlappen auf meine Schläfen und wünscht mir dann eine gute Nacht.
Und wirklich, ich schaffe es, ein paar Stunden zu schlafen – wenn auch von wilden Fieberträumen geplagt. Mitten in der Nacht jedoch wache ich plötzlich auf, aufgeschreckt durch ein eigenartiges Geräusch, das aus Amys Zimmer kommt.
Ich brauche ein paar Sekunden, um es einordnen zu können. Es ist ein Würgen – Amy erbricht sich. Panik erfasst mich, doch als ich aufspringen will, um nach ihr zu sehen, fühle ich, wie meine Beine wegsacken und mir schwarz vor Augen wird. Gerade noch rechtzeitig schaffe ich es, mich langsam auf den Fußboden zu legen. Da höre ich Kristin, die Amy leise und beruhigend zuredet.

»So ein Mist, sie hat sich bei Matt angesteckt«, schimpft Tom. Seufzend hieve ich mich hoch und lasse mich zurück auf das Gästebett fallen. Momentan scheine ich alles falsch zu machen.

Mary sieht in den kommenden Tagen immer wieder nach uns. Während es mir zumindest körperlich zunehmend bessergeht – Marys Worte haben ihre Wirkung nicht verfehlt –, hält sich Amys Zustand stabil auf einem miserablen Niveau.
Zwar klingt ihr Fieber ähnlich schnell ab wie das meine, doch sie erbricht sich weiterhin mehrmals täglich. Es wirkt seltsam mechanisch, wenn sie das tut. So, als ob sich ihr Körper gegen etwas wehrt, dem sie jedoch keine weitere Bedeutung zuschreibt. Die verabreichten Medikamente verfehlen eines nach dem anderen ihre Wirkung. Von einigen der Tropfen und Pillen scheint es sogar nur noch schlimmer zu werden.
Als nach gut zwei Wochen noch immer keine Besserung ihres Zustands eingetreten ist, machen wir uns alle enorme Sorgen um Amy.
»Das ist doch nicht normal! Ich kümmere mich morgen um einen anderen Arzt. Wir brauchen eine Zweitmeinung«, beschließt Tom wütend, nachdem sich Amy ein weiteres Mal übergeben hat. Er sitzt am Bett seiner Tochter und streichelt ihre blasse Wange.
Kristin beißt sich auf der Unterlippe herum und ringt stumm und tapfer mit den Tränen, die bereits in ihren Augenwinkeln schimmern. Ich kämpfe eine Weile gegen das Bedürfnis an, ihre Hand zu nehmen, doch dann werfe ich alle Zurückhaltung über Bord und tue es einfach. Langsam blickt Kristin zu mir auf; dann erwidert sie den Druck meiner Hand und schenkt mir ein Lächeln, das liebevoller nicht sein könnte.
Mary, die wieder einmal zu Besuch ist, sieht zunächst genauso angstvoll auf Amy wie wir anderen auch, doch dann dreht sie mir

plötzlich ruckartig ihren Kopf zu. Durchdringend sieht sie mich an, knabbert an dem Fingernagel ihres linken Ringfingers und wippt so lange von einem Bein auf das andere, bis Tom und Kristin das Zimmer verlassen haben.

Nur eine Sekunde nachdem sich die Tür hinter den beiden geschlossen hat, lässt sie sich neben mir nieder. »Matt, ihr habt doch nicht ... habt ihr etwa ... ich meine ... habt ihr miteinander geschlafen?«

Es trifft mich wie ein Schlag. Warum habe ich nicht früher schon daran gedacht? Mein Kopf schießt hoch, ich schaue Mary direkt in die Augen. Diese Reaktion ist vollkommen ausreichend für sie.

»Oh, mein Gott!« Mary sieht mich entsetzt an. »Habt ihr denn nicht ...«

Ich schüttele den Kopf, immer weiter. *Nein, haben wir nicht. Warum eigentlich nicht? Warum war es uns noch nicht einmal in den Sinn gekommen zu verhüten?*

»Ich könnte fast wetten, dass es das ist, Matt! Sie ist bestimmt schwanger.«

Mein Herz hämmert wie verrückt. *Kann das wirklich sein?* Ja, natürlich kann es das, und genau das wird es auch sein, das spüre ich.

Wieder fällt mein Blick auf dieses regungslose Geschöpf vor uns. Amy ist schrecklich bleich. Sie sieht so schwach und gleichzeitig so schön aus, dass ihr Anblick mir fast das Herz bricht. Nicht anders kann sich der Märchenprinz gefühlt haben, als er Schneewittchen in ihrem gläsernen Sarg vorfand: ebenso fasziniert, ebenso hilflos. Was, wenn sie wirklich schwanger ist? Momentan würde sie ja nicht mal was davon mitkriegen!

»Oh, Matt, was machen wir denn jetzt?«, fragt Mary seufzend, doch ich bin zu tief in meine Gedanken versunken, um ihr zu antworten.

Nach einer Weile fällt mir plötzlich auf, dass Mary mich schief von der Seite aus anlächelt.
»Hm?«, frage ich.
»Amy hat den Bann also gebrochen?«, fragt sie leise und wartet meine Reaktion gar nicht erst ab. »Sie war wahrscheinlich die Einzige, die das jemals hätte schaffen können, oder?«
»Ja!«, erwidere ich und greife nach Marys Hand. Entschuldigend.
Sie schüttelt kurz, aber bestimmt den Kopf, löst ihre Finger aus meinen und springt auf. »Ich fahre zur Apotheke«, verkündet sie und streift sich ihre Jeansjacke über. »Schwangerschaftstest«, erklärt sie knapp, als ich fragend zu ihr aufschaue. Schon stürmt sie aus dem Zimmer.
Nur Sekunden später höre ich, wie der Motor ihres Autos aufheult. Sie fährt einen alten Mini, dessen Auspuff so lose ist, dass das Scheppern bereits aus zwei Meilen Entfernung ihre Ankunft verrät.
Amy und ich bleiben zurück. In meiner Nervosität beginne ich, ihre steinharten Beine zu massieren. Bald schon höre ich das metallene Klappern wieder, dann klingelt es an der Tür, und kurz darauf tippelt Mary auf ihren Stöckelschuhen die Treppe hoch.
Mit langgestrecktem Arm hält sie mir die Packung entgegen.
»Da, bitte!«
Zögerlich nehme ich die schmale, längliche Schachtel an mich.
»Entschuldige, wenn ich mich blöd anstelle, Mary. Ich kenne mich damit nicht aus, aber ...«
»Packungsbeilage«, wirft sie schnell ein.
»Nein, ich meine, muss man nicht auf diesen Streifen ... na ja ... pinkeln? Was stellst du dir vor, wie das gehen soll?« Mit dem Kinn deute ich auf Amy.
Mary verdreht die Augen, als hätte ich sie mit meinen dreißig Jahren gerade gefragt, ob der Weihnachtsmann denn wirklich am

Nordpol lebt. »Ach, Matt!« Sie seufzt und reißt mir die Packung wieder aus der Hand. Dann zieht sie den Teststreifen aus der Schachtel und liest sich die Kurzanleitung auf der Rückseite durch.
Kurzerhand schraubt sie den Verschluss des Katheterbeutels ab und tunkt den Streifen dort hinein, als wäre es das Normalste der Welt. So bizarr und eigentlich traurig die Situation auch ist – als ich Mary derart geschäftig sehe, muss ich dennoch schmunzeln. Sie ist so gespannt und aufgeregt, als würde es sich um ihren eigenen Schwangerschaftstest handeln.
Schlagartig wird mir bewusst, dass es hier nicht um ihr, sondern um unser – um Amys und mein – potenzielles Kind geht. Der Gedanke bringt mein Herz erneut zum Rasen.
Mary sieht zu mir auf. »Ich würde dir ja meine Daumen drücken, aber ich weiß nicht, wofür. Soll ich dir wünschen, dass ihr, oder dass ihr nicht … Eltern werdet?«, fragt sie vorsichtig.
Ich höre für einen Moment tief in mich hinein. Die Idee, Vater zu werden, ängstigt mich furchtbar. Doch die vage Vorstellung, eventuell ein Kind mit Amy zu bekommen, ist das mit Abstand Schönste, was ich mir überhaupt ausmalen kann. Nur *ein* Gedanke an Amys einzig mögliche Reaktion hilft mir, meine Entscheidung zu fällen.
»Dass wir …«, sage ich bestimmt.
Mary schluckt … und lächelt dann gerührt. Und wirklich, im nächsten Augenblick schon drückt sie ihre Daumen so fest, dass die Knöchel weiß hervortreten. *Oh, diese Frau.* Wenn sie nur wüsste, wie schlecht mein Gewissen ihr gegenüber ist … wie sehr ich mir wünsche, mich eines Tages für ihre Selbstlosigkeit erkenntlich zeigen zu können.
»Wie lange?«, frage ich mit zittriger Stimme.
»Drei Minuten.«
»Hm. Jetzt?«

»Noch lange nicht. Das war gerade mal 'ne Minute. Wenn überhaupt.«
»Jetzt?«
»Matt!«
Endlich, endlich – nach einer gefühlten Ewigkeit – reicht Mary mir den Teststreifen zwischen ihren Fingerspitzen. Mit abgewandtem Kopf und geschlossenen Augen beugt sie sich zu mir vor.
»*Du* schaust, es geht um euch!«, erklärt sie.
Zögerlich nehme ich den Streifen an mich. *Mann, bin ich nervös!*
»Zwei Striche«, stelle ich nüchtern fest. Schlagartig fällt mir ein, wie ich die Wartezeit besser hätte nutzen können – *wie wär's mit der Packungsbeilage gewesen?* Ich habe nämlich nicht den leisesten Schimmer, was zwei Striche bedeuten. Doch Marys Gesicht lässt mich nicht lange im Unklaren. Ich weiß Bescheid, noch ehe sich ihr Mund öffnet und ein erstickter Schrei durch das Zimmer hallt.
»Zwei Striche, wirklich? Bist du dir sicher? Aaaah!!!«
Mary scheint für einen Moment alles um sich herum zu vergessen und fällt mir, völlig aus dem Häuschen, um den Hals. Sie beglückwünscht mich, doch ich kann mich nicht mal bewegen, so überrumpelt bin ich.
Wir bekommen ein Baby, Amy und ich!
Aber sie muss wach werden, wie soll das sonst gehen? Hält ihr geschwächter Körper überhaupt die Belastung einer Schwangerschaft aus? Amy weiß ja nicht mal, dass sie unser Kind in sich trägt ... oh, mein Gott – *unser Kind*. Es ist die falsche Frau, die mich hier gerade umarmt.
Mary spürt meine Zurückhaltung, die einzig und allein aus einer völligen Überforderung heraus resultiert. Als ich meine Hände auf ihre Hüften lege, zieht sie sich langsam zurück. »Ich gehe runter, zu Tom und Kristin«, sagt sie kaum hörbar. »Keine Angst,

ich verrate nichts, aber ... ihr braucht jetzt sicher ein wenig Zeit für euch allein.« Schon ist sie draußen und mit ihr die gesamte Euphorie.
Wie erstarrt blicke ich auf den schmalen Streifen in meinen Händen. Zwei rote Striche. Einer weniger, und alles würde beim Alten bleiben. Aber dieser eine zusätzliche, winzige Strich wird unser bisheriges Leben völlig auf den Kopf stellen. *Mal wieder!*
Langsam beuge ich mich zu Amy vor. »Wir werden Eltern, Süße! ... Du wirst Mutter werden.«
Ich küsse sie sanft auf die trockenen Lippen, als mir bewusst wird, dass ich wohl der erste Mann der Welt bin, der seiner ahnungslosen Frau verkündet, dass sie ein Kind von ihm erwartet.

Kapitel XXVI

Nein! ... Nein! Das darf doch nicht wahr sein!« Tom tobt. Im ersten Moment sieht er aus, als wolle er mich schlagen, im zweiten, als wolle er mich umbringen, im dritten, als würde er gleich platzen. Doch dann dreht er sich abrupt um und läuft haltlos im Wohnzimmer auf und ab. Wie ein Hai in einem zu kleinen Becken zieht er seine Bahnen. »Das hätte ich nicht von dir gedacht!« Seine Augen sind nur noch schmale Schlitze. So zornig habe ich ihn noch nie gesehen, und ich spüre, wie auch in mir die Wut hochsteigt. Vor meinem geistigen Auge sehe ich Amy und mich nebeneinander auf dem großen Berg stehen und lauthals schreien. Ich erinnere mich gut an ihre Worte: »Ich habe dich schreien gehört, aber du hast es nie getan ... immer bist du still geblieben.«
Ja, sie hat recht! Ich darf nicht immer alles schlucken.
»So, das hättest du nicht von mir gedacht?«, wiederhole ich im nächsten Moment schon herausfordernd und blicke Tom dabei

fest in die Augen. »Was denn? Was hättest du nicht von mir gedacht, Tom? Dass ich Amy liebe? Dass ich dieselben körperlichen Bedürfnisse habe wie jeder andere Mann meines Alters auch? Dass ich diesen Bedürfnissen nie nachgeben konnte – nicht ein einziges Mal in meinem ganzen Leben –, bis Amy wieder da war und mich von meinen Ängsten befreite? ... Was? Was hättest du nicht von mir gedacht, Tom?«
Mittlerweile ist er stehen geblieben. Mit gesenktem Blick starrt er auf den Boden vor seinen Füßen.
Meine Wut wird durch plötzliches Mitgefühl verwischt. »Ich liebe Amy, Tom ... über alles! Und ja, wahrscheinlich wirkt das, was wir getan haben, gedanken- und verantwortungslos auf euch. Vergiss aber nicht, dass Amy neun Jahre älter ist als ihr Körper! Ihr Geist, ihr Bewusstsein, ist so alt wie ich. Und vielleicht wollte sie es drauf ankommen lassen – ebenso wie ich. Sie wusste, was sie tat. Wir *beide* sind das Risiko eingegangen, ein Baby zu bekommen – zu gleichen Teilen. Wir sind erwachsen ... und wir lieben uns, Tom!«
Zunächst noch erstaunt über meinen Gefühlsausbruch, regt sich Tom kaum. Nur sein häufiges Blinzeln verrät mir, dass er ziemlich verdutzt ist. Dennoch erwidert er meinen Blick schließlich und hält ihm mürrisch stand.
»Es ist okay, Matt! Dass ihr euch liebt, meine ich, aber ... ihr hättet trotzdem warten müssen. Und ja, ich schreibe dir dabei den Löwenanteil der Schuld zu. Du wusstest nicht, wie stabil sie ist. Außerdem kann ich nicht fassen, dass du sie schwängerst – nur zweieinhalb Monate, nachdem sie aus dieser schrecklichen Starre gefunden hat.«
»Schluss!«, mischt sich nun auch Kristin ein, die bisher nahezu lautlos neben uns gesessen und unserem erhitzten Dialog nur zugehört hatte. »Hört auf, euch zu streiten. Sofort! Streit ist das Letzte, was wir jetzt noch gebrauchen können ... Amy ist

schwanger. Gut! Oder auch nicht. Jedenfalls müssen wir damit erst einmal klarkommen. Das ist ein Schock für uns, Matt, das musst du verstehen.«
»Ein Schock?«, unterbricht Tom sie. »Das ist kein Schock, Kristin! Das ist der allergrößte Schlamassel, der überhaupt hätte passieren können.«
»Nein!«, halte ich energisch dagegen. »Es ist *kein* Schlamassel. Es ist euer Enkelkind, von dem ihr so sprecht. Und ihr ... vergreift euch gerade an ihm.«
Wutentbrannt stürme ich hinaus, schlage die Tür hinter mir zu und steige in meinen Wagen.

Zwanzig Minuten später betrete ich zum ersten Mal seit etlichen Wochen wieder meine Wohnung. Es ist eiskalt, denn selbstverständlich hatte ich bei meinem letzten Verlassen die Heizung abgestellt.
Ich fühle mich müde, ausgelaugt und traurig. Nicht gerade die Gefühle, die ein Mann haben sollte, der erst vor wenigen Stunden erfahren hat, dass er bald Vater werden wird. Doch am schlimmsten schmerzt das Loch in meiner Brust, das Amy bei ihrem Erstarren dort hineingerissen hat. Sie fehlt mir so. Ihr Lachen und ihre grenzenlose Freude an all den kleinen Dingen des Alltags. Wenn sie sich über den Schnee schon so gefreut hatte und über den Anblick des Ozeans, wie groß wäre wohl die Freude über ihre Schwangerschaft gewesen?
Sie hätte Tom und Kristin auch die Meinung gesagt, da bin ich mir sicher. Allerdings muss ich nun, da ich allein mit mir bin, zugeben, dass ich die entsetzte Reaktion der beiden auch verstehen kann – denn sie rührt natürlich von den Sorgen, die wir alle drei miteinander teilen. Amy ist schwanger, und niemand von uns weiß so recht, wie es nun weitergehen soll. Eigentlich hängt das nur von Amy selbst ab. Sie kann noch sehr lange in

diesem schrecklichen Zustand bleiben, doch genauso gut könnte es jederzeit passieren, dass sie wieder Regungen zeigt und langsam ihren Weg zurückfindet. Zumindest hoffen wir das. Aber egal, was auch passiert, ich werde für sie und unser Kind da sein, das schwöre ich mir und auch Amy in diesem Moment.
Als ich mich auf mein Bett fallen lasse, komme ich auf etwas Hartem zu liegen. Es ist ein Buch, das ich dem großen Karton entnommen hatte, bevor ich ihn zu Tom und Kristin mitnahm. Wie endlos weit weg mir dieser Abend doch erscheint.
Ich setze mich wieder auf und nehme das Buch in die Hand. »Gedichte und Gedanken« steht in einer unverkennbaren Schrift darauf. Es gehörte meiner Mutter. Wann immer sie einen Spruch las oder hörte, dessen Bedeutung sie ergriff, schrieb sie ihn dort hinein. Auch ihre eigenen Gedanken hatten Platz darin gefunden.
Meine Mutter war eine besondere Frau – immer darauf bedacht, ein möglichst guter Mensch zu sein. Sie verzichtete auf vieles, um anderen zu helfen. Sie arbeitete in Armenküchen und bei gemeinnützigen Veranstaltungen, wann immer sie Zeit dafür fand. »Wir haben von Gott den Auftrag bekommen, die bestmögliche Version aus dieser Welt zu machen«, hatte sie mir immer wieder eingeschärft. Ich höre ihre Stimme bis jetzt in meiner Erinnerung.
Gedankenverloren durchblättere ich das kleine Buch und schlage schließlich völlig willkürlich eine Seite darin auf. In der wunderschön geschwungenen Handschrift meiner Mutter geschrieben, lese ich folgende Worte:

Wenn jemand wütend auf dich ist – jemand, auf dessen Freundschaft du nicht verzichten willst –, dann lauf nicht davon. Geh auf ihn zu und bitte ihn um seine Hilfe. Er wird dir diesen Gefallen nicht ausschlagen. Er wird sich gebraucht und geliebt fühlen – eben wertvoll für dich –, und dieses Gefühl wird sein Herz erweichen und schließlich auch wieder öffnen.

Mit Tränen in den Augen klappe ich das Buch wieder zu.
»Danke, Mom!«
Wie ein Wegweiser deuten die Zeilen meiner Mutter in die richtige Richtung, und nun weiß ich genau, was ich zu tun habe.
Ich muss eine Weile unter meinem Bett kramen, bis ich finde, wonach ich gesucht habe: eine dünne, eingestaubte Mappe, die ich mir unter den Arm klemme und damit zurück zu den Kents fahre.
Tom öffnet die Tür. Sein Blick ist nun sehr viel weicher als zuvor. Dennoch, er scheint gekränkt und auf gewisse Weise sogar enttäuscht zu sein.
»Hallo! ... Darf ich reinkommen?«, frage ich unsicher.
Sein Mund verzieht sich zu einem sanften Lächeln, als er die Tür bis zum Anschlag öffnet. »Es hätte mich schwer getroffen, wenn du jetzt weggerannt wärst. Gut, dass du wieder da bist.«
»Ich musste nur mal kurz durchatmen. Solange Amy hier ist, werdet ihr mich nicht los. Es sei denn, ihr gebt mir Hausverbot!«
Nun lacht er. »Komm schon rein, du Spinner!«
Ohne Umschweife komme ich direkt zum Punkt, noch während ich meine Jacke aufhänge. »Ich habe eine Bitte an dich.«
Tom sieht mich eindringlich an, sein Blick wirkt skeptisch. »Und zwar?«
»Können wir uns setzen?«
»Natürlich.«
Nebeneinander nehmen wir an dem großen Esstisch Platz.
Feierlich lege ich meine Mappe vor ihm ab. In ihr verbirgt sich ein lang gehüteter Schatz, auch wenn man das dieser verstaubten Hülle mit all den Kindermotiv-Aufklebern nicht wirklich ansieht.

»Was ist das?«, fragt Tom neugierig.
»Das beinhaltet meine Bitte an dich. Ich brauche deine Hilfe!«
Ich hole so tief Luft, wie mein eingeschnürtes Herz es zulässt; dann öffne ich die Mappe und ziehe einige Kinderzeichnungen hervor. Sie stammen aus Amys und meiner Hand – und obwohl sie weit über zwei Jahrzehnte alt sind, sind sie heute so aktuell wie noch nie zuvor.
»Hier!« Ich reiche Tom eine der Zeichnungen. Er rückt seine Brille auf die Nasenspitze vor, um darüber hinwegblicken zu können. Eingehend betrachtet er das Bild.
»Das haben Amy und ich gemalt, als wir ungefähr acht Jahre alt waren. Wir hatten einen großen gemeinsamen Traum: ein Haus am See. Ein Holzhaus! Ich weiß nicht, wie viele Stunden wir damit verbracht haben, uns alles ganz genau auszumalen. Irgendwann begannen wir, all unsere Ideen in Bildern festzuhalten.«
Ich reiche ihm weitere Zeichnungen. Sie zeigen immer wieder das Haus. Die Seite, die zum See hinausgeht, ist komplett verglast. Von der überdachten Veranda, die das Haus rundherum umgibt, führt ein schmaler Steg auf den See, und an einem Pflock dieses Steges ist ein kleines rotes Boot befestigt.
»Natürlich ist das alles sehr kindlich gemalt, aber ... ich möchte, dass du uns dieses Haus baust.«
»Euch?«, fragt Tom und blickt mich über seine Brille hinweg verwundert an.
Ich antworte ohne das geringste Zögern. »Ja, uns! Amy hat eingewilligt, meine Frau zu werden. Sie ist erwachsen. Auch wenn sie es momentan nicht tun kann, so war sie bis vor ein paar Wochen noch in der Lage, ihren Willen zu äußern und ... sie wollte mit mir zusammen sein – ebenso wie ich mit ihr.«
Ich rechne fast schon mit dem nächsten Wutanfall, doch Tom schaut stumm auf die Bilder vor ihm, und schließlich – ich traue meinen Augen kaum – nickt er bedächtig.

»Ja, ich weiß. Sie hat Kristin gegenüber auch etwas Derartiges geäußert. Sie sagte, dass sie sich ein Leben ohne dich nicht vorstellen kann. Ich weiß, wie sehr Amy dich liebt, Matt. Ihr bekommt ein Kind, und unter anderen Umständen wäre es das Normalste der Welt, wenn ihr nun zusammenziehen und heiraten würdet. Aber ...«

Ich wusste, es gibt ein Aber. Enttäuscht neige ich den Kopf und schließe meine Augen in Erwartung der kommenden Worte. Tom wird das Argument der Vormundschaft bringen, gegen das ich völlig machtlos bin. Streng genommen könnten Kristin und er sich sogar gegen das Baby entscheiden – sogar das wäre bei Amys momentanem Zustand wahrscheinlich rechtmäßig. Doch so weit möchte ich gar nicht denken ... ich komme auch nicht dazu.

»Matt, weißt du wirklich, was du dir da aufbürden willst? Sie ist ein Rund-um-die-Uhr-Pflegefall, so wie sie dort oben gerade liegt. Und dann, so Gott will, bekommt ihr auch noch ein Baby. Ich bewundere deinen Mut und deine offensichtlich bedingungslose Liebe zu Amy, aber wie, um alles in der Welt, willst du das denn bewerkstelligen? Ein Baby allein ist schon ein Fulltimejob. Und dann noch Amy! Du musst doch auch weiterhin Geld verdienen.«

Fast kann ich nicht glauben, was ich da höre. Dieser Mann würde mir tatsächlich seine Tochter anvertrauen. Er macht sich lediglich Gedanken darüber, dass ich mir das Leben verbaue?

Mein Herz macht einen Riesensprung in meiner Brust. Sein beinahe schmerzhaft starkes Pochen erinnert mich nach einer gefühlten Ewigkeit zum ersten Mal wieder daran, wirklich lebendig zu sein. Und plötzlich kehrt auch der Stolz in mir zurück.

»Ich schaffe das, Tom! Glaub mir, irgendwie schaffe ich das. Ich weiß noch nicht wie, und ich werde sicher ab und zu eure Hilfe brauchen, aber ... dieses Baby ist *unser* Baby – und Amy gehört zu mir, seitdem ich denken kann. Ich werde das hinkriegen!«

Tom scheint gerührt zu sein. Sein Kinn zittert leicht, und er presst die Lippen fest aufeinander. Dann tätschelt er kurz mein Knie.

»Also los, erzähl mir was zu diesem Haus. Nichts gegen eure Malkünste, aber mehr als diese Zeichnungen könnten mir ein paar konkrete Vorstellungen helfen. Weißt du überhaupt schon, wo du bauen willst? Hier oben am See stehen ein, zwei Häuser, da könnte man wahrscheinlich einen Bauplatz bekommen.«

Ich erzähle Tom von dem großen Grundstück, das noch immer zum Verkauf steht. »Als ich eben zurückfuhr, bin ich zuerst am See gewesen. Das Zu-verkaufen-Schild ist nach wie vor da.«

Tom nickt. »Das wäre nicht schlecht. Bis zum See läuft man von hier nur etwa eine Viertelstunde. Da könnten wir euch gut unter die Arme greifen, wenn ihr unsere Hilfe braucht.«

Schon steht er auf und zieht einen langen Bogen Pergamentpapier von der Rolle, die unter der Tischplatte befestigt ist. Sorgfältig breitet er das Papier aus und beschwert die Ecken. Dann bewaffnet er sich mit Bleistift und Lineal.

»Sag mal, Matt, wie viel darf das Ganze denn kosten? Ich muss schließlich planen können.«

Ja, das ist wohl wahr. Ich nenne ihm die Summe, die ich bisher gespart habe.

Tom schaut mich erstaunt an. »Und dieses Geld hast du?«

»Ja! Es ist ein Teil des Erbes meiner Eltern, und dann natürlich alles, was ich mir selbst erarbeitet habe. Ich wollte keine Schulden machen, aber ich denke, es fehlen noch ein paar Tausender, nicht wahr?«

»Nein!«, erwidert Tom prompt. »Wenn du dieses Geld wirklich hast, dann brauchst du nichts mehr aufnehmen.«

Mein verdutztes Gesicht freut ihn. »Hey! Du vergisst, dass du dir die Kosten für den Architekten sparst, Junge. Außerdem arbeite ich seit Jahrzehnten schon mit denselben Firmen zusam-

men, bei denen ich immer wieder für neue Aufträge sorge. Es ist an der Zeit, dass die mal was für mich tun.«
Ich bin überwältigt, und als Tom sorgfältig mit seinem Bleistift die ersten Linien auf das dünne Papier zeichnet, fällt mir das Schlucken schwer.
»Tom?« Ich muss mich erst räuspern, als er zu mir aufblickt und darauf wartet, dass ich weiterspreche. »Danke!« Mehr bringe ich nicht hervor, doch sein weicher Blick zeigt mir, dass er verstanden hat.
Die nächsten Stunden verbringe ich damit, Tom unser Haus zu beschreiben. Er macht sich einige Notizen und erklärt mir, worauf wir achten müssen. Ich bekomme einen Gratisvortrag über die unterschiedlichen Holzarten, ihre Eigenschaften und über die Besonderheiten von Häusern, die direkt am oder im Wasser gebaut werden. Was die Zeichnung angeht, hält sich Tom peinlich genau an meine Schilderungen, wofür ich ihm wirklich dankbar bin. Ich bin mir sicher, dass Amy und ich – als die achtjährigen Kinder, die wir waren – etliche architektonische Missstände in dieses Haus eingeplant haben. Tom jedoch wirft nicht einen Verbesserungsvorschlag ein. Alles, was er tut, ist nachfragen, zeichnen und erneut nachfragen. Es freut mich, ihm jedes kleinste Detail genau schildern zu können. Es gibt nicht einen Winkel in diesem Haus, zu dem Amy und ich nicht genaue Vorstellungen entwickelt hätten.
Als Tom bereits den ersten groben Grundriss und eine simple Außenansicht aus allen vier Himmelsrichtungen skizziert hat, scheint sein Wissensdurst vorerst gestillt. Kritisch begutachtet er seine Zeichnung, verbessert die eine oder andere Linie, dann lächelt er zufrieden.
»Gut, Matt! Ich mache etwas daraus. Du kümmerst dich um das Grundstück. Wenn der Kauf erledigt ist, besorge ich schnellstmöglich sämtliche Genehmigungen. Lass dich nicht über den

Tisch ziehen, hörst du? Wenn du Hilfe brauchst, dann bin ich für dich da. Das weißt du doch, oder?«
Ich nicke. *Und ob ich das weiß.* Dennoch ist es schön, wenn es auch noch einmal ausgesprochen wird.
Als ich diesen Satz das letzte Mal hörte, kam er aus Peters Mund. Es ist schon komisch. Es sind Amys Väter, die mich nun wirklich so behandeln, als wäre ich ihr eigener Sohn. Und zwar beide. Dieser Gedanke bringt mich zum Schmunzeln, wenn auch nur kurz.
»Ich gehe zu Amy«, verabschiede ich mich von Tom, doch als ich bereits auf der ersten Stufe der Treppe stehe, fällt mir etwas auf.
»Wo ist Kristin eigentlich?«
»Sie telefoniert mit Evelyn. Seit Tagen sprechen die beiden abends stundenlang miteinander. Evelyn ist krank vor Sorge. Sie würde am liebsten hochkommen und nach Amy sehen, doch die Kinder müssen in die Schule, und auch Peter hatte gerade erst Urlaub, wie du ja weißt. Außerdem, was würde ihre Anwesenheit verändern? Elena kommt aber über die Ostertage. Sie besteht darauf, weil sie es Amy versprochen hat.«
Es ist eigenartig, Tom so selbstverständlich von Amys alter Familie reden zu hören – und eigentlich unfassbar schön. Auf eine gewisse Art und Weise verschmelzen durch diese Sätze aus seinem Mund die beiden Leben, die Amy bisher führte, endlich zu einem. So, wie Amy es sich gewünscht hatte. Wieder einmal kann ich Kristin und Tom für die großen Herzen, die sie haben, nur bewundern.
»Wissen Evelyn und Peter schon von … dem Baby?«, frage ich vorsichtig.
»Nein! Das wirst du ihnen schon selbst beichten müssen«, erwidert Tom mit einem schelmischen Lächeln, das mich in zweierlei Hinsicht erleichtert aufatmen lässt: Erstens bin ich froh, heute Abend nicht noch jemandem Rede und Antwort stehen zu

müssen, und zweitens erfreut mich die Leichtigkeit in Toms Worten. Er ist mir nicht mehr böse, meine Mutter hatte recht. Nickend wende ich mich wieder ab und nehme wie gewohnt zwei Stufen auf einmal.
»Matt?« Noch einmal schallt Toms Stimme durch den großen Raum.
»Ja?« Als ich mich umdrehe und ihn ansehe, steht er am Fuß der Treppe. Verlegen hält er seine Brille in der einen Hand, mit der anderen reibt er über die Bartstoppeln an seinem Kinn. Dann blickt er unsicher zu mir auf. »Alles Gute zur Verlobung, Junge! Ihr habt meinen Segen – auch wenn das heute keinen mehr zu interessieren scheint.«
Ich brauche einige Sekunden, um mich zu sortieren, so sehr rührt mich Toms Väterlichkeit. Er ist ein toller Kerl! Endlich – wie immer, wenn ich nach den richtigen Worten suche, ist auch dieses Mal viel zu viel Zeit verstrichen – schaffe ich es, meinen Mund zu öffnen.
»Danke Tom! Und du irrst dich. Es bedeutet mir eine Menge, dass du uns deinen Segen gibst. Und Amy auch, das weiß ich.«

»Hallo, Süße!«, begrüße ich sie leise. Unverändert liegt sie da, den Blick an die Decke geheftet. Wie immer, wenn ich sie so sehe, schnürt es mir das Herz zusammen.
Ich greife nach dem kleinen Fläschchen auf dem Nachttisch und gebe jeweils einen Tropfen der Flüssigkeit in Amys Augen. Diese Tropfen braucht sie, weil sie viel zu selten blinzelt und deshalb zu trockene Augen hat.
»Amy, ich habe tolle Nachrichten. Was hältst du davon, wenn wir endlich unseren Traum wahr machen? Unser Haus am See. Ich habe mit Tom gesprochen, und er will es uns bauen ...«
Natürlich kommt nicht die geringste Reaktion.
Ich beginne, die Beuge- und Streckbewegungen mit Amys Ar-

men und Beinen zu machen, knete ihre Muskeln, um sie zu lockern. Dann drehe ich sie behutsam auf die Seite. Ihr Gesicht ist derart blass, starr und … leer, dass es mir in diesem Moment so leblos wie noch nie zuvor erscheint.
Als die tiefe Angst, Amy womöglich endgültig verloren zu haben, wieder Besitz von mir ergreift und mich zu ersticken droht, falten sich meine Hände plötzlich wie von selbst. »Bitte, bitte, lass sie zurück in dieses Leben finden.«
Es kommt nicht sehr oft vor, dass ich bete, aber was bleibt mir anderes übrig? Ich bin so hilflos wie jeder andere auch.

Die kommenden Wochen werden turbulent, allerdings nur, was den Hausbau angeht. Tom und ich prüfen Amys und mein Wunsch-Grundstück eingehend, und als auch er es für gut befindet, kaufe ich es. Daraufhin gibt es eine Menge Papierkram zu erledigen: Unterlagen zusammentragen und einreichen, Bodengutachten erstellen lassen, Baustrom beschaffen. Bald schon kommt es mir so vor, als würde ich nur noch Formulare ausfüllen.
Vier Wochen nach unserer Rückkehr aus Madison Spring sehe ich ein, dass ich nicht länger darum herumkomme, wenigstens vormittags wieder arbeiten zu gehen. Schließlich kann und will ich Kristin und Tom nicht auf der Tasche liegen.
Megan und John begrüßen mich alles andere als freundlich. Ich bin mir sicher, Megan würde mich entlassen, wäre ich noch ihr Angestellter und hätte ich mich nicht im letzten Frühling in die Praxis eingekauft. Ich lasse neue Visitenkarten mit meinen geänderten Zeiten erstellen, und Mary ist so freundlich, mir einen Großteil der aufgebrachten Patienten vom Hals zu halten. Sie ist wirklich eine außergewöhnliche Frau. Die beste Freundin, die man sich wünschen kann – und das lasse ich sie auch wissen.

»Nicht gerade das, was ich am liebsten für dich gewesen wäre, aber immerhin ... danke!« Sie haucht mir einen Kuss auf die Wange.
Ihre Worte lösen erneut Zweifel und Schuldgefühle in mir aus.
»Mary, ich möchte dir nicht weh tun oder dir das Gefühl geben, du seist mir nicht wichtig. Wenn das alles zu hart für dich ist, dann musst du mir das zu verstehen geben, okay? Und zwar mit dem Vorschlaghammer, wenn ich es anders nicht kapiere. Du weißt, ich bin ein Mann, und wir stellen uns manchmal ein bisschen ... na ja, dumm an, was Gefühle angeht.«
Nun lacht sie. »Manchmal? Ein bisschen? Nein, keine Bange! Ich bin ein großes Mädchen. Also, rein körperlich betrachtet nicht wirklich, aber ... mittlerweile kann ich damit umgehen. Ehrlich, es ist okay, Matt!«

Kapitel XXVII

An Karfreitag ist es so weit. Trotz der momentan schwierigen Situation macht Elena ihr Versprechen wahr. Bereits seit über einer halben Stunde stehe ich an dem kleinen, verwaist wirkenden Bahnhof, als ihr Zug endlich einfährt. Sie hatte mich angerufen und mir erklärt, dass es etwas später werden würde, doch offensichtlich hat sich die Ankunftszeit noch weiter verschoben. Das Wetter ist ungewöhnlich mild für diese Jahreszeit. Krokusse und gelbe Narzissen blühen schon lange überall, und das Zwitschern der Vögel ist nicht mehr zu überhören. Die Sonne wärmt noch nicht so richtig, aber seit einigen Tagen finden ihre Strahlen durch die Wolkendecke und reißen zunehmend größere Löcher in das dichte Weiß.
Mit einem ohrenbetäubenden Quietschen hält der Zug nur wenige Meter vor mir. Hier draußen, so abgelegen von der Stadt,

steigen nur sehr wenige Personen ein und aus, und so finde ich Amys Schwester sofort.
»Elena!« Ich winke ausladend. Ruckartig dreht sie mir ihren Kopf zu und läuft mir mit einem Lächeln im Gesicht entgegen. *O mein Gott!* Die Ähnlichkeit zur Amy meiner Kindheit ist noch so viel stärker, als ich sie in Erinnerung hatte!
»Hallo, Matt!« Sie reckt sich, schließt ihre Arme um mich und drückt mich fest an sich.
»Hallo, Lena«, erwidere ich. »Schön, dass du da bist. Ich habe direkt vor dem Eingang geparkt.« Ich nehme ihren Koffer und ihre Reisetasche an mich und weise mit der Nase in die entsprechende Richtung. Trotz ihres Gepäcks in meinen Händen hakt sich Elena bei mir unter. Sie quasselt drauflos, als würden wir uns schon ewig kennen, und so kommt es mir auch vor.
»O Mann! Ich dachte schon, diese Fahrt endet nie. Andauernd hielt der Zug wegen irgendwelcher Schienenarbeiten …« Ihre Stimme versickert in den Tiefen meiner Gedanken.
Je mehr ich realisiere, wie sehr sie ihrer Schwester gleicht, umso schmerzlicher wird mir bewusst, wie sehr ich Amy wirklich vermisse.
»Matt?«
»Hm?«
Erwartungsvoll sieht Elena mich an.
Mist, hat sie mich etwas gefragt? Was habe ich nun schon wieder verpasst? Ich muss mich wirklich besser konzentrieren. Meine geistige Abwesenheit nimmt langsam beunruhigende Ausmaße an. Andauernd drifte ich ab und suche Amy in immer tiefer werdenden Tagträumen auf.
Ständig denke ich an unsere gemeinsamen Erlebnisse und an die Pläne, die wir für unsere Zukunft geschmiedet hatten. Unser Haus, die Praxis … Ich denke an ihr Lachen, an unsere Schnee-Engel und daran, wie sie trotz der Kälte mit nackten Füßen im

Pazifik stand. Erlebe in Gedanken noch einmal unsere intimen Momente und die unglaublichen Zärtlichkeiten, die wir austauschten. Ihre zarten Fingerspitzen auf meiner Haut, meine Lippen auf ihren, ihr warmer Atem an meinem Hals. Ich sehe ihr heimliches Lächeln vor mir – *mein* heimliches Lächeln, weil sie es nur mir schenkte, und den rötlichen Schimmer, den ihre Haare im Sonnenlicht bekamen.
Ich denke an das vollkommene Glück, mit ihr in meinen Armen einzuschlafen und auch wieder aufzuwachen. Versetze mich zurück in all die Momente, in denen sie nach einem tiefen, erholsamen Schlaf die Augen aufgeschlagen hatte – und spüre noch einmal die Erleichterung, die ich dabei jedes Mal empfand.
»Es ist, als würdest du zurück ins Leben kommen.«
»Hm ... schon wieder.«
In der Praxis fällt es mir zunehmend schwerer, in die Visionen zu finden, die ich so dringend brauche, um meine Patienten entsprechend zu behandeln. Die nötige Geduld für Mrs. Jordan aufzubringen ist fast schon unmöglich. *Wirklich – ich muss mich besser konzentrieren!*
»Wie geht es Amy, Matt?« Elenas Stimme dringt nur gedämpft zu mir durch. Mit Sicherheit ist es eine Wiederholung ihrer Frage.
»Unverändert schlecht«, gestehe ich niedergeschlagen. »Es bringt mich noch um den Verstand, sie so zu sehen, Lena. Irgendetwas stimmt nicht mit ihr. Vorher hatte ich immer noch eine gewisse Verbindung zu ihr, aber nun ... Sie ist völlig weg. Ich spüre es. Und es geht ihr nicht gut.«
Elena schaut mich traurig an. »Dir aber auch nicht, oder? Du siehst jedenfalls schrecklich aus. Tut mir leid, das so unverblümt zu sagen.«
»Nein, ist schon okay. Ich weiß, dass du recht hast.« Sogar in meinen eigenen Ohren klingt meine Stimme matt.

»Komm Matty, ich will sie sehen«, sagt Elena. Sanft streicht sie über meinen Oberarm.
Als wir in meinem Wagen sitzen und auf der breiten Landstraße zurückfahren, schaut sich Elena neugierig um. »Es ist irgendwie komisch für mich, hier zu sein. Ich bin sehr gespannt auf Kristin und Tom, aber ich habe auch Angst. Was, wenn sie mich nicht mögen?«
»Sie werden dich lieben«, versichere ich ihr, doch Lenas Blick bleibt skeptisch. Einen Augenblick lang denkt sie schweigend nach, dann dreht sie sich mir zu.
»Wenn Amy sich von ihren alten Erinnerungen hätte trennen können, wäre es wahrscheinlich besser für sie gewesen, oder?«
Mit dieser Frage trifft Elena einen extrem wunden Punkt bei mir. Sie scheint es zu spüren.
»Was?«, fragt sie und sieht mich dabei noch durchdringender an als zuvor.
»Ich habe nichts gesagt.«
»Eben. Sag, was du nicht gesagt hast!«, fordert sie lächelnd.
Ganz die Schwester.
»Deine Vermutung, dass Amy vielleicht lieber hätte loslassen sollen – genau dieser Gedanke verfolgt mich, seitdem sie wieder in ihre Starre verfallen ist«, gestehe ich.
»Warum?«
»Weil ... weil ich es war, der sie damals gebeten hat zu bleiben. Als sie starb, meine ich. Ich konnte nicht sprechen, weil ich geknebelt war, aber wir sahen uns an und ... ich bettelte, sie solle mich nicht allein lassen. Amy verstand meinen Blick. Wie immer.«
Ich muss einige Male schlucken, als die Bilder wieder in mir hochkommen, doch erstaunt stelle ich fest, dass ich darüber sprechen kann. Elena wartet geduldig.
»Irgendwie fühle ich mich schuldig an ihrem Zustand. Ich hätte sie gehen lassen sollen.«

»Du glaubst, Amy konnte dein Bild nicht auslöschen und folgte deiner Bitte, dich nicht allein zu lassen?«, fragt sie leise.
Ich zucke mit den Schultern. »Amy meint, dass es so war. Sie sagte, sie wollte um alles in der Welt bei mir bleiben und ihr Versprechen halten, mich nicht zu verlassen.«
Elena legt eine Hand auf meinen Oberschenkel. »Nein, Matty, du darfst dir doch nicht die Schuld dafür geben. Du warst noch ein kleiner Junge, du hattest panische Angst. So etwas darfst du nicht denken. Nicht mal für eine Sekunde! Amy liebt dich, du bist ihr ganzes Glück!«
Sie drückt meinen Oberschenkel ein wenig, und ich bin froh, dass wir nun endlich da sind. Tränen trüben meine Sicht. Bereits seit ungefähr zwei Meilen kann ich die Straße nur noch sehr verschwommen erkennen. Die Landschaft besteht aus zerlaufenden Flecken, deren Farben zu hell und zu warm sind. Unvereinbar mit meinen Gefühlen. *Wie kann die Sonne scheinen?* Es ist mir unbegreiflich; es wirkt schlichtweg unangebracht.
Kristin steht bereits in der Tür und winkt.
»Ist sie das?«, fragt Elena, winkt aber schon freudig zurück.
»Hallo, Elena«, ruft Kristin, als sie uns entgegenläuft.
Die beiden umarmen sich, und kurz darauf erscheint auch Tom im Türrahmen. In der sympathischen Art dieser Familie wird Elena willkommen geheißen. Doch bevor sie bereit ist, sich an den gedeckten Kaffeetisch zu setzen, tritt sie von einem Fuß auf den anderen und wirft mir einen hilfesuchenden Blick zu.
»Ich denke, Elena würde zuerst gerne ihre Schwester begrüßen«, werfe ich ein.
»Oh, sicher. Wir sind so aufgeregt, Elena, bitte entschuldige.« Kristin ist ein wenig verlegen.
»Ich bin auch aufgeregt!«, gesteht Elena. »Es ist ja auch eine eigenartige Situation – ausgerechnet die Person, die uns alle miteinander verbindet, ist nicht dabei.«

Ja, wie wahr. Betreten deute ich auf die Treppe und gehe dann mit ihrem Gepäck voran.

»Warte«, wispert Elena, als ich bereits die Hand auf die Türklinke zu Amys Zimmer gelegt habe. Mit geschlossenen Augen atmet sie tief durch, dann schaut sie zu mir auf und nickt.

Nur sehr zögerlich tritt sie ein. Ihr erster Blick fällt auf das Bett, und sofort schlägt sie die Hände vor den Mund und beginnt zu weinen.

»Mensch! Warum heule ich immer? Was für eine dämliche Eigenschaft! Ich habe mir so fest vorgenommen ...«

»Es ist okay«, sage ich und lege ihr tröstend die Hände auf die Schultern. Für einige Sekunden presst sie sich an mich und verbirgt ihr Gesicht an meiner Brust, bis sie ihre Gefühle wieder unter Kontrolle gebracht hat.

Dann drückt Elena ihrer Schwester einen Begrüßungskuss auf die Stirn und nimmt neben ihr Platz. Mit zittrigen Händen fasst sie nach Amys Fingern und streichelt sie. »Du musst wieder wach werden. Unsere gemeinsame Zeit hat doch gerade erst angefangen. Du hast mir versprochen, wir würden telefonieren und zusammen die Clubs hier unsicher machen ... Amy, bitte! Wir haben so viel nachzuholen.«

Dieses Bild von der aufgelösten Elena am Bett ihrer reglosen Schwester ist mehr, als ich verkraften kann. »Elena, ich muss dir etwas sagen«, beginne ich langsam.

Nur Sekunden später schallt ein spitzer Aufschrei durch das kleine Haus, und schon im nächsten Moment stehen Kristin und Tom in der Tür. Blass vor Schock. Atemlos.

»Es ist alles in Ordnung!«, beruhige ich sie schnell, doch die beiden starren entsetzt auf Elena, die an meiner Schulter lehnt und nun ohne jede Hemmungen schluchzt.

»Lena weiß jetzt, dass sie bald Tante wird«, erkläre ich, und die Gesichter entspannen sich wieder.

Es wird ein sehr ruhiges Osterfest. Elena hat nun viel Zeit, uns alle so richtig kennenzulernen. Wie auch ich vor ein paar Wochen fühlen Kristin und Tom vom ersten Moment an eine enge Verbindung zu der jungen blonden Frau.
Am Osterdienstag fährt Elena wieder ab, ohne dass ihre Anwesenheit auch nur die geringsten Auswirkungen auf Amys Zustand gehabt hätte. Wir alle hatten uns der Hoffnung hingegeben, Lena würde etwas in Amy auslösen – irgendetwas –, doch wir wurden enttäuscht. Amy nahm keine Notiz von ihrer Schwester, ebenso wenig wie von all den Fotos, Spielsachen und sonstigen Erinnerungen aus ihrer Kindheit, die Evelyn uns mitgegeben hatte und die Lena und ich um sie herum verteilten.
Zum Abschied halte ich Elena im Arm und küsse sie auf die blonden Haare. Liebevoll sieht sie mich an. »Wenn Amy doch nur etwas von ihrem Glück mitbekommen würde«, sagt sie voller Wehmut.
»Ja, ich denke auch, dass sie sich sehr über das Baby freuen würde«, erwidere ich traurig.
»Ich spreche nicht von dem Baby, Matt. Also, doch, natürlich auch. Aber eigentlich meinte ich dich. Ich habe noch nie erlebt, dass ein Mensch einen anderen so sehr liebt, wie du sie liebst. Und wie sie dich zurückliebt. Weißt du eigentlich, wie außergewöhnlich das ist?«
Ich nicke – langsam und bedächtig. *O ja, das weiß ich!*
Etwas verlegen gebe ich Lena ein kleines Päckchen für Evelyn und Peter mit, in dem sich weiße Babyschühchen befinden. Ich erinnere mich, dass Amy bei einer Fernsehwerbung förmlich dahingeschmolzen war, als eine werdende Mutter ihrem Mann so von ihrer Schwangerschaft berichtet hatte. So kitschig ich die Werbung auch fand, so passend war es mir erschienen, Peter und Evelyn auf diese Weise einzuweihen. Ich bleibe am Bahnsteig

stehen und schaue dem Zug nach, bis er in einer Kurve hinter dichten Bäumen verschwindet.

Der April vergeht trostlos und zäh. Es ist der erste Freitag im Mai, ein trüber Morgen, als ich wieder einmal an Amys Bett sitze und ihre Beine massiere. Plötzlich klopft es an der Tür. Auf mein »Ja, bitte« betritt Kristin das Zimmer.
»Matt, ich muss mit dir sprechen.« Nachdenklich nimmt sie auf dem einzigen Stuhl Platz. »Es geht um Amy und das Baby«, beginnt sie. »Sie müsste jetzt so ungefähr in der zwölften Schwangerschaftswoche sein, und wir müssen wirklich langsam eine Ultraschalluntersuchung machen lassen. Ich habe mit einer sehr guten Frauenärztin gesprochen, die sich bereit erklärt hat, nach Feierabend hier vorbeizukommen und ihre Geräte mitzubringen.«
Ich nicke träge. Ja, sie hat recht. Zunächst hatte ich Tom und Kristin gebeten, noch zu warten, dann Aufschub gefordert – immer wieder. Lange hatte ich mich an die Hoffnung geklammert, dieses besondere Erlebnis des ersten Ultraschalls mit Amy teilen zu können. Doch an ihrem Zustand hat sich noch immer nichts geändert, und die Fragen, ob das Baby gesund ist und wie gut Amy die Schwangerschaft überhaupt verkraftet, wirbeln von Tag zu Tag drängender durch meinen Kopf.
Kristin erwidert mein Nicken mit deutlicher Erleichterung. Sie weiß, wie schwer es mir fällt.

Es ist sieben Uhr abends, als es an der Tür schellt.
Die Frauenärztin ist relativ jung und sehr nett. Gemeinsam tragen wir die Geräte auf Amys Zimmer.
Zunächst darf nur ich der Untersuchung beiwohnen. Ziemlich unbeholfen stelle ich mich neben Amys Kopf. Da ich keine Ahnung habe, was ich mit meinen Händen anstellen soll, verschrän-

ke ich die Arme zunächst nervös vor meiner Brust, dann greife ich nach Amys Hand. Mein Blick gleitet über die metallenen Instrumente, die die Gynäkologin aus ihrem Koffer hervorholt und sorgfältig desinfiziert. Diese viel zu riesig wirkenden »Werkzeuge« versprühen für mich den Charme mittelalterlicher Folterinstrumente. Unwillkürlich läuft mir ein kalter Schauder den Rücken hinab.
»Gehen Sie damit ... in Amy?«, frage ich vorsichtig und komme mir im selben Moment schon ziemlich bescheuert vor.
Sie lächelt milde. »Keine Bange, ich tue ihr nicht weh.« Ihre Stimme klingt nachsichtig, als würde sie zu einem verängstigten Kind sprechen. »Es ist höchstens ein bisschen kalt.«
Ich schaue zu, wie ihre Hände mit diesem monströsen Metallding unter dem grünen Tuch verschwinden, das sie über Amys aufgestellte und gespreizte Knie gespannt hat. Ich hoffe fast, dass das Einführen dieses Geräts eine Erinnerung in Amy lostritt. Dass sie sich auf irgendeine Art und Weise wehrt. Sogar einer dieser fürchterlichen Schreikrämpfe, die sie früher in dieser Situation mit Sicherheit bekommen hätte, wäre für mich nun ein erlösendes Signal. Nichts dergleichen geschieht. Amy bleibt absolut still. Ihr Gesicht zeigt nicht mal die leiseste Gefühlsregung, nicht mal die unauffälligste Reaktion. Nichts.
»Alles super!«, befindet die Ärztin nach wenigen Sekunden. »Der Muttermund ist weich, aber völlig geschlossen. Der Gebärmutterhals ist noch sehr schön lang.«
Was auch immer mir das sagen soll, sie klingt zufrieden, und so verhalte ich mich einfach ruhig und nicke verständig.
»So, wenn Sie wollen, können wir nun die zukünftigen Großeltern dazuholen«, sagt sie lächelnd.
Ich öffne die Tür und winke einen zurückhaltenden Tom und eine aufgeregte Kristin herein.
Sie bleiben still im Hintergrund stehen, an Amys Kleiderschrank

gelehnt, während die Ärztin mich auf den Stuhl direkt vor dem Bildschirm verweist. »Also ...«, beginnt sie, nachdem ihre Hände mit dem Ultraschallstab wieder zwischen Amys Beinen verschwunden sind, »genau hier haben wir die Fruchtblase, und hier sehen Sie Ihr Baby.«
Diese Worte allein treffen mich schon so warm, dass mein Herz einen Sprung in meiner Brust macht. Ohne nachzudenken, drücke ich Amys Finger, deren kühle Temperatur selbst von der nervösen Hitze meiner Hand völlig unangetastet geblieben ist. Ich führe sie an meine Lippen und küsse sie zärtlich.
Ein zappelndes Etwas wird auf dem Bildschirm sichtbar; man erkennt bereits deutlich die Arme und Beinchen. In dieser reglosen Frau, die ich so sehr liebe, tobt das kleine Wesen regelrecht vor sich hin.
»Das Baby ist absolut zeitgerecht entwickelt. Fortgeschrittene dreizehnte Woche, würde ich sagen«, bestätigt die Ärztin, nachdem sie allerhand Messungen vorgenommen hat. Dann deutet sie auf einen kleinen, flimmernden Punkt.
»Schauen Sie mal! Das ist das Herzchen. Keine Sorge, das schlägt bei diesen Winzlingen immer so schnell.«
Den Herzschlag meines Kindes zu sehen ist ein einmaliges Gefühl, und die Tränen, die in mir aufsteigen, sind halb in glücklicher Rührung und halb in Trauer begründet. Es ist so unfair, dass Amy dieses Kind in sich trägt und es nicht mal weiß. Wie schön wäre es, ihre Freude zu erleben.
»Ist wirklich alles in Ordnung? Ich meine, Amy ist so ... passiv«, presse ich mühevoll hervor. »Geht es auch ihr gut?«
Die Ärztin nickt. »Die Ergebnisse der Blutuntersuchungen, die Dr. Madock bereits durchgeführt hat, waren sehr gut, ja. Ein wenig Eisenmangel, aber das ist nicht ungewöhnlich. Das entsprechende Präparat bekommt sie ja nun über den Tropf. Wirklich, Mr. Andrews, sorgen Sie sich nicht. Der Körper Ihrer Verlobten

ist ungewöhnlich stark für den Mangel an Bewegung, dem er ausgeliefert ist.«
»Kann man denn schon sehen, was es wird?«, fragt Tom nach einer Weile. Kristins lautes Lachen mischt sich mit dem unterdrückten Gekicher der jungen Ärztin. Erleichtert, diese offensichtlich naive Frage nicht gestellt zu haben, blicke ich zu ihr auf.
»Nein, dazu ist es noch mindestens einen Monat zu früh. Mit diesem Gerät zumindest. Es gibt einige, die wesentlich besser sind, aber auch für diese Geräte wäre es jetzt noch sehr früh«, erklärt die Ärztin uns geduldig.
Als sie die Untersuchung abschließt, notiert sie alle Werte und händigt mir ein Heft mit der Aufschrift »Mutterpass« aus.
»Den nehmen Sie an sich!«, ordnet sie an. »Er wird zu jeder Untersuchung und natürlich bei der Geburt gebraucht.«
Ich nicke mit roten Ohren, bin ich doch wohl der einzige Mann auf der Welt, der nun einen Mutterpass bei sich trägt.
Zum Schluss holt die nette Ärztin noch eine DVD aus ihrem Laptop und schneidet mir eins der ausgedruckten Ultraschallbilder ab. »So, ein Beweisfoto für den stolzen Vater, und hier ist die gesamte Ultraschalluntersuchung drauf«, sagt sie und tippt auf die DVD. Dann bekommt ihr Gesicht plötzlich einen bedauernden Ausdruck. »Ich hoffe wirklich, dass Ihre Verlobte bald wieder in der Lage sein wird, sich diese Aufnahmen mit Ihnen gemeinsam anzusehen.«
»Danke«, erwidere ich lächelnd. Sie kann nicht erahnen, wie groß der Trost ist, der von dieser kleinen runden Scheibe ausgeht.

Es ist ein sonniger Mittwoch, mitten im Juni, als Tom mich in der Praxis anruft und auffordert, nach der Arbeit zum Grundstück zu kommen.
Als ich dort eintreffe, traue ich meinen Augen kaum. Die riesigen

Bäume sind bereits gefällt. Gerade werden die letzten Äste abgetrennt, die meisten Stämme bilden schon einen enormen Stapel am Rande des gelichteten Grundstücks.
»Brennholz habt ihr in den nächsten Jahren jedenfalls mehr als genug, mein Junge!«, schreit Tom mir zu.
»Du hast mir gar nicht erzählt, dass es heute losgeht.«
Er lacht. »Das nennt man Überraschung, Matt! Morgen fangen wir richtig an. Der Bagger da drüben«, er zeigt auf ein wahres Schaufelmonstrum, »wird mit den Aushebungen beginnen und die ersten Stützen setzen.«
Aus den Augenwinkeln heraus scheint Tom plötzlich etwas zu entdecken, das ihm nicht passt. Sofort wendet er sich ab. »Oh, nein, nein! Wartet, die Schlinge müsst ihr so setzen, dass …«
Seine Stimme wird vom Lärm der Maschinen geschluckt, als er den Bauplatz überquert und zu den Arbeitern läuft, die noch immer mit dem Roden beschäftigt sind. Mich lässt er einfach stehen.
Tom ist voll in seinem Element, das ist deutlich zu spüren, und ein Teil seiner Begeisterung springt tatsächlich auf mich über.
»Hallo!«, ruft eine freundliche Stimme direkt hinter mir. Ich drehe mich um und blicke in ein sympathisches Gesicht.
Die Sägen der Waldarbeiter und der Bagger, dessen gigantische Schaufel die restlichen Baumstümpfe entwurzelt, machen einen solchen Lärm, dass sie bestimmt schon mehrfach gerufen hat.
Es dauert einen Moment, bis ich die junge Frau erkenne, die Amy und ich bei unserer gemeinsamen Grundstücksbesichtigung trafen. Mit geducktem Kopf hält sie sich die Ohren zu und grinst mich an.
Ich bedeute ihr, sich mit mir ein Stück weit zurückzuziehen, dorthin, wo es etwas ruhiger ist. Dabei streift mein Blick ihren enormen Bauch. So, wie der aussieht, kann es nicht mehr lange bis zur Geburt ihres Babys dauern.

»Entschuldigen Sie, ich habe Sie gar nicht bemerkt«, rufe ich ihr nach einigen Metern zu. Als sie zu mir aufsieht und abwinkt, bemerke ich den sanften Blick ihrer Augen, die mich ein wenig an die meiner Mutter erinnern. Sie lächelt.
»Ich war nur neugierig«, gesteht sie. »Ich musste einfach wissen, ob Sie wirklich unsere neuen Nachbarn werden. Es freut mich sehr, dass es so ist.«
»Wirklich?« Mein Erstaunen über diese unbefangene Herzlichkeit ist offensichtlich, doch ihr Lächeln steht. Aufrichtig und fest.
»Ja, wirklich! Sie und Ihre Frau waren sehr nett, und es hätte mich enttäuscht, wenn hier jetzt doch ein anderer gebaut hätte.«
»Schön, dass ich Sie beruhigen kann.«
»Ja, wirklich sehr schön.« Sie streckt mir ihre Hand entgegen. »Mein Name ist Carolyn, hallo!«
»Matt Andrews. Gleichfalls hallo.«
»Matt?«, fragt sie noch einmal nach.
»Matthew«, bestätige ich in der Annahme, mein Name hätte sie durch den enormen Lärm nur undeutlich erreicht. Ihr Schmunzeln und die hochgezogenen Augenbrauen belehren mich jedoch eines Besseren.
»Toller Name«, erwidert Carolyn bedeutungsvoll. Ich lächele zurück, wenn auch ein wenig verständnislos. Dann deute ich auf ihren Bauch.
»Wie lange haben Sie denn noch?« Kaum vorstellbar, dass Amy in ein paar Monaten schon so ähnlich aussehen wird.
»Planmäßig sind es noch zwei Wochen, aber ich habe mir sagen lassen, dass die Ersten gerne mal auf sich warten lassen«, sagt Carolyn. Ihre Hände gleiten gedankenverloren über ihren Bauch; liebevoll tätschelt sie ihn. Schmerzlich wird mir bewusst, dass dies die Berührungen sind, die unserem Kind fehlen – auch wenn ich versuche, Amy zu vertreten, wann immer es geht.

»Wir werden sehen. Raus kommen sie bekanntlich alle«, meint Carolyn und reißt mich damit aus meinen Gedanken. Sie ist etwa so alt wie ich und strahlt eine gewisse Vertrautheit aus, die ich mir jedoch nicht erklären kann.
Eine männliche Stimme ertönt hinter mir. »Hier bist du.«
»Ja, hier bin ich.« Carolyns helle Augen funkeln glücklich über mich hinweg.
Ich wende mich um und stehe vor einem sehr nett aussehenden Riesen. Es ist selten, dass mich jemand körperlich überragt, aber dieser Mann ist tatsächlich noch einige Zentimeter größer als ich. Freundlich streckt er mir seine Hand entgegen. »Fred Cane, hallo!«
Ich schüttele Freds Hand und stelle mich ihm ebenfalls vor. Auch seine Augen fallen mir auf. Sie sind umsäumt von vielen kleinen Fältchen, die sein Gesicht gütig wirken lassen, sobald der Ansatz eines Lächelns seine Mundwinkel umspielt. Auch ihn umgibt diese schwer fassbare Vertrautheit. Vergeblich versuche ich, mich daran zu erinnern, woher ich die beiden kennen könnte.
»Das ist der Mann, von dem ich dir erzählt habe«, erklärt Carolyn und drückt sich an Fred, der liebevoll einen Arm um ihre Schulter legt.
Ein beklemmendes Gefühl steigt bei dem Anblick dieses glücklichen Paares in mir auf. Eifersucht. Nicht, dass ich ihnen ihr Glück nicht gönne, doch wie gerne hätte ich Amy bei mir. Wie gerne würde ich sie genauso im Arm halten wie Fred Carolyn hält; wie gerne würde ich sie als meine zukünftige Frau vorstellen. Wir könnten hier stehen und auf unseren Bauplatz blicken. Auf unseren großen Traum.
»Wo ist Ihre Frau eigentlich?«, fragt Carolyn in diesem Moment, als könne sie meine Gedanken lesen.
»Amy? Sie ist nicht meine Frau. Also, noch nicht. Sie ist … krank, muss liegen«, stammele ich etwas überrumpelt.

»Oh, es ist doch nichts Schlimmes?«
»Nein, nein«, wehre ich schnell ab. Angesichts der Tatsache, dass ich ihr sowieso nicht die volle Wahrheit sagen kann, beschließe ich, doch wenigstens einen Teil davon preiszugeben. »Ehrlich gesagt ist sie schwanger.«
»Oh, wirklich? Das ist ja phantastisch!«, sprudelt es aus Carolyn hervor, und auch Fred gratuliert mir sofort.
Mit Stolz zeige ich die letzten Ultraschallbilder unseres Kindes, auf denen man bereits deutlich das Profil erkennen kann.
»Wissen Sie schon, was es wird?«, möchte Fred wissen.
Ich nicke. »Wir bekommen ein Mädchen.« Den beiden entgeht, Gott sei Dank, der bittere Beigeschmack meines Lächelns.
»Und Sie?«
»Keine Ahnung! Wir haben beschlossen, uns überraschen zu lassen«, erwidert Fred grinsend.
Carolyn erweist sich als hartnäckig. »Hat Amy vorzeitige Wehen, oder was stimmt nicht?«
»Ja, vorzeitige Wehen«, lüge ich schnell.
Kurz darauf verabschieden sich die beiden mit ihren besten Wünschen für Amy. Ich blicke ihnen versonnen nach, als sie Arm in Arm auf ihr urgemütlich wirkendes Holzhaus zuschlendern. Ein tiefes Seufzen entringt sich mir bei diesem friedlichen Bild. Und gleichzeitig stelle ich, ein wenig erstaunt, fest, dass ich mich – entgegen meiner sonst so zurückhaltenden Art – jetzt schon auf die Zeit mit den beiden freue.

Einige Tage später stehe ich gemeinsam mit Tom an dem großen Tisch über den Bauzeichnungen unseres Hauses. Tom ist völlig in die Planungen der nächsten Wochen vertieft. Die Erdarbeiten sind so gut wie abgeschlossen, das Fundament kann nun gegossen werden, und Tom hat bereits die Sägearbeiten der einzelnen Holzbalken in Auftrag gegeben.

»So ein Holzhaus muss richtig konstruiert werden, Matt. Am oder sogar im Wasser zu bauen ist ein Kapitel für sich. Bei uns wird nichts schlampig zusammengenagelt. Wir werden solide Arbeit leisten. Wie bei einem riesigen Puzzle wird sich ein Teil in das andere fügen. Alles wird perfekt passen, du wirst schon sehen.«
Er schwärmt noch eine Weile vor sich hin, bis er meine Zurückhaltung bemerkt. Bedächtig schiebt er seine Brille zurück auf die Nasenwurzel und lässt sein Lineal sinken, als wäre er plötzlich zu schwach, es weiterhin zu halten.
»Matt, was ist los? Du hast mich gebeten, dieses Haus für euch zu bauen, und ich tue es. Ist irgendetwas nicht nach deinen Vorstellungen? Wenn ja, dann sag es mir bitte. Noch können wir Änderungen vornehmen.«
»Nein, Tom! Um Gottes willen, nein! Es ist alles exakt so, wie wir es immer wollten.«
»Was ist es dann? Raus damit! Jetzt geht es endlich richtig los, und du schaust, als hätte das Ganze überhaupt nichts mit dir zu tun. Ich dachte, dieses Haus war immer dein Traum? Euer Traum.«
Schuldbewusst sehe ich ihn an und lasse mich seufzend in den Sessel fallen. »Ich weiß. Und du hast recht, es tut mir leid! Es war mein Traum, aber vor allem habe ich mir immer wieder erträumt, es mit Amy zu bauen. Sie war immer Teil meiner Vorstellungen – der wichtigste Teil –, auch wenn mir das lange nicht bewusst war. Ehrlich – ich denke, das ist auch der einzige Grund dafür, dass ich dieses Haus nicht längst schon gebaut habe. Ich hätte es tun können, aber ich wollte es überhaupt nicht. Nicht ohne sie.«
Nun nimmt Tom die Brille von seiner Nase und reibt sich müde über die Augen. Er nickt verständig. »Ja, Matt, ich weiß, wie sehr sie dir fehlt. Uns genauso. Aber denkst du denn wirklich, dass sie dich gerne so sähe? Sie würde wollen, dass du dieses Haus baust

und endlich beginnst, wieder zu leben. Hör auf, Trübsal zu blasen! Das schwächt dich nur, und du brauchst deine Kraft für Amy und das Baby. Sie wird stolz auf dich sein, sollte sie eines Tages erwachen und dich mitten in diesem erfüllten Traum wiederfinden. Und wenn sie nicht erwacht, Matt, dann beginnt dennoch ein neues Leben für dich. Spätestens wenn du deine kleine Tochter in dieses Haus holst. Denn glaub mir, so ein kleines Wesen kann dein Leben ganz schön auf den Kopf stellen.«
Ja, meine Tochter. *Unsere* Tochter! Toms Worte verfehlen ihre Wirkung nicht. Er hat recht!

Am nächsten Morgen fahre ich ein Stück weit raus. Mein Ziel ist eine Bootshandlung, etwa dreißig Meilen nördlich von Papen City. Als ich die Schwelle übertrete, läutet die Klingel des kleinen Verkaufsbüros. Ein alter Mann, kaum größer als der Tresen, hinter dem er sich sofort erhebt, lächelt mir freundlich, wenn auch ein wenig zahnlos, zu.
»Guten Morgen. Kann ich Ihnen helfen?«, fragt er.
»Bestimmt. Ich suche ein kleines Boot. Etwas Simples. Und, bitte, aus Holz.«
»Ein Ruderboot?«
»Ja, ein Ruderboot. So wie eine übergroße Nussschalenhälfte sollte es aussehen«, versuche ich, meine Vorstellung zu verdeutlichen.
»Nussschale, hm. Ja, ich verstehe.«
Der kleine Mann tapst mir entgegen. Seine gekrümmte Haltung und die tiefen Falten in dem sonnengebräunten Gesicht zeugen von einem ereignisreichen Leben. Seine Haut wirkt wie knittriges Leder. Unter anderen Umständen wäre es sicher interessant, ihn zu massieren. Doch momentan sind meine Gedanken woanders.
»Kommen Sie!« Er bedeutet mir, ihm zu folgen.

Der Raum, in den er mich führt, ist stockdunkel. Als er auf den Lichtschalter drückt, sehe ich, dass wir in einer großen Halle stehen. Die Decke ist bestimmt fünfzehn Meter hoch. Hier gibt es viele riesige Boote und sogar eine Yacht, doch ich würdige all diese Prunkstücke kaum eines Blickes. Meine ganze Aufmerksamkeit bekommt stattdessen, so unscheinbar es auch ist, ein kleines Boot, das in der hintersten Ecke aufrecht an der Wand lehnt.
»Meinen Sie so etwas?«, fragt der kleine, tatterige Mann und macht dabei tatsächlich Anstalten, das Boot allein auf den Boden zu kippen, um es mir zu präsentieren. Schnell eile ich ihm zu Hilfe und packe mit an.
»Ja, genau so etwas meinte ich«, erwidere ich zufrieden, als es vor mir steht.
»Dieses Boot muss aber noch behandelt werden. Es ist noch nicht lackiert. Ein Vorteil für Sie. So können Sie die Farbe aussuchen.«
»Rot!«, bestimme ich, ohne das leiseste Zögern. »Ehrlich gesagt würde ich es lieber selbst streichen. Sie können es mir natürlich gerne so berechnen, als hätten Sie es getan. Geben Sie mir einfach die Farbe mit.«
»Lack, nicht Farbe«, verbessert mich der Alte ziemlich scharf, doch dann scheint er sich zu besinnen und verbannt die Strenge aus seinem Gesicht. »Ist gut, machen wir.«
Langsam wackelt er vor mir zurück und verschwindet erneut hinter seinem Tresen. »Wohin sollen wir denn liefern?«
Ich schreibe ihm die Adresse meiner Wohnung in großen Druckbuchstaben auf. »Das ist direkt in der Stadt. Sie müssen an den Hintereingang kommen, denn ich muss es im Keller lagern.«
Stumm nimmt der Alte den Zettel mit meiner Anschrift und das Bargeld entgegen.

Eine Woche später ist es so weit: Ich lackiere unser kleines Boot. In jeden Pinselstrich stecke ich dabei all meine Liebe für Amy und unser Baby. Nun – obwohl ich nicht solche Kunstwerke male wie Amy, sondern nur ein winziges Bötchen rot lackiere – verstehe ich, was sie meinte, als sie mir einmal erzählte, wie sehr das Malen die Anspannungen in ihr löst. Es ist tatsächlich befreiend, sich all seinen Gedanken hinzugeben, schweigend und allein mit sich selbst; und äußerst erfüllend, am Ende betrachten zu können, was man geschafft hat.
Als die dritte und letzte Lackierung vollständig getrocknet ist, nehme ich einen weiteren, sehr kleinen Topf zur Hand. Ich rühre die weiße Farbe darin so lange durch, bis der Holzstiel keine milchigen Schlieren mehr hinter sich herzieht. Kniend schreibe ich dann langsam und mit den akkuratesten Bewegungen, die ich meinen ungeübten Fingern abgewinnen kann, AMY auf den Bug des roten Bootes. Dabei macht sich eine große Ehrfurcht und eine noch tiefere, seltsame Erleichterung in mir breit. Es ist ein komisches Gefühl, als meine Mundwinkel plötzlich zucken und mir bewusst wird, dass ich tatsächlich lächle – ein ehrliches Lächeln. Zum ersten Mal seit Monaten.
Wie kann dieser Name – ihr Name –, so kurz er mit seinen drei Buchstaben ist, mir nur einen so großen Trost bieten?

Kapitel XXVIII

Gerade habe ich den letzten Pinselstrich gezogen und wische mir die Finger an einem sauberen Tuch ab, da klingelt mein Handy.
»Hallo?«
»Hallo, Matt!«
Es ist Kristin. Sie klingt aufgeregt, aber nicht im negativen Sinne. Oder?

»Du ahnst nicht, wer gekommen ist.« Wie so oft vermischen sich Erleichterung und Enttäuschung miteinander und lassen meine Schultern einsacken. Kristins Aufregung hat nichts mit Amy zu tun.
Ohne mich überhaupt raten zu lassen, fährt sie fort. »Diane und Wilson sind da, Matt. Überraschungsbesuch! Du kommst doch noch, oder?«
Ich lege die Stirn in Falten. *Merkwürdige Frage, ich komme doch immer.* Seit Monaten habe ich keine einzige Nacht mehr in meiner Wohnung übernachtet. Streng genommen hätte ich sie schon längst kündigen können, wenn ich nur wüsste, wohin mit meinem Krempel – besonders mit meinen Büchern.
»Sicher komme ich vorbei. Ich bin gerade fertig geworden«, erwidere ich bemüht gelassen. Als würde ich es schaffen, eine Nacht ohne Amys Nähe zu verbringen.
»Super! Also, bis gleich.«
»Bis gleich, Kristin.«

Ein fröhliches Abendessen ist im Gange, als ich das Haus betrete. Mittlerweile habe ich einen eigenen Schlüssel, und so bemerken die bereits Anwesenden – zu sehr in ihr Gespräch vertieft – mich erst, als ich den großen Wohnraum betrete. Es ist eigenartig für mich, Kristin und Tom so unbeschwert lachen zu hören.
Meine eigene Gelassenheit hat sich inzwischen wieder verflüchtigt; sie hat sich nach einem kurzen Aufflackern sehr schnell der deutlich stärkeren Macht meiner Verzweiflung ergeben. So kommt mir die gute Laune, die Kristin und Tom haben, nun fast wie ein Verrat an ihrer Tochter vor, was natürlich Blödsinn ist. Denn sicher hat Tom recht. Amy würde wollen, dass wir glücklich sind. Was hätte sie auch von unserem Kummer?
»Hallo, Matt!«, ruft Kristin mir zu. Wie automatisch greift sie

nach der Teekanne, um mir einzuschenken. Wilson und Diane erheben sich zur Begrüßung.
Ein wenig müde schüttele ich den beiden die Hände und beantworte ihre Fragen nach meinem Befinden so knapp es nur geht, ohne dabei unhöflich zu sein. Schlagartig wird mir bewusst, dass meine Erschöpfung eine neue, bleierne Tiefe erreicht hat. Schnell entschuldige ich mich, um Amy zu begrüßen, die ich seit dem Mittag nicht mehr gesehen habe.
Bewegungslos liegt sie da; ihr Anblick ist bitter-süß, wie immer. Jedes Mal, wenn ich die Türklinke zu ihrem Zimmer herabdrücke, weiß ich, welches Bild mich erwartet, und doch hoffe ich jedes Mal erneut auf eine Änderung.
Ich verabreiche ihr die Augentropfen. Dann ziehe ich sie quer auf das Bett, stelle ihre Füße auf den Boden und richte ihren Oberkörper langsam auf. Vorsichtig bringe ich sie von der sitzenden Position in den Stand. Es ist immer wieder bemerkenswert, wie sie sich auf den Beinen hält. Katheter, Magensonde, Tropf – nichts macht sie selbständig, doch sie steht. Kerzengerade. Diese Starre, in der sie sich befindet, ist wirklich außergewöhnlich. Nicht einmal John oder Megan kennen ein vergleichbares Beispiel.
Ich mache die Gymnastik mit ihr, während ich vermutlich ungehört von den Ereignissen meines Tages berichte.
Als ich sie wieder hingelegt habe, schiebe ich ihr T-Shirt ein wenig hoch und betrachte ehrfürchtig ihren Bauch, der sich mittlerweile schon recht deutlich wölbt. Langsam beuge ich mich herab und küsse die warme Haut um ihren Nabel. Es ist die einzig warme Stelle an ihrem ganzen Körper, der in mehrfacher Hinsicht wie erfroren wirkt.
»Hallo, Baby!«, sage ich sehr leise. »Ich weiß, du könntest längst einen Namen haben, aber ich gebe die Hoffnung nicht auf, dass deine Mom ihn für dich aussucht. Wirklich, sie könnte dich

Euselia nennen, es wäre mir egal. Na ja, vielleicht nicht egal, aber ich würde jeden Namen akzeptieren, ohne den geringsten Widerspruch, wenn nur deine Mom ihn aussuchen würde.«
Gedankenverloren streichele ich über Amys Bauch, dann nehme ich die Flasche mit dem Massageöl, verteile ein wenig davon in meinen Händen und beginne mit einer sanften Massage. Es fällt mir leichter, mit unserer Tochter zu sprechen, wenn meine Hände Amy dabei berühren.
»Soll ich dir etwas verraten, Baby? Es ist vermutlich nicht das, was ein Vater seiner Tochter sagen sollte, aber ich habe furchtbare Angst. Ich weiß nicht, ob ich das alles schaffe. Mit dir, meiner Arbeit und deiner Mom. Vor allem aber habe ich Angst davor, dass du sie nicht richtig kennenlernst. So, wie sie wirklich ist, meine ich. Stark und glücklich, unglaublich liebevoll, voller Leben. Sie wäre mit Sicherheit die beste Mom der Welt. Und ich fühle mich so hilflos, weil ich absolut nichts tun kann, um sie zurückzuholen. Zurück zu mir – und dir.«
Wieder einmal schlucke ich vergeblich an dem dicken Kloß in meinem Hals. »Aber, weißt du was? Wir haben noch ein paar Monate, und vielleicht geschieht ja doch noch das Wunder, für das wir alle beten. Ich werde nicht aufgeben, mir das zu wünschen.«
Ich zupfe das T-Shirt zurück über Amys Bauch und decke sie mit einem dünnen Laken zu. Trotz des warmen Wetters und der Hitze, die sich über den Tag im Obergeschoss des Hauses aufgestaut hat, lässt mich das Gefühl nicht los, dass Amy friert. Sie ist so schrecklich kalt. Noch einmal küsse ich sie behutsam auf die weichen, kühlen Lippen.
Relativ lustlos schlendere ich dann wieder nach unten, einzig und allein angetrieben durch meine mir anerzogene Höflichkeit. Müde setze ich mich zu den anderen um den großen Tisch.
»Alles klar bei Amy?«, fragt Tom, und sofort sind alle Augen auf ihn gerichtet.

»Amy?«, fragt Diane mit einer viel zu hohen Stimme. »Schon wieder dieser Name. Warum nennt ihr sie denn so? Ich habe euch schon mal gefragt – erst Matt und dann dich, Kristin –, aber ihr weicht mir aus, wann immer ich euch diese Frage stelle. Los, raus damit! Warum nennt ihr Julie so?«
»Weil sie es so will«, sage ich schnell und bestimmt, noch bevor ein anderer etwas erwidern kann.
Diane reicht diese Erklärung erwartungsgemäß nicht aus. Zweifelnd sieht sie mich an.
»Sie hat sich selbst immer wieder in Visionen gesehen«, erkläre ich etwas holprig. Ich bin wirklich nicht gut darin, doch in diesem Moment ist es mir deutlich lieber, irgendein Märchen zu erfinden, als die Wahrheit wieder aufzurollen – mit all den Fragen, die sie aufwerfen würde. Also reiße ich mich zusammen und lüge, was das Zeug hält.
»Das Mädchen, als das sich Julie selbst gesehen hat, hieß Amy. Für sie *ist* das ihr Name. Es ist kompliziert und sicher schwer verständlich für Außenstehende, aber so ist es nun mal.«
Deutlicher kann man ja wohl nicht werden; dieses Thema ist abgeschlossen. Diane und Wilson nicken, doch ihre nach wie vor verständnislosen Gesichter sprechen eine andere Sprache.
»Gibst du mir die Butter, bitte?«, fragt Tom und wirft mir einen dankbaren Blick zu. Fürs Erste sollte uns meine dürftige Erklärung gerettet haben.
Wenig später verabschiedet sich Wilson. »Seid mir nicht böse, aber ich bin völlig erledigt«, sagt er freundlich und klopft mit beiden Fäusten auf den Tisch. »Diese lange Fahrt schafft mich jedes Mal wieder. Also, gute Nacht zusammen. Bis morgen.«
Mit trägen, schweren Schritten stapft er die Stufen zum Obergeschoss empor. Ich höre noch, wie er die Tür des Gästezimmers hinter sich schließt. Nur Sekunden später jedoch wird sie erneut aufgerissen, und Wilson poltert die Treppe wieder hinunter.

Verdutzt wende ich mich ihm zu. Er sieht aus, als hätte er einen Geist gesehen; sein rechtes Auge zuckt nervös.
»Was ist passiert?«, fragt Kristin.
Wilsons Gesichtsausdruck ändert sich schlagartig. Er lächelt, in meinen Augen jedoch extrem verkrampft. »Nichts. Ich dachte nur ...« Er stockt kurz, bevor er sich erneut auf seinen Platz setzt. »Ich dachte nur, dass es eigentlich gerade viel zu lustig war, um schon nach oben zu gehen. Schlafen kann ich doch immer noch, aber ... wie oft sehen wir uns schon? Also, hast du noch einen Wein für mich, Tom?«
Als er Tom sein Glas hinhält, beobachte ich, wie er die Hände dafür wechselt. Zunächst nimmt er das Glas mit seiner Rechten, die aber ziemlich zittert. Schnell klemmt er sie daraufhin zwischen seinen Oberschenkeln ein und reicht Tom sein Weinglas mit der Linken. Ich scheine jedoch der Einzige zu sein, dem Wilsons eigenartiges Verhalten auffällt. Diane, Kristin und Tom sind schon wieder in ihr Gespräch vertieft.
Als mein Blick zurück zu Wilsons Gesicht schweift, trifft er auf eisblaue Augen! Unvermittelt jagt mir sein Blick einen frostigen Schauder über den Rücken, auch wenn er ihn sofort wieder abwendet. Irgendetwas stimmt hier nicht.
»Ich gehe noch mal zu Amy«, entschuldige ich mich nur kurze Zeit später. »Hab vergessen, ihr die Augentropfen zu geben.«
Es ist eine weitere Lüge, die mir jedoch so leicht von den Lippen schlüpft, dass ich fast selbst daran glaube.
Einstimmiges Nicken kommt zu mir zurück.
»Ist er immer so besorgt? So ein lieber Kerl! Es ist doch ein Jammer ...« Diane versucht wahrscheinlich zu flüstern, doch nach mittlerweile bestimmt schon vier oder fünf Gläsern Sekt gelingt ihr das nicht mehr so recht. So höre ich auch auf den Stufen der schmalen Treppe noch jedes ihrer Worte.
Oben angekommen, schleiche ich mich an Amys Zimmertür

vorbei und öffne stattdessen leise die Tür zum Gästezimmer. Es ist die pure Neugierde, die mich in den kleinen Raum treibt. *Was ist denn hier, das Wilson so erschreckt haben könnte?* Regelrecht geschockt hat er ausgesehen – als wäre sein schlimmster Alptraum wahr geworden. Doch ich kann den Grund für sein merkwürdiges Verhalten nicht ausmachen. Hier ist alles normal.
Die Koffer stehen noch unausgepackt mitten im Raum, der sauber und aufgeräumt ist wie immer. Kristin hat sogar schon das Bett frisch bezogen. Die große Tagesdecke liegt ordentlich zusammengelegt über der hohen Lehne des blauen Sessels, und Amys Staffelei steht in der Ecke des Zimmers, hinter den kleinen Tisch gepfercht. *Sie braucht sie momentan sowieso nicht*, durchfährt es mich schmerzlich.
Wehmütig gleiten meine Augen über Amys Bild, das seit einigen Wochen an der Wand über dem Sessel hängt. Es ist eines der Bilder von uns beiden, auf dem weiten Sonnenblumenfeld vor Madison Spring. Mittlerweile kann ich es ansehen, ohne dass mir sofort schlecht wird. Doch dann wird mir plötzlich bewusst, wo ich bin und was ich hier gerade tue. Wilson könnte jederzeit wieder auftauchen. Was würde ich dann hier für eine Figur abgeben? Schnell verlasse ich das Zimmer und schließe die Tür hinter mir. Vorsichtig schleiche ich über den kleinen Flur zu Amys Zimmer. Keine Ahnung, was Wilson so schockiert hat. Vielleicht saß eine Spinne an der Wand. Es soll ja auch gestandene Männer mit Arachnophobie geben.

Müde streife ich mir die Klamotten vom Leib, wasche mir Gesicht und Hände und putze meine Zähne. Dann lege ich mich endlich neben Amy. Ich knete meine Finger durch, und als sie warm genug sind, schiebe ich ihr eine Hand unter das Oberteil, direkt auf den gewölbten Bauch.
Es dauert eine Weile, in der ich mit geschlossenen Augen so still

halte wie nur möglich, doch dann spüre ich die leichten Bewegungen. Sie sind noch zart, und laut der Frauenärztin grenzt es an ein Wunder, dass ich überhaupt schon etwas fühlen kann. Aber ich kann es, und jede noch so kleine Zuckung lässt mein Herz vor Freude hüpfen.
»Hallo, Kleines«, begrüße ich unser Baby erneut. »Lass es dir gutgehen da drin, hörst du. Ich freue mich schon sehr auf dich.«
Ich kuschele mich dicht an Amy. Wie so oft nehme ich einen ihrer Arme und lege ihn über meine Schulter. Ich weiß, sie würde mich liebkosen und an sich drücken, wenn sie nur könnte, doch momentan liegt ihr Arm schwer und völlig reglos auf mir. Lediglich ihr Herzschlag und ihr flacher Atem beruhigen mich so weit, dass ich nach einigen Minuten bereit bin, mich der bleiernen Müdigkeit zu ergeben. Ich recke mich und schließe Amys Augenlider, indem ich sanft über sie streiche, dann gebe ich ihr noch einen sanften Gutenachtkuss auf den Mund.
Als ich kurz darauf erschöpft einnicke, ist mein Schlaf – wie so oft in letzter Zeit – flach und von verwirrenden Träumen zerfetzt; ich finde einfach keine Ruhe. An jedem Morgen konfrontiert mich der erbarmungslose Spiegel mit einem erschreckenden Bild: Unter meinen Augen liegen tiefe, dunkle Schatten; mein Blick ist matt, meine Haut viel zu blass.
In dieser Nacht beschäftigt Wilson mich weiter. Obwohl ich das Thema eigentlich als abgeschlossen betrachtet hatte, scheint mein Unterbewusstsein anderer Meinung zu sein.
Etwas stimmt nicht, ich kann es spüren. Immer wieder sehe ich im Schlaf seine Augen. Diese kühlen, blauen Augen, deren Blick mich wie eine Pfeilspitze getroffen hatte. Und dann wieder seinen geschockten Gesichtsausdruck und – fast wie in Zeitlupe – die Art und Weise, wie sich seine verkrampften Lippen zu diesem nervösen Lächeln verzogen, als Kristin ihn ansprach. Nein, etwas stimmt ganz und gar nicht. Dieser Überzeugung bin ich

auch noch, als die frühe Julisonne ihre ersten Strahlen zu uns hereinschickt.
Es ist Sonntag, der vierte Juli, Tag der Unabhängigkeit. Eigentlich könnte ich heute länger liegen bleiben. Aber ich wälze mich nur noch hin und her, und so entscheide ich mich schließlich, doch schon aufzustehen, um Amy nicht zu stören. Langsam trotte ich ins Badezimmer.
Das laue Wasser fließt an mir herab, wohltuend und erfrischend. Ich sehe Amys Duschgel auf der kleinen Ablage stehen und öffne es. Sofort strömt mir der Geruch von Honig und Lavendel entgegen – ein wenig chemisch zwar, doch es reicht. Tief atme ich ein und lasse mich im Fluss all der Erinnerungen treiben, die dieser süße Duft in mir aufflackern lässt.
Schlagartig fühle ich es: *Alles wird gut werden!*
Ja, plötzlich bin ich mir sicher, dass Amy zurückkommen wird. Früher oder später. Dieser junge Tag trägt etwas Besonderes in sich, etwas Einzigartiges, das ich zwar noch nicht greifen, wohl aber schon spüren kann.
Am Frühstückstisch kommen wir alle zusammen, nur Wilson fehlt. Zehn Minuten später trifft er schließlich ein, noch im Pyjama allerdings. Mit einem gequälten, schmerzverzerrten Gesicht bearbeitet er seinen Nacken.
»Alles klar bei dir?«, fragt Tom sofort, nachdem er ihm einen guten Morgen gewünscht hat.
»Ja, geht schon. Es ist mein Nacken, das habe ich öfter.«
»Liegt es am Bett?«, erkundigt sich Kristin besorgt, doch Wilson wehrt ab.
»Nein! Gott weiß, woran es liegt, aber das Bett hat nichts damit zu tun, Kris. Wahrscheinlich habe ich gestern nur zu lange im Auto gesessen. Das wird es wohl sein.«
Kristin und Tom werfen sich einen Blick zu und sehen dann geschlossen zu mir. Ich nicke, ohne von meinem Pfannkuchen

aufzuschauen. Es ist mein Pflichtbewusstsein, das mich förmlich dazu drängt.
Eine Massage, schon klar.
»Matt ist der mit Abstand beste Masseur dieser Gegend«, sprudelt es da auch schon aus Kristin heraus. »Eigentlich musst du drei Monate Wartezeit für eine Massage von ihm einplanen, wenn du kein starker Schmerzpatient bist.«
Lächelnd sieht sie mich an. Der Stolz in ihrem Blick bleibt mir nicht verborgen. »Also, Wilson, du kannst dich glücklich schätzen, dass Amy so einen begabten Verlobten hat. Wenn wir mit dem Frühstück fertig sind, kann er dich massieren, während wir in die Stadt fahren und die Parade ansehen. Was hältst du davon?«
»Das wäre klasse. Dieser Nacken und meine linke Schulter … wirklich, eine Massage wäre großartig.« Wilson stöhnt und rollt seinen Kopf hin und her.
»Sicher«, erwidere ich und schiebe mir ein großes Stück Pfannkuchen in den Mund.
»Amy«, wiederholt Diane plötzlich kopfschüttelnd. »Ich werde mich an den Namen gewöhnen müssen. Nach fast zweiundzwanzig Jahren!«
Nachdem wir gemeinsam den Frühstückstisch abgeräumt haben, bricht eine geschäftige Hektik aus. Die Frauen schminken sich und suchen nach den passenden Handtaschen für ihre Outfits. Tom versucht immer wieder vergeblich, sie anzutreiben.
»Herrgott, wir wollen doch nur in die Stadt und nicht auf einen Opernball, Ladys. Also, entspannt euch und kommt endlich.«
Als es ihm schließlich gelungen ist, Kristin von einem ihrer Schuhpaare zu überzeugen, grinst er mich an und verdreht die Augen dabei. »Es geschehen noch Zeichen und Wunder, Matt. Die Frau ist wirklich dabei, sich ihre Schuhe anzuziehen. Bete zu Gott, dass ihr jetzt nicht ein Absatz abknickt.« Lachend kassiert

er Kristins Klaps, bevor er fortfährt. »Also, wir sehen uns nur die Parade an. Gegen Mittag werden wir wohl wieder da sein.«
Kristin fällt ihm ins Wort: »O nein, nicht ›werden wir wohl‹. Ich *muss* um zwölf Uhr wieder da sein, sonst kriege ich das Essen nicht rechtzeitig fertig.«
Schließlich wendet sie sich mir noch einmal zu und drückt mich an sich. »Tschüss, mein Schatz.«
Das Kosewort klingt so liebevoll aus ihrem Mund, und auch die Art, wie sie mir den Kuss auf die Wange haucht und die Haare aus der Stirn streicht, hat etwas sehr Mütterliches.
Es ist ungewohnt, Kristin so zu sehen: geschminkt, mit zurechtgemachten Haaren, in einer marineblauen Bluse, die Diane ihr mitgebracht hat; und in diesen ebenso blauen Schuhen mit den leichten Absätzen. Sie wirkt völlig verändert auf mich. Ich gönne ihr die Auszeit mit ihrer Schwester von Herzen. Noch einmal umarme ich sie fest. »Machs gut«, flüstere ich ihr zu.
Nur wenige Sekunden später schließt Tom die Haustür hinter sich. *Stille!* Nur das Holz des Hauses knackt und ruft den Wunsch in mir hervor, endlich auch das Knacken unserer eigenen Balken hören zu können.
Stattdessen vernehme ich im nächsten Moment das Ächzen der Treppenstufen. Sie knarren unter Wilsons Gewicht.
»So, wo soll ich mich denn hinlegen?«, fragt er.
Ich deute auf das Deckenlager, das ich vor dem Kamin, in dem schon seit Monaten kein Feuer mehr brennt, ausgebreitet habe. »Auf dem Boden ist es am besten, da habe ich den effektivsten Winkel auf deinen Rücken.«
»Okay.« Wilson streift sich sein T-Shirt ab.
Er hat einen recht ansehnlichen Oberkörper für einen Mann seines Alters. Regelrecht durchtrainiert wirkt er. Ich frage mich im Stillen, ob er wohl Bodybuilding macht, als Wilson meinen Blick bemerkt.

»Rudern«, erklärt er. »Hält fit, das kannst du mir glauben.«
Ich nicke anerkennend und stelle meinen Koffer mit den Duftölen vor ihm ab. »Irgendwelche Gerüche, die du bevorzugst?«
Wilson schüttelt den Kopf.
In Anbetracht der Tatsache, dass ich selbst schon seit Tagen mit meinem Heuschnupfen zu kämpfen habe und meine Schleimhäute momentan ziemlich gereizt sind, wähle ich ein relativ geruchsneutrales Basisöl.
Ich hole mein Handy aus der Gesäßtasche meiner Jeans und lege es auf den kleinen Couchtisch. Dann knie ich mich über Wilson, knete meine Hände und wärme ein wenig Öl zwischen meinen Fingern, bevor ich ihn berühre.
Meine Schultern lockern sich, mein Blut scheint sich zu sammeln und in den Fingerspitzen zusammenzufließen. Leicht fahre ich über Wilsons Rücken, seine Wirbelsäule hinab; unmittelbar über seinem Gürtel gleite ich zu seinen Seiten und von dort aus wieder nach oben, zu seinen Schulterblättern. *Nichts.*
Doch plötzlich, als ich an seinem Nacken angekommen bin, vertieft sich die Dunkelheit vor meinen geschlossenen Augen. Als würde man einen Stein in stilles Wasser fallen lassen, ziehen sich immer größer werdende Kreise durch das unergründliche Schwarz. Langsam, sehr langsam, entsteht ein Bild vor meinem geistigen Auge, wie ein Gemälde.
Erst als die Farben klarer werden – greller –, erkenne ich, dass es tatsächlich ein Gemälde ist. Und zwar Amys! Es ist das große Bild, das Tom und Kristin im Gästezimmer aufgehängt haben.
Ich spüre einen starken Herzschlag, schnell und nervös, von hektischem Atmen begleitet. *Wilson. Dieses Bild ängstigt ihn!*
Und dann, plötzlich, verändert sich das Motiv. Es wird lebendig. Die Sonnenblumen wiegen sich im sanften Wind, unter den Füßen der rennenden Kinder knicken einige von ihnen weg. Ausgelassen laufen die beiden hintereinander her durch das rie-

sige Feld. Doch mit einem Mal sind sie nicht mehr nur die in Öl gemalten Figuren – sie sind real.
Oder genauer: Wir sind real – Amy und ich.
Der Atem ist nun ruhiger geworden und tiefer, sehr viel tiefer.
Wieder ändert sich das Bild. Auf einmal ist alles sehr diffus. Es flackert und wackelt so stark, dass ich kaum etwas erkennen kann. Erst nach einer Weile realisiere ich, dass ein schneller Wechsel von Schatten und Licht die Schuld daran trägt. Immer wieder werde ich für kurze Zeit geblendet, und meine Augen brauchen danach jeweils eine Sekunde, um sich erneut an die Dunkelheit zu gewöhnen.
Es sind Blätter, wird mir plötzlich klar. Ich schaue durch Blätter, die sich im Wind hin- und herwiegen. Durch einen Busch vielleicht. Eine Hand – Wilsons Hand, denn ich erlebe diese Vision offenbar aus seiner Perspektive – schiebt vorsichtig einige Äste zur Seite und legt die Sicht auf das weite Sonnenblumenfeld frei. Mir selbst läuft in diesem Moment ein eiskalter Schauder über den Rücken. Alarmiert schreit alles in mir laut auf. Ich möchte nur noch aufstehen und wegrennen, doch ich kann nicht. Ich stecke fest in dieser Vision – in Wilsons Erinnerung –, und alles nimmt seinen unaufhaltsamen Lauf.
Sein Puls wird in freudiger Erregung schneller, als sich die Kinder nähern.
Zunächst sehe ich nicht mehr als einen hellen Strohhut und wehende, blonde Zöpfe. Doch dann, je weiter sich die Kinder ihren Pfad durch die hohen Stengel bahnen, sehe ich auch den Jungen, der hinter dem strahlenden Mädchen herläuft. Freiheit und Sorglosigkeit spiegelt sich in ihren Gesichtern wider; deutlich höre ich ihre vergnügten Stimmen.
Hinter seinem Busch stöhnt Wilson auf – leise genug, um gerade nicht bemerkt zu werden. Eine Hand gleitet in seinen Schritt hinab, als die Kinder am Bach ankommen und sich schnell ihrer

Kleider entledigen. Sein Fokus ist auf das arglose Mädchen gerichtet. Auf Amy. Nackt tollt sie im Bach herum. Sie lacht fröhlich, ganz und gar in ihr Spiel vertieft.
Der schwere Atem des Mannes beschleunigt sich, ebenso wie die Bewegungen seiner Hand. Er beißt sich auf die Innenseite der Wangen, als er seinen Höhepunkt erreicht. Nur, um ja nicht zu schreien. Nur, um seinen eigentlichen Plan nicht zu gefährden. Denn das hier ist nur das Vorspiel. Ein Vorspiel, das er tagtäglich betreibt. Seit einigen Wochen.
Als er sich befriedigt hat, nimmt er seine Angel und die Dose mit den Ködern – kleinen Flusskrebsen – und zieht sich langsam durch das schützende Dickicht zurück. Als er außer Hörweite ist, beginnt er, unbeschwert zu pfeifen.
Verdammt, wir hätten auf unsere Eltern hören sollen. Warum haben wir auch nackt gebadet?
Meine Vision verschwimmt, und ich hoffe inständig, ihr endlich zu entkommen. Doch dann, ohne dass ich erlöst werde, verwischt sie langsam bis ins Unkenntliche und wird nahtlos zu einem anderen, sehr dunklen Bild.
Ich sehe direkt in Amys angst- und schmerzverzerrtes Gesicht. Ich sehe es so, als wäre *ich* derjenige, der sich gerade gewaltsam zwischen ihre dünnen Kinderbeinchen gezwängt hat; als wäre *ich* derjenige, der sie würgen und vergewaltigen würde; als wäre *ich* es, der sie in kranker Lust anstöhnt.
Ich kann dieses Bild nicht ertragen, nicht mal für eine weitere Sekunde. Doch ich muss.
In diesem Augenblick dringt ein röchelndes Geräusch zu mir vor. Ich verstehe nicht sofort, dass dieses Röcheln nicht von meiner Vision einer verzweifelt kämpfenden Amy kommt, die in diesem Moment unter mir erschlafft. Nein – eine gefühlte Ewigkeit vergeht, bis ich begreife, was wirklich geschehen ist. Schlagartig lockere ich meinen Griff.

Meinen Griff um Wilsons Hals.
Als ich es endlich schaffe, meine Hände von ihm zu nehmen und mich auf diesem Weg auch aus dieser schrecklichen Vision zu befreien, ist es so, als würde mich jemand mit aller Gewalt packen und festhalten. Ich darf noch nicht gehen.
Es geschieht in dem winzigen Augenblick, als ich meine Finger von ihm löse – doch ich sehe alles völlig klar: Wilson steht auf einem Dach. Ein Teil der Dachpfannen ist entfernt, die Balken darunter liegen frei. Er hält lange Nägel zwischen seinen Lippen und einen Hammer in der Hand. Der Ruf seines Namens ertönt.
Das ist Diane!
Er dreht sich um, blickt über den weißen Zaun in den benachbarten Garten. Nein, in seinen Garten. Er selbst ist bei den Nachbarn. *Die Gaube, der Ausbau*, schießt es mir durch den Kopf.
Diane steht an dem großen Teich und füttert die Schildkröten. Sie winkt ihm zu. Wilson erwidert ihren Gruß mit einem Lächeln, das nicht mal annähernd seine Augen erreicht. Aufgesetzt, gefühlskalt.
Dann wendet er sich ab, dreht den Kopf in die entgegengesetzte Richtung und schaut über seine linke Schulter hinweg in den fremden Garten hinab. Direkt vor der Veranda liegt ein aufgeschütteter Sandhaufen. Ein Mädchen sitzt davor. Wilsons Atem wird schneller, Erregung durchflutet ihn. Die Kleine hat blonde Haare, die ihr in langen Zöpfen über die Schultern fallen. Mein Herz setzt aus.
Sie singt beim Spielen; ihre Stimme ist hell und glockenklar. Wilsons Blick spürt sie nicht; sie ahnt nicht, wie eindringlich er sie beobachtet. Dann, unvermutet, springt sie auf und verschwindet hüpfend unter dem Dachvorstand.
Wilson schreckt zusammen, als hätte ihn jemand gekniffen. Seine rechte Hand wandert in seinen Schritt, die Finger fahren über den gespannten Stoff seiner Jeans. Er drückt zu; seine Lider

flackern und schließen sich für einen Moment. Ein breites Grinsen zieht sich über sein Gesicht, als er sich abwendet, einen Nagel zwischen seinen Lippen hervorzieht und ihn mit nur zwei harten Schlägen in dem Balken versenkt.
In diesem Augenblick löst sich auch meine letzte Fingerspitze von seinem Hals. Wie durch einen starken Sog werde ich zurück ins Hier und Jetzt geschleudert.
Die geballte, furchtbare Erkenntnis, mit der ich zurückkehre, drückt mich nieder. Ich sacke zusammen, muss mich abstützen, um nicht zu fallen. Mir ist unfassbar schlecht, und ich würde mich wohl sofort übergeben, wenn ich nur atmen könnte. Und wenn mir nicht im selben Moment ein weiterer Schreck durch alle Glieder fahren würde: Ich habe ihn *gewürgt*. Wilson! Amys Mörder!
Es fehlte nicht viel, und ich hätte ihn wohl umgebracht. Das wird mir schlagartig bewusst. Noch immer windet er sich unter mir. Als er wieder Luft bekommt, schreit er mich wütend an.
»Was tust du da, um Gottes willen? Willst du mich strangulieren?«
»Sei nicht albern, Wilson!« Zu meiner Verwunderung gibt mein Lachen nicht mal eine Spur von meiner Nervosität preis.
»Das gehört zur Therapie. Ist eine japanische Art der Massage. Kann ziemlich unangenehm sein, zugegeben. Ist aber auch eine sehr wirkungsvolle Methode. Besonders, wenn man so verspannt ist wie du.« Keine Ahnung, woher ich diese Worte nehme, aber sie klingen recht überzeugend und scheinen es auch zu sein. Wilsons Gesichtsausdruck entspannt sich wieder.
»Ich dachte wirklich, du willst mich um die Ecke bringen.« Er grinst, doch es wirkt verkniffen und noch immer leicht panisch. Ich erhebe mich so schnell, als hätte ich in heißer Asche gekniet. Hastig trockne ich meine Finger an einem Handtuch ab. Unfähig, auch nur einen klaren Gedanken zu fassen.

»War es das schon?«, fragt Wilson überrascht.
»Das reicht!«, antworte ich so bestimmt, dass es mich selbst erschreckt. »Fürs Erste«, ergänze ich in dem Versuch, meine Äußerung etwas zu entschärfen.
Ich werfe ihm ein Tuch zu und versuche, die Übelkeit, die noch immer in mir wütet, zu unterdrücken. Dieser Mann ruft alle negativen Gefühle, die ein Mensch nur haben kann, geballt in mir hervor. Todesangst, Ekel, Hass … Völlig überfordert mit dieser Situation, reagiert mein Körper dann doch in der einzigen Weise, die ihm Erleichterung verspricht. Ich bin machtlos. Schnell laufe ich zur Toilette, ohne ein weiteres Wort.
Nicht eine Sekunde länger hätte ich warten dürfen. Würgend hänge ich über der Toilettenschüssel. Minutenlang krampfen sich meine Eingeweide zusammen. Als die Übelkeit verebbt und ich es endlich schaffe, mich wieder aufzurappeln und mein gemartertes Spiegelbild zu betrachten, wird mir bewusst, dass sich Amy und ihr Mörder in diesem Moment im selben Haus befinden. Egal, wie ängstlich ich selbst auch bin – ich muss etwas unternehmen. Und zwar sofort!

Kapitel XXIX

Alles klar bei dir?«, erkundigt sich Wilson, als ich wieder im Wohnraum erscheine.
»Ja, alles klar!«, bringe ich mit Mühe hervor, denn sofort kehren die Magenkrämpfe samt Brechzeiz zurück. »Ich scheine wohl irgendetwas nicht vertragen zu haben. Das Rührei vielleicht.«
Wilson nickt mir zu. »Hm, hoffentlich war es das. Nicht dass du Amy einen Magen-Darm-Infekt verpasst. In ihrer Situation wäre das wohl nicht so gut. Wegen des Babys, meine ich.«

Oh, du widerlicher Heuchler! Ihn über Amy und unsere ungeborene Tochter sprechen zu hören ist schlimmer als alles andere. Ich muss an mich halten, um nicht schreiend auf ihn zuzulaufen und ihn zu Boden zu schlagen. Meine Hände kribbeln, als ich sie zu Fäusten balle, so groß ist die Versuchung, auf ihn einzuprügeln.
Ich hätte dich erwürgen sollen! Wahrscheinlich habe ich die Chance meines Lebens vertan.
Im selben Moment schockieren mich meine Gedanken; ich war noch nie zuvor gewalttätig.
Ich zwinge mich förmlich dazu, meine Hände wieder zu lockern. Ein wenig zittrig streiche ich mir die Haare aus dem Gesicht. Ich muss die Bewegung mehrmals wiederholen, bis sich endlich alle Strähnen von meiner verschwitzten Haut gelöst haben.
Es ist kalter Schweiß.
Ein letztes Mal wische ich mit dem Handrücken über meine Stirn. In diesem Augenblick löst Wilson seinen Blick von mir, um sich sein T-Shirt überzuziehen. Doch kaum hat sich sein Kopf durch den Kragen gezwängt, treffen mich seine eisblauen Augen wieder.
Ein Schauder durchfährt mich, noch bevor ich richtig verstehe, warum.
Sein Gesichtsausdruck hat sich gewandelt. Kälte schlägt mir entgegen, die mir auf unliebsame Weise vertraut erscheint.
»Was hast du denn da an der Stirn, Junge?«
O nein!
»Gar nichts!« Meine Stimme klingt verräterisch eingeschnürt, viel zu hoch und gepresst.
»Sieht aber nicht wie gar nichts aus«, bemerkt Wilson mit unverhohlenem Interesse und halbherzig vorgetäuschtem Mitgefühl.
»Ich bin als kleiner Junge mit dem Kopf durch ein Fenster gefallen und habe mich ziemlich fies dabei geschnitten«, behaupte

ich schnell, doch Wilson beäugt mich weiterhin argwöhnisch. Schnell wende ich mich ab. »Ich gehe zu Amy. Bis nachher.«
Ich habe meinen Fuß bereits auf die erste Treppenstufe gesetzt, da spüre ich den durchdringenden Blick von Wilson erneut in meinem Genick.
»Sag mal, Matt, nur für den Fall, dass du dir doch was eingefangen hast: Soll ich nicht lieber nach Amy sehen?«
Das reicht! Allein die Vorstellung, dieser Mann könnte Amy noch einmal zu nahe kommen, bringt mich buchstäblich um den Verstand. Jeder Muskel meines Körpers spannt sich an; wie ein in Gift getränkter Pfeil schieße ich auf ihn zu.
»Wage dich nicht in ihre Nähe!«, zische ich, nur Zentimeter von seinem Gesicht entfernt, zwischen meinen zusammengepressten Zähnen hindurch.
Wilson hebt beschwichtigend seine Hände und weicht einige Schritte zurück. »Schon gut. War doch nur ein Vorschlag, Junge.« Das unterschwellige, triumphierende Funkeln in seinen Augen widerspricht seiner defensiven Körperhaltung.
Die Falle ist zugeschnappt. Er hat mich genau da, wo er mich haben wollte. Die letzte Bestätigung, nach der er vermutlich noch suchte, habe ich ihm zweifellos soeben geliefert.
Er hat mich erkannt. Nun weiß er, wer ich bin.
Eine gefühlte Ewigkeit später realisiere ich erst, dass mir nicht viel Zeit zum Handeln bleibt. So schnell ich kann poltere ich die Stufen hinauf; mein Herz rast wie wild. Ausgerechnet jetzt ist niemand da. Niemand, außer Amy. Und sie kann mich nicht hören.
Nun ist mir natürlich klar, warum sie erneut erstarrt ist, und ich mache mir größte Sorgen um sie und unser Kind. *Dieser verfluchte Bastard, was hat er ihr nur angetan?*
Und dieses kleine Mädchen, die Tochter seiner ahnungslosen Nachbarn, soll sie etwa die Nächste sein? Nein!

Hatte Clara vielleicht das eigentliche Motiv für seine Hochzeit mit Diane dargestellt? Denn für seine Frau, das weiß ich mit Bestimmtheit, empfindet Wilson nichts! Kann es sein, dass Clara ihrem Schicksal nur durch den Entschluss, bei ihrem leiblichen Vater leben zu wollen, entkommen ist? Oder war Dianes und Wilsons Hochzeit nur Teil eines wohldurchdachten Alibis?
Er, der perfekte Ehemann und hilfsbereite Nachbar …
Eine neue Welle der Übelkeit überrollt mich bei diesen Gedanken, doch ich gebe ihr nicht nach.
Starr liegt Amy da. Behutsam beuge ich mich zu ihr vor.
»Amy!« Meine Stimme zittert noch immer. »Bitte, Süße! Ich brauche dich!« Ich wage nur zu flüstern. »Ich weiß jetzt, was passiert ist. Ich habe es gesehen. Es war Wilson, nicht wahr?! *Er* hat uns das angetan, und du hast ihn erkannt. Bitte, Amy, ich weiß jetzt Bescheid. Komm zurück, Baby, ich brauche dich!«

Was ist das?
Diese riesige Pranke meiner eigenen Angst, die mich bis eben noch erbarmungslos gewürgt hat, lockert plötzlich ihren Griff.
All die Gerüche, die meinen Mörder so zweifelsfrei identifizieren, lösen sich auf, so schnell, wie sie gekommen sind, und verfliegen im zarten Duft des späten Frühlings, des frühen Sommers.
Meine Kehle ist noch leicht verschnürt, doch mit einem Hüsteln schaffe ich es, mich endgültig von allem Beklemmenden zu befreien. Und dann, endlich, kann ich wieder atmen. Tief und genussvoll schöpfe ich die Luft in meine Lungen.
Als ich meine Augen öffne, sehe ich, wie sich die Dunkelheit lichtet. Ein breiter, heller Weg liegt vor mir.
Matty! Er muss es sein. Er hat mich gefunden.

Langsam setze ich mich in Bewegung. Hoffnungsvoll gehe ich dem wohltuenden Licht entgegen. Es ist das Sonnenlicht, das warm auf unsere Blumenwiese scheint. So schön wie heute ist sie noch nie zuvor gewesen. Ein Schmetterling kreuzt meinen Weg und setzt sich auf eine violette Blüte. Ich komme seiner Aufforderung nach und lasse mich im hohen Gras nieder, zwischen all den wilden Blumen, die mich bunt und wunderbar duftend umgeben.
Sanft treffen die Sonnenstrahlen auf meine Haut. Sie saugen die Kälte auf und lassen auch den letzten Funken meiner Angst verglimmen. Ich beginne, leise vor mich hin zu summen. Nur ein einziger Gedanke macht sich in mir breit: Ich muss zurück zu Matty finden!
Vertrauensvoll schließe ich die Augen und konzentriere mich.

Es geschieht so plötzlich und beginnt mit nur einem einzigen Blinzeln. Zunächst glaube ich noch, mich getäuscht zu haben, doch dann blinzelt sie erneut ... und noch einmal.
»Amy?«
Keine Reaktion.
Doch dann zuckt ihr Körper. Sie setzt sich auf. Eigentlich müsste ich sie stützen, aber ich bin völlig bewegungsunfähig.
Amy hüstelt – und ich reagiere wie ferngesteuert. Rein intuitiv und ohne auch nur einen Gedanken an die Bewegungen zu verschenken, die ich gerade im Begriff bin, an ihr auszuführen, entferne ich die Magensonde. Danach drehe ich den Tropf ab und ziehe die Nadel aus ihrer Hand. Das Entfernen des Katheters ist fast schon ein Routinehandgriff geworden.
Endlich – Amy ist frei. Sie lächelt. Ihre Beine lockern sich, sie winkelt sie an. Ehe ich mich versehe, sitzt sie im Schneidersitz auf ihrem Bett, was nach all diesen Wochen der Bewegungslosig-

keit fast schon an ein Wunder grenzt. Amy verfällt in ihren alten Rhythmus. Sie wiegt sich hin und her und summt leise unsere kleine Melodie.
Bei diesem Anblick, der vor Monaten noch etwas Bedrückendes in sich barg und mich oft traurig stimmte, macht mein Herz nun einen wahren Freudensprung. Ihre Bewegungen und diese sanften Töne – es wirkt wie ein enormer Befreiungsschlag.
Ich beuge mich vor und küsse Amy. Ihre Lippen sind etwas trocken, doch ich meine zu spüren, dass sie den sachten Druck meines Mundes erwidert.
»Ich liebe dich, Amy! Hab keine Angst, alles wird gut! Ich weiß jetzt Bescheid«, murmele ich unter Tränen der Rührung und küsse sie immer wieder.
Irgendwann schließt die Panik zu mir auf und bringt mein überquellendes Herz für einen winzigen Moment zum Schweigen. *Was, wenn Wilson hier erscheint? Was, wenn Amy wieder in diese vollkommen lähmende Starre fällt, bevor ich die Chance bekomme, sie in die Realität zurückzuführen? Ich muss diesen Irren ausschalten! Ich muss die Polizei verständigen! Sofort!*
Es dauert einige Sekunden, bis ich meine Gedanken geordnet habe.
Mein Handy! Vor der Massage habe ich es auf dem Couchtisch abgelegt. Dort liegt es noch immer. Ich schließe meine Augen und atme tief durch.
»Ich bin sofort wieder bei dir, Süße«, flüstere ich in Amys Ohr und drücke ihr noch einmal einen Kuss auf die Stirn.
Leise verlasse ich den Raum und schließe die Tür hinter mir. Wilson darf nichts bemerken. Auf Zehenspitzen schleiche ich in Kristins und Toms Schlafzimmer, doch der Holzboden unter mir knarrt, und sofort steigt die Panik wieder in mir auf.
Endlich greife ich zum Telefonhörer.
In dem Moment, als mein Zeigefinger die erste Taste berührt,

ertönt ein metallenes »Klick« hinter meinem Kopf. Ruckartig wende ich mich um.

Wilson steht vor mir. Er hält einen Revolver in der Hand, dessen Lauf nun direkt zwischen meine Augen gerichtet ist. Es ist Toms Revolver, ich erkenne ihn wieder.

Wilson grinst. »Da wollte ich dich gerade aus dem Zimmer deiner Liebsten holen, und schon kommst du mir entgegen. Braver Junge!«

Ich hole Luft, um etwas zu entgegnen, doch Wilsons Grinsen stirbt. »Kein einziges Wort. Du tust genau, was ich dir sage.«

Mir bleibt nichts anderes übrig, als zu nicken.

Wilson deutet mit dem Kinn in Richtung der Tür. »Wir machen einen kleinen Spaziergang zum Waldrand. Du gehst vor mir, ohne Aufsehen zu erregen. Keine Spielchen, mein Freund. Also los, vorwärts!«

Langsam schiebe ich mich an ihm vorbei und steige die Treppe hinab. Ich bete im Stillen, dass Tom und die Frauen eher als geplant von ihrem Ausflug zurückkommen, doch alles bleibt ruhig. Wilson lässt die Haustür hinter uns angelehnt.

Er geht sehr dicht hinter mir. Den Revolver hält er in seiner Jackentasche versteckt und stößt ihn mir fest gegen die Wirbelsäule, wann immer ich ihm zu langsam bin.

Was, zur Hölle, mache ich jetzt bloß?

Meine Beine kommen mir bewundernswert sicher vor. Zwar zittern meine Knie, doch ich setze wie automatisch einen Fuß vor den anderen. Hinter dem Haus laufen wir über eine Wiese, die sich in leichtem Gefälle bis hinunter zum Wald erstreckt. Sie ist mir noch nie aufgefallen, weshalb ich hier auch noch nie zuvor war. Und doch ... ich kenne diesen Platz von irgendwoher.

Einige Grasbüschel ragen besonders lang aus dem saftigen Grün hervor; bunte Blumen leuchten hell zwischen gebogenen Halmen, die der warme Wind tanzen lässt.

»Schneller!«, zischt Wilson hinter mir. Mit dem Druck des Revolverlaufs in meinem Rücken, komme ich seinem Befehl nach.
»Ich habe dich zwar spät erkannt, aber du mich Gott sei Dank ja auch, nicht wahr?«, wispert er hämisch.
Das Wort »Gott« aus seinem Mund zu hören, ist eigentlich eine wahnwitzige Blasphemie. Allerdings ist mir gerade nicht zum Lachen zumute.
Wilsons nervöse Stimme hallt in meinen Ohren wider; sein heißer Atem trifft auf meine Haut. Dieser schnelle, flache Atem. Ich kenne ihn nun – aus meiner Vision. Und ich weiß nur zu gut, was er bedeutet.
Wilson schafft mich aus dem Weg.
»Hast du dich nie gefragt, warum ich dich damals verschont habe?«
Doch, jeden Tag!
Ich schweige. Meine Antwort scheint ihn eh nicht zu interessieren.
»Nun, es war ein Fehler. Unser Wiedersehen ist quasi eine glückliche Fügung. So kann ich ihn bereinigen.«
Ein Schmetterling kreuzt meinen Weg und lässt sich auf einer violetten Blüte nieder. Die Schönheit eines Augenblicks. Verrückt, dass ich sie in dieser Situation noch so genau wahrnehme. Doch wer könnte sich dieser Perfektion entziehen?
Die Sonne steht hoch am Himmel und wirft ihre Strahlen in den Bach, der den Wald begrenzt. Eine dünne Wasserader, die ein paar Meilen weiter vermutlich in unseren See mündet. Eine schmale Holzbrücke führt darüber. Wir laufen genau auf sie zu. Die Sonnenstrahlen brechen sich im Wasser und zerschellen zu unzähligen Funken, die sich widerspiegeln und über die Blätter der vordersten Bäume tanzen.
Warum muss es eigentlich immer ein Wald sein? Es gab Zeiten, in

denen ich Wälder liebte. Ihren Geruch und das Gefühl von weichem Moos unter meinen Füßen.
»Mein Stiefvater ...«, beginnt Wilson. »Er hat mich immer zusehen lassen, jedes Mal. Meine Schwester war blond, wie deine kleine Freundin. Überhaupt sah sie ihr zum Verwechseln ähnlich. Ich hab ihn jahrelang dafür gehasst, doch als ich deine Freundin zum ersten Mal sah – nackt in dem Bach –, wurde mir klar, warum er es getan hatte. Das Mädchen hat ihn einfach zu sehr gereizt.«
Die Schönheit der Landschaft verschwimmt vor meinen Augen; wieder wird mir unglaublich schlecht.
Wilson sinniert unbeirrt weiter vor sich hin. »Es ist verrückt, aber als du an diesem Baum lehntest, sah ich mich selbst.« Er lacht. »Ein schwacher Moment. Verdammte Scheiße!«
Ich schlucke Magensäure, die mir bitter in die Speiseröhre gestiegen ist. Nur ein einziger Gedanke hämmert so penetrant gegen meine Schläfen, dass ich der Übelkeit Herr werde: *Ich darf nicht sterben!*
Was soll sonst aus Amy werden? Dieses Scheusal darf ihr nicht zu nahe kommen! *Nie wieder.* Und wie könnte ich sterben – jetzt, wo ich doch weiß, dass dieser Kerl eine tickende Zeitbombe ist, die kurz vor der nächsten Explosion steht! Nun, da ich selbst bald Vater einer Tochter werden soll, bringt mich diese Tatsache fast um den Verstand.
Nein, ich muss kämpfen!
Am Rande meiner Wahrnehmung höre ich plötzlich ein metallenes Scheppern, und dann das Dröhnen des dazugehörigen Motors. *Marys Mini!*

Ich wiege mich im warmen Licht der Sonne. Es dauert ein wenig, bis ich es schaffe, all meine Gedanken auf Matty zu fokussieren, doch dann sehe ich ihn. Er ist im Garten mit Tante Diane.

Er muss mich sehr schnell gefunden haben. Ich konzentriere mich, so sehr ich nur kann. Ein Sog erfasst mich und zieht mich hinab, immer weiter hinab, in eine Tiefe, die nicht von dieser Welt ist. Ich falle, angstfrei und vertrauend, denn ich weiß, dass Matt am Ende auf mich wartet, um mich aufzufangen. Ich falle ihm entgegen.
Da ist er schon, direkt vor mir. Ich selbst stehe nach wie vor ausdruckslos und steif im Türrahmen der Gästetoilette. Wo ist Wilson?
Matt beugt sich zu mir vor und spricht mich an, dann hebt er mich auf seine starken Arme und packt mich in seinen Wagen. Unter Tränen und ohne auch nur eine einzige Rast einzulegen, fährt er mit mir bis zu meinem neuen Zuhause. Tom und Kristin empfangen ihn wütend und traurig. Ich verstehe das alles nicht.
Was ist passiert? Wie viel Zeit ist verstrichen? Warum kann Matt mich nicht zurückholen? Wo ist er? Und wo bin ich?
Ich muss zum Ende dieser Geschichte kommen. Muss erfahren, warum ich erst jetzt zurückkommen soll. Warum ausgerechnet jetzt?
Panik erfasst mich. Nur wenige Bilder nehme ich noch bewusst wahr, als ich durch die vergangenen, die versäumten Erlebnisse spule. Meine verlorene Zeit!
Ich sehe Matty an meinem Bett weinen. Meine Schwester Elena sitzt neben ihm, und ich frage mich, ob wirklich schon Ostern ist. Doch es geht noch weiter.
Eine junge Frau taucht auf, die mich anscheinend untersucht und Matt im Anschluss ein kleines Heft aushändigt. Fehlt mir etwas? Bin ich krank?
Matt steht auf einem großen Grundstück direkt am See. Es muss das für unser Haus sein, doch ich erkenne es kaum wieder. Die Bäume sind gerodet worden.

Meine Güte, wie lange ...?
Da ist Matt schon wieder. Er kniet über einem Mann. Nein, nicht irgendeinem Mann – es ist Wilson. Mein Blut gefriert, als ich es realisiere. Matt massiert ihn und scheint dabei in seine Visionen abzutauchen. Alles in mir will schreien, ihn warnen und zurückreißen, doch ich muss hilflos mit ansehen, wie er abdriftet.
Ich habe keine Möglichkeit mehr, ihn schonend auf das vorzubereiten, was er mittlerweile wohl schon weiß. Matt erfährt, was Wilson getan hat und wer er ist.
O Himmel! Und ich bin nicht da gewesen. Ich habe ihn wirklich alleingelassen, und er musste es – auf sich selbst gestellt – herausfinden.
Matt würgt Wilson. Für einen kurzen Augenblick vermute ich schon, dass Wilsons Tod der Grund für meine Rückkehr sein könnte.
Doch dann lässt Matt von ihm ab, erhebt sich und hastet zur Toilette. Er erbricht sich. Als er das kleine Gästebad verlässt, sieht Wilson ihn argwöhnisch an. Sein Blick fällt auf Matts Narbe, und seine Augen verengen sich zu schmalen Schlitzen. Oh, mein Gott, hat er ihn etwa erkannt? Bin ich deswegen hier?
Ist Matt in Gefahr?
Er kommt an mein Bett. Tapfer verdrängt er seine Tränen und küsst mich. Wie erschöpft er aussieht. Sein schönes Gesicht ist so blass. Tiefe Ringe liegen unter den samtbraunen Augen. Vorsichtig entfernt Matt einen dünnen Schlauch aus meiner Nase. Zum Teufel, was fehlt mir denn?
Kurz darauf verlässt er den Raum. Er versucht, sich leise zu bewegen, schleicht regelrecht über den Flur und betritt Kristins und Toms Schlafzimmer. Offenbar will er telefonieren, doch etwas scheint nicht zu stimmen. Mit dem Hörer in der

*Hand dreht er sich ruckartig um, und ich sehe direkt in sein zu Tode erschrecktes Gesicht.
Wilson. Noch bevor ich ihn richtig erfassen kann, verwischt auch schon der Schock das Bild vor meinen Augen. Augenblicklich überkommt mich eine tiefe Angst.
»Matty!«, ruft alles in mir, doch ich spüre, dass ich nach außen hin nach wie vor stumm bin. Ich muss meine Stimme wiederfinden. Schnell! Ich reiße mich zusammen, versuche, mich wieder zu konzentrieren. Schon bald schärft sich das Bild vor meinem geistigen Auge wieder.
Ich sehe, wie Matt vor Wilson das Haus verlässt. Toms Auto ist nicht da, doch ein silberner BMW steht neben Matts Ford in der Einfahrt. Ein Kombi. Das muss Wilsons Auto sein.
Matts Gang wirkt mechanisch. Wilson läuft unmittelbar hinter ihm. Sie gehen um das Haus herum und laufen auf einer großen Wiese einer Waldböschung entgegen.
Was hat Wilson vor? Und warum läuft Matt so steif vor ihm her?
Die Bilder verschwimmen erneut, und etwas – eine unsichtbare Macht – scheint an mir zu zerren. Ich werde fortgerissen, weit weg. Gleichzeitig höre ich mich schreien; wieder und wieder brülle ich Matts Namen. Jemand hält mich und dann – endlich –, erst noch aus der Ferne, dann jedoch immer deutlicher, mischt sich eine andere Stimme mit meiner eigenen und übertönt sie schließlich.
Mary!*

»Amy! Amy! Amy! Beruhige dich, Matt ist bestimmt gleich wieder da. Hörst du mich? Er kommt sicher gleich wieder.«
Mein ganzer Körper zittert, ich fühle mich schlapp, stellenweise wund, mein Hals schmerzt. Doch all das zählt nicht. Ich bin wirklich und endgültig zurück!

Wo ist Matt?

Mary starrt mich an. Fassungslos.

»Mary, wo ist Matt?«, frage ich sie.

Sofort schlägt sie die Hände vor dem Mund zusammen.

»Amy, siehst du mich etwa?«

»Mary, bitte!«, rufe ich panisch. Unsanft rüttele ich an ihren Oberarmen und sehe sie flehend an. »Wo ist Matt?«

Verständnislos erwidert sie meinen Blick. »Ich weiß es nicht. Ich wollte nur hallo sagen, es war eine spontane Idee, zur Feier des Tages. Die Tür war angelehnt. Ich dachte, ich finde ihn bei dir und ...«

Ich lasse sie nicht ausreden. »Stand Toms Auto vor der Tür?«

Sie schüttelt den Kopf. »Nein, nur der Ford und ein silberner Kombi. Amy, was ist denn bloß los?«

Meine Hände fallen schlaff von ihren Schultern. Schlagartig weiß ich genau, warum ich ausgerechnet jetzt zurückgefunden habe. Es geht um Matts Leben!

Ich muss zu ihm, so schnell ich nur kann. Bevor Mary es überhaupt richtig realisieren kann, schwinge ich meine Beine über die Bettkante, um aufzuspringen und zu Matt zu laufen. Doch meine Knie, als wären sie nie Teil meines Körpers gewesen, versagen mir ihre Dienste. Wie unstabile Stöckchen, die viel zu schwer belastet werden, knicken meine Beine einfach weg. Ein starker, spitzer Schmerz durchfährt mich. Sofort wird mir schummrig vor Augen.

»Amy!«, höre ich Marys entsetzten Ausruf. »Bist du verrückt? Du kannst doch nicht einfach so aus dem Bett springen. Hast du auch nur eine Ahnung, wie lange du hier gelegen hast?«

Ich habe nicht die Zeit, mir derartige Gedanken zu machen. Als Mary mir mühsam zurück auf mein Bett geholfen hat, ergreife ich ihre Handgelenke und sehe ihr so eindringlich in die Augen, dass sie im selben Moment verstummt.

»Mary, ich brauche dich, hör mir zu! Matt ist in großer Gefahr. Wilson ist bei ihm, und Wilson war es, der uns das alles angetan hat. Als wir noch Kinder waren, meine ich. Er war es, der mich vergewaltigt und ermordet hat, und er hat Matt diese Verletzung am Kopf zugefügt. Mary, bitte ... Kennst du das Schlafzimmer meiner Eltern?«

Mary nickt. Der Schock steht in ihren großen Augen, doch Angst kann ich darin keine erkennen.

Mir bleibt keine Zeit, mich darüber zu wundern.

»Tom schläft auf der linken Seite. Er hat uns mal gezeigt, dass in der Schublade seines Nachtschranks ein geladener Revolver liegt. Hol ihn dir, aber sei vorsichtig, okay? Wilson führt Matt zum Waldrand hinter dem Haus. Ich bin mir sicher, dass er ihm etwas antun will, Mary! Bitte, beeil dich!«

Es ist absolut faszinierend, wie Mary reagiert. »Funktioniert« trifft es eigentlich eher. Schnell nickt sie mir zu, und schon läuft sie los. Nur Sekunden später kommt sie jedoch schon wieder zurück.

»Ich finde den Revolver nicht, Amy! Bestimmt hat Tom ihn mitgenommen«, *ruft sie aufgebracht.*

Ich komme nicht dazu, einen klaren Gedanken zu fassen. Mary kippt den Inhalt ihrer Handtasche neben mir auf das Bettlaken.

»Hier ist mein Handy. Informier sofort die Polizei!«, *sagt sie und sieht mich noch einmal durchdringend an. Im nächsten Augenblick ist sie aus dem Zimmer gestürmt. Am Klackern ihrer Absätze höre ich, in welch rasantem Tempo sie die Treppe hinunterrennt.*

Ich bleibe zitternd zurück – mit der vagen, sehr schemenhaften Befürchtung, dass Marys Theorie nicht zutrifft. Tom

geht nie mit seinem Revolver aus dem Haus! Mit bebenden Händen halte ich das Handy und bemühe mich verzweifelt, die rettende Telefonnummer einzutippen. Ein ums andere Mal scheitere ich bei dem Versuch. Bitte, es sind doch nur drei verfluchte Tasten!
Der nächste – der vierte – Versuch gelingt mir endlich.
In dem Moment, als sich am anderen Ende der Leitung eine nüchterne Männerstimme meldet, lasse ich meine linke Hand erleichtert herabsacken. Anstatt jedoch, wie erwartet, ungebremst in meinem Schoß zu landen, prallt sie gegen meinen Bauch und rutscht schlaff daran herab.
Was, um alles in der Welt, ist das?

Kapitel XXX

Na, was meinst du? Für einen Plan, den ich mir auf die Schnelle aus dem Ärmel schütteln musste, klingt das doch gar nicht so verkehrt, oder?« Seine Worte triefen nur so vor Sarkasmus.
»Ich meine, es ist doch durchaus denkbar, dass sich ein Mann in deiner Situation in einem weiteren einsamen Moment das Leben nimmt, findest du nicht? Mit einer Freundin – Verzeihung, *Verlobten* –, die quasi im Wachkoma liegt, die er aber dummerweise geschwängert hat. Maßlos überfordert mit seiner schrecklichen Vergangenheit, verklemmt und sehr still – immer ein wenig melancholisch. Nun, Matt, du lieferst die perfekten Motive, um es wie einen Suizid wirken zu lassen.«
Wie nett von Wilson, dass er mich so ausgiebig über seine Pläne in Kenntnis setzt. Wo er doch eigentlich so unter Zeitdruck ist.
Die Wut schäumt in mir, aber ich bin machtlos. Er schiebt mich vor sich her, weiter in Richtung des Waldes.
»Das Motiv ist also schon mal glaubhaft, für den Rest sorge ich«,

konstatiert Wilson so locker, als würde er über einen dummen Kinderstreich sprechen und nicht über meine bevorstehende Ermordung.
Wie krank muss seine Seele sein?
Plötzlich packt mich ein eisiger Schauder und fährt mir durch alle Glieder. Nun ergibt Amys Kälte während der vergangenen Monate auf einmal einen Sinn für mich – einen furchtbaren Sinn. Sie war wortwörtlich in ihrer Angst erstarrt.
Doch ich erzittere nicht aus Furcht, sondern vor Abscheu. Wilson scheint das nicht einmal zu bemerken, oder aber es ist ihm gleichgültig.
Unbeeindruckt fährt er fort: »Die richtige Hand ist wichtig. Du bist Rechtshänder. Die korrekte Entfernung und einen denkbaren Winkel muss man beachten. Und es empfiehlt sich natürlich, einen sauberen Lappen bei sich zu tragen, um unerwünschte Spuren verwischen zu können. Wie der Zufall es will, hat Diane mir erst heute Morgen ein frisches Taschentuch hingelegt. Wenn die anderen aus der Stadt zurückkommen, sitze ich in Toms Sessel und erkläre, dass du zu einem Spaziergang aufgebrochen bist. Den Schuss habe ich nicht gehört. Himmel, wir haben den vierten Juli; heute wird andauernd geschossen, ganz zu schweigen von den Feuerwerken am Abend. Bis sie es merken und man dich hier findet ...«
... bist du über alle Berge, beende ich seinen Satz in Gedanken. Nun, jemand der ein kleines Mädchen eiskalt vergewaltigt und ermordet, erledigt einen Mord wie diesen hier wohl wirklich mit einer derartigen Gelassenheit.
Angesichts der Tatsache, dass wir gerade über die kleine Brücke gehen, die uns direkt in das schützende Dickicht führt, ist es immer verwunderlicher, dass ich nicht spätestens jetzt in Todesangst gerate. Doch meine Gedanken drehen sich weiterhin nur um Amy, unsere Tochter und um Mary, die offenbar zu Besuch gekommen ist. *Ob sie nun bei Amy ist?*

»Maaaatttt!!!«, ertönt in diesem Moment eine panische Stimme hinter uns.
Oh, mein Gott, da ist sie. Mary!
Plötzlich geht alles sehr schnell. Mein Kopf wirbelt herum, ebenso wie Wilsons. Sein Gesichtsausdruck entgleist ihm völlig; in seinen Augen steht blankes Entsetzen. Für den Bruchteil einer Sekunde reagiert er unüberlegt – und dieses Mal verpasse ich meine Chance nicht.
Er wendet sich Mary zu, die direkt auf uns zuläuft. Binnen eines Herzschlags erfasst Wilson die neue Situation und ändert seinen Plan. Er kneift ein Auge zusammen und richtet die Waffe auf Mary, die wie angewurzelt stehen bleibt und die Arme hochreißt.
Als ob sie das retten könnte!
Nur einen Augenblick später drückt Wilson ab, doch ich bin schneller. Nun hinter ihm, greife ich nach seinem Arm und verreiße den Schuss gen Himmel.
Ein spitzer Schmerz zuckt durch meinen Magen: Wilson hat sich mit seinem Ellbogen zur Wehr gesetzt und mich voll erwischt. Krampfhaft umklammere ich seinen Arm, verhindere sein Zielen und schlage seine Hand auf das hölzerne Geländer der Brücke, um die Waffe aus seinem Griff zu lösen. Mary steht noch immer wie angefroren da und beobachtet unser Gerangel in purem Schock.
»Mary, lauf!«, rufe ich gepresst, als ich ihre statuenhafte Silhouette am Rande meines Sichtfelds ausmache.
Sie rührt sich nicht.
»Lauf!«, schreie ich noch einmal, doch meine Stimme bricht mit einem Stöhnen weg, als Wilson mir erneut in den Magen boxt. Ein weiterer Schuss löst sich. Und als wäre das Marys Startsignal, kommt sie plötzlich zu sich und rennt los. Ich sehe nicht, wohin, doch irgendwo – am äußersten Ende meiner Wahrnehmung – höre ich ein Rascheln. Schlagartig wird mir bewusst, dass sie

nicht zurück zum Haus gelaufen ist, sondern sich in ihrer Panik hinter dem Dickicht der nahen Büsche verschanzt hat.
O Hilfe, Wilson ist so viel stärker als ich. Er schießt erneut, aber mit mir an seinem Arm gelingen ihm lediglich ein paar unkontrollierte Schüsse in sämtliche Himmelsrichtungen. Warum er seine Munition überhaupt verpulvert, ist mir ein Rätsel, denn sein ursprüngliches Ziel, Mary, ist außer Sichtweite. Dann sehe ich Wilsons verzerrtes Gesicht und verstehe:
Er ist völlig außer sich. Es geht um den Sieg, um jeden noch so kleinen, und Wilson wird auf keinen Fall aufgeben, das steht fest. Mit durchdachtem Kalkül hat all das nun nichts mehr zu tun; Wilson überlässt sich seinem Instinkt. Und plötzlich ist es auf bizarre Weise logisch, dass er die kleine blonde Frau, die wie ein verängstigtes Mädchen vor ihm stand, noch vor mir beseitigen wollte.
Ein weiterer Schuss hallt durch das schmale Tal. *Nur noch einer,* durchfährt es mich. *Von sechs Schüssen war das der fünfte ...*
Im selben Augenblick befreit sich Wilson mit einer ruckartigen Bewegung aus meinem Griff und dreht sich um. Der Schlag seiner Faust trifft mich mit voller Wucht an der Schläfe, direkt über meiner Narbe. Das Bild seines verzerrten Gesichts verschwimmt vor meinen Augen und verdunkelt sich endgültig, als ich bleischwer und kraftlos vor ihm auf den Boden falle.
Ich weiß nicht, für wie lange er mich außer Gefecht gesetzt hat, aber genau in dem Moment, als der vorerst letzte Knall des Revolvers erklingt, schrecke ich hoch. Der Hall des Schusses klingt gedämpft ... seltsam gedämpft ... und der brennende Schmerz in meiner linken Seite lässt mich auch erahnen, warum. Ich falle zurück ins Gras. Schnappe nach Luft, doch sie wird mir verwehrt.
»Gut!«, zischt mir Wilson zu. Er beugt sich über mich, die Waffe noch in der Hand. Der Himmel hinter ihm ist so blau, dass es grotesk wirkt. Sein Gesicht ist nur Zentimeter von meinem ent-

fernt, und trotz meiner von Pollen geplagten Nase rieche ich nun seinen Atem.
»Dann eben zuerst du. Ist mir auch recht! Die Kleine kriege ich schon noch, und du bist sowieso seit langer Zeit überfällig«, sagt Wilson zynisch und presst seine Lippen dann zu einer schmalen Linie zusammen.
Noch einmal höre ich, wie er den Abzug drückt, direkt an meiner Narbe. Doch das war's. Es kommt nur noch ein metallenes »Klick« – nicht bedrohlicher als das von jeder beliebigen Spielzeugpistole. Fassungslosigkeit und Horror stehen ihm ins Gesicht geschrieben. Er hatte also wirklich nicht mitgezählt.
Versetzt ihn das Töten in einen solchen Rausch, dass er außerstande ist, präzise zu denken?
Nur ein paar Sekunden verstreichen, dann wandelt sich seine Miene erneut. Ein hämisches Grinsen deformiert sein Gesicht.
»Ich wollte dich erlösen, Matt, aber das ist dir wohl nicht vergönnt.« Unvermittelt kniet er sich mit seinem vollen Gewicht auf meine verletzte Seite. Der Schmerz, der mich dabei durchfährt, ist so scharf, dass er mir die Kehle zuschnürt. Wilson schaut auf mich herab. »Wird nicht lange dauern«, versichert er mir. »Du verlierst unglaublich viel Blut.«
Noch einmal rammt er mir sein Knie in die Seite. Dann – plötzlich und noch entsetzter als zuvor – blickt er auf und sieht sich suchend um. Ich begreife augenblicklich, dass das der Moment ist, in dem er sich an Mary erinnert. Nun, da er mich außer Gefecht gesetzt hat …
Langsam erhebt er sich.
Nein!, denke ich. *Nein!* Unter anderen Umständen – ginge es nur um mich – wäre ich wohl außerstande, mich überhaupt zu rühren, geschweige denn aufzurichten. Doch der Gedanke an Amy, an unser Baby und an Mary, die sich in höchster Gefahr befindet, gibt mir die nötige Kraft, mich aufzurappeln. Als Wilson einige

Meter entfernt ist, greife ich nach dem hölzernen Brückengeländer und hieve mich hoch. Laufe los und stürze mich von hinten auf ihn. Trete mit all meiner verbleibenden Macht gegen seine Kniekehlen und werfe mich über ihn, als er ächzend zusammenbricht. Er fällt auf den leicht feuchten Boden unmittelbar vor der Brücke.
»Du ekelst mich an!«, zische ich. »Was du Amy angetan hast … und mir …«
Wilson wirft den nutzlosen Revolver weg. In hohem Bogen fliegt er in die schwache Strömung des kleinen Baches. Nun hat er beide Hände frei.
Verbissen ringen wir miteinander, und obwohl ich verletzt und um einiges schmächtiger bin als er, verfüge ich plötzlich über deutlich mehr Kraft. Es ist die gebündelte Kraft meiner verlorenen Jahre. *Unserer* verlorenen Jahre.
»Wie heißt sie?«, schreie ich ihn an.
»Wer?«, krächzt er.
»Die kleine Tochter deiner Nachbarn. Wie heißt sie?«
Wilson blickt mit einer Mischung aus purem Grauen und schamloser Überheblichkeit zu mir auf. Wie er das hinbekommt, ist mir ein Rätsel. Allerdings lähmt ihn der Schock erneut für den Bruchteil einer Sekunde. Das reicht, um meine Position zu optimieren. Ich knie mich über ihn, schlage ihn ins Gesicht.
»Wie heißt sie?«
Wilsons Augen werden zu schmalen Schlitzen, als sich meine Hände um seinen Hals legen.
»Sie heißt Lindsey, ist sieben Jahre alt, und sie verdient es genauso wie deine kleine Freundin damals.«
Seine Worte treffen mich härter als der Faustschlag in die Magengrube, den er mir nun verpasst.
»Niemand verdient ein Monster wie dich. Schon gar kein Kind!«
Wilson windet sich ein Stück weit unter mir hervor und versetzt

mir einen schmerzhaften Tritt in den Unterleib. Reflexartig verpasse ich ihm einen Kinnhaken, der ihn für einen kurzen Moment lahmlegt. Dann jedoch schüttelt er sich und streckt seine Hände nach mir aus.
Er versucht doch tatsächlich, mir an die Kehle zu gehen. Erneut. Die alten Erinnerungen quellen in mir hoch, vermischen sich mit der aufgestauten Wut, Verzweiflung und Hilflosigkeit der vergangenen Jahrzehnte und schwappen endgültig über.
Schlagartig wird mir die Ernsthaftigkeit der Situation bewusst: Dieser Kampf wird eine Entscheidung bringen, so oder so.
Nein, nicht so oder so! So!
»Unser Ende!«, hatte Amy gesagt.
Noch einmal höre ich ihre süße Stimme deutlich in meinen Erinnerungen, und plötzlich erscheinen mir ihre Worte flehend. Sie entfesseln meinen Hass. Nun gibt es kein Zurück mehr.
O ja, ich hasse diesen Mann von ganzem Herzen – für alles, was er getan hat. Für das, was er Amy angetan hat und was er in mir zerstört hat. Dafür, dass er uns getrennt hat. Zweimal. Uns, die wir doch bedingungslos zusammengehören. Ich hasse ihn für das ganze Leid, das er auch nach dem heutigen Tag noch über Amys Familie bringen wird. Ich hasse ihn für die schlaflosen Nächte, die seine ahnungslose Frau seinetwegen noch durchzustehen haben wird, und für ihre schrecklichen Phantasien, in denen Wilson und ihre hübsche Tochter die Hauptrollen spielen werden. Ich hasse Wilson für all die Alpträume, die er verursacht hat und weiterhin verursachen wird. Ich hasse ihn für seine eisblauen Augen, mit denen er Amy so sehr erschreckt hat und in denen ich auch jetzt nicht mal einen Funken Reue erkennen kann. Ich hasse ihn für seine Scheinheiligkeit und für das, was er plant, dem kleinen Mädchen seiner Nachbarn anzutun.
Ich hasse ihn! Ich hasse ihn! Ich hasse ihn!
Ein nie gekannter Zustand völliger Hemmungslosigkeit erfasst

mich. Aus wutverzerrten Augen blickt mir mein inneres Ich entgegen. Ein Matt, der mir völlig fremd ist.
Ich sehe die Vene in Wilsons Hals, spüre das Pulsieren seines Herzens, das Rauschen seines Bluts. Lebenszeichen, die mich zu verhöhnen scheinen.
Dann höre ich mich selbst. Schreiend, rasend vor Zorn ... wie ein wildes Tier, in dem ich mich selbst verliere. Ich drücke mit voller Kraft zu. So sehr, dass der Schmerz in meinen Fingern sogar den in meiner Seite in den Schatten stellt. Doch in gewisser Weise hat dieser Schmerz nun sogar etwas Befreiendes. Er beweist mir, dass das hier gerade wirklich geschieht. Dass ich trotz allem noch über die Kraft verfüge, Amys und meiner Geschichte zu *unserem* Ende zu verhelfen und mich dieses Mal nicht Wilsons Willen unterwerfen muss. Viel zu lange hat er mein Leben beherrscht.
Langsam wird das Pulsieren schwächer, das Rauschen verebbt. Und schließlich verstummt auch mein Schrei.
Als ich wieder zu mir komme, tut Wilson gerade seinen letzten Atemzug unter meinen erbarmungslos verkrampften Händen.
Sein Gesichtsausdruck wirkt wie eine Maske. Starr, aufgesetzt – auf merkwürdige Weise sogar erlöst. Er zuckt noch einige Male, doch dann weicht alle Anspannung aus seinem Körper. Seine Augen sind nun leer, ohne jeden Ausdruck. Seelenlos.
Ich kann mich nicht länger aufrecht halten; völlig erschöpft breche ich über ihm zusammen.

»Oh, mein Gott, Matt! Komm, schnell weg von hier.«
Es ist Mary. Wie aus dem Nichts taucht sie hinter mir auf. Sie scheint dem Anblick des leblosen Körpers unter mir nicht zu trauen, oder sie begreift noch nicht, was hier soeben geschehen ist – was ich getan habe. *Wie viel hat sie gesehen?*
Was auch immer es war, es hält sie nicht davon ab, mich retten zu wollen.

Schnell legt sie einen meiner Arme über ihre Schultern, umschlingt meine Hüfte und versucht tatsächlich, mir aufzuhelfen. Diese Geste ist so hoffnungslos und anrührend zugleich, dass ich sogar in dieser grauenhaften Situation – noch in Wilsons totes Gesicht blickend – träge lächeln muss.
»Lass nur, es geht schon«, sage ich und versuche, mich irgendwie aufzurichten. Ich scheitere erbärmlich. Schwer wie ein Stein falle ich in das feuchte, moosdurchzogene Gras, direkt neben Wilson. Der Druck in meiner Seite und in meinem Bauch ist mittlerweile kaum noch zu ertragen. Ich habe das Gefühl, viel zu wenig Luft zu bekommen. Mein Atem geht erfolglos, zu flach und zu schnell; ein leises Pfeifen ertönt mit jedem Luftzug. Ich ahne, dass das kein gutes Zeichen ist. »Wird nicht lange dauern«, hallen Wilsons hämische Worte durch meinen Kopf.
»Matt, du blutest so stark!«, schreit Mary. Panik beherrscht ihre Stimme; ihr Blick zeigt blankes Entsetzen. »Er hat dich schlimm erwischt.«
In einem hoffnungslosen Versuch, den Fluss der Blutung aufzuhalten, drückt sie mit ihrer flachen Hand gegen meine Wunde. Ich stöhne laut auf; es tut höllisch weh.
Verzweifelt starrt Mary auf ihre Hand. Das Blut quillt zwischen ihren Fingern hindurch. Ich sehe in ihre Augen, die vor Angst noch größer sind als sonst, und dann auf ihre blonden Haare.
Das Bild ihrer im Wind wehenden Haarsträhnen hat etwas Friedliches an sich. Meinen Kopf an ihre Schulter gelehnt, beruhigt sich mein Atem zunehmend, während Mary leise zu weinen beginnt.
»Du hast mich gerettet, Matt. Du hast mich gerettet«, wispert sie immer wieder.
Gott sei Dank lebt sie. Gott sei Dank ist Mary unversehrt.
Nun muss ich nur noch mit dem Gedanken klarkommen, mich nicht mehr von Amy verabschieden zu können. Die Erkenntnis,

dass ich ihr liebes Gesicht nicht noch einmal sehen werde, dass ich nicht noch einmal durch ihre Haare oder über ihre zarte Haut streichen kann, schmerzt mich mehr als die tiefe Wunde, die mir die Kugel des Revolvers in die Seite gerissen hat.
Marys Bild verwischt langsam vor meinen Augen, doch dann gewinnt die weite Blumenwiese hinter ihr unerwartet an Schärfe. Durch ihre leichte Steigung erkennt man von hier nur noch das Dach des blauen Hauses. Leuchtendes Grün, von bunten Farbklecksen übersät, verdeckt den Rest. Mein Blick gleitet über die wilden Blumen. *Diese Wiese ...*
Wie eine Fata Morgana sehe ich ... ja, es ist tatsächlich Amy, die ich am oberen Rand erspähe, als der Wind die langen Halme zur Seite legt.
Wie aus dem Nichts steht sie da. Suchend schaut sie sich um, schützt ihre Augen mit vorgehaltener Hand gegen das helle Sonnenlicht. Fern und unwirklich erscheint sie mir. Engelsgleich.
Mein sterbendes Bewusstsein ist also wenigstens so gütig, mir ein Trugbild zu gönnen – zweifellos das schönste von allen. Dankbar gebe ich mich der Illusion hin.
Amys Anblick, so irreal er auch sein mag, zaubert sofort ein Lächeln auf meine Lippen. Der tiefe, dumpfe Schmerz ist für einen Moment vergessen. Langsam und sehr, sehr wackelig stolpert sie schließlich auf uns zu.
»Ich wusste nicht, dass es so ist, Mary«, flüstere ich.
»Was? Was wusstest du nicht, Matt?« Zärtlich streicht sie mir die Haare aus der Stirn.
»Wenn man stirbt«, hauche ich. »Ich ... ich habe Halluzinationen.«
Ihre tränennassen Augen verengen sich. Prüfend sieht sie mich an, dann dreht sie ihren Kopf in die Richtung, in die ich noch immer selig starre.

»O Gott!«, flüstert sie und wendet sich mir wieder zu. »Nein, Matt, du siehst richtig. Es ist Amy! Sie hat mich zu dir geschickt.«
Diese Worte hallen wie ein Echo durch meinen Kopf. Ich spüre förmlich, wie sie mir Kraft geben. Genau in dem Moment, als Amy mitten im hohen Gras zusammenbricht, schaffe ich es, mich ein letztes Mal aufzuraffen. Auf allen vieren, so gut und so schnell ich es noch schaffe, schleppe ich mich zu ihr. Die Blumenwiese erscheint mir plötzlich eher wie ein zugewuchertes Moor, in dem meine bleiernen Arme und Beine immer wieder einsinken. Doch mit Amy vor meinen Augen bahne ich mir meinen Weg. Den einzigen meines Lebens, zu meinem einzigen Ziel – direkt in ihre Arme.
Mary, die mich zunächst noch stützt, läuft weiter zum Haus, als wir Amy erreichen. Sie will Hilfe holen, höre ich sie noch rufen, unmittelbar bevor die Welt versinkt und nur noch Amy und ich übrig bleiben.

Schluchzend liegt sie vor mir, die langen braunen Haare wild um ihren Kopf drapiert, die Arme über das verzweifelte Gesicht geschlagen. Wirklich, so sieht sie aus wie ein gefallener Engel.
Als ich sie erreiche und mein kurzer Schatten auf ihren Körper trifft, hebt Amy die Arme und blinzelt fassungslos gegen das Sonnenlicht.
»Matty.« Ihre Stimme ist so schwach; es trifft mich mitten ins Herz. »Du lebst! Diese Schüsse … Er hatte Toms Waffe, nicht wahr? Ich … ich dachte schon … Wo ist Wilson?«
»Er ist tot, Amy! Es ist vorbei.«
Als hätten diese erlösenden Worte meine letzten Kraftreserven erschöpft, falle ich schlaff neben ihr nieder.
Ja, es ist vorbei – nach all diesen Jahren.
Amy richtet sich mühsam auf, schlingt ihre Arme um meinen Hals und zieht sich dicht an mich heran. Ich stöhne auf.

Als sie das Blut bemerkt, das nach wie vor in pulsierenden Schüben aus meiner Seite hervorsickert, packt sie die Panik.
»Matt! Um Himmels willen, du bist verletzt.«
Ich nicke nur und greife beschwichtigend nach ihrem Arm. Es gibt so viele Fragen, die ich klären möchte, so viel, was ich ihr sagen will, doch ich weiß nicht, wie viel Zeit uns noch bleibt. Darum fasse ich den Entschluss, mich auf das Wesentliche zu konzentrieren: auf ihre Nähe und auf den Beweis, dass sie mehr ist als nur ein Wahnbild, das sich – zu schön, um wirklich wahr zu sein – jederzeit in Luft auflösen könnte.
»Küss mich, Amy!«
Sofort lehnt sie sich hinab, streicht mit der Nasenspitze von meinem Kinn bis zu meinem Ohr und wieder zurück. Mit einem Seufzen atmet sie aus; dann erst berührt sie meinen Mund.
Sie zittert. Ihre Lippen sind noch immer ein wenig spröde, und ihr süßlicher Atem trifft mich holprig. Sie ist so schwach.
»Du hättest nicht aufstehen sollen. Das Baby.«
Amy umfasst mein Gesicht mit ihren schlanken Händen, eine einzelne Träne rollt über ihre Wange herab.
»Ist das wirklich wahr?«, fragt sie tonlos.
Ich lächele und lege meine flache Hand auf ihren Bauch. Das muss reichen.
Amy lehnt ihre Stirn an meine. »Halt durch, Matty! Bitte!«, fleht sie weinend.
Wie gern würde ich ihr mein Wort geben. Doch haben wir unsere gegenseitigen Versprechen nicht immer gehalten?
»Ich liebe dich, Amy! Das habe ich immer getan. Du ... bist mein Leben«, wispere ich also nur.
Ein leichter Druck ihrer Hand auf meinen Bauch reicht aus, um es in meinem Mund metallen und salzig schmecken zu lassen. Der untrügliche Geschmack von Blut, für alle Zeiten in mein Bewusstsein eingebrannt.

Amy bebt mittlerweile am ganzen Körper. Ihr Blick ist so voller Angst und Verzweiflung, dass ich ihm kaum standhalten kann.

»Du verabschiedest dich, Matty. Tu das nicht. Hörst du? Bitte, bitte, tu das nicht! Ich bin jetzt wieder da. Und ich liebe dich. So sehr!«

Amy weint heiße Tränen auf meine kühlen Wangen und küsst immer wieder meine ausgetrockneten Lippen. Ihr Verhalten lässt nur einen Rückschluss zu: Auch sie weiß, dass unsere letzten gemeinsamen Minuten bereits begonnen haben.

Ich ringe mir ein Lächeln ab und versuche angestrengt, es nicht allzu gequält wirken zu lassen.

»Amy! Ich will bei dir bleiben, glaub mir. Alles, was mich wirklich ausmacht – meine Seele –, möchte bleiben. Für immer genau hier, bei dir. Aber du weißt ja, wie das mit diesen verflixten Körpern ist«, bringe ich mühsam hervor.

Schmerzerfüllt schüttelt sie den Kopf. »Ausgerechnet jetzt beginnst du damit, sarkastisch zu werden? Halt einfach durch, hörst du?«

Ja, ich höre. Von weit her kommen die heulenden Sirenen der Streifenwagen und der Ambulanz langsam näher. Doch ich weiß, was auch Amy weiß, allerdings noch verdrängt: Sie werden zu spät kommen – beide!

Als Amy keine Antwort von mir bekommt, erlischt das letzte rebellierende Funkeln in ihren Augen. Sie nickt einmal, dann entkrampft sich die Linie ihrer zusammengepressten Lippen, und sie schließt ihre Augen, als wolle sie die Quelle ihrer Tränen versiegeln. Ich höre, wie tief sie durchatmet. Als sie mich wieder ansieht, wirkt ihr Gesichtsausdruck zunächst resigniert … dann ergeben.

Der Wind fährt ihr durch das Haar und pustet mir, als wäre es sein guter Wille, eine ihrer Locken in die Hand. Versonnen drehe ich sie um meinen Finger.

»Gib unserer Tochter einen schönen Namen, ja? Sag ihr, dass ich sie liebe. Und dass ich euch finden werde.«
»Nein!«, ruft Amy und klingt plötzlich alles andere als schwach und ergeben. Sie fasst mich bei den Oberarmen. Ihr Blick ist direkt und fest. Sie schaut mich so durchdringend an, dass ich sie nun wirklich in mir spüren kann – auf dem Grund meiner Seele.
»Matt, ich lasse dich nicht gehen, bevor du mir nicht etwas versprichst.« Sie zögert. Neue Tränen tropfen auf meine Wangen herab, bevor sie ihre Augen schließt. »Versprich mir, loszulassen.«
Ihre Stimme ist nun so sanft, dass der Wind sie kaum noch zu mir trägt. Dennoch verliert sie nicht einen Hauch ihrer beharrlichen Intensität. Amy ist sich der Tragweite ihrer Forderung bewusst, so viel steht fest.
Die folgenden Sätze spricht sie sehr schnell. Wir wissen beide, dass sie gut daran tut.
»Alles, was jetzt kommt, Matty – das Licht, die Wärme, die Bilder – lass es einfach geschehen und ... *genieße* es! Versprich mir, dass du loslässt! Versprich es mir! Deine Seele wird bleiben, aber deine Erinnerungen müssen gelöscht werden, Matt. Lass los, Engel! Bitte, versprich mir das!«
Zärtlich und flehend küsst sie mich, doch ich schüttele den Kopf. So energisch, wie ich es noch schaffe. Eine Existenz ohne sie ist schier undenkbar, das muss ihr doch klar sein.
»Amy, ohne die Erinnerungen an dich will ich nicht sein. Was wäre das auch für ein Leben? Es wäre nicht *einen* Atemzug wert! *Du* bist mein Leben!«
Das Sprechen fällt mir immer schwerer, und meine Stimme klingt mir selbst schon fremd. Doch ich habe keine Schmerzen mehr. Mir ist nur kalt, schrecklich kalt. Amy beugt sich über mich, dicht an mein Ohr. Ihre Hände reiben über meine Oberarme, wärmen mich.

»Du fragst, was es für ein Leben wäre, Matty? Es wäre ein unbelastetes Leben. Ein echter Neuanfang. Ein Leben, das ich mir für dich wünsche.«
Ihre Stimme ist nur noch ein Flüstern, doch ihr Ton bleibt unnachgiebig und trotz ihrer Tränen fast schon streng. Ich höre das unterdrückte Schluchzen, sosehr sie es auch zu verbergen versucht.
»Lass los, Matty! Du wirst eine Familie haben, neue Eltern, eine unbeschwerte Kindheit. All das, was du so sehr vermisst hast. Bitte, versprich es mir …«
Der tiefe Blick in meine Augen verrät ihr alles: meine Zweifel, meine Unfähigkeit, ihr diese letzte Bitte abzuschlagen, und die eine große Bitte, die ich nun noch habe. Es ist mein letzter Wunsch und meine letzte Sorge zugleich.
Toms Worte klingen in meinem Kopf wider: »Sie sagte, sie könne sich ein Leben ohne dich nicht vorstellen.«
Ich bin mittlerweile zu geschwächt, um meine Bitte zu formulieren, doch zum Glück waren Amy und ich noch nie auf Worte angewiesen.
»Ja!«, sagt sie. »Ja, ich werde leben!«
Und mit diesen Worten hebt sie einen zentnerschweren Stein von meinem Herzen. Plötzlich fühle ich mich leichter und auf eine ungeahnte Weise erlöst. Amy nickt immer weiter, als spüre sie die Veränderung, die in mir vorgeht.
»Ich verspreche dir im Gegenzug, dass ich leben werde, mein Engel. Mit unserer kleinen …« Sie beugt sich noch näher zu mir herab und flüstert mir einen Namen ins Ohr. Es ist der, den unsere Tochter tragen wird.
Ja!, denke ich. *Ja!*
Ein Lächeln breitet sich auf meinem Gesicht aus, und ich bin mir ziemlich sicher, dass es nur als selig zu beschreiben ist. Es dauert noch einige Sekunden, dann nicke auch ich.

»Ich lasse los, ich verspreche es.«
Noch einmal küssen wir uns, noch einmal spüre ich Amys zarte, weiche Lippen auf meinen, ihren süßen Atem in meinem Mund. Noch nie haben Honig und Lavendel lieblicher gerochen, noch nie unbelasteter.
Mit letzter Kraft schaffe ich es, meinen Finger zu heben, bevor meine Hand schlaff zurück auf meinen Brustkorb fällt.
»Sieh mal … Blumenwiese«, hauche ich. Es sind meine letzten Worte. Gerade noch sehe ich, wie sich Amy umschaut – und versteht.
Dieses riesige grüne Meer, auf dem wir liegen – es ist die Wiese, auf der wir uns in unseren Visionen trafen. Es ist Amys Wiese – *unsere* Wiese –, unverkennbar.
Rund um uns herum blühen wilde Blumen aller Farben, und es duftet angenehm süßlich. Noch höre ich das Summen der Bienen, noch fühle ich Amys Herzschlag an meiner Brust, als sie sich erneut zu mir herabbeugt. Ihr Herz schlägt stark, ihre Haut ist warm. Viel wärmer als meine eigene. So, wie es sein soll.
Amy lebt!
Zufriedenheit überkommt mich, als mir bewusst wird, dass sich auch mein Sternschnuppen-Wunsch soeben erfüllt hat. Amys Gesicht wird wirklich das Letzte sein, was ich in meinem Leben sehen durfte. Nun, die Augen durch den dichten Vorhang ihrer Haare bedeckt, höre ich nur noch ihre sanfte, liebevolle Stimme.
»Lass los, Matty!«, flüstert sie in mein Ohr. Ihre Worte sind so beschwörend, dass sie fast schon hypnotisch wirken. »Es ist okay, Matt. Ich bin hier, und ich liebe dich. Bitte, lass dich einfach treiben. Vertrau mir, mein Engel! Vertrau mir! … Vertrau mir …«
Die Kirchturmglocken läuten in der Ferne. Es ist Sonntagmittag, Punkt zwölf, als ich mit einem Lächeln auf den Lippen meinen letzten Atemzug mache.
Dann wird es dunkel, und diese Dunkelheit ist viel tiefer und

intensiver als alles, was ich je zuvor erlebt habe. Doch ich fürchte mich nicht, und auch die Kälte ist verschwunden.

Kurzes, grelles Aufflackern unterbricht das tiefe Schwarz um mich herum nach einer unbestimmbaren Weile – zunächst nur sporadisch, dann jedoch immer regelmäßiger –, und plötzlich sehe ich, wie mein Leben wie ein Film an mir vorbeizieht.

Ich sehe das Lächeln meines Vaters, seinen gütigen Blick, und dann die sanften Augen meiner Mutter. Sofort danach taucht Amy vor mir auf, in Tausenden von Bildern. Momente einer glücklichen Kindheit, unbeschwert und frei. Sorglos. Gemeinsam rennen wir durch ein riesiges Sonnenblumenfeld. Auf den letzten Metern reißen wir uns bereits die Kleider vom Leib. Unsere Taschen landen achtlos im Gras. Mit einem Satz springen wir in den Bach.

Plötzlich, ohne jede Vorwarnung, zieht Amy mich an sich heran und küsst mich mitten auf den Mund. Ihr Kuss ist unschuldig, eben der eines achtjährigen Mädchens.

»Machs gut, Matty«, sagt sie leise und küsst mich noch einmal, ganz sanft.

Epilog

Es ist ein gewöhnlicher Dienstagmorgen, der Beginn eines weiteren verschneiten Novembertags, in einem kleinen Ort namens County Island. Die Welt scheint ein einziges, schneeweißes Feld zu sein, als Amy ihre neugeborene Tochter nach Hause bringt.
»Sie ist so hübsch«, sagt Kristin, nachdem Amy das winzige Bündel aus seinem Körbchen gehoben hat.
»Sie hat die Augen ihres Vaters«, erwidert Amy und versucht dabei, sich ihre Trauer nicht anmerken zu lassen. In eine weiße Decke gehüllt, übergibt sie die Kleine der überraschten Kristin.
»Sag hallo zu deiner Omi, Julie!«
Gerührt beginnt Kristin, das Baby in ihren Armen zu wiegen. In diesem Moment wünscht Amy sich, dieselbe Stärke zu finden, die Tom und seine Frau ihr gegenüber gezeigt haben und für die sie die beiden so sehr bewundert. Nun haben sie eine kleine Enkeltochter, die sie so lieben wird, wie sie es verdient haben: von der ersten Sekunde an.
Julie hat ihre winzigen Händchen zu Fäusten geballt und schläft friedlich in Kristins Arm. Sie ist ein zufriedenes Baby, schreit kaum.
»Hallo, kleine Julie!«, flüstert Tom. »Ich bin dein Opa, kleine Maus!«
Amy lächelt. Wie bekannt ihr diese Worte doch vorkommen.
In der vertrauten Gemütlichkeit dieses Raums, vor dem lodernden Kaminfeuer, genießt sie den Anblick ihrer kleinen Tochter, während diese zum ersten Mal auf Tuchfühlung mit ihren Großeltern geht. Langsam schlürft Amy ihren Tee.
»Evelyn und Peter machen sich übrigens heute Nachmittag auf

den Weg. Elena kommt morgen mit dem Zug. Abends werden wir hier also die volle Besetzung haben.«

Tom lacht fröhlich, doch dann wird sein Gesichtsausdruck plötzlich ernst. »Bist du dir sicher, dass du so weit bist, Amy? Ich meine, du weißt, dass du noch hier bei uns bleiben kannst, nicht wahr?«

»So lange du willst«, bestätigt auch Kristin. Ihr Blick birgt Sorge und Hoffnung zu gleichen Teilen, doch Amy schüttelt den Kopf.

»Nein, ich möchte nach Hause. Es ist an der Zeit, wirklich!«

Tom nickt. »Okay! Wie du willst, mein Schatz.«

Kurz darauf fährt er mit Amy und dem Baby über die schmale Waldstraße. In gemächlichen Biegungen führt sie direkt auf das Haus zu.

»Ich habe alle Möbel aufgebaut, und deine Mutter … Kristin hat deine Sachen eingeräumt. Wenn du also etwas vermisst, dann frag sie, in Ordnung?« Tom sieht Amy von der Seite aus an.

Sie nickt.

Schon biegt der Wagen um die letzte Kurve, und noch ehe sich Amy innerlich darauf vorbereiten kann, scheinen die Büsche und Tannen mitsamt ihrer Schneehauben ein Stück weit zur Seite zu weichen, um ihr den freien Blick auf das Haus zu gewähren.

Der Anblick verschlägt ihr den Atem. Gleichzeitig schmerzt ihr Herz so sehr, dass sie beide Hände auf ihren Brustkorb drücken muss, damit es nicht auseinanderbricht.

Ja, das ist genau das Haus, das Matty und sie sich immer erträumt haben. Dieses dunkle Holz, die umlaufende Veranda, die Glasfront, die den Ausblick über den ganzen See ermöglicht, der lange Steg. Alles ist da.

Amy nimmt die Kleine aus ihrem Kindersitz und hüllt sie wieder in die Decke, die Kristin gestrickt hat. Mit ihrem Baby im Arm läuft sie vorsichtig über den Steg, bis zu seinem Ende.

Vor ihr liegt, wie ein beschlagener Spiegel, der zugefrorene See. Sie atmet tief durch und wünscht sich sehnlichst, diesen Moment mit Matt zu teilen. Doch er ist nicht mehr da.
Nur wenige Tage zuvor, mit einer strampelnden Julie in ihrem prallen Bauch, war es noch einfacher gewesen, die Zimmertür hinter sich zuzuziehen, um in Ruhe zusammenzubrechen, wann immer Verzweiflung und Trauer es gefordert hatten.
Doch nun, mit ihrer kleinen Tochter im Arm, ist es Amy schier unmöglich, sich der Verantwortung zu entziehen.
Die glucksenden Babylaute, der schnelle Herzschlag und Julies Duft – sie riecht nach Mandelmilch und Lavendel – erinnern Amy in jeder Sekunde an ihr Versprechen.
»Ich werde leben!«, flüstert sie mit geschlossenen Augen und drückt Julie dabei an sich.
Nach einigen Sekunden fasst sich Amy wieder und wendet sich erneut dem Haus zu. Schöner hätte es wirklich nicht werden können. Als sie auf Tom zugeht, deutet er auf ein rotes Boot, das neben der Treppe im Schnee liegt und dort auf den Frühling zu warten scheint – darauf, endlich am Steg befestigt zu werden und auf dem Wasser schaukeln zu dürfen.
AMY steht in weißen Buchstaben auf dem roten Holz. Auch ohne Toms Erklärung weiß sie sofort, dass Matt dieses Boot selbst angestrichen hat. Vorsichtig kniet sie sich nieder und fährt mit den Fingerspitzen über die Schrift. Ja, sie würde ihren Traum leben; er hatte ihn perfekt vorbereitet.

Julies Zimmer ist unglaublich liebevoll eingerichtet. Nichts fehlt. Von den Gardinen über die Möbel bis hin zu den Kuscheltieren im Regal ist alles aufeinander abgestimmt. Viel hat Amy selbst ausgesucht, manches stammt aus ihren alten Kinderzimmern und ein Teddybär sogar noch von Matty. Andere Sachen wiederum kennt sie nicht.

»Wir haben noch einiges dazugekauft«, gesteht Tom kleinlaut. »Ich hoffe, du bist nicht böse. Besonders Kristin ist es extrem schwergefallen, die Finger von all den süßen rosa Babysachen zu lassen. Dennoch – sie hat sich beherrscht, dir zuliebe.«

Im Obergeschoss des Hauses wartet eine weitere Überraschung auf Amy. Von hier aus hat man einen überwältigenden Ausblick bis hin zu den Bäumen auf der gegenüberliegenden Seite des Sees, hinter denen die gigantischen Berge hervorragen.

»Matt war der Meinung, es gäbe keinen besseren Raum als diesen hier, um daraus dein Atelier zu machen«, erklärt Tom. Seine Stimme bebt leicht. Amy weiß genau, wie sehr auch er ihn vermisst.

Mitten im Raum steht eine Staffelei, und einige ihrer Bilder lehnen an den Wänden. Nur ein einziges Bild wurde bereits aufgehängt – das große Portrait von Matt. Der ehemals rote Strich an seiner Schläfe ist verblasst. Amys hatte ihn Wochen zuvor überpinselt. Die Finger auf dem Gemälde – ihre Finger – streichen nun über geheilte Haut.

Tom hat wirklich alles nach Mattys Erzählungen und Ideen gebaut und eingerichtet. Amy fühlt sich sofort heimisch, obwohl sie das Haus bisher nur einmal, im halbfertigen Zustand, gesehen hat. Damals hatte sie den Schmerz in ihrer Brust noch nicht ertragen können und die Besichtigung abgebrochen, bevor sie richtig begonnen hatte.

Doch nun ist es an der Zeit. »Alles zu seiner Zeit!« Wie oft hatte Matt das gesagt?

Dieses Haus steckt so voll von ihm, dass er in jedem Winkel, in jedem Balken und auf jeder Stufe zu spüren ist.

»Ja! Es ist perfekt!« Amy umarmt Tom mit der kleinen Julie im Arm.

Später am Abend legt sie sich mit ihrer Tochter auf die Couch vor den Kamin. Das Licht des Mondes reflektiert sich auf dem

zugefrorenen See. Lange betrachtet Amy den funkelnden Nordstern und all die anderen Sterne, deren Anordnungen dank Matt nun eine Bedeutung für sie haben.
Schließlich bettet sie ihre Kleine in die weichen Couchkissen und setzt sich an ihr Klavier. Zum ersten Mal seit vielen Monaten. Dennoch finden ihre Hände sofort zu den richtigen Tasten; sie muss nicht einmal hinsehen.
Mit schlafwandlerischer Sicherheit spielt sie ihrer Tochter Matts kleine Lieblingsmelodie vor. Bald schon gähnt die Kleine herzhaft und ist bereits eingeschlafen, noch bevor der letzte Akkord unter der hohen Giebeldecke verhallt ist.
Amy verharrt, die Finger noch auf den Tasten und den Fuß auf dem Pedal, um ihre Tochter zu betrachten. Die ebenen Gesichtszüge, die Form ihrer Augen, das gerade, schmale Näschen – Julie sieht aus wie Matt, besonders wenn sie schläft. Ihr Anblick bietet Amy einen tiefen Trost. In diesem Moment hätte sie sich vermutlich sogar als glücklich bezeichnet.
Als Amy den Deckel über den Tasten herablässt, fällt ihr Blick auf ein kleines Bild, das auf dem Klavier liegt. Es ist das erste Foto von Julie. Aufgenommen direkt nach ihrer Geburt, von der freundlichen Frauenärztin, die Amy auch während der Schwangerschaft betreut hatte. Amy erhebt sich und nimmt das Bild an sich. Ein Gedanke streift sie.
Nach und nach öffnet sie die Schubladen und Türen der dunklen Anrichte im Wohnraum. Es dauert nicht lange, bis sie fündig wird.
Langsam und bedeutungsvoll, mit der Wertschätzung, die man einem kostbaren Schatz entgegenbringt, zieht sie das dunkelblaue Fotoalbum hervor und beginnt, es noch einmal durchzublättern.
Sie sieht Matty als Baby und sich selbst, gemeinsam mit ihm, auf Fotos fröhlicher Kindertage, die ihr ein Schmunzeln nach dem

anderen ins Gesicht zaubern. Es fällt ihr nicht schwer, über die folgende Sammlung an Zeitungsartikeln hinwegzublättern, die allesamt von schlimmen Schicksalsschlägen berichten.

Brutale Kindesmisshandlung, Vergewaltigung, Mord – Katastrophaler Flugzeugabsturz über dem Atlantik – Ermordung eines lang gesuchten Kinderschänders und Mörders durch ein ehemaliges Opfer – und der dramatische Tod dieses viel zu jungen Mannes, der in eindeutiger Notwehr handelte

Ihr Wissen und das Gefühl des tiefen Trostes in ihr helfen Amy, all diese Schlagzeilen und Bilder dieses Mal nicht zu schwer zu nehmen. Denn am Schluss, in die letzte freie Seite dieses Albums, steckt sie Julies erstes Foto.
»Für dich, mein Schatz«, flüstert sie, haucht noch einen Kuss auf ein Bild, das Matty und sie als Kinder zeigt, und klappt das Album zu.
Für eine sehr, sehr lange Zeit, wie sie bereits ahnt.

Am nächsten Morgen, Amy hat ihre Tochter gerade gestillt und sie auf die Kommode in ihrem Zimmer gelegt, um sie zu wickeln, klopft es an der Haustür. Ein Lächeln huscht über Amys Gesicht, als sie es hört.
Matty!, denkt sie versonnen. Die beiden hatten die schrillen Türschellen aus ihrer Kindheit immer gehasst und sich fest vorgenommen, an ihrer eigenen Haustür lediglich einen Ring zum Klopfen zu befestigen. Matt hatte tatsächlich an jedes einzelne Detail gedacht und es sogar noch geschafft, Tom dieses wertvolle Insiderwissen zu vermitteln.
»Na, wollen wir mal sehen, wer uns da besucht?«, fragt Amy ihre Kleine und legt sich das Baby an die Schulter. »Vielleicht ist es ja

schon unsere Hebamme oder aber Mary, die es kaum erwarten kann, dich noch einmal zu sehen«, mutmaßt sie auf dem Weg nach unten.
Mary hatte Amy durch die schwerste Zeit ihres Lebens bis hin zu Julies Geburt begleitet. Hatte Amys Verlust und ihre Schmerzen geteilt, war ihr anfangs nicht von der Seite gewichen.
Doch sie ist es nicht, die geklopft hat.
Sofort erkennt Amy die junge Frau, die Matt und sie Anfang des Jahres auf dem Weg zu ihrer Grundstücksbesichtigung getroffen hatten und die nun tatsächlich ihre Nachbarin ist. Sie trägt ein dick eingepacktes Baby im Arm, das jedoch schon um einiges größer ist als Julie.
»Hallo«, grüßt sie Amy freundlich und, wie es scheint, ein wenig nervös. »Wir haben uns ewig nicht gesehen, aber ich hoffe, Sie erinnern sich.«
Noch bevor Amy reagieren kann, streckt die Frau ihr die Hand entgegen. »Oh, bitte entschuldigen Sie. Carolyn Cane, hallo!«
»Amy Andrews, hallo! Bitte, kommen Sie doch rein.«
Ein wenig verdutzt sieht Carolyn schon aus, aber sie hakt nicht nach. Amy kann sich denken, was sie verwirrt, doch ja, das ist seit einigen Tagen wirklich ihr Name.
Es hatte gedauert, die Namensänderung durchzubekommen, doch nun trägt sie ihren neuen Pass mit Stolz bei sich, und auch Julie hat den Nachnamen ihres Vaters erhalten. Nie mehr würde Amy zweifeln, welcher ihrer vielen Namen ihr richtiger ist.
»Es tut mir leid, dass ich dich so überfalle, Amy … Ich darf doch Amy sagen, oder?«, fragt die junge Frau.
»Aber natürlich!«
»Ich bin nur so glücklich, dass ihr endlich eingezogen seid. Wir wussten, dass du ein Mädchen erwartest, aber ich hatte ja keine

Ahnung, wann … und so liegt das hier schon recht lange in meinem Schrank.« Sie hält Amy ein Paket entgegen. »Gestern Abend brannte dann endlich Licht im Haus«, erklärt sie und verdreht die Augen. »Gott, ich klinge wie ein Stalker.«
»Bitte, Carolyn, setz dich doch.« Amy deutet auf die Couch. Während sie Platz nimmt und sich aus ihrer Jacke schält, sieht sich Carolyn um. »Was für ein wunderschönes Haus.«
»Danke. Es ist die Erfüllung eines langgehegten Traums«, gesteht Amy, als sie sich neben ihrer Nachbarin niederlässt. Sie legt Julie auf den Sitz zwischen ihnen und packt das Geschenk aus. Ein gelbes Jäckchen kommt zum Vorschein, für das sie sich herzlich bedankt.
Carolyn hat sich in der Zwischenzeit ihr Baby auf die Beine gelegt und sich daran begeben, auch ihm den dicken Overall aufzuknöpfen.
Zum Vorschein kommt ein kleiner Junge – ein süßes Baby. Er lacht seine Mutter an und schmiegt sich an ihre Wange, als sie ihn hochnimmt. Amy beobachtet die Szene lächelnd.
»Wie heißt euer Sohn denn?«, fragt sie vorsichtig.
Carolyn zögert. »Matthew«, sagt sie endlich leise.
»Schöner Name!«, stößt Amy hervor und senkt ihren Blick.
»Ja.« Ohne weitere Umschweife greift Carolyn nach Amys Hand. Ihre Berührung ist unvorhersehbar direkt und trotzdem nicht unangenehm.
»Es tut mir sehr leid, Amy. Wir haben in der Zeitung gelesen, was geschehen ist, und konnten es nicht glauben. Matt war so ein lieber Kerl. Es ist einfach nicht fair.«
Amy nickt. Stille Sekunden verstreichen. Langsam zieht Carolyn ihre Hand zurück.
»Und eure Tochter? Wie heißt sie?«, fragt sie schließlich.
»Julie«, erwidert Amy mechanisch. »Sie … sieht aus wie ihr Vater.«

Carolyn reicht Matthew an Amy weiter und schaut gleichzeitig mit einem fragenden Blick in Richtung Julie. Als Amy ihre Zustimmung signalisiert, nimmt sie die Kleine auf ihren Arm.

»Ja, sie sieht wirklich aus wie ihr Vater«, bestätigt sie mit einem mitfühlenden Unterton in der Stimme. »Sie ist bildhübsch.«

Der kleine Matthew quietscht in Amys Armen und verleitet sie dazu, ihren Blick von Julie und Carolyn zu nehmen und sich ganz ihm zu widmen.

Er ist wirklich niedlich. Mit seinen großen blauen Augen strahlt er sie an und gibt dabei die lustigsten Geräusche von sich.

Etwas in diesen Augen lässt Amy aufmerken.

»Warum habt ihr erst aus der Zeitung davon erfahren?«, fragt sie, ohne bewusst darüber nachgedacht zu haben.

Mit schief gelegtem Kopf sieht Carolyn sie an. Sie scheint nicht zu verstehen, was Amy meint.

»Na ja, es waren immerhin vier oder fünf Streifenwagen und zwei Krankenwagen, die hier mitten auf der Straße standen«, erklärt Amy und wundert sich erneut über ihre eigenen Worte.

Das Baby in ihren Armen gluckst vergnügt, als sie fortfährt: »Sämtliche Anwohner im Umkreis von zehn Meilen schienen sich um unser Haus versammelt zu haben. Und ihr habt von alledem überhaupt nichts mitbekommen?«

»Nein«, erwidert Carolyn. Mit zusammengepressten Lippen schaukelt sie Julie in ihren Armen und scheint zu grübeln, ob sie noch weitere, klärende Worte folgen lassen soll. Nach einer Weile hält sie in ihren Bewegungen inne und sieht Amy unsicher an.

»Es war der Tag, an dem Matthew geboren wurde«, sagt sie leise. Es klingt wie eine Entschuldigung.

Ihre Stimme tritt in den Hintergrund, und Amy versinkt in den unergründlichen, tiefblauen Augen des kleinen Jungen auf ihrem

Schoß, als Carolyn hinzufügt: »Der vierte Juli, ein Sonntag. Die Kirchenglocken schlugen gerade den Mittag an. Es kam mir so vor, als läuteten sämtliche Glocken dieser Welt einzig und allein für Matty!«

Ja, wie wahr!, denkt Amy – zu gelähmt, um zu reagieren.

»Der eine geht, der andere kommt. So sagt man doch«, antwortet sie schließlich mit bleierner Zunge.

»Ich bin so froh, dass wir jetzt Nachbarn sind«, schiebt Carolyn eilig hinterher, sichtlich um ein unverfänglicheres Thema bemüht. »Es war schon ziemlich einsam hier draußen, und ich habe mir so sehr einen Freund oder eine Freundin für Matthew gewünscht.«

»Ich wette, die beiden werden die besten Freunde werden«, sagt Amy, den Blick unverwandt auf das Baby in ihren Armen gerichtet.

Matthew kaut auf seinem Fäustchen herum und gibt dabei fröhliche Brabbelgeräusche von sich. Seine Augen leuchten – glücklich und völlig unbelastet.

Das kleine, wohlbekannte Licht hinter diesen Augen ist nur für Amy sichtbar. Es wird auf ewig ihr Geheimnis bleiben.

Die Erkenntnis füllt ihr Herz mit einer Wärme, die sie schon lange nicht mehr gefühlt hat.

Sämtliche Trauer ist wie weggeblasen. Binnen Sekunden rückt alles an seinen Platz, ergibt nun wieder Sinn. Wenn auch einen neuen. Das Loch in ihrer Brust verschließt sich dennoch wie durch Magie.

Als sich Carolyn vorbeugt und ihrem Sohn über die Wange streicht, strahlt Matthew sie an und reckt ihr noch etwas wackelig seine speckigen Ärmchen entgegen. Carolyn lacht.

»Oh! Ich denke, wir müssen wieder tauschen, Amy.« Behutsam legt sie Julie zurück auf die Couch.

»Ja«, erwidert Amy und reicht das wild strampelnde Baby an

seine Mutter zurück. Dann nimmt sie ihre Tochter in die Arme und drückt sie zärtlich an sich.
»Ja, das müssen wir!«

Ende
– Unser Ende –

Danke

Die Idee eines Buchs, die eine Autorin oder einen Autor nicht mehr loslässt, bis das letzte Wort des Manuskripts zu Blatt gebracht ist – diese Vorstellung faszinierte mich schon lange. Etwas sehr Romantisches haftete ihr an, ja, etwas beinahe Magisches.
Umso erstaunter – um nicht zu sagen schockierter – war ich, die Grundidee zu meinem Debütroman »Deine Seele in mir« in einem Alptraum zu finden, der mich seit frühester Kindheit wiederkehrend aufgesucht hatte.
Ich träumte den Prolog dieses Buchs, mit den beiden unbeschwerten Kindern, die am Waldrand von einem maskierten Mann abgefangen werden. Immer wieder schreckte ich auf, wenn das Mädchen am Boden lag und voller Todesangst in die schockgeweiteten Augen ihres besten Freundes blickte. Jedes Mal wieder an dieser Stelle.
Mein Mann war der Erste, dem ich diesen Traum anvertraute. Er war es, der mich mitten in der Nacht ermutigte, »über den Tellerrand hinauszuschauen« und mich näher mit den beiden Kindern zu beschäftigen. Und siehe da, sie hatten bereits Namen, ich musste mir gar keine ausdenken. Es gab auch ein Leben vor diesem schrecklichen Tag … und eine unfassbare Geschichte danach. Und da war sie, meine Idee, die mich so lange fesselte, bis das letzte Wort davon aufgeschrieben war.
Ich bin mir sicher, mein Mann Oliver hat seinen nächtlichen Ratschlag von damals schon ab und zu bereut, auch wenn er mich das nie spüren ließ. Tröstliche, wohlgemeinte Worte sind das eine; etwas vollkommen anderes ist es, der schreibbesessenen Ehefrau Tag für Tag zur Seite zu stehen und ihr geduldig den Rücken frei zu halten, wie mein Mann es während der vergan-

genen Jahre tat. Schatz, ich hätte mir keine wertvollere Stütze wünschen können!

Ebenso muss ich mich bei meiner Familie bedanken: bei meinen beiden wunderbaren Kindern Giuliano und Mariella, die dem dringenden Wunsch, meinen Laptop von der Tischkante zu stoßen, bestimmt nicht nur einmal erfolgreich widerstanden haben, sowie bei meinen Eltern, meinen Geschwistern, Nichten und Neffen. Danke dafür, dass ihr von Beginn an immer ein offenes Ohr auch für banalste Überlegungen hattet, gemeinsam mit mir über Szenen und Entscheidungen gebrütet und den Glauben an »Deine Seele in mir« nie verloren habt! Dasselbe gilt für die weltbeste Freundin Simone Bednarek, für Bea Masala, Sandra Krüger, Kristina Willmaser und meinen lieben Freund Nino Chiriatti.

Als ich die Leseprobe meines Manuskripts auf der Plattform www.neobooks.com einstellte, war ich zugegebenermaßen sehr skeptisch. Ich hatte Angst vor Ideenklau, vor einer bereits eingefahrenen Community und der Klüngelei, die diese bestimmt mit sich bringen würde. Rückblickend kann ich sagen, dass die Entscheidung, meinen Text auf diese Weise vorzustellen, die beste überhaupt war. Ich habe viele Bekanntschaften geschlossen, die mein Leben bereichert haben – sowohl persönlich als auch schriftstellerisch –, und wirklich tolle Menschen hinter neuen, oft unverbrauchten Texten kennengelernt, die den Traum des Schreibens teilen und tagtäglich leben. Auch euch möchte ich danken, liebe »Neobookler«.

Außerdem (und vor allem) danke ich meiner Lektorin Eliane Wurzer, die »Deine Seele in mir« auf neobooks entdeckte und von Anfang an etwas in dem Manuskript sah, an dem sie über die Zeit unserer Zusammenarbeit verbissen festhielt. Sie hat mir geholfen, meine Idee zu schleifen, Unebenheiten auszubügeln und mir nebenbei neue Wege geebnet. Danke, liebe Eliane, für deinen Einsatz!

Zu guter Letzt gilt mein Dank Sabine Ley, meiner Print-Redakteurin, der ich für ihre Sorgfalt und ihr Gefühl im Umgang mit meinem Text danken möchte. Alle meine Ängste waren unbegründet; ich bin so froh, deine Bekanntschaft gemacht zu haben.

Quellennachweis für das Motto dieses Romans:
Wilhelm Busch, »Wiedergeburt«, aus der Sammlung
»Schein und Sein«, Insel Verlag, Leipzig 1909.

neobooks

Bestseller von heute und morgen entdecken.

Sie sind selbst Autorin?

Dann machen Sie es wie Susanna Ernst:

„Deine Seele in mir" wurde entdeckt auf neobooks.com:

Deutschlands große Community für Autoren und Leser.

Schreiben: Wir freuen uns auf Ihre Texte – einfach hochladen auf neobooks.com und Feedback aus dem Lektorat erhalten.

Veröffentlichen: Publizieren Sie Ihre Texte sofort selbst – wir liefern Ihr eBook kostenlos an alle Händler!

Entdeckt werden: Auf neobooks.com sucht die Verlagsgruppe Droemer Knaur nach neuen Talenten und fand z.B. diese wunderbare Geschichte.

Lesen: Entdecken Sie als Leser noch unveröffentlichte Autoren und bestimmen Sie das Verlagsprogramm mit.

neobooks.com